Katrin Seddig
EHEROMAN

Rowohlt · Berlin

Für meine Schwester Anke

2. Auflage Mai 2012
Copyright © 2012 by Rowohlt · Berlin Verlag
GmbH, Berlin
Alle Rechte vorbehalten
Satz aus der Janson Text PostScript (InDesign)
bei Pinkuin Satz und Datentechnik, Berlin
Druck und Bindung CPI – Clausen & Bosse, Leck
Printed in Germany
ISBN 978 3 87134 736 8

Erster Teil

Die kleine weiße Flamme zittert, flackert, vom scharfen Wind auf den Boden gedrückt, und verlischt dunkel qualmend.

«Mann, Mann, Mann», kichert der alte Biese in seinem Rollstuhl und schüttelt seinen eingefallenen Schädel mit der grün-weißen Werder-Bremen-Mütze.

«Halt die Fresse», antwortet der Schweinebauer und schraubt eine Flasche auf.

«Muss dat sein?»

«Du sollst die Fresse halten!»

Der Schweinebauer tränkt das Stroh mit dem Inhalt der Flasche, und sein Sohn Jörgi hält ein Feuerzeug dran, es flammt sofort hoch, Jörgi weicht zurück, alle weichen zurück, die Flamme greift auf die kleinen Zweige über, das Holz zischt und knattert, Rauch wächst schwarzfädrig in den dunklen Himmel, die nebligen Nächte haben das Holz feucht gemacht, aber wütend knallend brennt es nun an. Zögernd wird geklatscht. «Feuer», ruft mit hoher Stimme der alte Biese, der in eine mit Pferden bedruckte Decke gewickelt ist. Er hält die zitternden Hände über den Kopf, sieht zu Jörgi hoch, kichert und lässt die Hände langsam wieder auf seinen Schoß sinken.

Jörgi ist mit Ava zur Schule gegangen. Er saß kurzsichtig in den vorderen Bänken, das bebrillte Gesicht nach vorne gereckt, immer unruhig auf dem Stuhl hin und her rutschend, immer schnell am Weinen – Heul doch, heul doch, Jörgi! –, später weinte er dann weniger, er bekam Kontaktlinsen, eine kleine Honda und den passenden Führerschein. Die Schule wurde ihm egal, denn er wusste plötzlich, dass sie vorbeigehen und er Landwirt werden würde. Er redete viel vom Ferkelmarkt, von Futterpreisen und von Maschinen, die er später anschaffen wollte, und er wurde ruhiger, auf seiner vorderen Bank. Seine Oberarme wurden braun und hart, und nach der zehnten Klasse, die sich für ihn quälend hinzog, verließ er froh in die Zukunft blickend die Schule. Auf dem Schweinebauernhof gab es dann eine Party mit Bier vom Fass und scharf eingelegtem Grillfleisch aus einer Plastikbabywanne. Ava war auch dort gewesen. Sie hatte sich die Ferkel in den Ställen angesehen, kleine blasse Schnitzel, aneinandergequetscht und nummeriert, alles dunkel und schmatzend, wie Produktion, wie ewige, ewige Produktion. In den grauen Gängen Beton und Urin, Jörgi munter redend, das Bier in der Hand, mit dem Fuß nach dem Hintern eines Schweines tretend, das im Weg war, als er eine der Türen öffnen wollte, die metallisch die Ställchen verschlossen. «Da, das ist die Kannibalensau, die hat die anderen immer angefressen. Die hat ihre eigenen Ferkel angefressen. Bekloppte hast du immer, wie bei Menschen. Aber schmecken alle gleich.»

Hinter den Ställen und den kleinen quadratischen Siedlungshäusern an der Hauptstraße liegt das Ackerland der Familie, ein schmales, langgestrecktes Rübenfeld, daneben Kartoffeln, dann Mais. Im Mais hinter den Ställen lagen manchmal welche und knutschten oder bumsten sogar. Das erzählte Jörgi mal, wie sein Vater im Mais die bumsenden Verheirateten aufgescheucht hatte. Die nicht miteinander verheiratet waren, sondern jeweils mit jemand anderem. «Gibt doch Hotels. Müsst doch nicht bei mir im Mais. Schämt euch doch! Geile Böcke! Und zertrampelt mir alles.»

Vor einigen Tagen hat Jörgi mit dem Trecker die Scheuneneinfahrt auf dem Hof seines Vaters angefahren, und es ist ein langer schräger Riss in der Wand entstanden. Sabine erzählte, wie es war, sie hat, während es geschah, beim Jörgi im Trecker auf dem hüpfenden Schoß gesessen. Der Schweinebauer kam angerannt, stieg hoch auf den Trecker, riss den Jörgi samt der Sabine herunter, als würde das noch was bringen, den Jörgi vom Trecker zu reißen. Sabine rutschte und fiel in den schillernd schwarzen Modder der Treckerspuren – die neue Wrangler –, Jörgis Arm hing noch in der Hand seines Vaters, und sein Schultergelenk verdrehte sich knirschend. Er schrie, der Vater ließ ihn los, aber nur, um auf den quietschenden Jörgi einzuschlagen. Er drosch auf ihn rauf, als wäre er ein Schwein, als wäre er eine alte Sau, die nicht in den Stall rennt, die nicht schnell genug in den Schweinetransporter rennt, der sie zum Schlachthof bringt. Sabine rannte zur Telefonzelle an der Straße und rief die Polizei an: «Sein Vater schlägt auf den Jörg Petzow ein, der schlägt ihn tot, oder er schlägt ihm Organe kaputt», und heulte wild am Telefon. Die Polizei fragte nach, sie wollten Genaueres wissen, ob er ihn jetzt immer noch schlage, ob der Jörgi bewusstlos sei oder ebenfalls wegrennen könne, wenn er wollte, und ob der Vater vom Jörgi eine Waffe hätte oder einen Gegenstand, mit dem er ihn schlage. Der Vater vom Jörgi hatte sich mittlerweile seine Wut ausgehauen, der Jörgi schrie weiter wegen des ausgedrehten Arms und allem, der Vater stand nur da, keuchend und japsend mit glühend rotem Gesicht, und Sabine legte die Polizei einfach auf, weil sie kein gutes Gefühl mehr dabei hatte.

Jörgi verzieh ihr nicht, dass sie seinen Vater bei der Polizei hatte anzeigen wollen. Er machte gleich, nachdem der Arzt die Schulter eingerenkt hatte, mit ihr Schluss.

«Am Ende bin ich immer die Doofe», sagt Sabine, «immer ich.»

«Die sind hier alle so», sagt Ava. «Da kannst du nur die Doofe sein, das liegt nicht an dir, das liegt an denen.»

Sabine zuckt mit den Schultern. «Das hat doch nichts mit hier zu tun.»

«Doch. Hier sind alle wie …», Ava starrt auf den Deich, auf die Schwärze unten an der Elbe, auf die Silhouette ferner Industriebauten, «wie die Landschaft.»

Der Schweinebauer hat Jörgi dann als Wiedergutmachung das Feuer anzünden lassen. Beide, der Schweinebauer wie der Jörgi, sind Mitglieder der Freiwilligen Feuerwehr.

Der Schweinebauer ist ein Wichtiger hier, er hat eine preisgekrönte Sau, von der viele ein Ferkel wollen, und er hat zwei Windräder an der Nordsee. Das alles wird nun Jörgis Leben. Jörgis Leben ist kein großes Rätsel mehr.

Der steht immer noch ganz vorn, mit seinen hellen, verschwitzten Haaren, die Strickmütze in die Hosentasche gestopft, das Gesicht rotfleckig, das Feuerzeug in der Hand, ein Bier in der anderen, immer wieder kichert er hektisch und zieht dabei den Kopf zwischen die Schultern. Er steht in der Mitte von allem. Im glühenden Kern des Universums.

Die Welt ist so riesig, das Leben so unergründlich und der Tod noch mächtiger. Ava hebt den Kopf und betrachtet den Himmel. Die Sterne sind kaum zu sehen, dicke Fladen von schnell ziehenden Wolken verdecken sie. Der rasende, rasende Zug der Wolken, sie starrt nach oben und schwankt und greift nach der nächsten Schulter.

«Ist da was?», fragt Sabine und starrt in den Himmel, mit ihren runden, wässrigen Augen.

«Die Wolken ziehen so irre schnell dahin, so schnell, so rasend irre, wie dein Leben. Und jetzt ist es schon wieder vorbei. Jetzt bist du eine andere, und morgen bist du tot.»

«Ava, du bist immer so bescheuert.»

«Sieh doch mal hoch, sieh dir das an, dann merkst du, wie das alles rast.»

Sabine starrt mit tränenden Augen blinzelnd in den Himmel. «Schon irgendwie verrückt alles.»

«Siehst du», sagt Ava, «und morgen sind wir tot.»

«Ava, ich bin morgen nicht tot.»

«Nein. Du stirbst nicht. Für dich macht das Universum eine Ausnahme.»

«Ich will überhaupt nicht an so was denken, mit Tod und

Universum. Immer erzählst du so was und versaust mir die Stimmung.»

Ava wiegt den Kopf hin und her und reibt sich den Körper warm und sagt: «Hol doch mal einer Bier.»

«Wo willst du denn Bier herkriegen?», fragt Jennifer, «und ... meine Mutter ist hier, deine auch, alle sind hier, da kannst du doch nicht saufen, Mann.» Sie spuckt auf die Erde und häufelt mit dem Schuh Erde auf die Spucke.

«Bier gibt es bei Jörgi», sagt Sabine, «die haben fünf Kisten Beck's, ich hol uns was. Er soll mal was sagen. Soll er mal tun. Er soll mal ein Wort sagen, wenn ich die Biere hol.»

Jörgi steht bei seinen Freunden, Markus, Thomas und Matthias. Sie haben die ganze Nacht mit Cola und dem Rottweiler Rambo auf dem Deich gehockt und den Holzhaufen bewacht, damit die Assis vom Nachbardorf nicht wieder kommen und ihn vorzeitig abbrennen. Das war vor zwei Jahren so, anschließend gab es endlose Schlägereien, Ivo Specker ist mit dem Moped gegen Annemarie Hegbloom gefahren, und sie musste ihre Ausbildung als Groß- und Einzelhandelskauffrau um ein Jahr verschieben, weil sie nicht laufen konnte.

Sabine spricht drüben mit Jörgi, die Biere an ihre Brust gedrückt, Jörgi starrt sie an. Er nickt langsam, dann sagt er etwas, Sabine sagt etwas, er rückt näher, sie lacht, er lacht, er tritt von einem Bein auf das andere, sieht verlegen auf die Erde, blickt dann hoch und legt plötzlich seinen traurigen roten Kopf an ihre Schulter.

«Der is schon besoffen», sagt Jennifer.

Ava nickt.

«Ich glaub, ist doch nicht Schluss.»

«Nein», sagt Ava, «es geht immer so weiter, weil sie nicht begreift, dass sich immer nur alles wiederholen wird, alles, und sie wird immer wieder in derselben Scheiße landen, weil sie einfach nicht begreift, wie es hier ist mit den Leuten, wenn sie dableibt. Mann, es ist doch traurig alles!»

«Mit welchen Leuten? Meinst du uns? Du bist doch hier bei uns dabei, Ava, du bist doch auch von uns?»

Ava starrt auf das wachsende Feuer, fest in ihre rosa Kapuzenjacke gehüllt, verkrampft zitternd, denn es ist kalt auf dem Deich.

«Ich geh weg. Ich heirate keinen von hier und füttere keine Schweine und auch keine Gören. Auf gar keinen Fall krieg ich Gören.»

«Keine Kinder? Nie?»

«Nie.»

«Das glaube ich nicht. Du spinnst doch immer nur. Du spinnst ein bisschen wie dein Vater ... Sorry. War nicht so gemeint.»

«Ich spinn ein bisschen anders als mein Vater, ich spinn konkret. Ich habe Pläne. Ich sitze nicht rum und nerve andere Leute, wie der. Ist das klar?»

«Schrei doch nicht so!»

«Hättest du doch den Anorak genommen, Ava», ruft die Mutter von der Seite. Sie selbst ist in einen riesigen, auf dem Rücken mit einem silbernen Elefanten bestickten, hellblauen Steppmantel gehüllt. Auf dem fetten Berg von Körper sitzt das liebe Gesicht der Mutter wie ein reifes Früchtchen, von wilden rotbraunen Locken umwachsen.

«Wenn ich die Locken nicht gehabt hätte, dann wär auch alles anders gekommen», sagt die Mutter manchmal wütend, beim Kämmen vor dem Badezimmerspiegel, und meint damit, dass die Locken der einzige Grund gewesen seien, weshalb der Vater sie genommen hat. Ava weiß nicht genau, ob die Mutter das gern hätte, dass alles anders gekommen wäre, oder ob sie nun froh darüber ist, wie es ist. Sie weiß es selbst wohl nicht so genau. Der Vater meint dazu, wichtiger als die Locken wären die Brüste gewesen. Die Mutter ist schon dick gewesen, als sich die beiden kennenlernten. Nur ist sie später, nach Petras und Avas Geburt, noch dicker geworden. Ihre Brüste ebenso, ihre Brüste sind riesige, elastische Berge, für die der Vater sich immer noch begeistern kann. Er vergreift sich manchmal dran, mit seinen schmalen, langen Fingern, wenn die Mutter vor den dampfenden Töpfen steht und die Abluft vibriert und summt, dann schleicht er sich an und greift nach ihren riesigen Dingern. Die Mutter schreit ihn an, lässt aber seine Hände für eine Weile da hocken.

Sabine hat überlegt, dass Avas Vater vielleicht ein bisschen pervers ist, weil er solch ein Vergnügen an so einer fetten Frau hat. Aber Ava meint, es ist nicht pervers, es ist nur speziell. Es ist wie ihr Interesse an ganz alten Menschen. Aber das ist Sabines Meinung nach auch pervers. «Wenn du das pervers nennen willst, dass Leute Interessen haben und sich dafür begeistern können und auch mal was anderes schön finden können als die anderen alle, dann nenn das pervers. Dann bin ich vielleicht stolz, pervers zu sein. Ich bin so stooolz, pervers zu sein!», hatte Ava etwas lauter gesagt und sich ein bisschen in die Sache reingesteigert, weil sie nicht wirklich pervers sein wollte und kein sexuelles Interesse an Greisen haben wollte, wie sie es sich in der Nacht der Garagenparty von Avas Schwager Markus überlegt hatte. Da hatte er sich einen VW Golf gekauft und eine Party in der blitzesauberen gefliesten VW-Golf-Garage gemacht.

Im Nachhinein hat der Vater es trotzdem bereut, dass er sie geheiratet hat, denkt Ava, und die Mutter hat es sicherlich auch bereut, aber sie sagt es nicht, sie würde sich nicht einmal gestatten, so etwas zu denken. Beim Vater ist es was anderes, der tut nichts als denken und grübeln und bereuen. Wahrscheinlich bereut er sogar sich selbst.

«Ich fühl mich nicht ganz wohl hier» ist sein Standardsatz.

«Das sagst du doch immer und wo du auch bist», sagt dann die Mutter, «das interessiert bald keinen mehr.»

«Ich weiß», sagt der Vater darauf und grübelt weiter und

lässt die Mutter die ganze Arbeit machen und den Frohsinn verbreiten, für ihn mit.

Jetzt sitzt er abseits auf einem Klapphocker, typisch, nimmt einen Hocker mit zum Osterfeuer und säuft aus einer Flasche den Rotwein, als könnte er nicht stehen wie alle, als wäre er kein Mann. Das sagt die Mutter auch immer, «als wäre er kein Mann. Trinkt roten Wein, als wäre er kein Mann».

«Wäre es dir lieber, er säuft Bier?», hat Ava sie gefragt.

«Ich will mich nicht beklagen», hat sie gesagt, «beklage ich mich über deinen Vater? Er säuft keinen Schnaps wie Jürgen. Das ist mir schon mal viel wert. Und red nicht so über deinen Vater.» Als wäre Ava es, die sich über ihn beklagt hätte.

Das Feuer wächst, es zischt hoch in den schwarzblauen Himmel, und wellende Hitze breitet sich aus. Von außen der dumpf feuchte Geruch von Fluss und Erde, von innen der von verbranntem Holz.

«Die Elbe riecht anders als andere Flüsse», hat der Vater einmal gesagt.

«Woher willst du das wissen?», sagte die Mutter, «du warst doch nie hier weg. Du kennst überhaupt keine anderen Flüsse.»

«Aber ich weiß es, alles riecht für sich anders, die Elbe riecht ein bisschen bitter frisch, so wie Elefantenkot.»

«Wie was?» Die Stimme der Mutter hatte sich fast überschlagen vor Wut über den bekloppten Vater.

«Weißt du, Avchen, einmal hab ich hier einen echten Elefanten gesehen, er stand auf einem Transportschiff, und hinter ihm lag ein dicker dunkler Haufen. Es war ein ganz flaches Schiff, und es war ein bisschen diesig, es sah aus, als wenn der Elefant schwebt.» Er hob die flache Hand gegen die Elbe und ließ sie, mit zusammengekniffenen Augen, anstelle des Elefanten über der Elbe schweben. «Und der Wind stand so … Ich konnte den Haufen leicht riechen, ich war ganz betäubt von dem Geruch, es war ein ganz ... ganz besonderer ... so frisch bitterer Geruch.»

Die Mutter schüttelte die wilden Locken. «Ich bin auch betäubt, allerdings von deinem Schwachsinn. Ich würde dir am liebsten den frisch bitteren Haufen vor die Birne klatschen, wenn es irgendwas nützen würde.»

Ava geht näher ans Feuer, sie drängt sich durch die Leute, ganz nach vorn, an die heißen Flammen, bis ihr Gesicht glüht und ihre Augen brennen.

Jedes Jahr, seit sechzehn Jahren. Immer an Ostern. Die Mutter im Rücken, den Vater im Rücken. Und die anderen.

Aus dem flatternden Feuer bohrt sich ein Geräusch heraus, ein Fiepen, ein durchdringendes Pfeifen. Von der Seite tönt der Realschullehrer: «Ich habe es gesagt. Das Feuer muss uuumgeschichtet werden. Ich habe es hundertmal gesagt. Da verbrennt jetzt irgend so eine arme Kröte – von Tierlein.»

«Am lebendigen Leibe», sagt der alte Biese in seinem Rollstuhl und stöhnt dabei, als würde er selbst verbrennen.

Das Gepfeife bohrt sich in Avas Schädel, sie hat noch nie so ein Geräusch gehört, es hat eine materielle Substanz, wie eine Waffe, wie eine Kugel, wie ein Messer. Luft holen, atmen. Wo ist die Mummi?

Sechzehn Jahre alt, Ava, und weinst nach der Mutter. Aber die Mutter ist nicht da. Es pfeift immer noch, immer noch, oder pfeift es nur in ihrem Kopf? Es pfeift überall. Die Jungen pfeifen und johlen, das Tierchen, die Kröte, pfeift, und vor allem pfeift es in ihrem Kopf. Ein Orchester, eine Symphonie, ein Pfeifstück am feierlichen Abend.

Dann findet Ava sich außerhalb des Kreises wieder, sie hockt auf dem feuchten Boden, sie riecht die modrige Erde, und eine Hand liegt auf ihrem Kopf.

«Huhu!», sagt der Junge, dessen Hand auf ihrem Kopf liegt.

Sie blickt auf, und im roten Licht des entfernten Feuers sieht sie eine große Brille, wolliges dunkles Haar, das wie ein Busch um den Kopf herum absteht, wie eine riesige Pelzmütze, und eine scharfe Adlernase.

Sie kann sich nicht entschließen aufzustehen, noch nicht, aber gleich, nur erst mal langsam atmen und das Denken normal werden lassen.

Der Junge sieht sie durch seine Brillengläser hindurch an, er ist noch klein, kleiner als sie und höchstens zwölf. Sie kennt ihn nicht. «Alles gut?», fragt er.

«Mir war nur kurz schlecht wegen des Tiers.»

Er nickt.

«Das passiert nun mal», will sie die anderen verteidigen, als wäre es klar, dass er nicht zu ihnen gehört, «das liegt daran, dass sich die Tiere da einnisten, und wenn man den Haufen nicht umschichtet, dann bleiben sie drin und werden mit verbrannt. Aber es macht viel Arbeit, das Umschichten, da muss man die Zeit für haben.»

Schweigen.

«Da haben die gar keine Zeit für.»

«Welche Tiere?», fragt er. «Was meinst du denn?»

Er nimmt seine Hand von ihrem Kopf, und an der Stelle seiner Hand entsteht ein kalter Fleck von verdunstendem Schweiß. Sie friert an der Stelle. Dann geht er weg und lässt sie da sitzen. «Eh, wo gehst du denn hin?», ruft sie ihm hinterher.

Aber er antwortet nicht. Er geht einfach weiter, als wäre sie ihm egal, als wäre es möglich, dass jemand wie sie ihm oder irgendwem anders egal ist. Sie läuft ihm nach. «Was soll das denn, erst so, dann so, was haust du denn jetzt ab?»

«Komm doch mit», sagt er, ohne stehen zu bleiben.

«Wohin soll ich denn mitkommen, was machst du denn?»

«Nach Hause.»

Ava kichert. «Was soll ich denn bei dir zu Hause?»

Und er geht, Blick nach vorn, geht mit seinen Gummistiefeln durch das quietschig nasse Gras, und sie geht nebenher und sagt: «Knutschen?», und kichert noch mehr.

Der Junge bleibt stehen und starrt sie an, mit dunklen Schatten, wo seine Augen hinter den Gläsern sind. «Würdest du?»

Ein Hauch von Atem streift sie.

«Ich knutsch doch keine Kinder. Mann. Wie komisch bist du denn?»

«Du bist doch an mir interessiert. Du gehst mir nach. Wie komisch bist du denn?»

«Ich bin überhaupt nicht an dir interessiert. Ich geh dir auch nicht nach.»

«Dann tschüs», sagt er und stiefelt quietschig weiter.

«Tschüs», sagt Ava und sieht rüber zum Feuer, das Funken in die Nacht sprüht. Wie sie dort stehen und froh sind und lachen. «Wie heißt du denn?», ruft sie dem Jungen hinterher.

«Danilo», sagt er im Gehen und ohne sich umzudrehen.

«Ich bin Ava», ruft sie.

«Ich wei-heiß.»

Sie läuft ihm wieder hinterher. «Wieso? Das stimmt doch gar nicht?»

«Ich wohne hier. Ich weiß, wie du heißt.»

«Echt? Seit wann wohnst du denn hier?»

«Seit September. Ich sehe dich oft, bei Regines Minimarkt ... oder am Bus, also an der Straße, wo der Bus hält, und auch im Bus, da hast du vor mir gesessen, und an der Tankstelle bei der Kreuzung hast du Bier gekauft. Und einfach so.»

«Und einfach so. Also, ich hab dich jedenfalls nicht gesehen, noch nie.»

Er zuckt mit den Schultern.

Sie versucht, sich zu erinnern. Aber sie hat ihn wirklich noch nicht gesehen. Sie kann sich jedenfalls nicht erinnern.

«Wenn du mitkommst ... kann ich dir was zeigen», sagt er und zappelt mit seinem linken Bein, das in einer Cordhose steckt.

«Ja? Was denn?»

Er greift nach ihrer Hand, sie sieht sich rasch um, ihre Hand hängt kraftlos in seiner, doch es ist inzwischen vollkommen dunkel, und niemand ist unterwegs, alle sind beim Feuer, seine Hand ist warm und trocken, und sie lässt ihn einfach und geht mit.

Was soll er ihr zeigen können? Ihr fällt nichts ein, aber das ist ihr egal. Sie will auch gar nicht denken, sie hat gerade überhaupt keine Entschlossenheit. Sie ist ganz labberig in sich drin. Sie könnte heulen vor lauter innerer Schwäche und gleichzeitig lachen, weil sie an der Hand von dem Kleinen mitläuft wie ein Kalb.

Im Dorf ergießt sich weiß das Licht der Straßenlampen auf ihre Gesichter, Danilos Wangenknochen und seine gebogene Nase treten scharf unter dem Gewöll von Haaren hervor. Im Licht sieht er älter aus und fremder. «Wo hast du denn vorher gewohnt, bevor du hergezogen bist?», fragt Ava Danilo, der schweigend neben ihr hergeht, ihre Hand fest in seiner, als würde sie ihm gehören.

«In Hamburg. Da hat es meiner Mutter nicht gefallen. Sie mag es nicht in der Stadt.»

«Ich habe dich echt noch nie hier gesehen.»

«Du hast nur nicht hingeguckt.»

«Kann sein.»

Die Mädchen und Jungen ihres Alters kennt sie im Umkreis von mehreren Kilometern. Die Jüngeren nicht. Die interessieren sie nicht. Das ist nun mal so.

Vor einem kleinen, alten Haus bleibt Danilo stehen.

«Hier ist es.»

«Hier?»

In dem Haus wohnte bis zum Sommer des Vorjahres Herbert Heinzen. Er sprach von sich selbst immer in der dritten Person, er sagte immer: «Herbert geht zum Friedhof», «Herbert kauft sich Berliner in Regines», «Herbert muss jetzt schlafen gehen.» Herbert teilte sich den Leuten gerne mit, wenn sie gerade da waren, und sie nickten und sagten: «Das mach mal, Herbert.» Manchmal stand er nachts auf der Kreisverkehrsinsel im Dorf und redete wirres Zeug. Er ist im Krieg verschüttet gewesen, sagt die Mutter. Aber er kam nie in ein Heim, was auch nicht gut für ihn gewesen wäre, sagt auch die Mutter, da er das Eingesperrtsein nicht ausgehalten hätte. Im August lag er auf der Kreuzung, auf dem Stück Rasen im Kreisverkehr, sein Kopf auf einem Bettkissen, er hielt es mit beiden sehnig dünnen Armen umfasst, der knochige Kopf im rosa Kissen, das graue Haar verknittert, lag er eingerollt im Gras und war tot. Ava sah ihn, viele kamen und sahen ihn, bis ein Arzt kam und bis jemand eine Decke über ihn legte und ihn mitnahm. Er war nicht gern in Häusern, er schlief lieber auf einer Campingliege auf seinem Hof unter dem schwarzen Himmel, wenn es warm genug war, und hatte immer alle Fenster und Türen weit auf stehen, wenn er drinnen war.

Nun wohnen die hier, denkt Ava, und es passt ihr nicht, aus irgendeinem Grund. Das Haus hat sich kaum verändert. Es ist nicht gestrichen worden, das Dach nicht neu gedeckt, die Fenster sind nun geschlossen mit Gardinen davor, es sieht jetzt verkommen aus, vorher sah es verrückt aus und hatte eine verrückte Energie, weil der Wind durch das Haus pfiff und die Fenster und Türen mit Stricken an Haken festgebunden waren, jetzt ist es alt und verkommen und sieht kaum bewohnt aus. Aber aus einem der Fenster dringt Licht.

«Was soll ich denn hier?», fragt sie und lässt Danilos Hand los.

«Jetzt bist du schon hier, jetzt komm auch!», sagt er und

nimmt wieder fest ihre Hand in seine und quetscht ihre Finger, während er mit der anderen einmal vorsichtig, liebevoll darüberstreicht, sodass ihre Härchen auf dem Arm sich aufrichten.

Er öffnet das Tor, das schief in den Angeln hängt, und sie gehen auf den dunklen Hof zu den Schuppen, die ebenso schief in der Dunkelheit stehen, wie kleine, schräg nach vorn geneigte Felsen.

«Was ist denn hier?», fragt Ava. «Ich krieg Schiss, Mann. Du tickst doch nicht ganz richtig.»

«Warte doch», sagt er, «du wirst schon sehen. Du brauchst keine Angst haben. Ich bin doch bei dir.»

«Na, wenn du bei mir bist, du Beschützer, du Beschützerlein.» Ava muss wieder kichern. Das Kichern in ihrem Bauch beruhigt sie.

Er zieht sie hinter sich her, öffnet den Riegel von einem der schiefen Schuppen, die Tür knarrt, trockener Geruch von Stroh und Erde hängt in der Luft des kleinen Raumes. Ihre Augen gewöhnen sich nur langsam an die Dunkelheit. Das schwache Licht einer Straßenlaterne dringt von fern durch die verdreckten Scheiben eines kleinen Fensters, und sie erkennt einen Mann, der auf einem Stuhl sitzt.

Ava quiekt. Sie wusste gar nicht, dass sie so quieken kann. Wie ein ganz kleines Schweinchen. Ihr Herz rast, und sie bereut alles, Scheiße, Mann, verdammte Scheiße, wenn sie nur nicht plötzlich so gelähmt wäre.

Aber nichts geschieht, Danilo hält noch immer fest ihre Hand, und der Mann regt sich nicht. Es sieht aus, als würde er sich überhaupt nicht bewegen, nicht mal ein bisschen, nicht mal atmen, es sieht aus, als wäre er tot. Und wenn er das wäre, tot, dann wäre das ungefährlich. Sie hat bereits einen Toten gesehen, Herbert Heinzen auf der Kreuzung, er sah lieb aus und ruhig. Sie hatte keine Angst vor ihm gehabt.

«Wer ist das?», fragt sie in die staubige Stille.

«Das ist mein Vater.»
«Dein Vater?»
«Er ist nicht echt. Es ist nur eine Kleiderpuppe aus einem Laden. Aber sein Kopf sieht echt aus. Meine Mutter hat ihn gemacht, sie hat früher Tiere fürs Museum gemacht, in Kroatien, sie kann auch Wachsköpfe machen. Und das ist mein Vater. Guten Tag, Vatilein. Guten Tag, Danilo, und guten Tag, schöne junge Frau. Freut mich sehr. Aber das wollte ich dir gar nicht zeigen.»
«Nicht?»
«Guck doch mal richtig, geh näher ran!»
Ava geht näher an den steifen Vater ran, sie tastet sich mit ihren Stoffschuhen über den mit Schutt bedeckten Fußboden. Es riecht säuerlich und nach dumpfwarmem Tier. Sie geht so nahe heran, bis sie etwas sich auf dem Schoß des Vaters bewegen sieht. «Was ist das?»
Doch im Licht der plötzlich eingeschalteten Hoflampe kann sie es ganz ausgezeichnet erkennen. Im zerfressenen Anzugstoff von Danilos Vater befindet sich ein Nest, aus dem sich blinde, nackte Schnäuzchen nach oben strecken.
«Kleine Mäuse», sagt sie.
«Mäusebabys», bestätigt er und kichert und hüpft im Schuppen herum. «Mäusebabys auf Tatas Schoß und beißen ihm die Eier ab. Was sagst du dazu?»
Er kommt zu ihr und greift wieder nach ihrer Hand. Er stellt sich ganz dicht vor sie hin, reckt sich und seinen wuscheligen Kopf und seine große Brille nach ihr, die über ihm ist, seine Lippen leicht geöffnet, sie spürt seinen Atem. Er will knutschen. Er will es wahr machen.
«Danilo», ruft eine Frau von draußen, sicher die, die auch das Hoflicht angeschaltet hat.
Danilo hebt den Zeigefinger an seine Lippen.
«Danilo», ruft die Stimme wieder.
Schritte nähern sich. Die Frau erscheint in der Tür.

«Danilo, was machst du hier? Und das Mädchen? Was machst du beim Vater?»

«Der Vater hat Babys bekommen», sagt Danilo.

«Wie bitte sagst du?»

«Mäusebabys.»

«Schlag sie tot, Danilo.»

«Nö, mach ich nicht.»

Er zieht Ava zur Tür, schiebt sie durch und drückt die Frau auch mit hinaus und verschließt die Tür mit dem Riegel.

«Guten Abend», sagt Ava, «ich bin Ava Grünebach», wie sie es von den Eltern gelernt hat, immer vorstellen und guten Tag sagen.

«Ivana», sagt die Frau, sie drückt Avas Armgelenk, als würde sie es kneifen, und geht kopfschüttelnd zum Haus zurück.

Auf der Treppe winkt sie Danilo zu sich. Aber der läuft mit Ava raus auf die Straße und sagt: «Mein Vater ist tot, in Kroatien, vielleicht auch nicht, vielleicht ist er lebendig in Kroatien und liegt schön braun an der Adria und frisst sich voll.»

Ava starrt ihn an und versucht, die Eindrücke zu ordnen, aber es zappelt in ihr wie Danilos Knie, wie sein Tick in ihrem Gehirn.

«Früher war er nicht im Schuppen, sondern im Haus.»

«Aber wieso denn?», fragt Ava.

«Damit ich ihn kenne, als Kind, verstehst du? Damit auch ein Vater da ist, beim Abendbrot und so. Das vergisst du doch sonst, oder?»

«Das ist ja vollkommen verrückt. Ihr seid ja verrückt!»

Danilo grinst, schaut auf den Boden und zappelt wieder mit seinem Knie, als würde im Gelenk ein kleiner Motor laufen. «Für mich war es normal so. Vater sitzt am Tisch. Und nervt nicht rum.»

Ava starrt Danilo an und das Haus und wieder Danilo mit seiner Brille.

«Als Kind, da war alles normal so», sagt Danilo.
«Was denkst du denn, was du jetzt bist? Du bist immer noch ein Kind», sagt Ava.
«Überhaupt nicht.»
«Nein? Wie alt bist du – zehn, elf, zwölf?»
Danilo zieht sie am Arm zu sich heran, sie schiebt ihn weg.
«Wie alt?»
«Ich bin fast dreizehn.»
«Also zwölf.»
«Und?»
«Du bist zwölf, und ich bin sechzehn, Danilo. Ich knutsche nicht mit Jungen, die zwölf sind. Du bist ein Kind.»
«Ich bin aber weiter als die anderen.»
«Wer sagt das?»
«Ich.»
«Na so was. Soll ich dir mal was sagen, Danilo? So funktioniert das nicht. Du musst dich erst mal verlieben, nicht? Dann muss die Frau zu dir passen *und* wollen, und dann kannst du mit ihr knutschen. Okay?»
«Ich hasse dich», sagt er leise, nimmt seine Brille von den Augen und wirft sie wütend auf die Erde.
Ava bückt sich und hebt die Brille auf. «Was machst du denn? Du kannst doch deine Brille nicht auf die Erde werfen, dann geht sie kaputt!»
«Soll sie doch. Soll sie doch. Es ist doch nur wegen der Brille ... und allem!»
Danilo läuft zurück zum Haus und verschwindet in der Einfahrt.
«Es ist doch nicht wegen der Brille, damit hat es gar nichts zu tun.»
Ava bleibt auf der Straße stehen. In einer langen Pfütze spiegelt sich im Straßenlampenlicht die Mauer vom Hof. Ein trüb glänzendes, sich leicht bewegendes Mauerwerk. Soll er machen, was er will. Sie ist dafür nicht verantwortlich. Sie hat

damit nichts zu tun. Sie will zurück zu den anderen. Sie hätte sich nicht auf den einlassen sollen. Sein fremder Atem, seine feuchte Hand, alles klein und komisch und nervig. Ihre Lippe brennt, sie fährt mit der Zunge über einen kleinen, feuchten Riss. In der Hand die Brille, Sand an den Bügeln, sie wischt sie an ihrem Bauch ab. Dann geht sie ihm, tief aufseufzend, hinterher. Später kann sie sich nicht mehr genau erinnern, warum. Es sind ihr eher verborgene Gründe.

Im Schuppen fiept es. Der Vater ist umgekippt, und Danilo tritt auf seinem Körper herum.

«Was soll das?», sagt sie, «hör sofort damit auf, du Idiot, du kleiner!»

«Meine Mutter hat gesagt, ich soll sie totmachen! Hast du doch gehört. Hat sie doch gesagt.»

Er trampelt wild keuchend auf den fiependen Dingern und auf dem Vater herum. Jedenfalls sieht es so aus, denn auf dem dunklen Boden in dem dunklen Schuppen kann sie sonst nichts sehen. Dann hört er damit auf und zieht die Nase hoch.

«Du bist so gemein», flüstert er heiser und schnieft.

«Ich weiß», sagt Ava. Sie geht zu ihm, setzt ihm die Brille auf das Gesicht und fährt ihm über das wuschelige Haar. Unter den dünnen Sohlen ihrer Schuhe fühlt es sich an, als ob sie auf Mäusebabys steht. Sie drückt sein feuchtes Gesicht gegen ihre Brust und streichelt sein Haar. «Ist doch alles nicht so schlimm», sagt sie. Sie dreht sein Gesicht zu sich hoch und will ihm einen kleinen, sanften Kuss auf die Stirn geben, wenn das hilft, wenn das hilft und ihn glücklich macht, für diesen Moment. Aber seine feuchten Lippen drücken sich mit solcher Macht gegen ihre, seine Zunge schiebt sich hervor und züngelt an ihrer Lippe herum, die sie sofort fest zusammenkneift. Mit einem Zwölfjährigen knutschen, auf toten Mäusebabys neben dem gestürzten Vater. Das ist mal toll, Ava, ganz toll, das ist mal richtig zum Angeben. Sie schiebt ihn mit Gewalt von sich fort. «Jetzt hör endlich auf!»

«Ich liebe dich», sagt er.

«Du liebst mich nicht, du weißt überhaupt nicht, was das ist!» Sie weiß selbst nicht, was das ist. Das ist das Blöde. Sie weiß alles nur aus Filmen. Wie der Vater.

«Du liebst mich auch.»

«Ich liebe dich?» Ava könnte heulen. Warum hat sie plötzlich so was am Hals? Warum steckt sie plötzlich in so was Bescheuertem drin? Es kann doch alles nur ihre eigene Schuld sein, wieder mal.

Danilo hüpft im Schuppen rum. «Love. Ich bin Love. Du bist Love.»

«Hör auf damit! Und wehe, du erzählst das jemandem!», sagt Ava.

«Doch, das erzähle ich allen», sagt er.

Die Tür öffnet sich, und die Mutter erscheint mit einer Taschenlampe in der Hand. «Danilo? Danilo?»

«Nein. Otac. Er ist zurückgekehrt, in den Mäusestall.»

«Du sollst nicht Spaß machen damit!»

«Ich habe den Vater zerstampft!»

«Was?»

Ava starrt die Mutter mit der Lampe an. Wie wird sie reagieren? Wie würde ihre eigene, dicke, liebe Mutter reagieren, wenn sie den Vater zerstampft hätte?

«Ich habe den Vater zerstampft, damit du es weißt.»

Die Mutter beleuchtet mit ihrem schwachen gelben Strahl den Boden. «Du bist ein Teufel, du bist ein Teufel! Wenn er noch da wäre, würde er dir Schläge geben!»

«Er ist nicht da», sagt Danilo, «und er kommt auch nicht mehr.»

«Mir ist es hier zu strange», flüstert Ava und verlässt den Hof.

«Ava, Liebste, schlaf gut!», ruft ihr Danilo hinterher.

Sie geht schneller. Sie geht zwischen den klaren, hellen Straßenlaternen nach Haus. Sie will nicht mehr zurück zum

Osterfeuer. Sie will in ihre Küche und etwas Warmes trinken und das Radio anmachen und den Kühlschrank summen hören und die Fotos über der Spüle betrachten.

Das Osterfeuer ist anders geworden. Die Leute sind anders geworden. Was ist nur los?

Sie kocht sich Tee und hört im Radio die Nachrichten. Sie denkt an Danilos Mutter. Sie trug dunkle Hosen in Gummistiefeln, ihr Haar war hochgesteckt und ihr Gesicht knochig. Wenn Avas Vater verschwinden würde? Im Krieg oder anderswo?

Im Regal stehen seine Bücher, im Schrank seine Filme und in der Küche sein Rotwein, seine Jacke hängt an der Garderobe. Der Vater kann nicht weg sein, im Krieg, weil er da ist. Weil er beim Osterfeuer ist und alle verärgert, die Mutter, die Leute im Dorf und auch sie. Der Vater ist ein Spinner. Aber er ist da und nicht tot oder im Krieg. Das könnte er auch nicht. Er könnte nicht schießen, er würde im Weg stehen und den anderen Soldaten etwas über das Töten erzählen. Obwohl er über das Töten nichts wüsste. Vielleicht ist das nicht das Schlechteste an ihm. An ihm ist sowieso einiges gut. Er macht ihr keine Vorschriften, so wie die Väter anderer Mädchen. Wenn sie etwas will, dann sagt er immer: «Hast du dir das überlegt, mein Mädchen, ob du das auch wirklich aus deinem Herzen heraus willst?» Sie hat, seit sie klein war, immer überlegt, ob sie wirklich, aus ihrem Herzen heraus genau das wollte, was sie wollte. Sie hat ganz in ihr Herz hineingefühlt, hat versucht, die Entscheidung aus diesem schlagenden Organ herauszuziehen. Das ist recht schwer gewesen. Vor allem, wenn sie einfach nur in die Disco wollte.

Trotz seiner Nutzlosigkeit für den Haushalt und das Leben hängt die Mutter sehr am Vater, davon ist Ava überzeugt. Und die Entscheidungen über die Dinge, die Ava tun oder nicht tun darf, überlässt sie meist ihm. Der Vater hängt ebenso an der Mutter wie sie an ihm. Beide hängen aneinander wie Dick und Doof – sagt Avas Schwester Petra. «Die Alten sind wie Dick und Doof.» Obwohl der Vater keinesfalls Doof sein kann, denn doof ist er nicht. Er ist ein sehr kluger Mann. Die Eltern sind noch irgendwie aneinander interessiert, Petra meint, sie bumsen noch. Ava verzieht bei solchen Worten das Gesicht, sie will über die Eltern nicht auf diese Art und Weise nachdenken, aber Petra wiederholt dann absichtlich und vergnügt: «Die bumsen noch, Dick und Doof, die sind noch heiß, kannst froh sein, wenn nicht noch ein Schwesterlein bei rauskommt.»

Ava heißt nach einer Filmschauspielerin, nach Ava Gardner. Das war der Wunsch vom bekloppten Vater. In dem Zusammenhang ist immer die Rede vom bekloppten Vater, denn die Mutter war dagegen. Aber die Abmachung war, dass er den zweiten Namen bestimmt, den ersten hat die Mutter bestimmt, da ist Petra bei rausgekommen, kann man nichts gegen sagen, aber Ava ist doch ein viel besserer Name. Ava Gardner ist eine schöne, eine sehr, sehr schöne und sehr elegante Frau gewesen. Der Vater kennt alle Filme, er hat sie fast alle auf Video. Ava kennt die Filme auch, sie hat Ava mit neun in «The Killers» gesehen. Sie hat immer wieder versucht, so zu gucken, wie Ava guckt, als Burt Lancaster sie das erste Mal auf einer Party erblickt, er ist mit einer anderen Frau da, aber als sich Ava umdreht und so unglaublich toll aussieht, kriegt er sie nicht mehr aus dem Kopf und hat die andere Frau sofort vergessen. Das hätte er besser nicht tun sollen, denn Ava wird sein Verderben sein, das war es, was Ava am meisten Vergnügen machte, dass Ava sein Verderben sein würde. Sie sah den Vater an und sagte: «Diese Frau wird sein Verderben sein», und der Vater nickte stumm, ohne den Blick abzuwenden.

Der Vater hat sein eigenes Schlafzimmer mit blauem Teppich und zwei Bücherregalen. Er schläft nicht mehr mit der Mutter in einem Zimmer. Das hat im Dorf zu Gerede geführt, aber die Mutter sagt: «Die soll'n die Fresse halten!»

Die Mutter ist rhetorisch etwas anders drauf als der Vater. Ihre Eltern waren Schafbauern. Die Mutter hat selber lange ein Schaf gehalten, sie war so dran gewöhnt gewesen. Aber ein Schaf macht nicht viel Sinn. Es rennt immer am Pflock im Kreis, bis es sich eingedrieselt hat, und dann würgt es, bis jemand es ausdreht. Die Großeltern haben immer noch jede Menge Schafe und neuerdings auch Ziegen. Avas Vater wird von ihnen nicht besonders gemocht. «Der hat nichts im Kopf als Spinnereien.» Als die Mutter den Vater damals angeschleppt hat, da hat der Opa ihn sofort aus dem Haus geworfen. Er hat ihn an den Schultern gefasst und umgedreht und gesagt: «Geh mal schön wieder nach Hause, Herr Professor, meine Tochter kriegst du nicht.»

Aber die Mutter hat ihn trotzdem genommen. Sie wollte weg von den Grobheiten auf dem Bauernhof, von dem Schafdreck und dem Rübeneintopf. Sie wollte keinen Mann wie ihren Vater, der tagein, tagaus in schwarzen Gummistiefeln und mit Hosenträgern über dem Flanellhemd rumlief und sich beschwerte, wenn es zu wenig Kartoffeln bei Tisch gab. Das hat sie Ava irgendwann erzählt, und Ava konnte es verstehen, obwohl Ava den Opa auch ziemlich mag. Aber sie kriegt ihn auch nicht als Mann. Das ist was anderes. Da hat man mehr Hoffnungen und Romantik.

Der Vater hatte die Mutter mit den dicken Locken und Titten zum Essen im Weinkeller in Lüneburg, wo er wohnte, eingeladen, und ihr nach dem Essen ein Gedicht vorgelesen. Das Gedicht muss was Besonderes gewesen sein, die Mutter soll Tränen in den Augen gehabt haben. Ava hätte gerne gewusst, um welches Gedicht es sich handelt, aber weder der Vater noch die Mutter geben ihr da Bescheid. «Das gehört deiner Mutter und nicht anders», hat er gesagt.

«Das haben tausend Leute schon gelesen. Dann kann ich es doch auch lesen.»

«Lies doch, was du willst.»

Sie will gar keine Gedichte lesen, nur dieses eine, aber das darf sie nicht.

Anschließend hat der Vater die Mutter wahrscheinlich rumbekommen. Das hatte sie nicht direkt erzählt, aber so wird es wohl gewesen sein. Die Mutter hatte eigentlich keine Ahnung von Gedichten, trotzdem hatte sie eine Sehnsucht in sich, nach einem Mann, der so etwas mit Gedichten in sich hatte und an sie weitergab.

«Heutzutage kannst du mit Gedichten keine mehr rumkriegen», hat Petra gesagt. «Wenn mir einer mit nem Gedicht kommt, dann lache ich mich tot.»

Petra hat einen Mann, der im Leben keine Gedichte vorlesen würde, Markus Mertens, der Dachdecker ist, sein dunkles Haar oben recht kurz und hinten etwas länger trägt und samstags DJ macht. Er spielt Oldies auf Ü-30-Partys. Petra sagt, sie mag das auch viel lieber als zum Beispiel moderne Popmusik. Ava mag überhaupt keine Ü-30-Partys, wo alle Ü-40 sind und immer, immer die gleiche Musik gespielt wird. «Jetzt flippen sie gleich richtig aus, warte, Ava», sagt Markus dann und dreht die CD in seiner Hand und zieht an seiner Fluppe und legt «Heart of Glass» von Blondie auf und brüllt: «Damenwahl!» Zu Hause hört er genau das Gleiche. Zu Hause bastelt er an seinem Volkswagen rum, der in der Garagenauffahrt von Petras und seinem kleinen gemieteten Reihenhaus steht, und aus dem CD-Player im Auto schreien Blondie und Rolling Stones, und er fummelt unter dem Auto und singt: «I can't get no, Satisfaction. Geiler Song, geiler Song. Jagger. I can't get no.» Das sind Markus' Gedichte, sozusagen.

Wenn Ava einer mal ein Gedicht aufsagen würde, dann würde sie sich das gar nicht erst zu Ende anhören, aber es würde auch niemand machen. Das ist endgültig vorbei, dass Leute anderen Leuten Gedichte vortragen und sich was davon versprechen. Das war früher mal, vielleicht, aber jetzt nicht mehr. Oder? Ihr Vater tut es immer noch, manchmal liest er in der Küche hinter der kochenden Mutter laut ein Gedicht vor, er mag die Worte, er sagt: «Hör, wie das klingt, höre das, der Mann ist ein Genie.» Die Mutter tippt sich dann an die Stirn, aber sie hört ihm zu, sie wird irgendwie schwach bei Gedichten, im Geheimen ist sie ein Fan vom Vater; wenn er sich da so dran freut, das kann sie kaum begreifen, aber trotzdem fühlen. Deshalb sind die Mutter und der Vater immer so süß in der Küche, findet Ava. So einer wie der Vater, wenn der heute geboren werden würde, dann würde er wieder so werden und Gedichte aufsagen. Aber so einen wie den Vater gibt es einfach nicht noch mal. Und Ava will um Gottes willen so einen Mann auch nicht haben.

Sie muss an Danilo denken, wie er im Schuppen stand und auf den Mäusen rumtrampelte. Er schien sich so sicher. Wenn man so klein ist, zwölf Jahre alt, da ist man ein Kind, da ist man doch nicht sicher, was die Liebe angeht. Oder liegt es daran, dass er Kroate ist? Sind die vielleicht anders in ihrer Entwicklung und ein bisschen eher sicher und wie Erwachsene? Aber eigentlich sind es doch überall verschiedene Menschen, Kroaten oder Deutsche, ganz verschiedene Menschen, manche so und manche so. Der Kleine ist eine spezielle Sorte. Möglich, dass er keine Freunde hat. So, wie er aussieht und rumläuft und spinnt mit seiner großen Brille. Sie muss aufpassen, dass sie ihm in nächster Zeit nicht über den Weg läuft. Wenn im Dorf rauskommt, dass sie den geküsst hat, dann aber hallo. Die würden sie richtig verarschen. Alle. Oh nein, das wäre schlimm, das muss sie unbedingt verhindern. Hoffentlich rennt er ihr nicht hinterher. Das wäre dem zuzutrauen, dass er sie bei der nächsten Gelegenheit wieder abknutscht. Herrgott, Ava, wie konntest du das nur tun? Bist du denn noch ganz dicht?

Die Tür klappt. Die Eltern kommen.

«Ava», ruft die Mutter im Elefantenmantel, den sie sich vom Körper pellt, wickelt ihr Tuch ab und keucht: «Wo warst du denn? Wir haben dich gar nicht mehr gesehen, wir haben uns schon Sorgen gemacht, dass du wer weiß wo bist.»

«Ich war nicht wer weiß wo. Ich bin sechzehn, und da musst du nicht immer gleich so einen Aufstand machen.»

«Aber Bescheid kannst du ja wohl sagen, wenn du weggehst. Wir sind doch auch zusammen hin.»

«Ich musste weg. Mir war ganz schlecht. Habt ihr das nicht gehört, wie das kleine Tier geschrien hat? Mir war richtig schlecht. Und ihr wart nicht da.»

«Natürlich waren wir da», sagt die Mutter, «natürlich waren wir da. Wo sollen wir denn gewesen sein?»

«Ich weiß es nicht. Ich habe dich doch gesucht, weil mir schlecht war, weil ich wegwollte, und du warst nicht da, der Vater auch nicht, also bin ich abgehauen.»

Der Vater setzt sich in den Sessel und schlägt ein Buch auf.

«Es war daheim auf unserm Meeresdeich;
Ich ließ den Blick am Horizonte gleiten,
Zu mir herüber scholl verheißungsreich
Mit vollem Klang das Osterglockenläuten.»

«Du sagst nichts», sagt die Mutter und starrt ihn wieder anhimmelnd und schon leicht beruhigt an, «ich rede mir den Mund wund, und du sagst nichts. Findest du es denn richtig? Sie kann doch wohl Bescheid sagen, wenn sie geht, oder, Frank?»

«Du kannst Bescheid sagen, wenn du gehst, Ava.»

«Ich hätte euch Bescheid gesagt.»

«Zum Bescheid sagen gehört Eltern suchen und Worte der Erklärung aussprechen, sei kein Kleinkind, Ava.»

«Mir war nicht gut.»

Die Mutter geht in die Küche, Kaffee kochen, immer kocht sie Kaffee, auch wenn es spätabends ist, immer trinken sie und der Vater Kaffee, wenn sie nach Haus kommen.

Der Vater wendet sich wieder seinem Buch zu und liest sauber artikuliert und sanft betonend:

«Im tiefen Kooge bis zum Deichesrand
War sammetgrün die Wiese aufgegangen;
Der Frühling zog prophetisch über Land,
Die Lerchen jauchzten und die Knospen sprangen.
Entfesselt ist die urgewalt'ge Kraft,
Die Erde quillt, die jungen Säfte tropfen,
Und alles treibt, und alles webt und schafft,
Des Lebens vollste Pulse hör ich klopfen», und sieht hoch zu Ava. «Wer ist der Junge?»

Ava starrt ihn an, wie kann der Vater immer und immer alles über sie wissen? Es ist doch verrückt. «Er heißt Danilo, er ist noch klein, erst zwölf. Er wohnt im Haus vom verrückten Herbert. Mit seiner Mutter. Sie sind aus Kroatien.»

«Du weißt ja schon einiges.»

«Ja, das hat er mir erzählt, er ist nett.»

«Das dachte ich mir.» Er liest stumm die Gedichte von Theodor Storm, der Familie Heimatdichter für die offiziellen Feiertage, und das Thema ist beendet. Die Mutter wird davon vorerst nichts erfahren.

Am Städtischen Klinikum Lüneburg, wo sie ihre Ausbildung zur Krankenschwester beginnt, lernt sie Andreas kennen. Er ist groß und dünn und geht, vielleicht wegen seiner Größe, immer ein bisschen gebeugt hinter den Ärzten her. Er ist Assistenzarzt und großer Fan vom Chefarzt Dr. Kohlmann. Beate sagt immer Dr. Kohlarsch. Wenn er es auch nur einmal hört, kann Beate sich warm anziehen, aber vielleicht hat er es sogar schon gehört.

Es ist nicht Avas Art, Leute so schnell einzuteilen, in Ärsche und Nichtärsche, sie sieht sich das erst mal eine Weile an, auch das hat sie vom Vater, der sieht sich aber eigentlich alles immer ewig an und fällt kaum je sein Urteil. «Warte ab, Avalein, wie sich der Mensch entpuppt, das dauert manchmal lange. Dann kriecht er aus sich heraus und flattert und ist vielleicht sehr schön, und du bist vorschnell gewesen.» Die Mutter ist vorschnell und schlägt eher in Beates Richtung. Sie mag Leute sofort oder sofort nicht. «Ich kann die nicht ab. Die geht mir so was von auf den Zeiger, sag ich dir.» Aber sie kann ebenso schnell ihre Meinung ändern, wenn diejenige ihr nett guten Tag sagt oder das Glas Gurken aus dem Regal bei Edeka reicht. «Die is doch irgendwie sehr nett, Avchen, oder?» Der Vater kommt mit seiner Meinung über Leute quasi nie zu Potte, wenn man so will. Er überlegt noch, wenn die Leute schon tot sind. Sie sind immer so und auch ein bisschen so und ein bisschen auch wieder so. Ava hat was davon geerbt, glaubt sie, sie wäre lieber konkreter, wie die Mutter, aber sie kann nicht. Es kommt ihr nicht aus dem Herzen durch das Gehirn auf die Zunge.

Sie zweifelt am Dr. Kohlarsch noch rum, aber vor allem auch, weil Andreas ihn so gut findet, so charismatisch, sagt er, und das ist genau das Arschige an ihm, das kann jemand wie Andreas auch charismatisch finden. Und als Arzt sooo gut. Er ist als Arzt sooo gut. Andreas will ein ebenso guter Arzt werden wie Dr. Kohlmann. Er hat schon ewig lange studiert und ist um einiges älter als Ava, wobei es ihr eigentlich nicht so vorkommt. Im Gesicht sieht er aus wie ein Junge, mit seinen Sommersprossen über der knubbeligen Nase. Und er kichert wie ein Mädchen, wenn jemand was sagt, das an einen Witz erinnert. Beate dreht sich dann um und verdreht die Augen.

Sie trifft ihn mehrmals an dem Tag, als Frau Brunnhofer stirbt. Sie trifft ihn an Frau Brunnhofers weißem und dennoch riechendem Bett – aber es ist nicht das Bett, das riecht – vor ihrem grauen Gesicht. An Frau Brunnhofers Tod ist nichts mehr zu ändern. Sie stirbt ohne Angehörige, weil sie keine hat. Dafür hat sie eine Patientenverfügung, und Dr. Kohlarsch hält sich dran. Keine Beatmung. Keine künstliche Ernährung.

«Sehr fortschrittlich», sagt Andreas und sieht zur Seite

und holt Kaugummis aus seiner Kitteltasche und steckt sie wieder hinein. Andreas Sommersprosse, Herr Balzer damals noch für sie. Er kommt immer wieder an ihr Bett, um nach ihr zu schauen, nervös zappelig und innerlich zerrissen, wie Ava scheint.

«Ach seien Sie doch ehrlich», meint sie im Gang zu ihm, «am liebsten würden Sie doch die ganzen Schläuche auf der Stelle in die Frau reinstecken, damit sie noch eine Weile lebt.»

Er starrt sie an, seine hellen kleinen Augen müde und in den Winkeln vertrocknet und leicht gerötet, «ja», flüstert er und senkt den Kopf und reibt sich die juckenden Augen. In diesem Moment verliebt sie sich in Herrn Balzer, Andreas.

Wenn sie sich an diesem Tag am Bett der sterbenden Frau begegnen, sehen sie sich gegenseitig an, dann wieder die Frau, ihr nach innen gesunkenes Gesicht, ihre Augen in den Höhlen ihres Schädels, und dann wieder sich, ihre jungen Gesichter. Ava sieht die straffe Haut auf seinen Wangenknochen, auf denen versprengte, winzig kleine Sommersprossen sitzen, die etwas Albernes haben. Seine Schultern sind nach vorn gebeugt, sein helles Haar streicht er alle Minute nach hinten, und die Frau atmet kaum, in langen Abständen, und starrt schon ganz woandershin, wo die Vögel singen und die Bienen summen und sich das große Nichts öffnet. Ihre Hände liegen reglos und vertrocknet auf der Bettdecke, wie alte Knochen in einem Erdloch, die Medikamente gegen die Schmerzen haben sie gleichgültig gegen alles gemacht, und Andreas und ihr ist es jetzt auch fast egal. Leute sterben im Krankenhaus. Irgendwann muss mal Schluss sein. Man kann sich nicht an einer Frau aufhalten. Um sechzehn Uhr ist sie tot.

Zwei Wochen später trifft sie Herrn Balzer, Andreas, im Schwesternzimmer, wo er gar nichts zu suchen hat. Er fragt nach Nähzeug.

«So was hab ich nur bei mir zu Hause», sagt sie.

«Dann kann ich da vielleicht mal vorbeikommen?», sagt er

und blinzelt müde und lächelt, und sie glaubt, es kann nicht sein, dass er das gesagt hat, oder er hat es nicht so gemeint, wie es sich erst einmal anhört, wenn man normal denkt. Beate und Elvie reißen die Augen auf, und Beate schreit: «Herr Balzer baggert die Ava an, eh eh eh!»

«Ph!», sagt Ava, und ihr Gesicht wird heiß. Aber Beate hat recht.

Beate reißt Elvie am Arm mit aus dem Zimmer, und auf dem Gang kichern sie.

Allein gelassen mit Herrn Balzer, sagt sie: «Ich kann das Nähzeug auch mitbringen und den Knopf annähen, oder worum es geht, obwohl das echt nicht zu meinen Aufgaben als Auszubildende gehört … Herr Balzer. Echt nicht.»

«Ja, ich wollte auch nur …», sagt er, «dass wir vielleicht mal ein Bier trinken oder so.»

«Oder so.» Sie grinst. «Oder was oder so?»

«Oder Wein. Oder Cola. Oder Milch.»

«Milch ist nicht mehr gesund für Erwachsene. Eher was Gesundes doch wie Bier. Bier ist sehr gesund wegen des Hopfens, das hilft vorbeugend gegen Krebs.»

Seit der Tschernobylkatastrophe im Frühjahr ist die Angst vor Krebs bei den Leuten fast wie die Angst vor der Grippe geworden, wenn auch ungleich größer, aber der Krebs ist näher an sie herangekrochen, ist weniger ein Schicksal als eine Bedrohung geworden, der man sich zu entziehen versucht. Im Frühsommer waren weniger Leute draußen auf den Straßen gewesen, eine feine, großflächige Angst hatte sich ausgebreitet, eine Angst vor dem Essen und dem Leben, und ein großes Misstrauen hatte sich dafür breitgemacht. Ava, die täglich mit dem Krebs umging, hatte die Angst nicht so akut gespürt, sondern wie eine Enttäuschung über die Unsicherheiten, die das Leben bereithielt, über die mangelnde Fürsorge und den mangelnden Schutz, den Staaten und Regierungen boten, und sie war endgültig und aus eigenem Entschluss aus dem Kinderleben in das bittere Erwachsenenleben hineinmarschiert.

Am Abend, in der Kneipe September, fragt er sie, wie sie das sieht mit den Patientenverfügungen und den lebenserhaltenden Maßnahmen. Sie sagt: «Och, es ärgert mich nur, wenn die Leute Schmerzen haben, das ist alles.»
«Es ärgert dich?»
«Wenn die Leute Schmerzen haben, wenn man das richtig sieht, und wenn sie sich so verzerren deshalb, wenn Leute sich so im Gesicht und am Körper verzerren und ganz schief werden, weißt du? Wie das aussieht, du weißt doch, was ich meine, oder? Das kann ich nicht leiden. Auch wenn sie krank sind und das nicht anders geht, auch wenn sie sehr krank sind und das nicht mehr besser wird, sie sollen es gut haben und angenehm, und es soll ihnen nichts weh tun, das ist das Wichtigste.»
«Und sterben? Ist das nicht viel schlimmer, dass sie sterben?»
«Vielleicht. Ja. Wahrscheinlich. Aber das macht mich nicht so wütend, wie wenn jemand Schmerzen hat. Ich weiß nicht, warum.»
«Ein Kind, stell dir vor, ein Kind stirbt. Ich weiß nicht, ob du das schon gesehen hast.»
Sie sieht ihn an, über das große Bierglas hinweg in der braunen, staubigen, lichtlosen Schankstube mit all dem muffigen Holz. «Ich weiß. Das habe ich gesehen. Da reiße ich mich zusammen und mache alles, wie es sein muss, nach Vorschrift, das ist alles ganz mechanisch und ordentlich, und ich denke, halt den Mund, Ava, keiner interessiert sich jetzt für dich. Und es ärgert mich nicht. Das wäre … frech.»
In seiner Wohnung an der mittelalterlichen Münzstraße, auf seinem lila bespannten Bett, entjungfert er sie. Sie sagt ihm nicht, dass er sie entjungfern wird. Was soll man dazu

auch sagen? Du, ich bin noch Jungfrau? So ein Wort ist an sich schon altmodisch und peinlich. Oder zu sagen, ich habe noch nie ... Und dann im Satz stocken. Das hat sie sich auch überlegt. Alles. Aber dann hat sie beschlossen, es auf sich zukommen zu lassen und gar nichts zu sagen. Denn wenn ein Mann weiß, dass er eine Frau entjungfern wird, dann kriegt er Angst. Das hat Beate ihr gesagt. «Die ziehn manchmal den Schwanz ein, wenn die eine anstechen solln.» Schwanz einziehen ist sowieso Andreas' Stärke – oder Schwäche? Als er es dann eben tut, sie anstechen, da sagt er immer: «Tut mir leid, ich komme nicht rein, du machst dich so zu.» Sie lacht und sagt: «Ich bin so. Gib dir Mühe. Du musst da jetzt durch.» Er starrt sie an und murmelt: «Ach so ist das, ach so ist das.» Und sein Schwanz schrumpelt zusammen. Sie will überhaupt keinen Sex. Sie ist so unaufgeregt wie beim Wäschewaschen. Aber sie will dennoch unbedingt angestochen werden, jetzt sofort will sie es hinter sich bringen. Wie den Zahnarzt oder wie eine Strafpredigt. Spaß am Fummeln hat sie schon genügend gehabt, aber die wahre Freude muss erst beim echten Ficken kommen. Deshalb muss es endlich geschehen, und Andreas muss sie anstechen. Zu diesem Zweck müsste er erst mal einen Stachel haben und kein Würmchen. «Andreas, mach doch! Ich will so gerne, dass du es machst.»

«Ach nö, ich kann jetzt nicht mehr, Mausel.»

«Du kannst. Sieh, wie du gleich kannst. Sag nicht immer Mausel.»

Sie trinkt ein großes Glas Wodka-Orangensaft, sie wird es jetzt irgendwie hinkriegen, sie will, sie nähert sich seinem Schwanz, sein spärliches, pfirsichfarbenes Schamhaar an ihrer Wange, säuerlicher Geruch, sie hat keine Ahnung, wie man es macht, aber sie denkt sich, irgendwie dran rumlecken wird schon helfen. Und es hilft. Er regt sich, und Andreas murmelt «uh, ah», sie muss sich das Lachen verkneifen, wenn sie lacht, war alles umsonst. Als er hart ist, hebt sie ihren Kopf, legt sich neben ihn, spreizt die Beine und sagt: «Jetzt tu es mit Gewalt!»

Er zögert keine Sekunde mehr, ihr sein Ding gefühllos reinzustoßen, es gibt einen schneidenden Schmerz, es tut alles etwas weh und ist nicht so erregend wie Fummeln, aber es ist vollbracht, und sie ist sehr, sehr zufrieden mit sich. Als hätte sie selbst ihre Entjungerung durchgeführt. Jetzt ist sie bereit für alles Kommende, und sie denkt dabei keinesfalls nur an Andreas.

«Aids kannst du wohl kaum haben», sagt er hinterher.

«Nein», sagt sie, «aber schwanger kann ich werden, Assiarzt.»

Assiarzt sagt Beate immer. Beate ist nicht so dafür gewesen, dass sie mit Assiarzt Andreas schläft. Sie meinte, man sollte eher bei seinesgleichen bleiben. Also Kfz-Mechaniker. Oder Ähnliches. Außerdem ist er alt. Verhältnismäßig. Fast dreißig. Was nicht alt ist als Assistenzarzt, meint Andreas.

Schwanger kann sie nicht werden, denn natürlich nimmt sie die Pille. Aber dass er so leichtsinnig ist, nicht danach zu fragen – dabei ist er fast doppelt so alt wie sie. Im Krankenhaus tut er, als würden sie sich nur flüchtig kennen. Ist auch besser so. Sie ist siebzehn. Demnächst achtzehn. Er ist Assiarzt. Man vögelt nicht mit Auszubildenden. Mit ausgelernten Schwestern schon eher. Das machen einige. Sogar verheiratete Ärzte. Da ist nicht so viel dabei. Es gibt auch einen Pfleger, der was mit einer Ärztin hat, er heißt Hartwig. Die Ärztin ist vor zwei Jahren von ihrem Mann geschieden worden, und sie war ein bisschen down und hat auch ein wenig zugenommen, deshalb hat es ihr gut gepasst, meint Beate. Beate hat auch schon mit Hartwig. Aber sie meint weiter, ein Mann wie er macht eine Frau unglücklich, weil er mit einer allein nie zufrieden ist. «Da kannste gleich in Harem gehen, Ava», sagt sie. Aber sie versteht sich gut mit ihm. Wahrscheinlich passen sie gut zusammen, denn Beate nimmt es auch nicht so genau. Hartwig raucht immer draußen auf der Bank Lucky Strike ohne Filter und grübelt, und drinnen treibt er Scherze mit den Kranken, die nehmen es ihm selten übel. Scherze im Krankenhaus sind rar. Im Krankenhaus ist Scherzen nicht angebracht. Die Kranken sehen das anders, besonders die ganz Kranken. Die sind ganz gierig nach Hartwigs Scherzen. Er sagt zum Beispiel: «Frau Lindner, wie sehen Sie denn aus, waren sie heut Nacht aufn Schwof?» Frau Lindner hat Bauchspeicheldrüsenkrebs, und es ist schwer, die Schmerzmittel noch richtig zu dosieren. Sie liegt schon hundert Jahre im Krankenhaus, und die Kinder und Geschwister und der Ehemann kommen seit langer Zeit fast täglich und sitzen da, auf dem Bettrand, drücken ihr Illustrierte in die gelbknochigen Hände, die sie sich nie anschaut, und sagen nichts. Was ist auch noch zu sagen. Frau Lindner sieht Hartwig an, Tränen der Rührung in den Augenwinkeln, und sagt: «Die ganze Nacht getanzt, du Sack!» Dann schaut sie an die Decke und denkt nach und starrt und driftet ein bisschen weg. Sie hat ihr Leben lang im Krankenhaus geputzt. Jetzt liegt sie dort und ist nicht totzukriegen, sagen die Ärzte, es ist ein Wunder, sie dürfte gar nicht mehr leben, mit den kaputten Organen in sich drin. Ava würde ihr jede Portion Schmerzmittel geben, die sie will, Hauptsache sie weint nicht still und zitternd vor sich hin. Hauptsache, sie krümmt sich nicht und hustet nicht.

Es gibt Patienten, die wollen das nicht, die wollen lieber wach sein, trotz der Schmerzen, das respektieren die Ärzte, Ava auch, aber es macht sie sehr wütend. Denn es ist gemein, es ist so gemein, wenn man das mitansehen muss, dann merkt man erst, wie gemein das ist, doch selbst dann weiß man es noch nicht einmal wirklich. Das tut man erst, wenn man selbst da liegt und weint. Das findet auch Hartwig. Er sagt: «Avi, es ist nicht so, wie du es dir vorstellst, es ist schlimmer. Aber du musst es dir echt nicht reinziehen, weil es nicht deine Schuld ist. Irgendwann kommt jeder mal dran mit irgend nem Mist, und wenn du drankommst, irgendwann, dann kannst du es dir schön in Ruhe reinziehen, bis dahin lass denen ihren Mist und mach ordentlich deine Arbeit.» Hartwig weiß ganz genau, wie man das machen muss, streng sein und die Lage peilen, was nötig ist, was machbar ist, Zeit ist sowieso zu wenig und Arbeit zu viel, also muss man ganz viel abwägen, alles schnell und nebenbei Tee verteilen und auf die Sauberkeit achten. Hartwig kann das alles und dabei noch gut bleiben. Nur wenn er draußen auf der Bank an seiner Lucky ohne zieht, starrt er ins Leere und interessiert sich für nichts mehr und will nicht angequatscht werden. Sonst ist er immer guter Laune und voller Kraft.

Zu Ava sagt er: «Ich will mich ja nicht einmischen, Avi, aber mit dem Speichellecker lass dich lieber nicht ein! Der meint es nicht ehrlich.»

Ava zieht die Lippe hoch. «Das musst du gerade sagen. Ich mach, was ich will, und wenn ich mich einlassen will, dann tu ich es, außerdem, wer sagt dir denn, dass ich mich einlasse, ich bin doch nicht blöd.»

«Klein und dumm bist du. Und der weiß nicht, was er will, der ist noch unreifer als du, Fräulein, aber ich will mich nicht einmischen, ich kenn ihn auch nicht so wie du.»

«Eben.»

Ava ist bei Frau Schultetee und ihrem Mann eingezogen. Sie ist die Schwester von der Freundin ihrer Mutter. Die Schultetees wohnen in einem backsteinernen Endreihenhaus in Lüneburg. Das Haus hat einen kleinen Garten, in dem ein Springbrunnen und einige Rehe aus Gips stehen. «Er ist bisschen so für Kitsch», sagt Frau Schultetee zu Ava, als sie ihr den Garten zeigt. Die Schultetees haben eine Tochter und einen Sohn. Beide wohnen inzwischen in Hamburg und studieren Betriebswirtschaft im Endstadium. Herr Schultetee hat seine Arbeit als Filialleiter verloren, deshalb ist das Geld knapp. «Die Kinder kommen auch gar nicht mehr», sagt Frau Schultetee. Die Kinder sind, seit Ava bei den Schultetees eingezogen ist, tatsächlich noch nie da gewesen.

Sie wohnt oben im Dachgeschoss. Sie geht durch die Eingangstür an den Schuhen und Jacken vorbei, eine Holztreppe empor, da ist ein winziger, holzverkleideter Flur und rechts eine tapezierte Tür zu ihrem Zimmer. Links ist noch ein halbes Zimmer, das Näh- und Wäschezimmer von Frau Schultetee. Zwischen den beiden Räumen befindet sich ihr eigenes Bad mit Dusche und WC. Wenn sie mal baden will, kann sie auch Bescheid sagen und dann unten, meint Frau Schultetee. Das Zimmer liegt über dem Garten mit den Gipsrehen und dem Springbrunnen. Sie kann auch in den Garten der Nachbarn sehen. Die haben knallglatten Rasen, sonst nichts. Eine Markise über der Terrasse, die betoniert ist, ein Schlauch liegt ewig herum, zur Rasenbewässerung, Plastikstühle, ineinandergestapelt, nie jemand da. «Wir sind mehr für gemütlich», so die Schultetees mit Blick auf den Nazirasen. Aber die Nachbarn sind keine Nazis. Nur praktisch veranlagt. Sie arbeiten viel und genießen den Rasen selten.

Das Leben bei den Schultetees ist so weit ganz angenehm, ihr Zimmer hat sie sich hingeräumt, die Wände hellgrün angestrichen, ein Poster von Madonna an die Wand geklebt, ein Ikeabett aus Kiefernholz, eine Miniküche mit zwei Kochplatten, ein kleiner Blaupunktfernseher und ein Regal mit ihren Fachbüchern und Romanen. Nur eines geht ganz schlecht in ihrer Bude. Männerbesuch. Das wurde gleich mal am Anfang klargestellt. Herr Schultetee, der sich generell raushält, obwohl er es ist, der den ganzen Tag zu Hause rumpusselt und Ava am ehesten antrifft, während seine Frau bis zwanzig Uhr bei Neukauf Supper & Hamann Gurken auspackt, hat dann auch, angestubst von seiner Frau, das Thema zur Sprache gebracht.

«Es ist nun mal so, wir wissen ja, wie das ist …» Er wischt

sich mit dem Ärmel über die schwitzige Nase, sieht auf den Boden und schmunzelt dann und spitzt seine schmalen Lippen. «Aber hier, in der kleinen Wohnung, ist es doch man schlecht, wenn hier Intimverkehr vollzogen wird.»

«Was?» Ava starrt auf seine schwitzige Nase, Perlen auf den riesigen Poren des breiten, glänzenden Nasenrückens.

«Wir waren auch mal jung», fährt er fort, «aber es geht doch nicht, dass das hier stattfindet, weil es doch alles eng beieinander ... und meine Frau», Blick zu Astrid Schultetee, die ein ebensolches Schmunzeln aufsetzt, «die hätte doch lieber, wenn sich keine Männer hier im Haus befinden.» Er seufzt tief auf. «Außer mir», setzt er dann noch hinzu und zwinkert.

Ava nickt. Was soll sie dazu sagen. Ein Mann ist zu diesem Zeitpunkt auch nicht in Aussicht. Was also sich Gedanken machen. Zu den Schultetees würde sie sowieso niemals einen Mann mitnehmen, in diese fußstinkende Diele, durch den Perlenvorhang neben dem muschelverzierten Spiegel, hoch in ihre Puppenstube, auf den Pappboden, zwischen die Pappwände ihres Zimmers, niemals.

«Ist doch klar», sagt sie daher und nimmt ihre Klamotten und zieht ein.

Mit Assiarzt Andreas schläft sie deshalb bei ihm. In seinem denkmalgeschützten Haus, in dessen Zimmern die Decken so niedrig sind, dass sie mit der Hand ranreicht. Andreas kocht manchmal vorher Spaghetti bolognese oder Lasagne, er ist ein Freund der italienischen Küche. Sie hilft ihm und schneidet Sellerie und Knoblauch klein, sie sieht, wie er das kleingeschnittene Gemüse in den dampfenden Sud kippt, und sein Haar steht verschwitzt vom Kopf ab, weil er sich immer drüberstreicht, und berührt dabei fast die Decke. Seine Haarspitzen könnten kleine fettige Streifspuren an der Decke hinterlassen, überlegt sie sich und hält danach Ausschau. Aber es ist nicht besonders hell, trotz der Strahler, die er in die Decke montiert hat. Die Strahler bestrahlen genau drei Punkte der oberen Wände, dazwischen bleibt es dunkel.

«Mausel, wollen wir kuscheln gehen?», fragt Andreas.

Mit kuscheln meint er bumsen, aber er kann Sachen einfach nicht so aussprechen, wie sie heißen.

Während sie sich auszieht und die Bolognese in der Küche leise vor sich hin blubbert, denkt sie, dass das alles jetzt schon so gewöhnlich ist, als wäre das Kochen und das Bumsen von gleicher Bedeutung. Vielleicht ist es das? Vielleicht ist es immer so, in allen Beziehungen, und nur in Filmen sieht es so aus, als wäre es eine wahnsinnsspannende Sache.

«Bist du fertig?»

«Ja. Kannst jetzt.»

«Au. Au. Au.»

Danach liegt Andreas auf dem Bett und atmet und streichelt ihren Arm oder Bauch und sagt: «Mausel, du bist so gut, Mausel.»

Sie fragt sich, wieso. Sie macht doch gar nichts. Sie selbst findet, sie sei schlecht. Aber sie kann nichts dafür. Sie macht es genau so, dass sie kommt, dann lässt sie ihn, und das war's. Fertig. Aus. Geht relativ schnell. Kann man locker Bolognese bei kochen. Sie haben Erfahrung mit Bolognese und zwischendrin ficken. Dann essen, fernsehen und nach Hause. Sie bleibt selten bei ihm. Das ist doof mit aufstehen und Schicht bei ihm, und morgens riecht er immer so. Und sie sicher auch, und er ist mürrisch und sie auch. Sie nimmt meist das dicke silberne Fahrrad von Frau Schultetee, die gesagt hat, sie soll es immer nehmen, besonders nachts, das Licht geht auch, und fährt nach Haus. Im blassen Licht der Nacht ist sie froh, dass sie in ihr kleines grünes Zimmer fährt.

Nach ihrem achtzehnten Geburtstag wird Andreas etwas offener, was ihre Beziehung angeht. Er gibt ihr in der Öffentlichkeit Küsschen, er bleibt im Krankenhaus stehen und redet mit ihr und lächelt sie an, und alle im Krankenhaus wissen sowieso, was los ist. Schon vorher, aber nun ist es offensichtlich. Er ist in sie verliebt. Im Großen und Ganzen ist auch Ava seine erste richtige Beziehung. Er hat noch nicht viele Frauen gehabt, hat er ihr gestanden, er war immer zu schüchtern und zu sehr am Rande von allem gewesen. Ava ist froh über Andreas. Sie ist froh über sein Kochen und sein Zuhören, über seinen sozialen Stand im Krankenhaus, dass sie nun auch dazugehört, zu allem, und jetzt auch Sex hat wie alle anderen. Der Sex ist okay. Der Sex ist nicht die wundervollste Sache der Welt, ist nicht so, dass sie schreien oder weinen könnte oder einfach nur begeistert wäre, der Sex ist einfach nett und der Orgasmus wie ein schöner kleiner Schluckauf. Außerdem ist Andreas ein Mann, der irgendwie auch hübsch aussieht. Er ist groß, er ist schlank, und er hat leicht gewelltes, helles Haar, das er etwas länger trägt, sich sanft nach hinten wellend. Er benutzt Paco Rabanne, und er ist so ganz allgemein gesehen eben so ein Mann, der alles hat. Und intelligent ist er auch. Das alles sagt sich Ava jeden Tag und ist verwundert, dass er sie genommen hat, als sie sogar noch eine Auszubildende war und ganz jung. Andererseits kann sie es verstehen, sie würde sich auch nehmen, und sie findet sich auch im Vergleich zu ihm lustiger und sich selbst im Umgang sehr angenehm und unterhaltsam, was man von ihm nicht immer sagen kann. Ohne sie wäre ihre Beziehung ein bisschen lahm, ohne sie, das fragt sie sich, was würde er dann all die langen Nachmittage und Abende tun, die sie zusammen verbringen?

Nachdem aus der halboffiziellen Beziehung eine offizielle geworden ist, sagt Petra: «Bring ihn doch jetzt endlich mal mit. Du kannst doch nicht im Geheimen da rumvögeln, und wir wissen nicht mal, wer das ist.»

«Ich vögel überhaupt nicht im Geheimen rum, ich habe einen Freund. Du hast auch einen Freund, einen Mann. Aber vögeln tust du wohl auch eher geheim.»

«Ja, aber die ganze Welt kennt Markus, das Dorf und alle hier, die Eltern vor allem kennen ihn, und du kennst ihn. Deshalb bring doch deinen Geheimfreund mal mit. Alle denken schon, der wäre vielleicht komisch. Oder hässlich. Ist er hässlich, Ava? Kannst du mir ruhig sagen.»

«Er ist nicht hässlich. Er ist überhaupt nicht hässlich. Du bist so doof. Wirklich. Ich bring ihn mit. Ich komme im Juli zum Sommerfest, und dann bringe ich ihn mit, und dann kann er bei den Eltern im Gästeschlafzimmer übernachten, und ihr könnt ihn euch alle in Ruhe ansehen. Dann wirst du sehen, wie hübsch er ist. Da kann sich Markus ... dann kannst du den jedenfalls ...»

«Markus? Der ist doch nicht hübsch.»

«Du findest Markus nicht hübsch?»

Petra lacht.

«Aber du musst deinen Mann doch hübsch finden.»

«Irgendwie ist er ja auch ... für mich, aber mal ehrlich, hübsch ist er eigentlich nicht. Er ist eben ... Markus. So wie er immer schon war. Ist mir doch egal, ob er hübsch ist.»

«Und was findest du an ihm so besonders, wenn du ihn schon nicht hübsch findest?»

«Ava, er ist doch mein Mann. Ich finde ihn nicht irgendwie besonders in irgendwas. Er ist nichts Besonderes. Aber ich ja auch nicht.»

«Du bist was Besonderes. Du siehst sehr hübsch aus, und du bist immer so lustig.»

«Ja. Aber das ist nur, weil ich deine Schwester bin. Sonst wäre ich nichts Besonderes. Es ist nur für dich, und es ist doch auch egal. Wie ist denn dein Freund? Was findest du denn an dem toll?»

Ava überlegt. «Er sieht gut aus. Er ist groß und schlank, und er hat Muskeln am Bauch, weil er Sport macht, er spielt Eishockey und geht ins Fitnessstudio, er hat richtige Muskeln, auch an den Armen, und sehr hübsche, wellige Haare.

Außerdem riecht er sehr gut, und er wird Arzt, er ist klug und liest Bücher und kann auch sehr gut kochen.»
«Ja, Mann. Da bist du wohl glücklich?»
«Hm, ja.»
«Was denn? Was stimmt denn nicht? Wenn alles so toll ist.»
«Nichts. Ich bin glücklich. Aber ich weiß nicht, wie so ein Gefühl genau ist, Peti, ich weiß ja auch, dass es nicht wie im Film sein muss, ist ja klar, aber es ist auch nur so matt, das Gefühl. Also ich freu mich mehr über alles, was er so ist, als dass ich mich über ihn freue. Ich weiß nicht, ob ich es so könnte wie du mit Markus. Aber das liegt auch an mir, glaube ich. Ich stell mir immer viel zu viel vor.»
«Du spinnst immer viel zu viel.»
«Nein, ich denke nur viel nach.»

Sie fahren in Andreas' Auto ins Dorf. Er wollte erst nicht mitkommen, aber sie hatte ihm das Fest schmackhaft gemacht, das Schwein am Grill, die lustigen, netten Eltern, das kleine Häuschen, die Gästestube, sie hatte erwähnt, dass ihre Schwester ihn unbedingt kennenlernen will, dann hatte er plötzlich Lust bekommen, und nun sitzen sie in seinem VW Polo, und nun kriegt Ava auf einmal Schiss. Andreas trägt eine beigefarbene Cordhose und ein dunkelblaues T-Shirt. Sein blasses Haar ist über dem Ohr verschwitzt, Schweißperlen hängen auf seiner leicht gerunzelten Stirn.
«Es ist nichts Besonderes», sagt sie, «nicht, dass du denkst.»
«Es ist ein Dorffest, oder?», sagt er und sieht nach vorn auf die öde, gerade Straße. Rechts und links Chausseebäume, dann wieder nichts, nur Wiesen, Gräben, ein vereinzeltes Chausseehaus.
«Stell dir vor, du wohnst hier, ganz abgelegen und mitten in der Natur, also überhaupt nicht in einem Ort oder so, und trotzdem wohnst du an der Straße, und die Autos und

die Lkws sausen direkt an deinem Wohnzimmerfenster vorbei», sagt Ava.

«Das will ich mir lieber nicht vorstellen.»

«Einsam und trotzdem Verkehr. Es ist verrückt, oder?»

«Ja. Ich frage mich, warum die Leute da wohnen bleiben, da ist es doch einfach nur öde.»

«Weil die schon immer da wohnen.»

«Das ist doch kein Grund.»

«Doch. Das ist der Grund für alles, für die. Die Leute sind so. Sie heiraten und bleiben zusammen. Sie wohnen an der Chaussee und bleiben für immer da. Und wenn nebenan ein Flughafen gebaut werden würde, sie würden immer noch da wohnen, glaub mir. Das ist wie Schicksal. Das ist wie, ich kriege was geschenkt und bin damit zufrieden, für immer.»

«Das ist ganz schön beschränkt.»

«Vielleicht, aber irgendwie auch gemütlich. Wenn man nie wegzieht, dann weiß man jedenfalls, wo das Zuhause ist.»

«Ava, wird da auf dem Fest viel getrunken?»

«Ziemlich sicher.»

«Und wird da auch geknutscht mit den strammen Dorfmädels?»

«Was stellst du dir eigentlich vor? Ich komme auch von da!»

«Na, du bist doch ein strammes Dorfmädel!»

«Bin ich nicht.»

«Nein. War nur Spaß. Bisschen Spaß, Avi, aber ich finde es immer ganz urig auf solchen Festen.»

Urig? Ava sieht Andreas an. Er sitzt vorgebeugt und starrt auf die glatte, gerade Straße wie eine Krähe. Von der Seite sieht er feige aus. Seine blassen, etwas zu kleinen Augen, die immer unruhig hin und her huschen, und das langgezogene Grinsen, das sich in seinem Gesicht manchmal einnistet und kaum verschwindet. Auch die Art, wie er Auto fährt, nervt sie, er bremst abrupt und gibt zu viel Gas beim Anfahren.

Ihr Dorf ist nicht urig, auch wenn sie gegen alles ist, was mit dem Leben da zu tun hat. Aber das kann er überhaupt nicht wissen. Nur wer hier wohnt, kann dagegen sein. Er nicht, er hat überhaupt kein Recht dazu. Er macht sich nur lustig, ohne nachzudenken, so ist er immer, er denkt nur so in eine Richtung, wie er es von woandersher kennt oder gehört hat, und guckt überhaupt nicht hin, wie es wirklich ist, nämlich immer ganz anders. Alles ist immer ganz anders, als man es von woandersher kennt. Aber das begreift er einfach nicht. Eine Sekunde lang hasst sie ihn dafür. Aber so hast du es doch hingestellt, Ava, das Dorf, so hast du es ihm doch schmackhaft gemacht? Ich weiß, denkt sie. Aber er soll nicht glauben, was ich sage, er soll mich durchschauen.

«Zu meinen Eltern kann ich dir sagen, sie sind ganz nett. Mein Vater ist ein bisschen merkwürdig, er liest manchmal Gedichte vor oder so Sachen, die sich merkwürdig anhören, aber es ist alles durchdacht, in Wirklichkeit, und er ist nett. Meine Mutter ist sowieso nett. Sie ist ziemlich dick. Sehr.»

«Und dein Vater ist dünn, sehr?»

«Ja.»

«Hähähä.» Er lacht meckernd und klatscht seine Hand auf das Lenkrad.

«Was hat denn das eine mit dem anderen zu tun. Nur weil meine Mutter dick ist, muss mein Vater doch nicht auch dick sein. Er ist dünn, weil er nicht so viel isst wie sie. Da ist doch nichts zum Lachen, du Idiot. Ich seh mal irgendwann deine Eltern, dann krieg ich auch was zum Lachen, ich kann mir schon vorstellen, wie die sind, einer von denen hat jedenfalls Riesennasenlöcher.»

Die Mutter begrüßt sie in einem neuen Kleid, das aussieht wie ein orangefarbener Sack aus Windelstoff. Um den Hals eine lange Kette, bestehend aus großen, faserigen Holzmurmeln. Ava starrt die Kette an und das Kleid. Die Mutter ist neuerdings in einem Handarbeitskreis im Nachbardorf zugange und bringt von dort Anregungen für das Haus und für sich selbst mit. Die Holzperlenkette ist eindeutig aus dem Handarbeitskreis. Die Leiterin ist ein großer Fan von Reiki und irgendeinem Öl und Naturmaterialien.

«Kommt doch rein, Kinder, ich freu mich so.»
«Hast du ein neues Kleid, Mummi?»
«Habe ich selbst genäht. Gefällt es dir nicht?»
«Du hast es selbst genäht?»
«Ja. Im Handarbeitskreis. Es sitzt ganz gut. Findest du nicht?»
«Mummi, es hängt einfach so runter, wie soll es denn sitzen?»
«Ava, es sitzt gut, weil es nirgends klemmt.»

Das tut es wirklich nicht, es bauscht sich im Luftzug ihrer Schritte um ihren Körper wie ein Fallschirm, wie eine Tulpe oder eben wie ein orangefarbener Sack.

Die Mutter nimmt die Glaskanne von der Kaffeemaschine und gießt den Kaffee in die weißgoldene Porzellankanne um. «Erst mal Kaffee», sagt sie.

Ava und Andreas gehen ins Wohnzimmer, wo der Vater gerade den Tisch deckt. Er gibt Andreas die Hand und sagt: «Aha.»

«Andreas Balzer», sagt Andreas.
«Vater von Ava», sagt der Vater.
«Frank, du hast wohl noch einen Namen», zischt die Mutter mit der Kanne in der Hand.
«Ja, klar. Sag ich doch. Frank Grünebach.»
«Es freut mich, dass Sie mich eingeladen haben.»
«Uns auch», sagt der Vater. «Uns auch.»
«Ich schenk mal ein», sagt die Mutter.

Sie sitzen auf dem lila-braun gemusterten Sofa, die Tassen und den Kirschkuchen vor sich, und trinken und essen. Es gibt Schlagsahne in einer kleinen weißen Schüssel. Die Eltern haben den Esstisch gerade im schwedischen Bettenhaus gekauft, fichtenblass und die Astlöcher braune Augen, die Beine etwas nach außen gedreht, in der Mitte ein rosa Läufer mit Rosenstickerei, ein Teelicht in einer Glasblüte, im staubigen Sonnenkegel vom Fenster ist kaum das weiße Flämmchen zu erkennen.

«Gehen Sie auch zum Fest?», fragt Andreas.

Der Vater sieht auf, dicke Krümel kleben an seiner Lippe. Er bemüht sich nicht im mindesten runterzukauen. Er redet mit vollem Mund, während zwei, drei Krümel seinem Mund entfallen. Irgendwie freut das Ava, dass sich der Vater Andreas gegenüber so gleichgültig verhält, obwohl sie sich darüber wundert. Sie sollte sich für die Eltern schämen, sie hätte gedacht, dass sie das tun würde, vorher, aber nun wünscht sie sich eine gewisse Rücksichtslosigkeit gegenüber Andreas, weil er es hier urig finden will, was für ein bescheuertes Wort, dann soll er es auch so kriegen, urig.

«Aber sicher. Friederike hat sich extra ein Kleid genäht.»

Ava sieht die Mutter an. Jetzt tut es ihr leid, das mit dem Kleid. Sie hätte was Netteres sagen können. Wenn die Mummi sich tatsächlich hingesetzt und ein Kleid für das Sommerfest genäht hat, um hübsch zu sein, orange hübsch mit Kette, das ist irgendwie so traurig, so aussichtslos. Dass sie das macht.

«Ist doch schön, Ava, oder?», sagt der Vater, immer noch mit Kuchen im Gesicht, und legt strahlend den Kopf schief. «Hübsche Farbe auch. Macht richtig eine gute Figur.»

Ava nickt. Gute Figur. Wie soll irgendwas eine gute Figur für die Mutter machen.

«Siehst du, ich hab es dir doch gesagt», sagt der Vater zur Mutter, und zu Ava gewandt: «Sie denkt, es sieht selbstgenäht aus. Sieht es doch nicht, oder?»

Ava schüttelt den Kopf. Sie sucht nach Worten und Argumenten für dieses sackartige, orangefarbene Teil. Ihr fällt nichts ein. Ihr fällt einfach nichts ein. Sie schüttelt wieder den

Kopf. «Sieht toll aus», sagt sie schließlich, ohne vom Kuchen aufzublicken, «auch der Stoff, so luftig irgendwie.»

Die Mutter will nicht merken, wie Ava das Kleid wirklich gefällt, sie sieht bescheiden auf den Teller und isst ein drittes Stück Kirschkuchen mit einem dicken Klumpen zu hart geschlagener Schlagsahne. Ava hat die Stücke mitgezählt, und auch das freut sie, dass die Mutter mal wieder reinhaut, als wäre es ihr egal, sonst hat Ava das immer geärgert, aber heute freut es sie, weil es was Störrisches hat, wie die Eltern sind. Und sich nicht dem arroganten Besuch zuliebe benehmen.

Markus ist beim Sommerfest der DJ. Er hat seine dicke schwarze Stereoanlage auf einem wachstuchbespannten Tisch aus Petras Wäschezimmer aufgebaut. Das Wachstuch ist rot und mit goldenen Sternen bedruckt, es ist eigentlich eine Weihnachtsdecke, aber es passt zu Disco, meint Markus. Markus spielt die Oldies, die er immer spielt, «I'm your yesterday man», hält dazu ein Beck's in der Hand und lächelt und ist glücklich über sich und alles. Sein Haar ist igelartig gegelt, jedenfalls vornerum, hinten fällt es fluffig geföhnt über sein dunkelblaues Hemd, und um seinen Hals hängt eine Mickymauskrawatte. «Avi», ruft er.

«Markus.»

«Dein Freund?» Er streckt strahlend die freie Hand aus, und Andreas ergreift sie. «I'm the Markus», sagt er und gleich hinterher: «Bier?», und Andreas nickt. Obwohl er sonst lieber Wein trinkt, weiß Ava. Aber Wein gibt es hier nicht, nicht bei Markus. Wein ist für Rinderbraten und für Frauen.

«Ich mach Mucke, und später tanzt ihr schön, Kinder, später wird hier richtig gedanct, yesterday man, I'm your yesterday man. Wo's'n Peti, ich seh die gar nicht mehr, die sollte mal Bier herfahren, Kiste ist bald alle.»

Ava zuckt mit den Schultern.

«Ich dachte, sie ist bei dir. Aber schaut euch mal um, die

kommt schon, die is irgendwo ...», er überlegt kurz und starrt dabei in die Luft, und die Kassette spielt das nächste Lied, «bei Nina wollte sie hin, glaube ich, oder? Ich glaube, sie wollte bei Nina hin, hat sie jedenfalls gesagt, ich weiß es nicht mehr so genau.»

Elvis Presley singt «In the ghettooo».

Ava winkt ab und zieht Andreas weiter mit sich. Die Abendsonne scheint mild zwischen den Blättern der zwei Kastanien hindurch, die schon lange Schatten über den Platz werfen. Alte Hitze dampft von den rötlichen Steinplatten hoch, auf denen Markus seinen Tisch und die Lautsprecher aufgebaut hat. Die Leute sitzen und stehen herum, noch verhalten lachend, noch über den Tag redend, über die Preise und den Opel, die neuen Kranken und die neuen Toten. Die Vorfreude hängt in der sich abkühlenden Luft. Die Vorfreude kriecht irgendwie auch in Ava rein, in Form von Erinnerung an die Vorfreude der Kindheit, als sie, hüpfend vor Glück, von einem Erwachsenen zum nächsten sprang und das Dorf ihr wie der Mittelpunkt von allem vorkam. Als die ältere Schwester mit einem Beutel voll Kleingeld großzügig Schokoeis und Cola besorgte, als sie vorsichtig in ihrer neuen rosa Jeans von C&A nach der Erwachsenenmusik tanzte, ganz genau wie die älteren Mädchen, probehalber, dann wieder wegrannte, sich mit den anderen in der dämmrigen Dunkelheit versteckte, verschmutzt und glühend, als es später wurde, damit die Eltern sie nicht nach Hause schicken konnten, denn die Eltern saßen irgendwann schließlich wie festgeschraubt auf dem Platz, müde und betrunken und nicht mehr fähig, ein Kind zu suchen und zu ermahnen. An solch einem Abend war es einmal geschehen, dass ihr der Vater so traurig vorkam, weil er allein auf seinem Stuhl saß und auf die Tischdecke starrte, mit einem Glas Wein vor sich, nicht zu den Männern gehörig, die grober sprachen als er und die dicker waren, mit dickeren Armen und lauteren Stimmen. Amanda Lear sang, sie fürchtete sich immer vor Amanda Lear, die Nacht brach gerade an, und sie hatte nach der Toilette gesucht und sich deshalb kurz von den anderen Kindern getrennt, da saß er plötzlich, der schmale Vater, und sah mit rotem Gesicht vor sich hin und kam ihr so unendlich einsam vor, dass ihr die Tränen in die Augen stiegen. Schnell rannte sie in die Toiletten im Vereinshaus, pinkelte und wischte sich die Tränen mit Klopapier ab. Als sie vom Klo zurückkam, stand der Vater neben zwei anderen Männern und unterhielt sich und lachte, als wäre das normal, da wallte die Erleichterung mit solcher Wucht in ihrem Herzen auf, dass sie Peter Scholz in die Büsche am Teich schubste, ohne Vorwarnung, aus purem Übermut, fast wäre er im Wasser gelandet, um sich dann ewig von ihm jagen zu lassen, denn Peter Scholz hätte so etwas nie ungerächt gelassen.

Heute hat der Wirt vom Dorf nebenan – das eigene Dorf hat keine Kneipe – einen fahrbaren achteckigen Stand auf den Dorfplatz am Teich gestellt und Partybänke um die halb eingerissene, durch einen Blitz gespaltenen Linde am Teich gruppiert. Gleich daneben steht der große, selbstgeschmiedete Grill vom Schweinebauern im Gras, der mit einer blauen Schürze um den runden Bauch und rotem Gesicht, über das Schweißperlen laufen, qualmende Bratwürste wendet. An seinem Stand eine kleine Menge von Leuten mit Bieren und Würsten. Dazwischen rennen die Kinder hin und her, der weiße Spitz von Meiers bellt und bellt, ohne, dass es jemanden interessiert, mit einer Leine um den Hals in der Macht von Meiers kleiner Tochter Claudia.

Sabine ruft von hinten: «Ava, eh!» Sie kommt hinter den Kastanienbäumen angerannt, sie ist etwas dicker geworden, sieht Ava, ihr fülliger Körper bebt unter den Erschütterungen, sie trägt einen langen schmalen Rock mit breiten Trägern über einer weiten Bluse. Sie hat eine gewaltige blonde Dauerwelle im Haar. Ava hätte sie fast nicht erkannt mit ihrem Riesenkopf.

«Bine!»
Sabine umarmt sie und begrüßt Andreas.
Andreas sagt: «Hi. Super Dorf hier!»
«Na ja.» Sabine zuckt mit den Schultern. «Geht so. Ich bin ja jetzt in Hamburg.»
«Du hast ne neue Frisur?»
Sabine fasst mit der Hand in ihre gelbblonden Haare. «Haben wir uns gegenseitig gemacht, die Auszubildenden, auch zum Üben, weißt du? Die sind ganz cool da. Die machen die neuesten Sachen. Ich würde auch gerne später mal so Leute vom Film und so frisieren. Hier draußen machen die ja immer nur dasselbe. Hier regen die sich auch schon auf über die Frisur. Wie findste das?» Sie dreht sich und strahlt, und Ava kann nicht anders, als zu sagen: «Wow, das schockt echt, Bine! Das ist echt so super.»
«Nicht? Ich mach auch bald mal ne andere Farbe, Rot oder Schwarz. Wie ich Lust habe.»

Später am Abend sitzen die Eltern an einem der Biergartentische, die Mutter orange leuchtend, eine Strickjacke über den Schultern, ihre Holzkette zwischen den Brüsten baumelnd. Ihr Gesicht ist rot erhitzt vom Wein, der Vater daneben, das schwarz gewellte Haar von dicken weißen Strähnen durchzogen, als wäre er ein geschecktes Tier, leicht vornübergebeugt, sein Weinglas festhaltend und grübelnd. Die Musik der sechziger und siebziger Jahre hüllt den Dorfplatz und die sich auf den Bänken und Stühlen unterhaltenden Menschen in ein Zelt aus müden, alten Tönen. Vereinzelt hocken Kinder halbschlafstarrend auf und neben ihren Eltern. Einige jüngere Mädchen, pubertär kichernd, versuchen sich am Tanzen. Ihre Frisuren sind mühevoll hochgesteckt und mit Glitzer und Haarspray fixiert, ihre Augen farbig angemalt, die kleinen Münder verschmiert, sie tanzen und sehen sich nach Jungen um und bleiben stehen und tanzen weiter.

Ava sitzt mit Andreas in einem Kreis von Leuten auf leeren Bierkisten um den Stand von Markus. Petra sitzt auf der Erde, auf den immer noch warmen Steinplatten, ein Bier in der Hand, den Kopf gegen den Tisch gelehnt und das Gesicht gen Himmel gereckt, die Augen leicht geschlossen. Ihr Gesicht wiegt sich kaum sichtbar im bekannten Einerlei der Oldies.

«Mach doch mal was anderes!», wagt jemand zu sagen, Thomas Beyer, mit rotem Haar und kleinem Bauchansatz.

Markus starrt ihn aus seinen kleinen, runden Augen an, als hätte er etwas unglaublich Dummes gesagt. Er würdigt ihn keiner Antwort.

«Mach doch mal Modern Talking oder so. Nich immer nur für die Alten.»

Sabine nickt. «Oder mach Nena. Nena ist auch cool. Oder Michael Jackson. Da steh ich total drauf.»

«Michael Jackson ist ne Schwuchtel», sagt Markus und lächelt, «und Nena auch.»

«Nena ist ne Frau», sagt Sabine.

«Und?»

«Ne Schwuchtel ist immer ein Mann und keine Frau.»

Markus nickt, und das Nicken geht in ein Musikmitnicken über. Ende der Diskussion.

Petra öffnet die Augen. «Nena ist nicht so schlecht. 99 Luftballons. Find ich nicht schlecht.»

«Mach mich nicht fertig», sagt Markus.

«Was ist mit Modern Talking?», fragt Thomas. «Ich hab die zu Hause, kann ich holen, geht echt ab. Modern Talking.»

«Dann kannste gleich dableiben und dir dein Modern Talking zu Hause anhören», sagt Markus. Ava vermutet, dass Markus Modern Talking gar nicht kennt, sonst hätte er ziemlich sicher auch hier die Schwuchtelfrage diskutiert.

Andreas sitzt auf seiner Bierkiste und grinst und trinkt ungefähr sein zwölftes Bier. Bis hierher hat er sich prächtig amüsiert. Er hat sich mit Petra unterhalten, mit Sabine recht lange, mit Thomas, sogar Matthias, und vor allem mit Markus. Erst hat er sich nur lustig gemacht, dann, mit jedem Bier mehr, hat er sich eingepasst in die Gesellschaft der Dörfler, hat ihre Sprache und Scherze übernommen, willenlos, wie ein Chamäleon, als wäre er nicht vollkommen anders und bald Arzt. Als Markus Michael Jackson eine Schwuchtel nannte, hat er sich auf den Schenkel gehauen und gelacht, Bier ist auf seine Hose getropft, zwischendrin hat er Ava an sich gedrückt und feucht auf die Lippen geküsst. Sie hat ihn ein wenig weggeschoben und gesehen, dass Markus sie beobachtet. Markus hat die Augen und die Lippen zusammengekniffen und wahrscheinlich Dinge gedacht, die er lieber nicht denken sollte. Diese Dinge machen Ava Angst. Markus hat dann seine Diskussion über die Musikwünsche geführt, und Ava wird das Gefühl nicht los, dass Markus nicht so übel ist und Petra und Markus schon jetzt, am Anfang ihres Lebens, sich wortlos verstehen und keine Aufregungen und keine Veränderungen mehr benötigen. Neid packt sie, Neid auf Petra, Neid auf ihre Ehe und ihr Haus und ihre Zuversicht. Sie steht auf und sagt zu Andreas: «Ich geh kurz nach Hause zum Pinkeln.» Andreas hebt die Hand und nimmt einen Schluck Bier und dreht sich wieder erfreut zu Sabine, deren blond dauergewellter Kopf ein bisschen zerdrückt ist, ein Rockträger ist von der Schulter gerutscht, und ein Stück Borke hängt in ihrem Haar.

Ava muss zwar pinkeln, aber eigentlich nicht so dringend, und sie könnte auch im Vereinshaus gehen, wie die anderen. Aber sie muss einfach mal weg hier. Damit der Film aufhört. Sie weiß gerade überhaupt nicht, wer der Falsche hier ist, Andreas, die anderen oder vielleicht sie? Als sie an der Mutter vorbeigeht, sagt die: «Ava, schön heute, nicht?»

Ava nickt. Auf dem Bürgersteig neben der leeren, dunklen Straße, der Beat der Sechziger von fern dumpf treibend durch das ganze schlafende Dorf hallend, denkt sie immer wieder für sich diese Worte der Mutter, schön heute, nicht? Schön heute, nicht? Ava, ist doch schön heute, nicht?

Wieso sind alle froh, wieso ist sie so missgünstig statt selber froh, wie alle, wie sogar die Mutter und der Vater mit seinem Wein und seinem streifigen Haar. Sogar der Vater, er hat sein gutes, hellblaues Hemd angezogen und sitzt neben der Mutter, hat seinen Arm um sie gelegt und tätschelt ihren dicken orangefarbenen Oberarm. Und lächelt. Alle lächeln. Alle. Nur Ava nicht.

Sie schließt die Tür auf und stürzt durch den Flur in die braun gekachelte Toilette neben der Küche und pinkelt und betrachtet dabei die weiß mit Raufaser tapezierte Wand vor sich, die auf der halben Höhe anfängt, über den braunen Kacheln. Die Wand ist ihr so vertraut wie kaum sonst irgendwas auf der Welt. Die Wand direkt vor dem Klo starrt man am meisten in seinem ganzen Leben an, wird ihr bewusst, diesen Fleck, wo man immer sitzt und während des Pinkelns draufstarrt. An der Wand ist ein kleiner Kugelschreiberstrich. Sie weiß noch ganz genau, wie sie selbst diesen Strich mit dem Kugelschreiber dort platzierte. Es ist lange her, es war, als die Mutter badete, spätabends, sie war schon im Bett gewesen, und dann war sie in das warm dampfende Badezimmer zur dicken nackten Mutter gegangen, weil ihr so langweilig und einsam war, weil sie nicht schlafen konnte. Sie hatte den Kugelschreiber von der Ablage im Flur neben dem Telefon mitgenommen, einfach so, ohne Grund, und hatte gesagt: «Mummi, ich mache eine Zeichnung an die Wand.» Die Mutter, dick und schnaufend und mit dem heftigen Gewasche ihrer Beine und ihres Bauches beschäftigt, hatte gesagt: «Ava, das machst du nicht.» Und Ava hatte mit dem Kugelschreiber vor der Mutter gewedelt und gesagt: «Doch, ich mache es, ich mache es, ich mache eine hübsche Zeichnung von dir an die Wa-hand.» Und sie hatte ihre Hand mit dem Kugelschreiber gehoben und langsam, ganz langsam einen kleinen, einen winzig kleinen Bogen an die Wand gezeichnet, es hätte jeder Körperteil der Mutter sein können, denn alles an ihr wäre so bogig gewesen. Die Mutter hatte mit der Dusche den dicklockigen Kopf gespült, das Wasser war ihr über Augen und Gesicht gelaufen, sie hatte mit der Hand über ihren nassen Kopf gestrichen und die Dusche abgestellt. Sie hatte gar nichts gesehen von dem Strich. Sie hatte Ava angelächelt, mit roten Augen, und gesagt: «Ava, ich muss so viel waschen an mir, sei froh, dass du so klein bist und nur so wenig waschen musst an deinem Mäusekörper.» Ava hatte die liebe Mummi so leidgetan, weil sie mit ihrem Körper so viel stöhnende Mühe hatte, dass sie auf keinen Fall mehr wollte, dass die Mutter den Bogen an der Wand bemerkte, denn das hätte sie noch mehr geärgert. Deshalb stand sie da und hielt sich an der Wand und ging auch nicht weg, als die Mutter dampfend aus der Wanne stieg und sich abtrocknete. Sie stand da auch noch, als die dick in ihren Frotteebademantel gewickelte Mutter sich an ihr vorbeiquetschte, barfuß, nasse Schritte hinterlassend, und ins Schlafzimmer eilte.

Nie hatte später jemand etwas zu dem blauen Strich an der Tapete gesagt, aber er war da, war ein Zeichen von Avas Bosheit der Mutter gegenüber. Und nun hockt sie seit zehn Minuten auf der Klobrille, starrt auf einen Kugelschreiberstrich an der Wand und weiß nicht, was los ist, warum sie sich nicht mehr mit den anderen amüsieren kann und warum ihr Freund ihr nicht gefällt, wenn er sich mit den anderen amüsiert.

Als sie zurückgeht, langsam, lustlos und voll böser Gedanken, sieht sie zwischen den anderen Danilo sitzen. Zwei Jahre hat sie es vermeiden können, ihn zu treffen, und schließlich hat sie ihn vergessen, weil sie woanders war und ihr Dorf klein und unwichtig geworden, wie auch die Leute, die gespaltene Linde, der Schweinebauer, Regines Minimarkt und alles, was vorher ständig unter ihren Füßen und um sie herum war. Nun plötzlich sitzt er zwischen ihren alten Freunden, als würde er dazugehören, als wäre er nicht viel jünger. Er sitzt gegen den Stamm der Linde gelehnt, die Beine angezogen, und zieht an einem Joint. Der süße Geruch steigt Ava in die Nase. Sie geht langsamer und versucht, sich auf etwas zu konzentrieren, sie weiß nur nicht genau, auf was, sie will mit etwas beschäftigt sein, damit er nicht denkt, sie würde ihm besondere Beachtung schenken. Sie hält bei der Mutter und dem Vater, an der Partybank, sie legt der Mutter die Hand auf die Schulter und sagt: «Ist doch echt schön hier, nicht?»

Die Mutter schaut sie an und fragt: «Ist alles in Ordnung, Ava?», und ihre Augen werden misstrauisch klein.

Ava nickt. «Ich war nur kurz zu Hause. Jetzt bin ich wieder hier.»

«Ich seh's», sagt der Vater und nimmt einen Schluck aus seinem Glas. «Dann geh aber man wieder spielen, Ava.»

Ava seufzt und geht zu den anderen.

Danilo ist älter geworden, sieht sie von nahem, auch wenn sein Haar immer noch so dicht um seinen Kopf wuchert, wie ein Kroaten-Afro, wenn es so was gibt, sie muss über ihren eigenen Gedanken grinsen, und seine dicke Brille trägt er auch noch oder zumindest ein ähnliches Modell. Aber er zieht an seinem Joint, als wäre er zwanzig, und sieht kaum noch wie ein Kind aus. Wie alt kann er sein? Sie rechnet. Vierzehn oder fünfzehn? Er hängt da, viel zu groß für sein Alter und zu dünn für seine Größe, mit seiner Brille und seinen Haaren, nicht mal am Haarschnitt hat er was geändert, und kifft, wie ein König, als wäre es nicht nötig, sich zu ändern und andere Klamotten zu tragen und erwachsen zu werden, als wäre er von Anfang an genau richtig gewesen, der kleine Spinner. Aber so dreist, wie er damals war, in dem Schuppen mit den Mäusen, kann er nicht mehr sein, so sind nur Kinder. Dennoch ist sie auf der Hut. Aber er beachtet sie kaum. Sitzt nur da und starrt in den Himmel und lächelt.

«Das 's Danilo», sagt Markus mit der Fluppe im Mund, «kennst, Avi?»

Ava sagt nichts. Sie hebt nur kurz vier Finger in Danilos Richtung und sinkt dann neben Andreas auf die Kiste.

«Wo warst du so lange?», fragt Andreas, wendet sich aber sofort wieder Sabine zu. Andreas sieht viel netter aus als eben auf dem Rückweg in ihrer Vorstellung. Er sieht richtig gut aus. Sie weiß gar nicht mehr, wo ihre Abneigung hergekommen ist, und was sie eigentlich will, was willst du eigentlich, Ava? Blöde Kuh, du. Andreas redet mit Sabine über Hamburg und das Leben in der Großstadt, dann dreht er sich wieder zu Ava und lächelt und legt seine Hand auf ihr Knie.

«Ich war nur zu Hause auf Toilette», sagt Ava. «Das war nicht lange, das habe ich doch vorher auch gesagt. Und es war auch nicht lange.»

«Was hast du denn so lange zu Hause gemacht, ist dir nicht gut gewesen?»

«Mann, ich war auf Toilette, hörst du überhaupt zu?»

«Ava, sei doch nicht so.» Andreas streicht ihr über das Knie und dreht sich zum Küssen zu ihr. Ava lässt sich von seinem Biermund küssen, doch plötzlich steigt die Wut von vorhin wieder in ihr hoch. Wie kann es sein, dass er sich hier so gut amüsiert? Er lügt doch, oder er amüsiert sich wirklich, aber wie kann er das nur? Es kommt ihr so falsch vor. Sie sieht zu Markus hin, der im Takt der Musik mit dem Kopf nickt und Ava beobachtet und die Stirn runzelt, als wüsste er bestens Bescheid über sie und über alle und überhaupt. Das macht sie noch wütender. Wieso scheint ausgerechnet Markus, der dumme, dumme Markus, mit der dummen, dummen Frisur, irgendetwas durchschaut zu haben, von dem sie selbst überhaupt noch nicht weiß, was es ist? Doch er irrt sich, du irrst dich, Markus, nicht alle Beziehungen sind so nett wie deine, es gibt auch Beziehungen, die auf ganz andere Art gut sind. Demonstrativ legt auch sie ihre Hand auf Andreas' Bein und streichelt sein viereckiges Knie. Sie streichelt wütend und mechanisch, bis Andreas ihre Hand von seinem Bein nimmt und sagt: «Ava, geh doch einfach noch mal auf die Toilette, das ist ja nervig mit dir.»

Danilo beugt sich zu Ava rüber, starrt sie an, als würde er überlegen, wer sie eigentlich ist, und reicht ihr dann wortlos den Joint.

Ava nimmt ihn mit ausgestrecktem Arm und zieht einmal tief, dann noch einmal, dann lehnt sie sich zurück und lässt die Sachen alle in sich sacken.

So ist es nun mal, Ava, so ist es nun mal. Alles Tatsachen. So verdreht alles, aber so isses nun mal. Sie zieht gierig ein drittes Mal, bevor sie den Joint weiterreicht. Sie atmet langsam und bewusst, Atmung, denkt sie, wie Atmung so geht, und dann denkt sie an den letzten Satz, den Andreas gesagt hat. Warum hat er gesagt, sie soll noch mal auf die Toilette gehen, das macht doch keinen Sinn? Oder welchen Sinn macht das? Soll sie weggehen von ihm, oder meint er zu wissen, dass sie schon wieder pinkeln muss? Sie trinkt Bier und denkt darüber nach und schießt dann hoch, gerade und mit schaukeligem Schwung, und steht wie eine Birke und schwankt leicht im Wind. Sie hört sich sagen: «Ich geh mal nach Hause, auf Toilette, schon wieder.» In ihrem Innern springt der kleine Motor an, und sie geht wie von was Unbekanntem getrieben, mit durchgedrücktem Körper, gerade wankend, aber eine angenehme Elastitizität in sich spürend, mit dem Ziel Dorfstraße, die anderen im Rücken, ohne sich umzudrehen, geht einfach los. Es kann ja sein, denkt sie. Es kann ja sein, man muss manchmal öfter. Und sie geht, bis die anderen hinter der nächsten Biegung weg sind. Da bleibt sie stehen und kichert. Sie stützt sich mit der Hand an der Hauswand ab, warmer, bröckeliger Putz an ihren Handinnenflächen, und kichert und kichert. Ich muss doch gar nicht, flüstert sie leise zu sich selbst. Dann geht sie langsam weiter, unentschlossen, soll sie wieder zurückgehen?, bis sie hinter sich Schritte hört. Sie dreht sich um und ist sehr froh, dass es Danilo ist, der sie verfolgt hat, und nicht Andreas. Er hält in seiner Hand etwas hoch, ein Tütchen. «Kommst mit, ich hab noch genug für uns beide, wir können uns schön zukiffen.»

Ava nickt. Er nimmt sie wieder an die Hand, wie immer, denkt sie, so wie immer, das ist doch komplett irre, und führt sie zu seinem Hof, hinter die schiefen Schuppen, wo auf hohem Gras, auf runden Feldsteinen, in die Erde eingegraben, eine verrostete Hollywoodschaukel steht. Danilo holt eine zusammengerollte Schaummatratze mit großen, gelben Blumen aus einem der Schuppen, die legt er auf die Schaukel, er hängt ein kleines, silbernes Radio an einem S-Haken an der Seitenstrebe der Schaukel auf und stellt es an.

Ava lässt sich auf die schwankende Blumenmatratze fallen und sieht nach den Sternen und kifft und ist vollkommen zufrieden.

«Ich dachte, ich bin mit nichts zufrieden, aber jetzt geht's mir gut», sagt sie.

«Das kommt vom Kiffen», sagt Danilo.

«Ich weiß ja, ich weiß. Aber ist doch egal.»

Sie schaukeln vor und zurück, langsam in blauen Wellen, der Mond schaukelt mit, und die Sterne, Schafe blöken irgendwo auf der Wiese hinter dem Hof. Im kleinen Radio leise schnarrende Musik. Danilo hat den Kopf zurückgelehnt, auf die metallene Rückwand, und schaut mit halbgeschlossenen Augen nach oben.

«Fast als ob wir Freunde wären», sagt Ava.

«Wir sind keine Freunde», sagt Danilo und kichert und reicht Ava den Joint.

«Du darfst überhaupt noch nicht kiffen», sagt Ava und nimmt den Joint, «wie alt bist du jetzt überhaupt?»

«Du hörst nie auf, nicht? Du fragst immer das Gleiche. Wie alt bist du eigentlich, darfst du schon kiffen, darfst du schon auf der Schaukel sitzen und schaukeln, darfst du überhaupt schon leben? Häää? Danilo? Häää? Darfst du überhaupt schon leben?» Danilo hat langsam geredet, gleichgültig, amüsiert.

«Wieso sagst du, wir sind keine Freunde, wir könnten doch wirklich gut ... Freunde sein, und sind es ... auch schon.»

Danilo schüttelt den Kopf und sieht dann, den Schädel immer noch an der Rückenlehne, Ava an und grinst, und seine Augen funkeln. «Du bist was ganz anderes für mich. Mehr was mit Knutschen.»

Ava lässt sich von der Schaukelei einlullen. Vielleicht hat er recht, sie ist so bekifft, dass sie nur sehr umfassend über alles nachdenken kann, gar nicht so klar wie sonst, aber auf eine großartige Art umfassend und gerecht. Wenn Beziehungen zwischen Leuten was mit Knutschen zu tun haben, dann nicht mit Freundschaft. Das kann sie so anerkennen. Das würden auch andere sagen, Sabine zum Beispiel. Das Komische ist nur, sie hat gerade sehr freundschaftliche Gefühle für Danilo, sie fühlt sich mehr mit ihm befreundet als mit allen anderen draußen auf dem rotsteinigen Platz. Die kommen ihr plötzlich ausgeschlossen und bemitleidenswert vor. Sie sagt: «Ich könnte mir vorstellen, dass ich mit befreundeten Menschen knutsche. Ich mag die ja dann auch, wenn ich mit denen befreundet bin.»

Danilo nickt.

«Ich könnte dich zum Beispiel knutschen», sagt Ava. Ihr Herz klopft ein bisschen schneller. Sie würde ihn, wenn er damit anfangen würde, sofort wegstoßen. Sofort.

Aber Danilo sitzt immer noch auf seinem Platz und wiegt die Schaukel mit seinen Beinen sanft vor und zurück.

«Was die anderen denken, wenn ich nicht zurückkomme?», überlegt sie laut.

«Dein Freund wird sich Sorgen machen», sagt Danilo und rückt näher an sie heran und legt seinen Arm um sie.

Ava nickt und zittert ein bisschen unter der Wärme seiner

Armhöhlung. Sie lehnt ihren Kopf an seine schmale Brust, sie sitzen und schweigen, die Schafe blöken verlassen in der Dunkelheit, das Radio rauscht, Fetzen der Musik in die Nacht verteilend. Nie war es schöner, denkt Ava und schämt sich gegenüber allen Menschen, die sie gerne hat und die sich um sie bemühen, aber nie war es schöner.

«Du musst jetzt gehen», sagt Danilo und nimmt seinen Arm von ihrer Schulter und steht auf. An der gerade noch warmen Stelle breitet sich eisige Kälte aus. Aber sie steht auf, beschämt, dass sie nicht selbst drauf gekommen ist und als Erste.
«Ja, ich muss wirklich gehen», murmelt sie.
«Ava?»
«Ja?» Sie sieht, dass er unsicher ist, zum ersten Mal heute.
«Würdest du, wenn ich dich einlade, vielleicht ... zu meinem Geburtstag kommen? Also, ich wollte eigentlich sagen, ich lade dich an meinem Geburtstag ein.»
«An deinem Geburtstag? Was willst du denn ... Macht ihr eine Feier?»
«Am vierundzwanzigsten August, merkst du dir das? Vierundzwanzigster August, wie Heiligabend, nur im August. Ich komme zu dir nach Lüneburg, wir können uns irgendwo treffen, zum Beispiel am Rathaus, am Rathaus, das ist einfach zu finden, so abends um sieben Uhr, am vierundzwanzigsten August, hast du es dir gemerkt? Und dann gehen wir beide essen, Ava, würdest du kommen?»
Ava klimpert mit den Augen und runzelt die Stirn, als würde sie nachdenken. «Muss ich ja, aus echter Freundschaft», sagt sie, «muss ich ja zu deinem Geburtstag kommen, sonst hast du ja keinen einzigen Freund als Gast mehr, Danilo.»
Danilo hält sich an der Schaukel fest und sieht sie an, als wäre er wieder zwölf.
«Du meinst es ernst, Ava, du kommst wirklich. Du hast es gesagt. Du hast es gesagt, und dann musst du auch kommen.»

«Klar, Mann, wenn ich es sage.» Ava gähnt und torkelt durch die Nacht auf die Straße und denkt nicht mehr ans Knutschen und auch nicht mehr an Andreas, der jetzt still neben Markus und Sabine auf dem Dorfplatz hängt.

«Ava, wo warst du denn so lange?»

«Willst du den ganzen Tag immer denselben Satz sagen, wenn ich pinkeln gehe? Du hast doch studiert, sag doch mal was Kluges.»

«Aber so lange, Ava?»

«Ich hab halt auf dem Klo geschlafen.»

Markus lacht und haut sich auf den Schenkel. «Das hab ich auch schon, das hab ich auch schon. Da bin ich vom Klo gefallen und hab mir das Kinn an der Badewanne aufgeschlagen.» Er lacht.

Andreas lächelt müde. «Lass uns nach Hause gehen, Ava, ja?»

Ava nickt. Sie ist auch müde. Sie ist ernsthaft müde, auf eine tiefe, ehrliche und frohe Art. Sie kann sogar großzügig gegenüber Andreas sein. Was kann er schon dafür, dass er so gesellig ist. Das ist ja nicht grundsätzlich was Schlechtes, so gesehen.

In Andreas' Wohnung sehen sie sich «Schnee am Kilimandscharo» an, weil der Film gerade im Fernsehen läuft, im Nachtprogramm. Ava starrt auf den Bildschirm, sie kennt jede Szene und jedes Bild, sie greift in die knisternde Tüte mit den zerbröselnden Kartoffelchips und stopft sie sich händeweise in den Mund und kaut, als würde sie den Film kauen, sie zieht die Beine an sich heran und reckt ihren Hals schön lang wie Ava und die Knef im Film. Der Vater ist immer voller Lob für die Knef, wie er es sagt, «die Knef», so sagen alle, die Ahnung haben, und die er dennoch schönheitsmäßig hinter Ava Gardner ansiedelt. Es ist, als würde Ava Andreas Filme von sich als Kind präsentieren, ein bisschen peinlich, ein bisschen komisch, und die Szenen kommen ihr übertrieben vor, das Schauspiel lächerlich, lächerlich, wirklich, Ava, du übertreibst, Fräulein, aber als sie, vor Scham leicht erhitzt, zu Andreas hinsieht, ist der mit seinem samtenen blauen Kissen unter dem Kinn eingeschlafen. Seine Lippe zittert, und sein Haar klebt leicht verschwitzt über dem wächsernen Ohr am Kopf. Er hat ihr vorhin beim Abwasch gesagt, er liebe sie, und das hat sie überrascht. Er beugte sich von der Spüle zu ihr hin, das Gesicht vom Kochen und Abwaschen rosig, das Radio spielte knirschend und rauschend «Santa Maria», und sein Gesicht sah aus wie in Tränen, aber es war nur Feuchtigkeit. Es war etwas wie Angst in seiner Stimme, und sie hat diese kleine Angst, die eher eine leichte Unsicherheit zu sein scheint, schon seit einiger Zeit an ihm gefühlt, aber nie gedacht. Erst jetzt, als er ihr sagte, er liebe sie. Die Angst drückte sich in genau diesem Satz aus. Ich liebe dich. Sie sagte nichts dazu. Sie lächelte nur. Es ist Sommer. Alles ist einfach. Das einzige Kleidungsstück, das sie trägt, ist ein hellblauer Baumwollslip. Ihre Haut ist glatt und voller heller, kleiner Härchen. Ihr Bauch faltet sich perfekt über dem Bauchnabel während des zusammengekrümmten Sitzens. Die Fenster im Haus sind alle weit geöffnet, und der blassgraue Vorhang im Wohnzimmer bewegt sich geisterhaft sanft. Die Hitze steht im Raum wie ein Gast, dazu die Nacht, der Film und Andreas' Liebe. «Ich liebe dich», sagte er mit dem Spülschwamm in der Hand und dem ängstlichen Gesicht. Wenn man jemanden liebt, hat man nicht solche Angst, dachte sie, er ist ja wie gehetzt. Aber sie freute sich.

Nun schläft er und schwitzt in sein Kissen. Sein schlanker Körper hängt auf dem Sofa, zur Seite gerutscht, seine weißen Arme mit den vielen Leberflecken, auf den Innenseiten die blauen Adern wie frische, kleine Flüsse, im blassen Schatten seines dunklen, alten Zimmers. Sie ist fast ein bisschen froh, dass sie den Film allein ansehen kann, ohne diese Scham wegen der peinlichen Schauspielerei und ohne Rechtfertigungen und Erklärungen. Es interessiert ihn nicht. Es interessiert ihn einfach nicht. Interessiert sie ihn? Er liebt sie schließlich. Sie denkt sich in dieses Thema rein, und der Film, die Liebe von Gregory Peck vermischen sich mit der Liebe von Andreas, es kommt ihr alles so großartig vor, sie sieht ihn schlafen, und sie stellt sich ihr Leben vor, ihr Leben mit dem sie liebenden Mann. Nun ist alles sicher. Er liebt sie. Nun ist das Leben, das richtige Leben im Gange. Sie lächelt, während sie Ava Gardner lächeln sieht. Alles wird gut. Das mit Danilo wird sie ihm nicht erzählen, das auf der Schaukel. Sie hat ja auch gar nichts getan, was man erzählen müsste. Sie hat nur so dagesessen und ihm zugehört. Wie alte Freunde. Sie hat es auch so gesagt, Freunde, das Wort hat sie erwähnt. Danilo und sie hätten gute Freunde werden können. Sie können es immer noch. Danilos Geburtstag fällt ihr ein. Sie sieht wieder Ava hinreißend gucken, mit Augen wie hergestellt, denkt sie, wie hergestellt und nicht echt, und Gregory Peck hält ihre Hand mit den langen weißen Fingern. Es ist so traurig, dass alles schon vorbei ist und sie sich nur in seiner Erinnerung so lieben. Ava schluckt. Sie betrachtet Andreas. Das ist ihr Mann, der Mann, der sie liebt. Sie streicht ihm vorsichtig über das Haar. Er schüttelt den Kopf und zieht die Nase hoch und schläft weiter. Wenn sie es Danilo nur nicht versprochen hätte. Wenn sie daran denkt, was er sich davon verspricht. Wie konnte sie nur so etwas zusagen? Ava, du dumme Kuh. Wie konntest du nur? Sie könnte einfach nicht hingehen. Sie könnte zu Haus bleiben. Sie kann vielleicht sowieso nicht. Vielleicht hat sie Schicht. Wenn sie arbeiten muss, kann sie nicht, das ist doch klar. Er kann überhaupt nicht damit rechnen, dass sie kann. Und selbst wenn sie könnte. Wenn sie nicht kommt, dann ist alles klar, und er wird nie wieder annehmen, dass sie irgendetwas von ihm will. Dann ist es endlich klar. Es war nur, weil sie bekifft war. Sonst nichts. Kiff nie wieder, Ava!

Andreas reibt sich die Nase und schnauft und öffnet die Augen. Er gähnt. «Der Film ist nicht so mein Ding», sagt er. «Die waren handlungsmäßig früher einfach langsamer. Das war ne andere Zeit.»

Ava nickt. «Du hast ja auch geschlafen. Du weißt gar nichts von der Handlung.»

«Ich? Ich hab doch gar nicht geschlafen, nur kurz die Augen zugemacht. Ich wollte doch den Film sehen, wegen dir, ich hab alles mitbekommen, hab nur kurz die Augen zu. Aber ich weiß alles genau.»

«Du hast gepennt, aber richtig. Du hast gar nichts mitbekommen.»

«Ach, lass mich doch in Ruhe. Du willst einfach, dass ich den Film gut finde, das ist alles. Soll ich es sagen? Ich finde den Film gut. Sehr guter Film. Okay?»

«Es ist mir total egal, wie du den Film findest. Du findest ihn auch nicht gut, du kannst ihn gar nicht gut finden, weil du ihn nicht gesehen hast, du hast geschlafen. Du hast richtig, richtig geschlafen.»

Andreas schüttelt den Kopf.

«Andreas? Stimmt es noch, dass du mich liebst? Auch wenn wir uns streiten?»

«Es stimmt immer», sagt er.

«Dann ist es gut.»

Er nickt und greift in die Chipstüte, aber in der Chipstüte ist nichts mehr drin.

Ava wacht am Morgen mit dem Wecker auf und denkt daran, dass heute der vierundzwanzigste August ist und Danilos Geburtstag. Sie hat Frühschicht. Sie hat schon sehr früh Feierabend und dann noch genügend Zeit, um über alles nachzudenken.

Es ist ein weißblauer Tag. Die Sonne verschluckt schon am frühen Morgen die Feuchtigkeit der nächtlichen Erde. Die

Luft in der Stadt hängt voller Staub, und die alten Gebäude scheinen in der gleißenden Helligkeit zu zerbröseln. Wie betäubt von der weißen Klarheit der Häuser und Schaufenster, der unbarmherzigen Bläue des Himmels zwischen den Wänden aus rotem Stein schlenkert Ava auf dem Fahrrad von Frau Schultetee dem Städtischen Klinikum entgegen. Frau Schultetee hat ihr das Fahrrad vollends überlassen, weil sie mit ihrem Po auf diesem Sitz nicht mehr sitzen kann, «er schwappt seitlich über», sagte sie und schmunzelte mit ihren weichen, dicken Lippen, sodass ihre großen Zähne blassgrau an die Oberfläche getaucht kamen. Die Zähne von Frau Schultetee sind auf eine Art grau, die sauber ist und löcherfrei, kariesfrei. Sie sind auch keinesfalls gelb oder bräunlich, sie sind blassgrau und glänzend. Sie besitzen eine unauffällig gepflegte Oberfläche, und sie sind zu groß, wie glattpolierte Steine aus der Tiefe eines schlammigen Sees. So ist alles an allen Leuten irgendwie anders, als man es allgemein sagen kann, denkt Ava, rückblickend auf die Zähne von Frau Schultetee. Und alles ist auch viel schwieriger, wenn man es beurteilen will. So geht es im Grunde auch dem Vater. Das ist ja das Problem, dass man niemanden in irgendeine Kategorie einordnen kann, nicht einmal seine Zähne. «Nimm es man. Sonst steht es ja doch nur rum», sagte Frau Schultetee, und die weichen Lippen schlossen sich über den Kieseln in ihrem Mund. Und Ava nimmt das Fahrrad nun Tag für Tag und nicht nur nachts wie früher, wenn sie Andreas' Wohnung, noch warm und rosig von seinem Körper und seiner Decke, verließ, um in ihr Zimmer im Reihenhaus zurückzukehren. Es ist ein hässliches Fahrrad aus dem Supermarkt, wo Frau Schultetee arbeitet, es ist metallicgrau und schwer und hat dicke, blubbernde Schweißnähte an den Stellen, wo Teile zusammenstoßen. Aber es fährt, und es ist besser, mit dem Rad zu fahren, als gequetscht im Bus zu sitzen.

Die hundekotübersäte Rasenfläche des Hotel Seminaris

zur Linken, das Gras ein neongrüner Belag unter dem eisblauen Himmel, Ava spürt einen kleinen Schmerz in der Schläfe, an solchen Tagen bekommt sie ein Ziehen in den kleinen Muskeln und Nerven ihres Gesichtes. Solche Tage bergen etwas Gefährliches. Sie entblößen schonungslos die Details der Dinge um Ava herum und geben ihr die Gewissheit, dass sie sich mit all dem abfinden muss und Banalität und Schmutz ihren Alltag bestimmen.

Drinnen herrscht die gleiche neonhelle Schattigkeit wie an allen Tagen. Die Kranken schlurfen seufzend durch die Gänge, die Genesenden und die Hoffnungslosen werden in die Sonne geschoben, so weit man sie dort sitzen lassen kann, einige rauchen in Pantoffeln, den fettigen Bademantel um den dicken Bauch gezurrt und leise hustend am Ausgang nach hinten. Alles beginnt wieder. Sieben Uhr und schon die erste Kippe. So sieht es aus, so geht es immer weiter. Wie sinnlos deren Tage sind, wie wenig sie an ihrem Gesundwerden arbeiten. Ava knallt die Tasche in ihr Fach, und Beate knallt ihre daneben.

«Heut hab ich einen Bock», sagt Beate und rollt sich eine Zigarette zurecht.

«Seit wann drehst du denn?»

«Ich hab kein Geld. Es ist diesen Monat eng, ich geh zu viel saufen. Es geht echt nicht so weiter, Ava, ich brauche einen Freund, wie du, da lebst du echt sparsamer, da gibst du nicht so viel Geld abends aus. Ihr liegt schön zu Hause und seht fern und trinkt Bier von Aldi, und ich zahl drei Mark für ein Bier. Für ein Bier, überleg dir das mal. Und für Cocktails sechs Mark. Das ist ein teurer Preis für ein bisschen Sex, und der ist meistens auch für'n Arsch.»

«Wie? Du zahlst Cocktails für Sex, oder wie?»

Beate lacht heiser und zieht sich aus und holt einen Kittel, den sie sich über ihren sonnenbankgebräunten Bauch zieht. Unter dem Kittel nur ein gelb-rosa gestreifter Baumwollslip.

«Ich gehe ja aus, damit ich mal einen Typen finde. Sonst geht doch keiner aus, wenn er nicht einen Typen finden will. Aber dabei gibst du eine Menge Geld aus. Du kannst ja nicht so ausgehen und da rumhocken ohne Saufen. Du kannst ja nicht Tee trinken. Und wenn du nicht ein bisschen voll bist, dann kriegst du auch keine Typen, das ist alles ein Zusammenhang, ich hab jedenfalls noch nie nüchtern einen Typen gekriegt, aber wenn man es sich mal so überlegt im Kopf, dann ist es doch Schwachsinn, das ganze Geld in Getränke zu investieren.» Sie hält ihre Selbstgedrehte hoch. «Das kommt dabei raus. Dass man überall Abstriche machen muss. Wegen Männern. Ich könnte echt abkotzen. Und am nächsten Morgen sind sie immer ein bisschen oll, Ava.» Sie kriecht näher zu Ava ran, den Kittel zuknöpfend. «Wenn die am nächsten Morgen daliegen, ich könnte denen echt was Knallhartes über den Schädel schlagen, gnadenlos, Avi, über den verpickelten Schädel, die haben immer Pickel am nächsten Morgen, und die sind echt oll, unfreundlich und stinken.» Beate verzieht das Gesicht und schüttelt sich.

Ava lacht. «Du bist so, so süß, Büate, Büate, du kleine Hure.»

Ohne Beate wäre das ganze Krankenhaus nichts. Und ohne Hartwig. Ohne Andreas wäre das Krankenhaus noch das Gleiche. Er könnte auch gut woanders arbeiten. Es wäre Ava egal. Aber ohne Beate und ohne Hartwig wäre es hier wie in einem Krankenhaus.

Nach der Arbeit radelt sie zurück. Ein bisschen erschöpft und ein bisschen unempfänglicher für den Sommer auf der Straße. Der kleine Schmerz vom frühen Morgen hat sich gleichmäßig in ihrem Gesicht verteilt und ist zu einem schwach auf ihrem Körper lastenden Druck geworden. Sie ignoriert ihn, sie kann es ertragen, sie spürt ihn fast schon jeden Feierabend, diesen leicht schmerzenden Druck, ausgelöst durch Medikamentengeruch und Gestöhn und Urin und schuppig aufgerissene Haut auf den fleckigen Beinen einer alten Frau. Ihr Rücken schmerzt vom Heben und Waschen, und das Draußen riecht sanft nach Abgas und Alltag. Beate hat gesagt, sie soll nicht hingehen, sie hat gesagt, wenn sie hingeht, dann passiert was. Sie kennt sich selbst, hat sie gesagt und auf Ava geschlossen. Ava meinte, sie sei anders als Beate, sie habe einen Freund und kein Interesse an Danilo. Aber das ist gar nicht der Hauptgrund. Der Hauptgrund ist, dass sie es ihm versprochen hat. Das wäre in ihrer Vorstellung so gemein, dann nicht zu kommen, das würde ihr selbst den Tag und die Woche und länger verderben, wenn sie wüsste, dass sie etwas versprochen hat und es dann nicht hält. Und die Enttäuschung, die es auslösen würde. Wie kann man solch eine Enttäuschung verschenken an einem Geburtstag? «Ich gehe hin und sage ihm, wie es ist. Und dann können wir ja noch ein Bier trinken oder so, aber kein Essen. Das will ich nicht», hatte sie zu Beate gesagt. Beate hatte ihre Schultern wie im Tanz hin und her bewegt und gesagt: «Klar, Ava. Tu es. Ich würde es tun, du tust es. Aber es wird anders kommen, als du denkst. Du bist einfach zu blöd noch. Aber egal.» Ava hatte mit den Schultern gezuckt und war gegangen, und Beate hatte ihr noch hinterhergerufen: «Wieso lernst du immer ganz andere Typen kennen als ich?» Ava hatte gesagt: «Ganz andere? Das ist ein ganz kleiner Spinner aus Kroatien, der hat nen Knall, hat der, und eine dicke Brille, wenn du den mal sehen würdest, dann wärst du nicht neidisch, Beate, echt nicht.»

Beate hatte genickt und gesagt: «Sag ich doch, ganz andere Typen, du bist irgendwie magisch, Avi.»

Das ist der Plan. Beate irrt sich, Ava wird Danilo treffen, sie ist überhaupt nicht aufgeregt deshalb. Sie wird ihn treffen und ihm sagen, dass sie Andreas hat und nichts mit ihm will und deshalb seine Essenseinladung nicht annehmen kann. Aber sie wird ihm ein Bier spendieren und nett sein. So wie Freunde. Das ist es, was sie will, ein bisschen Freunde sein.

Vor dem Reihenhaus kniet Herr Schultetee mit rotem Schädel auf einem zusammengefalteten Handtuch und reißt Unkraut aus dem mit Ziegeln eingefassten Beet vor dem Küchenfenster. Die herausgerissenen Teile liegen schon von der Hitze aller Festigkeit beraubt in einem Plastikeimer. Herr Schultetee stöhnt und schimpft vor sich hin. «Viel zu spät. Das kann man jetzt auch gleich vertrocknen lassen, den ganzen Mist. Immer muss ich mich drum kümmern. Das hätte schon viel früher ...»

Ava stellt ihr Fahrrad ab. Sie braucht es nicht in den Keller zu bringen, sie will es später noch benutzen. «Tag», sagt sie, und Herr Schultetee dreht sich um. Sein Gesicht sieht aus wie kurz vor einem Schlaganfall. «Sollten Sie nicht lieber in den Schatten?», fragt Ava. «Sie sehen schon ganz komisch aus.»

«Im Gesicht oder was?», fragt Herr Schultetee und fasst sich mit der Hand in das rotglühende Gesicht und streift sich prüfend über die wülstigen Wangen.

«Ja. Das kann man doch abends machen, wenn hier Schatten ist.»

«Hast du auch recht», sagt Herr Schultetee und richtet sich auf. «Man ist auch manchmal wie bescheuert.» Er betrachtet das Beet, das halb bearbeitet ist, halb trocken und verunkrautet. Dann winkt er ab. «Interessiert doch auch keinen.» Sein Blick geht aber rüber zu dem genau gleich großen Stück Beet der Nachbarn. Es besteht nur aus Rasen, genau wie der Garten hinter dem Haus. Der Rasen aber ist beschnitten und dicht wie ein frisch gesaugtes Stück Teppich. Ava denkt sich, dass Herr Schultetee den Nachbarn zeigen will, dass er es besser hinbekommt, mit Blumen und allem. Seine Phantasie und Lebensfreude sollen sich darin ausdrücken. Aber er macht sich fast tot damit. Um jeden Preis Blumen im

Garten und Rehe und Springbrunnen, das ist doch bescheuert. Dann lieber Nazirasen und einmal rübermähen und fertig, oder? Ava denkt drüber nach und schüttelt den Kopf. Das ist es auch nicht. Alles ist schwierig wie schon immer. Herr Schultetee hat auch recht, weil er diesen Trotz hat. Er nimmt den Eimer und seufzt und zieht die Gummiüberschuhe auf der Vortreppe aus, obwohl sie sauber und trocken sind. Seine blauen Socken schneiden in das weiße Fleisch unter seiner Jogginghose, und er schlurft vor Ava durch den Flur in seine Wohnung.

Ava geht die Treppe hoch in ihr Zimmer und legt sich auf das Bett, das Fenster weit geöffnet. Von draußen das Summen von fernem Verkehr und das Schimpfen der Spatzen. Der Rest des Tages wird immer schwerer, obwohl sie sich dagegen wehrt und sich einredet, dass es leicht sein wird und vielleicht sogar lustig.

Um neunzehn Uhr steht sie in einem weiten gelben Jerseykleid mit Pferdeschwanz und pinkfarbenen Lippen vor dem Rathaus und dreht sich ständig in alle Richtungen, weil sie nicht weiß, von wo Danilo kommen wird. Sie überlegt, wie lange sie warten soll, falls er nicht kommt. Zehn Minuten? Reichen zehn Minuten? Kann man dann gehen? Oder zwanzig? Muss sie eine halbe Stunde warten, um selbstverständlich gehen zu können? Sie sieht auf ihre kleine weiße Armbanduhr, es ist noch nicht einmal ganz sieben. Sie ist zu früh und nicht er zu spät. Sie lehnt sich an den Brunnen mit der nackten, kleinen Mondgöttin über sich, das strahlende Rathaus dahinter, der Platz voller schlendernder Leute, die Steine glühend heiß. Kinder knien am Brunnen und recken ihre Arme in die Wasserstrahlen. Ava sieht ihnen eine Weile zu und hält ihre Hand ebenso ins Wasser. Der Strahl zerteilt sich und spritzt ihr Kleid nass. Wie blöd. Wie sieht sie jetzt aus? Aber die Nässe auf ihrem Kleid kühlt sie und macht ihr irgendwie Spaß. Wenn er nicht kommt, wird sie den Arm noch weiter ins Wasser halten und sich ihr Gesicht benetzen und noch nasser werden und zufrieden nach Hause gehen. Aber im selben Moment wird ihr bewusst, dass sie enttäuscht wäre, wenn er nicht kommen würde, sie wäre überhaupt nicht zufrieden, denn er hätte sie und ihren freundschaftlichen Entschluss sitzengelassen, und sie wäre nicht ein bisschen froh darüber.

Über dem Platz fliegt weit oben ein Flugzeug und lässt spät ein Geräusch auf sie herabfallen, wie ein leichtes Gewitter. Sie sieht, wie der zarte Kondensstreifen sich zerteilt und wolkig wird und im Himmel zergeht. Die Feuchtigkeit auf ihrem Kleid trocknet. Sie sieht sich um und beobachtet die Leute, und dann steht Danilo vor ihr, er hat sich von ihr unbemerkt von irgendwo aus dem Nichts genähert und lächelt und steht da und sagt «Na». Er trägt einen sehr hellen grauen Anzug über einem weißen T-Shirt, er ist fünfzehn und trägt einen richtigen Anzug, er ist so dünn, und der Anzug hängt an ihm wie an einem Kleiderbügel, sein gelocktes Haar ist kürzer geschnitten, das Haar wie eine getrimmte Rasenfläche, eine Sonnenbrille auf den Augen, er sieht so aus wie, wie ... Sie muss so grinsen, sie kann es sich nicht verkneifen, die Lippen tun schon weh, so verzerrt sich ihr Gesicht bei seinem Anblick. «Du siehst aus wie ... Ich weiß auch nicht.»

«Wie Ricardo Tubbs aus Miami Vice?», sagt Danilo und strahlt.

«Wo hast du denn den Anzug her, Danilo?»

«Den habe ich mir gekauft. Von meinem eigenen Geld.»

Sie starrt seinen flatternden Anzug an und dann seine Sonnenbrille, in deren Gläsern sie sich spiegelt mit ihrem hellen Haar. Sie kann jetzt nicht das Essen absagen. Er hat sich den Anzug für das Essen gekauft. «Happy Birthday», sagt sie, und ihr fällt auf, dass sie kein Geschenk für ihn dabeihat. «Ich habe gar kein Geschenk.»

«Ich brauch doch keine Geschenke mehr. Ich bin jetzt erwachsen», sagt Danilo.

«Mit fünfzehn? Du wirst doch fünfzehn heute, oder? Und du bist mit fünfzehn erwachsen?»

«Ja.» Danilo nickt und geht los, und sie geht hinterher wie schon immer. Immer latscht sie hinter ihm her, als wäre sie fünfzehn und er neunzehn, und nicht umgekehrt.

Sie gehen im Hotelrestaurant Zum Roten Tore essen, draußen unter hölzernen Balken, an denen in Plastiktöpfen Blumen hängen, Efeu sich schlängelt, weiße Tischdecken auf den Tischen und Weingläser.

«Ist doch teuer hier, oder?», fragt Ava Danilo.

Danilo lächelt. «Reg dich ab, ich lad dich doch ein.»

Sie setzen sich, und die Kellnerin kommt und bringt die Karte und reicht sie Ava als Erstes, weil sie die Dame ist, denkt Ava und überlegt, ob der Kellnerin der Altersunterschied auffällt und die herzzerreißende Albernheit von Danilos Aufmachung. Aber hier im Restaurantgarten an der weißen Tischdecke und während sie sitzen, macht es sich plötzlich irgendwie auch ganz gut, merkt sie. Und Danilo sieht mit Sonnenbrille so alterslos aus. Wenn man seine Augen nicht sieht, kann man das Alter schlecht sagen. Vor allem, da er so altes Haar hat, überlegt sie. So krauses Haar sieht alt aus, weil man da einfach keinen Popperscheitel und nichts machen kann. Nur so lassen. Und das ist unmodern und von daher alt.

«Danilo?»

«Ja?» Er schiebt die Sonnenbrille etwas runter und schaut oben über die Gläser.

«Weißt du schon, was du isst?»

«Steak. Und du?»

«Ich weiß nicht. Soll ich auch Steak essen?»

«Nein. Du sollst essen, was du magst.»

«Ich würde vielleicht Königsberger Klopse essen. Das esse ich echt gern. Aber ich weiß nicht.»

Danilo lächelt sie ganz breit an. «Du Liebling. Iss die Klopse. Das ist doch ein gutes Essen.»

«Danilo, du sollst nicht Liebling zu mir sagen.»

«Das war nur aus Versehen. Du Liebling.»

Ava seufzt. Die Kellnerin kommt, und sie bestellen die Klopse und das Steak und Rotwein. Erst als sie weg ist, fällt Ava ein, dass Danilo fünfzehn ist.

«Danilo, du darfst überhaupt keinen Rotwein bestellen. Ist dir das klar?»

«Echt? Dann musst du meinen mittrinken», sagt Danilo. Er freut sich wie ein König. Später schlürft sie ihr drittes Glas Rotwein. Wie ein König, denkt sie die ganze Zeit. Er sitzt da wie König Ricardo Tubbs. Die Kellnerin ist überhaupt nicht auf die Idee gekommen, dass Danilo noch keinen Rotwein trinken darf. Das ist sicher der Anzug. Bei Leuten in Anzügen denkt man so was nicht. Und die Brille dazu. Dass er so groß ist. Alles. Denkt sie. Da denkt man nicht an Alter. An was denkt man dann?, fragt sie sich. Dass er ein Mann ist? Mit Penis? Sie lacht.

«Was ist denn?», fragt Danilo.

«Och nichts. Ich hab nur so gedacht.»

«Was denn? Was denn? Sag doch mal.»

«Ach ... dass du ein Mann bist und einen Penis hast.» Ava muss so lachen, wegen dem, was sie redet, dass ihr Tränen aus den Augen laufen.

Danilo starrt sie an, die Bedienung kommt und starrt sie an. Danilo sagt: «Das stimmt, das ist nicht zum Lachen, Ava», und Ava bleibt fast die Luft weg. Und mitten in diesem geschüttelten Lachen voller Schmerzen bahnt sich der Wahnsinn seinen Weg, und Trauer ergreift sie, und sie weiß, dass sie Andreas nicht liebt und dass sie niemanden hat und einsam ist wie ein Hund. Sie lacht, und es tut weh, ihr Körper verkrampft sich, und es fehlt ihr die Luft zum Atmen. Danilo bezahlt die Rechnung und steht auf, nimmt Ava an die Hand und geht mit ihr irgendwo lang und irgendwohin.

Ava ist betrunken, Danilo auch. Sie bleiben auf den alten Steinen sitzen, unter sich das Wasser vom alten Hafen, Danilo schweigt und Ava ebenso. Wörter rasen durch ihren Kopf. Alles ist falsch, alles hört sich falsch an. Sie sollte nach Hause gehen. Noch ist nichts passiert, denkt sie, noch ist ja nichts passiert. Aber es ist ja schon alles passiert.

Sie dreht sich zu Danilo, der mit den Beinen baumelt und summt. «Wie kommst du denn nach Hause?»

Er zuckt mit den Schultern. «Interessiert mich nicht. Ich bleibe einfach hier sitzen, bis morgen ist. Oder übermorgen oder nächste Woche.»

«Ich nicht.»

«Ich weiß.»

Sie würde es gern ändern. Sie hätte gerne, dass er «Liebling» sagt und nicht «Ich weiß».

«Ich seh voll bescheuert aus in dem Anzug, nicht?», sagt Danilo.

«Nein. Gar nicht», sagt Ava und verbeißt sich das Lachen und das Weinen. Und dann legt sie ihre Arme um ihn, sie kann seine Traurigkeit nicht aushalten, nie würde sie seine Traurigkeit mehr aushalten können, und sie küsst ihn, und er legt seine Arme um sie und küsst sie, und sie küssen sich hundert Stunden lang, bis es hell wird und Ava nach Hause rasen muss, weil sie arbeiten muss, und alles rast an ihr vorbei und fühlt sich so heftig an, die kühle Morgenluft, die Vögel, die schreien, als ginge es um Leben und Tod, und ihr Gehirn ist vollkommen am Rasen, und ihr Leben erscheint ihr wie ein gewaltiges, verbotenes Abenteuer.

Zweiter Teil

In Avas Schlaf hinein knallt es, ein langgezogenes Gestöhne folgt, ein Gerumpel und ein Schleifen und Knirschen wie von Scherben. Ava wühlt sich unter der verschwitzten Federdecke hervor und setzt sich auf. Die Sonne bahnt sich staubtaumelnd ihren Weg durch die blau-weiß geblümten Ikea-Gardinen, die sich wie matte Segel vor den angekippten Fenstern bewegen, unentschlossen, gleißende Spalten nach draußen aufreißend, wo die Sonne heiß auf den Tag brennt und ein leichter Wind dem angekündigten Gewitter vorausgeht. An solchen Vormittagen ist nicht gut schlafen, sie hat Nachtschicht gehabt und ist gegen neun ins Bett gegangen, als Danilo endlich den Kassettenrekorder ausgestellt hat und mit seiner abgeranzten Ledertasche in die verfluchte Schule verschwunden ist. Sie starrt auf den kleinen aufgeklappten Reisewecker auf dem Schrank neben ihrem Bett. Es ist 13:10 Uhr, sie ist so müde, ihr Kopf ist schwer, wie von innen stramm aufgeblasen, in seiner engen Schädelhöhle, und ihre Netzhaut ist von einer schlierigen Schicht bedeckt. Sie wischt sich die Augen aus, als über ihr das Knirschen wieder losgeht. Die Geräusche, die sie gerade geweckt haben, dringen im Nachhinein in ihr Bewusstsein und verbinden sich mit einem Gedanken, der sich zu Wörtern auf ihre Zunge rollt: «Die Muschifrau.»

Ava springt aus dem Bett, zieht die auf der Erde liegende blassgelbe Jogginghose über ihr Nachthemd und tappt die Treppe zur Muschifrau hoch. Sie klingelt und klingelt und klingelt noch einmal und beschließt, sich den Schlüssel geben zu lassen, für alle Fälle und das nächste Mal. Sie wartet, sie hört Geräusche, die sich nähern. Sie hört jemanden vor sich hin reden, das ist die Muschifrau, das macht die so. Dann öffnet sich die Tür, und die Muschifrau steht da und redet immer noch, «... das is man klar, das sage ich doch, wie das da rumsteht, alles aufeinander. Elke. Das ist nicht gut gestanden so. Das hat so keinen festen Halt. Nun isses Unglück da ...»

«Frau Jacobs?»

Die Muschifrau hat ein blutüberströmtes Gesicht, Blut läuft über ihre braune Bluse und ihre Kittelschürze. Dass sie so redet, beunruhigt Ava erst einmal nicht, weil sie immer so redet, mit Elke, ihrer Schwester, von der sie wohl weiß, dass sie tot ist. Aber das hält die Muschifrau nicht davon ab, mit ihr zu reden. Einunddreißig Jahre lang hat sie jeden Tag mit Elke geredet, nun redet sie weiterhin mit Elke, so oder so, es ist auch egal, für sie und für Elke sowieso, denkt Ava. Aber die Sache mit dem Blut ist vielleicht bedenklich.

«Was ist denn passiert? Sind Sie hingefallen, Sie sind ganz voll Blut?»

Die Muschifrau winkt ab. Von hinten streicht eine Katze um ihre Beine, und die Muschifrau scheucht sie, sich bückend und dabei einmal aufstöhnend, in den Flur zurück. «Ist nichts. Ist nur dämlich, bescheuert, was runtergefallen.» Bei den letzten Worten rutscht ihre Stimme weg, und sie schluchzt einmal auf.

«Ach, Mann», sagt Ava und streicht der alten, dürren Frau über den Kopf und drückt sie in den Flur hinein. In der Wohnung stinkt es nach Katze und Katzenpisse und anderem. Ava schiebt die Muschifrau auf das Sofa im Wohnzimmer und sieht sich die Wunde an. Die Muschifrau hat eine dicke Beule und blutet, aber es sieht nicht gefährlich aus, keine größere Verletzung. Ava holt einen sauberen Waschlappen aus dem Badezimmerschrank und wischt der Frau das Gesicht sauber und legt ihre Beine hoch und legt ihr schließlich den ausgespülten, kühlen Lappen auf die Stirn.

Sie sieht sich in der Wohnung um. In der Küche liegen Scherben auf dem Boden, Mehl und Bohnen und Nudeln, dazwischen dicke Tropfen Blut und Katzen, Katzen, Katzen, die mit mehlverstäubtem Fell und angezogenen Pfoten zwischen den Scherben herumstreichen.

«Was ist denn nun passiert?», fragt Ava, zurück im Wohnzimmer. Die Muschifrau runzelt heftig die Stirn, die ganze Stirn wellt sich wie ein aufgewühltes Gewässer, und der Lappen fällt dabei von ihrem Kopf. Sie richtet sich auf, stellt sich keuchend auf die Beine, und Ava sagt: «Sie sollten lieber liegen bleiben mit der Verletzung am Kopf.»

Aber die Muschifrau latscht mit ihren verbogenen Beinen vor in die Küche, sie lässt sich nie von irgendwem was sagen, das weiß Ava auch schon. In der Küche deutet sie auf den Hängeschrank über der Spüle. «Da is die Muschi hoch, hinter die Gläser, und ich stand hier und wollte sie runterreden, und dann isses alles auf mich runtergekommen.» Sie schlägt die Hände zusammen und lässt die Schultern sinken. «Und wie es hier aussieht. Und die Muschi hat sich so erschrocken. Die Muschi hat so geweint.»

Wer genau die Tätermuschi oder Opfermuschi war, je nachdem, weiß Ava nicht, alle neun Katzen von der Muschifrau heißen Muschi, und wenn sie sie ruft, dann ruft sie «Muschimuschimuschi, Essen gibt's». Als Ava das Danilo nach dem ersten Besuch bei der Frau erzählte, hat Danilo gelacht, und sie musste auch lachen, sie hatte schon oben bei der Muschifrau das Lachen kaum unterdrücken können, aber dann, als Danilo lachte, kam das zurückgehaltene Lachen aus ihr raus, und sie hatte regelrechte Krämpfe vom Lachen. Danilo sagte ab dann «die Muschifrau» zu Frau Jacobs, und Ava sagte es ab dann, im Stillen, auch so, obwohl sie es einen säuischen Namen findet. Aber sie denkt immer zuerst «die Muschifrau», bevor sie «Frau Jacobs» denken kann. Die Namen schleichen sich so ein, da ist man machtlos, die Leute werden zu etwas, und dann heißen sie so, wie sie sind, wie zum Beispiel die Wörter sind, die sie sagen. Und wenn eine Frau den ganzen Tag hauptsächlich «Muschi» sagt, dann heißt sie so, denkt Ava. Aber ob der Muschifrau die andere Bedeutung und Verwendung des Wortes Muschi bekannt ist, das kann Ava sie nicht fragen, das würde sie sich nicht trauen.

Die Muschifrau ist alt und redet viel so vor sich hin, mit den Katzen und mit ihrer toten Schwester Elke. Sie hat das alles bei sich zu Hause mit den Katzen, mit der Hygiene und besonders mit sich selbst nicht mehr so im Griff. Ava hat das mit Beate besprochen, und Beate hat gesagt: «Da muss man jemanden hinschicken und dann: Katzen ab, Oma ab!» Die Frau, der das Haus gehört, in dem Ava und Danilo, die Muschifrau und noch zwei weitere Parteien wohnen, ist ungefähr genauso alt wie Frau Jacobs und lässt sich kaum noch blicken. So bleibt das Problem bei sich im Haus in seiner eigenen Wohnung, und keiner sagt was. Ava kümmert sich wenigstens irgendwie ein bisschen.

«Ich räum das auf, das geht hopphopp, und Sie legen sich sofort wieder hin! Sofort, sonst rufe ich einen Arzt. Soll ich einen Arzt rufen?», fragt Ava drohend. Das macht die Muschifrau still. Niemand darf hierher. Kein Staat und kein Arzt. Ein Arzt ist wie die Geheimpolizei für die Muschifrau. Ein Arzt spioniert ihren Gesundheitszustand aus, und dann: aus die Maus, dann Muschis ade, ins Tierheim an der Bockelmannstraße für den Rest ihrer Tage, denn wer würde diese alten, humpelnden Katzen noch zu sich nehmen wollen? Ava räumt vorsichtig die Scherben in den Müll, kehrt das Mehl und die Nudeln zusammen und wischt das Blut weg. Dann sieht sie nach der Muschifrau, die gemeinsam mit vier Katzen vom Sofa aus das Fernsehprogramm verfolgt. «So is gut», sagt Ava. «Schön liegen und nicht überanstrengen und immer schön kühlen. Wenn was ist, klingeln Sie einfach bei mir. Ich bin zu Hause.» Dann geht sie und denkt darüber nach, dass es nicht besser werden wird mit der Muschifrau und dass das mittlerweile irgendwie ein bisschen an ihr dranhängt, an Ava.

«Ich weiß nicht, warum du das machst», sagt Danilo und zieht sein schwarzes T-Shirt über den Kopf. Es gibt nichts Schöneres für Ava. Sein T-Shirt bleibt meist hängen, an der Brille, weil er vergisst, sie vorher abzunehmen, an den voluminösen lockigen Haaren, und das verlängert den Augenblick, wo das T-Shirt sein Gesicht verdeckt und sein blasser, glatter Brustkorb mit den sanft sich abzeichnenden Rippen, den rosigbraunen Brustwarzen und den winzigen, gekringelten Härchen dazwischen schutzlos Avas Händen ausgeliefert ist.

«Ava», murmelt Danilo und zerrt das T-Shirt über sein Haar. Ava drückt sich an Danilo. Sie mag ihn so gern. Sogar wenn er schwitzt und riecht. Sie mag so gern, wie er riecht.

«Du riechst so gut», sagt sie.

«Echt? Ich stinke doch», sagt Danilo und befreit sich von ihr.

«Du stinkst so sexy.»

«Dein Körper will sich nur mit mir fortpflanzen, das ist alles, du bist genetisch programmiert.»

«Ja, klar. Aber mein Gehirn verhindert das mit Hilfe von Östrogenen, die ich täglich in mich reinschmeiße. Und was tust du?»

Danilo legt seine Arme um Ava und wiegt sie hin und her und küsst sie auf das Ohr. «Ich tue nichts. Ich bin noch zu jung für die Verantwortung. Das überlass ich alles dir. Du bist die Bestimmerin. Du kümmerst dich um mich und um die Muschifrau und um alle. Du bist Ava, die Heilige. I love you. Komm her, süße Muschifrau.»

Ava schüttelt den Kopf. Aber das hat nichts zu bedeuten. Denn Danilo zieht jetzt auch noch seine Jeans herunter und steht weiß und nackt und mit großen Augen vor ihr, und sie muss einfach. Sie ist so gierig nach seinem knochigen Körper, der groß und glatt und verstunken vor ihr steht, dass sie ihn einmal scharf in die Schulter beißt.

Danilo ist neunzehn, und es ist jetzt total okay. Aber sie

hat auch schon mit ihm geschlafen, als er noch lange nicht achtzehn, als er minderjährig und sie bereits erwachsen war, nach dem Gesetz. Das hatte ihr einerseits ein schlechtes Gewissen gemacht, andererseits überzog es ihre Beziehung und vor allem den Sex mit einer zuckersüßen Schmutzschicht, die ihr immer wieder einen Schrecken einjagte, der sie hellwach machte für das Gefühl des Begehrens. Jemanden wirklich wollen, jedes Haar und jede Pore, seine fahrigen Bewegungen, sein Zucken und seine leere Milde danach, wie es ist, wenn man nie, nie satt wird davon, das weiß sie jetzt ganz genau, wie das ist und wie es sich anfühlt. Es treibt ihr zuweilen die Tränen in die Augen. Sie kann sich oft nicht konzentrieren, vor Gier und vor Eindrücken. Danilo reißt die Augen auf, während er mit ihr schläft, sieht aber kaum etwas, sieht nur die Bewegung in sich drin und seine Lust, sie könnte hässlich sein und alt, er würde es nicht sehen, er reißt die Augen auf und liebt sie stumm und blind, sie dagegen sieht alles, jede Falte seiner unglaublichen, duftenden Haut, sie kann weder aufhören zu sehen noch aufhören zu denken, wie schön er ist, wie schön, und wie sie alles haben kann und wie wütend sie das zwischendrin auch macht, weil er sie so für sich einnimmt, dass sie in Tränen ausbricht.

Anschließend liegt sie da, wie ein Lappen, wie ein nasser Lappen, nass von Schweiß, Danilo raucht, sie ist in sich leer und leicht, und sie würde die Uhr gern anhalten und den Tag, und keinen Schritt mehr weitergehen, weil es später nur noch bergab gehen kann, das ist gewiss. Es kann nicht mehr besser werden, es kann nur schwerer werden, es läuft alles darauf hinaus. Sie ahnt es, und er ahnt nichts, das weiß sie auch. Er denkt über Dinge nach, die sie längst nicht mehr betreffen. Er ist sich seiner Liebe gewiss, sie steht wie ein Baum, wie etwas in ihn Gepflanztes, das keiner Grübeleien mehr bedarf. Aber sie, sie liegt da wie ein feuchter Lappen und weiß bereits, dass Dinge sich ändern, immer und stets. Sie wird irgendwann die Muschifrau sein, mit Flecken an den Händen und im Gesicht, mit brüchigen Knochen, allein mit neun Katzen und der Angst, dass auch das sich ändern wird.

«Sie tut mir leid», sagt Ava.

«Wer?»

«Die Muschifrau. Sie hat solche Angst, dass sie wegkommt, ins Krankenhaus oder in ein Heim. Aber sie will hierbleiben, und sie will die Katzen behalten.»

«Na ja», sagt Danilo, «kann man ja verstehen. Soll sie doch hierbleiben.»

Ava schüttelt den Kopf. «Sie kann das alles nicht mehr. Bei ihr stinkt es. Und sie hat irgendwas. Sie krümmt sich manchmal so komisch in die Seite rein und hält die Luft an, und dann hustet sie so schlimm. Sie hat was. Aber sie geht nicht zum Arzt. Und ich schätze, es ist auch zu spät dafür. Ich schätze, sie hat Krebs.»

Danilo bläst den Rauch hoch und lächelt. «Sicher, Ava. Woher willst du denn das wissen? Gleich Krebs, aber sicher.»

«Ich weiß es natürlich nicht. Aber ich merke es. Es ist was, das schlimm ist. Ich kenne das doch, und wie sie im Gesicht aussieht und kaum noch isst und manchmal mit Denken aufhört, Danni, ich hab das schon oft gesehen, ich bin kein Arzt, aber ich weiß, dass das was Böses ist.»

«Sie ist alt», sagt Danilo.

«Ja, aber du bist auch mal alt. Meinst du, du findest es dann in Ordnung, wenn alles langsam immer mehr scheiße wird? Ich will das nicht, Danilo. Ich will es schön haben, wenn ich alt bin. Ich will ein schönes Leben haben, wenn ich alt bin. Und nicht das.»

«Du hast dann ja noch mich, und dann ist alles schön», sagt Danilo.

Ava starrt auf den Rauch, den Danilo, halb liegend, kunstvoll über sich bläst.

«Herrgott, Danni, das glaubst du doch selbst nicht.»

Beate ist mit Jensen gekommen. Jensen ist Beates neuer Freund. Er hat langes blondes Haar, das auf eine leicht ölige Art und Weise gesund aussieht. Ava nimmt während der Begrüßung wahr, dass das Öl in dem Haar nach Mandeln riecht, aber nicht übel oder ungesund nach Mandeln, sondern frisch und angenehm. Er trägt eine vermutlich unscharfe Rasierklinge an einer Kette um den Hals, das Hemd ist so weit geöffnet, dass die Rasierklinge auf seinem gebräunten Brustkorb zur Geltung kommt, und beruflich fährt er Lkw. Beate erzählt, wie sie Jensen bei Lidl kennengelernt hat, als sie um neunzehn Uhr an der Kasse stand und merkte, dass sie ihr Portemonnaie nicht dabeihatte.

«Ich hatte den ganzen Wagen voll, Ava, alles fürs Wochenende, ich hatte nichts zum Essen mehr zu Hause, und darum hatte ich den Wagen voll, und dann kein Geld, nichts. Eh. Ich stand da, die Schicht war schon so scheiße gewesen, nur Ärger in der Schicht, ich hätte schon vor den Regalen am liebsten geheult, und wie Pudding war mein Körper, und latsche so richtig übermüdet durch die Gänge, aber muss ja, du weißt, kein Essen zu Hause, ich bin manchmal so richtig depressiv dann, kennst du das? Ich weiß nicht, wieso, es ist ja auch nicht so schlimm eigentlich, und dann so, und die Verkäuferin sagt: ‹Ja, schön, jetzt habe ich alles eingetippt, dann mache ich also Storno, wir haben ja sonst nichts zu tun, und Sie gehen dann schön mal zurück und räumen alles wieder in die Regale.› Ava, ich steh da und fang an zu heulen wie ein Baby. Ich steh an der Kasse bei der blöden Kuh und steh da und mach nichts, ich halte mich bei der Kasse richtig mit der Hand so da fest und heule. Und wie ich aussah! Ich hatte keinen Schlaf die Woche wegen Schicht und ich sah aus wie ausgekotzt, im Gesicht sowieso, wegen kein Schlaf, und dann, was ich anhatte! Ich hatte einfach an, was bei mir vor meinem Bett auf der Erde lag, das hatte ich angezogen, das war knüllig und schmutzig und oll, egal, und bin raus zu Lidl. Ohne Waschen, ohne Kämmen.»

Beate sieht zu Jensen rüber, dessen Auftritt jetzt wahrscheinlich kommt. Jensen spielt an einer seiner öligen Mandelhaarsträhnen und trinkt winzige Schlückchen von dem Tee, den Ava gekocht hat. Früchtetee. Er schmeckt scheußlich. Sie weiß es auch. Aber sie hatten nur noch den. Sonst nur Wasser aus der Leitung.

Beate nimmt einen Schluck von ihrem Tee. «Jensen ist dann zu der Kassenkuh hin und hat alles bezahlt. Einfach so. Er hat gesagt: ‹Nich heulen, ich bezahl es, nur nicht heulen, bitte, Frau.› Er hat ‹Frau› gesagt.»

«Wie soll ich es sonst sagen?», sagt Jensen. «Wenn ich den Namen nicht weiß.»

«Ava, er steht da und kennt mich gar nicht und sieht aus wie, ich weiß es nicht, ich konnte es einfach nicht glauben, wie hübsch er aussah, und sagt ‹so und so› und bezahlt einfach. ‹Frau› hat Jensen mit nach Hause genommen und gleich den Abend dabehalten», sagt Beate und strahlt und ist froh wie lange nicht.

Hoffentlich bleibt es eine Weile so, denkt Ava, und hoffentlich ist Jensen nett und gut. Er hat einen breiten Brustkorb und ein Gesicht wie ein Kind, sein Strahlen ist dem von Beate verwandt, aber sein Blick kindlicher als der von Beate, deren dauerhafte Müdigkeit sie immer wie eine richtige Frau aussehen lässt, eine Frau mit einem Mann und einem Haushalt und jeder Menge Gören.

«Fährst du schon lange Lkw?», fragt sie Jensen.

Jensen nickt. «Ich fahre Lkw, seit ich den Lappen habe. Seit ich einundzwanzig bin. Ich war erst bei Hendrik Mietz GmbH als Schlosser und hatte keinen Bock mehr auf Autos schrauben, alle schreien rum und glauben, sie sind besser als die anderen, sind sie aber nicht. Ich wollte lieber raus und fahren. Draußen ist schöner. Sagt dir keiner was. Redet dir keiner rein. Draußen isses schön.»

«Fährst du auch aus Deutschland raus?», fragt Ava.

«Klar. Spanien, Griechenland, Griechenland ist jetzt gerade bisschen schwierig wegen der Jugos und dem Krieg und so, aber Frankreich auch und Spanien letztens. Spanien war sehr schön. War sehr schöne Landschaft da, nach der Autobahn später.»

Beate zündet sich eine Zigarette an. «Was is, Avi, kommst du gleich noch mit raus, bisschen Bier trinken draußen und Leute gucken?»

Ava zuckt mit den Schultern. Danilo hätte schon zurück sein sollen. Sie wollte den Samstagabend mit ihm verbringen, wenn die Schicht es schon mal zulässt. Danilo ist viel unterwegs, seit er in Lüneburg auf das Johanneum geht. Er wollte unbedingt hierher, auf diese Schule, in die Stadt zu ihr, und bei ihr, mit ihr wohnen, als wäre er erwachsen. Seine Mutter hat es rasch erlaubt, sie erlaubt ihm fast alles, schon immer, weil er ihr Einziger und Einziges ist und weil er so ist, dass alle machen, was er sagt, er hat so eine Art, die sich so lange um die Leute und ihre Gedanken und Argumente herumwindet, ohne direkt etwas zu fordern, bis die Leute, wie seine Mutter, wie sie und seine Freunde, sich einfach ergeben und das Gefühl behalten, in die Falle getappt zu sein. Sie haben ihn hier bei ihr angemeldet, er konnte die Schule wechseln und auf das Johanneum, in dessen Nähe sie wohnen. Sie hat es auch gewollt, unbedingt gewollt, denn sie konnte das Leben, so erschien es ihr, ohne Danilo nicht mehr aushalten. Als sie ihn einmal hatte, als sie einmal kennengelernt hatte, wie es sein konnte, so mit jemandem zu sein, so eng, so schmerzhaft, da konnte sie nicht mehr auf ihn verzichten. Und sie wollte, was er wollte, oder jedenfalls war es ihr so vorgekommen. Danilos Gedanken und Wünsche durchdringen oft ihre und nehmen Raum in ihnen ein, bis Ava nicht mehr genau weiß, was sie ursprünglich selbst gewollt hat. Aber es war ihr egal. Hauptsache, sie konnte sich glücklich fühlen und frei, auf eine erwachsene und dennoch etwas unverantwortliche Art.

Jetzt ist Danilo viel mit seinen Freunden unterwegs, und sie reden und denken und reden, und sie selbst weiß manchmal gar nicht mehr, wo sie da eigentlich noch reinpassen soll, in sein Denken und sein Leben.

Im Flur klappt es, Danilo kommt mit seinen Freunden, sie lachen. So viel dazu, dass sie den Abend mit ihm hätte allein verbringen wollen. Rumliegen, ausziehen, trinken oder rausgehen, trinken und später ausziehen.

Florian und John treten mit Danilo ins Zimmer. John kichert beim Reinkommen. Seine Schulsachen trägt er in einem fleckigen Einkaufsbeutel mit sich rum.

«Avi, Flo und Johnny sind noch kurz mit», sagt Danilo und küsst Ava flüchtig auf das Haar. Er riecht nach Kiffen.

«Ja, ich seh's», sagt sie, und weil es ihr dann unfreundlich vorkommt, fügt sie «Hallo, na» an Florian und John gewandt hinzu.

Jensen zieht die Arme an den Körper heran und hebt die Schultern und senkt sie wieder und schlägt die Beine übereinander. Er hat eine eigenwillige Körpersprache, denkt Ava, da kommt man schwer hinterher – wie soll man solche Bewegungen deuten?

«Ich bin der Jensen, ja?», sagt Jensen, als gäbe es da noch etwas nachzufragen, eine Bestätigung zu erhalten, für die Nennung des eigenen Namens, der eigenen Person, die sich seiner selbst vergewissert.

Florian, John und Danilo sehen ihn an.

«Ja?», wiederholt John und kichert wieder.

«Ja, und das sind Florian und John, und das ist mein Freund, Danilo», sagt Ava schnell, bevor es unangenehm wird.

Danilo holt lange Blättchen aus der obersten, klemmenden Nachtschränkchenschublade, wo auch die Kondome und das Deo und sein aktuelles politisches Buch drin verstaut sind, er hat so seine eigene Ordnung, und John legt ein Tütchen mit Gras auf den Tisch.

«Hast du Gras, hast du Spaß», sagt John.

«Du musst dieses Wochenende noch einen langen, sehr langen Text schreiben, denk dran, Johnny, du könntest mir echt leidtun, aber du hättest auch schon mal anfangen können, du fauler Sack.»

«Jasicher. Deshalb bin ich auch hier, unter Freeeuuunden. Es geht um Surrealismus, um Suuuuurrrealismus! Da *muss* man kiffen, klar? Das kann dir Breton, wie der heißt, sagen.»

«Wenn er noch leben würde, Mann. Das weißt du noch nicht mal. Du wirst es nicht schaffen, wenn du jetzt schon mit Kiffen anfängst, dann wirst du morgen so weitermachen, und dann schaffst du nichts», sagt Danilo und freut sich sehr darüber, dass John seine Hausarbeit nicht schaffen wird.

«André Breton hat jede Menge Drogen genommen, mit seinen Freunden, und sie haben Texte geschrieben, automatisches Schreiben, weißt du? Ganz tolle Texte, und haben ordentlich Drogen genommen. So machen wir das auch.»

Jensen kichert.

«Wen meinst du mit ‹wir›?», fragt Danilo. «Sag nicht, du meinst mit ‹wir› uns. Wir sind nicht die wir, die du meinst, falls du das meinst. Deinen Text musst du alleine schreiben. Das geht auch gar nicht, einen Text zu dritt zu schreiben.»

«Du bist nur noch nicht in der Lage, zu begreifen, dass das wohl geht, Mann, alles geht, wenn diese Pflänzchen der reinen Natur in uns eingedrungen ist, wir sind dann zu dritt so wie einer, mit einem gemeinsamen, dreiteiligen Arm, und dann ...»

«Seid ihr schwul?», fragt Jensen.

Die drei starren ihn an, als wäre er ein Huhn oder ähnlich dummes Tier, und reden unbeeindruckt weiter, während der Joint gedreht und angezündet wird.

«André Breton würde nicht so eng denken wie ihr. Er hätte in fünf Minuten einen so was von phantastischen Text geschrieben, und zwar auch zu dritt oder zu siebent, und es wäre ihm egal, ob er oder wer anders den Text schreiben muss, weil es keine Zwänge für ihn gab.»

«Er kann nicht zu dritt schreiben oder was auch immer, das geht schon grammatisch nicht, so etwas zu sagen, er ist immer im Singular.»

«Klar», sagt John, «ich scheiß auf Grammatik.»

Der Joint kreist, auch Jensen darf ziehen und trinkt dazu Früchtetee, als wäre es Bier. Ava und Beate ziehen, und es ist für einen Moment fast gemütlich in der raufasertapezierten Bude von Ava und Danilo, in ihrem fast familiären Zuhause.

«Ja, aber es wäre ein Text, mit dem die Braschziegert nicht einverstanden wäre. Das Unbewusste und das Traumhafte sind nicht unbedingt das, was die anstrebt oder womit die überhaupt auch nur ein bisschen was anfangen kann, die will Fakten und Sätze, die verschiedene Satzanfänge haben, und Gliederung und so was und keinen automatischen Kifferschwachsinn», überlegt Danilo dann.

«Aber darum geht es doch hier nun mal», sagt Florian. «Wieso dann nicht auch in der Form? Form und Inhalt können doch so …», er hebt die Hände, um die Bewegung von Inhalt und Form zu demonstrieren, «konvergieren.» Er stößt den Rauch aus und lehnt sich zurück und lacht ganz, ganz leise in die Luft.

Jensen stützt den Kopf auf die Hand und seufzt langsam und laut. Alle sehen ihn kurz an und wenden sich dann wieder einander zu.

«Weil sie nicht offen ist», sagt Danilo, «die Braschziegert ist nicht offen. Die hat Deutschlehrerin gelernt, und das ist ganz klar ein Zeichen für mangelnde kreative Potenz. Sie hat nur eines im Sinn: die Regeln. Sie ist der Prototyp einer Lehrerin.»

«Und sie hat einen eiförmigen Kopf», meint John.

«Das ist wahr, das stellt eine Art von Perfektion dar, ich habe selten einen so eiförmigen Kopf gesehen, sie hat auch so ...» Danilo hustet ein wenig und reicht den Joint Ava. Dann streicht er mit der Hand über seinen wolligen Kopfpelz und blickt in die Ferne, die außerhalb der sichtbaren Zimmerwand existiert. Er hustet leise, räuspert sich und fährt fort, während die anderen sensibel angespannt, hochkonzentriert lauschen und ihre Glieder es sich auf dem fleckigen Teppichboden auf lässige Weise bequem gemacht haben. «Ihre Haut wie die blasse Schale eines ungekochten, gerade entschlüpften Eis.» Danilo hebt theatralisch die Hand einer imaginären Frau Braschziegert entgegen. «Ihr Haar wie das zarte, graue Gespinst einer Aranea, ihre Lippen – scharfe Messer, zuweilen feucht vom zischenden Nebel der Animositäten, ihr alternder Körper gehüllt in die Stoffe der C&A ...»

«Wat?» Jensen schüttelt den Kopf und steht auf. «Seid ihr bekloppt?»

John und Florian wälzen sich und klopfen auf die Erde und auf die herumliegenden Cordkissen. John brüllt: «Du bist so ein schöner Idiot, Androsevich. Du darfst mein Referat schreiben. Ich lasse dir die Ehre.»

«Wenn ich wollte, würde ich das können, ohne groß nachzulesen, ich kenne mich aus mit Surrealismus, weil es ein interessantes Thema ist. Aber ich werde dir Arschloch nicht die Arbeit schreiben, du schmarotzt dich immer nur so durch, und am Ende wirst du was Besseres als wir alle, obwohl du strohdumm bist, das ist bei Strohdummen immer so, dass sie am Ende was Besseres werden, das ist die Ironie des Lebens, nicht, Jensen, was sagst du?»

Jensen zuckt über seinem Früchtetee zusammen, und Beate lächelt freundlich, wie auf Befehl. «Ich denke nichts», sagt Jensen, «ich habe vorhin schon aufgehört. Beim Kiffen kann ich nicht denken, weißt du?»

Florian richtet sich auf und greift nach einem Cordkissen, das er sich unter den Kopf schiebt. «Sonst auch nicht, oder?»

Jensen starrt ihn an. Seine Augen, wie die eines Kindes,

das von den anderen Kindern mit Schnee beworfen wird und keine Hände hat, keine Arme, um es ihnen gleichzutun. Der breite Brustkorb eine breite Angriffsfläche für den Schnee, und es ist ja nichts weiter als Schnee und Kinder, die spielen. «Denkt ihr, ihr seid was Besseres?», stößt er matt hervor, wohl wissend, dass sie es denken. So denken sie, so sind sie, weiß Ava, und was sagt das aus? Das Gegenteil. Aber das ist zu verstiegen. Das verknotet sich alles, wenn man solche Gedanken tatsächlich verfolgt bis in die letzte Konsequenz des Marihuanarausches.

«Was machst du denn so, Jensen?», fragt John.

«Lkw fahren, einen Sattelzug für Heinrich und Jackson Logistik.»

«Macht das Spaß?»

Jensen nickt. «Ja. Mir ja. Ich bin zufrieden.»

«Das ist doch schön», sagt Florian, «manche Leute sind mit Lkw-Fahren zufrieden. Immer schön on the road, und, Jensen, hast du Nackies vorne am Armaturenbrett kleben?»

«Nackies? Nackte Weiber, meinst du? Nee, wieso?»

«Damit das Fahren noch mehr Spaß macht, Jensen.»

«Willst du mich verarschen, eh?»

«Nein», sagt Danilo. «Das würde doch keiner hier wollen. Wir sind peace hier, wir sind bekifft und nicht aggressiv drauf.»

Ava starrt Danilo an, und ihr dämmert jetzt langsam, wohin die Party ihren Lauf nimmt und wer das Schaf ist, das zur Feier des Tages geschlachtet werden soll, im Rausch der Freude und des jugendlichen Übermutes, des kindlichen Übermutes, sollte man sagen, des gnadenlosen kindlichen Übermutes.

«Der Straßenverkehr würde mehr Freude bringen, wenn nicht die Radfahrer wären», sagt Jensen und zieht die Schultern wieder hoch und an den Körper heran, was begrenzt geht, wenn man Oberarme wie Keulen hat. Wo hat er die her? Vom Lkw-Fahren? Kriegt man da Muskeln? Oder ist Jensen einfach so schön gewachsen? Wenn er aufstehen und zuhauen würde, dann würde hier kein Gras mehr wachsen, geht Ava auf, aber das ist nicht Jensens Sache. Das fällt dem gar nicht ein.

«So?», meint John und dreht den nächsten Joint.

«Die Radfahrer generell sind im Verkehr unerfahren und halten sich nicht an die Verkehrsregeln. Dabei stellen sie die größte Gefahr dar», sagt Jensen, anscheinend zufrieden ob seiner anspruchsvollen Satzbildung, und nickt bestätigend vor sich hin. «Ich hätte schon öfter mal einen fast erwischt, wenn ich nicht scharf gebremst hätte, und brems mal scharf mit so ner Maschine, und dann sind die Tomaten hinten im Eimer, dann kannst du sehen, wie du da beim Kunden mit ankommst, gebremst wegen Radfahrer, das interessiert keine Sau, da bist du dann schön gearscht, aber noch mehr wärst du gearscht, wenn der Radfahrer – bums! – tot wäre, dann wär deine Karriere vorbei, aus die Maus.»

John kratzt sich nachdenklich am Kopf. «Karriere, Jensen? Meinst Du die Lkw-Fahrkarriere? Darum tut es dir leid, wenn du ein menschliches Wesen, einen Radfahrer, auf dem Gewissen hast, mit deiner Monsterfickmaschine?»

«Was?», fragt Jensen. «Was? Was willst du denn? Ich hab doch gesagt, ich habe keinen umgefahren!»

«Da tut es dir um die Tomaten leid, um die Scheißtomaten?»

Ava sagt: «Schluss! Aus jetzt! Das ist meine Wohnung, das sind meine Gäste hier, ich will jetzt nicht mehr!»

«Es tut mir auch um Menschen leid, aber ...», versucht es Jensen weiter.

«Echt, so mitfühlend bist du, so mitfühlend, dass dir auch Menschen leidtun, neben den Tomaten?» John streckt sich aus, in seiner schwarzen Hose, schwarzes T-Shirt, alles schwarz, und das soll was aussagen, wie Jensens Rasierklinge, dass Rasierklingen so sehr viel friedvoller sein können, dass Muskeln friedvoller sein können als schwarze Klamotten, wieder dreht es sich in Ava um und um und wird immer unklarer.

«Er ist dumm, lass gut sein», sagt Danilo achselzuckend.

«Was?», sagt Ava und richtet sich auf. «Was hast du gesagt, Danilo?»

Danilo liegt heftig bekifft auf dem Teppich und lächelt und wiederholt langsam und deutlich: «Ich sagte, Ava, er ist dumm. Es hat keinen Sinn, mit ihm zu reden.»

Beate steht auf. «Ava, wir gehen raus, bisschen um die Häuser ziehen, kommst du mit?»

«Geh mit den Dummen», sagt Danilo, «das passt besser.»

Ava sieht ihn durch den Nebel, der im Raum steht, sie ist bis gerade eben noch weich und kicherig gewesen, das lässt sich auch nicht so schnell abstreifen, aber gleichzeitig steht sie da und denkt, dass nichts, was jetzt gesagt werden könnte, dem, wie es sich anfühlt, angemessen wäre. Sie bemüht sich, sie wühlt in ihren Gedanken nach den kalten, scharfen, die eine Waffe wären, sie überlegt und steht da im Raum, und Danilo liegt immer noch auf der Erde zwischen den anderen, die genau so sind wie er und überhaupt nur wegen ihm so sind, weil alle wegen ihm irgendwie so sind, er färbt auf andere ab. Er liegt zwischen den Kissen und lächelt, und es lässt sich nicht mehr rückgängig machen, dass er das gesagt hat, was er gesagt hat und auch so gemeint hat. Er hat es wirklich so gemeint. Ava steht in ihrem eigenen Zimmer, in ihrer eigenen Wohnung, die sie von ihrer Arbeit im Krankenhaus bezahlt, und sagt kein einziges Wort mehr zu Danilo. Sie ist nicht da, wo Danilo ist, sie ist hier bei Beate und Jensen, sei er, wie er sei, sei Jensen, wie er sei, mit seiner Rasierklinge und seiner Grammatik und allem, aber das …

Sie schließt hinter Beate und Jensen die Tür und sagt zu ihnen: «Es tut mir so leid.»

«Idioten», sagt Jensen, liebevoll fast, und zuckt mit den Schultern.

Ava sagt eine Weile nichts und geht nur stumm. Ava ist vollkommen ratlos. Sie sagt: «Jensen, es tut mir so leid.»

«Nun reg dich mal nicht auf!», sagt Beate. «Es ist ja nicht direkt was Schlimmes gesagt worden.»

«Nichts Schlimmes?»

«Na, was denn, dass wir dumm sind – und? Es stimmt doch, wie die reden können, die ganzen Wörter, die Danilo gesagt hat, ich weiß gar nicht, was das heißt, dagegen sind wir dumm, ist uns doch egal, Ava.»

«Mir nicht. Es war Danilo. Er hat das bei mir, in meiner eigenen Wohnung, zu Jensen gesagt, und zu dir, Beate. Beate, ich denke gerade, es ist vielleicht ein Fehler mit ihm.»

«Ach», Beate winkt ab, «mach dir mal nicht solche Gedanken, du nimmst das zu wichtig.»

«Beate, er kann die Wörter nur, weil er sie auswendig lernt, er hat ein Fremdwörterlexikon, daraus lernt er solche Wörter, damit er dann so sein kann, Beate, ich will nichts mehr mit ihm zu tun haben.»

Jensen sagt: «Amen.»

Am Stint hängen zwischen einer Menge bunter Fahrräder, die meisten am Geländer der Ilmenaubrücke angeschlossen, noch mehr Leute herum, es ist laut, und das alte, von Taubendreck gesprenkelte Pflaster strahlt die gespeicherte Tageswärme in den Abend. Beate mag das nicht, das Draußensitzen, am Stintmarkt, wie es alle tun, und auf die nassen, schwarzen Steine und die grünen Algenfäden im mickrig flachen braunen Wasser der Ilmenau starren, mit dem schwarzen Holzkran als touristischer Hauptattraktion. Beate mag es nicht, sie sagt immer: «Ich geh inne Kneipe rein, wenn ich inne Kneipe gehe. Die sitzen hier nur, weil alle hier sitzen. Ich geh rein.» Sie verachtet das Draußensitzen als intellektuelle Extravaganz, und da ist sie wieder, denkt Ava, die Wand, zwischen jenen und ihnen, dabei würde auch sie gerne in der Wärme des Abends zwischen Taubenkot und bettelnden Hunden sitzen und die faule Feuchtigkeit der nassen Steine und den Duft des frühsommerlichen Abends einsaugen. Stattdessen Qualm und Bier im dunkelschattigen Inneren und gleich richtig Kneipe.

Beate strahlt. Hier im Pons ist es richtig Kneipe und nicht Frühsommer und Kirschblüte. Keine Jahreszeiten in der Kneipe. Nirvana aus dem Kassettenrekorder. Die Bedienung trägt ein dreifaches Nasenpiercing, studiert aber sicher auch an der Universität Lüneburg Psychologie und Soziologie, das kann man an ihrem T-Shirt, ihrer Zimmermannshose und der Art, wie sie vereinzelt Leute begrüßt und nach dem Stand der Dinge fragt, sofort erahnen. Es gibt Kakao und Schnaps, alles hier, für alle. Beate sieht sich nach dem Platz um, der in der Ecke liegt, und Jensen eilt auf einen Tisch in der Mitte zu.

«Stulle», brüllt Jensen und haut einem Mann auf die Schulter, dass der fast das Bier erbricht, und sie setzen sich schließlich alle zu dem Mann dazu. Stulle ist der fast hübscheste Mann, den Ava jemals gesehen hat, jedenfalls kommt es ihr gerade, nach dem ganzen Elend und dem Entsetzen und mit dem Kiff in sich drin, so vor. Stulle arbeitet auch für Heinrich und Jackson Logistik, erklärt Jensen. Aber er sieht gar nicht so aus. Er hat ein zartes Gesicht wie ein Prinz und trägt einen dünnen schwarzen Pullover mit rot abgesetztem Ausschnitt.

«Was machst du denn hier, alleine rumsitzen und Frauen gucken?», fragt Jensen.

Stulle nickt. «Ich war sentimental», sagt er. «Ich wollte echte Menschen sehen, und nicht auf der Scheibe.»

Jensen nickt heftig und wie positiv bestärkend auf ihn ein. «Wie läuft es sonst? Mit Jenny läuft alles rund?»

«Mit Jenny läuft es weder rund noch sonstwie. Sie ist weg.

Sie ist Studieren nach Berlin. Ich hab mit ihr Schluss gemacht.»

«Wieso das denn, Mann, Stulle?»

Stulle schweigt eine Weile. Dann nimmt er einen tiefen Schluck von seinem Beck's und zündet sich eine Zigarette an. «Es ist besser so», sagt er und atmet Zigarette ein.

«Ich dachte, es ist große Liebe, rotglühend», sagt Jensen.

Beate mischt sich ein. «Lass ihn doch in Ruhe, du bist sensibel wie ein Schwein.»

Jensen gibt Beate einen Kuss auf die Wange. «Was soll ich lügen? Ich dachte, es ist so, große Liebe, und dann frag ich nach. Ist doch normal. Hier, Stulle.» Er kriecht näher an ihn heran und weist mit seinem nach außen gebogenem Daumen auf Ava. «Sie will auch ihren Liebsten verlassen. Seit heute.» Er freut sich breit lächelnd, wahrscheinlich über die seiner Meinung nach so günstig zusammentreffende Gemeinsamkeit in Avas und Stulles Leben.

«Du spinnst dir was zusammen, Jensen», sagt Beate, «das stimmt doch gar nicht.»

«Doch, es stimmt», sagt Ava, obwohl sie gar nicht an so was gedacht hat und in sich drin nicht die Absicht hatte. «Ich trenne mich von Danilo. Ich habe mich schon fast getrennt, er weiß es nur nicht.»

«Wenn er es nicht weiß, dann ist es kein Trennen. Das ist nur, wenn es jeder weiß», sagt Stulle.

«Ich kann mich auch alleine trennen, ohne Danilo. Es ist ja meine Entscheidung, auch ohne Sagen ist es meine Entscheidung.»

«Deine Entscheidung vielleicht, aber das, was eine Beziehung ist, das besteht aus zwei Leuten. Und wenn einer nicht weiß, dass die Beziehung zu Ende ist, dann ist sie es auch nicht. Weil, er hängt ja noch dran, an einem Ende.»

«Wegen mir kann er dranhängen, wie er will, so doll hängt er auch nicht dran», sagt Ava und lügt.

«Ach, klar», sagt Stulle und trinkt, «ist doch nur wegen Streit, hat doch nichts zu sagen, Streit hat gar nichts zu sagen dabei.»

Die besserwisserische Art von Stulle und wie er so tut, als ob er in dieser Sache so viel mehr Lebenserfahrung hätte, das geht Ava echt auf die Nerven, denkt sie.

«Du hast gar keine Ahnung, du weißt doch gar nichts.»

«Reg dich nicht auf. Wird doch alles gut», sagt Stulle und sieht in Avas Gesicht.

«Ja, klar, wenn du es sagst.» Ava stützt ihren Kopf auf die Hände und wischt sich ihre müden Augen aus. «Und mit dir? Und mit deiner Freundin? Da wird auch alles gut?»

«Es ist ja gut.»

«Es ist gut? Dass sie weg ist und du mit ihr Schluss gemacht hast und es gar nicht wolltest – das ist gut?»

«Wer sagt das denn? Ich wollte es ja.»

«Ja, dann. Du meinst doch sicher, du bist zu dumm für sie, weil sie studiert.»

Stulle lacht und trinkt Bier und lacht noch mehr. «Wie kommst du auf solchen Dünnschiss?»

Ava zuckt mit den Schultern. «Es ist schwierig, aber für manche Menschen auch nicht, oder? Ich weiß es nicht, Mann.»

Beate kommt mit Schnäpsen von der Theke. «Lasst uns anstoßen, auf Gott.»

«Beate, wie kommst du auf so etwas?», fragt Ava.

«Gott sei Dank gibt es Schnaps», sagt Beate und hebt ihr Glas.

«Gott ist eine feste Größe in meinem Leben», fügt Jensen hinzu. «Er sitzt auf meiner Stoßstange.»

«Nein», sagt Stulle, «das ist, weil du vernünftig fährst, du säufst nicht und hältst die Zeiten ein, du passt auf, und deshalb sitzt Gott auf deiner Stoßstange.»

«Wie auch immer, auf Gott, überall, wo er nützlich ist.»

«Auf Gott», schreien sie und trinken und trinken mehr auf Gott, als gut ist.

Die Kneipe ist voll und laut, und die hineingepressten Leute verteilen Geruch und Gefühle um sich. Ava dreht sich einmal um sich selbst herum und fühlt sich leicht beengt von so viel Menschlichkeit und dem Spaß und der Wut, die leicht am Überkippen ist. Aber sie trinken und reden, und Stulle sagt nicht seinen richtigen Namen, vielleicht ist es sein richtiger Name. Ava trinkt mehr Schnaps, als sie sonst trinken würde, sie ist keine Trinkerin sonst. Aber es schmeckt ihr phantastisch. Die Dinge kommen ihr einschneidend vor. Die Umrisse der Stühle und Tische im Raum, die Silhouetten der Menschen, die Fenster nach draußen, die Lampen an ihren geschmiedeten Ketten, alle Dinge stehen in scharfen Linien vor ihr, die ganze Einrichtung, aus waagerechten und senkrechten Linien bestehend, ist ihr sehr präsent, der Rest taumelt und schwimmt, die Sätze taumeln und schwimmen, nur eine Sache ist stabil, die Augen von Stulle, sie sagt auch «Stulle», die Augen von Stulle sind konstant wie ein Mittelpunkt, ein Anker und ein fester Boden. Als wäre er sicherer und klüger als sie, schon wieder dieses Wort. Lass das man sein, Ava, vergiss es, sei klug, es führt zu nichts und drückt nichts aus, es ist leer. Sie fühlt sich sehr da, alles ist voller Bedeutung, voller einschneidender Bedeutung, und das ist real und schneidet in ihr Leben und in ihren Tag hinein. Sie denkt, egal wie, es geht nicht mehr zurück in das Verkehrte, es muss alles auf jeden Fall eine Wendung nehmen. Soll sie so sein, soll sie zur Abwechslung mal so sein, wie niemand es erwartet hätte, nicht mal sie selbst? Immer machen, wie alle sagen. Immer Wege gehen. Ausbilden lassen. Arbeiten. Schlafen. Fernsehen. Sich um die Muschifrau kümmern. Danilo zuhören. Danilo aushalten. Danilo. Immer alles. Immer. Schnaps. Prost. Schnaps. Die Tische. Stulle.

Stulle sagt. «Ist gut jetzt, Kleine.»

Beate sagt: «Ja, Ava. Wir bringen dich eben nach Hause.»
«Nein», hört sie sich sagen, murmeln.
«Willst du noch bleiben? Ist schon spät, Ava. Und ich will dich nicht allein lassen, weil du echt besoffen bist.»
«Stulle bringt mich», sagt Ava und bemüht sich um Festigkeit.
«Stulle?» Beate sieht zu Stulle und ist nicht zufrieden.
«Stulle ist in Ordnung», sagt Jensen.

Beate zuckt mit den Schultern und steht auf, alles langsam und konzentriert, weil sie sich auch wirklich konzentriert, weil sie auch besoffen ist. Sie drückt Ava und flüstert ihr ins Ohr: «Ava, ist alles doch nicht so schlimm, schlaf mal, und morgen früh ist alles besser, wenn die Sonne scheint, dann ist alles besser.»

Ava drückt Beate heftig wie eine Mutter, und Beate torkelt mit Jensen am Arm davon.

«So, Fräulein, dann lass mal», sagt Stulle fünf Minuten später.

Ava steht auf und hält sich an seinem Arm fest.
«Zu dir», sagt sie.
«Wat?»
«Ich möchte gerne zu dir.»
«Das tut dir morgen leid.»
«Ist doch meine Sache, oder?»
«Auf jeden Fall.»

Ava geht mit Stulle durch die dunklen Straßen zu seiner Bude durch einen Eingang, den sie nur matt wahrnimmt, durch ein Treppenhaus, das ihr grell vorkommt und schmutzig, aber es ist ein normales Treppenhaus, nicht schmutziger als ihres, nur kommt es ihr so vor, sie weiß, dass es ihr alles aus einem Grund nur so vorkommt, sie sieht Fingerabdrücke wie unter einer Lupe, alles schmutzig und wie unter einer Lupe. Stulle schließt die Tür zu seiner Wohnung auf, und es ist in der Wohnung fast überhaupt nichts drin.

«Gar keine Möbel», sagt Ava.
«Nicht viele.»
Die Wände nackt und kahl. Eine Matratze auf dem Boden, ein Kinderbettbezug mit Elefanten und Bären auf einem Schiff, ein Fernseher, eine Stereoanlage auf den nackten Dielen. Ein Haufen Pullover in einem Karton.
«Ich habe nur das eine Bett», sagt Stulle.
Ava zieht sich aus. Sie streift jedes Kleidungsstück steif von sich, als wäre es ein Verbrechen. Es ist ein Verbrechen.
«Was willst du eigentlich?», fragt Stulle, als er aus der Küche kommt, mit einer Cola in der Hand, und sie nackt auf der Matratze mit dem Kinderbettzeug sitzen sieht.
«Sex», sagt Ava. «Oder willst du nicht?»
Stulle stellt die Cola auf die Erde und den Fernseher an.
«Eines nach dem anderen.»
«Aha.» Ava lacht. «Stulle.»
«Du brauchst nicht lachen», sagt Stulle.
Ava lacht noch mehr. Sie sagt: «Stulle. Du heißt Stulle, Stulle. Und wir ... sitzen hier, to-tal besoffen, und du sagst ... eines ... nach dem ... anderen, wie ein Lehrer!» Das Letzte fast geschrien, und die Luft bleibt ihr weg vor Lachen. Stulle starrt sie an und lacht etwas mit, aber das Lachen ist nur zögernd. Er legt schließlich seinen Arm um sie und drückt sie fest an sich. Dann zieht er seine Klamotten aus und legt sich neben sie, der Fernseher an, die Bilder flackern leise über sie wie Geister, über die Elefanten und die Bären.
«Ich dachte, Männer wollen immer», flüstert Ava.
«Männer sind doch ganz normale Menschen.»
Irgendwann schläft Ava ein. Es ist fremd bei Stulle. Und gleichzeitig ist alles einfach und verantwortungslos. Sie schläft ein. Sie schläft. Sie wird wach. Stulle liegt neben ihr und schläft, zusammengerollt wie ein Kätzchen mit lächelndem Gesichtsausdruck. Sie streichelt seinen Körper. Sie streichelt seinen Kopf, sie beginnt ihn zu küssen. Sie ist so allein,

er soll wach werden. Sie berührt ihn. Stulle regt sich und dreht sich zu ihr und beginnt widerspruchslos und fast wie im Schlaf, als würde er noch schlafen, denkt sie, als wäre Sex Teil seines Schlafs, seinen Kampf mit ihr, sanft und doch wie ein Kampf, zielstrebig jetzt und sicher. Bevor er in sie eindringt, sagt er «Warte», rollt sich zur Seite und zieht ein Kondom unter der Matratze hervor, was sie kurz enttäuscht, denn das heißt, er hat hier öfter Sex gehabt. Als sollte er nur mit ihr Sex haben oder gehabt haben, was ja gar nicht möglich ist, da sie ja nichts und schon gar nicht seine Freundin ist, aber dennoch wäre es so, wenn alles ideal wäre. Wenn die, mit denen sie schläft, es stets zum ersten Mal tun. Alles ist neu. Sie ist die Schönste. Sie ist die Königin.

«Ava», sagt Stulle, als er still neben ihr liegt.

«Stulle», sagt Ava und lächelt dabei weich in die Dunkelheit hinein. «Wie heißt du denn nun?»

«Stulle», sagt Stulle und zündet sich eine Zigarette an.

Am Morgen sieht alles anders aus. Am Morgen erwacht Ava mit Kopfschmerzen und Übelkeit in einem Zimmer voller Verkehrsgeräusche. Weiße Wände um sich herum, einen Mann neben sich liegend, gestern war gestern, und der Mann war gestern Stulle, aber heute, im Licht des Tages, ist er ein Mann. Er liegt wieder zusammengerollt und in den Mundwinkeln lächelnd. Seine Oberarme braun und mit winzigen Härchen bewachsen, der Brustkorb blass. Sie beugt sich über ihn und beobachtet seinen Atem. Wenn er schläft, ist er ein Kind und ein Mann, aber unmöglich Stulle. Sie sieht das Kondom auf dem Boden und verzieht das Gesicht. Sie hat es tatsächlich getan. Danilo fällt ihr ein. Wie Danilo schläft, lang ausgestreckt, seinen dunklen Kopf ordentlich in das Kissen gedrückt, die Decke unter die Achseln gezogen, wie ein Soldat. Sie hat schon oft über Danilo lachen müssen, darüber, wie er schläft. Aber der Gedanke gefällt ihr nicht, er ist zu liebevoll.

Ava steht auf und geht in die Küche. Sie öffnet die Schränke und findet ein Paket Kaffee, mit einer Wäscheklammer verschlossen. Sie setzt Wasser auf und schüttet Kaffee in eine Tasse. Stulle verfügt nur über eine minimale Kücheneinrichtung. Er verfügt über einen minimalen Haushalt. Er ist viel unterwegs. Er braucht nicht viel, nimmt sie an. Er hat offensichtlich keine Freundin, die in dieser Wohnung verkehrt. Keine weiblichen Details. Keine weibliche Hand, die in den männlichen Minimalismus pfuscht. Es gefällt ihr. Es passt zu ihrer momentanen Situation. Sie stellt Stulle, der nicht mehr Stulle ist, aber auch noch keinen anderen Namen bekommen hat, eine Tasse aufgegossenen Kaffee vor die schlafende Nase auf den Boden und sich selbst mit ihrer eigenen Tasse vor das geöffnete Fenster. Straßenverkehr, Hupen, ihre nackten Brüste, sie erschrickt und tritt vom Fenster zurück, um sich unsichtbar zu machen. Stulle, Nichtstulle, setzt sich auf und nimmt die Tasse mit dem Kaffee.

«Frauen», sagt er, «stehen immer erst mal auf und gucken, wo sie sind.» Er nimmt die Tasse mit dem Kaffee und schlürft und sieht wieder so hübsch aus, findet Ava. So hübsch, wie er nackt da sitzt, und die Muskeln und Sehnen und sein verstrubbeltes Haar. Ganz anders hübsch als Danilo, viel weniger zornig und weniger ordentlich.

Ava lächelt ihn an, während sie sich eine Unterhose anzieht und ihre Bluse und ihre Hose.

«Willst du gehen?», fragt Stulle.

Ava nickt.

«Bleib doch noch ein paar Minuten. Ich bin noch gar nicht wach. Ich kann auch Brötchen holen. Und Nutella.»

Ava schüttelt den Kopf. Ihr ist übel. Sie will nichts essen. Sie will nach Haus.

Es klingelt an der Tür. Stulle bleibt sitzen. Es klingelt wieder. Es klingelt.

«Es klingelt», sagt Ava.

Stulle nickt und steht auf und tappt nackend zur Tür.

«Detlef?», hört Ava eine Frau verzerrt durch eine Sprechanlage.

«Ich kann jetzt nicht, ich schlafe noch», sagt Stulle, der jetzt Detlef heißt.

«Du kannst mich doch reinlassen, ich weiß, wie du aussiehst, ich will doch nur kurz mit dir reden.»

«Nein», sagt Detlef, «es geht nicht.»

«Detlef, du kannst mich doch nicht vor der Tür stehen lassen. Du spinnst wohl.»

«Es geht nicht», sagt Detlef. «Es gibt auch nichts mehr zu reden. Tut mir leid, geh weg.»

Dann schlappt er zurück, und seine Eier und sein Schwanz baumeln und schlenkern zwischen seinen Beinen, und hockt sich wieder auf die Matratze und sitzt dort mit seinen viereckigen Knien und dem Gebaumel und trinkt Kaffee.

«Deine Freundin?», fragt Ava.

Detlef Stulle nickt. «Ich konnte sie wohl schlecht reinlassen.» Er hustet und räuspert sich. «Aber sie ist nicht mehr meine Freundin. Sie will nur noch rumlabern von wegen Freunde bleiben, kennst du das? Lass uns doch Freunde bleiben, Detlef, bitte. Wir können doch reden. Reden, reden, reden. Sie soll endlich abhauen.»

«Hättest du sie sonst reingelassen, wenn ich nicht hier gewesen wäre?»

Er nickt. «Hätte ich wahrscheinlich. Aber deshalb ist es gut, dass du hier bist. Und es ist sowieso gut.»

Ava steht auf. «Ich muss los, Detlef.» Sie betont das Detlef und spricht es extra langsam aus. «Ich weiß gar nicht, was zu Hause ist.»

«Bei deinem Freund?»

Ava nickt. Bei ihrem Freund. Sie weiß gar nicht, was da eigentlich sein wird, und sie weiß vor allem überhaupt nicht, wie es mit ihr selbst so ist. Sie ist so mit sich und den Dingen im Unklaren, dass sie plötzlich gar nichts mehr weiß. Nur die weißen Wände, der Kaffee und der Verkehr, das ist alles, was real ist und stimmt.

«Ich komme auch nicht und klingele an deiner Tür», sagt sie, als sie Detlef umarmt.

«Warum nicht? Ich mach dir auf, wirklich!»

«Auch, wenn eine nackte Frau bei dir sitzt?»

«Komm schnell bald, dann sitzt keine nackte Frau da.»

Ava schließt die Tür, lässt sich durch das Treppenhaus nach unten stolpern und tritt auf die sonnige Straße. Sie weiß überhaupt nicht, wo sie ist. Sie geht einfach nach links, wo es nett aussieht, und überlegt sich erst mal gar nichts.

Danilo fragt nicht, wo sie gewesen ist. Danilo interessiert es gar nicht, weil er mit Leistungstests in Mathe und Physik beschäftigt ist und weil er überhaupt nicht auf die Idee kommt, dass Ava irgendwo anders als bei Beate oder im Krankenhaus gewesen sein könnte. Sicher, sie ist nicht nach Hause gekommen, aber daran, dass sie nachts nicht da ist, ist er gewöhnt – so oft ist sie nachts im Krankenhaus, so oft ist er nachts allein –, dass dieses eine besondere Mal unauffällig darin untergeht. Er nimmt sicher an, sie hat bei Beate geschlafen. Fast nimmt sie es selber an, als ihr Alltag in ihrer Bude einfach so weitergeht. Sie könnte es ändern, indem sie ihm, während er sich im Bad die Zähne putzt, sagt: «Du, Danilo, ich habe mit einem anderen geschlafen, mit Detlef, was sagst du dazu?» Aber Danilo putzt sich die Zähne, grob, er schrubbt immer zu doll, sie sieht seinen leicht gebeugten nackten Rücken und seine langen, dunkel behaarten Arme und sagt nichts. Sie bleibt in sich gekehrt.

Danilo sagt: «Die Muschifrau hat nach dir gefragt. Sie hat gesagt, sie hätte etwas für dich, aber sie wollte es mir nicht geben. Ich glaube, sie traut mir nicht, die alte Krähe.»

«Was hat sie denn für mich?», fragt Ava.

«Ich weiß es nicht. Sie hat es mir ja nicht gegeben. Du musst wohl zu ihr hochgehen, wenn du das wunderbare Geschenk in Empfang nehmen willst, Liebling.»

Ava kämmt sich die Haare und denkt nach. Sie bürstet oft ihre Haare zu kräftig, wenn sie erst einmal damit anfängt, bis die alte oberste Hautschicht abgekratzt ist, und denkt dabei in sich rein, während das Kopffett sich gleichmäßig im Haar verteilt und sie immer das Gefühl hat, sie müsste es jetzt sauber duschen. Draußen ist es noch nicht dunkel. Sie denkt an die Muschifrau und dann an Detlef und dann wieder an die Muschifrau. Detlef und die Muschifrau überlappen sich in einzelnen Bildern und Fetzen unkontrollierter Sympathiegefühle, sodass sie gar nicht genau unterscheiden kann, wem was angehört. Sie bleibt in sich gekehrt und zusätzlich unausgeglichen.

«Ich gehe morgen mal hoch.»

«Vielleicht ist es eine Katze, was sie dir schenken will. Eine Katze. Vielleicht hat sie neue, kleine Inzuchtkatzen.» Danilo lacht wie ein Ziegenbock, so hämisch und dennoch unschuldig, weil er ein Junge ist und zur Schule geht und es noch nicht besser weiß. Sie betrachtet ihn, während er sich die Hose auszieht, sie zusammenfaltet und auf den Sessel packt, auf den ordentlich geformten Danilosachenstapel. Er schaltet den kleinen Fernseher vor dem Bett ein und wirft sich auf die Bettdecke. «Ava, eine Katze will ich hier nicht haben.»

«So?» Ava bürstet sich und bürstet sich, ihre Kopfhaut glüht und blutet bald, wenn sie fortfährt, und blickt durch die geöffneten Fenster auf den grauen Bürgersteig. «Es ist meine Wohnung, Danilo. Vielleicht will ich eine Katze haben, auch wenn es dir nicht passt. Vielleicht will ich so manches haben, was dir nicht passt. Vielleicht auch Leute, die dir nicht passen.»

«Ach so», sagt Danilo und zündet sich eine Zigarette an und sieht fern und hört ihr nicht mehr zu. Sie betrachtet ihn, wie er nackt auf dem Bett liegt, sein langer, arroganter Körper, dicht und dunkel behaart wie sein Kopf, jeder Muskel arrogant lang, und sein Gesicht, der Ausdruck in seinem Gesicht, seine scharfe Nase, alles so schön und so bekannt, dass ihr übel davon werden könnte. Wie lange kann man jemanden schön finden, wenn man ihn Tag für Tag sieht und wenn sich das Schönsein mit dem anderen Sein vermischt? Sie denkt an Detlef. Detlef ist eigentlich gar nicht ihr Typ, wenn es ihren Typ überhaupt gibt. Er ist zu hübsch im Gesicht. Wie ein Mädchen.

Sie sieht sich im qualmig aufgeräumten Zimmer um, die aufgestapelte Kleidung von Danilo, seine Bücher, ihre Kleidung, ihre Bücher, der Schrank mit den Schiebetüren, der Tisch, die Kommode, der Spiegel, das Regal, das ganze Ikea, billig und voller Gebrauchsspuren. Sie sehnt sich plötzlich nach der Leere von Detlefs Wohnung. Wie ruhig so eine Leere ist. Wie das hier schon verwohnt ist, denkt sie. Und das ist erst der Anfang. Wie wird dann später alles sein, wenn es jetzt schon so ist.

Die Muschifrau öffnet ihr die Tür, während sie das weiße Haar mit der anderen Hand am Kopf festdrückt und sich die leicht zitternde Unterlippe zu einem breiten Lächeln formt. Sie trägt einen lilasamtigen Hausanzug, der lose an ihrem dünnen Körper hängt. «Kommen Sie doch herein, Frau …», sagt sie und lächelt weiter und schnappt vor Freude fast über.

Ava folgt ihr in die riechende Wohnung, zu ihren Füßen die Katzen, sich an ihren Beinen reibend, sich daranschmiegend und schnurrend. Der Geruch von Katzenurin hängt zwischen den Wänden und näher bei der Küche der Geruch von Hühnersuppe. «Haben Sie gekocht?», fragt Ava.

«Ja, gekocht», sagt die Muschifrau. «Möchten Sie einen Teller?»

«Ich … danke, ich habe schon gegessen.» Die Lüge steht ihr sicher ins Gesicht geschrieben. Warum lügt Ava? Sie weiß es nicht. Hat sie Angst vor dem Essen der Muschifrau? In der Küche steht ein großer Topf auf dem Herd, und das Fenster ist mit einer Dampfschicht beschlagen.

«Hühnersuppe», sagt die Muschifrau, «für mich, und der Rest für die Muschis.»

Auf dem Tisch in der dampfenden Küche liegt ein in silbern besterntes Weihnachtspapier geschlagenes Päckchen. «Das ist für Sie.» Die Muschifrau hebt das Päckchen vom Tisch und reicht es voller lippenzittriger Freude an Ava weiter. Ava setzt sich auf einen Küchenstuhl und legt das Päckchen wieder genau dort hin, wo es vorher gelegen hat. «Aufmachen», sagt die Muschifrau mit Spannung in den kleinen, funkelnden Äuglein. Ava nickt und zerrt am fest verknoteten roten Schleifenband. Die Muschifrau steht auf und zieht ruckelnd ein hölzernes Schubfach am Tisch auf, aus dem sie eine riesige silberne Schere hervorholt. Erst knotet sie es mühselig fest zu und dann soll ich es aufschneiden, denkt Ava. So geht es doch nicht. Wenn sie sich die Mühe macht, es zu verknoten, dann muss Ava das Paket aufschnüren. Das ist das Gesetz. Das gilt seit Avas Kindheit. Das war zu Weihnachten so, das war an allen Geburtstagen so. Das ist von den Großeltern mütterlicherseits überliefert und wurde beibehalten. Was verknotet wurde, musste mühselig aufgeknotet werden und durfte auf keinen Fall unter Missachtung der Knotmühe aufgeschnitten werden. «Schnurps», macht die Schere im Band, und die Muschifrau lächelt zufrieden, mit der eisernen Schere in der Hand. Solche riesigen Scheren gibt es eigentlich gar nicht mehr. Solche Scheren haben nur immer alte Leute, aus irgendwelchen Gründen. Das Band fällt auf den Boden der Küche, und Ava streift das Papier von der Pappschachtel, auf der ein silberner Salzstreuer und ein silberner Pfefferstreuer abgebildet sind. Beides befindet sich erwartungsgemäß im Karton. Der Karton und der Inhalt sind von der Firma WMF.

«Es ist von WMF», sagt die Muschifrau.

«Ja», sagt Ava, «toll.» Ihr fällt nichts ein, was sie zu Salz- und Pfefferstreuern aus Edelstahl von WMF sagen soll. Wie kommt die Muschifrau auf diese Geschenkidee?

Die Frage klärt sich schnell. «Der Karsten war hier», sagt die Muschifrau, der Karsten ist ihr Sohn, «er hat mir das mitgebracht, zu meinem Geburtstag.»

«Sie hatten Geburtstag?», fragt Ava.

Die Muschifrau nickt einmal heftig mit dem Kopf schräg unten zur Seite, als wollte sie es abtun, dass sie Geburtstag gehabt haben könnte, während eine Katze auf ihren lilasamtenen Schoß springt und ihren Kopf an ihrer hageren Brust reibt. «Es ist ja schon was her», sagt sie. «Es war mal letzte Woche schon.»

«Letzte Woche. Das war doch erst», sagt Ava und betrachtet die silbernen Salz- und Pfefferstreuer in ihren Händen. Schon Fingerabdrücke auf der Oberfläche, schon Gebrauchsspuren. So geht das, genau wie die verschmutzen Wände unten in ihrer Wohnung, wie die Jeans, die an den Knien schnell verbeult sind und ausfasern, alles ist sofort immer am Altwerden, von Anfang an.

«Bei mir ist doch Geburtstag egal», sagt die Muschifrau.

«Aber nein! Herzlichen Glückwunsch!» Ava steht auf, bückt sich und drückt den samtig-knochigen Körper der Muschifrau auf ihrem Stuhl an sich. Die Katze springt vom Schoß auf Avas Füße und bleibt auf Avas Füßen stehen und drückt ihren Kopf gegen Avas Schienbeine. Ava lässt die Muschifrau los und macht einen Schritt, und die Katze macht den Schritt auf ihrem Bein kurz mit und springt dann auf den Boden.

Die Muschifrau reibt sich das linke Auge. «Nicht doch.» Dann steht sie auf und geht zum Schrank und öffnet eine Tür in einem Hängeschrank und holt eine Flasche roten Likör heraus. «Ich kann Ihnen auch was anbieten.»

Ava nickt. Sie lässt sich ein Gläschen Kirschlikör einfüllen und stößt mit der Muschifrau auf ihren siebenundachtzigsten

Geburtstag an. «Siebenundachtzig? Das hätte ich aber nicht gedacht», sagt sie. «Eher siebzig vielleicht.»

Die Muschifrau nickt stolz. «Ich esse immer gesund. Nicht so fett. Und nicht rauchen und alles.»

Die Katze, die auf ihrem Schoß gesessen hat und dann auf Avas Fuß stand, miaut und nimmt Anlauf. Sie landet weich auf Avas Schoß. Ava streicht ihr über den Rücken. Sie schnurrt. Die Muschifrau hebt die Flasche Kirschlikör. Ava nickt und hebt ihr kleines, geschliffenes Glas, und die Muschifrau füllt nach.

«So eine liebe, liebe Muschi», sagt Ava zu der Katze, und die Katze schnurrt und krümmt ihren Rücken hoch unter ihrer Hand. Das Schöne an Katzen ist ihre Schnurrigkeit und wie sie sich anfassen, wenn sie schnurren.

Gefauche und Geschrei, ein paar andere Muschis kommen in die Küche gerannt. Eine trägt etwas im Maul, das die anderen ebenso haben möchten, wie es aussieht, und sie fauchen und hauen sich, und mit dem Fell sehen sie aus wie Antarktiskatzen, so dick der gesträubte Pelz. Dann liegt das Ding plötzlich auf dem Boden, ein angekautes, braunes Irgendwas, eine große gelbe Katze ist Gewinnerin und trägt es raus. Die beiden Verliererkatzen streichen um die Muschifrau herum und schnurren, als wäre nichts geschehen.

«Wenn das hier Ihr Geburtstagsgeschenk von Ihrem Sohn ist, wieso schenken Sie es dann mir, Frau Jacobs?»

Die Muschifrau schiebt ihren Kopf zwischen ihren knochigen Schultern nach vorne wie eine Ente. «Siehst du, was das ist, Kind?»

Ava starrt auf den Salzstreuer und den Pfefferstreuer und nickt.

«In das eine kannst du Salz einstreuen, in das andere Pfeffer», sagt die Muschifrau. «Du kannst oben den Deckel abschrauben, und dann kannst du Salz und Pfeffer einfüllen und kannst es benutzen.»

Ava nickt weiter. Wo wird dieses Gespräch hinführen? Die Katze schnurrt und streicht mit einer kralligen Pfote über Avas T-Shirt.

«Es ist eine gute Qualität, von WMF», sagt die Muschifrau. «Das kannst du dein Leben lang benutzen.»

Ava nickt weiter. «Aber es ist ja Ihr Geburtstagsgeschenk von Ihrem Sohn gewesen, er hat es ja für Sie gedacht und nicht für mich.»

Die Muschifrau winkt ab. «Der Nachtwächter», sagt sie. «In der Bank arbeiten und sich was drauf einbilden. So ein Nachtwächter.» Sie steht auf und öffnet wieder ihren Küchenschrank. Sie holt zwei kleine Porzellanschälchen mit Deckelchen heraus, das eine ist mit gemahlenem Pfeffer gefüllt, das andere mit Salz, wie sich herausstellt. «Weißt du, was ich mache, wenn ich Salz brauche?», fragt die Muschifrau, die immer am Anfang siezt und später dann duzt und dann wieder siezt, hin und her, weil sich bei ihr mit der Vertraulichkeit die Anrede ändert. Sie nickt dann, ohne die Antwort abzuwarten. «Ich mache so», sie greift zuerst in das Salzfass, um mit den Fingern etwas Salz herauszunehmen und es dann auf den Tisch zu streuen. Das Gleiche wiederholt sie mit dem Pfeffer. «Und das tue ich, wenn ich Pfeffer brauche.» Dann geht sie und kommt mit einer Schaufel und einem Handfeger wieder. Sie kehrt die Krümelchen Salz und Pfeffer vom Tisch und kippt das Ganze in den Mülleimer. Sie bringt Schaufel und Feger wieder ins Bad, kommt zurück und kippt ungefragt einen dritten Kirsch ein. «Der letzte für heute», sagt sie.

«Das hat Ihr Sohn wohl nicht gewusst, mit dem Salz, wie Sie das machen», sagt Ava und schlürft den klebrigen Kirschlikör.

«Der Nachtwächter», sagt die Muschifrau. Dann seufzt sie tief. «Ewig habe ich das Salz so. Ewig schon. Und der tut so, als ob der das nicht weiß. Er ist ja sonst nicht verkehrt, ich will ja gar nichts sagen, er ist nur falsch erzogen worden. Sonst», sie hebt den Zeigefinger, «hätte er auch schon eine Frau.»

«Ach was», sagt Ava, «das ist doch nicht Ihre Schuld.»

«Doch, wessen sonst?», sagt die Muschifrau. «Ich hab ihn zu viel betüdelt.»

«Wie das denn?»

«Mein Mann ist ja früh gestorben, er war bei der Bahn.» Sie stockt kurz, zieht den hautfarbenen Strumpf an ihrem linken Fuß stramm nach oben, über die lila geäderten alten Beine, und überlegt und fährt dann fort, zitterig, ein bisschen keuchend und als würde sie einen Sack mit ihrem Leben ausschütten. «Er hat so, in der Nacht, in den Zügen, er hat es nicht bei einer Frau ... belassen können, wenn er unterwegs war, in der Nacht, er ist ja auch viel in der Nacht gefahren damals, und dann, als sie nach München waren, hat er es am Herzen bekommen, wegen so einer, weil sie noch mit anderen rumgemacht hat, das hat er sich nicht so ausgedacht gehabt, dass sie noch mit anderen, er hatte es ja am Herzen, und das hat ihn vollkommen umgebracht, erst war er noch in München, im Krankenhaus war er operiert worden, und hat es mir alles gesagt, ich war mit dem Bub da, ich wollt es gar nicht wissen, ich sag, lass mich damit in Ruhe, mit deiner Hurerei, aber wenn ein Mann am Sterben ist so wie er und merkt das, dann ist es ihm auch egal, dann wollte er den Tisch rein machen, und ich wollte es nicht hören, aber er hat mir alles gesagt, von der, die immer unterwegs war, immer hin und her wegen der Handschuhfirma, wo sie angestellt war, und Herbert war durch sie ganz verrückt geworden, und sein Herz ist davon gebrochen, jedem, wie er verdient, aber eigentlich hat er es auch nicht verdient, denn er war im Grunde ein guter Mensch.» Sie schnauft von der Rede, und ihre Lippe zittert stärker, und sie kippt dann doch den vierten süßen Likör in beide Gläser, obwohl Ava schon keinen richtigen Likördurst mehr hat und innerlich wie verklebt ist von dem Likör und der Geschichte, in der alles ungerecht gewesen ist und niemand etwas richtig Tolles, Großartiges hätte tun können, um es schöner und lohnender zu machen. Es war alles nur für die Katz.

Die Muschifrau knallt ihr Glas auf den Tisch und redet weiter. «Dann bin ich allein gewesen, mit dem Jungen, es war ja nicht viel anders als vorher, nur das Geld war weg, und die Schwester ist darum zu mir gezogen. Der Karsten war immer mehr so für sich, in der Stube drin, immer mit seinen Klebebildern und seinen Heften, und ging gar nicht mal raus auf die Straße, wie die anderen Buben. Es war, weil wir beide so an ihm dranhingen, als wenn er zwei Mütter hätte, und machten ihm alles immer schön zurecht, schön alles wie von Zucker und Sahne für den Buben, den dicken, vollgefressenen, und wollten gar nicht, dass er rausgeht zu den anderen. Jetzt weiß ich es auch, aber damals wusste ich es nicht, als Mutter ist man so blind, und wenn nun der Vater weggestorben ist, man will nur das Beste für das Kind, aber wissen Sie, Fräulein, was das Beste ist?»

Ava schüttelt den Kopf. Ihr ist ein bisschen schummrig von dem Likör, von der Luftfeuchtigkeit, dem Geruch nach Huhn und Katzenpisse und vor allem von den Informationen eines ganzen, alten Lebens.

«Das Beste – ist Kackmist!», sagt die Muschifrau und schweigt plötzlich. Dann steht sie auf und räumt den Likör weg. «Geh mal jetzt», sagt sie zu Ava und schmeißt sie damit praktisch raus. Die ganze Zeit hatte Ava geglaubt, sie würde hier nicht mehr wegkommen, und nun wird sie rausgeworfen, auf eine grobe Art, die aber so liebenswürdig ist, es ist verrückt mit der Frau, aber sie ist schon auch klug, denkt Ava. Und manchmal fast am Zerreißen, als würde alles in ihr nur noch an einem dünnen Faden hängen, duzt sie mal, siezt sie mal, ist immer hin- und hergerissen, zwischen jetzt und gestern und Salzstreuern und Erinnerungen. In einem Strudel von Ereignissen eines alten, merkwürdigen Lebens, am Ende sind es vermutlich alles alte, merkwürdige Leben, so im Nachhinein, wenn man den Überblick hat. Es ist unmöglich, wenn man so wie Ava ist, sich dagegen zu wehren. Sie nimmt den Pappkarton und geht beschwipst hinunter in ihre Wohnung.

«Sie hat dir Salzstreuer geschenkt?», fragt Danilo.
«Salz- und Pfefferstreuer. Von WMF», sagt Ava.
«Ah. Na dann.»
«Sie hat es von ihrem Sohn bekommen und konnte es nicht gebrauchen.»
«Sehr nett.»
«Es ist nett. Sie ist so eine süße, liebe Frau.»
«Ava, du findest alle süß und lieb. Du musst dich mehr abgrenzen.»
«Alle gar nicht.»
«Doch. Du lässt die Leute immer zu nah an dich ran. Was geht dich denn die verrückte Alte an. Die stinkt doch. Und du musst der am Ende immerzu helfen.»

Danilo hat recht. Aber die Gefahr, von der er spricht, dass sie am Ende den Leuten immer helfen muss und in Situationen gerät, wo mehr von ihr verlangt wird, als sie freiwillig hätte geben wollen, die Gefahr geht sie ja bewusst ein. Sie ist ja nicht dumm. Sie weiß ja, wie es ist, wenn man anfängt, mehr zu tun, als man muss, und mit Leuten länger redet, als man Zeit hat, und welche Konsequenzen das hat. Sie arbeitet im Krankenhaus.

«Danilo, das verstehst du nicht. Wenn du sie selber so hören würdest, dann würdest du es aber verstehen. Es ist schön bei ihr in der Küche, auch wenn es stinkt.»
«Such dir doch mal Freunde, die zu dir passen!»
«Ich habe doch Freunde. Beate zum Beispiel.»

«Ja. Beate.»

Der Ton, in dem Danilo das sagt, macht sie wütend. Er sagt nicht mehr dazu, aber Ava weiß, was Danilo denkt. Sie versteht ihn, aber er versteht sie nicht. Das ist das Problem.

Als sie am Abend im Bett liegen, als Danilo seinen nackten Körper auf der Matratze herumdreht, um die richtige Position zu finden, in der er sein Buch lesen kann, fragt sie sich, ob sie jemals so zusammen sein können wie alte Ehepaare, die einander wortlos verstehen. Die selbst das verstehen, was sie am anderen nicht verstehen, weil sie sich im anderen befinden. Das ist hier nicht der Fall, denkt sie. Hier ist alles nur jung und unausgegoren. Danilo ist schön und klug und hat immer recht in allem. Seine Gedanken dringen in sie ein, als wäre es alles so – richtig und nicht anzuzweifeln. Aber ihre Gedanken prallen an ihm ab und haben für ihn keine Bedeutung. Und wenn das so ist, welche Bedeutung hat sie dann überhaupt für ihn?

Beate fragt sofort nach Stulle. «Ava, es tut mir so leid, dass wir dich allein haben nach Haus gehen lassen. Ich kenn den doch gar nicht, aber ich war so voll, Ava, so voll, ich konnte kaum noch vernünftig handeln. Ich dachte, mir kam es so vor, als wolltest du, dass Stulle dich nach Hause bringt. War es so? Aber Mann, es war doch auch ganz egal, ich hätte es nicht tun dürfen, auch nicht, wenn du es wolltest, weil ich ihn ja gar nicht richtig kenne.»

«Es war schon in Ordnung», sagt Ava.

«Ist das alles?»

«Nein. Du kannst alles wissen. Du erzählst mir ja auch immer alles, was du erlebst.»

«Was ich erlebe? Was hast du denn erlebt, Ava? Was war denn?»

Ava bindet sich ihren Kittel zu, während Beate um sie herumhüpft und heißen Kaffee aus einer Glastasse trinkt.

«Ich bin mit zu Stulle nach Hause gegangen und habe mit ihm geschlafen. Erst wollte er nicht, aber später doch. Und am nächsten Morgen klingelte seine Freundin.»

Beate steht mit offenem Mund und dampfendem Kaffee vor Ava. «Ava? Das kann doch echt nicht wahr sein, oder? Wie konntest du so was nur tun? Du bist doch normal gar nicht so. Ich bin doch so, und nicht du! Es ist alles meine Schuld, es tut mir so leid, Ava, ich hätte dich nicht so besoffen da mit dem zurücklassen sollen, und Jensen sagt noch, der ist in Ordnung, schön in Ordnung, schön in Ordnung, die sind doch alle auf dieselbe Art in Ordnung, Mann, Ava.»

«Beate, krieg dich mal wieder ein, es ist nicht seine Schuld, ich wollte es doch. Er eigentlich gar nicht, also nicht so besonders. Er wollte nicht mal mit mir schlafen, als ich nackt bei ihm im Bett lag. Ich ziehe mich aus, und er sagt nein. Ich dachte fast, ich wär hässlich.»

«Aber Ava, was ist denn mit Danilo?»

Ava zuckt mit den Schultern. Was ist mit Danilo? Das ist die große Frage. Die stellt sie sich andauernd. Was ist nur mit Danilo.

«Er weiß es nicht. Ich habe es ihm nicht gesagt.»

Beate nickt. «Das ist gut. Das ist nun mal passiert. Meine Schuld. Aber er wird es nicht erfahren, und alles ist wieder gut. Das wird dir eine Lehre sein, und mir auch.»

«Beate, es ist nicht alles gut. Ich wollte doch mit Stulle schlafen. Das ist ja das Problem.»

«Du warst betrunken. Da will man manches, was man gar nicht will.»

«Ich weiß noch sehr genau, wie ich es wollte, und ich kann es verstehen. Ich denke sogar darüber nach, es noch einmal zu tun. Vielleicht gehe ich zu Stulle und schlafe noch einmal mit ihm.»

«Nein. Das tust du nicht, Ava!»

«Ich weiß es nicht. Ich will wirklich nichts Falsches tun,

aber mit Danilo ist im Moment vieles falsch, so kommt es mir vor, und ich kann nicht mit ihm reden, weil er nicht hinhört, nie hört er hin. Er interessiert sich nur für sich selbst.»

«Du doch auch. Alle doch», sagt Beate und nimmt ihre Sachen und drückt Ava und geht raus an die Arbeit, zu den Kranken.

Ava fragt sich, ob es stimmt. Aber es stimmt nicht. Sie interessiert sich für Beate und für die Muschifrau, für die Kranken, für jeden einzelnen Kranken. Aber Danilo interessiert sich höchstens als Phänomen für die Muschifrau, und Ava ist für ihn das, was sie in seiner Vorstellung ist, was sie schon immer war, im Schuppen mit den Mäusen, auf der Hollywoodschaukel und am Luna-Brunnen. Nicht Ava, die mit Stulle vögelt, weil sie einem Impuls nachgegeben hat, einer Lust, Danilo weh zu tun, und einer Lust, mit Stulle zu schlafen, weil er schön war und weil er sie gar nicht verführen wollte, sondern traurig war und eine andere Frau liebte. Das war der Grund. Gründe gibt es immer, dennoch ist alles falsch und verboten. Die Gründe sind für'n Arsch, Ava.

Die Muschifrau ist auch so. Die entscheidet auch alles so spontan, aber sie ist siebenundachtzig Jahre alt und lange schon nicht mehr darauf angewiesen, dass andere Leute ein gutes Bild von ihr haben. Sie weiß Bescheid. Es ist ihr egal. Sie lädt Leute ein, verteilt Salzstreuer als Geschenk und wirft die Leute raus, ganz nach Laune, wie es ihr gefällt. Sie verstellt sich nicht. Aber keiner kreidet es ihr an. Niemand.

Draußen wird es heißer. Nach einem Tag Arbeiten im Krankenhaus ist Ava erschöpft und liegt auf dem Rücken in ihrem Bett und sieht die Zimmerdecke an. Draußen ist es heiß, und drinnen ist es ebenso heiß. Aber keine Sonne. Sie hat die Gardinen zugezogen. Gekreische von Kindern. Kinder sind immer froh, wenn es heiß ist. Sie ziehen sich aus und gehen ins Freibad und schreien rum und essen Eis und Pommes. Sie hat das auch getan, als sie ein Kind war. Nun liegt sie auf dem Bett, wartet auf Danilo und ist kein Kind mehr. Danilo ruft an, er kommt später, er geht mit seinen Freunden noch wo hin. Sie werden rumhängen und kiffen. Ihr ist es recht. Sie starrt die Zimmerdecke an und spürt den Schweiß auf ihrem Körper und schläft ein.

Als sie wach wird, ist Danilo immer noch nicht da. Sie steht auf und macht sich ein Brot. Danilo ruft an, er kommt noch später, später in der Nacht. Ihr ist auch das recht. Sie duscht und zieht sich an und geht spazieren. Draußen ist es immer noch sehr warm, obwohl es Nacht wird und die Sonne langsam verschwindet. Ava trägt eine kurze Jeans und eine leichte, geblümte Bluse, die romantisch aussieht, wie sie findet. Sie spaziert durch die Straßen, ohne Ziel, sie glaubt, sie schlendert, sie ist sich selbst nicht sicher. Die Menschen laufen mit ihren Freunden an ihr vorbei. Sie denkt an Beate. Aber ihr Ziel ist nicht Beate, ihr Ziel ist eine ganz bestimmte Straße, wo ein ganz bestimmtes Haus steht. Das wusste sie selbst nicht, als sie losging. Das weiß sie erst jetzt so langsam. Ava findet Stulles Haus und klingelt bei ihm. Vielleicht ist er nicht da. Wahrscheinlich ist er nicht da. Er ist Fahrer. Er ist die meiste Zeit seines Lebens nicht da, sondern unterwegs auf den Straßen. Aber Stulle ist da und fragt: «Ja?»

«Ava», sagt Ava, und der Summer öffnet die Tür zum kühlen, nach Beton riechenden Flur. Sie steigt die Treppen zu seiner offenen Wohnungstür empor, und ihr Herz fängt an zu klopfen. Sie sieht auf ihre blassen Knie. Wie wird das alles Stulle gefallen? Und was will sie überhaupt bei Stulle?

Er steht in der Tür und trägt außer einer hellblauen Unterhose nichts. Er lässt sie herein und umarmt sie. Er kommt ihr erst einmal fremd vor.

«Ich wusste, dass du heute kommst», sagt er.

«Echt? Ich wusste es selbst nicht», sagt Ava.

«Ich bin gestern aus Portugal wiedergekommen, und

schon auf der Rückfahrt wusste ich, dass du kommst. Warst du schon oft hier?»

«Nein. Überhaupt nicht.»

«Dann ist es echt ein Zufall, dass ich heute hier bin. Oft bin ich nicht hier.»

«Ich weiß.»

«Willst du Bier?»

Ava nickt. Sie hat Durst.

Stulle holt zwei Bier aus der Küche aus dem Kühlschrank. Er öffnet eins und reicht es ihr hin. Sie sitzt auf der Matratze auf dem Boden. Wo auch sonst. Jetzt in der Hitze kommt ihr die Leere von Stulles Wohnung wieder angenehm vor, fast kühl, als wäre die Leere kühl.

«Zieh dich doch aus», sagt Stulle, «es ist heiß.»

Ava lacht. «Ich hab doch kaum was an.»

«Zieh besser alles aus, sonst schwitzt du.»

«Ich schwitze schon. Ich bin durch die Stadt gelaufen und schwitze total.»

«Siehst du. Ich bin seit gestern nicht mehr rausgekommen. Hier geht es, aber draußen ist es mir zu heiß.»

Er stellt den Fernseher an. Es läuft ein James-Bond-Film. Ava stopft sich ein Kissen hinter den Kopf an die Wand und legt sich auf die Matratze, das Bier neben sich auf dem Fußboden.

«Ich wollte eigentlich gar nicht mehr herkommen», sagt sie.

«Das dachte ich mir», sagt Stulle.

«Ich dachte, du wusstest, dass ich komme.»

«Gestern, als ich auf der Autobahn war, da dachte ich mir, du wirst heute kommen. Das kann ich dir gar nicht sagen, wieso ich das dachte. Das ist mein siebter Sinn.»

«Das ist dein Wunsch gewesen, Wunschdenken ist das», sagt Ava und nimmt einen großen Schluck Bier.

«Ja. Das kann sein. Aber es ist auch ein bisschen Hellsicht.»

Ava lächelt. Dann beugt sie sich zu ihm rüber und küsst ihn auf seine schönen, weichen Lippen. Knutschend liegen sie auf der Matratze, während im Fernsehen scharf geschossen wird. Stulle zieht sich den Rest seiner Kleidung herunter, und Ava küsst ihn auf den Bauch und auf jedes Fleckchen Haut. Stulle unterbricht sie, setzt sich auf und nimmt wieder einen Schluck Bier. «Willst du wirklich Sex, Fräulein?», fragt er.

Ava schüttelt den Kopf und zieht sich aus.

Stulle seufzt. «Mann, ich glaub nicht, dass es was Vernünftiges wird mit uns, aber is mir jetzt auch egal, is mir dann egal jetzt.»

Als sie später nach Hause geht, strahlt sie. Die Leute sind immer noch unterwegs mit ihren Freunden. Alles ist immer noch Sommerabend, wenn auch später, aber Ava hat eine kleine Bosheit mit sich herumzutragen, und nicht mehr Alltag und Krankenhaus und Freund kommt nicht nach Hause. «Ich bin ein Flittchen», denkt sie und ist stolz. Obwohl sie denkt, dass sie kein richtiges Flittchen ist, denn Stulle ist nicht der Typ, bei dem man überhaupt ein Flittchen sein kann. Er schläft mit ihr, aber er ist mehr Kumpel als Liebhaber. Eigentlich ist er ganz woanders und schläft nur aus Mitleid mit ihr, und sie tut es aus Mitleid mit sich. Beide schlafen sie also aus Mitleid mit Ava miteinander. Verrückt.

Danilo ist noch nicht zu Haus. Herrgott, kann man Danilo überhaupt eifersüchtig machen? Es passiert einfach nichts. Nichts. Sie legt sich, mit feuchten Haaren vom Duschen bei Stulle, seine Küsse noch im Gesicht, legt sie sich auf ihre Matratze, ganz so wie vorhin, als hätte sie zwischendrin nicht ihren Freund betrogen, und schläft wieder ein.

Danilo kommt spät und ist bekifft und will mit ihr schlafen. Aber sie hat schon. Sie dreht sich um, tut mürrisch und lässt ihn mit seiner Lust allein. «Ich bin doch nicht zur Selbstbedienung», murmelt sie. Danilo streichelt sie, grabbelt an ihr rum, aber da kann er sich die Finger wundstreicheln, sie ist schon bedient. Bedient, denkt sie. Ich Flittchen. Der Gedanke, dass sie ein Flittchen ist, wie die Handschuhfrau im Zug nach München, die den Ehemann der Muschifrau mit ihrer Untreue in den Herztod trieb, schreckt sie plötzlich sehr, aber er hebt sie auch an, sie schwebt in ihrer Verderbtheit und fühlt sich ganz wohl dabei und schläft endlich ein.

Als Ava mit dem Mittagessen kommt, Schnitzel mit Erbsen und Kartoffelbrei, liegt der Mann auf dem Boden vor dem Bett und sieht sie mit seinen glasigen Augen an. Auf dem Bett hinter ihm sitzt ein anderer Mann, in einem nagelneuen, nicht vorgewaschenem Schlafanzug, extra schnell für das Krankenhaus erworben, von den Angehörigen, damit keiner denkt, und beobachtet sie und den Mann auf dem Fußboden und wartet gierig auf die Reaktion von Ava.

«Was ist denn hier los?», fragt sie den Mann auf dem Boden, als wäre er ein Kind.

Der Mann auf dem Boden regt sich matt und macht eine Bewegung mit seiner knochig-blassen Hand.

«Aus dem Bett gefallen», sagt der sitzende Mann.

«Aus dem Bett gefallen?» Ava bemüht sich, den Mann hochzuziehen, aber der Mann stöhnt, vielleicht hat er sich was gebrochen, das ist möglich bei alten Leuten, auch wenn die Fallhöhe gering ist. «Warten Sie, ich hole Hilfe», sagt sie und lässt ihn wieder auf den Boden sinken. «Beate», ruft sie, «Beate, komm mal.» Beate, die im anderen Zimmer die Essensteller austeilt, kommt geeilt und nickt. Dann fragt sie den Mann: «Wo tut es weh, Herr Podzun?», und ruckelt an seinem Rücken und seinen Beinen herum. Herr Podzun stöhnt ein bisschen und sagt «da» und «da», und Beate entschließt sich. «Wir packen ihn hoch. Du hier, ich da, greif so unter, und dann hoch.» Als sie ihn unter Stöhnen und Klagen hochheben, pinkelt Herr Podzun sich ein. Beate hält inne und sagt:

«Wieder runter.» – «Was?» – «Runter.» Sie setzen ihn auf dem harten Boden ab, und Beate sagt: «Sind sie nun fertig, Herr Podzun?» Herr Podzun sagt nichts. «So brauchst du nun nicht das ganze Bett abziehen», sagt Beate zu Ava, «du hast es ja vorhin erst bezogen, sei froh.» Beate hat recht. Beate hat immer recht. Ava wechselt die Hose von Herrn Podzun noch auf dem Fußboden, dann heben sie ihn zu zweit hoch auf das Bett, er ist dünn und knochig und glücklicherweise nicht so schwer, aber schwer ist es trotzdem, einen Mann auf ein Bett zu heben.

Der Mann nebenan, in seinem industriell gefalteten Schlafanzug, sieht sich alles genau an. Er ist noch nicht so alt wie Herr Podzun. Er hat die Inkontinenz noch vor sich. «Warum haben Sie denn nichts gesagt?», fragt Ava Herrn Podzun. Herr Podzun hat auch bis hierhin noch nichts gesagt. Herr Podzun gibt nur kleine Stöhn- und Ächzlaute von sich. Aber ganz dement ist er noch nicht. Wenn Besuch kommt, von seiner dicken Tochter, dann redet er mit ihr, das hat Ava schon gehört. Nur hier, mit ihr, und eingepinkelt, da piepst er kaum. Vielleicht aus Scham. Er ringt nach Luft und Worten. «Wollte ich ja», sagt er schließlich pfeifend nach einer viel zu langen Weile. Ava hat keine Zeit. «Und Sie müssen doch auch Bescheid sagen, wenn Ihr Nachbar aus dem Bett fällt», schnauzt sie den anderen Mann an, der alles genau beobachtet hat.

«Ich hab doch nichts gesehen», protestiert er.

«Sie haben doch wohl den Mann auf der Erde gesehen, und gehört haben sie den wohl auch.»

«Was weiß ich denn, was der macht», sagt der Mann.

«Der macht nichts, der ist aus dem Bett gefallen. Was soll er denn auf dem Fußboden gemacht haben? Wenn Sie mal aus dem Bett fallen, dann möchten Sie vielleicht auch, dass sich jemand drum kümmert.» Ava seufzt und geht mit dem nächsten Schnitzel in das nächste Zimmer. Der Urin wird entfernt, Herr Podzun braucht vielleicht ein Bettgitter, ein

Arzt muss sehen, ob er sich was gebrochen hat, wahrscheinlich aber nicht. Er hat nicht so doll gestöhnt.

Nach vierzehn Stunden Dienst radelt sie durch den warmen Abend nach Hause. Danilo liegt im Bett, das Gesicht ins Kissen gedrückt, und schläft.

«Danilo.» Sie öffnet ein zischendes Bier vor seiner Nase. Er richtet sich auf und legt sich gleich wieder hin. «Bist du da?»

«Nein. Du träumst nur.»

Danilo kichert mit geschlossenen Augen. «Ava, ich schlafe.»

«Das sehe ich, deshalb wecke ich dich ja.»

Aber Danilo schließt die Augen und schläft weiter. Er sieht süß aus. Und lieb. Er geht zur Schule, und er diskutiert gern über Bücher und Musik. Er hat Freunde, die über Bücher und Musik diskutieren. Ava denkt an Herrn Podzun und setzt sich auf den Sessel vor dem Fernseher. Die Uhr tickt auf dem Schränkchen. Draußen hält ein Auto. Eine Autotür klappt. Sie hatte sich auf den Abend gefreut, aber der Abend ist schon vorbei. Danilo hatte andere Pläne, er ist müde. Sie ist auch müde, aber sie will noch ein bisschen Abend haben. Als Herr Podzun, in ihren Armen hängend, zu pinkeln begann, hätte sie ihn fast fallen gelassen und geheult. Wenn nicht Beate gewesen wäre. Nicht, dass sie all das noch nicht gesehen hätte, schon oft hat sie es gesehen und viel Schlimmeres, aber im Moment ist sie dünnhäutig. Im Moment überfallen sie solche Dinge, und sie fragt sich, ob sie überhaupt als Krankenschwester arbeiten kann. Ob sie jemals so werden wird wie Beate, der solche Sachen nicht das Geringste ausmachen. Beate war in den Flur gegangen und hat mit Hartwig geflirtet, sie hatte sofort alles hinter sich geschoben und den Busen rausgestreckt und ist ins nächste Zimmer, mit Schnitzel und Erbsen und Kartoffelbrei.

Danilo schläft. Sie ist wütend. Er schläft immer. Oder ist

nicht da. Oder redet mit seinen Freunden. Oder liest Bücher. Oder macht sich lustig. «Danilo», ruft Ava. Danilo schläft. «Danilo.» Sein Atem gleichmäßig. Gestern kam er spät. Ava steht auf und geht zu ihm und beugt sich über ihn. Sein dunkles, lockiges Haar hängt ihm über die Stirn in die Augen und verdeckt den größten Teil seines Gesichtes. Seine Haut hat von nahem große Poren, vor allem seine Nase. Seine Lippen sind leicht geöffnet. Wenn er schläft, kann man nichts machen. Man kann sowieso nie was machen, was er auch tut. Er hat keine Ahnung, wie es mit Herrn Podzun ist und mit ihrer Dünnhäutigkeit im Moment. Wenn sie was erzählt, dann schüttelt er nur den Kopf, als wäre es schon eine Dummheit an sich, ins Krankenhaus zu gehen und dort zu arbeiten. Es ist fast, als mache es ihn böse, dass sie dort arbeitet und dass solche Dinge wie mit Herrn Podzun passieren, und meistens vermeidet sie es schon, es ihm zu erzählen. Sie fühlt sich, als wäre es ihre Schuld, denn sie selbst hat sich schließlich dafür entschieden, Krankenschwester zu werden und Herrn Podzun die Pisse abzuwischen. Danilo würde sich nie für so einen Beruf entscheiden. «Und nun beklage dich nicht!» Das sagt er nicht, aber es kommt ihr so vor, es klingt immer so. Hätte sie doch etwas anderes gelernt. Hätte sie doch Danilos Alter und würde mit ihm auf dem Gymnasium Herrmann Hesse lesen. Dann wäre alles besser. Und einfacher.

Ava bringt das Bier in die Küche und knallt es auf den Tisch. Es ist alles verkehrt.

Im August wollen sie an die Ostsee fahren, zelten. Erst wollten sie alleine, jetzt kommen Danilos Freunde mit und deren Freundinnen vielleicht auch noch, es passt Ava nicht. Das hat sie ihm gesagt: «Danilo, es passt mir nicht, dass die mitkommen, nicht, weil ich was gegen sie habe, aber ich wollte ja mit dir ...» – «Du bist doch mit mir zelten», hatte Danilo gesagt. «Da zelten nicht nur wir zwei, da zelten jede Menge Leute, weil es ein Campingplatz ist, nicht nur zwei Zelte am Strand, da kann jeder kommen, auch meine Freunde, wenn sie es wollen.»

Ava trinkt jetzt selbst das Bier. Sicher. Sie können machen, was sie wollen. Aber Ava kann auch machen, was sie will. Sie hat das ganze Jahr gearbeitet, immer gearbeitet, und jetzt will sie Danilo für sich haben. Er hat sie ja für sich. Ihre Freunde kommen nicht mit an die Ostsee. Das wäre sowieso gar nicht möglich. Es gäbe Streit. Beate und Jensen und Stulle und dazu Danilos Freunde, das gäbe heftigen Streit, und wie. Draußen fährt ein Polizeiauto mit einer Sirene vorbei. Ava stellt sich ans Fenster, das Auto fährt blaublinkend durch den Abend. Ava zieht sich aus und kriecht zu Danilo ins Bett. Aber sie liegt, trotz des langen Dienstes, lange wach und überdenkt die Lage. So nicht, denkt sie, es muss ein anderer Plan her. Und dann kommt ihr wieder Stulle in den Sinn, der im Moment sowieso Plan B ist.

Sie beredet noch einmal mit Danilo die Lage. «Ich möchte nicht mit deinen Freunden an die Ostsee. Ich möchte eigentlich nur mit dir allein irgendwohin.» Danilo schweigt. «Danilo. Hast du gehört? Mir gefällt es nicht, mit deinen Freunden irgendwo zu sein. Sie reden die ganze Zeit mit dir. Und reden. Und ich kann es mir schon richtig vorstellen, was sie reden und wie. Und du bist dann mit ihnen auch so. Und ich sitze vor dem Zelt und werde wütend. Das passt mir alles nicht, Danilo. Sag doch was.»

«Du bist zu kompliziert. Wir fahren zelten. Die anderen fahren vielleicht auch zelten. Ich kann sie nicht davon abhalten, Ava. Die Ostsee ist für alle da.»

«Du kannst aber mit mir wo hinfahren, wo die anderen nicht sind. An einen anderen Zeltplatz oder in ein anderes Land. Wir könnten auch nach Italien fahren oder nach Spanien.»

«Du vielleicht. Du hast Geld. Aber ich habe nichts. Ich

kann nur mit dem Zelt um die Ecke.» Das stimmt allerdings. Und Ava bezahlt schon fast alles. Die Wohnung, das Ausgehen, den wenigen Luxus wie mal ins Restaurant oder ins Kino. Danilos Mutter gibt ihnen Geld für Danilo. Für sein Leben. Aber es ist nicht viel. Sie hat auch nicht viel Geld. Sie geht selbst nicht ins Restaurant oder ins Kino. Sie baut selbst Gemüse in ihrem krummen Hof an und hört Radio und ist halbwegs zufrieden. Wenngleich sie nicht zufrieden damit ist, dass Danilo sie verlassen hat und zu Ava gezogen ist. «Du bist ein Schüler und bist doch kein Ehemann», hat sie gesagt. «Du kannst doch noch nicht ausziehen. Du musst doch noch zu Hause bleiben bei deiner Mutter.» Aber gegen Danilo konnte sie nicht an. Keiner kann gegen Danilo an. Was er will, das ist Gesetz. Als sie mit dem Auto von Markus seine Kleidung abholten, half sie beim Packen und schwieg. Als das Auto vom Hof fuhr, ging sie stumm in die Wohnung. Sie wird nach innen geweint haben. Sie hat an Danilo gehangen. Nun hat sie nur noch den Vater im Schuppen. Sie ist ganz allein. Danilo kümmert es kaum. Er hat gesagt, sie soll sich Freunde suchen. Aber Freunde suchen in einem Dorf, wo alle sich schon immer kennen und die Hälfte miteinander verwandt ist. Wenn man so barsch in seinen Gummistiefeln mit seinem Kopftuch durch die Welt stiefelt, nur in kurzen, abgehackten Sätzen redet und böse ist, auf die anderen und womöglich vor allem auf sich selbst. Da ist es schwer. Das weiß Ava gut. Sie hatte ja selbst gefunden, dass Danilo nicht dazugehört. Aber Danilo brauchte auch nicht dazuzugehören. Er schaut nach vorn auf das, was ihn interessiert, das neben ihm interessiert ihn nicht. An Einsamkeit leidet er nicht. Seine eigene Gesellschaft genügt ihm. Die anderen merken das und hängen sich an ihn ran. Danilo ist nie allein, weil er sehr gut allein sein kann. Verrückt. Und sie? Ava schüttelt den Kopf. Wer ist überhaupt sie? Sie ist doch auch nur eine Idee von Danilo, oder wer war sie vor ihm, bevor er wusste, dass sie seine Freundin sein und mit ihm leben sollte?

Sie klingelt bei Stulle. Stulle öffnet ihr und freut sich sehr. Er sagt, er muss aber erst einen Brief beenden. «Du schreibst Briefe?», wundert sich Ava. Er schreibt einen Brief an seinen Vater. Er sitzt am Kühlschrank und schreibt auf der Kühlschrankoberfläche seinen Brief, die Beine eigenartig verdreht, weil er sie nicht unter die Oberfläche stecken kann, wie es bei einem Tisch möglich wäre. «Lieber Papa», liest sie über seiner Schulter, aber dann sieht sie weg und aus dem Fenster auf die Straße.

«Was schreibst du ihm?», fragt sie ihn.

«Lügen.» Stulle grinst. «Er sitzt im Rollstuhl, er ist vom Gerüst gefallen, ist schon lange her, er sitzt im Rollstuhl und bewegt nur sein Gesicht und seine Hände ein bisschen. Wir müssen ihm jede Woche einen Brief schreiben oder ihn anrufen, mein Bruder und ich.»

«Das müsst ihr?»

«Jupp. Er will es so. Er wird sonst sehr böse.»

«Und dann?», fragt Ava.

«Dann schimpft er, und seine Hände zittern so», Stulle hebt die Hände leicht über seinen Schoß und lässt sie zittern, «und das macht uns wirklich Angst.» Er lacht. «Nein, aber Mutter will es auch. Wir müssen es nun mal.»

«Ruf ihn doch einfach an, wenn du die Wahl hast, anrufen oder schreiben, ruf ihn doch an», sagt Ava.

Stulle grinst. «Das kannst du nur sagen, weil du ihn nicht kennst. Früher hat er kaum mal was gesagt, wenn er von der Arbeit kam, auf dem Bau hat er gearbeitet, wenn er von der Arbeit kam, saß er rum und sagte – nichts, aber seit er im Rollstuhl sitzt und sich nicht mehr bewegen kann, redet er. Also, wenn ich den ganzen Tag im Rollstuhl am Fenster sitzen würde, der sitzt den ganzen Tag da und starrt auf die Straße, mir würde gar nichts einfallen zu reden. Es passiert ja nichts bei ihm. Aber trotzdem, er redet. Stundenlang redet er. Da kommst du nicht mehr raus aus der Nummer. Deshalb schreiben und nicht anrufen. Schreiben geht schnell. Halbe Stunde höchstens und fertig.»

«Verstehe», sagt Ava und schaut Stulle über die Schulter. Aber Stulle tütet den Brief schon ein. «Aber du schreibst Lügen da rein, sagst du.»

«Ich lasse mir was einfallen. Sonst weiß ich nicht, was ich schreiben soll. Es passiert ja bei mir auch nichts.»

«Aber du bist doch die meiste Zeit unterwegs, das ist doch abwechslungsreich, da muss doch was passieren?»

«Das denkst du. Unterwegs sein heißt Autobahn. Autobahn, immer Autobahn. Dann Rasthof, dann wieder Autobahn.»

Ava geht in Stulles Wohnzimmer und hockt sich auf die Matratze, während der Vormittag seinen Lauf nimmt. Danilo ist in der Schule, sie hat frei, Stulle hat frei. So läuft es alles ganz prima. Aber Stulle muss morgen früh wieder weg. Morgen früh, wenn auch sie sich mit Danilo und seinen Freunden auf den Weg an die Ostsee machen wird. «Wo fährst du hin, Stulle, morgen früh?»

«Portugal. Willst du mit?»

Er hat es nur so wie nebenher gesagt, aber Ava wird ganz wach bei diesem Satz. «Kann man das? Kann man bei dir mitkommen?»

«Du kannst es jedenfalls, weil ich dich einfach an der Straße auflesen und mitnehmen werde. Fertig.»

«Ich mach das», sagt Ava und verschluckt sich fast angesichts der Ungeheuerlichkeit ihrer Idee.

«Sicher? Musst du nicht arbeiten?»

«Nein, ich fahre morgen mit Danilo in den Urlaub.»

«Echt?» Stulle lässt sich rückwärts auf die Matratze fallen und lacht sich kaputt.

Ava lächelt dazu. Es ist lustig. Das stimmt. Aber das ist ja das Schöne daran. Sie wird es genau so machen, sie wird morgen früh mit Stulle nach Portugal fahren. Das wird ein neuer Anfang in ihrem Leben. Soll Danilo mit seinen Freunden an die Ostsee fahren. Er wird sie kaum vermissen, er wird beschäftigt sein, und sie wird ihr mieses Gefühl verlieren. Portugal, das Meer, sie freut sich so. «Stulle? Sehen wir das Meer?»

«Sehen schon. Aber Zeit haben wir nicht viel. Und stell es dir nicht so schön vor. Die meiste Zeit sind wir auf der Autobahn.»

«Und wo schlafen wir?»

«Im Auto, in der Schlafkabine. Es ist kein Luxus, Ava.»

«Im Auto?» Ava kommt es doch wie Luxus vor, wie Abenteuer, mit Stulle nach Portugal. Was ihr noch besser gefällt, ist der Gedanke, von Danilo abzuhauen. Danilo könnte sich gar nicht vorstellen, dass sie so etwas tut. Er traut ihr kaum etwas zu, schon gar nicht, dass sie einfach so mit einem Lkw-Fahrer namens Stulle nach Portugal fährt anstatt mit ihm in den geplanten Zelturlaub. Das ist eine Ungeheuerlichkeit.

Stulle lächelt sie an und holt zwei Flaschen Bier aus dem Kühlschrank. Er öffnet sie mit einem Feuerzeug und sagt: «Prost Portugal!»

«Prost», sagt Ava und kippt sich das bittere, schäumende Bier in den Hals.

Ava packt ihre BHs in den Koffer und fragt sich, ob sie noch schön genug sind. Der rote ist neu und schön genug. Der Rest ist Schrott. Aber ein einziger BH reicht nicht für eine heiße Sommerreise nach Portugal. Die Sonne wird durch die Scheiben auf ihren Busen scheinen, und sie wird schwitzen. Der Schweiß wird sich in ihrem BH sammeln, sie wird kaum eine Möglichkeit haben, ihn zu waschen. Sie nimmt T-Shirts aus dem Kiefernschrank, der immer noch nach Ikea duftet, wie alles von Ikea, so neutral und so harmlos. Sie legt kurze Hosen und zwei Sommerkleider hinein, das Buch, das sie gerade liest, «Demian», sie liest es, weil Danilo es ihr gegeben hat, er sagte: «Lies dieses Buch», sie betrachtet es, wie es auf ihrem Kleid liegt, sie starrt auf den Deckel des Buches, in ihren weichen Baumwollstoff gebettet, weiß mit kleinen roten Blättern der Stoff, dann nimmt sie das Buch wieder aus dem Koffer und legt es auf ihr Bett, auf Danilos Seite. In ihrem Kleid ist nun ein rechteckiger Abdruck wie von einem Gewicht, das von ihm genommen wurde, aber sie hätte das Buch trotzdem gern gelesen, generell ist sie wohl interessiert an Dingen, die schwieriger sind als das, was das Krankenhausleben ihr an Gedanken abverlangt. Und ist auch froh über den Anspruch, der durch Danilo in ihren Alltag hereingetragen wird. Als stünde ihr, wie ein Spalt in ihrem Leben, noch diese Möglichkeit offen. Das tut sie. Sie kann lernen, wenn sie darauf Lust hat. Sie kann die schwierigsten Dinge erfahren und lernen, damit umzugehen.

Sie schließt den altrosa Koffer, den sie eines Tages von ihrer Schwester zum Geburtstag bekommen hatte, weil sie immer mit Beuteln verreist war. Die Farbe war ihr merkwürdig vorgekommen, aber Petra hatte gesagt: «Ava, den Koffer musste ich einfach für dich kaufen, er passt so gut zu dir.» So werden Dinge passend, wenn jemand Liebes der Meinung ist und Zusammenhänge herstellt, die dann plötzlich vorhanden sind. Oder hat der Zusammenhang zwischen einem rosa Koffer und Ava vorher schon bestanden? In Petras Augen haftet durch den Namen etwas Exklusives an ihrer Schwester, das sie vollkommen neidlos betrachtet. Der Vater hat Ava stets bevorzugt, als wäre Ava zu einem kleinen Teil eine längst gealterte, aber immer noch wunderschöne, prinzessinnenhafte Schauspielerin. Petra ist dem Vater genauso zugetan wie Ava, und umgedreht ist es ebenso, aber der Zauber liegt auf Ava und nicht auf Petra. Der Zauber ist auch ein klein wenig ein Fluch, denn Petra kann mit dem Vater sehr unkompliziert umgehen und seine Verschrobenheit herzlich knuffen und beschimpfen. Ava dagegen darf das nicht, denn dann ist der Vater traurig, und das will in der Familie keiner, als wäre der Vater ein benachteiligtes Kind, das von allen geliebt und bemitleidet wird. So sind die Rollen verteilt und die Weichen gestellt, wenn die Namen verteilt und die Koffer gekauft sind.

Danilo ist in der Schule und probt ein Stück, obwohl schon Ferien sind. Er wird sich wundern, wenn er spät nach Hause kommt und Avas Brief auf dem Tisch findet. Er wird sich sogar sehr, sehr wundern, denn er weiß nichts von Stulle, und plötzlich ist Stulle da und fährt mit Ava nach Portugal. Ava ließ sich von Stulle zu diesem Brief inspirieren: «Danilo, ich bin weg, nach Portugal mit Stulle. Du weißt sonst immer alles besser, und Du wärst ganz gegen Stulle, deshalb frage ich Dich lieber nicht, ich will Dich sowieso nicht immer fragen oder ungefragt deine Meinung hören, deshalb, viel Spaß mit Deinen Freunden an der Ostsee! Wir sehen uns später dann, ich nehme an, es ist Schluss, Deine Ava.»

Das «Deine Ava» steht ein bisschen im Widerspruch zu den restlichen Zeilen. Doch sie ist nun mal bis heute seine Ava. Jetzt auch noch, oder? Sie schließt die Tür hinter sich und sieht im hölzernen Treppenhaus nach oben, wo die Katzen sich hinter der Tür schlagen. Aber sie muss weg, wenn man schon wegmuss, dann gleich, sonst schafft man es nicht und bleibt bei den Leuten hängen. Draußen wird es endlich Nacht, draußen ist es immer noch warm und staubig, und die tiefen Reste der Sonne malen glühende Streifen in den dunkelnden Himmel und auf die oberen Dachkanten der schon schattig dunklen Häuser. Draußen ist alles, was vorkommt, und springt auf sie zu. Heftig, denkt sie, es ist so heftig, obwohl sie nur mit dem Bus zu Stulle fährt.

«Du bist wirklich da», sagt Stulle, als wenn er es nicht geglaubt hätte. Aber das ist verständlich, sie hatte es ja selbst kaum geglaubt und glaubt es immer noch kaum. Doch sie merkt ja, dass sie es tut und mit ihrem altrosa Koffer in Stulles Wohnung steht, wo es jetzt bald losgeht, um fünf Uhr genau, und sie soll noch etwas schlafen vorher, jedenfalls will Stulle schlafen, ob sie schläft, ist egal, weil sie keine Verantwortung trägt.

Danilo ist bei einer Probe für eine Aufführung, die der Schule den Spiegel vorzeigen soll. Es ist schulpolitisches Theater, sie kommen sich verwegen vor, sie sollten im Krankenhaus arbeiten, da würde ihnen ihre Verwegenheit vergehen, da hat sie keinen Platz. Die Politik ist immer da, in dem Geld und den Geräten und den Patienten, die ein einzelner Mensch betreuen muss, aber die Müdigkeit schlägt alle. In der Schule geht das natürlich mit dem Theater, da wird es von den Schulpolitikern wohlwollend zur Kenntnis genommen, denn die Kritik und das Theater sind die Knospen der Bildung. Sie denkt sich, dass sie neidisch ist, in gewisser Weise, und deshalb den Groll auf Danilo hat. Aber Neid ist kein ganz verbotenes Gefühl. Und Danilo ist gar nichts auf sie, weil er ihr Leben nicht als Teil von seinem betrachtet. Sie seines schon, sie kann gar nicht anders, als das Leben von anderen als Teil ihres eigenen zu betrachten, wie bei der Muschifrau, wie bei Stulle und vor allem bei Danilo. Von ihm hätte sie mehr gewollt. Dass er einmal kommt und die Flure betrachtet, in denen sie jeden Tag die Bettpfannen entlangträgt, und die verschmierten Handtücher und das pampige Diätessen. Dass er den kranken Geruch wahrnimmt, ihre Anstrengung versteht, aber nichts. Er geht nicht in ihr Krankenhaus, weil er gar keinen Grund dazu hat. Das ginge ihm zu weit und würde zu sehr über seine Ehrlichkeit hinausführen, wenn er sich derart bemühte teilzuhaben. Beate hat ihr gesagt, dass Danilo hier gar nichts zu suchen hätte und dass das keine Show wäre und kein Tag der offenen Tür. Jensen dagegen ist schon da gewesen und hat Beate ihre Schnitten und ihre Zigaretten gebracht, als sie die vergessen hatte. Er hat sich im Schwesternzimmer hingelümmelt und ein paar Scherze gemacht und ist ein bisschen rumgerannt, bis sich ein Arzt blicken ließ und Beate ihm gesagt hat, er soll abhauen. Dabei wäre Jensen gern noch geblieben und hätte sich einiges erklären lassen. Danilo braucht sich nichts erklären zu lassen, er weiß schon alles. Deshalb, denkt sie, fährt sie nach Portugal in einem Lkw und teilt eine schmale Matratze mit einem Mann namens Stulle, der verlogene Briefe an seinen Vater schreibt, die so verlogen wahrscheinlich nicht sind.

Am zwölften August um fünf Uhr vier steigt Ava die eisernen, abgeschabten Stufen zu ihrem Sitz empor. Stulle hat den Lkw voll Verpackungsmaterial, das er gestern Abend schon aus Hamburg abgeholt hat. Der Himmel über ihnen ist blasslila, es wird heiß werden in Lüneburg, in Deutschland, aber sie wird in der Kabine eines Lkws sitzen und einem ganz anderen Klima ausgesetzt sein. Das Wetter in einer mittelgroßen deutschen Stadt, die sie gerade noch ihr Zuhause nannte, interessiert sie gar nicht. Kaum irgendetwas, das mit hier zu tun hat, interessiert sie. Oder interessiert es sie, dass Danilo gleich wach werden, sich Wasser für Kaffee anstellen und zum zehnten oder zwanzigsten Mal ihren Zettel lesen wird? Sie sieht sich um. Kommt Danilo jetzt auf dieser Straße angerannt, um sie mit seiner Liebe zurückzuhalten? Danilo, mit seinen einmaligen Wildbuschhaaren, seinen Cordhosen und seinem ovalen, behaarten Bauchnabel? Ist sie, Ava, enttäuscht, weil er sie nicht zurückhält?

Stulle stellt das Radio an, und sie nimmt ihm den Sendersuchknopf aus den Fingern, weil er fahren soll, und sie will über die Musik entscheiden. Das hat er davon, geht es ihr durch den Kopf, wenn er mit einer Frau unterwegs ist, nun kann er nichts mehr allein entscheiden, nun ist er zu zweit. Im Radio Haddaway: «What is love? Baby don't hurt me, don't hurt me, no more.» Es ist der Hit, der in diesem Jahr immer und jede Minute aus jedem Sender schallt. Na und. Stulle nickt dazu mit dem Kopf. Unter ihnen, weit unter ihnen, die lange Straße, die vielen kleinen Pkw, die Sonne weit oben und Haddaway in ihrem Kopf. «What is love?»

«Und, wie is es?» Stulle sieht kurz zu ihr rüber und lächelt breit, mit seinen schiefen hellen Schneidezähnen.

Sie will sagen, dass sie ja gerade eben erst eingestiegen sind und das Radio angestellt haben, dass sie noch nicht einmal aus Lüneburg heraus sind, aber im selben Moment überkommt sie die Wut über diesen Umstand. Hakt sie am Ende fest in diesem beschissenen Nest und kommt nie weiter, und die Zeit hält an und alles zerrt an ihr, um sie in diesem Lüneburg zu halten, weil es ihr gar nicht erlaubt ist, weil sie nur Ava Grünebach und keine Abenteurerin ist?

«Geht es mal voran, Stulle, wir sind ja immer noch hier?»

«Klar, es geht immer voran, am Anfang kommt es dir nur nicht so vor. Der Anfang zieht sich immer hin. Weil du alles kennst, die Straßen, die Kreuzungen, dann geht es irgendwann schneller, und wenn du dich an das Fremde gewöhnt hast, geht es wieder langsam.»

Dann sind sie endlich aus Lüneburg raus und fahren auf die A7 Richtung Hannover. Und hier, auf der Autobahn, im mehrspurigen Strom der Lkws, hier ist es fremd genug, um Ava klarzumachen, dass es jetzt wirklich weggeht. Und nicht mehr zurück. Kein Umentscheiden mehr. Sie regt sich ein bisschen auf. Ihr Herz klopft ein wenig zu schnell. Ihr Lächeln verkrampft sich. Sie hat Danilo wirklich mit ihrem gemeinsamen Urlaub alleingelassen. Er weiß es schon. Aber sie ist auf der Autobahn.

«Ich mag es auf der Autobahn», sagt sie. Sie war selten in ihrem Leben auf Autobahnen. Die Eltern hatten kein Auto. Der Vater kann nicht Auto fahren. Eines der vielen Dinge, die der Vater nicht kann, die ein Mann können muss. Wenigstens der Mann. Die Frau nicht so sehr. Die Mutter kann aber Auto fahren, wie alles. Sie haben dennoch nie eines besessen, wegen des Geldes, das es kostet. Und der Bus fährt ja. Das hat die Mutter stets gesagt: «Der Bus fährt ja, Ava.» Der Bus fährt und fährt. Die Verbindung ist gut. Ava stand ihr Leben lang am Bus. Bis sie wegzog und in Lüneburg mit dem Fahrrad von Frau Schultetee dem Busfahren ein Ende machte.

Die Eltern kauften ihre Lebensmittel bei Regines Minimarkt, zur Kette der Edeka-Märkte gehörig. Obwohl es da sehr teuer und die Auswahl so lala sei, sagten alle im Dorf. Die Eltern gingen aber immer mit ihren Taschen und die Mutter mit dem karierten Hackenporsche dort das ganze Essen und das Toilettenpapier und alles einkaufen. Die Getränke ließen sie sich liefern. Warum denkt sie jetzt, auf der Autobahn, an die Eltern? Weil die Eltern entsetzt wären. Die Eltern dürften gar nicht wissen, was Ava tut. Sie würden es verurteilen. Aber vielleicht auch nicht so sehr, überlegt sie sich. Der Vater würde es vielleicht verstehen, mit einem Gedicht. Der Vater hatte immer eine Sehnsucht nach der Ferne und der Autobahn. Die Mutter würde es nicht verstehen, aber verzeihen. In Gedanken lächeln sie beide Ava an und sagen: «Ava, du machst auch immer alles nach deinem Kopf, wie du willst.»

Ava lächelt auch. Sie macht, was sie will. Sie ist von hier oben die Königin über die lange graue Autobahn.

«Alles gut?», fragt Stulle und summt dem Radio hinterher. Seine braunen Arme liegen ruhig auf dem Lenkrad, und jedes einzelne weißblonde Härchen hat sich aufgerichtet, im Gebläse der Kühlung. Er ist süß.

«Stulle, es ist so super. Ich freu mich so!» Und indem sie das sagt, ist es auch so. Endlich wallt die hinter dem Gewissen und der Furcht verborgen gebliebene Freude über ihren Mut und das Abenteuer in ihr Herz. Na und. Sie macht, was sie will. Na und, Eltern, na und, Danilo! Es ist ihr Leben, und alles sind ihre Entscheidungen. Sie will auch mal auf der

Autobahn sein, wie die anderen, und auch mal böse sein und egoistisch.

«Hast du schon mal Sex beim Fahren gehabt?», fragt sie und denkt an eine Szene in einem Film.

«Nein», sagt Stulle.

«Willst du vielleicht?», fragt Ava und ist zu fast allen verbotenen, gefährlichen Aktionen bereit, weil sie in so einer Stimmung ist.

«Nein», sagt Stulle.

Das ernüchtert sie.

«Ich könnte dir während des Fahrens einen blasen.»

Stulle lächelt wieder auf diese freundliche, verzeihende Weise, die ihn so alt erscheinen lässt. «Ich würde nicht mal anhalten, damit du mir auf dem Parkplatz einen lutschst. Nichts. Ich bin jetzt gerade erst unterwegs. Jetzt ist morgens, und die Sonne geht auf.»

«Du musst ja nicht anhalten»

«Ava, denk doch mal nach. Für mich ist das hier, wie wenn du im Krankenhaus den Flur langgehst.»

Ava nickt.

«Weil du dabei bist, ist es natürlich viel schöner. Aber ich geh dabei ab wie eine Rakete, stell dir vor, und du willst doch leben, Ava? Das willst du doch? Oder?»

«Du gehst ab wie eine Rakete?»

«Ja. Das mag ich wirklich gern.»

«Ja?»

«Mann. Das mag doch jeder Mann gern?»

Eigentlich wurde das so in jedem Film und von jedem Mann erzählt, eigentlich war das allgemein bekannt, aber Ava hatte noch nicht so darüber nachgedacht, weil sie selbst es bei Danilo nie tat. Nicht, dass sie nicht dazu bereit wäre, aber Sex mit Danilo war immer eine Sache, bei der beide ineinander verschlungen waren und sich küssten, immer gleichzeitig beide verschlungen und sich liebend. Auch, wenn sie böse miteinander waren. Es war nichts, wo einer daliegt und der andere macht. Das war nicht Danilos Sache.

«Es war nur so eine Idee», sagt Ava.

«Ideen kannst du haben», sagt Stulle und nimmt sein Gepfeife laut wieder auf, als habe allein die Idee ihn in eine vergnügte Stimmung versetzt. «Bei Gelegenheit kannst du's gerne tun. Wenn ich Feierabend habe. Wenn wir gegessen haben und alles.»

«Wenn wir gegessen haben?» Ava schüttelt den Kopf. «Wir sind doch kein Ehepaar. Sex nach dem Abwasch. Nee, vergiss das. Es war nur so eine Idee, ganz spontan, aber ist schon vorbei.»

Sie fahren eine Weile stumm und hängen jeder für sich ihren Gedanken nach, während der strahlende Tag sich vor ihnen ausbreitet und die Hitze sich schon auf der Straße einnistet. Vor ihnen ein dichter Strom von Fahrzeugen, alle unterwegs mit einem Ziel, nur Ava hat kein Ziel, sie fährt nur mit und weg von ihrem geplanten Urlaub mit ihrem regulären Freund. Vielleicht ist jetzt auch Schluss.

Vier Stunden später glüht die Sonne bereits, aber im Lkw ist es angenehm, nur die Helligkeit brennt in den Augen, und Ava hat keine Sonnenbrille. Die Notwendigkeit geht ihr auf, als ihre Augen tatsächlich brennen, und sie sagt zu Stulle: «Stulle, ich brauche eine Sonnenbrille, so wie du. Meine Augen brennen wie Feuer.»

Stulle fährt ran, er wollte sowieso ranfahren. Ava klettert herab auf die Erde und streckt sich, zwischen den hohen Rädern der parkenden Lkws. Sie läuft rüber in die Tankstelle und probiert Sonnenbrillen auf, während Stulle das Klo aufsucht. Das muss sie allerdings auch noch aufsuchen. Aber die brennenden Augen scheinen noch dringender. Sie kauft sich eine schwarze Sonnenbrille, die ein bisschen aussieht wie eine Ray Ban, sie hat die zwei Körnchen in den Winkeln und sogar einen ähnlichen Schriftzug auf dem Bügel, ist aber keine Ray Ban, ist von der Tankstelle. Sie bezahlt, setzt sie auf, als würde das sofort was ändern, und es ändert sofort was, es macht den grellen Tag erträglich, und schlendert im sanften Licht zum Klo. Und da beginnt der Anfang vom Ärger. Ava taucht aus dem blendenden Tag in die bläuliche Tiefe der neonbehellten Sanitäreinrichtungen des Rastplatzes und öffnet, wie sich herausstellen soll, eine Tür, die sie nicht hätte öffnen sollen. Sie schließt die von Anfang an im Schloss klemmende und nur mit Gewalt zu öffnende Tür von innen ab und hebt den Deckel der Toilette und schließt ihn wieder, da Widerliches düster aus dem Abgrund heraufdrängt. Sie nimmt ihre Brille nicht ab, um sich einen genaueren Eindruck zu verschaffen, aber die Toilette ist eindeutig verstopft. Die Toilette ist verstopft, und die von Anfang an klemmende Tür geht auch mit Gewalt nicht mehr auf. Soweit das. Ruhig bleiben, denkt Ava sich, Leute sind ja hier jede Menge unterwegs. Ruhig bleiben und weiter mit Gewalt schließen und ruckeln. Dann steigt sie auf den geschlossenen Deckel der Toilette, aber zwischen Toilettenwand und Decke ist nicht viel Platz. Ältere Damen in Mengen betreten die Sanitärräume, kann sie von oben überblicken.

«Hallo», spricht sie alle gemeinsam an, «ich bin eingeschlossen. Die Tür klemmt, und ich bin eingeschlossen. Könnten Sie vielleicht eben Bescheid sagen, irgendwo, damit ich hier wieder herauskomme? Das wäre sehr nett.»

Die älteren Damen in ihren farbigen Blusen und T-Shirts mit Applikationen starren sie von unten an, mit offenem Mund. Eine Dame sagt: «Die Toilette ist defekt. Das steht doch da.»

«Ja. Wo steht das?»

«Das steht an der Tür», sagt die ältere Dame, «haben Sie das nicht gelesen?»

«Wohl nicht. Es war so dunkel auf einmal», sagt Ava und schiebt ihre Brille hoch in die Stirn.

«Ich geh mal Bescheid sagen», sagt eine andere ältere Dame mit einem Schwitzrand am Rücken.

«Danke», sagt Ava.

«Versuchen Sie es doch noch mal», sagt die erste Dame, und Ava ruckelt am Schloss herum, bis es sich überhaupt nicht mehr bewegt. «Es geht gar nicht mehr», sagt sie, «es hakt.»

Die älteren Damen gehen nacheinander strullen, und Ava will nicht hinhören, aber sie hört und riecht unfreiwillig alles. Dann gehen sie wieder, und es ist still, und Ava fragt sich, ob jemand Bescheid gesagt hat und jemand kommt, um ihr zu helfen. Die Tür klappt, und Ava steigt wieder auf das Klo.

«Brauchen Sie Hilfe?», fragt eine blasse Frau in einem weißen Jogginganzug, den Blick hoch zu Ava gerichtet. Ihr Kind sagt: «Ich muss.»

«Ich weiß nicht, ich habe schon Bescheid sagen lassen, dass ich eingeschlossen bin, aber ich weiß nicht, ob das angekommen ist. Bisher ist noch niemand gekommen, um mich herauszuholen.»

«Ach, wie unangenehm», sagt die Frau.

«Was macht die Frau da?», fragt das Kind.

«Die Frau ist in der Toilette eingeschlossen», sagt die Frau.

Dann kommen eine Frau mit einem Kittel und ein Mann mit einem Werkzeugkasten herein. «Toilette defekt», schnauzt die Kittelfrau, «können Sie nicht lesen?»

«Ich hab's nicht gesehen», sagt Ava. «Es war so dunkel plötzlich.»

«Ach wat, dunkel, ist doch taghell hier. Müssen immer schlauer sein. Wenn da steht defekt, dann isses auch defekt.»

Der Mann fummelt an dem Schloss herum. Ava denkt an Stulle. Stulle wartet sicherlich. Stulle wollte nur kurz halten wegen der Sonnenbrille. Und zum Pinkeln. Ava muss immer noch pinkeln. Plötzlich so dringend, dass sie schon Schmerzen verspürt. Sie öffnet den Deckel, ein Gestank zieht aus dem verstopften Klo hoch, sie schließt den Deckel schnell wieder. Sie kann jetzt wohl kaum pinkeln, wenn die Leute alle vor der Tür stehen. Sie muss warten. Sie muss. Aber das Fummeln an der Tür dauert. Warum bricht er die Tür nicht einfach auf? Es ist doch nur eine klapprige Sperrholztür.

«Können Sie die Tür nicht aufbrechen?», fragt Ava.

«Dann kannste gleich ne neue Tür kaufen», schnauzt wieder die Frau. «Dat kost doch Geld.»

«Ich hab's gleich», sagt der Mann. Dann hat er es aber nicht gleich und macht so weiter. Dann sagt er: «Ich hol mal das Stemmeisen.»

«Mann, jetzt geht es alles kaputt», sagt die Frau.

«Das tut mir leid», sagt Ava.

«Ja, mir auch», sagt die Kittelfrau.

Dann ist der Mann weg, und Ava pinkelt sich fast ein. Sie sagt sich: Du bist in einer Toilette und pinkelst dich fast ein. Das ist bescheuert. Verstopft oder nicht verstopft, es ist egal, es kommt nicht drauf an. Deshalb tut sie es und öffnet den Stinkbrunnen und pinkelt auf das volle Klo und betätigt aus einem Reflex heraus die Spülung und sagt im gleichen Moment: «Scheiße, Mann, Scheiße.»

Detlef sitzt draußen auf der untersten Stufe des Lkw-Einstiegs und raucht. Er sagt nichts. Ava weiß, was los ist. Sie hatten gerade erst eine Rastpause, und jetzt haben sie schon wieder eine Rastpause, eine von über einer Stunde. Sie hat auf die Uhr gesehen. Sie haben über eine Stunde hier rumgehangen, und ihre Jeans, die sie tragen wollte, bis sie ihr vom Körper fallen, ihre Jeans sind an den Rändern unten wie vollgeschissen, und sie ist angemeckert worden, aber wie.

«Fertig?», sagt Stulle.

Sie nickt und steigt auf der anderen Seite ein und fängt an zu flennen.

Stulle fragt nicht, weshalb und wieso, er startet den Lkw

und fährt auf die Autobahn. Ava zieht die Sonnenbrille über ihre heulenden Augen und blickt stur nach vorn.

«Wenn die Toilette verstopft ist, dann hat das doch nichts mit dem Türschloss zu tun», sagt Stulle eine Stunde später, und Ava beißt in eine von Stulle geschmierte Käsestulle und nickt. «Das ist doch ein totaler Zufall, dass die Toilette und das Schloss kaputtgehen. Beides zusammen auf einmal.»

«Ja», sagt Ava und findet, dass dieser Käse auf diesem Brot einfach köstlich schmeckt. Vielleicht ist das so, weil sie unterwegs ist, vielleicht schmecken die Stullen unterwegs besser. Besser sogar als Burger oder gekochtes Rasthofessen. Viel echter und nach zu Hause. Zu Hause bei ihrer Mutter und ihrem Vater in ihrer dampfenden Küche neben den Gedichtbänden und dem Rotwein des Vaters. Das Brot auf dem Küchentisch. Die Wurst. Die Schwester. Alle reden. Keiner hört dem anderen richtig zu, alle reden gleichzeitig und kauen und schlucken. Die Mutter über die Nachbarn und die Arbeitskollegen in der Sparkasse und die Kunden und die Angebote, die sie eingekauft hat, den Bus, der zu spät kam und mit einem anderen Fahrer, den sie nicht kannte, und den Anruf von ihrer Mutter, die Avas Oma ist und die sich beklagt hat über ihren Mann, Avas Opa. Die sich immer wieder beklagt, aber niemand sonst darf ein Stück Schlechtes über den Opa sagen. Das ist die Regel. An all das erinnert der in der Wärme schon in den Poren des Butterbrotes versunkene Käse in ihrem Mund. Das Schmerzhafte ist nicht, dass sie die Mutter nicht zum Abendbrot sieht, sie kann die Mutter oft genug zum Abendbrot sehen, am Wochenende, wenn sie nur Lust dazu hat, und die hat sie gar nicht gehabt bisher, das Schmerzhafte ist, dass diese Familie, ihre Familie, mit ihr, Ava, wie sie glücklich ihre Brote aß, am wachstuchbespannten Küchentisch, dass das vorbei ist. Für immer. Sie wird ihre Eltern und deren Küche nie mehr auf die Weise mögen können, wie sie es damals tat. Vor wenigen Jahren. Und wird auch nie mehr so wütend auf sie sein. Alles wird langsam egal.

«Das Schloss habe ich kaputt gemacht», sagt Ava, als sie das Brot aufgegessen, ihre Gedanken abgeschlossen hat und bereit für ein Gespräch ist. «Das Schloss war irgendwie auf eine Art verschlossen, damit keiner in das kaputte Klo geht, und ich habe es mit Gewalt aufgeschlossen, und dadurch ist es kaputt gegangen, und deshalb ist es dann, nach dem Zuschließen, nicht mehr aufgegangen. Weil was abgebrochen war.»

«Du hast es kaputt gemacht.»

«Ja.»

Stulle stellt das Radio wieder ein und pfeift die Lieder mit und beschimpft die Radiomoderatoren und spricht ihnen dazwischen.

Dann, nach einer Weile, sagt er: «Kommt es mir nur so vor, oder stinkt es hier auch nach Klo?»

«Das ist meine Jeans», sagt Ava, «meine Jeans ist eingetunkt, als es übergelaufen ist, da ist sie unten eingetunkt.»

«Ah.»

«Soll ich sie ausziehen?»

«Schön wär es schon, aber es ändert ja nichts. Ausgezogen stinkt sie immer noch.»

«Es ist eklig, ich ziehe sie aus. Ich habe noch eine Hose mit. Ich ziehe die aus und ziehe die andere an.»

Ava zieht sich aus und an und steckt die Jeans in die Tüte, in der ihre schicken Schuhe steckten, die Absatzschuhe. Sie fragt Stulle: «Vermisst du deine Eltern?»

Stulle sagt: «Nein.»

Stulle biegt auf den Rastplatz ein, sortiert sich zwischen einem polnischen und einen holländischen Kollegen und sagt: «Feierabend.» Sein Haar ist verschwitzt, sein Gesicht rot, und seine Augen sind müde. Ava ist auch müde, wobei sie unterwegs ein bisschen geschlafen hat und danach noch müder wurde. Sie steigt aus dem Lkw und streckt sich. Dann steigt sie wieder ein, holt die Tüte mit der Jeans aus dem Fahrerhaus und läuft damit zu den nächsten Rastplatztoiletten. Sie säubert die Ränder mit Flüssigseife und Wasser. Sie drückt und rubbelt die Ränder ihrer Lieblingshose und lässt das Wasser lange über den blauen Stoff laufen, bis es einfach nur noch nass aussieht. Eine Jeans in einem Waschbecken zu säubern ist verhältnismäßig ungewöhnlich, merkt sie an den Frauen, die sich die Finger waschen und trockenföhnen und einen raschen Blick auf sie werfen, die ihre Jeans ausgerechnet an einer Raststätte waschen muss, als hätte sie kein Zuhause und kein Hotel. Als sie mit der tropfenden Hose zurückkehrt, wird ihr erst bewusst, dass dieser staubige Parkplatz mit den matten Grasstreifen und den löchrigen Mülleimern und der Tankstelle im Hintergrund ihr heutiges Zuhause ist. Nebenan der treibende Verkehr, die Fahrer, die auf Klappstühlen sitzen und einen Grill betreiben. Einen Grill betreiben hier an der Autobahn. Und ein Bier trinken und einen Schnauzbart tragen und Karten spielen mit dem Nachbarn. So sieht das aus. Und keine Frau weit und breit.

«Hast du deinen Freund angerufen?», fragt Stulle.

Ihren Freund? Danilo. Sollte sie Danilo anrufen? «Er ist nicht da. Er ist an der Ostsee.»

«Meinst du nicht, dass er vielleicht nicht gefahren ist?»

«Wieso? Er ist gefahren. Er war doch mit seinen Freunden verabredet.»

«Aber auch mit dir. Das ist ihm doch sicher wichtiger.»

«Da irrst du dich.»

«Na, komm, das sagst du so, aber ich wette, er ist ganz schön fertig.»

Ist Danilo fertig? Sie weiß gar nicht, wie das aussieht, wenn Danilo fertig ist. Er war noch nie fertig, jedenfalls nicht so, dass sie es gesehen hätte. Alles perlt an ihm ab, als könnte ihm nichts etwas anhaben. «Danilo ist nicht so. Vielleicht ist er fertig, und vielleicht wird er auch etwas wütend, aber das merkt keiner. Er merkt es vielleicht selbst nicht. Er fährt auf jeden Fall mit Florian und den anderen in den Urlaub, glaub mir. Er denkt sicher, ich komme wieder oder es stimmt nicht, dass ich mit dir unterwegs bin, oder es kann nicht stimmen oder so was in der Art. Ich weiß eigentlich gar nicht, was er denkt. Aber ich mache mir keine großen Sorgen um ihn.»

«Krass. Da wacht der auf, und seine Freundin ist weg und ist mit einem anderen Typen abgehauen, obwohl sie morgen mit ihm in Urlaub wollte. Da hat der sich wahrscheinlich drauf gefreut, und nun, denkt er, bumst sie mit einem anderen und hat ihm nichts davon gesagt. Schock.»

«Nein, nein, nein», sagt Ava. «Du verstehst es nicht, Danilo ist nicht so. Schock ist nicht bei ihm. Er steht auf, liest den Zettel und denkt kurz und fährt dann in den Urlaub.»

Stulle wiegt den Kopf hin und her und öffnet eine Flasche Bier und reicht sie Ava, ohne zu fragen, und öffnet eine zweite und stößt mit ihr an.

Er sagt: «Der liebt dich vielleicht nicht so doll.»

«Oh», sagt Ava, fast empört über diesen Gedanken. «Manchmal denke ich, der liebt in seinem ganzen Leben nur noch mich und sonst niemanden mehr, nicht mal seine Mutter. Und das soll für immer so bleiben.»

«Wie kommst du denn auf so einen Schwachsinn?», sagt Stulle und schüttelt den Kopf.

«Das kannst du eben nicht verstehen, weil du ihn nicht kennst, ich könnte es ja selber nicht verstehen, vielleicht ist es auch nicht so, vielleicht kommt es mir nur so vor, weil ich es gerne so hätte.»

Als es dunkler wird und drüben die Lichter vorbeiflitzen und Stulle geduscht hat und Ava nicht, da liegen sie in der Kabine,

jeder auf seiner schmalen Matratze, und sehen einen Film in einem kleinen Schwarzweißfernseher. Es ist ein Film über Bären. Bären reden nicht. Sie machen nur so ihre Sachen und fangen Fische und spielen mit ihren Kindern und bestreiten Kämpfe, aber sie reden nicht. Das ist einfacher, denkt Ava. Das ist einfacher. Stulle guckt von oben runter und fragt:
«Willst du Sex?»
«Nein.»

Am Morgen, sehr früh, kocht Stulle Kaffee, und der Dampf sitzt an den beschlagenen Scheiben. Es ist feucht und kühl, und Avas Decke ist zu dünn. Es ist Stulles Decke von zu Hause mit den Bären und Elefanten, der gleiche Bezug jedenfalls und tröstlich und traurig und komisch, alles zugleich.

«Wir sind noch nicht einmal in Belgien», ist Stulles erster Frühmorgensatz, mit dem dampfenden Kaffee in der Hand und einem verknitterten Gesicht.

«Ist das schlimm?», fragt Ava und denkt sofort, dass es schlimm ist, weil Stulle es gesagt hat.

«Wir sind immer noch in Deutschland», sagt Stulle, wie als Antwort darauf, ob es schlimm ist.

All das, weil Ava ihre Sonnenbrille nicht abgenommen hat. Das hat solche Folgen. Sie streckt sich unter der Decke.
«Wieso sind zwei Betten in einem Lkw, Stulle?»

«Was denkst du? Es können zwei Fahrer mit dem Lkw fahren, abwechselnd, und können dann beide hier schlafen.»

«Echt? Und warum fährst du allein?»

«Zum Glück. Stell dir vor, du musst mit irgendeinem hier drin sein, mit einem Typen, da gibt es manche, die sägen die ganze Nacht und furzen und röcheln und labern die ganze Zeit Scheiße, und viel schneller geht es auch nicht. Nicht sehr. Bei uns wird das kaum gemacht, mit zwei Leuten, nur wenn es sehr eilt und wenn das ausreichend bezahlt wird. Da müssen dann ja zwei Fahrer bezahlt werden. Das kostet doppelt so viel, das muss erst mal durch die Schnelligkeit ausgeglichen werden. Das muss sich lohnen. Und wahrscheinlich lohnt es sich gerade nicht.»

«Da könntest du ja auch mit einem Lkw mit einem Bett rumfahren.»

«Sicher. Aber die Lkws werden nicht nach den Betten in der Kabine ausgesucht, sondern danach, ob sie für die Fracht geeignet sind, nä?»

«Klar.»

Ava schlürft den Kaffee, und Stulle holt Brötchen von der Raststätte. Sie essen im Lkw, und Ava denkt, dass es ihr jetzt schon vorkommt, als würde sie Jahre in dieser Kabine verbringen und nie mehr an die Luft und auf die Wege kommen.

Durch Belgien fahren sie einfach so hindurch, als wäre es kein richtiges eigenes Land, und in Frankreich wird die Autobahn plötzlich leerer und das Fahren glatter und stiller. Im Radio läuft jetzt traurige französische Musik, und die Autobahn glüht vor Hitze. Die Luft wellt sich, und Ava wird wieder müde. Ihr wird klar, dass sie nun stunden- und tagelang immer weiter hier sitzen wird, und nichts wird passieren. Nur Starren und kurze Gespräche mit Stulle, mit dem sie seit gestern noch keinen Sex hatte. Sonst hatte sie ihn getroffen, um mit ihm Sex zu machen und nebenbei ein wenig zu plaudern und dann schnell und schuldbewusst zu verschwinden. Nun übernachtet sie mit ihm und hat keinen Sex. Obwohl es hier auf dieser Reise legal wäre. Irgendwie jedenfalls. Eine blasse Ernüchterung hat sich in sie eingeschlichen und kann nur mühsam durch Summen und das Erzeugen sinnlos übermütiger Gedanken von ihr niedergehalten werden. Sie hüpft auf ihrem Sessel und versucht, die traurige französische Musik mitzusummen, aber das macht sie nicht eben vergnügter.

Draußen sind nur Sträucher und Abhänge und fast nichts. Denn vor und unter ihnen ist die Autobahn, und niemand wohnt hübsch mit einem Garten an einer Autobahn, und alles Interessante ist woanders.

Stulle biegt auf die Spur für eine Ausfahrt ab und sagt: «So.»

«Fahren wir irgendwohin?», fragt Ava, als würden sie geradeaus auf der Autobahn nirgendwo hinfahren und jetzt, da sie abbiegen, schon irgendwohin. Das kommt so, wenn die Bewegung gleichförmig ist. Das kommt auch so im Leben, denkt sie, wenn man echt ackert, aber es kommt einem vor wie nichts, als würde nichts passieren, obwohl man jeden Tag Sachen erlebt, wo Leute sterben oder einpinkeln oder gesund werden und nach Hause gehen. Aber das ist für Danilo wie Autobahn, und ihr kommt es oft auch so vor. Morgens, wenn sie durch den Eingang geht und in ihre Sachen steigt und den Kaffee trinkt und den Schwung für den Anfang in sich sammelt. Dann ist der Moment, wo sie, fast täglich, auch gerne eine Ausfahrt nehmen würde.

«Das wirst du sehen», sagt Stulle und verlässt mit seinem riesigen Lkw, der gefüllt ist mit Verpackungsmaterial für große Maschinen, die Autobahn und fährt endlich durch ein kleines Dorf, wo graue Häuser zwischen krummen Bäumen stehen, lässt es hinter sich und hält auf dem riesigen Parkplatz eines zwischen Autohäusern und leeren, betonierten Flächen gelegenen Einkaufszentrums. Er dreht den Schlüssel herum, und das Auto ist still. Wie still es ist und wie anders. Ava steigt mit ihm aus dem Wagen. Sie steht auf dem Parkplatz wie betäubt und streckt sich und gähnt, und die Sonne brennt sofort heiß auf ihre Haare. Stulle sagt: «Jetzt ganz schnell. Wir haben nicht viel Zeit.» Und läuft los, in Jogginggeschwindigkeit fast, Ava hinterher, die eingeschlafenen Füße erschrocken, der ganze Körper von den Stunden im Lkw nicht mehr an Bewegung gewöhnt. Aber ihr Herz schlägt schneller und pumpt Blut in ihren Kopf, und sie flitzt hinterher. Sie laufen zum kleinen Dorf mit den grauen Häusern und den krummen Bäumen zurück und biegen kurz vor dem Dorfeingang in einen Weg zwischen Büschen, zwischen Pappeln und Kiefern, durchqueren ein noch nicht ausgewachsenes Wäldchen mit einem einsamen Grabstein für einen französischen Helden, vor dem vertrocknete Blumenkränze liegen, flitzen weiter und bleiben dann stehen, als ein kleiner weißer See vor ihnen liegt und zwischen den Bäumen glitzert. Geschrei von einem Stück Strand weiter links. Handtücher und schreiende Kinder. Grillgerüche.

«Schnell», sagt Stulle und hat schon seine Sachen vom Körper gerissen und zwischen die Büsche geschmissen.

«Mann», sagt Ava, «das ist ja ein See.»

«Ava, du bist ganz schön pfiffig», sagt Stulle und rennt ins Wasser, mit seinem braunblassen, schlanken Körper, taucht ein und unter und kommt wieder hoch und quiekt und schwimmt auf die Mitte des Sees zu.

«Schnell», ruft er Ava von dort zu.

Sie sieht sich um. Zwei Mädchen kommen den Weg zum Strand herunter. Sie tragen Badeanzüge und Handtücher. Ava kriecht hinter die Büsche und zieht sich aus. Ihr Körper ist von klebrigem Schweiß bedeckt. Sie riecht den See, das faulig Lebendige. Langsam watet sie in das unter ihren Füßen schlammig werdende Wasser, und die Kühle schüttelt sie auf eine unerwartete Weise, als würde sie frieren. Dabei ist das Wasser kalt, aber ihr war auf der Fahrt lange so warm und so matt zumute gewesen. Sie kennt das von den Kranken, die lange liegen und dann den ersten Gang zum Klo erleben wie eine Reise. Sie schwimmt an Stulle heran, der prustet und nach ihren nackten Brüsten tatscht. «Mann», sagt Ava, «es ist so schön.»

«Ich weiß. Ich hab es von einem, mit dem ich mal fahren musste, der kannte sich hier aus, und der hat es mir gezeigt, ganz dicht hier an der Autobahn, wenn man Richtung Paris fährt.»

«Paris?», fragt Ava. «Wir fahren echt nach Paris?»

«Ja. Aber nicht nach, sondern durch, und das ist nich so besonders.»

Ava küsst Stulle im Wasser auf seine nassen dicken Babylippen, weil sie so froh ist, und taucht unter und greift nach seinem winzigen Schwanz. Er zappelt und strampelt, und sie taucht wieder auf und lacht und verschluckt sich und hustet. Sie sieht am Strand die Franzosen, die kreischen und schreien und Ferien haben.

Stulle schwimmt wieder zurück und setzt sich ans Wasser und raucht und sagt: «Wir müssen gleich weiter.» Er hat sich seine Unterhose über den nassen Po gezogen und sein gelbes T-Shirt an, und alles ist jetzt dunkel gefärbt. Ava bleibt nichts anderes übrig, als das Gleiche zu tun, hätte sie es vorher gewusst, dann hätte sie ein Handtuch mitgenommen, aber so muss sie es nun wie Stulle machen, und ihr T-Shirt kriegt nasse Brustabdrücke. «Das», sagt Stulle und legt eine Pause ein, «sieht echt geil aus, Ava.» Sie verschränkt die Arme über ihren nassen Brüsten, während sie zurückgehen, und denkt an Sex. Aber für Sex ist keine Zeit mehr, sie müssen weiter.

Stulle ist so vernünftig, er ist so vernünftig und pflichtbewusst in seinem Arbeitsleben und ist auch schon so fertig mit allem und weiß so Bescheid. Wie kann das sein? Es ärgert sie. An Danilo ärgert sie das Gegenteil. Wie kann sie alles an Leuten ärgern und mit nichts zufrieden sein? Aber das Fahren geht weiter. Wie die Schicht im Krankenhaus. Es ist Stulles Schicht. Die Fahrt durch Paris ist langweilig. Die Autobahn voll, sie sieht Autos und Autos und Gebäude, von denen Stulle nicht weiß, was sie sind, und schließlich guckt sie nicht mehr hin, weil es ihr weh tut, dass sie in Paris ist und doch nicht.

Auf einem Rastplatz hinter Paris übernachten sie. Es ist sehr laut, die ganze Nacht kommen Wohnmobile an, und die Leute steigen aus und gehen zur Tankstelle, um Essen zu kaufen oder Bier, und reden und lachen. Ava kann schlecht schlafen. Sie steigt zu Stulle hoch und quetscht sich mit auf seine Matratze und schmiegt sich an ihn. Er streichelt sie, und sie schlafen miteinander, aber es ist mehr Verpflichtung als Leidenschaft. Es liegt an ihm, sagt sich Ava, denkt aber, es liegt an ihr, weil es mehr das ist, was sie wirklich weiß. Stulle, sie kennt ihn eigentlich gar nicht. Er ist ihr fremd.

Während Stulle im Gewerbegebiet St. Genès sein Verpackungsmaterial ausliefert, verlässt sie den Industriehof und läuft die Straße auf und ab. Vom alten Bordeaux ist nichts zu sehen. Es gibt Autohäuser, Tankstellen, ein mittelgroßes, und schmuckloses Hotel, aus dessen Eingang eine Reihe französischer Pfarrer gelaufen kommen und in einen Reisebus steigen. Ava steht neben einer Bushaltestelle, sie starrt auf die Pfarrer, das quadratische Hotel und die Autohäuser, und alles wirft in der Abendsonne lange Schatten. Die Pfarrer tragen allesamt ein schwarzes Gewand und schwitzen sicher, wenn sie darunter noch Hosen und Hemden tragen, was wohl anzunehmen ist. Aber vielleicht tragen sie darunter nur Unterhosen und Unterhemden und farbige Socken wie ganz gewöhnliche Männer. Das wäre in der Hitze vernünftig. Ava starrt die Männer an, die in einer Traube vor dem Eingang des Busses stehen und rauchen, nur ein paar sitzen bereits in dem lilagelben Reisebus und schauen von oben durch die getönten Scheiben oder blättern in einem Buch oder unterhalten sich. Eine Frau in einem hellen Geschäftskostüm und mit aufgestecktem blonden Haar, sehr schick, sehr elegant, steigt aus einem Taxi, läuft auf die Männer zu, die ihre Zigaretten austreten, Hände werden geschüttelt, dann steigen alle ein und fahren los, die blonde Frau in dem schwarzen Schwarm wie ein Schmetterling. Alles ist sehr ordentlich und fein, wie es geschieht. Alle benehmen sich anständig und elegant und seriös.

Ava bedauert in diesem Moment, dass ihre Eltern keine religiösen Traditionen verfolgt haben, wenngleich beide immer Mitglieder der evangelischen Kirche waren. Auch sie selbst verfolgt keine religiösen Traditionen. Sie hat es von zu Hause ja nicht mitbekommen. Sie hat es verachtet, wie die Mutter heimlich die anderen beneidete, die am Sonntag an den Fenstern der Eltern vorbeigingen, um die Kirche zu besuchen, und eine Art weihnachtlicher Feierlichkeit in sich trugen, mit ihren ordentlich gebügelten Sachen und dem gekämmten Haar in der hallenden, kerzenleuchteten Kirche. Danilo ist katholisch gewesen, bis er bei seiner Gummistiefel tragenden Mutter auszog und – frei von katholischen Verpflichtungen – bei ihr einzog. So einfach ist es für ihn gewesen, so wenig hat es ihm anscheinend bedeutet. Seine Mutter missbilligt seinen plötzlichen Unglauben und gibt Ava sicherlich einen Teil der Schuld an seinem Atheismus, aber sein Unglauben ist so plötzlich nicht, wie sie vielleicht glauben mag, und Ava hätte ja an seinem Glauben an Gott ebenso wenig wie an seinen Glauben an Hermann Hesse rumändern können. Danilo mag keine Bestimmer über sich, er selbst ist der Bestimmer, so ist es immer gewesen, und deshalb hat er möglicherweise ungläubig, missmutig betend in seiner Kirche gesessen und die Leute verachtet. Das Beichten ist ihm ein großer Spaß gewesen, weiß sie, denn er hat ihr von erfundenen Sünden berichtet, die seine Mutter ihm vorher eingegeben hat, auf dem Weg zur Kirche, wenn er sagte: «Ich weiß nicht, was ich beichten soll, mir fällt schon wieder gar nichts ein.» Dann hat die Mutter, in Panik darüber, dass ihr Sohn ohne Sünde sein sollte, was überhaupt nicht sein konnte, nach Sünden der Woche in ihrem Gedächtnis gekramt und notfalls kleinere Vergehen unnötig aufgebauscht oder auch erfunden. Sie hat ihm gesagt, er hätte ganz sicher Schlimmeres getan, wovon sie nicht wisse, deshalb wäre es schon in Ordnung, wenn er etwas in der Art Schlimmes beichten würde. Es hatte meistens mit Lügen oder Schlagen zu tun. Er schlug Mitschüler und

Tiere und beschimpfte seine Mutter. Danilo und Ava hatten mächtig gelacht, als Danilo ein paar der erfundenen Sünden seiner Mutter wiedergab, die sich dann wiederholten, da seiner Mutter irgendwann die Sünden ausgingen und Danilo sie immer weniger ernst nahm, wie das ganze Beichten und die ganze Kirche. Dennoch ist es gefühlsmäßig etwas so Feines, in einer Kirche zu sein, denkt Ava, während die französischen Pfarrer in ihrem Bus auf der Straße verschwinden.

Vor einem Fabrikgelände, auf dessen Vorplatz viele große Lkws parken und Gabelstapler ihre Kreise ziehen, hoch beladen, mit winzigen, behelmten Menschen, neben dem hohen eisernen Tor und dem Pförtnerhäuschen, steht im verunkrauteten Randstreifen eine Art Hütte, wie eine größere Bushaltestelle, in der ein verrunzelter Mann Bäckereierzeugnisse verkauft und dampfenden Kaffee in braunen Pappbechern. Einige Arbeiter hocken auf dem Betonabsatz, der den Sockel für den Eisenzaun bildet, und schlürfen Kaffee und ziehen den Schinken auf ihren Baguettes mit den Zähnen ab und verlieren dabei Teile des zerschnipselten Salates auf die Erde. Müde und leicht interessiert betrachten sie Ava in ihrer kurzen Jeans und ihrem noch kürzerem T-Shirt. Ava zieht den Rand ihres T-Shirts nach unten, mit der Hose geht das nicht. Ihre Beine sind schön, weiß sie, haben alle gesagt, bisher. Etwas blass noch. Sie hat sich diesen Sommer kaum gebräunt, sie mag das In-der-Sonne-Liegen auch nicht. Aber ihre Beine stehen nackt vor den Augen der Männer, nackt bis hoch an die Oberschenkel. Die Männer kauen und gucken und schweigen. Der verrunzelte Mann in der Bäckereihütte trägt eine überdimensionale Baseballkappe und murmelt ein paar Worte in ihre Richtung und lächelt mit seinen braunen Stummelzähnchen. Sie versteht es nicht, aber sie kauft sich ein Baguette mit Schinken, so wie die Männer, indem sie auf eins deutet und bezahlt. Sie kauft sich einen Kaffee dazu und setzt sich ein Stück weiter ebenso auf den Betonsockel und kaut und trinkt den brühend heißen schwarzen Kaffee. Alles schmeckt, und während sie da sitzt und kaut, beruhigen sich die Herzen der Männer. Sie nehmen Gespräche auf, die sie vielleicht vorher abgebrochen haben, und Ava hat sich mit dem gleichen Baguette und dem gleichen Sitz zu ihnen gehörig gemacht.

Als sie aufgegessen hat, fühlt sie sich besser. Sie klopft sich die Krümel von ihrem zu kurzen T-Shirt und steht auf und biegt in eine Straße mit modernen, unbewohnt wirkenden Wohnhäusern mit großen Balkonen ein. Sie folgt der Straße zwischen Lagerhallen und Parkhäusern, bis sie vor einer breiten Einfahrt einer riesigen grauen Halle steht. Vor der Halle parken zwei lange Lkws, in denen Schweine quieken. Die Schweine sind zwischen den Kabinen eingequetscht, als wären sie schon jetzt nur noch Fleisch und nicht mehr Leben. Ein Schwein pinkelt auf ein anderes, das weiter unten liegt, das pinkelnde Schwein steht und sitzt fast auf dem liegenden Schwein, das die Augen schließt, als ihm der Strahl über das Schweinegesicht läuft, als würde es weinen. Es ist glühend heiß auf dem Hof, und unter der schwarzen Plane, die oben auf dem aufgeklappten Lkw liegt, dampft die Luft. Die Schweine haben sicherlich Durst, aber wozu brauchen sie Wasser, wenn sie gleich sterben oder schon halb totgetrampelt sind? Die Schweine vom Schweinebauern fallen ihr ein, die dunklen Ställe und der Stolz ihres Schulkameraden Jörg. Jörg hat zugelegt wie sein Vater und bewirtschaftet jetzt fast selbständig den Schweinehof. Er hat eine Frau aus dem Nachbardorf geheiratet, sie ist gerade aus der Schule gekommen, als er sie geheiratet hat, und ein bisschen dumm, sagt Sabine. Und dass sie froh ist, nicht selber den Jörg geheiratet zu haben. Dann säße sie jetzt nämlich im Schweinedreck und würde ihr Leben in Gummistiefeln zubringen und mit den Anweisungen von Jörg, denn so ist der jetzt geworden, großkotzig, nur weil er einen Mercedes hat und die hässliche Hütte von Bauernhaus seines Vaters. Sagt Sabine, die einen Kfz-Händler geheiratet hat, der ebenso großkotzig, aber meistens vergnügt und dem Alkohol nicht abgeneigt ist. Mit ihm hat sich Sabine was Sauberes geangelt, immer in Anzug und Krawatte, und ein modernes Haus haben sie sich gebaut, Flachdach, einen Bungalow, und einen ovalen Pool hinter dem Haus.

Während Ava in der Hitze langsam weitertrödelt, steigt ein Mann in den Lkw und fährt die quiekende, halbtote Ladung weiter hinten auf den Hof, um die Ecke, wo Ava nicht hinsehen kann, wo sich für die Tiere alles zum Schlechten wendet, oder zum Guten, weil es endlich ein Ende hat. Das unten liegende Schwein mit den Tränen im Gesicht wird jetzt sterben, denkt Ava, und Tränen steigen in ihre eigenen Augen. Aber sie selbst ist es, die sich leidtut, denn sie selbst ist hier allein und weiß nicht mehr, zu wem sie gehört, und verbringt ihre Zeit in Bordeaux mit Gedanken an die Heimat in dem verachteten Dorf, aus dem sie kommt.

Auf dem Industriehof steht Stulle und grinst und klettert in seinen Lkw und wieder heraus und hält ihr ein riesiges, in rosa Erdbeerpapier verpacktes Eis hin. Ein riesiges, mit Schokoladensplittern bestreutes Eis. «Hast du schon mal so ein Riesenteil gesehen?», fragt er Ava, und Ava ist so froh über Stulle und sein Eis, dass sie ihn auf den Mund küsst und drückt und ihren feucht verschwitzten Kopf an seine Brust legt.

«Es geht weiter, nach St. Petersburg», sagt Stulle, und Ava sagt: «Was?»

«Das ist von meinem Opa, ein doofer Spruch», sagt Stulle.

«Warum sagst du ihn dann?»

«Weil ich nicht anders kann. Ich muss einfach manchmal das Zeug sagen, das mein Opa sagte, weil er es ständig und immer sagte, als er noch bei uns gewohnt hat. Erst ging es noch, er hat zwar komisches Zeug geredet, aber es ging noch so. Dann ist es immer weniger geworden, was er gesagt hat, insgesamt so, und ist immer dasselbe gewesen. Dann hat er das wenige, was er noch gesagt hat, immer öfter wiederholt. Und er hat es gesagt, als hätt er es noch nie gesagt. Also, er sagt so zu mir: ‹Detlef, ich sag dir mal was ...›, und dann sagt er was, was er jeden Tag zwanzigmal schon gesagt hat.»

«Was denn?», fragt Ava.

«Zum Beispiel: ‹Detlef, Detlef, komm mal her, ich sag dir mal was: Die Männer, Detlef, keuchkeuch und hust, haben oft recht, aber die Frauen» – er hebt den Zeigefinger – «behalten recht. Husthustkeuch.›»

Ava kichert.

«So was. Und Zeug vom Krieg viel. Davon hat er zum Schluss immer geredet. Zum Schluss war er völlig im Krieg. Ich glaub, er hat auch geschossen. Er hat manchmal so komische Bewegungen gemacht, wie als ob er schnell schießen will. So – beng, beng, beng, Russen, ich knall euch alle ab.» Ava grinst. «Aber traurig war es auch. Er hatte manchmal echt Angst, und das ging mir bisschen an die Nerven. Er konnte nichts dafür, aber es ging mir echt an die Nerven.»

«Ja, das kann ich mir denken», sagt Ava und leckt in der Tiefe ihrer Eiswaffel und beißt die durchweichte Waffel ab, sie schmeckt pappig und nass und trotzdem gut. «Meine Großeltern», sagt sie, «sind noch so ganz fit. Die von meiner Mutter, von meinem Vater gab es nur eine Großmutter, die ist schon tot.»

Stulle nickt. «Deine eigenen Alten sind es irgendwann, die bei dir in der Küche sitzen, Ava, nicht die Großeltern, die Großeltern sind noch deren Angelegenheit wahrscheinlich, aber deine Alten sitzen irgendwann bei dir und sind so wie jetzt, nur noch viel schlimmer, alles Nervige, das sie jetzt haben, ist noch viel schlimmer, glaub es mir.»

«Das sagst du, weil dein Vater im Rollstuhl sitzt und behindert ist. Aber nicht überall ist es so. Manche Menschen können lange selbstbestimmt leben und werden nicht gleich senil. Und meine Eltern sind nett.»

«Na klar, das dachte ich mir doch.»

«Ja», sagt Ava trotzig und ist sich nicht so sicher.

«Da ist Telefon», sagt Stulle und deutet auf eine Zelle, «ruf deinen Freund an!»

Ava starrt auf die Telefonzelle. Sie sagt nichts mehr dazu. Immer sagt Stulle, sie soll ihren Freund anrufen, als wollte er sie provozieren, als wollte er etwas aus ihr herauslocken. Aber was? «Danilo ist nicht da», sagt sie.

«Er ist traurig und verlassen», sagt Stulle und lacht. «Er weint und riecht an deinen Schlüpfern.»

«Er ist an die Ostsee gefahren, mit seinen Freunden.»

«Er sieht sich Fotos an und betrinkt sich und wichst sich manchmal zwischendurch einen.»

«Du bist ekelhaft, richtig widerlich bist du.»

«Ja», sagt Stulle und steigt die Stufen zum Lkw hoch. Ava steigt hinterher und setzt sich stumm auf ihren Platz. Die Bilder, die Stulle gerade gemalt hat, werden lebendig. So ein Arsch, denkt sie, macht mir ein schlechtes Gewissen, dabei ist doch sie die Wütende, die Getretene, von Danilo Getretene, weil er das Arschloch ist und nicht sie. Oder?

Sie schweigen, das Radio bleibt still, und hinter Bordeaux macht Stulle einen Abstecher in die Landschaft, unvermittelt, fährt von der Autobahn runter, nimmt die erste Straße nach der Abfahrt, in ein Dorf hinein, durchfährt das Dorf, biegt mit dem leeren, klappernden Aufsetzer in einen Feldweg und hält dort. «Jetzt kannst du es tun», sagt er und streckt sich.

«Was?», fragt Ava.

«Na das», sagt Stulle und blickt an sich hinab, auf den metallenen Reißverschluss an seiner Jeans. «Du wolltest es doch gleich tun, aber jetzt willst du wohl nicht mehr. Na gut, dann nicht.»

Ava starrt ihn an. Jetzt, nach dem Streit und der Kälte in ihrem Mund von dem Eis, jetzt? Sie denkt immer noch an Danilo, der an ihren Schlüpfern riecht, der das aber ganz sicher nicht tut, sondern an der Ostsee ist. Wütend kriecht sie zu Stulle rüber und öffnet seinen Reißverschluss.

«Du willst das doch gar nicht», sagt Stulle, quietscht dabei aber schon ein bisschen.

Solche Sätze machen sie wütend und treiben sie an. Was sie will, das weiß sie selbst am besten. Sie will was Tolles machen für Stulle, damit er nicht mehr so böse auf sie ist. Es kommt ihr nämlich irgendwie so vor, als ob er recht hätte.

Stulle sitzt friedfertig und dankbar und weich wie ein Baby mit rosigen Wangen am Steuer und sagt gar nichts Böses mehr. Ava ist auch ein bisschen glücklich. Wer Gutes schafft, wird selber froh. Ein bisschen jedenfalls. Und so wie Stulle da jetzt sitzt, muss es ja Gutes gewesen sein.

«Ava, was meinst du, wenn wir uns heute mal, für eine Nacht, ein richtiges Bett leisten, in einem ollen Rastplatzhotel, was sagst du dazu?» Stulle fährt summend vor sich hin und wackelt ein bisschen mit seinem Kopf. «Was sagst du, Ava, was sagst du dazu?»

Ava zuckt mit den Schultern. Hotel kostet Geld. Sie könnte sich das natürlich leisten, einmal im Hotel, es ist ja ihr Urlaub, aber sie möchte nicht, dass Stulle wegen ihr und nur wegen des Gefallens, den sie ihm getan hat, und seines Hochgefühls sich zu unnötigen Ausgaben hinreißen lässt. Oder will er noch mehr Sex?

Draußen scheint die Sonne milder und tiefer, auch wenn es immer noch heiß ist und die Luft glüht. Ava nickt langsam. Gut.

Das Comfort Hotel Loreak ist ein weißrosa gestrichener Block und liegt tief zwischen geschwungenen großen Straßen, die nach Bayonne führen und ans Meer, wie Ava auf der Karte sehen kann. Schräg dahinter ein Parkhaus, daneben ein Intermarché, ein McDrive und eine Baustelle für ein Bürohaus. Unterhalb der Straße, vor den Parkplätzen für das Hotel, wachsen mühselig ein paar verkrüppelte Kiefern im dünn mit langen Gräsern bewachsenem Sandabhang, der bunt gesprenkelt ist von Dosen und Tetrapaks, Müll von der höher gelegenen Abfahrtsstraße der A63. Ein von grün gestrichenem Holz überdachter Eingang führt in die Empfangshalle, die Ava an ihre alte Schule erinnert. Eine Kaugummi kauende Frau im Kostüm, der Rock zu eng und in der Taille zu hoch gerutscht, zieht an diesem herum, als Ava und Stulle sich ihr nähern. «We would like a room.»

Die Frau sagt: «Doppel oder Einzel?» Sie sagt es mit französischem Akzent, aber sie spricht ganz prima Deutsch, wie es aussieht.

«Das habe ich noch nie gemacht, im Hotel gepennt, unterwegs», sagt Stulle und legt seine in einer Plastiktüte von Edeka zusammengefassten Sachen auf einen Stuhl.

«Warum nicht, und warum tust du es jetzt?», fragt Ava.

Stulle zuckt mit den Schultern. Sein schönes Gesicht wirkt im Hotelzimmer hilflos. «Warum nicht? Ich würde ja kein Geld dabei verdienen.»

«Und heute?»

«Ich hab Lust drauf. Ich hab einfach mal Lust drauf.»

Ava legt sich auf die synthetisch raschelnde Überdecke des Hotelbettes und starrt auf die Deckenplatten. Stulle hat das Fenster geöffnet und seinen Kopf hinausgesteckt. Draußen rauscht der Verkehr, das macht das Zimmer von innen ganz still, und Ava streckt sich und reckt sich nach allen so weiten Seiten. Allein, geht es ihr durch den Kopf, würde sie hier vor Einsamkeit verrückt werden, und wäre es nur ein einziger Tag. Allein wäre das hier der trostloseste Ort auf der ganzen Welt. Und das, obwohl die fremde Stadt nicht weit ist und McDonald's und die anderen Menschen in ihren Zimmern neben und unter ihnen.

Sie steht auf und stellt sich neben Stulle, der von oben seinen Lkw betrachtet, der einen der langen Busparkplätze in Anspruch nimmt. Der Parkplatz ist ansonsten fast leer. Stulle hatte die Frau mit dem zu engen Rock gefragt, ob es in Ordnung sei, wenn er seinen Lkw hier parken würde, wenn es nicht in Ordnung gewesen wäre, dann wären sie weitergefahren, aber es war in Ordnung. «Ja», hatte die Frau gesagt und gelächelt. Ein französisches «Ja». Sie hatten das erste Hotel von der Autobahn ab nehmen wollen, und dieses war das erste gewesen, das ausgeschildert war, und sie hatten es auch gleich gefunden. Nun, da sie hier sind, ist es wie ein Fehler. Oder nicht?

Stulle schließt das Fenster, zieht die blasse Untergardine vor und stellt den Fernseher an, der auf der Kommode steht. Dann schmeißt er sich auf das Bett. Er dreht seinen Kopf zu Ava und lächelt. Ava nimmt seinen Kopf in ihre Hände und küsst ihn. Dabei denkt sie an Danilo, wie sie sonst seinen Kopf in die Hände nimmt und küsst. Ganz genau so, als wäre es immer das Gleiche und überhaupt nichts wert. Danilos Kopf etwas anders, seine störrische Brille immer im Weg, sein wildes Haar immer im Weg, er selbst sich immer gestört fühlend. Kurze Zeit später kommt dann die Rührung, er sieht Ava an und lächelt und merkt erst jetzt die Wärme ihres Kusses auf seiner Stirn. So Danilo. Stulle überlässt ihr seinen Kopf willig und weich, sein Hals sanft verbogen, sein Gesicht schön und lieb, sie lässt ihn los und stößt ihn fast angeekelt weg. Sie lässt sich neben ihn fallen, betrachtet wieder die Deckenplatten, während Stulle Fernsehsender durchschaltet, französische Schießereien, Talkshow auf Französisch, das hört sich viel kultivierter an, wenn auf Französisch sich angeschrien wird, sie denkt sich durch das Geschrei und Geschieße und schämt sich für ihre eigenen Gefühle. Stulle schaltet den Fernseher aus und sagt: «Ich gehe duschen, ich gehe jetzt richtig luxuriös duschen, oder noch besser, ich gehe baden, ich mache mir ein tolles Schaumbad, Ava.»

Er lässt sich Wasser ein und singt und freut sich. Ava

wünscht sich, dass sie auch so sein kann. Sie zieht sich aus und sagt: «Ich bade auch, ich komm zu dir rein», und kriecht zu Stulle in das viel zu schaumige Wasser, weil er zu viel von dem Duschbad hineingetan hat. Als sie verschrumpelt aus dem Wasser steigt, rot am ganzen Körper, von dem heißen Wasser, das Haar nass, ist es draußen alles ganz orange und der Himmel türkisblau. Sie will unbedingt sofort trinken, viel trinken.

Sie laufen am Intermarché und McDonald's vorbei, folgen der Zeichnung, die Ava nach Stulles Euroatlas gemacht hat, auch wenn die Umrechnung zu klein und die Straßen nur vage zu erkennen sind, aber sie hat sich richtig orientiert und sie kommen da hin, wo sie hinwollte, an den Fluss Adour, der breit und dunkelgrün unterhalb des Abhangs liegt. Sie setzen sich auf einen Stein und beobachten Leute, die auf einer Decke sitzen und lachen und Wein trinken. «Stulle, ich will auch trinken», sagt sie. «Ich hab echt Lust auf Trinken.»
«Hast du Kummer?», fragt Stulle und grinst.
Sie schweigt verstimmt. Will sie trinken, um ihren Kummer zu besiegen? Hat sie überhaupt Kummer? Auf dem Rückweg starrt sie neidisch in die Hauseingänge und die geöffneten Fenster. Sie finden zurück in ihre Straßenlandschaft und zum Intermarché, der Wein hat und Käse und Pudding und Chips und Bier und alles. Sie legen ihre Sachen in den Rieseneinkaufswagen, und es ist auch ein Riesenvergnügen. Wenn man sich ein paar Sachen kaufen kann, dann ist es für die Stimmung nicht verkehrt, denkt Ava. Umgekehrt ist es für die Stimmung heutzutage das Letzte, wenn man sich keine paar Sachen kaufen kann. Und sie gibt dem Mann, der einsam vor dem Eingang steht und abscheulich, aber herzzerreißend Akkordeon spielt, ein paar Kröten in die gekrümmte dunkle Hand.
Stulle greift nach ihrer Hand, und sie lässt sie ihm. We-

nigstens was, denkt sie. Ist ja nicht viel. Im Zimmer reißen sie alles auf, wie im Rausch des Überflusses, und sehen MTV. Ava trinkt Rotwein aus einem Wasserglas. «Ein Gläschen kann ich auch», sagt Stulle, und sie trinken und krümeln Chipsbröckchen auf die synthetische Überdecke und auf den Boden und essen Gummibärchen und beißen Stücke vom Käse ab. Später, als sie betrunken ist, sagt Stulle: «Ich mach jetzt auch was für dich, Ava», und sie hat keine richtige Ahnung, was er meint, aber sie kichert, als er ihr die letzten Kleidungsstücke von ihrem Körper zieht. Sie nimmt einen Schluck von dem Wein, während Stulle sich unten an ihr zu schaffen macht, so gut er kann. Sie lässt ihn machen und kichert weiter und ist so weich und liegt da wie ein wirbelloses Tier. Als er auf dem Teppich weiter rumrückt, um besser an sie heranzukommen, stößt sich Stulle dann den Fuß an einer Kante und springt rum und flüstert: «Oh Mann, oh Mann!» Ava kann gar nicht mehr aufhören mit Kichern, obwohl es ihr leidtut. «Lass es doch», sagt sie. Aber Stulle schweigt und setzt sein Werk fort. Im Innern ist er ein harter Typ, denkt Ava, er macht es so, wie er es sich vorgenommen hat, auch wenn es umsonst ist, aber alles ist meistens umsonst und hat doch irgendwie einen Sinn. Bei diesem Gedanken verliert sie ihr schlechtes Gewissen, sie spürt, wie es sie verlässt, wie ein Luftballon, der aus ihrem Herzen steigt, denn dann hat auch die Tatsache, dass sie hier ist, einen Sinn. Ein Geräusch löst sich aus ihrem Innern, das spornt Stulle an, sie denkt an gar nichts mehr und flattert auf eine Weise durch die Nacht, in diesem kalten Hotel, wie sie es in der Liebe, in der wirklichen Liebe, sonst nie getan hat.

Vollkommen leer, mit nassem Gesicht, liegt sie neben dem triumphierenden Stulle und will gar nichts mehr. Was für eine Stille und welch überwältigende Leere!

«Wir schlafen jetzt», sagt Stulle und schaltet das Licht aus.

Sie sagt noch immer nichts, bewegt sich nicht und hört

Stulle ruhig atmen und dann sich selbst, und dann ist sie weg.

Ab diesem Moment bewegen die Dinge zwischen ihr und Stulle sich nicht mehr. Als wäre ein Schalter ausgeschaltet worden. Dabei ist das, was dort passiert ist, gut gewesen, phantastisch sogar. Aber etwas ist ausgeschaltet worden, und das macht es einfacher. Für sie. Für Stulle nicht.
 Stulle muss in Navais, Póvoa de Varzim, Portugal, Tomaten abholen. Stulle sitzt auf seinem federnden Sitz, kaut Haribo-Lakritz-Mischung und sieht ab und an zu ihr herüber. Sie liest in der «Frankfurter Allgemeinen Zeitung», die sie an einer Tankstelle bekommen hat, an der es internationale Zeitschriften gab. Türkische, spanische, deutsche. Für Lkw-Fahrer und Reisende. Sie liest einen Bericht über die Probleme der Ostdeutschen mit den Westdeutschen und umgekehrt der Westdeutschen mit den Ostdeutschen. Eine ostdeutsche Lehrerin beklagt die neuen Stundenpläne, ein westdeutscher Rentner befürchtet, dass sein Geld alle wird, die Früchte seiner Arbeit. Eine Frau ist von Frankfurt an der Oder zu ihrer Schwester nach Frankfurt am Main gezogen, hat sich mit ihr entzweit und ist dann wieder nach Frankfurt an der Oder gezogen. Alles ist schwierig. Ava hat keine Meinung. Sie ist nie im Osten gewesen, sie hat keine Verwandten im Osten, und sie wollte bisher auch nicht dorthin. Der Vater und die Mutter, die Eltern, sind sich einig. Es sind Menschen wie wir, nun kommt es alles in seine Ordnung, auch wenn es Probleme gibt, aber es kommt alles in seine Ordnung, und es gehört nicht darüber gemeckert, auch nicht über Helmut Kohl, den Kanzler der Einheit. Danilo sieht das anders. Danilo hat sich sehr darüber aufgeregt, dass Helmut Kohl wieder Bundeskanzler geworden ist. Gemeinsam haben sie sich damals die Wahlen im Fernsehen angesehen, und als die Ergebnisse der Auszählungen immer

mehr für die CDU sprachen, saß er still und wütend auf dem Sofa. Er sagte dann und wiederholte es mehrmals, das wäre ja klar gewesen, das wäre ja klar gewesen, wie die mit dem Kohl jetzt die deutsche Einheit für sich nutzen können. Danilo ist bei den Bundestagswahlen sechzehn gewesen, er konnte noch nicht einmal wählen, er ist der einzige Mensch, den Ava kennt, der sich überhaupt so dafür interessiert hat. Außer dem Vater vielleicht, der sich still und sehr am Rande die Wahlen angeschaut hat, ohne dass es ihn erregt hätte. Als wäre das alles sehr weit von ihm entfernt und würde ihn nicht betreffen. Ava selbst hätte auch nie Interesse an Politik entwickelt, wenn nicht Danilo sie in diese Dinge hineingezogen und sie mit seiner Aufregung angesteckt hätte. Auch sie saß 1990 auf dem Sofa und hoffte und regte sich auf. Jetzt ist alles geklärt. Jetzt ist Deutschland ein Land, und die Leute können sich treffen, wenn sie wollen, zusammenziehen, sich wieder trennen und zurückgehen, aber das beweist gar nichts. Das ist normal und beweist nicht, dass es nicht geht. Am Ende wird es irgendwann gehen, und es wird keinen Osten und keinen Westen mehr geben, nur Reiche und Arme, das ist alles, da verläuft die Grenze, wie schon immer, das hat der Vater auch dazu gesagt, und er hat meistens recht in solchen Dingen.

«Ist was Interessantes?», fragt Stulle über sein Lenkrad hinweg.

«Über Osten und Westen und wie es so ist, für die Leute.»

«Und wie ist es?»

«Ach, das steht hier eigentlich nicht. Nur, was einzelne Leute so sagen, die beklagen sich eigentlich alle.»

«Ich komm auch aus'm Osten», sagt Stulle.

«Du – kommst aus dem Osten?»

«Ja», sagt Stulle.

«Das hätte ich gar nicht gedacht», sagt Ava.

«Wieso gedacht? Weil ich nicht so aussehe, oder was?»

«Nein, nein. Das wollte ich nicht sagen. Ich kenn nur keinen aus dem Osten. Und du hast es nicht gesagt.»

«Wieso denn? Was gibt es denn dazu zu sagen? Ich bin doch immer noch der Gleiche. Wenn du mich gefragt hättest, wo ich herkomme, dann hätte ich dir gesagt, aus Richtenberg bei Grimmen in Mecklenburg, das liegt im Osten, Fräulein, das hätte ich jedenfalls gesagt, aber so ist es doch egal, oder?»

«Ja, klar. Ich finde es ja auch nicht schlimm. Nur, ich kenne niemanden aus dem Osten. Und wie ist es jetzt so für dich?»

«Siehst du doch. Ich fahre nach Portugal, keine Grenzen, nichts. Super, nicht?» Er lacht.

«War das dein Traum, Lkw fahren in andere Länder?», fragt Ava vorsichtig.

«Ich hatte gar keinen Traum. Ich habe Schlosser gelernt und bin dann abgehauen, weil mir einer, Jensen nämlich, der Freund von deiner Freundin, der hat mir gesagt, ich soll hinkommen, die suchen einen, der Lkw fahren kann, und ich konnte es noch von der Armee her, da bin ich die Transporter gefahren, mit Munition, und ich bin dann abgehauen, da geht ja alles den Bach runter. Meine Alten sitzen zu Hause und sind krank, weißt du ja, mein Vater im Rollstuhl, seit er gestürzt ist, und die anderen da, von der Schule, die ich noch kenne, warten auf irgendwas. Aber warten bringt nichts. Und jetzt, seit ich hier fahre und paar Sachen sehe, jetzt habe ich so langsam Ideen, was man alles machen kann.»

«Ja? Was denn zum Beispiel?»

«Ich will mir ein Segelboot kaufen und dann ein paar Monate weg, griechische Inseln, vielleicht auch ein Jahr. Ich will auf dem Boot leben, ganz allein.» Stulles Wangen sind gerötet. Sein Gesicht strahlt, während er vorsichtig die Worte ausspricht.

«Kostet das nicht wahnsinnig viel Geld, das Boot und so lange nicht arbeiten?»

Ava denkt an Stulles Wohnung, an seine Matratze und den

Fernseher. Sonst hat er dort nichts. Keine Möbel, keine Einrichtung, kaum Klamotten. So also. Auf einem Segelboot leben. Das ist sein Traum. Das ist schön. Sie sieht Stulle mit seinen braunen Armen, mit seinem schlanken, festen Körper und seinem lächelndem Gesicht auf dem blauen Wasser an einem flatterndem Segel zerren, sieht ihn andere segelnde Menschen kennenlernen, Griechen und Italiener, sich mit ihnen anfreunden, wegziehen, einen anderen Job anfangen, eine neue Frau lieben, Kinder bekommen. Alles ist möglich, wenn einer auch nur eine Sache vorhat und daran arbeitet. Das reißt ihn dann fort und hoch, und die Umstände werden mitgerissen und angepasst.

«Und du?», fragt Stulle.

Und Ava fragt: «Was?», damit sie Zeit gewinnt, obwohl sie weiß, was Stulle sie fragen will, aber sie weiß überhaupt nicht, was sie antworten soll.

«Hast du auch irgendwie was, das du gerne machen würdest?»

Ava ist froh, dass er sie nicht fragt, was ihr Traum sei, auch wenn es genau das bedeutet, was er gefragt hat und von ihr wissen will. «Ich weiß es noch nicht. Nicht so was wie segeln, glaube ich, aber ich weiß es eigentlich gar nicht. Vielleicht nichts so richtig.»

Stulle nickt. «Muss ja auch nicht. Du hast ja ein gutes Leben. Wenn man zufrieden ist.»

Aber Ava hat Neid bekommen, so richtig Neid, weil sie keinen Segelbootplan hat und gar nichts weiter vor, was schön ist und besonders. Nur ein normales Leben und Danilo. Danilo ist alles, was das Besondere in ihrem Leben bisher ausgemacht hat. Dass sie mit ihm zusammengekommen ist, das hat so viel Überwindung von Urteilen anderer Leute gekostet. Keine Frau, die sie kennt, hat einen Freund, der so viel jünger als sie ist. Und so aussieht. Und so ist. Dass sie sich damals auf Danilo eingelassen hat, war das größte Abenteuer bisher. Gegen alles, was alle gesagt haben. So schien es ihr damals, wenngleich die anderen gar nicht so viel dazu gesagt hatten, nicht einmal Petra, und schon gar nicht Beate. Beate ist immer der Meinung, dass Ava schon weiß, was sie tut, und dass sie aufgrund ihrer, in Beates Augen, Besonderheit, so eine eher ungewöhnliche Beziehung hat. «Später ist es ganz egal, dass du vier Jahre älter bist», hat sie gesagt, «später fällt das nicht auf, das ist nur jetzt, wo er noch ein Kind ist.» Da war Danilo siebzehn. «Er ist kein Kind», hatte Ava gesagt, und sie mussten beide lachen, denn Danilo schlief mit Ava und war ein Mann für sie und kein Kind. Aber außer Danilo hat sie nie etwas Ungewöhnliches gewollt. Sie wollte nie Sängerin werden oder Schauspielerin wie ihre Namensschwester. Sie zeichnete nicht, dichtete nicht, sie hatte ja auch überhaupt keine Talente, nicht im Sport, nicht einmal im Sex, denkt sie, oder doch? Wie soll man das wissen? Sich selbst kann sie mit keiner anderen Frau vergleichen, und Danilo hat auch keinen Vergleich. Stulle?

«Stulle, wie bin ich im Sex?»

Stulle lacht.

«Ehrlich. Sag mir, ob ich gut bin.»

«Du bist gut.»

«Mann. Sag doch mal wirklich, wie du es meinst. Ausführlicher. Du hast doch Vergleiche.»

«Vergleiche.» Er kichert hinter seinem Lenkrad und kratzt sich am stoppeligen Kinn. Ava wartet. Sie will eine ehrliche Antwort. Es kommt ihr plötzlich vor, als ob sie vielleicht doch gut im Sex sein könnte.

«Ich kann es dir nicht sagen», sagt Stulle. «Es ist immer neu. Ich kann nicht dich mit meiner Freundin davor vergleichen, weil, als sie da war und ich sie geliebt hab, da war es das Beste. Aber jetzt ist sie nicht mehr da, und ich bin nicht mehr so, wie ich da war, und kann es nicht mehr einschätzen. Wie, wenn man ein leckeres Eis isst. Und ein halbes Jahr später isst man wieder ein leckeres Eis, und dann soll man das vergleichen. Das geht nicht. Dann müsste man beide Eis nebeneinanderhalten und abwechselnd da und da lecken. Das kann ich ja nicht mit Frauen machen. Kann ich schon. Aber darüber reden wir ja nicht.»

«Okay.» Ava nickt.

«Ich hatte mal eine, die war verklemmt. Ich hab mich echt bemüht, aber sie war so bocklos, dass ich echt dann auch die Lust verloren habe. Obwohl sie sonst echt nett und hübsch und alles war, aber sie war irgendwie nicht so auf Sex. Aber bei der bin ich mal so … Also, es war so, dass ich wollte, und sie hat nie nein gesagt, sie hat sich immer schnell rumkriegen lassen und hat sich ausgezogen und war auch für Dessous und so, weißt du? Aber das mehr, weil sie sexy sein wollte, mache ich mir da so meinen Reim drauf. Sie wollte sexy sein, war aber kalt wie ein Fisch. Ich geb mir also Mühe und Mühe und sehe schon ein, dass es nicht viel bringt, und mach aber dann weiter und bin schon irgendwie genervt und wütend und mach immer so weiter, und dann – bin ich so dermaßen abgegangen wie sonst nie und nie wieder. Obwohl sie ein kalter Fisch war und ich bocklos geworden und alles, aber es war Wahnsinn, es war so Wahnsinn! Verstehst du das?»

Ava versteht das sogar sehr gut. Sie denkt an die Nacht im Hotel an der Straße. Sie denkt an sich, wie es war und wie sie jetzt fertig ist mit Stulle, obwohl es so war, und ihr wird klar, dass ihre Frage dumm war und ohne Bedeutung. Natürlich ist sie nicht der kalte Fisch, aber das ist auch schon alles, was es über sie zu sagen gibt und was irgendwie im Allgemeinen von Bedeutung wäre. Im Einzelnen ist es eine Frage von zwei Leuten und wie sie zueinander stehen. Im Einzelnen ist alles anders.

Stulle holt in Navais, Póvoa de Varzim, Portugal, die grünen Tomaten ab. Er stellt die Kühlung an und fährt mit Ava zurück. Sie übernachten nicht mehr in Hotels. Ava schläft nicht mehr mit Stulle. Sie mag ihn nur. Mehr als vorher. Als könnte er ein Freund von ihr werden. Aber das kann er nicht, das hat er ihr schon gesagt. Die Straße auf sie zu, der Heimat entgegen, was ist das? Wie bedrohlich ist das? Heimat?

Wenn man wegfährt, und die Heimat wird klein, dann ist sie wie ein toter Freund, man verzeiht ihr alles und denkt sie sich schön, aber wenn man auf sie zufährt, dann ist sie so verpflichtend und so wichtig, und all das fällt Ava wieder ein, je näher die Stunden und Tage sie ihrer Wohnung, der Wohnung mit Danilo, bringen. Sie sehnt sich danach, dass die Ferien vorbei sind und sie ganz normal ihrer Arbeit nachgehen und den ganz gewöhnlichen Feierabend herbeiwünschen kann, dann ist alles wieder normal und nicht so aus dem Gleis. Aber das dazwischen würde sie gerne überspringen. Das Ankommen. Das Ankommen baut sich riesig über ihr auf. Was hat sie nur getan?

Stulle kriegt das ein oder andere mit. Er schweigt viel dazu. Aber einmal sagt er: «Was wird er wohl sagen?», und Ava weiß, dass «er» der große «er» ist, den auch sie meint. Danilo, der Verlassene, der Betrogene, der durch sein Verlassensein und Betrogensein riesig geworden ist. Der Trotz ist weg, ist in Ava verschwunden, der Trotz, mit dem sie losfuhr und sich alles traute. Der Trotz ist in Portugal geblieben oder im Comfort Hotel Loreak, als sie nahm, was ihr geboten wurde, als hätte sie ein Recht zu solcher Gier und Maßlosigkeit. Und was hat Danilo denn eigentlich getan? Kann sie sich noch daran erinnern? Sie erinnert sich. Sie erinnert sich in der Nacht, auf der Pritsche unter Stulle, der sich auf seiner Pritsche über ihr hin und her wälzt, weil er jetzt in Ava verliebt und traurig ist und jede Minute trauriger wird und kaum noch mit ihr redet. Auch das ist ihre Schuld. Und Stulle muss es neben ihr aushalten, obwohl er es nicht mehr aushält. Und sie muss es aushalten, dass er es aushält. Und in Deutschland ist so dicker Verkehr und Stau, sie kommen kaum voran.

«Stau», sagt Stulle.

«Ja», sagt sie. So sieht ihre Konversation nun aus.

Draußen stehen Leute auf der Autobahn zwischen den Pkws und strecken sich und steigen wieder ein, Gehupe, ein Hund wird an die Seite geführt, ein kleiner brauner Hund, er geht noch auf der Straße in die Hocke und jault, und eine Pfütze läuft auf die dampfend heiße Fahrbahn. Ava kann auf alle herabsehen, Ava sitzt hoch oben neben Stulle, rechts neben ihnen hinter staubigen Büschen ein Weizenfeld, ein riesiges, goldenes Weizenfeld, und über ihnen ein weißblauer Himmel, eine glühend weiße Sonne, und weiter hinten, von Osten her tauchen hakenartige, federige weiße Wolken auf wie eine Drohung, die Ankündigung kommenden Unheils. Flirrende Luft zwischen den Fahrzeugen. Kinder heulen. Dann bewegt es sich wieder einige Meter der einengenden Baustelle entgegen. Hinter der Baustelle hält Stulle an einem Rasthof, um zu pinkeln. Ava holt sich eine Flasche Wasser von der Tankstelle und versagt sich ein Eis. Es kommt ihr so vor, als wenn das Vergnügen vorbei wäre, als wenn jedes Vergnügen vorbei wäre, und dennoch ist sie nicht unglücklich, sie ist angespannt und auf eine seltsame Weise erregt. Oben über ihnen ballt sich ein Gewitter zusammen, aber bevor es ganz dunkel wird, öffnet sich ein gelber Riss am dunklen Himmel, die Sonne taucht das graue Band der Autobahn in ein staubiges Flimmern, und das Donnern wird schwächer. Sie verlassen das Gewitter in eine andere Region hinein, sie tauchen in andere Büsche und andere Felder hinein, immer der Straße folgend und ihrem eigenen Plan, einer Lieferung portugiesischer Tomaten.

Als sie das Niedersachsenschild am Rande der Autobahn sehen, sagt Ava erfreut «Niedersachsen», und Stulle blickt sie an und grinst und schüttelt den Kopf, weil ihm Niedersachsen nichts bedeutet, denkt sie, oder weil es dumm ist, solche Landesgrenzen zu bemerken, es bedeutet ihr eigentlich auch nichts oder höchstens eine Erinnerung an Schule, an Kindheit.

Die Tomaten müssen nach Hamburg. Das dauert, bis die Tomaten abgeladen sind, bis sie weiterfahren und in Lüneburg sind. Ava verkrampft sich ein bisschen. Obwohl sie denkt, na und? Sie ist kein Verbrecher. Sie hat nur ihren Freund verlassen. Das kommt vor. Sie ist kein Verbrecher.
 «Ava, es war schön mit dir, aber jetzt ist es auch Mist. So was mach ich nicht mehr», sagt Stulle zum Abschied, und sie drückt ihn nicht, weil sie sieht, wie er seine Schultern hochzieht und müde aussieht und traurig. Sie hat Stulle gar nicht richtig als Freund gewollt. Er war nur ein Fluchtweg. Sie hat Stulle als Fluchtweg missbraucht. Sie muss über den Gedanken dennoch lächeln.
 Stulle lächelt jetzt auch. Er sagt: «Ehrlich, du bist Wahnsinn im Sex. Jetzt verpiss dich aber mal, sonst hau ich dir eine rein, und ich hau eigentlich keine Frauen.»
 Ava nickt und geht und sieht sich noch einmal um, aber Stulle ist schon weitergefahren, zu seiner Firma hin, wo er den Lkw abstellen muss. Ava geht mit ihrem rosa Koffer, den ihr ihre liebe Schwester geschenkt hat, die Straße entlang und sieht in jedem Grashalm im Beton, in jedem Taubenschiss auf den Autoscheiben ein Zeichen. Es ist bedeckt, die Sonne blitzt aber immer wieder scharf zwischen den Wolkenlücken hindurch. Es ist bedeckt und wird vielleicht regnen. Ein leichter Wind geht, das Wetter kann sich nicht entscheiden, Ava friert und schwitzt abwechselnd und wundert sich über die Reaktionen ihrer Haut. Was das Gute daran ist, denkt sie, das ist, wie sich alles so scharf und deutlich anfühlt, wie sie ihre Finger und Arme und ihre Beine spürt, wie ihr Leben so dicht an ihrem Körper dran ist und eine Bedeutung

hat, im Moment, eine Wichtigkeit, eine Spannung, das ist das Gute daran. Das Leben, das gerade richtig da ist, als wäre es ein Film mit Ava Gardner, wo das Leben immer gerade richtig da ist und immer Dinge passieren, die wichtig und von Bedeutung und dramatisch sind. So geht Ava mit ihrem einzigartigen rosa Koffer auf die Tür ihres Hauses zu, die Stufen hinauf und schließt die nicht abgeschlossene Wohnungstür auf, was sie nicht besonders wundert, denn dass Danilo nicht da ist, würde nicht in den dramatischen Film passen.

Danilo sitzt auf einem Stuhl und sieht aus, als hätte er die ganzen acht Tage hier gesessen und auf sie gewartet. Er blickt Ava an und sagt: «Die Muschifrau ist tot.» Und er sieht aus, als hätte er sie auf irgendeine Weise selbst, mit seinen eigenen Händen, umbringen können, um sich an Ava zu rächen.

Die Muschifrau wird zwei Tage später, am Mittwochnachmittag, auf dem Zentralfriedhof in der Soltauer Straße gleich hinterm Krankenhaus begraben.

Ava weiß das, weil sie an der Tür geklingelt hat, nachdem es über ihrem Kopf, über ihrem Bett rumpelte und scharrte. Sie erschrak, aber die Muschifrau war tot, und die Schritte und das Rumpeln waren andere Menschen. Sie hat geklingelt, weil sie wissen musste, wann und wo man die Muschifrau beerdigen würde. Sie hat geklingelt und war nervös, ein Mann öffnete die Tür, es war der Sohn, der Karsten, «der Nachtwächter», der bei der Bank arbeitete, sie sah es, weil sie die Fotos kannte, die von ihm auf dem Fernseher standen, auf einem Häkeldeckchen. Sie wusste vieles vom Karsten, dem Sohn von der Muschifrau, und sie wollte es nicht denken, aber sie musste denken, dass er in dem Hängeschrank in der Küche eine angebrochene Flasche Likör finden würde und zwei Schälchen für Salz und für Pfeffer, aber weder dort noch in der ganzen Wohnung sein Geschenk, die nagelneuen Salz- und Pfefferstreuer von WMF. Als stünde dieses ihr unrechtmäßig zugegangene Geschenk – aber unrechtmäßig doch nicht, Ava – ihr als Schuld ins Gesicht gestempelt, so war sie plötzlich verunsichert und zugleich verärgert über ihre Verunsicherung. Sie sagte: «Ich bin von hier drunter, ich wohne hier genau drunter, und ich habe Ihre Mutter gekannt, wir waren ... Ich war öfter bei ihr zu Besuch, ich war gerade ein paar Tage weg, und jetzt komme ich wieder, und jetzt war ich gar nicht da, als es passierte.» Sie wollte den Mann vieles fragen, wie man es bemerkt hat zum Beispiel, denn wer besuchte denn die Muschifrau, wenn nicht Ava? Hatte sie lange auf dem Boden gelegen, und hatten die Katzen gehungert und geweint? Oder hatte sie noch jemanden rufen können, bevor sie starb? Die eigentliche riesige Frage aber lautete: Wie konnte das denn passieren, wie konnte sie einfach sterben? Aber Ava schluckte und schluckte wieder und fragte gar nichts mehr. Sie konnte den Mann, den Sohn von der Muschifrau, nicht leiden, schon vom Ansehen her konnte sie ihn nicht leiden. Sie wollte überhaupt nicht weinen. Aber wenn man so etwas nicht will, dann kommt es ganz von allein.

«Mittwoch fünfzehn Uhr an der Soltauer Straße ist Beerdigung», sagte der dicke Mann.

«Nehmen Sie die Katzen?», fragte Ava, und die Tränen rannen so runter, vor dem Mann, der genervt aussah.

«Nee», sagte er und schüttelte den Kopf, «neun Katzen, nee, die gehen ins Heim.»

«Wollen Sie gar keine einzige nehmen?», flennte Ava.

«Nee», sagte der Mann wieder und schüttelte sein dünnes, hellbraun gewelltes Haar. «Sie können sich aber gerne bedienen.»

Ava tappte tränenblind in die stinkende Bude und griff sich die erste der Muschis, die ihr vor die Füße kam. Aus lauter Wut auf den Mann, mehr noch aus Wut als aus Mitleid mit den Katzen, vielleicht hatte die Wut das Mitleid kaschiert, wie auch immer, die alte Katze war direkt in Avas Wohnung gehuscht, schnurrend und pinkelnd und sich erstaunlich leicht fügend in die neuen Umstände und die warme Kuhle auf Avas und Danilos Bettüberdecke.

Und nun, in der Hitze des Nachmittags, unter Bäumen und neben einer scharf rasierten Kirschlorbeerhecke, wird die Muschifrau beerdigt. Sie ist umgefallen und ist tot gewesen. «Sie war sehr krank», sagt der Pfarrer, dem der Schweiß die Stirn runterrollt, «und hat es uns nicht mitgeteilt.»

Sie hat sich nicht behandeln lassen. Sie ist umgefallen und ist tot gewesen. Alles ist nun zu Ende, und acht Katzen sind im Heim in der Bockelmannstraße in Käfigen und kriegen nie mehr Hühnersuppe und nie mehr zittrige Küsse von der Muschifrau. Und Ava lebt, in luftigen, dünnen Sachen, mit blassen Beinen und einer glatten, straffen Haut, die noch viel geküsst und geliebt werden wird, aber irgendwann wird auch sie dort unten in die Erde kommen, ganz allein, wie die Muschifrau, und die anderen werden leben, in luftigen, dünnen Sachen, und schon während ihrer Beerdigung daran denken, was sie noch einkaufen müssen.

Danilo ist nicht mitgekommen. Danilo redet gerade nur wenig mit ihr, aber Danilo hat sie nicht verlassen. Danilo hat es alles irgendwo in sich hingetan, und da liegt es nun und ist da, auch als sie mit Danilo geschlafen hat, ist es da gewesen, und der Sex war heftig und innig und viel besser als mit Stulle. Aber Danilo hat in sich drin, was sie ihm angetan hat und was er ihr nicht so schnell verzeihen wird.

Dritter Teil

Ava trägt eine hellblaue, mit weißem Kreuzstich bestickte Bluse wie eine Handarbeitsglockenblume über sich gestülpt, die Glockenblume spannt bereits an den Brüsten und wird bald nicht mehr passen. Sie sitzt an ihrem Küchentisch in Hamburg Altona und löffelt Vanillejoghurt und hört die Uhr an der Wand über sich ticken – jede Bewegung des dünnen schwarzen Sekundenzeigers erzeugt ein «Klack» – und denkt, dass alle sich nun amüsieren außer ihr. Samstag Abend. Beate geht heute ins Theater, hat sie ihr am Telefon erzählt, mal was ganz Neues, Kultur. Es liegt an ihrem Freund, der hat was übrig für Kultur. Danilo ist mit Freunden von der Uni in Kneipen unterwegs. Und sie sitzt hier, weil sie aussieht wie ein dickes, unförmiges Tier, und kann nichts trinken, kann nicht lustig in Kneipen rumhüpfen, nichts. «Komm doch mit», hatte Danilo gesagt. «Bleib doch hier!», hatte sie geantwortet. Was um alles in der Welt hat sie noch in einer Kneipe verloren, wo es verqualmt ist und Danilo die ganze Zeit diskutiert und alle auf die hereinwehenden Schönheiten starren, die in Lackstiefeln vom Flohmarkt, szenig gekleidet und die richtigen Sätze auf den Lippen, ihre Plätze einnehmen?

Was soll da sie?

Ihre olivgrüne Hose hat ein sehr dehnbares Gummibund und ist relativ preisgünstig bei H&M erworben. Nicht, dass sie neidisch wäre, aber sie wäre da einfach falsch. Und hier am Küchentisch in Hamburg Altona, allein mit einem Vanillejoghurt der tickenden Uhr zuhörend und sich allein fühlend, ist sie hier richtig?

Danilo hatte sich so gefreut, als sie schwanger wurde. Er war vor Freude eine Zeitlang wie auf Zehenspitzen gegangen. Und hatte sie angesehen wie einen Schatz. Sie hatte sich auch gefreut, verhaltener als Danilo, denn ihr war vieles klarer gewesen als ihm. Die Arbeit und die Anstrengung, die bevorstünden, davon hatte sie schon so eine Ahnung gehabt, von Anfang an. Aber sie war achtundzwanzig Jahre alt, und es schien ihr auf eine sehr vernünftige Weise an der Zeit für ein Kind. Es war an diesem sehr sachlichen Gedanken nichts Unangenehmes gewesen, sondern im Gegenteil eine große, strömende Freude von ihm ausgegangen, so wie Freude auch von sich ändernden Jahreszeiten ausgehen kann.

Danilo verhielt sich auf eine kindliche Art überschwänglich. Er brachte Sachen an, einen gebrauchten Kinderwagen zum Beispiel, kaum war die Schwangerschaft bestätigt, einen gebrauchten Kinderwagen mit einem rosenübersäten Inlett, von der Mutter seines Professors selbst genäht, der Wagen hellblau mit einem weißen Streifen an der Seite, nicht mehr ganz der neuesten Mode entsprechend. Wie auch? Der Sohn des Professors könnte inzwischen selbst Vater sein. Das Roseninlett, hat sich Ava überlegt, ist für ein Mädchen gemacht, während der Wagen, der blauen Farbe wegen, für einen Jungen gedacht war. Wobei ein blauer Wagen für ein Mädchen auch geht, ein rosafarbener hingegen nicht für einen Jungen, so war die Logik schon immer, ein Mädchen kann hellblau sein, ein Junge hingegen nicht rosa.

Ist es das, womit Ava ihren Kopf anfüllt, ist es das, was in Avas Kopf drin ist, Gedanken über Babyfarben? Sie wirft den Joghurtbecher in den Müll und schleppt sich ins Wohnzimmer und schmeißt den Fernseher an. Im Fernsehen agieren Leute. Ava verfolgt kaum, was sie tun, sie schreien sich an. Na und? Ava starrt nur hin und hört in ihrem Kopf immer noch das Ticken des Sekundenzeigers. Will Danilo nicht nach Hause kommen? Nein. Es ist noch nicht einmal zehn. Er kommt nicht am Samstagabend um zehn Uhr nach Hause. Er kommt um eins oder um zwei oder möglicherweise auch um sechs, wenn sie endlich schläft, hoffentlich. Das Baby tritt. Kaum ist sie am Einnicken, da tritt es. Seit einigen Wochen arbeitet sie nicht mehr, sie ist von der Arbeit befreit und ruht sich aus. Sie hat das Gefühl, dass Danilo auf sie herabsieht, weil sie zu Hause rumsitzt und nichts tut. Vorher hat er auf sie herabgesehen, weil sie arbeitete. So wenden sich die Dinge und bleiben doch gleich.

Sie steht auf und schleppt sich müde in die Küche und wirft einen Blick auf die Uhr. Es ist zehn nach zehn. Die ganze lange Zeit, in der sie auf den Fernseher starrte und Unmengen an Gedanken wälzte, die ganze Zeit beläuft sich auf zwanzig Minuten in der Wirklichkeit!

Sie könnte jemanden anrufen und sich unterhalten. Aber wen? Wer will sich anhören, dass es nichts gibt, über das es sich zu unterhalten lohnen würde. Außer: «Das Baby hat getreten. Mir geht es gut. Ja, es kommt am zehnten. Wir haben schon einen Kinderwagen. Eine Wickelkommode auch. Ich freue mich auch.» Und so fort. Niemand will das hören, es sei denn, er bekommt selber ein Baby. Und dann ist Ava unendlich gelangweilt. Sie will gar nichts über anderer Leute Babys wissen. Über ihre Bäuche und Brüste und darüber, wie sie sich fühlen.

Sie könnte sagen, im Geburtsvorbereitungskurs, wo Danilo immer sehr bei der Sache ist, das muss man schon sagen, gerechterweise, da könnte sie sagen: «Hallo, ihr schwangeren Frauen, sitzt ihr auch am Küchentisch vor der tickenden Uhr und wartet, dass die Zeit vergeht, aber sie vergeht nur ganz langsam? Tiiiiick. Tiiiiiüüüück. Tüüüück. Und denkt ihr auch, dass ihr nicht so glücklich seid, wie ihr es sein müsstet? Will euer Freund euch auch nicht mehr anfassen, oder wollt ihr selbst nicht mehr angefasst werden, vor allem nicht innen drin, wo der arme Wurm sitzt, dem man doch nicht mit dem geilen Schniedel an den Kopf wummern will?»

Nein. Es geht eher um Details der Ausrüstung für ein Baby. Es geht um Details der richtigen Geburt, wie man sie sich wünscht. Wie wünscht sie sich die Geburt? Keine Ahnung. Woher soll sie das wissen, wenn sie es nicht vergleichen kann, mit anderen Geburten? Danilo ist fast süß in der Geburtsvorbereitung. Es ist vielleicht das Einzige, was er wirklich tun kann, und das ist rührend, wie er sich bemüht, etwas zu tun, obwohl er in Wirklichkeit gar nichts tun kann, überhaupt nichts. Und dass er so einer wäre, der Übungen auf Matten macht und in der Gemeinschaft turnt, das kann man nun nicht sagen, aber er tut es, weil er alles richtig machen will, mit seinem Kind und ihr und allem.

Aber das ist genau der Punkt. Er hakt das ab wie eine Semesterarbeit. Was das wirklich Riesiges, Allesüberwältigendes mit ihr und ihrem Leben gemacht hat, davon hat Danilo keinen Schimmer, obwohl er neben ihr schläft und schnarcht und mit den Händen nach ihrem prallen Bauch greift. Avas Bauch, der schöne, schlanke, hat hässliche kleine Risse bekommen, kaum zu sehen, aber da und nie wieder zu reparieren, obwohl sie geölt hat wie verrückt.

Ölen und Essen. «Iss nicht so viel», sagt Danilo immer, «sonst kriegst du es nicht mehr runter.» Schon klar, aber Essen geht. Vieles geht nicht. Essen geht ganz gut und macht Spaß. Und fett ist sie sowieso. Es fällt gar nicht auf. Keiner kann über ihre Figur meckern. Nicht mal sie selbst, obwohl sie heulen könnte. Das Kind tritt, heftig, beinahe schmerzhaft. Ja, tritt du nur! Und wenn das Kind da ist, fällt Ava ein, dann geht es nie mehr weg. Dann hat sie den Ärger und die Arbeit, die ganze Zeit. Der Gedanke erreicht ihr Herz und überflutet es heiß. Es geht nicht mehr weg. Auch wenn Danilo weg ist, sogar wenn sie keine Lust mehr hat, das Kind wird da sein, einfach immer, es wird nie weg sein. Kurz freut sie sich so wahnsinnig, dass es fast weh tut. «Nun gut», sagt sie zu sich selbst und steht auf. Im Kühlschrank ist noch Eis.

Party für Ava und Baby. Die anderen hauen schließlich auch rein, jeder, wie er kann.

Im Geburtsvorbereitungskurs ist eine Frau, sie heißt Merve, die ohne Mann teilnimmt, weil sie keinen hat. Das Kind ist wohl nicht ohne Mann entstanden, aber sie sagte gleich zu Anfang, als alle sich vorstellten: «Einen Vater gibt es nicht.» Das hat zu Spekulationen geführt, denn einen Vater gibt es sicherlich schon, nur dass er es entweder nicht weiß oder es nicht wissen will. Keiner sagte etwas dazu, alle lächelten, wie Lächeln so der allgemeine Gesichtsausdruck im Geburtsvorbereitungskurs ist. Jeder in einem Geburtsvorbereitungskurs will freundlich und offen sein. Ava natürlich auch. Sie geht mit Merve zur S-Bahn, während Danilo von seinem Freund Christopher einen Wohnungsschlüssel für einen anderen Freund, Fadil, abholt, mit dem er nach dessen Ankunft aus Istanbul noch einen Tee trinken will. Einen Tee, wohlgemerkt. Das erzählt Ava Merve auf dem Weg zur S-Bahn und wundert sich, dass sie ausgerechnet das Teetrinken so aufregt. Merve nickt. Sie ist dünn, fast dürr, trotz der Schwangerschaft, die Arme mager, die Schultern kaum gerundet, die Haare rötlich, lang und glatt hinter ihren Ohren herunterhängend, auf ihre nur leicht geschwollenen Brüste. Sie trägt meistens ein Männer-T-Shirt mit einem Aufdruck von Sonic Youth, dazu weite Schwangerschaftsjeans zum Binden. Ihr Gesicht ist blass und zart, ihre Nase groß und schmal, alles an ihr zerbrechlich und im Gegensatz zu ihrer Ausdrucksweise stehend.

«Du willst also dein Kind allein aufziehen», sagt Ava.

«Muss ich wohl», sagt Merve.

«Musst du?»

«Der Vater ist ein Assi.»

«Weiß er von dem Kind?»

Merve schüttelt den Kopf. «Er weiß es nicht, und er wird es auch nicht erfahren.»

«Aber das Kind wird es vielleicht irgendwann wissen wollen, oder?»
«Möglich. Dann werde ich mich schuldig fühlen und es ihm sagen.»
«Wenn du dich jetzt schon schuldig fühlst, warum machst du es nicht anders, jetzt schon?»
«Ich sagte doch, der Vater ist ein Assi. Er sieht gut aus, das ist alles. Es war nur ein Irrtum, einmal in einer einzigen verschissenen Nacht. Und dann gleich so. Kondom alt, rissig, er hatte uralte Kondome bei sich rumliegen, wie kann man so bescheuert sein, was für ein Idiot!»
«Aber er könnte doch Geld zahlen wenigstens.»
«Ich könnte dem noch Geld zahlen. So sieht das aus. Und wenn er wüsste, dass er ein Kind hat, dann würde der sonst was mit dem Kind anstellen. Was der sich so ausdenkt, wer weiß das schon, der ist selbst ein Kind. Ein großes egozentrisches, asoziales Kind.»
«Du rauchst?», fragt Ava, während sich Merve eine Zigarette ansteckt.
«Eine, Mann, eine nur!»
Schweigend trampeln sie durch den Schnee, die Autos spritzen nassen, schwarzen Matsch an sie ran, auf Avas Turnschuhe, in Stiefel kommt sie gar nicht mehr rein mit ihren fetten Waden.
«Außerdem ist er in Singapur.»
«Was? Was macht er denn in Singapur? Wohnt der da?»
Merve winkt ab und zieht tief an ihrer Zigarette. «Er wohnt nicht da. Er macht da was mit Konfuzius, der Spinner! Er is'n Assi. Ich will nicht mehr über den reden, nie mehr, capito!»
Mehr ist zu dem Thema nicht aus ihr rauszukriegen. Ava macht sich eine Weile Gedanken über den Assi in Singapur, denn wenn einer ein wirklicher Asozialer ist, dann wohnt der doch auf der Straße oder in einer verdreckten Bude und düst nicht in der Welt rum. Oder wie meint Merve das?

Merve hustet und schmeißt die Kippe auf den nassen Boden und trampelt mit dem Fuß drauf. Dann sieht sie Ava an und sagt: «Ich mag dich eigentlich ganz gern.»

«So verglichen mit den anderen im Kurs?», fragt Ava.

«Ja», sagt Merve und lacht alt und dreckig wie eine Barfrau.

Und in Ava breitet sich eine schöne, warme Feierlichkeit aus. Als wäre sie zu Hause in ihrem Dorf am Deich, während der Wind ein bisschen bläst und die matte Wintersonne hinter den Industriebauten verschwindet.

«Was machst du jetzt?», fragt Merve.

Ava zuckt mit den Schultern. Was soll sie tun? Was sie immer tut. Nach Hause fahren, am Küchentisch sitzen, die Uhr ticken hören, Eis essen, fernsehen, ins Bett.

«Lass uns noch wohin!»

Und Ava geht mit Merve in eine Kneipe und trinkt ein Beck's. Und dann ein Tonic-Water und dann ein alkoholfreies Bier. Merve trinkt allerdings drei Bier. Merve ist teils etwas anders drauf als Ava.

Gegen Ende ihrer Schwangerschaft sitzt Danilo viel zu Haus und schreibt an Semesterarbeiten und trinkt dazu Tee. Er hat sich das Teetrinken angewöhnt, er hat es von Fadil. Er trinkt schwarzen türkischen Tee, den er in einer silbernen türkischen Teekanne zubereitet, das hat er ebenfalls von Fadil. So sitzt er da und trinkt und schreibt und redet wenig, während Ava fernsieht und isst. Es macht ihr ein schlechtes Gewissen, dass Danilo arbeitet, während sie gar nichts tut, außer abwaschen und die Waschmaschine füllen, gelegentlich, während draußen die nasse Kälte tobt, Regen und Schnee und nur zwei Stunden Tageslicht, bevor die Dämmerung hereinbricht und Ava müde werden lässt. In eine orangefarbene Synthetikdecke gehüllt, sieht sie sich die «Lindenstraße» an und weint zwischendurch, wenn es traurig ist. Schniefend holt sie sich ein weiteres Eis oder ein weiteres eingeschweißtes Stück Kuchen. Und wenn sie dick wird? Na, und wenn schon! Dann soll sich Danilo dran gewöhnen oder sich eine andere Frau suchen. Soll er sich doch am besten eine andere Frau suchen. Sie würde ihn ziehen lassen. Eine Frau, die zu ihm passt und Semesterarbeiten schreibt und Referate hält über das, was die da so machen. Über philosophische Sachen. Eine Frau, die dünn ist und ihr braunes Haar unter einem Tuch zusammenbindet und das Tuch hinter dem Kopf knotet und alte, zerschlissene T-Shirts trägt über ihren winzigen, spitzen Brüsten, ihre Lippen leicht geöffnet, ihre Lippen immer leicht geöffnet, vor lauter Nachdenken und Ernsthaftigkeit, ihre Lippen schon ganz spröde vom ganzen Nachdenken ... Ava knallt ihren Teller mit dem Vanilleeis von Aldi auf den Tisch. Sie steht auf und geht rüber zu Danilo. Es riecht nach schwarzem Tee.

«Warum trinkst du immer dieses Zeug?»

Danilo blickt auf. «Was?»

«Warum trinkst du immer diesen bescheuerten Tee, Danilo?»

«Warum soll ein Tee bescheuert sein, Ava, und warum sagst du immer solche Wörter?»

«Bescheuert? Das ist ein ganz normales Wort. Das hast du früher auch gesagt, als du noch normal warst. Aber jetzt bist du nicht mehr normal, und jetzt kommen dir die normalen Wörter nicht mehr normal vor.»

Danilo lächelt und legt seinen kühlen Arm um Ava. Er heizt nie in seinem Arbeitszimmer, er braucht einen kühlen Kopf, sagt er, und es ist arschkalt, wo er sitzt und friert und diesen bescheuerten Tee trinkt. Ava entwindet sich seinem kalten Arm und geht raus zu ihrem überheizten Fernsehraum, wo das Eis auf dem Tisch schmilzt. «Such dir doch eine andere Frau!», ruft sie ihm vom Flur zu. In ihrem Wohnzimmer läuft der Abspann der «Lindenstraße».

Das Kind in ihrem Bauch rührt sich nicht, es rührt sich eine ganze Zeit schon nicht, fällt ihr jetzt auf, und Panik streift sie. Sie setzt sich still auf ihren Sessel und wickelt die elektrisch aufgeladene Decke um ihren dicken Körper, aber der Gedanke lässt sie nicht los. Wann hat das Kind sich das letzte Mal bewegt? Wann??? Sie wickelt die Decke wieder ab und läuft in den Flur, wo das Telefon steht.

«Merve?»

«Hallo, Ava, wie geht es dir?»

«Schlecht. Merve, das Kind bewegt sich nicht mehr, das heißt doch nicht, dass es nicht mehr lebt, oder? Bewegt sich dein Kind immer, oder manchmal eine Weile nicht, und wie lange bewegt es sich nicht?»

«Es bewegt sich jetzt gerade. Aber manchmal bewegt es sich eine ganze Zeit nicht, weil es dann schläft.»

«Es schläft?»

«Denke ich mir so. Du schläfst ja auch. Ein Baby ist auch nur ein Mensch, Ava.»

«Ich weiß. Ich weiß auch, dass es sich nicht immer bewegt. Aber es bewegt sich schon sehr lange nicht mehr.»

«Seit wann?»

Ava schweigt. Seit wann hat sich das Baby nicht mehr bewegt? Sie kann sich überhaupt nicht erinnern. Hat es sich heute schon bewegt? Sie glaubt fast, nicht. Und Danilo tippt in seiner kalten Bude Text in seinen Computer und weiß nicht, dass sein Baby vielleicht schon tot ist. Sie sieht es alles vor sich. Und ihre Eltern. Wie sie es ihren Eltern sagt. Wie die Mutter vernünftig sein wird, und wie der Vater vernünftig sein wird, weil das das Beste ist. Man kann immer noch ein neues Kind bekommen. Dieses kennt sie noch gar nicht. Wie soll sie ein Kind vermissen, das sie nicht kannte?

«Ava, seit wann hat es sich nicht bewegt?»

«Lange», krächzt Ava.

«Ja, sicher? Wie lange denn?»

«Ich habe das Gefühl, es ist gar nicht mehr drin. Es liegt nur ein Klumpen da.»

«Ava, du spinnst doch.»

«Man fühlt es doch, wie es um das Kind steht. Das hat doch Hannah Maria gesagt.» Das war ihre Hebamme im Geburtsvorbereitungskurs. Immer strahlend wie eine Sonne, immer Kekse dabei und Tee aus Himbeerblättern. Sie hat Filme gezeigt, wie sich das Baby entwickelt. Und alle haben sich so schrecklich gefreut. Der Kurs war umsonst, alles umsonst. Das Öl, die Dammmassage, das ganze Engagement, umsonst. Ava kommt sich vor wie ein riesiger, angeberischer Dummkopf. Wie könnte auch sie ein Baby bekommen? Petra kann so etwas vielleicht. Aber sie?

Das Baby tritt. Es tritt gewaltig und dreht sich mit seinem Kopf einmal quer über Avas Bauch. «Merve? Es tritt.»

«Siehst du? Mach dir nicht immer so viele Sorgen, Mann, du blöde Kuh.»

«Mach ich nicht.»

Ava flennt still. Sie schleicht zurück unter ihre Decke, während Danilo sich Gedanken über das Gute und das Richtige macht. Das Baby tritt auch noch während der «Tagesschau» und während Romy Schneider in «Der Swimmingpool» traumhaft schön zwischen Jean-Paul und ihrem alten Freund Henry agiert, obwohl sie ihre Jugend verloren hat, was durch die Anwesenheit der jungen Pénélope noch deutlicher wird. Aber gerade das färbt sie mit so melancholischer Schönheit. Das Baby tritt und rumpelt, als hätte es zwei Tage Treten nachzuholen. Ava denkt, sie wird langsam verrückt, wenn das so weitergeht, alles, wenn es so weitergeht.

Beate kommt mit Joachim zu Besuch, ihrem neuen, kulturell interessierten Freund aus der Musikbranche. In der Musikbranche ist er vorerst nur als Verkäufer tätig, er verkauft Schallplatten und CDs in einem Laden an der Bardowicker

Straße in Lüneburg. In seiner Freizeit probiert er es mit einer Grungeband namens «Dead Stone», dessen Gründer und Bandleader er ist.

«Dead Stone, komischer Name, find ich», sagt Beate und trinkt von dem alkoholfreien Bier, das Ava im Kühlschrank hatte. Danilo bringt ihr fairerweise immer ebenso viel alkoholfreies Bier mit, wie er für sich an alkoholischem Bier besorgt. Nur trinkt sie nicht so viel davon.

«Wieso denn komisch?», sagt Joachim und trinkt ebenfalls von dem alkoholfreien Bier.

«Toter Stein. Ein Stein ist schon von sich aus tot, oder wat?»

«Das ist eine Metapher, Bea.»

Ava hustet. Bea.

«Beate, es zieht sich ganz schön hin mit dem Baby.»

«Wie immer. Es dauert, was es dauert, Avi.»

«Es sollte schon da sein. Aber es zieht sich immer noch mehr hin. Eigentlich zog es sich schon den letzten Monat hin. Und Danilo geht mir auf die Nerven mit seinem Tee.»

«Mit seinem Tee?» Joachim runzelt die Stirn und steht auf und läuft in der Küche ein paar Schritte hin und ein paar Schritte her.

«Bist du schon wieder so unruhig, dann geh doch raus und lass uns mal in Ruhe hier reden!», schnauzt Beate ihn an.

Joachim setzt sich wieder hin und springt dann aber wieder auf und schnappt sich seine karierte gefütterte Jeansjacke vom Stuhl.

«Ich geh zu Saturn, mal gucken.»

«Geh mal», sagt Beate. «Kommst gegen fünf wieder vorbei.»

Joachim verschwindet, und Ruhe kehrt ein. Ava spürt das Baby sich von links nach rechts wälzen. In letzter Zeit wälzt es sich mehr, als dass es tritt. Es hat wohl kaum noch richtig Platz zum Treten.

«Was ist mit dem Tee?», fragt Beate. Ihr Haar ist orange gefärbt und kurz geschnitten, ihre Gesichtszüge schmaler und strenger. Ihr ganzes Wesen scheint plötzlich erwachsen geworden zu sein. Vielleicht nervt dieser Musiktyp sie, denkt Ava. Vielleicht tut Beate dieses Zeug nicht gut. Theater und alles. Sie sieht so genervt aus. Oder es ist das Krankenhaus. Oder alles.

«Er trinkt schwarzen Tee vom Türken und gießt ihn so irgendwie besonders auf, in zwei Kannen. Und sitzt immer an seinem Tisch und schreiiiibt und liiiiest und trinkt Teeeee. Bescheuerten Tee.» Ava schwitzt plötzlich stark am ganzen Körper.

«Mann, Ava. Was ist denn los?», sagt Beate ganz weich und besorgt und beugt sich rüber und legt ihren orangefarbenen Igelkopf an Avas ran.

Ava zuckt mit den Schultern. Sie weiß es nicht. Wenn man es so erzählt, mit dem Tee, und wie es sich hinzieht – das ist alles kein Grund, aggressiv zu werden. Draußen ist es grau und dunkel, obwohl es erst drei Uhr ist. Danilo ist unterwegs, Lebensmittel einkaufen. Beate und Joachim bleiben vielleicht zum Essen, vielleicht kochen sie zusammen, alles ist doch ganz nett.

«Hartwig heiratet», sagt Beate leise, ihr Kopf immer noch an Ava gelehnt.

«Was?»

«Ja, die Ärztin, Frau Dr. Brackwerth, die heiratet er.»

«Du spinnst!»

«Wenn ich es dir sage. Es ist so. Er heiratet die.»

Ava nimmt Beate die Flasche aus der Hand und nimmt selbst einen Schluck von dem Bier, das ihr bis eben gerade gar nicht schmeckte.

«Es ist ein Skandal», sagt Beate und grinst.

«Die ist doch älter als er, oder?»

«Sie ist zehn Jahre älter, fast elf. Und hat ein Kind.»

«Skandal, Skandal, Skandal», sagt Ava und ist so neidisch auf Beate und fast sogar auf Hartwig, weil es so interessant ist. Wenn sie im Arbeitsleben stünde, dann hätte sie so vieles zum Denken und bräuchte nicht immer über dieses Kind nachdenken und darüber, wie es sich fühlt, und bräuchte vielleicht auch nicht immer so wütend auf Danilo sein, weil der ihr nichts, aber auch gar nichts an Abwechslung bietet.

Beate stellt sich hin und schaut aus dem Fenster auf die matschige Straße und den Verkehr. Im verfaulten Blumenkasten, der vor Avas Küchenfenster montiert worden ist, von den Vormietern, steckt ein silbernes Herz an einem Stab zwischen den schwarz erfrorenen Grashalmen. «Bist du eifersüchtig auf den Tee, Ava?», fragt Beate, während sie sich zu Ava umdreht.

Ava zuckt mit den Schultern.

«Ein Tee, das ist nicht mal eine Person, das ist echt sehr dumm, Ava.»

Später ist Joachim wieder da, und Danilo hat Hackfleisch gekauft und Paprikaschoten, und sie füllen die Schoten mit dem Hackfleisch und hören dazu «Ten» von Pearl Jam, weil das die einzige Grungemusik ist, die Danilo zufällig in seinem CD-Regal stehen hat. Er hatte sie mit Ava zusammen auf dem Flohmarkt in Eimsbüttel erworben, sie lag in einem Karton zwischen jeder Menge anderer CDs eines Menschen, der seine sämtliche Musik aussortiert hatte oder vielleicht gestorben war. Von Pearl Jam hatte er eine ganze Menge, aber Danilo entschied sich für jene erste CD, weil ihm das Cover mit den Händen gefiel.

Danilo und Joachim unterhalten sich über die Schwierigkeiten im Umgang mit Menschen, die Musik in einem Laden erwerben, über die Schwierigkeit des Plattenverkaufens, weil die Leute die Platten mit ihren Fingern herausnehmen und *anfassen*, und wie es vorkommt, dass man eine Platte versteckt, weil man sie nicht verkaufen will. Danilo hat selbst eine ganze

Menge Platten und einen etwas älteren Dual-Plattenspieler, den sie sich ansehen und für gut befinden. Joachim hat sich bei Saturn «Around the Fur» von Deftones gekauft. Die packen sie aus und legen die Scheibe auf den Plattenspieler, vorsichtig wie ein Baby, und stellen dann laut.

Ava verlässt mit Beate das Zimmer.

«Sone Scheiße», sagt Beate. «Jungs.»

«Beate, liebst du ihn?», fragt Ava.

«Na, irgendwie schon, nich?», sagt Beate.

Das Kind kommt an einem eisigen Tag im Januar, nach ewig langen, dunklen Tauwettertagen, als der Wind die Wolkendecke aufreißt und die kalte Sonne den Schmutz der Stadt entblößt. Der schwarze Schnee ist zu glasigen, sandigen Eishaufen zusammengekrochen, graumatschige Silvesterabfälle liegen zertreten auf den Gehwegen und an den Rändern der Straßen. Ava sitzt auf dem Rücksitz eines blassgelben Mercedes-Taxis, das sie zum Altonaer Krankenhaus fährt, und haut sich mit den Knöcheln ihrer Hand auf ihr geschwollenes Knie, das gerade noch unter ihrem Bauch hervorschaut. Sie haut rhythmisch auf ihr Knie und kaut zwischenzeitlich auf ihren Nägeln.

«Ruhig bleiben», sagt Danilo und dreht sich lächelnd um.

Ava sagt nichts, der Taxifahrer ist schließlich auch noch da.

Möglicherweise sind sie zu früh, man fährt immer zu früh, beim ersten Kind, sagen die meisten, die irgendwas wissen wollen. Aber ihr kommt es gar nicht früh vor, ihr kommt es heftig vor, was passiert, und es macht ihr tatsächlich Angst.

«Danilo, dreh dich nicht immer um!»

«Nein, mach ich gar nicht.»

«Machst du schon.»

«Warum soll ich denn nicht?»

«Siehst du, machst du nämlich doch.»

So geht es weiter, immer weiter, ob auf dem Sofa oder unter der Geburt, so heißt es nämlich, unter der Geburt und nicht etwa während der Geburt, Streit bis zum bitteren Ende. Es ist vielleicht auch beruhigend, dass es so ist, wenn Danilo jetzt plötzlich damit aufhören würde, oder, noch schlimmer, wenn sie damit aufhören würde, das wäre doch beängstigend.

Aber Ava hat bald keine Zeit mehr für solche Gedanken. Ava denkt nur noch ganz andere, gar nicht hübsche Gedanken. Ava bekommt ihr Kind viel schneller als gedacht, es geht schneller, als die Hebammen gedacht hätten, und das ist weniger schön, als sie sich das vorgestellt hatte, obwohl sie es sich schon schlimm und gar nicht schön vorgestellt hatte. Aber das Schlimme ihrer Vorstellung ist noch gut gegen das, was dann wirklich ist. Und Danilo steht da und schaut und sagt ausschließlich so bescheuerte Sachen, dass sie ihm wirklich richtig eine knallen könnte.

Ava schreit und brüllt und atmet und will nicht mehr mit Schreien weitermachen. Aber sie schreit wieder, und es ist ihr langsam sehr unrecht, dass Danilo mit seinem behämmerten Schafsblick dasitzt und sich das ansieht.

«Geh doch mal raus!», sagt sie ihm, ganz heiser, in einer Wehenpause.

«Ist das dein Ernst?»

«Das ist mein Ernst. Geh endlich raus hier!»

Danilo sieht wie ein Schaf, wie ein dämliches Schaf, zu der Hebamme hin, die ihre kräftigen braunen Arme in die Seiten stemmt und lächelt. Als hätte die das zu sagen. Und nicht Ava. Die Hebamme, Schwester Jeanette Padeng, Jeanette ausgesprochen mit dem e hinten, wie nette, aber so nett wirkt sie glücklicherweise nicht, sondern energisch, sie sagt: «Gehn Sie schon, wenn sie es sagt!»

Da geht er. Langsam nur und enttäuscht im Gesicht und in seiner ganzen Bewegung, steht er auf und verkrümelt sich raus. Es tut ihr leid. Aber die Wehe kommt und rollt über sie rüber, und sie brüllt, und niemand tut ihr mehr leid, außer sie sich selbst.

Das Kind ist ein Mädchen und soll den Namen Dana bekommen. Das ist Danilos Idee gewesen und soll eine Mischung aus Danilo und Ava sein. Das klang bisher vernünftig, kommt Ava aber nun nicht mehr vernünftig vor, weil Dana sich anhört wie Damenbinden oder kalorienreduzierter Joghurt, oder es liegt an ihrer Reizbarkeit nach der Geburt. Sie hält das zerknitterte Mädchen mit dem roten Gesicht in ihrem Arm und schnuppert an ihm, denn es riecht so süß wie ein kleiner Pfirsich und gar nicht nach Blut und Sauerei, wie es vor kurzem noch aussah.

«Dana soll sie nicht heißen», sagt Ava glücklich und wie senil grinsend, als hätte sie einen Krampf im Gesicht.

«Sondern», sagt Danilo und ist immer noch ein bisschen geknickt, weil sie ihn rausgeschmissen hat.

«Merve, das ist ein schöner Name.»

«Merve?», schreit Danilo fast, wenn auch gepresst leise, «so heißt doch die Verrückte aus dem Geburtsvorbereitungskurs.»

«Ja», sagt Ava, «sie ist ja meine Freundin.»

«Und deshalb nennst du mein Kind jetzt Merve?»

«Unser Kind nenne ich Merve.»

«Das machst du nicht!»

«Doch. Das mache ich. Ich habe es rausgequetscht, und jetzt sage ich, wie es heißt. Es heißt Merve. Es kann ja Dana als Zweitnamen haben.»

«Merve Dana Grünebach. Wie klingt das denn?»

«Bescheuert?»

Danilo stützt seinen Arm auf sein Knie und den Kopf auf die Hand und lacht in hohen Tönen wie ein Kastrat. Die kleine Merve zuckt und schnuffelt wie ein kleines Hündchen in ihrem Tuch.

«Ja, nun hast du es», sagt Ava, «du kleine Merve.»

«Sie werden sie nervige Merve nennen», sagt Danilo, erschöpft und fertig mit den Nerven und gerade so zwischen Heulen und Lachen hin und her pendelnd.

«Möglich», sagt Ava und legt das Baby in sein gläsernes Bettchen. «Ich muss mal meine Riesenbinde wechseln. Ich fühl mich richtig eklig.»

Als sie aufsteht, wirft sie einen Blick aus dem Fenster. Draußen liegt noch der schmutzige Schnee, jetzt im gelben Licht der Laternen des Krankenhausgeländes, einst zu Kegeln geschoben, dann angetaut und dann wieder eisgefroren, mit schwarzpunktenen Einschlüssen von Streusand, an den Rändern der rot gepflasterten Gehwege neben den schlafenden Rosenbeeten. Draußen ist immer noch Januar, und auf den Straßen liegt noch der graue pappene Silvestermatsch. Aber hier drinnen hat sich ein Zahnrad weitergewälzt. Und das ganze Uhrwerk hat sich knirschend bewegt, und nun ist eine neue Zeit angebrochen. Die Muschifrau fällt Ava ein. Längst verfault in der schwarzen Erde. So wie Ava eines Tages auch, so wie Merve sogar eines Tages auch. Aber ihre Ratschläge bezüglich der Kindererziehung kreisen noch im Raum.

Als sie in einem braunen Ford Taunus von Fadil und Danilo aus dem Krankenhaus nach Hause geholt werden, Fadil am Steuer und Danilo auf dem eingerissenen Kunstledersitz neben ihm, im Radio schreien Tic Tac Toe «Verpiss dich!», ist bereits jemand anderes vor Babymerve neu in die Dachgeschosswohnung in der Harkortstraße zwischen den Bahngleisen und der Holstenbrauerei eingezogen.

Als Ava Tage später die Hausarbeit fast wieder vollkommen in die eigenen Arme genommen hat und mit der feuchten, frisch geschleuderten Wäsche in der blauen Plastikbadewanne den Flur überquert, um sie im Bodenraum aufzuhängen, in ihrem eigenen, ihrer Wohnung zugeteilten Bodenraum, schreckt sie zusammen, weil im staubigen Dunst jemand an ihrem Gläserregal lungert, mit Hut und Stock, und die Wäsche stürzt mit der Babywanne auf den staubigen Holzboden.

«Scheiße, Mann!», sagt Ava, schaltet das Licht an und hat keine Angst mehr, auch wenn ihr Herz noch rast, und sammelt die staubklebige Wäsche wieder ein. Dann hängt sie die Sachen auf die baumelnde, im Zickzack zu lasch gespannte Leine.

Der Mann hat sie schon wieder erschreckt. Zum zweiten Mal. Der Mann mit der im Schritt zerfressenen Hose, zerknittert und im Gesicht eingebeult, aber immer noch im Anzug, immer noch ein Lächeln im ramponierten Gesicht, pünktlich zur Geburt seines Enkelkindes, ihr Schwiegervater.

«Danilo, wieso ist der hier bei uns im Bodenzimmer?» Sie sagt Bodenzimmer, denn es ist ein anständig großes Zimmer und wird für viele Dinge genutzt, jetzt besonders, jetzt hat Danilo einen Schreibtisch hineingestellt, auch wenn es kalt ist, aber kalt ist ihm selten. Denn jetzt ist es manchmal ungemütlich laut in der Wohnung, und Danilo kann sich nicht konzentrieren. Ava kann sich auch nicht konzentrieren, aber für sie ist das auch nicht erforderlich. Ihr Gehirn muss nur kleine Drehungen und Wendungen vollziehen, und das kriegt es ohne besondere Konzentration hin. Wenngleich ihr der eine oder andere Fehler unterläuft. Windeln vergessen. Herdplatte angelassen. Kind zur falschen Zeit gestillt. Vergessen, was sie wollte. Wollte sie was? Vergessen zu essen.

Danilo blickt vom Bett auf, das Buch unter seinem Kopf, er hat kurz mit dem Gesicht auf dem Buch geschlafen, müde immerzu, der arme Junge.

«Was?», fragt er.

«Wieso ist dein Vater bei uns im Bodenzimmer, plötzlich?»

«Ach so. Meine Mutter wollte ihn wegschmeißen.»

Ava setzt sich zu Danilo auf die Bettkante. Merve liegt in ihrem Holzschächtelchen, so sagt Ava, denn es ist ein Holzschächtelchen und steht auf dem Wickeltisch und ist mit etwas Schaumstoff ausgekleidet, und da liegt sie in ihrem Schlafsack und schläft ein Viertelstündchen oder vielleicht länger, aber lange schläft sie nie.

«Wieso wollte sie so etwas?»

«Na, siehst du doch. Er ist alt und kaputt und sieht nicht mehr gut aus. Und lag sowieso im Schuppen draußen.»

Ava nickt. «Aber im Schuppen hat er sie doch wohl nicht gestört, Danilo.»

«Nein.»

«Wollte sie ihn vielleicht loswerden?»

Danilo seufzt und setzt sich auf und reißt sich eins seiner wild gelockten Haare aus dem Schädel und legt es als Lesezeichen in sein aufgeschlagenes Buch. Kurz erschrickt er noch über die zerknitterte Seite, glättet sie mit seinen groben, dunklen Händen, immer warm, immer ein wenig patschig, parallel dazu sein schlafzerknittertes Gesicht. Ein Gesicht wie der Abdruck eines Buches.

«Sie hat einen anderen», sagt Danilo.

«Waaaaas?» Ava kann es nicht glauben. «Was hat sie denn für einen anderen, das ist ja verrückt, Danilo, erzähl doch mal!»

«So verrückt ist es jetzt auch nicht. Wieso soll es denn überhaupt verrückt sein? Sie ist doch noch nicht alt.»

«Nein. Aber, Danilo, wie sie immer so ist, mit ihren Gummistiefeln …»

«Ja», murmelt Danilo, «es ist wirklich verrückt. Wer weiß, was der Typ von ihr will. Wir müssen aufpassen.»

Ava kichert. «Geld wohl kaum.»

«Nein», knurrt Danilo. «Das nicht.»

«Wer ist es denn? Hast du eine Ahnung, Danilo? Hat sie was erzählt?»

«Erzählt? Er war da, als ich kam, und saß da rum und schlürfte Kaffee und hatte Pantoffeln an. Meine Pantoffeln.»

«Wieso hast du denn Pantoffeln, Danilo?»

«Wenn ich mal da bin.»
«Du bist doch fast nie da. Reg dich doch darüber nun nicht nicht auf!»
«Ich reg mich aber auf. Wie der da einzieht gleich. Und so ein Spinner!»
«Wieso denn Spinner?»
«Er macht Holzschnitt. Ich hab Sachen rumliegen sehn ... Ich hoffe nicht, dass das meine Mutter ist, die der da geschnitzt hat ohne Klamotten am Leib.»
«Was?!» Ava quietscht vor Freude. «Er schnitzt deine Mutter, er schnitzt deine Mutter, in nackt, das ist wirklich das Beste seit langem, Danilo, es ist das Beste. Ich könnte mich wegschmeißen.»
Babymerve wacht auf und grummelt erst ein bisschen, schreit dann aber sofort los. Das Theater beginnt. In Avas Kopf zieht sich ein müder Kopfschmerz zusammen, aber nur ganz klein, im Gesicht sitzt noch das Lachen über die Liebesfreuden von Danilos Mutter.
«Es ist ja nicht deine Mutter», sagt Danilo und geht mit dem Buch rüber in das Bodenzimmer zu den Spinnen und vertrockneten Marienkäfern und zum Vater, der mit von Danilo eingetretenem Gesicht am Regal lehnt.

Die große Merve entbindet ihr Kind wenige Tage später im Diakonie-Krankenhaus Elim in Eppendorf. Ava lässt die kleine Merve bei Danilo und verschwindet das erste Mal alleine in die Stadt. Merve liegt neben ihrem Sohn, der noch keinen Namen hat, in ihrem Bett, blass, das rote Haar verschwitzt, die Nase noch größer, die Knochen in ihrem Gesicht noch schärfer.
«Es ist alles eine Scheiße, Ava» sind ihre ersten Worte.
Ava nickt.
«Ich bräuchte dringend eine Zigarette. Die würden einem aber keine geben.» Sie lacht rau.

Ava legt ihre Hand auf Merves Arm. Dann holt sie einen kleinen Bären aus der Tasche, den eigentlich Babymerve von irgendwem geschenkt bekommen hat.

«Schmeiß rüber!», sagt Merve und wirft den Bären in das Glasbettchen zu dem Baby.

«Mein Sohn hat noch keinen Namen», sagt sie und schüttelt Avas Hand ab.

«Ist ja noch Zeit», sagt Ava. «Weißt du, wie mein Baby heißt?»

«Und?»

«Es heißt ... Merve.»

Merve setzt sich auf. «Bist du bescheuert, Ava! Wieso machst du denn so was?»

«Freust du dich nicht? Ich fand es einen schönen Namen. Es ist auch ein schöner Name.»

«Ava, weißt du überhaupt, was du dem Kind für einen Namen gegeben hast? Das ist mein Name. Und weißt du überhaupt, was ich für ein Mensch bin? Ich ... kann nicht mal ... mein Kind lieben.» Merve schluchzt und dreht sich um.

Ava geht um das Bett herum und fasst Merve streng unter das Kinn. «Mach dir keinen Kopf. Es ist doch gestern erst angekommen. Bei mir war es auch so. Und jetzt habe ich ein ganz gutes Verhältnis aufgebaut. Manchmal, wenn sie schläft, dann schließe ich sie schon richtig ins Herz. Und ich schätze, es wird noch besser, wenn sie reden kann.»

Merve reibt sich die roten Augen. «Du meinst also, das kommt noch.»

«Sicher, du bist ja noch vollkommen verrückt von der Geburt.»

Merve starrt nach draußen auf den alten Schnee hinter den grauen Scheiben. «Ava, das hat mir keiner gesagt ... dass das so weh tut.»

Ava schüttelt den Kopf.

«Das sind doch alles verlogene Fotzen, die ganzen Babymütter!», murmelt Merve.

Bei Ava übernimmt der Alltag. Babymerve ist ordentlich am Schreien und nicht annähernd so still wie Petras Kinder Jenny und Jonathan, die angeblich nur schliefen und schliefen und dazwischen lächelten. Ava glaubt sogar, dass es so war, denn immer, wenn sie Petra besuchte, dann schliefen oder lächelten die Kinder. Und Markus trank Diätbier in der Küche und lächelte ebenfalls, während die Oldies immer noch sanft das kleine Reihenhaus beschallten.

Petra deutet es auf ihre Weise. Sie sagt zu Ava, das Kind sei ein exzentrisches Kind und würde wahrscheinlich auf irgendeine Art Künstlerin werden. Sie hält sie mit ausgestreckten Armen vor sich hin und redet über sie und schwenkt sie ein wenig, während Merve die Augen aufreißt, die fremde Frau anstarrt und mit Schreien kurz aussetzt. «Die ist toll. Guck dir das doch an, Ava. Wie dieses Mädchen aussieht. Mit diesem Gesicht, guck doch, was die für ein Gesicht hat. Das ist eine ganz Besondere. Die wird was werden.» Merves Gesichtszüge verrutschen, sie knautscht sich zusammen und stöhnt, und dann ist ein wichtiges Geschäft vollbracht. Petra küsst sie begeistert auf die Wangen und das Köpfchen und den Bauch. «Hat sie schön eingeschissen, hat sie schön eingeschissen, die Süße?»

Ava kuschelt sich mit angezogenen Beinen auf dem Sofa ein bisschen an ihre Schwester ran, während Petra das stinkende Baby schwenkt, das so verblüfft, dass es immer noch schweigt, mit offenem Mund in das fremde, aber dennoch vertraute Gesicht blickt.

Während in der Stadt der nasse, schmutzige Frühling einzieht, zieht Danilo auf dem Dachboden ein, der zum Wohnen eigentlich nicht gedacht ist. Er ist zum Abstellen von Gegenständen gedacht, und von den anderen Bewohnern des hohen, alten Hauses wird er auch zum Abstellen von Gegenständen genutzt. Aber Ava und Danilo wohnen als Einzige genau gegenüber dem Dachboden, genau genommen wohnen sie auf einem abgetrennten Teil des Dachbodens, der früher ebenfalls ein richtiger Dachboden war. Es ist der Trockenboden gewesen, hat ihnen die dicke Frau vom Hausmeister, Frau Trautwein aus der Souterrainwohnung, erzählt. Früher wurde die Wäsche auf dem Trockenboden getrocknet, jetzt trocknet die Wäsche in der Wohnung, obwohl das gar nicht erwünscht ist. Es steht im Mietvertrag, dass die Wäsche nicht in der Wohnung getrocknet werden soll. Wo die Wäsche sonst getrocknet werden soll, steht nicht im Mietvertrag. Das sind die Mysterien der Stadt, denkt Ava, wo die Bodenräume und Kellerräume immer mehr in Wohnräume umgewandelt, rückwärtige Hofflächen bebaut oder zugeparkt werden und dann kein Platz mehr bleibt für Wäsche und Ausrangiertes und spielende Kinder.

Avas Kind beansprucht aber vorerst nur den Platz in der kleinen grauen Holzschachtel, die Danilo gebaut hat, selbst gebaut hat, im Bodenraum, der jetzt sein Arbeits- und Aufenthaltsraum ist. Die Schachtel soll ein Bett sein, sie sieht aber einfach nur aus wie eine große graue Streichholzschachtel, denn das Holz ist recht dünn und das Bett recht klein. Babymerve liegt auch nicht allzu viel in der Schachtel, sie krümmt sich mehr schreiend auf dem Arm ihrer Mutter, die teilnahmslos durch die verschmutzten Fenster auf den blassen Himmel über den Dächern schaut. Sie schuckelt das Baby auf ihrem Arm und schuckelt es, und es kommt ihr vor, als wenn sie es endlos lang schon schuckelt und schaukelt und wiegt, Tage schon und Nächte. Sie schläft fast im Stehen während des Schuckelns und Starrens, während sich Mitleid und Wut stoßweise an die Oberfläche ihrer Wahrnehmung drängen. Warum schreit dieses Kind? Was hat es? Ava weiß es nicht.

Sie stillt es alle drei Stunden, sie wechselt ihm die Windel, sie hält es sauber, und sie rennt dreiundzwanzig Stunden am Tag mit ihm im Arm herum, weil es in der Schachtel immer nur gleich schreit. Aber es schläft nicht. Es schreit nur und ist nicht glücklich. Es ist kein glückliches Baby wie die ganzen Babys in der Werbung. Die alle lächeln. Dieses Baby lächelt nicht. «Warum lächelst du nicht?», sagt Ava böse und schuckelt das Kind und läuft zum anderen Fenster und schuckelt und sagt wieder: «Warum lächelst du nicht, du böses Baby?»

Dann tut es ihr so leid, dass sie «böses Baby» gesagt hat. Sie drückt es ganz fest an sich, die tränennasse Backe an ihre Backe, den Atem aus dem Schreimund auf ihrer Haut und sagt: «Du musst ja nicht lächeln. Nur dumme Babys lächeln.» Dann schluchzt sie selbst und legt Merve auf dem Teppich ab und kocht sich in der Küche einen echten Kaffee, der nicht entkoffeiniert ist. Die schläft so und so nicht, denkt sie, mit oder ohne Kaffee in Avas Busenmilch, also was soll's.

«Geh zum Kinderarzt!», sagt Danilo, der schwungvoll die Tür zur Küche öffnet, während Merve drüben im Wohnzimmer auf dem Teppich plärrt, und holt sich Nachschub an schwarzem Tee aus dem Schrank für sein Arbeitsleben im Bodenzimmer.

Ava sagt nichts. Sie war beim Kinderarzt. Der Kinderarzt war zufrieden. Das Kind gedeiht. Es nimmt zu, es wächst, seine Körperspannung wird besser, und es ist zunehmend wacher, also gedeiht es. «Aber es schreit die ganze Zeit», hatte Ava gesagt, «es ist fast immer wach, wacher geht es schon gar nicht mehr.» Er hatte gelächelt, ein grauer, stoppelhaariger Mann mit einem kleinen Bauch unter dem Arztkittel und orangefarbenen Stricksocken über den Füßen in seinen bequemen neuen Biolatschen, er hat schon zehntausend schreiende Babys kennengelernt und ebenso viele verzweifelte und hysterische Mütter. «Irgendwann hört das auch auf», hatte er gesagt und ihr die Hand auf den Arm gelegt und ihr gütig und wissend in die Augen gesehen. Das war alles. Sie glaubt ihm sogar, auch wenn sie es kaum glauben kann, im Moment. Sie kann nur darauf warten, dass «irgendwann» endlich rankommt.

Danilo kommt spät nach Hause. Er war mit den Jungs und den Mädels aus dem Kant-Seminar einen trinken. «Wir gehen noch einen trinken, Ava.»
«Ja-ha. Viel Spa-haß.» Ava hasst «einen trinken». Es kommt ihr wie ein ganz blöder Ausdruck vor. Einen trinken heißt mehrere trinken und heißt einfach mit lustigen, netten Leuten in die Nacht hinausgehen und nicht nach Hause in die Windel-verschissene, verheulte Bude kommen. Ava hatte Babymerve bis 1:30 Uhr herumgetragen und hoch und runter und hoch und runter geschwungen, in ihren schmerzenden Armen, denn das mochte sie gern, da wurde sie manchmal stille bei, und dann hatte sie plötzlich die Augen zugetan. Ava hatte sie weiter geschwungen, mit schmerzenden Armen, voller Hoffnung jetzt, Babymerve hatte die Augen wieder aufgetan, weit aufgerissen, um dann, ganz plötzlich, mit einem tiefen Seufzer in einen todesähnlichen Erschöpfungsschlaf zu fallen. Ava hatte sie ungläubig im Arm gehalten, das schlafende, warme Bündel. So lieb, so süß. So fühlt sich also eine Mutter, wenn das Baby zufrieden ist. Muskelzuckungen in ihren erschlafften Armen. Nach einer Weile legte sie Babymerve vorsichtig, zitterig, in ihr Streichholzschächtelchen. Sie hätte sie auch ins Bett neben sich legen können. Doch das ging nicht. Dann hätte Ava sich nicht regen können, sie hätte sich nicht einmal umdrehen können, ohne zu fürchten, dass sie dadurch wieder erwachen würde. Aber Babymerve war nicht erwacht, während Ava sich leise, leise auszog und das Licht löschte und unter die Decke kroch.

Babmerve schläft auch noch, als Danilo hereinkommt und ein Spalt weißen Lichts auf sie fällt, lautlaus, reglos liegt sie da, wie eine Puppe mit rosa Porzellanlippen und weißen, geschlossenen Porzellanlidern. Danilo ist angetrunken und guter Laune und sagt: «Da sind ja meine schönen Frauen.»

«Danilo, sei still!», zischt Ava. Sie hat sich im Bett aufgerichtet und schaut zu Merve, deren rechte Faust sich ganz leicht bewegt, sich dann brutal über das Gesichtlein fährt und wieder in der alten Position neben ihrem Kopf abgelegt wird.

Danilo ist ganz und gar nicht still. Er stößt sich das Knie an der Bettkante und hüpft schimpfend durchs Zimmer. Ava beobachtet immer noch Babymerve in ihrer Schachtel, sie schläft. Danilo zieht sich aus und legt sich hin. Dann steht er wieder auf, um pinkeln zu gehen. Sie hört jede Verrichtung, hört die Spülung und die Küchentür, er kehrt mit einem Glas Wasser zurück und sagt laut, höllenlaut: «Weißt du, was diese dämliche Regine heute gemacht hat?»

Ava sieht ihn flehentlich an. «Danilo, pscht!»

«Wenn Babys schlafen, dann schlafen die. Es stört die überhaupt nicht, wenn man spricht. Geräusche stören die überhaupt nicht. Du bist ja schon hysterisch», sagt Danilo. Er lässt sich auf das Bett fallen und deckt sich zu, und eine Minute später schläft er tief und fest. Eine weitere Minute später schreit Babymerve, und Ava bleibt noch zwei Sekunden auf ihrem Rücken liegen und malt sich aus, wie sie Danilo haut, auf den Bauch und die Brust und vor allem auf die stoppeligen Backen, die sich sanft blähen, wenn er während des Schlafens seine Lippen leicht geöffnet hält, weil seine Nase ewig verstopft ist, immer links und rechts auf seine Backen, mit voller Kraft. ER ist es, der trotzdem schläft, selbst wenn sein Kind schreit, es macht IHM überhaupt nichts aus.

Beate redet am Telefon von Sex, Ava läuft mit Merve durch die verdreckte Wohnung, den Hörer an das Ohr gepresst, das Baby schuckelnd mit dem linken Arm gegen ihren Körper gedrückt, es schreit nicht, noch nicht, es meckert nur so rum.

«Sexuell geht mir der Mann ein bisschen auf die Nerven», sagt Beate.

«Wieso?», fragt Ava und ist sehr froh über so ein Thema.

«Er will immer, dass ich Negligés anziehe, Strapse, High Heels, es ist ja witzig, manchmal schon, aber es nervt auch langsam. Warum kann er mich nicht einfach mal nackig bumsen?»

Ava lacht. Das Kind grummelt lauter, während es auf der Hüfte geschuckelt wird. «Lässt du die Sachen dabei an?», fragt Ava.

«Ja. Ich soll sie anlassen.»

«Und den Schlüpfer?»

«Schlüpfer? Man, Ava, ich hab doch keine Schlüpfer an, bin ich siebzig? Ich trag 'n String. Den schiebst du einfach so beiseite.»

«Ach so.» Merve geht in den Schreibetrieb über, und Avas Rücken schmerzt, ganz unten, als hätte jemand eine Nadel hineingetrieben.

«Mach das Kind!», sagt Beate, «ich sag tschüs.»

Ava macht das Kind. Sie weiß nicht, was hilft, aber irgendwas macht sie, rumrennen, schaukeln, stillen, wickeln, Bäuerchen, Spucke abwischen. Sie denkt dabei an Strapse und Strings und High Heels. Alle um sie herum haben gerade ständig Sex, so kommt es ihr vor, alle haben gerade immer mehr säuischen, schmatzenden Sex, selbst der amerikanische Präsident hat sich von seiner Praktikantin, einem schwarzhaarigen Luder mit herzförmigen Lippen und dicken Brüsten, zum Oralverkehr hinreißen lassen. Und sie, Ava? Sie hatte das letzte Mal Sex vor einem Jahr, so ungefähr.

Wenn sie sich im Spiegel sieht, vergeht ihr der Sex, jedenfalls wenn das Deckenlicht angeschaltet ist, und das muss schon sein, wenn man ehrlich mit sich sein will. Ihr Bauch hängt immer noch wellig an ihr herum, die größte Enttäuschung, das mit dem Bauch. Sie hatte gedacht, ihre alten Sachen wieder anziehen zu können. Aber irgendwie sind ihre Sachen immer noch zu eng. Obwohl das Kind raus ist aus dem Bauch. Der Bauch an sich ist aber nicht wie vorher. Das dauert noch, hat ihr die Annemarie, die Hebamme, gesagt, die zur Nachsorge kommt. Annemarie hat relativ viel Verständnis für die Schreiprobleme mit Merve, aber weniger für die mit Avas Wabbelbauch. Die Annemarie ist selbst eher robust gebaut. Für sie ist Avas Bauch vollkommen in Ordnung, sie wäre vermutlich froh über Avas Bauch. So gesehen kann Ava es auch verstehen, aber sie ist nun mal in ihrer eigenen Perspektive ziemlich festgenagelt.

Danilo schaut nicht mehr so gerne hin, wenn Ava sich auszieht, obwohl sie dann das Deckenlicht immer schon ausgeschaltet hat. Er legt im Bett auch nicht seine Hand auf ihren Bauch, so wie früher, als er seine Hand überall auf sie legte und sie streichelte und nachforschte, ob sie sich immer noch so toll anfühlt, wie sie sich tags zuvor angefühlt hat. Das ist seit der Schwangerschaft irgendwie verlorengegangen. Der ausgeleierte Körper gehört jetzt wieder vollkommen ihr. Und Merve. Wenn Danilo noch an ihr herumstreifen und sich ab und zu verirren würde, dann wüsste er, wie es um sie bestellt ist, aber er weiß es wohl auch so. Er will es nicht auch noch erfahren müssen. Er verkriecht sich lieber in der Dachkammer im Staub bei seinem Vater und strebt nach vorn. Sein Gehirn wird immer komplizierter, seine Gedanken immer schlauer, alles eilt von ihr weg, irgendwann wird er gehen, glaubt Ava. Und dann?

Sie schüttelt den Kopf. Danilo wird nicht gehen, obwohl es vielleicht alles auf eine schmerzvolle Art ordnen würde.

Merve sitzt rauchend in ihrer kleinen weißen Plastikküche, und der Rauch füllt die Stille. Der Aschenbecher mit dem flügelschlagenden Porzellanvögelchen am Rand ist bergvoll. Das Vögelchen sieht kaum hinter dem stiebenden Ascheberg hervor. Jede Bewegung lässt winzige weiße Fetzen durch die Luft taumeln, die sich langsam auf dem Tisch, dem Boden und Avas Kleidung niederlassen. Der Rauch ist ein Grund, warum Ava möglichst ohne Babymerve zu Merve kommt. Der Rauch wird hier selten abgestellt. Er gehört zu Merve und ihrem Leben wie die strähnigen roten Haare und die Wut.

Merves Sohn heißt nun John, wie John Lennon. Merve war betrunken, als sie sich für den Namen entschied, sie fand, John Lennon war ein guter Mensch und setzte sich für den Frieden ein, sie hatte sich im Moment der Betrunkenheit eine Vorstellung von ihrem kleinen John gemacht, wie einen Plan für sein Leben. Dann war ihr bewusst geworden, dass sie nicht einmal einen Plan für ihr eigenes Leben hatte. Keinen Plan für Merve, keinen Plan für John. Sie hatte den Namen mit einem Filzstift auf ein Blatt Papier geschrieben, «John Jäger, kein Plan». Jäger war nicht unbedingt so friedlich, doch gegen Jäger konnte sie vorerst nichts ausrichten. Als sie nüchtern war, ging sie mit dem Blatt Papier – «John Jäger, kein Plan» – und dem Vorsatz noch in den Knochen rasch zum Standesamt und ließ den Namen eintragen. John Jäger, Sohn von Merve Jäger. «Im Geheimen heißt er ‹John Jäger, kein Plan›. Das machen sie aber nicht», sagt Merve, «deshalb heißt er nur geheim ‹kein Plan›.»

«John ist kein schlechter Name», findet Ava.

John schläft im Gegensatz zu Babymerve die meiste Zeit und verlangt keine mütterliche Hand und keinen mütterlichen Arm. Er liegt im Kinderwagen, den Merve meist im Schlafzimmer abstellt, und schläft. Manchmal liegt er allerdings in seinem Wagenbett, betrachtet die Decke und sagt auch dazu nichts. Genau genommen lässt es sich von der verrauchten Küche aus gar nicht unterscheiden, ob John schläft oder wach ist.

«Merve, du solltest nicht so viel rauchen. Die ganze Wohnung ist verqualmt.»

Merve drückt ihre Zigarette aus. «Scheiße, Mann, weiß ich doch!»

«Warum machst du es dann?»

«Mir fällt sonst nichts ein.»

«Dir fällt nichts anderes ein, als zu rauchen?»

«Was denn sonst? Soll ich ein Buch lesen? Soll ich vielleicht ein Buch über Babyerziehung lesen?»

«Willst du nicht mal nach John gucken?»

«Nein. Warum?»

«Vielleicht ... Ich weiß nicht.» Ava möchte nicht sagen, dass John sich vielleicht einsam fühlt oder Hunger hat oder vielleicht eine neue Windel braucht. Sie möchte Merve nicht kränken, denn Merve *ist* gekränkt, wenn man Kritik an ihrer Mütterlichkeit übt. Ava aber wird nervös, weil Merve so gar nicht nach dem Kind sieht. Sie scheint überhaupt keinen Drang zu verspüren. Vielleicht ist Ava aber einfach nur selbst übergeschnappt und hysterisch, wie Danilo gesagt hat, weil sie ihr eigenes Kind so selten loswird. Sie ist jetzt schon, nach einer Stunde Trennung, unruhig und will nach Haus. Danilo macht das auch nicht gern, die Windel wechseln oder die schreiende Merve durch die Gegend tragen. Da wird er aggressiv von und schlecht gelaunt, und er sagt immer, mit dem Kind stimme was nicht, ob Ava nicht mit dem Kind mal zum Arzt gehen könne, oder besser, den Arzt wechseln, denn es müsse doch was nicht stimmen mit dem Kind.

Hier, bei Merve in der kalten Küche, in dem stillen Qualm, mit dem gekippten Fenster, hier ist es wie in einer Ruhekapsel. Alles geschieht leise und langsam und ohne Druck. Nur verursacht diese Stille Ava ein Ziehen in der Magengegend, denn es ist fast, als gäbe es hier kein Kind. Und das ist noch beunruhigender als andauerndes Geschrei, überlegt sie sich.

Als sie geht, fragt sie Merve, ob sie den kleinen John noch einmal sehen darf.

«Willst du nachschauen, ob er noch lebt?», sagt Merve und lacht.

Ava lacht auch, aber der Gedanke ist so weit von der Wahrheit nicht entfernt.

Am Abend ruft sie bei Merve an und sagt: «Ich mache mir Sorgen, ist alles okay bei dir?»

«Alles okay», sagt Merve. «Der Assi hat sich gemeldet, der ‹Singapore man›, er is wieder hier. Und macht Holiday bei den Daddys und Mummys und will mich besuchen kommen. Ich hab ihm gesagt, er soll wegbleiben und mich mal kreuzweise. Aber er sagt, er kommt vorbei, als hätte ich nichts gesagt, als wenn ich gegen eine Wand rede. Und jetzt kommt er, und was wird geschehen? Er wird Johnny sehen, seinen Sohn, und was wird dann geschehen, Ava?»

«Aber. Aber. Willst du das denn?», fragt Ava. Die neue euphorische Merve ist ihr vollkommen fremd.

«Spinnst du? Das ist doch sein Sohn. Und wenn er kommt, und wenn er den sieht, dann wird er doch was empfinden, das kann ihm doch nicht egal sein, er ist doch eigentlich gar kein schlechter Mensch, Ava, nur ein bisschen viel Drive in den Beenen, zappelig und ADS, glaube ich, hat der. Aber ein Kind, ein eigenes Kind, da wird er nachdenken. Ich habe aufgeräumt, und ich dachte, ich streiche das Schlafzimmer an, ich hab schon blaue Farbe eingekauft, für Johnny wird das blau wie der Himmel, ich mache auch Wolken. Bis nächste Woche, da kommt er von Stuttgart hoch, das schaffe ich noch, ich schneide gerade Schablonen, so Pappwolken.»

«Schablonen? Vorhin hast du doch noch keine Farbe gehabt und nichts. Vorhin war doch alles noch so still bei dir!»

«Ja. Aber ich habe mich berappelt. Stimmungshoch. Kennst du nicht?»

Ava schüttelt stumm den Kopf. Natürlich kennt sie Stimmungshochs. Aber so?

«Mir geht es gut. Mach dir mal nicht son Kopp, Ava. Jetzt ist doch alles gut. Ich bin in Betrieb, ich geb jetzt voll Gas. So ist das bei mir. Also, lieb von dir, dass du dir Sorgen machst.»

Am Wochenende besuchen sie im braunen Ford Taunus, der Fadil gehört, sämtliche vorhandenen Großeltern der im Auto ganz friedlich schlafenden Babymerve. Sie beendet ihren Schlaf, als das Auto vor dem Haus von Danilos Mutter hält und alle aussteigen. Vor dem Haus wartet bereits, in Gummistiefeln wie eh und je, Danilos Mutter, Ivana Androsevich. Sie latscht vor dem Haus und der brüchigen Mauer auf und ab, als würde das das Warten verkürzen, und vielleicht tut es das ja. Als die Mutter herbeieilt, um das Tor zur schlammigen Hofeinfahrt zu öffnen, sieht Ava, dass Ivana Androsevich ganz und gar nicht wie eh und je aussieht. Im nasskalten Märzwind weht ein lila Haarschopf über ihrer fest um sie geschlungenen Strickjacke. Sie hat ihr früh ergrautes Haar gekürzt und in einer Farbe eingefärbt, die auf dunkles Haar vermutlich einen Schimmer von Aubergine zaubern soll, auf ihrem blassgrauen Haar zaubert es einen Schimmer von reinstem Lila. Die Sachen trägt sie noch wie immer, die großen Cord-Männerhosen, in die sie geblümte Blusen stopft, alles mit einem Ledergürtel zusammengezurrt. Darüber trug sie sonst eine Schürze. Von Schürze ist aber nichts zu sehen. Sie stellt die Gummistiefel draußen vor die Tür mit der verstaubten Gardine an der gesprungenen Scheibe und reißt Ava, keinen Widerspruch duldend, schnalzend das Kind aus den Armen. Auch das wie immer, aber es ist dennoch alles vollkommen anders. Die geblümte Bluse, die lila Haare, sogar die mit einer silbernen Blüte versehenen Hauspantoffeln, alles kommt Ava plötzlich nett vor. Ähnlich geht es ihr mit dem Haus. Das verrottete Haus ist warm geheizt, der Ofen glüht, verschrumpelte Äpfel lagern auf einem Blech auf dem Kleiderschrank, alles so nett, die ornamentale Tapete, der alte Kroatienkalender, den sie jedes Jahr aufs Neue benutzt, und der Geruch von Holz. Holz an der blumigen Tapete und Holz auf dem Wohnzimmertisch. Dann kommt der Mann die Treppe herunter, der für all das Geänderte verantwortlich ist.

Er ist ein großer, alter Mann mit einem faltigen, braunen Schädel und weiß gelocktem Haar. Er trägt einen sehr langen weißen Pullover, der an den empfindlichen Stellen löcherig ist, und eine um seine Beine wehende, weiße Leinenhose. Wie ein weißes Engelein, wie ein weißes, altes Engelein. «Na schön», sagt er. «Eckehard Kress. Es freut mich.»

Ava reicht ihm die Hand, und Danilo starrt interessiert auf die Usambaraveilchen am Fenster, als würde er ihn nicht sehen. Dann gibt es warmen Kuchen aus alten geschrumpelten Äpfeln mit viel Zucker und Zimt obendrüber. Danilos Mutter singt dem schreienden Kind etwas Kroatisches in einer klagenden Melodie vor, bis Ava es ihr wegnimmt und sich zum Stillen in ein Zimmerchen zurückzieht, das eine Art Nähzimmer darstellt. Auch hier stapeln sich jetzt zwischen einem kleinen Sofa und einer alten Nähmaschine die Holzplatten. Als Ava zurückkehrt, das für einige Zeit friedliche, Milch aufstoßende und frisch gewickelte Mervlein im Arm, läuft im Fernsehen ein Klavierkonzert, und Eckehard Kress erklärt dem starren Danilo am Esstisch die Grundlagen des Holzschnitzens. Danilo sieht nicht einmal hin. Er hat seine Fußspitzen gegen das Tischbein des runden, dunklen Tisches gestemmt und sich weggeschaltet, in eine hinter ihm liegende, bessere Zeit, als der alte Engel ihm noch nicht in die Familie pfuschte, so ahnt Ava. Danilos Mutter sitzt in einem lilabraun gemusterten Sessel vor dem Fernseher, farblich ausgezeichnet hineinpassend, und verfolgt mit einem Fläschchen Bier der Marke Beck's in der Hand die Musik. In Kroatien hat sie Leute im Klavierspielen unterrichtet. In Hamburg hat sie immer noch viel Klavier gespielt, obwohl es ab und zu Ärger mit dem Mieter unter ihnen gab. Jetzt steht das Klavier im kühlen, feuchten Schlafzimmer und ist vermutlich vollkommen verzogen und verstimmt. Gespielt wird nicht mehr.

Danilo trinkt kein Bier. Er muss Auto fahren. Ava könnte auch fahren. Aber es ist Fadils Auto, und Danilo findet, dass Ava nicht besonders gut mit Fadils Auto fahren kann. Er sorgt sich um das Auto, was Ava, wenn sie darüber nachdenkt, wütend macht. Er sorgt sich immer um Gegenstände. Er sagt immer: «Fass das nicht an!» oder «Pass auf!», wenn sie seine Gegenstände berührt. Wenn er das sagt, dann glaubt sie plötzlich selbst, sie könnte Fadils Auto kaputt fahren oder Danilos Brille zerdrücken. Das Verrückte dabei ist: Sie selbst, Ava, Danilo und Klein-Merve, die im Auto drinsitzen und dann eventuell ja auch beschädigt sein könnten, sie sind nicht so im Fokus seiner und dann auch ihrer Angst. Sie sind nur Gegenstand der ganz normalen Ängste, die diffus im Raum wirbeln und immer alles umfassen. Die Angst um Fadils Auto aber ist scharf. Es geht ja auch um Fadil und dessen Freundschaft. Das ist es, denkt sie und holt sich ein Glas, um sich ein bisschen Bier einzukippen. Fadil und seine extrawichtige, tolle Freundschaft.

Danilos Mutter prostet ihr freundlich lächelnd zu, während Danilo böse, sehr böse guckt. «Was trinkst du denn?», fragt er.

«Schadet nicht», sagt seine Mutter und nickt musikalisch mit dem Kopf.

«Schadet nicht», wiederholt Ava und trinkt, in einer Hand Merve, in der anderen das Bier.

Ivana Androsevich steht auf, um eine karierte Wolldecke auf dem Teppich auszubreiten. Sie nimmt Ava Merve aus dem Arm und legt sie auf die Decke, wo Merve liegt und die Augen nach dem Fernseher verdreht, dass sie schielt.

Eckehard hat ein kleines Stück Holz geholt und ein

Schneidemesser und zeigt Danilo, den Reste seiner Höflichkeit zwingen, bei dem Mann auszuharren, der in das Haus seiner Mutter eingezogen und sich breitgemacht hat, den Holzschnitt. Das ist das höchste der Gefühle, mehr ist nicht drin, denkt Ava. Es wäre besser, Danilo würde auch ein Bier trinken, das wäre wirklich besser. Sie würde gerne das Zusammensitzen beenden und ihre eigenen Eltern besuchen. Aber Eckehard legt mehr Werkzeug auf den runden Tisch und holt fertige Drucke ran. «Wollt ihr die Presse sehen?», fragt er.

Ava zieht Danilo ein bisschen gewaltsam mit in das feuchte Schlafzimmer, wo neben dem Klavier jetzt eine kleine grüne Druckerpresse steht. Das Bett ist ganz an die Wand neben der Tür geschoben. Das Zimmer ist ein Arbeitsraum. Eine braune Stehlampe beugt sich über die Presse. Auf einem Tisch verstreut liegen Drucke eines eindeutig nackten, kantigen Frauenkörpers. Danilo verzieht das Gesicht.

«Seit wann machen Sie das schon?», fragt Ava.

«Noch gar nicht so lange. Ich habe eigentlich erst hier im Hause von Ivana damit begonnen», sagt Eckehard.

Danilo schiebt seine Unterlippe vor wie eine Waffe. Ava weiß ganz genau, was er denkt. Der Mann ist einer, der auf der Suche ist und sich ständig neu erfindet, der aus sich herauskommen und Neues ausprobieren will, mit Danilos nackter alter Mutter, die so alt noch gar nicht ist im Vergleich zu dem alten Spinner. Aber Ava gefällt es ganz prächtig, dass der Mann das tut. Schließlich hat Ivana jetzt lila Haare und trinkt Bier und hört Klavierkonzerte und ist irgendwie freundlicher geworden.

«Wenn der irgendwas mit meiner Mutter anstellt, der Spinner, dann kann der sich frischmachen», sagt Danilo, ungewohnt in solcher Ausdrucksweise, am Steuer des Ford Taunus auf dem Weg zu Avas Familie.

«Die stellt was an», sagt Ava, «und zwar ficki, ficki.»

Danilo hält abrupt vor dem kleinen grauen Haus von Avas Eltern, steigt aus, knallt die Tür zu und sagt: «Ich komm nicht mit rein.» Das soll die Strafe für sie sein und wäre es tatsächlich, denn Ava ist immer darauf bedacht, vor ihren Eltern ihre Entscheidung für Danilo zu rechtfertigen, obwohl sie das nie musste. Sie will ein paar Stündchen bleiben, ihre Schwester wird da sein, ihr Neffe und ihre Nichte, ihr Schwager, die ganze liebe Familie.

«Danilo, komm mit. Es ist doch kalt draußen.»

«Das kann dir doch wirklich egal sein.»

«Danilo, komm jetzt rein, ich war auch bei deiner Mutter mit drin.»

«Und das ist nun wirklich eine Leistung gewesen. Dass du dich dazu überwinden konntest, Ava. Ich weiß das wirklich zu schätzen.»

«So meine ich das doch nicht», sagt Ava, die zappelnde Merve auf dem Arm.

«Wie das da aussieht, nicht? Sag es doch, sag es ruhig! Und nun der Holzopa noch dazu, das ist doch die Krönung, gib es endlich zu! Mit denen will keiner was zu tun haben. Deine Eltern sehen meine Mutter, das wette ich, nicht mal an, wenn sie durchs Dorf watschelt, mit ihrer Schürze und ihren gelben Gummistiefeln. Von Deichmann.»

«Danilo!», Ava schreit ihn an, damit er endlich aufhört, und Babymerve spitzt die Ohren, das Mündchen aufgerissen, die Äuglein aufgerissen, «das stimmt doch überhaupt nicht!»

Danilo steckt die Hände in die Taschen seines Cordjacketts, viel zu dünn, nur fürs Autofahren gedacht und nicht fürs Draußensein im eisigen Frühling, und geht den matschigen Wiesenweg Richtung Deich hinauf.

Ava bleibt unentschlossen zurück. Der Wiesenweg ist ein Wiesensumpf. In den kleinen Schmelzwasserseen der schwarzen Treckerspuren spiegelt sich der braune Nachmittagshimmel mit seinen tiefhängenden nebelig diffusen Wolkenflächen. Krähen kreisen krächzend, Danilo entfernt sich, seine Schritte böse schmatzend, zur Tat schreitend, zu welcher auch immer. Weglaufen, Trotz anhäufen, Leute beschäftigen, das kann er. Ava trägt helle, neue Wildlederstiefel von Görtz – wenigstens Schuhe kann man sich mal leisten, wenn auch sonst nichts passt, und man will sich keine zwei Nummern größer zulegen und die alte Größe aufgeben, nein! – und hält dazu noch Babymerve auf dem Arm. Sie kann ihm nicht nachgehen. «Danilo. Hör auf zu spinnen! Das stimmt alles gar nicht!», ruft sie ihm hinterher. «Das sagst du nur, weil du wütend bist.»

Aber Danilo wird immer kleiner.

Hinter Ava öffnet sich die Pforte zum Hof, die Mutter kommt heraus, ebenso in Gummistiefeln wie Ivana Androsevich, sieht auch nicht viel anders aus, nur das Haar noch braun und lockig, hält sich auch nicht für etwas Besseres, wie Danilo das denkt. ER hält sich für etwas Besseres. ER ist wütend auf seine Mutter und vor allem auf Eckehard, weil der seine Mutter bumst, vermutlich, aber ist das Avas Schuld?

«Wo geht er denn hin?», sagt die Mummi und hebt die dicke Hand über die Augen.

Ava zuckt mit den Schultern. «Er geht zum Teufel», sagt sie.

«Hattet ihr Streit?»

«Ach was, er muss nur bisschen laufen. Er ist eben so.»

«Seine Mutter hat einen neuen Mann», sagt die Mummi triumphierend.

«Freund», sagt Ava, «verheiratet sind sie wohl noch nicht.»

«Doch», sagt die Mutter, und Ava zieht es fast die Schuhe aus.

Im Gegensatz zu Danilos Mutter nimmt ihre Mutter ihr das Kind nicht weg, wenn sie es nicht ausdrücklich verlangt. Ihre Mutter betrachtet die Kinder ihrer Kinder immer als zu ihnen gehörend. Das Großmuttersein ist ihr noch relativ fern.

Vielleicht, weil sie noch arbeiten geht. Vielleicht, weil sie den Vater hat, der einige Fürsorge braucht, muss sie sich nicht auf die Enkel stürzen, obwohl die süßer sind. Ava wundert es ein wenig. Aber sie hält der Mutter in der Diele das Kind hin, damit sie sich ausziehen kann.

Drinnen, in der sauerstoffarmen, essensdampfenden Bude, stehen und sitzen die anderen und springen gleichzeitig auf Ava und Merve zu und küssen und drücken die von der Kälte Rotwangigen an sich.

«Wo ist Danilo?», fragt Petra.

«Er ist spazieren», sagt Ava.

«Alleine?»

«Er wollte eben.»

Markus presst Ava heftig an seinen rund gewordenen, nach Aftershave riechenden Körper. Er sagt: «Avi und Mervi, die süßen Schnecken aus Hamburch. Die feinen Miezen kommen aus Hamburch geflogen.»

«Markus, du Spinner», sagt Ava und freut sich fast Tränen in die Augen. Jenny und Jonathan sitzen, in Rosa und Jeansblau gekleidet, jeder auf einem samtigen Sofakissen auf dem Boden, ganz dicht vor dem Fernseher, und verfolgen «Alf». Ihre Köpfe sind bis zur Genickstarre hochgereckt, ihre Münder geöffnet, sie lachen nicht, sie zeigen überhaupt keine Regung. Sie wenden den Blick auch nicht vom Bildschirm, als Ava sie begrüßen will.

«Aus», sagt Markus und schaltet den Fernseher aus.

Dann zeigen sie jede Menge Regungen. Sie schreien, und Jenny, die Kleinere, ist den Tränen nahe, weil sie Teile von «Alf» verpasst.

«Tante begrüßen!», ordnet Markus an.

Sie springen auf, umhalsen Ava und drücken ihr einen nassen Kuss auf den Mund und sitzen sofort wieder auf die Sofakissen gestöpselt.

«An!», schreit Jenny.

«Wiiieee heißt das?», sagt Markus, mit der Macht in der Hand.

«Bü-hütte», heult Jenny.

«Jetzt ist es gleich vorbei», brüllt, am Ende seiner Nerven, nun auch Jonathan.

Markus schaltet den Fernseher an, die Harmonie ist wiederhergestellt, und der Kuchen kommt auf den Wohnzimmertisch.

«Ich hab schon», sagt Ava. «Wurstbrot wäre mir lieber.»

«Schmorbraten ist im Ofen», sagt die Mutter.

Dann sitzen sie am Tisch, essen verspäteten Nachmittagskuchen, verspätet, weil alles auf Ava und Danilo und Merve gewartet hat. Ava isst nicht, trinkt nur und ist froh, dass Petra Babymerve im Maxi Cosi schaukelt, während sie selbst kurz frei hat. Die stickige Wärme, die zischenden Kerzenflammen auf den mit Engeln beklebten dicken Stumpenkerzen, das Geplapper der Kinder, die gestrickten Pullover, die gestopfte Tischdecke, keiner elegant gekleidet, kein Möbelstück modern, der Kuchen zu fett, die Stücke viel zu groß geschnitten, das weiterlaufende Fernsehprogramm, der Schmorbraten in der Küche, die vorgeschälten, im Wasser schwimmenden, wartenden Kartoffeln ... zu Hause. Es wallt um Ava rum, und sie sackt in sich zusammen, während sie ihren entkoffeinierten Kaffee schlürft.

«Geheiratet? Danilos Mutter?», murmelt sie, um die unverständliche Sache aufzuklären.

Der Vater zuckt mit den Schultern, er hat sich nicht rasiert und macht einen mageren, stillen Eindruck. Sein blau-weiß gezacktes Pullovermuster hängt wellig über seinen nach vorn gezogenen Schultern, seine Augen kugeln hektisch hin und her, wie zappelnde kleine Fische in einem Glas, das ist neu.

«Wir waren eingeladen», sagt er, und die Augen rollen.

Es beunruhigt Ava, wie der Vater ist, aber noch mehr beunruhigt sie, was er sagt. «Ihr wart eingeladen? Die Hochzeit war wirklich?» Sie schiebt den Stuhl vom Tisch weg und atmet, als wäre sie noch schwanger und hätte Atemprobleme oder Herzrhythmusstörungen.

Petra lässt ihren Kuchen auf den Teller sinken. «Ihr wart eingeladen? Bei denen?», wiederholt sie die Frage.

«Was stellt ihr euch denn so an?», sagt der Vater und wischt sich mit der Hand über das blasse Gesicht, als wollte er die labberige Gesichtshaut glatt streichen. «Das ist doch keine große Sache. Sie luden uns ein, und wir gingen hin. Die Trauung war in der katholischen Kirche. Pfarrer Maissner hat getraut. Die Glöckners waren noch da und Frau Feld. Es war klein, aber gemütlich.»

«Wir haben später sogar noch getanzt, nach Kassetten von früher, bei denen im Wohnzimmer. Es war gemütlich», fügt die Mutter hinzu.

Ava, Markus und Petra schweigen, wie im Schock über die Tatsache, dass die Eltern auf einer Hochzeit getanzt haben.

«Ihr habt doch gar nichts mit denen zu tun», sagt schließlich Petra.

«Wir sind doch quasi verwandt», sagt die Mutter.

«Ein anderer ist noch viel mehr mit denen verwandt», sagt Petra.

Und Ava sagt gar nichts mehr. Denn der andere stapft, bereits außer sich ob der Tatsache, dass seine Mutter mit jenem Mann irgendetwas haben könnte, alleine durch Berge und Täler von Schlamm und eisigem Wasser, statt im Kreise der Familie den Schmorbraten, den Kuchen und den Likör zu genießen.

«Es ist ja ihre Sache», sagt der Vater. «Wenn die Kinder dagegen sind, kann man nichts machen. Wir wollten es jedenfalls nicht sagen, weil es ihre Sache ist. Sie wollten es sich nicht verderben lassen. Eure Mutter hat gesagt, sie hätten den Danilo wohl einladen sollen, aber die Ivana meinte, er würde keinen Wert drauf legen. Er würde sie nur beschimpfen. Er hätte sie schon beschimpft und den Eckehard auch. Er ist in den Schuppen gegangen und hat die Schaufensterpuppe, die sein Vater war, weggeschleppt, deshalb, weil er so außer sich war.»

Ava steht auf. Sie übergibt die Verantwortung für ihr Kind an ihre Schwester, zieht ihre Jacke und die schwarzen Gummistiefel ihrer Mutter an und macht sich auf den Weg, durch die schlammigen Furchen des Wiesenweges. Draußen weht ein scharfer Wind. Die Wolken rasen über den Himmel, der Himmel reißt auf und macht einen sauberen, dunkelblauen Eindruck. Am Wegesrand blühen ein paar versprengte lila Krokusse. Ava rutscht durch den Schlamm und läuft und überlegt sich ihre Worte. Auf dem Deich ist es eiskalt. Ein mickriges Männchen läuft, weit weg, ziellos am Ufer entlang. Sie folgt ihm, sie rennt und rutscht und rutscht hin, die Knie nass, und läuft wieder, fast ein wenig froh, dann wieder traurig. Es riecht in der kalten Luft modrig und heftig und fast wie Sex. Eine Welle von Liebe überrollt sie. Sie hofft wirklich sehr, dass es Danilo ist, dieses Männchen, das langsam Konturen annimmt und dann stehen bleibt, mürrisch, mürrische Wellen aussendend, die Hände in den Taschen vergraben und heftig zitternd.

Ava ruft ihm zu, während sie ihm entgegenläuft, atemlos, als hätte sie gar keine Zeit mehr, als würden die Informationen voller Eile zu ihm unterwegs sein, sich überschlagend und auf ihn zurollend: «Danilo, sie haben geheiratet, deine Mutter hat Eckehard geheiratet, und meine Eltern waren auf ihrer Hochzeit. Du denkst, die sehen die nicht an, aber die waren auf der Hochzeit, Danilo, die haben sogar getanzt und haben uns nichts davon gesagt. Und haben es die ganze Zeit gewusst.» Ava keucht, ihr Herz rast.

«Ach, Ava», sagt Danilo, legt seine Arme um sie und seinen wolligen Kopf auf ihre Schulter, und zitternd drücken sie sich aneinander. Seit einem Jahr nicht mehr Liebe gemacht, seit einem Jahr kaum noch berührt, stehen beide da, und Ava denkt, es macht auch nichts. Sie will alles für Danilo tun, wenn er es will. Und wenn es nur nicht immer so weitergeht und sie am Ende mit noch weniger zufrieden sein muss.

Fadil Demir ist ein fast ebenso großer und ebenso dünner Mann wie Danilo. Sein dunkles Haar trägt er nach hinten gekämmt, und seine Oberlippe ziert ein kräftiger Schnauzbart. Fadil stammt aus einer großen Familie von Wissenschaftlern. Sein Onkel unterrichtet an der Bosporus-Universität in Istanbul Physik. Sein Vater ist Architekt und entwickelt neue Dachkonstruktionen, und seine Mutter leitet ein Forschungsprojekt zur Quantenphysik an der Hamburger Universität – und das ist nur ein kleiner Teil der Familie. Fadil selbst studiert neben der Philosophie noch die Neuere Deutsche Literatur, die Psychologie, die Soziologie, und er besucht Vorlesungen der Linguistik und der Rechtswissenschaften, auch wenn er in manchen Fächern keine Scheine erwerben kann, weil es nicht in sein Studienprofil passt. Fadil ist an vielen Dingen interessiert, was nicht heißt, dass er oberflächlich ist. Er schleppt Berge von Büchern nach Haus, wozu er allerdings auch über das nötige Kleingeld verfügt. Aber er schleppt sie nicht nur nach Haus, er liest sie auch. Er sitzt in seinem Zimmer bei seinen Eltern und liest und schreibt und diskutiert sehr ernsthaft die Dinge, die ihn beschäftigen. Er ist ein anständiger Moslem, der regelmäßig betet, und der fröhlichste Mann, den Ava je kennengelernt hat.

Sie weiß viel über Fadil, weil Danilo viel erzählt und ganz fasziniert von ihm ist. Zu Gesicht bekommt sie Fadil allerdings nur selten, denn Danilo geht schon lieber zu Fadil, als dass er Fadil zu ihnen einlädt. Fadil taucht aber zuweilen einfach auf, er klingelt und steht vor der Tür und lacht sich tot, so wie jetzt, als Ava ihm öffnet, es freut ihn alles so von Herzen, das Leben und alles. Er bückt sich und zieht die Schultern nach vorn und den Kopf nach unten, um nicht am Türrahmen anzustoßen. Er lacht das nächste Mal, als er Babymerve sieht. Fadil hat großes Interesse an ihr. Größeres als Danilo, hat Ava manchmal den Eindruck. Er nimmt sie auf den Arm und schaukelt sie und redet Türkisch auf sie ein und nickt und lacht sich wieder tot. «Sie wird eine kleine Schlange», sagt er.

«Fadil», ruft Ava.

Fadil lacht. Sein Schnauzbart zittert, und das Kind zittert in seinem Arm. «Sie wird ein Hase, keine Schlange, ein Hase.»

«Ein Hase wird sie auch nicht», sagt Ava.

«Ein Bär?», versucht es Fadil.

«Schon eher», sagt Ava, obwohl sie es auch nicht ganz das Richtige findet. Warum fragen sich alle Leute, was aus ihr wird? Warum ist sie nicht schon was?

Die Haustür klappt. Danilo war einkaufen. Er redet in der Küche gereizt vor sich hin, weil er einkaufen gehen musste. Er ist der Meinung, Ava hätte genug Zeit zum Einkaufen gehabt, während er vormittags an der Uni war. Ava hätte Zeit gehabt, aber heute wollte sie nicht, heute war es anstrengend, und sie ist müde gewesen, und sie wollte nicht das Kind anziehen und später wieder aus dem Wagen nehmen, vielleicht im Supermarkt, wenn es schrie, und dann das Kind und die Einkäufe und alles, das wollte sie einfach nicht. Die Nacht war so unruhig gewesen. Sie wäre am Nachmittag einkaufen gegangen, wenn Danilo dann Merve behalten hätte, aber Danilo wollte lieber einkaufen gehen, als auf Merve aufpassen.

Danilo ruft aus der Küche: «Deinen Käse gab es nicht.» Er ist froh darüber, denkt Ava. Er sagt es in so einem Ton. Fadil läuft mit Babymerve im Arm in die Küche und lacht sich tot, als Danilo ihn sieht. Fadil lacht immer so laut und so heftig, weil er damit ausdrücken will, dass alles gut ist, dass er sich freut und dass er alle lieb hat, denkt sie.

Danilo ist es im ersten Moment unangenehm, dass Fadil hier ist, in ihrer Küche mit den ausgepackten Lebensmitteln, während die Waschmaschine läuft, und mit Babymerve auf dem Arm.

«Ava, nimm du sie mal», sagt er und entreißt Fadil Merve, um sie Ava in den Arm zu drücken. Merve hatte, bevor Fadil gekommen war, unter einem Mobile gelegen und glucksende Laute von sich gegeben, während sie mit den Händen nach ihren Füßchen fasste. Es war sehr friedlich mit ihr, aber nun wird sie mürrisch. Danilo nimmt die Milch, stellt sie in den Kühlschrank, wird dann noch ungehaltener und sagt: «Ach, lass uns besser gehen.»

«Wohin?», fragt Fadil.

«Zu dir, dachte ich», sagt Danilo und merkt, wie unpassend es ist. Fadil ist sie besuchen gekommen, nicht Danilo abholen. «Hier ist es doch etwas ... eng ... und das Baby ... und alles.»

Fadil lacht laut und lässt es im Raum verklingen. «Willst du mir nichts anbieten, mein Freund, oder willst du mich rausschmeißen?»

Das freut Ava ungemein. Sie geht mit Merve in das kleine Wohnzimmer zu ihrer Decke und ihrem Mobile, das sie an einer geöffneten Schublade festgeschraubt hat. Aber Merve dreht sich quengelig auf ihrer roten Elefantenbabydecke hin und her und kriegt ihre Füßchen schlecht gefasst und wird noch quengeliger und fängt an, «Äh»-Laute auszustoßen, der Anfang vom Schreien, die Vorbereitung für den Abend.

Fadil kommt sofort neugierig angekrochen und lacht und sagt: «Sie meckert, sie meckert, sie ist eine Ziege.»

«Das ist sie», sagt Ava. Fadil macht es sich auf dem Sofa bequem, und Danilo kommt mit der türkischen Teekanne, die er aus seinem Bodenzimmer geholt hat. In seinem Bodenzimmer steht kein Sofa, nur ein Stuhl. Sonst würde Danilo jetzt mit Fadil in seinem Bodenzimmer sitzen. Ava nimmt Merve mit in ihr Schlafzimmer und stillt sie. Dann wickelt sie sie und wiegt sie in ihren Armen, bevor sie sie in ihr nagelneues Kinderbett legt, weil sie eingeschlafen scheint. Sie ist aber nicht richtig eingeschlafen, weiß Ava, etliche Male wird sie Babymerve noch im Arm wiegen und sie ins Bett legen, weil sie glaubt, sie sei eingeschlafen. Wie jeden Abend. Es dauert, bis sie wirklich für eine Zeit schläft.

Fadil trinkt den Tee und sagt: «Wo ist denn die Ziege?»

«Sie liegt im Bett und schläft noch nicht», sagt Ava.

«Wenn sie wach ist, warum muss sie dann schlafen?»

«Sie ist müde.»

«Aha.» Fadil nickt mit dem Kopf. «Ich bin auch müde.»

Danilo legt eine Platte von Depeche Mode auf und lässt sie nur ganz leise laufen. Sie sitzen, eine Kerze brennt und die kleine Lampe auf dem Fernseher, der jetzt normalerweise laufen würde, wenn nicht Fadil da wäre. Dann fiept das Kind erst und setzt dann zu dem «Äh»-Laut an. Ava steht auf, und Fadil sagt: «Sie will noch ein bisschen bei dem Fadil bleiben, also hol sie her.»

Ava schüttelt den Kopf, aber Babymerve will nicht mehr einnicken, sie steht eine Weile mit ihr im dunklen Schlafzimmer, sie wiegend und selbst leicht frierend in dem kühlen Raum. Ava will wieder in das warme Zimmer, wo Fadil lacht. Sie will nicht ausgeschlossen sein. Sie nimmt Merve mit rüber, und Merve macht ein ganz freundliches Gesicht, als sie plötzlich im warmem Licht herumgereicht wird.

Nur Danilo ist nicht zufrieden. «Damit machst du doch alles kaputt.»

«Sie wollte nicht schlafen.»

«Das will sie doch nie.»

Danilo hat recht. Aber Ava will nicht immer stundenlang im dunklen Schlafzimmer stehen, dunkel, weil das Licht den Einschlafprozess stört und das Kind an das Schlafen im Dunkeln gewöhnt werden soll. Und sie will vor allem bei dem Besuch sein, auch wenn es nicht ihr Besuch ist. Vielleicht ist es aber doch ihr Besuch.

Fadil hebt die kleine Merve in ihrem rosa Schlafsäckchen hoch über seinen Kopf und wiegt sie rhythmisch zu den Klängen von «People are People», was ihr gut gefällt, sie lächelt. «Es ist doch richtig schön hier bei euch», sagt Fadil und lacht wieder ohne Grund und ohne Witz.

Wenn er das denkt, dann ist es vielleicht auch so, denkt Ava. Es könnte jedenfalls so sein, wenn man es wollte. Es liegt nicht an Merve, es liegt auch nicht an der Wohnung oder der zeitweisen Unordnung, es ist allein ihre Schuld, ihre und Danilos, wenn es hier nicht richtig schön ist. Aber wie soll man da rauskommen?

Ende April ist es immer noch kalt. Der Schnee ist geschmolzen, es ist erst warm und nass gewesen, dann fiel wieder Schnee, viel Schnee, dann taute der Schnee, und jetzt ist es sonnig, aber immer noch kalt. Merve ist einfach nicht zu erreichen gewesen, obwohl Ava oft anrief, schließlich hat sie Babymerve in ihren hellblauen, alten und einst teuren Professorenkinderwagen gesteckt, unter ein dickes weißes Kopfkissen, um mit ihr zu Fuß einen langen Spaziergang rüber zu Merve in die Langenfelder Straße in Eimsbüttel zu machen.

Blendendes Sonnenlicht, ein Ziehen in ihren Schläfen, ein matter Kopfschmerz, den die Helligkeit entblößt, und trotz der Kälte – eine Ahnung von Sommer schleicht sich ein. Sie hält bei einem ockergelb gefliesten Bäckereigeschäft, kauft sich ein Stück matschigen Kirschkuchens und einen Kaffee, den Wagen vor der Scheibe und die an der Bärchenkette ziehenden Handschuhfäustchen Merves im Auge behaltend. Sie stellt sich mit Kuchen und Kaffee an den beschmierten Plastikstehtisch in die Sonne, sie schließt ganz kurz die Augen, den Sommer hinter den rotbunten Lidern, den Verkehr im Ohr, und vermisst dabei ganz schrecklich eine Freundin. Wenn Beate bei ihr wäre, wenn Merve bei ihr wäre, dann würde es mehr Spaß machen. Aber sie muss lernen, auch allein glücklich zu sein. Sie muss lernen, die Dinge zu genießen. Sie hat ein behandschuhtes Kind in einem hellblauen Wagen, das jetzt schläft, und ihr alter brauner Frühlingsmantel passt ihr wieder um die Hüften und den Bauch. Sie weiß wohl, dass der braune Mantel immer reichlich groß gewesen ist und sie ihn deshalb auch im Winter über zwei dicken Pullovern tragen konnte. Nun passt der braune Mantel gerade über einen einzigen, dünnen schwarzen Rolli, den sie ständig trägt, weil er schlank macht, weil er so sanft über allem drüberliegt und trotzdem nicht weit ist. Sie steht also in ihrem braunen Mantel, der ihr passt, mit ihrem Kind in der Sonne und isst Kuchen. Das Leben fängt wieder an, ganz vorsichtig, wie nach einer Krankheit oder einer schweren Operation fängt das Leben wieder an. Vielleicht kann sie Merve überreden, mit ihr spazieren zu gehen. Sie könnten durch Eimsbüttel laufen oder durch die Sternschanze und könnten vielleicht sogar ein kleines Bier trinken oder einfach nur laufen und die anderen Leute ansehen, die keine Kinderwagen haben und ein anderes Leben leben. Sie isst ihren Kuchen auf, trinkt den lauwarmen Kaffee aus und schiebt die immer noch schlafende Merve weiter bis in die Langenfelder Straße.

Ava klingelt, und niemand öffnet. Ava hat nicht damit gerechnet, dass niemand öffnet. Sie hätte damit rechnen müssen, schließlich hat sie Merve auch telefonisch nicht erreichen können. Vielleicht ist sie mit ihrem aus Singapur wiederaufgetauchtem Freund irgendwohin verschwunden, vielleicht hat er eine neue, größere Wohnung für sie alle gemietet und sie sind jetzt eine glückliche Familie.

Ava holt ihr Schlüsselbund aus der Manteltasche. Sie hat Merves Schlüssel, Merve ihrerseits hat Avas Schlüssel. Merve kann nicht einfach verschwinden und tagelang nicht erreichbar sein. Ava muss wissen, was los ist. Denn irgendwas ist los. Sie schließt die Haustür auf, schiebt den Wagen in den Flur, nimmt die sich rekelnde und gähnende, bettwarme kleine Merve aus dem Bettchen, drückt sie an ihren braunen Mantel und steigt die Stufen zu Merves Wohnung empor. An der Wohnungstür klingelt sie mehrmals, dann schließt sie auf. In der Wohnung riecht es verqualmt, ungelüftet, säuerlich. In der Küche stehen schmutzige Teller und Töpfe auf der Spüle und auf dem Tisch, der Boden ist übersät mit Asche und Essensresten, zerschlagenen Tellern, Tassen und Scherben von Gläsern, auf dem Tisch angekaute Ränder einer Pizza, Bierflaschen, zerknüllte Papiertaschentücher. Im Schlafzimmer ein ähnliches Bild, Asche auch hier, eine Weinflasche, umgekippt und ausgelaufen, zwischen den herumliegenden Klamotten von Merve und winzigen Klamotten von Johnny, ein offener Plastikeimer voller stinkender Windeln, aber kein Kind im leeren Kinderwagen, der neben dem Bett steht.

Ava geht ins Wohnzimmer, langsam und auf eine kühle Art hoch konzentriert, mit den Füßen über Gegenstände, die auf dem Boden liegen, stolpernd. Im Wohnzimmer dann, hinter dem Sofa auf der Erde, fast hätte sie sie übersehen, zusammengekauert, die blasse, übernächtigte, verdreckte Merve.

«Wo ist Johnny?», fragt Ava kalt, während sie ihr eigenes Kind immer noch an sich drückt. Babymerve fängt an, ungemütlich zu werden. Ava hat sie gerade, bevor sie losging, gestillt, sie hat sie gewickelt, jetzt hat Babymerve geschlafen, es gibt keinen Grund, ungemütlich zu werden, aber das ist ja so ihre Art. Sie schreit ohne Grund und wenn es gerade gar nicht passt.

«Merve, wo ist Johnny?», wiederholt Ava ihre Frage, obwohl ihr Merve schrecklich leidtut, wie sie dort hockt, wie ein Kind in einem Versteck, aber die Angst verkrampft Ava den Kiefer, sie hat noch kein Interesse an Merves Schmerz, Merve geht es vielleicht nicht gut, aber Merve lebt.

Ava packt sie mit einer Hand fest an der Schulter, die knochig dünne Schulter, kaum Fleisch dran, und rüttelt sie und sagt sehr laut: «Merve!!! Wo ist Johnny?»

Babymerve fängt an zu schreien und krümmt sich auf Avas Arm nach hinten.

Merve starrt immer noch auf den Fußboden, als wäre Ava nicht da. Ihr beiger Baumwollstrickpullover ist beschmiert, die Ärmel über den dünnen Handgelenken verdreckt, sie trägt eine lächerliche, winzige Silberkette mit einem Kleeblattanhänger, in die sie einen knochendünnen Finger einhakt, und spielt verlegen mit dem Anhänger. Dann zieht sie ihre Schultern ganz hoch bis zu ihren Ohren, rollt die Lippen über den Zähnen hoch, als wollte sie grinsen, und flüstert: «Ich hab ihn zurückgebracht.»

«Zurückgebracht? Wohin zurückgebracht?»

Merve grinst immer noch auf eine zerbrechliche Art, als würde ihr kein angemessener Gesichtsausdruck mehr gelingen.

«Merve, wohin hast du ihn zurückgebracht?»

Babymerve schreit und biegt sich noch weiter nach hinten, ihr kleines Gesicht ist verzerrt und läuft schon bläulich an vor Wut und Unzufriedenheit, was kann es sein, was sie ihr vorwirft, was, verdammt noch mal, macht Ava denn nur falsch?

«WOHIN hast du ihn gebracht?»

«… as Krankenhaus», flüstert Merve kaum noch hörbar, «… hab ihn wieder hingebracht … In ein Bett … legt.»

«Er lebt», sagt Ava.

Merve nickt sehr heftig, während Ava ihren Arm langsam sinken lässt und ihr kleines, schreiendes Baby auf der grauen Auslegware zwischen Zeitschriften und Essensresten vorsichtig ablegt. «Dann ist ja alles gut», sagt Ava, obwohl nichts gut ist, und streicht über Merves verklebtes, verfilztes Haar. So sitzen sie da, in Merves Müll, die Sonne scheint durch die Fenster in ihre müden Gesichter, Babymerve schreit und rollt sich wutverzerrt hin und her auf der Auslegware und den Krümeln, die große Merve schreit nicht, sie sitzt stumm da, mit leerem Blick, Avas warme Hand auf ihrem strähnigen roten Haar, und über ihnen liegt eine große, staubige Ratlosigkeit.

Auf dem Rückweg ist es schon dunkel, es regnet, Ava hat Merves Bude aufgeräumt, Babymerve gestillt und gewindelt, hat mit dem Krankenhaus telefoniert und sich von Merve berichten lassen, was passiert war, obwohl so viel, wie sie befürchtet hatte, gar nicht passiert war. Der Assi war nach ein paar lustigen Tagen mit Johnny und Merve wieder abgehauen, ohne Vorankündigung, er hatte erst noch Pläne gemacht, hatte Ausflüge mit ihr und Johnny unternommen und hatte dabei so gut ausgesehen, und sie hatten alle so gut ausgesehen, wie eine richtig tolle, fröhliche Familie. Dann war er nach Dortmund gefahren, um einem Freund bei einem Drehbuch zu helfen, angeblich, kurzfristig, weil der Freund das Drehbuch anscheinend ohne ihn nicht fertigkriegen konnte, und war nicht mehr zurückgekommen. Er wollte in Griechenland einen ökologischen Ziegenhof aufbauen helfen und dabei sein eigenes Buch schreiben, das sich mit dem Thema Edelmut bei Konfuzius und im Neoliberalismus beschäftigen sollte. Ava erstaunte, dass Merve sich das Thema des Buches überhaupt gemerkt hatte. Aber Merve kann mit Begriffen ebenso jonglieren wie Danilo, ist ihr schon öfter aufgefallen. Als der Assi weg war und auch nicht mehr wiederkam, wurde Merve schnell klar, dass sie Johnny nicht liebte und nicht lieben würde. Sie saß vor dem Kinderwagen, betrachtete das stille, wach starrende Kind und fühlte, dass sie nichts fühlte und nicht einmal Lust hatte, ein Wort mit dem Kind zu wechseln. Selten hatte sie etwas zu dem Kind gesagt, meist hatte sie es stumm gewickelt und stumm in sein Bett gelegt und war froh gewesen, wenn sie es wieder los war. Zunehmend wurde die Versorgung ihr eine unangenehme Last, die sie ungehalten und sogar zornig machte. Sie hielt alles sauber und erfüllte ihre Pflichten, aber das änderte nichts an ihrer Unfähigkeit, es zu lieben.

«Ich fand ihn unangenehm. Wie ist das für dich, wenn ich das sage, Ava? Ich fand ein kleines Baby unangenehm.»

«Dein Baby», hatte Ava gesagt.

«Ich habe ihn weggebracht, als ich gerade anfing, ihn grob zu behandeln. Verstehst du?»

Ava nickte.

«Verstehst du nicht.»

Ava geht mit der kleinen Merve unter ihrem dicken Kissen die dunkle Straße entlang, die Plastikplane über den Wagen gezogen, ganz dünner Regen tröpfelt jetzt sanft auf die Plane. Kann sie es wirklich verstehen? Aber wenn sie so wäre wie Merve und wenn es ihr so ginge – das kann sie erahnen, wie es dann sein könnte. Merve verstellt sich nicht und klagt nicht und will keine Vergebung. Merve ist gefangen in der Höhle ihres Denkens und ihres Fühlens, so wie auch Ava.

Man muss versuchen, das Beste draus zu machen. Das Beste sieht manchmal fast wie ein Verbrechen aus. Aber Ava denkt, dass Merve kein Mensch ist, bei dem sie ein schlechtes Gefühl hat. Es ist alles viel komplizierter, als es an der Oberfläche aussieht. Danilo wird das mit dem Baby belasten. Das wird ihn sehr belasten. Und das belastet dann wieder sie, das ist ihr eigenes Leben und kommt noch oben auf alles andere draufgeschichtet.

Danilo sitzt in der dunklen Küche, als sie nach Haus kommt. Er sitzt am Tisch, die Hände gefaltet, und lauscht dem Radio.

«Merve hat Johnny zurück ins Krankenhaus gebracht», sagt Ava über das Radio hinweg, das Nachrichten verteilt.

Danilo schaut hoch. Er legt den Finger an die Lippen. Ava setzt sich zu ihm, während die kleine Merve in ihrem Wagen im Flur am Schlafen ist. Sie starrt durch die Dunkelheit hindurch auf sein Gesicht, sie fühlt die Last der Dinge um sie herum, während im Radio von Luftangriffen der Nato auf Städte in Serbien und im Kosovo die Rede ist.

Als Merve ein Jahr alt ist, unternimmt Ava einen halbherzigen Versuch, sie in einer Kinderkrippe unterzubringen. Aber die Vorstellung, dass andere Menschen den Tag mit ihr verbringen, gefällt ihr nicht. Merve ist ein anspruchsvolles Kleinkind, sie ist schnell wütend und schreit und wirft mit ihren Steinen, und die Tränen perlen ihr über das Gesicht. Ava will nicht, dass sie woanders so ist und andere Leute dann auf sie wütend werden, so wie sie dann wütend wird und es in sich verschließt, weil sie klüger als eine kleine Merve ist und reifer und ihre Gefühle im Griff hat. Aber der eigentliche Grund ist, dass sie fürchtet, eine andere zu sein, wenn sie wieder im Krankenhaus arbeitet. Sie kann sich gar nicht vorstellen, nach der Arbeit das Kind abzuholen, einzukaufen, nach Hause zu gehen und dann, wenn Merve ihre Wut kriegt, noch entspannt zu sein. Jedenfalls halbwegs entspannt. Denn richtig entspannt ist sie nie. Sie ist auch nicht zufrieden. Vielleicht wäre sie zufriedener, wenn sie wieder im Krankenhaus arbeiten würde, aber dann müsste sie Merve in die Krippe geben oder zu einer Tagesmutter. Die Idee einer Tagesmutter gefällt ihr noch weniger, sie will keine andere Mutter für Merve. So bleibt vorerst alles, wie es ist, und der Familie geht langsam das Geld aus. Danilo schreibt seine Magisterarbeit und arbeitet an nichts anderem als an seinem Studium. Sie arbeitet nicht und bekommt Erziehungsgeld und Kindergeld, dazu das Bafög und das ein oder andere Scheinchen von ihrer Mummi, das mit der Post geflattert kommt. Aber das Scheinchen reicht nie für was Hübsches. Es reicht für Butter und Brot. Ava hatte immer etwas zurückgelegt, für die Sicherheit, und jetzt ist die Sicherheit aufgebraucht. Es ist nicht so, dass sie nun nicht essen können, essen können sie, aber schicke Klamotten kaufen zum Beispiel nicht. Schicke Klamotten braucht man aber, wenn man wieder eine Frau sein will, manchmal, wenn man den Kinderwagen nicht dabeihat. Wenn man den weichen Bauch in eine enge Hose quetschen, einen Lippenstift auflegen und sich aufrichten will.

Ava sieht Merve einen schmalen Holzbaustein hochkant auf einen anderen flachen, hochkant stehenden Stein balancieren, es gelingt ihr nicht, und sie versucht es erneut, wirft aber bald wütend die Bausteine von sich und haut Ava mit ihrer knubbeligen Hand auf das Bein. Ava sagt: «Nein, nicht hauen!» Sie nimmt selbst den Stein und stellt ihn ganz langsam auf den anderen. Merve beobachtet es, verzieht das Gesicht zu einem Lächeln und fegt die Steine dann mit beiden Händen durchs Zimmer.

Ava steht auf, um nach der Wäsche zu sehen. Sie nimmt die Wäsche aus der Maschine und hängt sie drüben im Bodenzimmer auf. Danilos Bücher liegen herum, seine eingetrocknete Teetasse steht auf dem Tisch, sein dicker brauner Strickpullover hängt über dem Stuhl, und in der Ecke lehnt sein Vater, vorwurfsvoll gegen die Kellerwand starrend, mit neuer Kleidung. Danilo hat ihn entstaubt, hat ihm eine alte Jeans von sich angezogen, die Jeans zu groß, weil Danilo größer als sein Puppenvater ist, und einen blassen, mottenzerfressenen Wollpullover von sich. Die Mottenlöcher sieht man kaum, weil sie unter dem grauen Jackett vom Vater versteckt sind. Der Vater sagt manchmal etwas. Er sagt: «Beeil dich, faule Frau! Das Kind ist allein!» Es ist nicht so, dass Ava es wirklich hört, sie denkt es nur in ihrem Kopf. Aber dass sie es denkt, das lässt sich nicht verhindern. Sie denkt schon manchmal vorher, bevor sie das Bodenzimmer betritt, dass sie nichts denken will, was der Vater sagt. Gegen ihre Gedanken kann sie aber nichts ausrichten. Josip Androsevich redet, wann und wie er will in ihrem Kopf, in Worten, die sie nie so sagen würde.

Ava hängt die Wäsche rasch über die Leine, sie nimmt sich

nicht die Zeit, alles glatt aufzuhängen, da sie jetzt schnell wieder rüber zu Merve will. Aber Merve sitzt in ihrem Zimmer vor den Steinen, die jetzt hochkant übereinanderstehen, so wie es ihr Ziel gewesen war. Sie hat es geschafft und sieht nur kurz gelangweilt zu ihrer Mutter hinüber. Sie wird selbständig, erkennt Ava erschrocken. Sie kann es schaffen, ihre eigenen unsinnigen Ziele verfolgen, Ava hochmütig ansehen und sie nicht vermissen.

Zwei Wochen später bekommt Danilo einen Job an der Hamburger Uni, der zwar nicht toll bezahlt wird, die finanzielle Lage aber etwas entspannt. Wenn man eine Zeitlang sparsam bis sehr sparsam lebt, gewöhnt man sich an diese Art, mit Geld umzugehen. Man weiß, welches die billigste Butter ist, der billigste Käse, die billigste Milch. Man denkt daran, das Licht auszuschalten, den Wasserhahn abzudrehen. Man hat sich damit abgefunden, keine Eintrittskarten zu kaufen für was auch immer. Und Kinderkleidung kauft man im Secondhandladen oder im Ausverkauf. Ava hat Babyhosen für drei Mark gekauft, Pullis für zwei und Schuhchen für zwölf Mark. In Danilos Studentenkreisen ist es normal, so zu leben. Ein anderes, ein First-Hand-Leben, ist bürgerlich. Und auch Ava hat es bisher kaum gestört, dass sie wenig Geld zur Verfügung hatten, denn ihre zugige Dachgeschosswohnung ist gemütlich, und sie hat kaum Vergleiche mit Leuten mit luxuriöserer Lebensweise, wenn man von Fadil absieht, der nicht zählt, weil er eine Art Prinz und hauptsächlich an Büchern interessiert ist. Was ihr aber jetzt wirklich fehlt, ist eine neue Bluse, eine neue Jeans, ein paar neue Schuhe, Stiefel vielleicht sogar, zwei, drei T-Shirts und Unterwäsche. Danilos Hosen und Hemden sind allesamt dünnfädrig oder sogar mit kleinen Löchern versehen. Das stört ihn aber kaum. Manchmal sitzt er in seiner Dachkammer, den Mund gespitzt und die Augen zusammengekniffen, und näht eines der Löcher zu, indem er es mit dem Nähfaden einfach zusammenzieht. Dann hat er kein Loch mehr an der Stelle, dann hat er einen Faltenstern. Ava könnte es besser, aber Danilo näht seine Löcher selber zu. Er hat es sich selber beigebracht und ist stolz auf sein Nähenkönnen. Ava sagt nichts dazu. Vermutlich gehören die Faltensterne ebenso zu Danilos außergewöhnlicher Persönlichkeit wie sein Starrsinn und seine Unbeirrbarkeit. Wird sie sich da einmischen, wo sie doch genug zu tun hat? Nein.

Als das Konto nun langsam aus dem Dispo wieder in ein Guthaben turnt, als Ava ausstehende Rechnungen abbezahlt und es immer noch ein Guthaben gibt, spielt sie mit dem Gedanken, sich ein Kleidungsstück zu kaufen. Eins nur. Ein einziges Kleidungsstück. Sie sagt Danilo nichts davon, denn er hat doch dieses Geld verdient, das sich jetzt bescheiden auf dem Konto ansammelt. Sie gibt doch nur aus. Sie geht jeden Tag zum Supermarkt und zählt die Scheine und Münzen aus dem blauen Portemonnaie der weißbekittelten Kassiererin auf den Verkaufstisch. Jeder Schein tut ihr weh. Wenn es ein größerer Schein ist, dann ist sie sich bewusst, dass etwas in ihrem Wagen zu viel war. Sie sagt nichts von ihren Einkaufswünschen.

Danilo dagegen kommt eines Tages mit neuen gelbbraunen Schuhen nach Hause. Er kommt direkt mit den Schuhen an den Füßen nach Hause, zieht sie vorsichtig und umständlich aus und stellt sie auf den Dielenboden im Flur der Wohnung. Seine alten, zerlatschten Adidasturnschuhe hat er in einer Plastikeinkaufstüte in seiner Aktentasche stecken, weswegen sich die Aktentasche beult.

Ava tritt aus der Küche in den Flur, sie sieht die langen gelben Schuhe auf dem Boden stehen, Danilo barfuß in geflickten Stricksocken daneben, sie anstarrend, stolz und etwas unsicher wegen seines Kaufs. «Wie findest du sie?», fragt er lächelnd.

Und Ava soll der Schlag treffen, wenn sie ihm dieses merkwürdige Schuhwerk auch nur mit einer Silbe schlechtmachen würde. Und ihm seine Freude nehmen. So selten kauft Danilo Kleidung für sich. Und, was noch wichtiger ist, so selten bedarf er ihres wohlwollenden Zuspruchs. Die Schuhe stellen eine Extravaganz dar, und Danilo hat sich ganz sicher nicht geirrt. Danilo kann sich in solchen Sachen gar nicht irren; wenn ihm die Schuhe in die Augen gestochen sind, wenn sie ihm urplötzlich gefallen haben, dann deshalb, weil sie seiner Persönlichkeit entsprechen, weil sie ihm in ihrem innersten Wesen entsprechen, wenn man denn von dem innersten Wesen eines Paars Schuhe sprechen kann.

«Zieh sie doch noch mal an», sagt Ava.

«Meinst du?»

Seine Unsicherheit, sein Bedürfnis nach ihrer Aufmerksamkeit machen sie froh.

Er zieht die Schuhe an und geht den winzigen Flur ein kleines Stück auf und ab. Merve kommt aus dem Wohnzimmer gekrochen, ein Stück Paketband in der Hand, und starrt den gehenden Vater an, den tänzelnden Vater, denn Danilo tänzelt fröhlich wie ein Eichhörnchen. Ava strahlt.

«Baba», schreit Merve.

Danilo beachtet sie nicht. Auch das macht Ava froh. Dass er sich ehrlich auf ihre Meinung konzentriert.

«Ziemlich cool», sagt sie.

«Findest du?»

«Du siehst aus wie ...»

«Ja, wie wer?»

Ava überlegt. Wie wer sieht Danilo aus?

«Bbbrrrr. Uff», sagt Merve und macht sich auf den Weg, Danilo entgegen.

«Jemand mit Stil. Es fällt mir nicht ein. Gérard Depardieu vielleicht?»

«Gérard Depardieu? Na, danke.»

«Nein. Aber jemand Cooles.»
«Du kennst niemand Cooles.»
«Für mich ist Gérard Depardieu cool.»
«Na ja.» Er zieht die Schuhe aus und stellt sie wieder vor sich auf den Boden.

Merve ist bei Danilo angekommen und greift nach einem Schuh. Sie hebt ihn mühevoll hoch, sie grinst, eine dünne Spur Spucke läuft aus ihrem Mund. Danilo reißt ihn ihr aus der Hand und stellt beide Schuhe hoch ins Schuhregal. Merve bleibt vor Wut die Luft weg, sie lässt sich fallen, wie es so ihre Art ist, schlägt dabei mit dem Kopf gegen das Schuhregal, haut sich den Zahn in die Lippe und blutet. Geschrei und Alltag. Scheiß Schuhe, denkt Ava. Scheiß Danilo. Scheiße, Scheiße, Scheiße.

Ava nimmt die schreiende Merve mit in das Bad, schließt die Tür, wischt ihr das Blut mit Klopapier ab und wischt ein bisschen doll, sodass Merve vor Geschrei fast blau anläuft. Als ihr ihre Grobheit bewusst wird, fünf Minuten später, drückt sie Merve erschrocken an ihr Gesicht, Merves tränennasse Wange an ihre, und murmelt leise Entschuldigungen. Es tut ihr so leid, denn was kann Merve dafür?

Sie holt einen Lieblingskinderjoghurt aus dem Kühlschrank und stellt ihn vor Merve auf den Tisch. Merve greift nach dem Plastiklöffel und schreit noch wütender und enttäuschter auf, als sie den Joghurt in den brennenden, blutenden Mund bekommt. Die Lippe ist geschwollen und von innen etwas eingerissen. Aber die Zähne sind nicht durch die Lippe geschlagen. Es wird wieder heilen. In ein paar Tagen wird es nicht mehr zu sehen sein.

Danilo kommt in die Küche. «Willst du nicht vielleicht mit ihr zum Arzt gehen?», sagt er kühl, als wäre es ihre Schuld.

Ava starrt ihn an. «Willst DU nicht vielleicht mit ihr zum Arzt gehen?», fragt sie.

«Bitte, wenn du meinst, ich sollte das tun. Gib mir die

Krankenkarte, und ich gehe mit ihr nach meiner Arbeit auch noch zum Arzt, wenn du dich dazu nicht in der Lage fühlst.»

Ava schweigt und bleibt mit der wimmernden und mit den Fingern im Joghurt rührenden, vollkommen blut-und-joghurt-verschmierten Merve auf ihrem Schoß sitzen. «Es ist nicht notwendig», sagt sie schließlich.

«Na, du musst es ja wissen», sagt Danilo.

Sie weiß es. Sie ist Krankenschwester. Der Arzt kann nichts tun, wenn Merve drinnen in ihrem Mund einen kleinen Riss hat. Was auch, ein Pflaster draufkleben? Danilo hat keine Ahnung, beschäftigt sich nie damit und macht ihr dennoch Vorwürfe. Er wirft ihr Faulheit vor und Trägheit. Und weil sie selbst sich Faulheit und Trägheit vorwirft, weil sie nämlich den Haushalt nicht im Griff hat, nicht wie es sein sollte, weil sie selbst oft genug denkt, dass sie mehr tun könnte, kann sie sich von diesen Vorwürfen nicht ganz frei machen. Sie ist den ganzen Tag zu Haus und verdient kein Geld und tut praktisch nichts. Ihr Tag ist ein großes NICHTS! Deshalb darf Danilo sagen, darf höhnisch sagen, er würde auch noch nach seiner Arbeit mit Merve zum Arzt gehen. Sie nämlich würde nach dem großen NICHTS zum Arzt gehen – er nach der Arbeit, sie nach den NICHTS. Und am Ende eines solchen Tages voll mit NICHTS ist sie ausgebrannt und leer und vollkommen erschöpft. Wie kann das sein? Wo ist die strahlende Mutter in der hellen, gestreiften Bluse, mit dem frisierten Haar, die im Sonnenschein ihr nackiges Baby vom polierten Fliesenboden hebt und durch die Luft wirbelt, während es quietscht? Das Pampasbaby? Das Zwiebackbaby? Das duftende Schaumbadbaby mit der einen Locke? Natürlich ist Ava nie so blöd gewesen, das zu glauben. Aber trotzdem hat sie so ein Bild in sich und kriegt es nicht raus. Trotzdem sehnt sie sich nach solcher sonnigen Harmonie und nach dem Gefühl von Zufriedenheit.

Danilo ist ein guter Mensch. Er ist klug, und er bemüht

sich sehr. Er hat nette Freunde, was für ihn spricht, und er hat jetzt sogar einen Job an der Uni bekommen und verdient das Geld für seine Familie. Er liebt Ava und ist ihr immer treu gewesen. Was also fehlt an dem sonnigen Familienleben? Welche Zutat ist nicht dabei? Ist es am Ende Ava, die ihren Anteil nicht erbringt?

Ava setzt Merve zu Johnny auf die Decke zwischen all die ausgebreiteten Dinge, mit denen Johnny spielt. Einen Plastikkorb mit grünen Wäscheklammern, zwei Silberlöffel und ziemlich zerfetzte Zeitschriften. Johnny ist ein halbes Jahr in einer Pflegefamilie in Ammersbek gewesen, in den Armen einer hübschen, dicken Frau, die Merve noch zweimal besuchen gekommen war, um sich nach dem Kind zu erkundigen, nicht um zu schnüffeln. Merve geht immer noch zur «Mädchenstunde», sie sagt Mädchenstunde zur Therapie, weil die Therapeutin ein Mädchen ist und keine Frau. Merve findet sie gut, und sie will auch zu keiner Frau, die schon hundert Leute therapiert hat und alles schon weiß. Die Mädchentherapeutin ist verhältnismäßig jung und voller unerfahrenem Optimismus. Das gefällt Merve am besten. Sie hat Johnny nach dem halben Jahr Pflegefamilie in einer Art Vernunftsakt zurückgenommen. Sie wollte auf eine sehr verantwortungsvolle Art das Richtige tun. Ihn ins Krankenhaus «zurückzubringen», war für sie damals auch das Richtige gewesen. Ihn in einer Pflegefamilie zu lassen ebenso. Jetzt ist es das Richtige, es mit ihm zu versuchen. Ava hatte ihr vorsichtig erklärt, dass ein Kind kein Experiment mit der eigenen Verantwortung ist. Vielleicht ist es das aber doch.

Merve ging nach der «Zurücknahme» mit dem Kind um wie mit einer ernsthaften Aufgabe, ein wenig zu genau, zu pflichtbewusst, zu getrieben von ihrem Anspruch, die Aufgabe zu bewältigen, als befände sie sich in einer andauernden Prüfung. Ava hatte schwarz gesehen, obwohl sie die Ordnung in Merves Wohnung, die Ordnung in ihrem Tagesablauf bewunderte. Merve war eine Mutter wie ein Soldat, verbissen, zäh, nie klagend, immer schuldbewusst wegen der Krankenhaussache, immer Rücksicht nehmend auf das Kind und sich alle Schlamperei versagend. Sie besuchte, im Interesse des Kindes, sogar eine Krabbelgruppe, obgleich ihr davor graute. Doch während sie, nicht aus einem Gefühl heraus, sondern aus Anstand und aus Gründen der Wiedergutmachung, ihr Kind perfekt versorgte, geschah ein Wunder, und die Sonne ging auf. Ava konnte es miterleben, Ava strahlte selber davon, schließlich war es ihre Freundin, die sie nie aufgegeben, an die sie immer geglaubt hatte, und das würde sie auch immer noch tun, selbst wenn die Sache anders ausgegangen wäre. Eines Tages kam Ava zu Merve in die Wohnung, und Merve öffnete ihr weinend die Tür. Johnny hatte, erfuhr Ava, sich zu Merve gebeugt und ihr über die Wange gestreichelt. Nichts Ungewöhnliches eigentlich. Aber Merve war von der Zuneigung ihres eigenen Kindes vollkommen überrumpelt worden, und ab da, sehr langsam, in kleinen Schüben, ab da ging die Sonne auf für die beiden.

Von dem Assi ist nun kaum noch die Rede. Johnny ist ein großes, schlankes Kleinkind mit feuerrotem Haar geworden. Das feuerrote Haar flammt verfilzt an seinem schmalen Kopf. Auch seine vertrotzten Lippen, seine zusammengepressten Augen, alles erinnert an seine Mutter, vom Vater ist nicht viel geblieben. Johnny ist, trotz seiner Pflegefamilienerfahrung oder vielleicht gerade deshalb, in allem weiter als die wütige Babymerve. Er tastet sich an der Wand entlang, kann schon stehen und gehen, wackelig und tapsig. Er ist viel ruhiger und konzentrierter als Merve und kann fast alles besser als sie. Schwer auszuhalten für Ava. Aber man muss dem eigenen Kind ins Gesicht sehen. Dann sieht man das liebste Gesicht, lieber als das dünne Rotschopfgesicht von Johnny, dann ist es alles wieder in seiner Ordnung. Das ist das Maß der Dinge.

Die Augen, die Nase, die Lippen, das Lächeln, das Weinen, das ist es, was einen durchbohrt und an einem Band durch die Tage zieht.

Seit Danilo den Job an der Uni hat – er arbeitet seinem Professor zu, dem Professor, von dem Ava den hellblauen Kinderwagen für Merve hatte –, seitdem ist er noch weniger zu Hause. Dort ist jetzt sein Zuhause, er arbeitet und diskutiert und trinkt tausend Tassen Kaffee und ist wohl ein besonders interessanter Typ für die frischen Studentinnen mit seinem riesigen, kroatischen Lockenkopf und seiner dicken Brille und seiner Klugheit. Dass er ein Kind und vor allem Ava hat, erzählt er vermutlich niemandem. Oder vielleicht doch. Ava weiß es nicht, Ava vermutet es nur, in Anfällen von Einsamkeit und Eifersucht.

Ava sitzt mit Merve in der Wohnung und überlegt sich eine interessante Beschäftigung. Sie blättert in Danilos Büchern, sie starrt aus dem Fenster über die Dächer der Stadt, draußen ist es grau und nieselt. Verkehrsgeräusche. Babymerve hält im staubigen Schlafzimmer in ihrem neuen Gitterbett ihr Mittagsschläfchen. Ava hat mit Merve, der Großen, ein Gespräch über die Dinge geführt, die sie schon alle versucht hat. Merve hat schon Unmengen von Dingen begonnen und wieder aufgehört. Sie hat Medizin studiert, sie hat eine Ausbildung als Zahnarzthelferin begonnen, sie hat einen Kurs zur Yogalehrerin mitgemacht, sich auf eine Prüfung zur Kunsthochschule vorbereitet, nackt in Performances eines Freundes mitgewirkt, im Museum Führungen gemacht, im Tierheim Nachtwache gehalten und vieles andere mehr. In ihrer Freizeit hat sie zeitweise gemalt, geschrieben und gesungen. Ava hat sich in langen, trägen Nachmittagen auf Merves Wohnzimmerteppich, zwischen Spielzeug und Kinderjoghurt, und während sie darauf achteten, dass Johnny und Merve sich nicht mit Gegenständen auf den Kopf hauten, von jeder einzelnen Erfahrung genau berichten lassen und war zu dem Schluss gekommen, dass es ihr an solchen Erfahrungen fehlt. In ihrem Dorf und ihrer Familie gab es bisher nur einen, der sich in solche Dinge, die außerhalb des Arbeitslebens lagen, hineinsteigerte, und das war ihr Vater. Ihr Vater kennt Hunderte von Gedichten auswendig, und seit kurzem weiß Ava, dass er auch selbst Gedichte verfasst. Es ist ihm gelungen, all die Jahre seine eigene Gedichtschreiberei vor den Mädchen geheim zu halten. Die Mummi wusste sicher davon. Dem Vater waren seine eigenen Gedichte peinlich gewesen oder zu viel wert, um sie den Kindern auszuliefern. Deshalb hatte er heimlich gedichtet und das Geschriebene verborgen. Seit beide Mädchen aus dem Haus sind, ist er vermutlich nachlässiger geworden, und Ava fand das Heft bei einem Besuch auf dem Klo auf einem Stapel Handtüchern. Dass der Vater noch auf dem Klo dichtete oder sich zumindest seine Gedichte zu Gemüte führte, das hatte ihr mit Petra zusammen Lachkrämpfe verursacht. Sie hatten das Geheimnis aber bewahrt und den Vater nicht darauf angesprochen. Die Gedichte waren sehr merkwürdig, fand Ava, jedenfalls die auf dem Klo. Sie handelten fast alle von der tragischen Liebe. Von der tragischen Liebe des Vaters zur Mummi etwa? Das kann Ava kaum glauben. Oder sollte der Vater sie an eine andere Frau gerichtet haben? Undenkbar.

Abgesehen vom Vater hatte es in Avas Leben keine so experimentierfreudigen Menschen gegeben wie Merve. Man lernte einen Beruf, übte ihn aus, kam abends nach Haus und sah nach dem Haushalt fern. Der Vater allerdings kam nicht abends nach Hause. Der Vater saß den ganzen Tag zu Hause rum und ließ seine Aktien für sich arbeiten. Seine Aktien hatte er geerbt. Sie warfen anscheinend nicht besonders viel ab, denn die Mutter kräuselte nur immer spöttisch ihre dicke Oberlippe, wenn die Rede darauf kam. Nur am Abend fuhr der Vater mit einer kunstledernen blauen Aktentasche in die

Volkshochschule nach Buxtehude, um dort ein altmodisches deutsches Englisch zu unterrichten. Der Vater fuhr mit einem Schüler, der ihn abholte. Es fand sich meistens einer, dem der Vater ans Herz gewachsen war, der einen Umweg in Kauf nahm, um den Mr. Grünebach mitzunehmen, weil er sonst umständlich mit dem Bus hätte fahren müssen. Das war sein ganzes Arbeitsleben und sein Beitrag zum Haushalt, abgesehen von seinem kümmerlichen Aktienerbe. Und deshalb hatte der Vater den lieben langen Tag Zeit, sich in Gedichte reinzufühlen und sich von den anderen Menschen wegzuentwickeln. Denn eines war im Dorf und ebenso in Avas Verwandtschaft immer klar gewesen: Der Vater ist ein Spinner.

Ava hatte nie wie der Vater werden wollen. Aber sie vermutet, dass einiges doch in sie eingewachsen ist, genetisch und auch durch all das, was der Vater Tag um Tag so feierlich herumspann. Wenn sie hört, wie Merve von den Berg-und-Tal-Fahrten ihrer kreativen und anderen Erfahrungen erzählt, dann kriegt sie solche Lust, auch etwas so Farbiges zu tun und sich auch solchen Herausforderungen zu stellen. Hier, in ihrer Wohnung, über den nassen Dächern, ist es so leer und so still. Dass Danilo jetzt noch mehr mit anderen Dingen und anderen Leuten beschäftigt ist als vorher, macht es nicht eben spannender zu Haus. Es ist an der Zeit, etwas Neues zu beginnen, denkt sie und kramt in sich und kann es einfach nicht herausfinden, zu was sie, Ava Grünebach, talentiert sein soll. Stulle, mit dem sie einst die Reise auf der Autobahn unternommen hatte, um grüne Tomaten abzuholen, Stulle hatte ihr erzählt, dass er sein Leben darauf ausrichtete, sich am Ende ein Segelboot zu kaufen und für eine Zeit auf das Meer zu verschwinden, er richtete sein Lkw-Leben aus wie einen Pfeil, ein Leben, um ein anderes Leben zu leben. Er hatte sie nach ihren Plänen gefragt, und sie hatte bemerkt, dass sie keine hatte. Und so ist es immer noch. Falls sie so etwas wie eine Begabung, einen Traum in sich trägt, dann nur ganz tief in sich drin. Sie hat immer gewusst, dass sie etwas Besonderes ist. Nicht einfach eine Krankenschwester. Nicht einfach eine Mutter. Nicht einfach eine Frau. Sie ist Ava, benannt nach Ava Gardner. Und dann wird ihr klar, was sie kann. Sie kann eine Schauspielerin sein. Sie ist noch nie eine Schauspielerin gewesen, sie hat noch nie auf der Bühne gestanden, sie hat noch nie eine Rolle auswendig gelernt, aber sie ist sich plötzlich sehr sicher: Sie ist die geborene Schauspielerin, sie hat es bisher nur noch nicht gewusst.

Sie stützt sich auf das Fensterbrett und murmelt Dialoge aus der «Barfüßigen Gräfin».

Als Danilo am Abend nach dem Essen fragt, hebt Ava den Deckel eines Topfes, in dem kalte Kartoffelsuppe ist. Es ist einundzwanzig Uhr, Danilo ist gerade nach Haus gekommen, Merve jammert in ihrem Bett, sie hat am Nachmittag zu lange geschlafen, während Ava im Wohnzimmer schauspielerte, und jetzt ist sie noch nicht so müde, dass sie während des Jammerns einschläft.

«Was hat sie denn?», fragt Danilo.

«Sie ist nicht müde.»

«Warum denn nicht?»

Ava rührt die Kartoffelsuppe um, die auf der heiß werdenden Platte steht. «Sie hat am Nachmittag zu lange geschlafen.»

«Aber dann wecken wir sie doch immer. Warum hast du sie nicht geweckt?»

Ava würde am liebsten sagen, «wir» wecken sie nicht. Ich wecke sie. Aber sie sagt es nicht. Sie sagt: «Ich habe es vergessen.» Und das ist die Wahrheit. Sie hat sich mit sich selbst und ihrer kreativen Zukunft beschäftigt und nicht daran gedacht, Merve zu wecken.

«Ich habe mir überlegt, mit dem Schauspielen anzufangen. In meiner Freizeit. Ich will mal etwas anderes machen», sagt Ava.

Danilo schweigt. Denkt er was dazu, oder ist es ihm egal? Ava ist schon klar, dass er ihren Gedanken nicht ernst nehmen wird, ihr kommt es selbst sehr albern vor, was sie sagt, aber Trotz lässt sie es doch sagen. Die Sache hat sie den ganzen Nachmittag beschäftigt, es ist ihr wichtig, sie muss es erzählen, sie hat den ganzen Tag nur Worte mit einer Einjährigen gewechselt. «Was sagst du? Das ist doch eine gute Idee, oder?»

Danilo setzt sich auf den Küchenstuhl, stellt seine Tasche neben das Tischbein, stützt seinen Arm auf den Tisch und sagt nach einer ganzen Weile, in der Ava sich vorzustellen versucht, was er denkt und was er antworten wird: «Mach doch. Wenn es dir Freude macht. Und wenn du da Zeit für hast.»

Ava setzt sich ebenfalls an den Küchentisch, obwohl Merve nebenan in ihrem Bettchen heult. Es kommt ihr jetzt dumm vor, was sie gedacht und gesagt hat. Wie ist sie darauf gekommen, dass sie eine Schauspielerin werden könnte? Weil sie Ava heißt, wie Ava Gardner? Das kommt alles vom Zu-Hause-Sitzen. Wo die Gedanken so wild herumfliegen können wie die des Vaters, weil er auch zu Hause rumsitzt und nicht mit Dingen beschäftigt ist. «Ich habe keine Zeit», sagt sie.

«Das würde ich auch sagen», sagt Danilo und starrt zwischen seinen Händen irgendwo an die Wand, nur nicht zu Ava hin.

«Wieso hast du Zeit für alles und ich nicht?», schreit sie ihn plötzlich an.

«Meinst du die Zeit, die ich arbeiten gehe?», fragt er, «oder die, wo ich studiere?» Ruhig und gefasst und ihr unendlich überlegen.

«Was mache *ich* denn?», fragt sie.

«Merve den ganzen Nachmittag schlafen lassen?»

Ava schweigt. Danilo hat recht. Sie hat den ganzen Nachmittag geträumt und nicht einmal die Wäsche gebügelt.

Danilo füllt sich Suppe auf, und Ava geht ins kalte Schlafzimmer, wo die vollends hysterische Merve in ihrem Bett steht, an die Gitterstäbe gekrallt, und ihr ihren roten Schlund entgegenstreckt.

Wenig später kauft sich Ava in einem kleinen Laden in Winterhude ein kurzes schwarzes Kleid, das ihre Figur ins rechte Licht rückt und sie irgendwie ganz vernünftig aussehen lässt. Sie steht bei Merve in der Wohnung vor einem riesigen, stellenweise blinden Spiegel und führt ihr das Kleid vor. «Es ist viiiel zu teuer», sagt sie und wendet sich und betrachtet mit verrenktem Hals über die Schulter ihren Hintern.

«Für wen? Für dich?», fragt Merve.

«So etwas Teures kaufen wir eigentlich nicht. Da können wir eine Woche von essen. Oder vielleicht sogar zwei.»

Merve zuckt mit den Schultern. Sie holt eine Schere aus der Küche und schneidet das Preisschild ab. «Jetzt ist es nicht mehr teuer.» Sie reißt das Preisschild durch und wirft es auf den Boden.

Ava starrt auf die zerrissenen Schnipsel. «Merve. Jetzt kann ich es nicht mehr zurückbringen!»

«Wieso willst du es zurückbringen?»

«Es ist viel zu teuer für uns.»

«Du hast es doch schon gekauft. Warum kaufst du es, wenn du es wieder zurückbringen willst? Und was heißt denn immer ‹für uns›? Das kann einem ja echt auf die Nerven gehen, Mann!»

«Für unsere finanziellen Verhältnisse. Wir haben doch gar nicht das Geld für, für so ein Kleid.»

«Aber du hast es gekauft. Und jetzt stehst du hier und hast es an.»

«Du solltest mal sehen und mal sagen …», murmelt Ava.

«Jetzt habe ich es gesehen. Es sieht scharf aus. Behalt es. Es hat fünfzig Mark gekostet. Sag einfach, es hat fünfzig Mark gekostet.» Merve hebt die Schnipsel auf und bringt sie in die Küche. Sie ist immer so ordentlich. Es passt überhaupt nicht zu ihr, findet Ava. Ordentlich sind andere Leute. Die nicht so heftig sind wie Merve.

Ava betrachtet sich im Spiegel. In dem leicht undeutlichen Spiegelbild sieht sie das erste Mal wieder für sich selbst gut aus. Genau genommen sieht sie sexy aus. Sie sieht wirklich sexy aus. Ihr Kopf glüht vor Freude. Sie hatte schon fast gedacht, es wäre vorbei. Sie streckt ihren Rücken durch und zieht den Bauch ein. Sie ist gar nicht dick. Sie sieht eigentlich direkt schlank aus.

«Wir gehen mit dem Kleid aus», sagt Merve.

«Ja? Wohin gehen wir?», fragt Ava, und Cafés, die großzügig genug sind, dass man zwei Kinderkarren neben den Plätzen abstellen darf, ziehen ihr durch den Kopf.

«Wir gehen auf eine Geburtstagsparty auf St. Pauli. Ein Freund feiert Geburtstag und hat mich eingeladen. Ich habe nein gesagt, aber ich habe es mir gerade überlegt. Wir gehen mit dem Kleid auf eine Party. Du und ich und das Kleid. Heute Abend.»

Ava starrt Merve an. Sie hatte nicht gewusst, dass Merve Freunde hat, die sie auf Geburtstagspartys einladen. Sie hatte eigentlich überhaupt nichts von Freunden gewusst. Merve saß immer in der Wohnung und putzte und kümmerte sich um Johnny. «Wir können doch nicht. Wir haben doch die Kinder», sagt Ava.

Merve spitzt die Lippen und pfeift. «Ich besorge einen Babysitter. Du hast einen Kindesvater.»

«Aber ich habe Danilo doch gar nicht gefragt.»

«Meinst du, er ist nicht bereit, auf sein Kind aufzupassen? Das machst du doch auch jeden Tag und jeden Abend, und niemand fragt dich, ob du bereit bist. Ava, du gehst doch nie weg. Nie!»

Ava ist verwirrt. Es stimmt zwar, was Merve sagt, aber es ist nun mal so, dass sie ganz selbstverständlich für Merve da ist und Danilo nur, wenn er kann, will und gefragt wird. Vorher.

Ausreichend vorher. Möglicherweise hat er selbst Pläne. Aber sie sagt es nicht. Sie sagt: «Wie willst du denn so schnell einen Babysitter finden?»

«Oh, ich habe schon einen gefunden», sagt Merve, «eine Studentin der Erziehungswissenschaften. Sie war bereits einmal hier und hat Johnny betreut, als ich mich mit dem getroffen habe, der heute Geburtstag hat.»

Ava kann es nicht glauben. «Merve, wieso erzählst du mir solche Sachen nie? Ich erzähle dir alles, und du lernst einen kennen und hast einen Babysitter und erzählst nichts davon?»

«Ich hätte es noch erzählt. Es ging nur zu schnell. Und die Studentin ist hier aus dem Haus von zwei Stock über mir. Ich kenne sie schon länger. Sie ist lieb und ein bisschen dick und hat immer sehr knallige Jeans an, mit ihrem dicken Hintern, aber ist seeehr lieb. Sie passt gerne auf Kinder auf und nimmt kaum Geld. Nur wenig. Sie lernt dabei und sieht fern und frisst sich voll mit Schokolade, und es ist ihr egal. Sie will einfach nett sein.»

«Wieso denn schnell? Seit wann kennst du ihn denn?»

«Seit letzter Woche doch erst. Reg dich nicht auf.»

Johnny kommt angetorkelt und sagt: «Gagaga.»

Merve hebt ihn hoch und riecht an ihm und sagt: «Oh ja. Geht gleich los.»

Johnny läuft los und kommt mit einer Windel wieder und hält sie seiner Mutter hin.

«Geht gleich los», sagt Merve. Aber sie geht schon mit ihm in das Zimmer, wo der Tisch mit dem Wickelaufsatz steht, und legt ihn dort rauf, um ihn zu wickeln.

«Das Kind ist so ordentlich wie die Mutter», sagt Ava und folgt ihr nach nebenan. «Merve sagt nie, wenn sie eingekackt hat. Und sie schreit immer, wenn ich sie sauber mache. Deshalb schiebe ich es hinaus. Aber es bringt gar nichts, es hinauszuschieben.» Sie denkt, dass es hirnlos ist, solche Gespräche zu führen.

Während Merve Johnny wickelt, sagt sie: «Ich habe ihn kennengelernt, als ich mit Johnny auf dem Spielplatz war. Er saß da rum und las ein Buch. Ich glaube, er lernte in dem Buch oder so. Er hat mit einem Bleistift drin rumgekritzelt. Ein Student.»

«Dann weiß er jedenfalls, dass du Johnny hast.»

«Nein. Das habe ich erst mal nicht erzählt.»

«Nicht? Aber ich denke, du warst mit Johnny auf dem Spielplatz.»

«Aber ich habe es ihm nicht erzählt. Ich habe ihm gesagt, ich sitze hier nur so in meiner Mittagspause in der Sonne. Ich habe ihm erzählt, ich arbeite als Grafikerin in einer Agentur. Ich habe ihm erzählt, ich mache manchmal auch Illustrationen, für Kinderbücher. Er fand es interessant. Deshalb fand er auch mich interessant. Wir haben viel geredet. Er ist ein netter Typ. Und er sieht hübsch aus. Echt wirklich sehr hübsch. Ich habe ja nie Glück sonst mit Typen, dass die nett sind. Aber diesmal ... Ich glaube, diesmal hat es sehr nett angefangen.»

Ava starrt auf den fröhlichen Johnny, der an seinem winzigen Penis zerrt, und vor sich hin plappert, während Merve ihn reinigt. An der Tür erscheint jetzt krabbelnd die immer noch nicht laufende Merve, in der hochgereckten Hand stolz eine aufgeklappte Haushaltsschere haltend. Ava überlegt, wie sie Merve ohne Geschrei die Schere entwenden kann. Sie erkennt, dass sie keine Wahl hat. Sie entreißt sie ihr blitzschnell und sagt, in das Geschrei hinein: «Es hat doch nicht nett angefangen, wenn alles gelogen ist.»

«Was?» Merve schaut sie von der Seite verständnislos an.

«Du bist doch keine Grafikerin, du illustrierst keine Kinderbücher, und vor allem, du hast Johnny. Wo war der überhaupt die ganze Zeit?»

«Im Sandkasten. Er hat gespielt. Da waren jede Menge Kinder. Da war ein Junge mit einem großen Plastikbagger.

Da war er sehr scharf drauf. Es ist nicht aufgefallen, dass er zu mir gehört.»

«Es ist nicht aufgefallen?» Ava ist empört.

«Ava.» Merve legt ihr die Hand auf den Arm. «Du hast einen Mann. Ich habe seit dem Assi noch nicht einmal mit einem Mann geredet, außer dem Fleischerlehrling bei Edeka. Ich war so froh über den. Ich bin fast aufgeflippt. Ich wollte, dass er dranbleibt, und wie sollte er dranbleiben, Mann, wenn er erfährt, dass ich eine alleinerziehende Mutter bin, die nichts anderes unternimmt, als Hintern abwischen und Breichen kochen und Wäsche waschen, hm? Ich konnte ja nicht wissen, dass ich ihn überhaupt noch einmal wiedersehe.»

«Wie heißt er?», fragt Ava.

«Norman», sagt Merve und strahlt und stellt den gereinigten John auf die Erde zu der immer noch plärrenden Merve. «Norman ist doch schön, oder?»

«Und wenn du ihn wirklich heute Abend sehen solltest», sagt Ava, «wenn es wirklich so weit kommen sollte, dass wir da hingehen, was willst du dann sagen?»

Merve zuckt mit den Schultern. «Ich lasse es so. Ich werde mich nicht auf einer Party entzaubern. Das wäre ja schön blöd von mir. Und du», sie deutet auf Ava, «kommst mit. In diesem Kleid. Wegen mir, lüg ruhig auch ein bisschen. Wann, Ava, hattest du das letzte mal richtig Spaß? Ohne dein Kind?»

Ihr Kind hat sich in seiner Scherenentzugstrauer auf den Boden geschmissen und strampelt, während Johnny daneben kauert und ihr mit seiner Patschehand probehalber ein wenig auf den Rücken haut.

Sie weiß jetzt schon, wie Danilo darauf reagieren wird. Natürlich wird er auf Merve aufpassen. Natürlich kann er es nicht ablehnen, wenn er nichts anderes vorhat. Er wird sogar versichern, wie gerne er auf sein Kind aufpasst. Aber nett wird es nicht sein, und wegen des Kleides muss sie wirklich lügen. Das wäre dann insgesamt doch zu viel. Dass sie sich von seinem Geld ein so teures Kleid kauft und dazu noch verlangt, dass er auf das Kind aufpasst. Während sie all dies überlegt, wächst eine unverschämte Freude in ihr. Wenn sie erst mal raus ist, bei Danilo und Merve, wenn sie all das hinter sich hat, dann wird sie in ihrem phantastischem Kleid auf eine echte Party gehen, mit wildfremden Leuten und mit Merve.

Danilo sitzt in der Küche am Tisch und liest, zumindest tut er so. Das gespülte Geschirr müsste abgetrocknet werden. Ava hat es eben noch schnell abgewaschen, damit Danilo es nicht abwaschen muss. Aber sie hätte es vielleicht auch abtrocknen sollen. Jetzt steht es auf der Spüle und tropft und bekommt sicherlich Flecken. Nicht, dass sie das stören würde. Aber was stört sie dann an dem unabgetrockneten Geschirr?

Merve grummelt in ihrem Bett. Ava wirft vorsichtig einen Blick durch die angelehnte Tür. Merve sitzt, in ihren hellblauen Schlafsack gehüllt, mit ihrer Bärchendecke zugedeckt, in ihrem Bett und blättert in einem Buch. Eine Lampe steht auf einem Hocker neben ihrem Bett und spendet ihr Licht. Die Seiten des Buches schleifen beim Umblättern an der Bettdecke entlang, und dann geschieht das Vorhersehbare. Merve reißt die Seite zu heftig an der Bettdecke entlang, und die Seite reißt. Merve legt sie ordentlich neben sich auf das Laken und reißt jetzt gezielt die nächste Seite ab. Ava würde ihrem Kind gerne sagen, dass die Seiten eines Buches nicht abgerissen gehören, aber sie will Merve nicht auf sich aufmerksam machen. Sie muss los. Sie trägt ihr neues Kleid, sie hat ihre Augen dunkel geschminkt und ihr Haar hochgesteckt. Sie ist mit Merve zur Party verabredet und muss los. Ava läuft barfuß auf ihren Strumpfhosenfüßen in die Küche und wagt es, Danilo in seine stumme Revolte hinein anzusprechen. Danilo hat nicht gesagt, dass Ava nicht zu dieser Party gehen soll. Danilo hat nicht einmal nach dem Preis des Kleides gefragt. Er hat sich ziemlich still verhalten, und Ava ahnt, dass er abwartet, um Munition zu sammeln. Deshalb wäre es ihr auch lieber, wenn der Abwasch schon weggeräumt wäre. Wenn sie kein neues Kleid anhätte, sondern ein altes, weniger Hübsches. Wenn Merve schon schlafen würde. Sie sagt: «Merve reißt die Seiten aus ihrem Buch.»

Danilo blickt von seinem Buch hoch. «Soll ich da jetzt was unternehmen, oder warum sagst du mir das?»

«Nein.» Ava ärgert sich, dass sie Danilo das überhaupt erzählt hat. Warum ist sie nicht längst weg? Warum mischt sie sich ein, schließlich hat Danilo jetzt die Verantwortung. «Es ist nur das neue Buch, und es ist schade darum, dachte ich.»

«Welches neue Buch denn?», fragt Danilo und sammelt weiter Munition. Warum hat sie überhaupt davon angefangen? Sie hätte gar nicht in das Zimmer sehen und hätte es gar nicht wissen sollen.

«Das mit den Tieren.»

«Das? Das lässt du sie zerreißen?»

Ava hat es geahnt. Es ist ein teures Buch. Fadil hat es Merve geschenkt. Ein schickes, geschmackvolles Buch für Kleinkinder. Es ist wirklich schade, dass Merve es zerreißt. «Ich sag es dir ja. Weil es schade ist, sag ich es dir ja.»

Danilo steht auf. «Danke, Ava, danke für den Hinweis», sagt er und geht ins Schlafzimmer rüber, wütend. Sie hört ihn reden, ruhig und ernsthaft redet er auf Merve ein. Merve fängt an zu weinen. Danilo redet weiter ernsthaft auf sie ein, als würde sie das noch interessieren, als würde sie jetzt noch etwas verstehen. Merve schreit, und Danilo schließt die Tür, kommt in die Küche, in der Hand das Buch und die zerrissenen Seiten. Er wirft alles auf den Tisch und schaut Ava an.

«Mist», sagt sie bedauernd.

«Tja», sagt Danilo.

«Es tut mir leid», sagt Ava. Nebenan schreit Merve wie am Spieß. Ava würde sofort rübergehen und sie auf den Arm nehmen. Sie ist noch klein. Sie hat die Seiten nur abgerissen, weil die erste Seite versehentlich abriss. Sie tut ihr so leid. Und nun verschwindet auch noch ihre liebe Mama still und heimlich auf eine Party. Ava kann es kaum ertragen. «Danilo, sie schreit doch.»

«Ich höre es. Denkst du, ich komme nicht mit ihr klar?»

«Doch. Nur ...»

«Dann bleib doch besser hier, wenn du mich nicht mit ihr allein lassen willst. Das musst du schon wissen, Ava, ob ich das kann oder nicht. Du musst schon wissen, ob du sie mir anvertraust oder nicht.»

«Ich vertrau sie dir ja an», schreit Ava. Sie nimmt ihren Mantel vom Haken, schlüpft in ihre Stiefel, hängt sich ihre alte kleine Handtasche über und verschwindet nach draußen. Selbst im Treppenhaus hört sie Merve noch schreien, selbst unten im Erdgeschoss hört sie sie noch schreien. Es regnet leicht, und sie rennt fast, weil sie viel zu spät dran ist. Sie weint ein bisschen im feuchten Regen. Sie denkt, es fällt nicht auf, wenn ich weine, denn es regnet ja. Die kühle, feuchte Luft tut ihr gut. Das Weinen tut ihr gut. Merve tut ihr so leid. Sie sieht sie weinend in ihrem Bett sitzen, der Buchzerreißfreude beraubt und, was noch schlimmer ist, der Mutter beraubt. Ava schluchzt heftig, während sie zur Bahn stolpert. Dann muss sie plötzlich auch lachen, weil sie so doof ist. Sie bleibt stehen, schnieft und holt Luft, sie nimmt ein Taschentuch aus ihrer Tasche und wischt sich sorgfältig das Gesicht ab. Dann fällt ihr ein, dass Danilo ihr nicht viel Spaß gewünscht hat. Sie wünscht ihm immer viel Spaß, auch wenn sie es nicht so meint. Meistens meint sie es nicht so, weil sie am Ende ja deshalb immer allein zu Hause sitzt. Wenn sie etwas vorhat, wenn sie zum Beispiel zu Merve fährt oder wenn Beate zu Besuch ist, dann ist es ihr egal, wohin Danilo unterwegs ist. Nur wenn sie allein ist, dann gönnt sie ihm nichts.

Die Party findet in einem alten, großen Haus in der Hein-Hoyer-Straße statt. Sie bleibt vor dem Haus stehen und versucht sich zu erinnern, wie der Name war, über dem sie klingeln sollte. Soll sie alle Klingeln drücken? Soll sie eine Weile darauf warten, dass Merve kommt, falls sie sich auch so verspätet haben sollte? Aber was ist, wenn Merve längst da ist? Ava steht im Regen, in ihren Mantel gehüllt, die Hände in den Taschen, fest an die Eingangstür gedrückt, unter dem kaum geschützten Vorsprung, und kann sich immer weniger zu einer Handlung durchringen. Insgeheim fürchtet sie sich davor, eine Party mit völlig fremden Menschen zu besuchen, eine Party, auf die sie noch nicht einmal eingeladen worden ist. Warum hat sie sich überhaupt dazu überreden lassen?

Zwei Männer treten auf die Klingeln zu, sie weicht zur Seite. «Willst du auch zur Party?», fragt ein blasser, schlanker Mann mit einer blauen Wollmütze auf dem Kopf.

«Ja», sagt Ava.

«Wartest du noch auf jemanden oder wie?», fragt er und klingelt.

«Nein. Ich wusste nur gar nicht, wo ich klingeln sollte», sagt Ava. «Ich hab den Namen vergessen.»

Der Blasse kichert. «Norman», sagt er, «kennst du Norman nicht? Norman Foreman, Superman?»

«Meine Freundin kennt ihn. Sie ist schon da, glaube ich.»

Sie stiefeln die Treppen hoch, sämtliche Treppen, bis nach ganz oben, alte, abgetretene Treppenstufen, sehr staubig, Ava spürt den knirschenden Sand unter ihren Stiefeln, und schon von unten hört sie laut wummernde Musik. Sie ist froh, dass sie nicht allein, sondern nun als Anhang von den patenten, sich bestens mit Norman Foreman Superman auskennenden Männern erscheint. Oben ist es noch lauter, und alles ist in rötliches Licht getaucht. Es ist eine große Party. Viele Leute drängen sich in den Räumen, und es wird getanzt. Ava sieht sich nach Merve um, während sie den Männern folgt, um Norman zu finden, denn wenngleich sie ihn nicht kennt, scheint es ihr doch richtig, ihm wenigstens zu gratulieren. Sie wickelt eine Flasche Sekt aus und stellt sich hinter die beiden Männer bei dem gefundenen Norman in der Küche an. Sie reicht Norman die Flasche mit den Worten: «Alles Gute zum Geburtstag! Ich bin Ava, die Freundin von Merve.» Norman ist ein schwarzhaariger, kleiner Mann mit sehr schmalen, fast geschlossenen Augen. Ava ist ein bisschen zitterig bei dem allem. Sie fügt hinzu: «Sie hat mich mitgebracht, ich hoffe, es ist in Ordnung?»

Norman Foreman Superman grinst. «Frauen immer, wenn sie so sind.» Dann schüttelt er heftig den Kopf. «Nein. Männer auch. Aber schön, dass du da bist.»

«Gib den Mantel», sagt der Blasse, und Ava entkleidet sich und wird ein bisschen rot innerlich.

«Schön», sagt Norman und strahlt Ava an. Der Blasse steht immer noch mit Avas Mantel im Arm und macht keine Anstalten und strahlt Ava ebenso an. Der stumme dritte Mann sagt: «Schwulsein ist einfacher.»

«Es ist alles schwierig», sagt Norman.

Der Blasse grinst und legt den Arm um den Stummen. Der legt seinen Kopf an des Blassen Schulter. Ava will weg, weil sie nicht richtig im Bilde ist und noch ganz nüchtern und Merve suchen muss. Aber es gefällt ihr schon mal prächtig.

Merve steht neben einem hohen, gelb gestrichenen Fenster, mit einer Flasche Bier in der Hand, in einem kurzen roten Kleid, wie eine Fackel mit ihrem orangefarbenem Haar, und biegt sich nach hinten und kichert. Vor ihr und mit seinen Augen in sie vertieft, steht ein fülliger Mann in einem karierten Hemd und kichert ebenfalls. Sein Gesicht ist rund und freundlich, die Augen flitzen hin und her, er hat etwas Zappliges, Nervöses an sich, was nicht zu seiner Körperfülle passt. Ava schiebt sich in Merves Blickfeld, und Merve sagt: «Hey, da bist du ja.»

Der Mann richtet seine Aufmerksamkeit auf Ava und knallt

seine Bierflasche auf das gelbe Fensterbrett, um Ava die Hand zu schütteln. «Jonathan Jädzahl.» Seine Hand ist dick und feucht. Jonathan Jädzahl ist im Ganzen gesehen ebenso dick und feucht. Das Bier scheint um seinen Mund herum fein versprüht worden zu sein und sich mit seinem Schweiß vermischt zu haben.

«Jonathan ist Journalist», sagt Merve stolz.

«Und du? Bist du auch Grafikerin?», fragt Jonathan.

«Ich bin Krankenschwester», sagt Ava und sieht, wie Merve die Augen verdreht.

«Ach so», sagt Jonathan.

«Gefällt es dir nicht?», fragt Ava.

«Doch. Nein, klar. Wieso nicht. Ich war auch schon mal im Krankenhaus. Ich hab den Blinddarm raus. Da war ich im Krankenhaus. Hat irre viel Spaß gemacht.»

Ava nickt. «Klar. Das ist eine einzige Freude im Krankenhaus. Besonders auf der Palliativstation.»

«Wie?»

«Wo sie sterben.»

«Ach so.»

Ava dreht sich weg von Merve, der Lügnerin, und Jonathan, dem dicken Journalisten, und läuft zurück in die Küche, um sich ein Getränk zu holen. Es gibt eigentlich nur Bier, darum nimmt sie Bier. Von dort schlendert sie durch die Räume, die farbig gestrichen sind, ebenso wie die Möbel, alles sehr farbig und ein bisschen ungenau gestrichen. In dem Raum, wo getanzt wird, hocken an der Seite Leute auf dem Boden. Eine Frau hat ihre dicken, grünen Strumpfhosenschenkel zum Schneidersitz gespreizt, von dem Jeansrock ist kaum ein Streifen zu sehen, auf dem Kopf trägt sie ein gehäkeltes Baskenmützchen. Sie sitzt auf dem Boden wie ein dicker Frosch mit einem Bier in der Hand und redet mit welchen, die neben ihr lümmeln. Einige Frauen tanzen, einige Männer stehen und beobachten die tanzenden Frauen, die Männer wippen mit dem Kopf. Die tanzenden Frauen tanzen exzentrisch und mit weit ausholenden Bewegungen, die Musik erfasst Ava, und sie würde auch gerne mit solchen Bewegungen tanzen und die Augen schließen und eine Baskenmütze tragen. Stattdessen trägt sie ein schwarzes Cocktailkleid mit einer eingestickten roten Rose über der linken Brust, zu alten Stiefeln mit wenigstens halbwegs hohem Absatz. Die Stiefel sind abgelaufen und nicht mehr so besonders. Das Kleid ist viel zu elegant. Das Kleid mit der Rose. Das Kleid passt gar nicht hierher.

Ava steht eine Weile am Eingang zum Tanzraum. Durch die gegenüberliegende geöffnete Schiebetür sieht sie im Nebenraum immer noch Merve mit dem karierten Journalisten kichern. Merve sieht umwerfend aus. Merve züngelt wie eine Flamme und ist viel zu schade für den Dicken. Auch wenn sie nicht im mindesten Grafikerin ist, sondern beurlaubte Studentin von was auch immer sie nicht zu Ende bringen wird. Ava wird von hinten an der Schulter berührt, weil sie im Wege steht. Sie dreht sich um und geht gleichzeitig einen Schritt zur Seite. Der Blasse, mit dem sie die Treppe hochkam, steht hinter ihr und lächelt sie an, als wäre sie seine Liebste.

«Hast du deine Freundin gefunden?», fragt er sie.

«Ja», sagt Ava, «sie steht dort drüben.» Sie deutet mit der Hand durch die geöffnete Tür ins Nebenzimmer. «Die Rote.»

«Die? Die ist mir schon aufgefallen.»

«Sie ist auffällig», sagt Ava.

«Du auch.»

«Wieso ich denn?»

«Weil du so gut aussiehst.»

«Ich?» Ava zieht ihren Bauch ein und strafft ihre Figur. Na sicher sieht sie gut aus. Wie konnte sie daran nur zweifeln? Sie hat es doch selbst im Spiegel in Merves Wohnung gesehen. Zwei Jahre fand sie nicht, dass sie gut aussieht, aber nun plötzlich glaubt sie es wieder. Zwei Jahre hatte sie gedacht, es wäre ihr egal, weil sie ja Danilo hat und weil sie Merve hat. Aber jetzt weiß sie, dass es ihr nicht egal war. Sie streckt sich noch mehr und hebt das Kinn und sagt: «Ja, was soll man machen? Ich sehe einfach gut aus.»

Der blasse Mann mit dem kantigen Gesicht nickt.

Merve hat sich von Jonathan gelöst und kommt durch die Tanzenden auf Ava und den Blassen zugetaumelt. «Hey, ihr Lieben», sagt sie. «Es freut mich, dass du dich schön unterhältst, Avi.»

«Bist du schon betrunken?», fragt Ava.

Merve schüttelt den Kopf. «Das noch nicht. Der Dicke hat mich nur gelangweilt.» Und zu dem Blassen sagt sie: «Sorry. Es war hoffentlich nicht dein Freund.»

«Und wenn», sagt der Blasse.

«Und wer bist du?», fragt Merve ihn.

«Mario», sagt der Blasse.

«Mario, der Zauberer. Ich bin die liebe Merve», sagt Merve und streckt ihm ihre Hand hin, die ebenso lang und blass ist wie seine.

«Ava», sagt Ava und streckt nicht ihre Hand hin.

«Ich schau mal rasch nach, ob der Norman jetzt endlich frei ist», sagt Merve und huscht wieder weg.

«Woher kennt ihr Norman?», fragt Mario.

Ava zuckt mit den Schultern. «Ich kenne ihn gar nicht. Merve kennt ihn. Seit letzter Woche kennt sie ihn.»

«Ja? Und woher kennt Merve ihn?»

«Vom Spielplatz.»

«So also. Beim Spielen kennengelernt.»

«Genau.»

«Spielen sie miteinander?»

«Keine Ahnung», antwortet Ava. Es ist ihr plötzlich zu viel. Der Smalltalk und das Geflirte. Sie sagt: «Weißt du, ich habe ein Kind und einen Freund eigentlich auch.»

«Eigentlich?», sagt Mario.
«Ohne eigentlich.» Ava dreht sich weg von ihm, zu den Tanzenden hin. «Nur so. Zur Information.»
«Aber tanzen geht doch?», fragt Mario, fasst blitzschnell ihre Hand und zieht sie rüber auf die Tanzfläche. Ava tanzt. Erst etwas verkrampft, wegen der anderen und weil sie sich geniert, aber später macht es ihr doch Spaß. Mario reißt die Augen auf und dreht sich und schwingt seine dürren Hüften und hüpft und fliegt fast hin dabei und lacht sich kaputt. Er ist ein Spaßmacher. Es freut sie. Sie hätte es nicht gedacht, aber es freut sie, und sie lacht.

Später gehen sie gemeinsam in die Küche und unterhalten sich mit Merve und Norman und trinken Schnaps aus einer Flasche, die Norman aus dem Küchenschrank holt. Jonathan Jädzahl kommt hinzu, dann noch eine große, gut aussehende Frau mit gelocktem braunem Haar und eine sehr dünne Frau mit kahl rasiertem Kopf. Sie stehen und rauchen und trinken Schnaps und diskutieren über Kunst und Musik und Geld.

Ava hört nur zu, trinkt Schnaps und merkt kaum, dass sie ihren müden, verdrehten Kopf ab und zu an Marios warmen Körper hinter sich lehnt. Erst als Mario seinen Arm vorne über ihren Bauch legt, erschrickt sie, aber vor allem über das Angenehme der Berührung. Sie denkt, sie will mit ihm schlafen. Sofort. Sie muss ihn nicht einmal ansehen. Ihr reichen sein Arm, sein Geruch und seine Anstrengung, sie froh zu machen. Sie schiebt seine Hand von ihrem Bauch und läuft in den Flur, um ihren Mantel zu holen.

«Ava, willst du gehen?», fragt Merve hinter ihr her, und sie nickt. Mario sieht sie gar nicht an, sie weicht seinem Blick aus. Sie verabschiedet sich und steht auch schon draußen in der feuchten Nacht. Es ist alles vorbei. Sie hat sich schnell gerettet. Sie hat es gerade so geschafft. Aber die Rettung fühlt sich an wie eine Enttäuschung, und die Freiheit des kühlen

Abends wie Einsamkeit und Tristesse. Sie steht vor dem Haus und wartet. Aber niemand kommt heraus. Niemand öffnet die Tür. Sie ist ihm auch gar nicht wichtig gewesen. Sie war nur da und sah gut aus, wegen des Kleides. Das ist alles. Ohne das Kleid, nackt, mit ihrem Bauch, und wenn das Licht an wäre, da hätte er gar nicht mehr gewollt. Langsam, sehr langsam, macht sie sich auf den Weg zur Bahn. Je näher sie ihrer Wohnung kommt, ihrem Kind und Danilo, desto öder kommt ihr alles vor. Wie konnte sie weinen, als sie wegging? Wie konnte sie nur so fixiert auf die kleine Merve und ihre muffige Schlafzimmerbude sein? Zu Hause, Ava? Ihr Zuhause? Das ist ein Loch, eine Dachkammer voller Zank und Missgunst. Voller Geschrei und Babybrei.

Sie steigt die Treppe zu ihrer Wohnung empor, öffnet sehr vorsichtig die Tür, entkleidet sich im Wohnzimmer und schleicht sich dann in das atemstille Schlafzimmer. Merve liegt auf dem Rücken in ihrem Schlafsäckchen, die Decke zur Seite gestrampelt, und schläft mit dicken Backen, leise pustend, mit geöffnetem Mund, die Nase verstopft, sie hat Schnupfen. Danilo liegt auf seiner Seite des Bettes, die Bettdecke stramm gezogen, die Arme auf der Decke, gerade und ordentlich wie ein Soldat, wie er immer schläft. Vorsichtig steigt Ava auf ihrer Seite unter die Bettdecke. Dort durchdenkt sie alles. Sie durchdenkt, wie er war, Mario der Zauberer, was er sagte, und wie er sie ansah, wie er mit ihr tanzte und wie er seine Hand auf ihren Bauch legte. Sie legt ihre eigene Hand auf ihren nackten, weichen Bauch und schläft ein.

«Ava, wir sollten heiraten», sagt Danilo und legt einen Stapel frisch ausgedruckten Papiers auf den kleinen, brüchigen Wohnzimmertisch. Es handelt sich um seine Magisterarbeit, und er hat lange dran gearbeitet. Draußen dröhnen Baufahrzeuge. Die Straße wird repariert. Durch das weit geöffnete

Fenster dringt eine Ahnung von heißem Teer herein. Die Magisterarbeit war lange Thema. War Thema am Frühstückstisch gewesen, zwischen dunklem Brot und Fischpaste, wie sie Danilo gerne gegessen hat, Anchovispaste auf Ei, dazu dicken schwarzen Kaffee und das klebrig schwarze Brot. Ava nahm Müsli und antwortete matt auf Danilos Fragen, ermahnte Babymerve, die sie langsam nicht mehr so nennen wollten, sondern nur Merve, ohne Baby, dass sie die Bananen nicht mit den Fingern zermatschen soll und nicht auf die Tischplatte kleben. Ava hatte keine Ahnung von Danilos Studium. Danilo hielt auch mehr Selbstgespräche und redete und runzelte die Stirn und steckte sich Stücke von Brot mit Ei in den Mund. So viel Ei ist nicht gesund, aber Danilo glaubte ihr nicht. Die Magisterarbeit war Thema auch am Nachmittag, nach den Einkäufen in Ottensen, war Thema beim Abendbrot und war Thema sogar im Bett vor dem Schlafengehen. Danilo besprach sie mit Fadil, da ging es mehr zur Sache, denn Fadil verstand etwas davon und kommentierte und las und arbeitete fast schon für Danilo. Jetzt ist sie fertig und liegt auf dem Wohnzimmertisch mit der gespaltenen Tischplatte, das Holz zerborsten in der warmen Heizungsluft, billig und splittrig. Und jetzt findet Danilo, sie sollten heiraten. Ava denkt an Mario, der sich mal über Merve nach ihr erkundigt hatte, den sie aber nicht mehr sehen wollte. Warum nicht? Weil er gar nicht so toll gewesen ist. Nicht einmal toll ausgesehen hat. Nicht wie Danilo. Danilo sieht neben Mario toll aus. Danilo ist auch ganz sicher schlauer als Mario. Und größer und hat schönere Haare und kann ganz sicher viel besser bumsen. Kann jedenfalls. Früher.

Babymerve kriecht unter dem Tisch herum, keucht und stöhnt und stößt sich öfter den Kopf und jammert schmerzlich auf. Sie bleibt aber dort unten, zu ihren Füßen, und stößt sich weiter. Sie liebt es unter dem Tisch, unter dem Bett, und stößt sich Beulen noch und noch. Sie kann längst laufen, aber sie kriecht weiterhin gerne. Sie arbeitet mit Händen und Füßen gleichzeitig. Sie ist ein haptischer Typ. Sie redet nicht viel.

«Was sagst du?», fragt Danilo und streicht sein Papier glatt. Sein warmes, duftendes Papier. Seine Arbeit, sein Stolz. Und nun sie, seine Familie, sein Kind, seine Frau. Heiraten. Eines nach dem anderen.

«Wieso jetzt gerade?», fragt Ava.

«Die Zeit ist reif», sagt Danilo.

«Wieso jetzt gerade?», fragt Ava wieder. Falls er denken sollte, ihr fällt nichts anderes ein, soll er es denken. Er denkt es sowieso. Er hält sowieso nicht viel von ihren geistigen Fähigkeiten. Die Frage sollte vielmehr heißen: «Warum?»

«Ich habe mir das überlegt, Ava. Ich fühle mich alt genug. Ich weiß, wer ich bin, wo ich hingehöre und wie es weitergehen wird. Ich habe so meine Vorstellungen vom Leben. Und wieso sollten wir nicht heiraten? Ich kann doch nicht immer sagen, das ist meine Freundin. Es ist doch besser zu sagen, das ist meine Frau. Meine Frau. Meine Familie. Das klingt für mich richtig. Also, was sagst du?»

Ava nickt. Wenn Danilo es so sagt, dann hört es sich richtig an. Natürlich, selbstverständlich gehört er zu ihr und zu Merve, und sie sind eine Familie. Nur, warum jetzt, wo die Magisterarbeit fertig ist? Was hat die Magisterarbeit mit dem Heiraten zu tun? Und mit dem Teergeruch und der Wärme, die durch die Fenster in das Zimmer dringt. Und Mario? Und ihr weicher Bauch? Ava kann sich nicht konzentrieren. Sie weiß überhaupt nicht, wo das Problem ist.

«Das ist ja auch keine große Sache», sagt Danilo. «Wir gehen da hin und unterschreiben das und fertig.»

Sie starrt ihn an. Danilo hat sein Haar zur Seite gekämmt, es ist frisch gewaschen, die dunklen Locken glänzen im Sonnenlicht, seine Augen sind schmal und groß, wie riesige Pflaumenkerne, die Lippen leicht geöffnet über seinen großen

Schneidezähnen, seine neue, schwarze Brille, als wäre er ein Mann aus dem Fernsehen, wichtig und klug, er sieht sie an und erwartet ihre Zusage. Nichts anderes. Und nichts anderes wird er zu hören bekommen.

«Warum willst du eigentlich mit mir zusammen sein?», fragt sie ihn, bevor sie antwortet, was er hören will.

«Ich liebe dich doch», sagt er flink und verwundert, als hätte das niemals auch nur eine Sekunde in Frage gestanden. Und hat es vielleicht auch nicht.

«Aber warum, Danilo? Warum denn? Was ist denn an mir, was du toll findest? Du kennst doch eine Menge Frauen, die wirklich viel besser zu dir passen würden, von deinem Studium und überhaupt.»

Danilo grinst. Das passt ihm gut, dass sie sich selbst in Frage stellt. Warum macht sie das? Weil es stimmt, weil sie eine Antwort auf die Frage braucht, die nichts mit Liebe zu tun hat. Liebe ist ihr gerade nicht wichtig, Liebe, dieses dumme, schwurbelige Gefühl.

«Die sind gar nicht so toll», sagt Danilo und lehnt sich im kleinen blauen Sofa zurück, lehnt den Kopf an die leicht schon zerfaserte Rückenlehne. «Die will ich doch gar nicht haben, die gehen mir nur auf die Nerven, so auf die Dauer.»

«Das ist doch aber nicht der Grund, dass die nerviger sind als ich, oder?»

Danilo schüttelt den Kopf. «Nein. Ich weiß es nicht, Ava. Du siehst natürlich auch gut aus. Ja. Doch. Und. Wir haben Merve. Und. Ich sagte doch schon, dass ich dich liebe.»

«Du sagst es, wie wenn du sagst, du studierst Philosophie. Und ich liebe dich. Bist du dir überhaupt sicher?» Das sagt sie, weil sie sich selbst nicht sicher ist. Was ist Liebe überhaupt? Wie fühlt sich das nach längerer Zeit überhaupt an, wenn man nicht mehr ständig nackig auf dem anderen liegt? Und es auch nicht mehr ständig will, aber beleidigt ist, wenn der andere es auch nicht mehr ständig will? «Mir wäre lieber, wenn du mich noch so toll finden würdest, anstatt mich so zu lieben, wie du es sagst. Das wäre mir lieber.»

«Wie toll soll ich dich finden?»

«Wie als du zwölf warst im Schuppen. Da fandest du mich toll, Danilo. Da war es jedenfalls klar, dass ich toll war. Jetzt ist es nicht mehr klar.»

Danilo schüttelt den Kopf. «Das ist doch normal. Ich bin erwachsen. Ich kenne dich schon ewig. Du bist doch keine Prinzessin mehr, außer vielleicht für deinen Vater.»

«Nein. Aber ich bin immer noch besonders», sagt sie und weiß, dass es so ist. Sie wusste es immer. «Ich bin eine besondere Frau, Danilo. Aber du denkst, ich habe Glück, dass du mich heiratest. Du denkst, es reicht, wenn du sagst, du liebst mich. Liebst du mich, ja? Vielleicht. Es ist mir egal. Es ist langweilig. Ich will, dass du auch mal siehst, wer ich bin. Ich habe keine Lust mehr, hier rumzuhocken und die Wände anzusehen und auf deine Arbeit Rücksicht zu nehmen und Babymerve zu betreuen. Ich habe keine Lust mehr, ich will irgendwie ein anderes Leben jetzt mal langsam.»

«Gib doch Babymerve in die Krippe und kehr ins Krankenhaus zurück oder mach was anderes. Ich halte dich doch nicht zurück, Ava. Gib mir doch nicht die Schuld.»

«Ich geb dir nicht die Schuld.»

«Es hört sich aber so an.»

«Ich kann nur Merve nicht in die Krippe geben.»

«Warum nicht?»

«Ich kann es nicht. Ich will, dass sie noch eine Weile hier bei mir ist. Sie ist noch ganz klein. Und ich müsste wieder so viel arbeiten und wäre kaputt, und du weißt doch, wie es ist. Das will ich nicht für sie.»

Danilo steht auf, den Stapel Papier in den Händen wie eine Bibel. «Was in aller Welt willst du dann, Ava? Was willst du?»

Ava atmet tief durch. Sie sitzt in der Falle. Sie sitzt hier in der Falle. Und zu allem Überfluss ist es ihre Schuld. Nicht

Danilos. Danilo gibt sich Mühe, schreibt seine Magisterarbeit, liebt sie und will sie nun auch noch heiraten. Alles anständig, höchst anständig und ganz genau das Richtige, was er tut. Sie kann nachher Merve anrufen und sie ein bisschen wegen Mario ausfragen, was es Neues gibt, und vielleicht kann sie ihn doch mal wie zufällig treffen, also ihm begegnen einfach nur. Sie kann mit Merve durch die Stadt stolpern, einen Cocktail am hellen Nachmittag trinken, wieder gut aussehen. Das alles immerhin. Man muss sich abfinden. Man darf nicht undankbar sein. Man hat ein gesundes Kind. Du hast ein gesundes Kind, Ava. Sie sagt: «Ja, dann heiraten wir. Ist doch schön.»

Sie heiraten still und ohne Aufwand im Altonaer Rathaus. Auf dem glatten, glänzenden Boden liegt ein abgerissener Blütenkopf von der vorherigen Braut. Ava überlegt, wie die blasslila Blume heißt. Aber sie kann lange überlegen, sie kennt überhaupt keine Blumen, sie vertrödelt ihre Zeit nur immer mit unnützen Dingen. Ihr Kleid ist so gehalten, dass sie es auch später wird anziehen können, ein hellblaues Etuikleid, nur wo zieht sie hellblaue Etuikleider an? Das hätte sie sich vorher überlegen sollen. Sie zieht überhaupt keine Etuikleider an, schon gar nicht hellblaue. Sie hätte auch gleich in einem Hochzeitskleid kommen können, wenn die nicht so teuer und so überflüssig protzig dahergekommen wären. Wenn man ganz allein heiratet, ohne Aufwand, so wie sie und Danilo, dann braucht man kein Brautkleid. Dann geht das hellblaue Etuikleid und ist eigentlich auch Blödsinn. Sie sieht herüber zu Danilo, der dem Mann lauscht. Danilo ist in einen Anzug gekleidet. Der Anzug ist von Fadil geliehen, er hat die gleiche Größe, er ist sehr elegant. Danilo sieht bestens aus. Merve steht mit tropfender Lippe neben ihr und starrt den redenden Mann an, die Lippe tropft, weil sie zahnt und dabei mächtig sabbert. Ava findet es ganz in Ordnung, dass sie so heiraten.

Die Vorstellung, dass jetzt Ivana hier säße und Petra und die Mummi, gefällt ihr nicht. Wie müsste sie jetzt lächeln, und wie müsste sie gehen und den Kopf aufrecht halten und Danilo Küsschen schenken. Wie sie all dies müsste. Nein. Draußen auf den Treppenstufen war ihnen ein Paar entgegengekommen, strahlend im Blitzlichtgewitter. Die Braut war tagelang angemalt worden, ihr Gesicht sah aus wie in einem Magazin und die Haut wie aus Papier. Sie strahlte, und der Bräutigam strahlte. Sie freuten sich so. Sie schmissen die Freude den Leuten an den Kopf. Ava hatte erschrocken vor der Frau gestanden und war dann weitergegangen, in ihrem lächerlichen, günstigen hellblauen Etuikleid. Auf flachen Schuhen, neben einem geborgten Anzug. Das Kind sabbernd. Es ist nicht alles so, wie es aussieht. Manche Leute lachen auch und sind nicht glücklich. Nein. Manche Leute lachen auch und sind glücklich. Es ist nur ihr Neid. Aber Danilo hätte das nicht gewollt. Sie hätte es auch nicht gewollt. Wenn sie beide es nicht gewollt hätten, was ist dann das Problem?

Der Mann stellt seine Fragen. Der Mann trägt einen beigefarbenen Anzug, sein Haar ist dünn und schwarz und teilweise auch grau, es liegt sehr luftig über einem glänzenden Schädel, dessen Oberfläche sichtbar durch das Haar hindurch glänzt. Er föhnt es sicher jeden Tag, weil er jeden Tag Leute traut und sich immer in feierlichen Umständen befindet. Was seine Frau über das Heiraten denkt? Was er darüber denkt? Heißen sie es gut? Sein weißes Hemd ist gebügelt, die Krawatte hat einen winzig kleinen Faden gezogen, knapp bevor sie in der Anzugjacke verschwindet. Seine Hand ruht eheberingt auf der anderen, die Handknochen dünn behaart wie sein Schädel, entspannt und der Mode fern. Sein ganzes Wesen geht in Pflichterfüllung auf.

«Ja», sagt Danilo und sieht ihn an und nicht Ava.

«Ja», sagt Ava und sieht ebenso den Mann an, denn er hat die Frage gestellt und nicht Danilo.

Der Mann lächelt erleichtert und reicht ihnen die Papiere zur Unterschrift. Merve steht starr am Tisch, den Mund jetzt weit geöffnet, brav wie nie, und verfolgt jede matte Regung, während sie zwischendurch sanft in den Knien federt. Der Mann spricht seine Glückwünsche aus. Ava greift in seine Hand und denkt an die Haare auf seinen Handknochen, aber sie spürt nichts. Dann hebt Danilo Merve auf den Arm, sie verlassen die heiligen Hallen und treten auf die Lichtblitztreppe. Ein neues Paar hat sich drapiert. Ava und Danilo drängen sich vorbei. Die Braut ist fett. Das ist leichter zu ertragen. Auf ihrem fetten Gesicht ist zu viel Rot aufgepudert. Auch sie glücklich strahlend. Auch sie begeistert.

Ava und Danilo laufen mit Merve in ihrer Karre zurück. Ava ist erleichtert, dass es vorbei ist. Sie reden nicht. Sie denken jeder für sich.

Ava denkt sich, dass die Enttäuschung nicht so heftig wird, wenn die Heirat so blass ist. Die Fette und die Papiergesichtige werden ihr Wunder erleben, höchstwahrscheinlich noch heute, in der Nacht, wenn sie betrunken sind und auf dem Klo ausrutschen, die erste Schramme bekommen, wenn der Bräutigam seine Pflicht nicht erfüllt, die Braut gar nicht will oder lieber einen anderen, der mit ihr tanzte, im weißen Festzelt, zwischen Onkels und Kumpels. Ava kennt Hochzeiten zur Genüge. Sie bestehen aus Torten und Gekreische, aus tränennassen Bekenntnissen und Freundschaften fürs Leben. Die Braut am Ende schmutzig und erschöpft, schon dann verunsichert, wird er immer so sein? Hochzeiten sind gewalttätige Feste auf den Dörfern, zwischen den Familien in den Festzelten, wo Markus seine Oldies auflegt.

Petra und Markus haben bescheiden geheiratet, weil sie damals kein Geld hatten, niemand hatte Geld, weder seine noch ihre Eltern. Sie haben es gefeiert wie einen Kindergeburtstag, mit einem großen Schwenkgrill, mit Kuchen und Würsten und Steaks und nur wenigen Freunden. Es gab Bier in Kästen und Oldies und ein Zusammensitzen im Garten von Avas Eltern. Petra und Markus waren zufrieden, selbst Ava war zufrieden. Sie kuschelten sich zusammen, lachten, sahen zum Himmel hoch, mit einem Bier in der Hand, und entgingen der Gefahr einer großen Hochzeit. Später in der Nacht hatte Ava geweint, weil ihre Schwester geheiratet hatte. Sie hatte aber selber nicht gewusst, warum.

«War doch okay so, oder?», fragt Danilo während des Gehens in den staubigen Nachmittag hinein, dem kein glamouröser Abend folgen wird, keine Hochzeitssuite und kein Champagner.

«Ja», sagt Ava und sieht ihn nicht an. Was sonst? Sie hat doch auch keine Ahnung.

«Oder hätten wir lieber nicht heiraten sollen?»

Ava denkt, da sie nun einmal verheiratet sind und es ja Danilos Idee war und sie vielleicht gehofft hatte, es würde etwas festigen, das auf hinterhältige Weise bröckelig geworden war, dass sie es schon hatten tun müssen. Was sonst? Als würde die Heirat einen Gurt um sie zurren, um sie alle drei, um Ava, Danilo und Babymerve. Ava Androsevich und Merve Androsevich, so heißen sie nun.

Zu Haus sitzen sie im Wohnzimmer und trinken eine Flasche Rotwein und dann noch eine. Danilo hat asiatisches Essen bestellt, ausnahmsweise, damit es eine Feier ist. Als Ava dann die zweite Flasche Rotwein leer hat, läuft sie rüber ins Bodenzimmer und greift Josip Androsevich um seinen harten Körper und lädt ihn ein in ihre Stube.

«Du Pisser!», sagt Danilo. Er ist auf eine osteuropäische Art betrunken. Melancholisch, sich anlehnend und endlos weitertrinkend, bis er umsinkt. Das hat er manchmal.

«Danilo, er ist unser Gast und mein Schwiegerpapachen.»

Danilo hebt das Glas: «Živjeli. Pisser!»

«Vielleicht ist er tot», sagt Ava plötzlich.

«Warum sagst du das?»

«Weil er nichts dafür kann, wenn er tot ist. Dann sag nicht Pisser. Das gehört sich nicht.»

«Pisser», sagt Danilo.

«Wenn du das so siehst, Danilo, was macht der dann hier? Was macht der hier in unserem Bodenzimmer und redet mit mir, wenn ich Wäsche aufhänge, jeden Tag redet der mit mir. Dann bring ihn weg. Die Mülltonnen unten sind gerade leer. Bring ihn weg, und es hat sich ausgepisst!»

«Er ist nicht tot, der Pisser», sagt Danilo und lehnt seinen Kopf an Avas Kopf. «Er hat sich nur verpisst, der Pisser. Ich weiß es. Alle wissen es. Alle Verwandten wissen es. Nur Mamachen nicht. Und hat den Holzopa geheiratet. Glaube mir, der lebt, Avi.» Und er legt auch noch sein Bein über Ava auf dem Sofa und grabbelt an ihr rum, vollkommen betrunken. So kann man auch feiern, denkt Ava. Sie zieht sich aus und lässt Danilo an sich ran, obwohl Merve hier im Krabbelgitter liegt und schnarcht. Aber soll sie doch. Sie lässt Danilo auf seine betrunkene Weise an sich ran, weil er so erträglich ist. Ehrlich und ohne Hintergedanken. Sie lässt ihn richtig an sich ran. Richtig schmuddelig, betrunken, sabbernd, geil und auch süß. Wenn das Ehe wäre, wenn das Ehe wäre, dann wäre es okay, denkt sie und sieht während des ehelichen Verkehrs, halb auf dem Sofa liegend, halb auf den Boden gerutscht, Josip Androsevich ins verbeulte Gesicht. Pisser, der er ist.

Vierter Teil

Ava schiebt den kleinen Martin, der in seinem Sportwagen schläft, in die dunkle Bürostube von Hartwigs goldschimmerndem Büro. Hartwig hat, entgegen der geschmacklichen Meinung seiner Frau, Frau Dr. Brackwerth, das Büro mit einer altmodischen, braungold schimmernden Tapete ausgekleidet. Die Tapete ist aus dem Lager eines Verwandten gewesen, eines Schwagers mit Farben- und Tapetenhandel. Hartwig hatte einen gewissen Streit mit seiner Ehefrau, aber die braungold schimmernde Tapete mit den riesigen Blütenköpfen war an die Wand gekommen und ließ den ohnehin dunklen Erdgeschossraum in der Kieler Straße noch dunkler erscheinen. Frau Dr. Brackwerth fand es unseriös. Unseriös sieht es eigentlich nicht aus, denn der ebenfalls alte dunkle Schreibtisch und die lederbezogenen Stühle, die aufgereiht im linken Teil des Raumes an der Wand stehen, unter gerahmten Schwarzweißfotos von Hunden aller Art, machen einen sehr ernsthaften Eindruck, findet Ava. Sogar die Hunde blicken ernsthaft mit ihren glänzenden schwarzen Äuglein in den Raum hinein. Im Grunde ist es gediegen und geschmackvoll. Im Grunde hat es Hartwig richtig entschieden. Der Raum unterscheidet sich von allen Büroräumen, die Ava je gesehen hat. Die Büroräume sonst pflegen mit Raufaser ausgekleidet und mit Ikeamöbeln bestückt zu sein. Aquarelle an der Wand und immer ein Strauß Blumen auf dem Tisch. Blumen gibt es bei Hartwig nicht, dafür einen polierten bronzefarbenen Aschenbecher auf einem schmalen Ständer.

«Du denkst doch wohl nicht, dass hier geraucht werden darf?», hatte Frau Dr. Brackwerth gefragt.

Hartwig hatte den Kopf geschüttelt. «Es ist für die Gäste.»

«Es wird hier nicht geraucht», hatte Frau Dr. Brackwerth gesagt.

«Nein», hatte Hartwig gesagt, «es ist nur für die Gäste.»

So läuft es ab, in der Ehe und überall, dachte Ava, sie stand dabei, so kann man sich jedenfalls einigen, ohne nicht *nicht* zu rauchen zum Beispiel. Sie war das erste Mal im Geschäft gewesen, sie hatte Frau Dr. Brackwerth die Hand geben dürfen und lächeln und Hartwigs stolzes Gesicht dabei bemerken müssen. Frau Dr. Brackwerth war früher eine ganz schöne Schabracke gewesen, zu dünn, zu meckerig und später dann auch noch oft depressiv. Aber jetzt ist sie etwas runder und freundlicher und eigentlich ganz süß geworden. Ihre Nase ist immer noch spitz, aber in runden Gesichtern machen sich spitze Nasen nicht übel, und ihr ebenso spitzes Wesen ist bei Hartwig gut aufgehoben. Ava hat sogar den Verdacht, dass Frau Dr. Brackwerth einen ganzen Haufen Humor unter der Zickigkeit versteckt gehalten hatte oder darin vergraben. Sie schießt Sätze wie Pfeile hervor, Hartwig sagt dazu «tss, tss, tss» und schüttelt den Kopf, und die Einmetervierzigfrau, die Vormittags aushilft, Frau Rena Mille, gibt ein kurzes quiekendes Geräusch von sich. Frau Dr. Brackwerth schießt nicht nur messerscharfe Pfeile gegen andere, sie schießt auch gegen sich selbst, sie ist gnadenlos gegen alle, auf eine humorvolle Art, die die Schärfe mildert.

Ava stellt ihr schlafendes Kind in seiner Karre am Eingang ab, sie will nicht den ganzen Dreck mit hineinfahren. Sie ruft zu Hartwig hin: «Ich kriege diesen Platz. Ich schätze, ich kriege ihn, sie haben es eigentlich schon gesagt, und dann kann ich theoretisch wirklich anfangen, wenn es geht.»

«Wenn es geht?» Hartwig steht von seinem Computer auf und wischt sich seine Hände an einem dunklen Handtuch ab, das er neben dem Teller mit der geschnittenen Tomate liegen hatte. Er kommt vor zu Ava, die neben dem Kinderwagen stehen geblieben ist, packt ihre Schultern und ruckelt ein bisschen an ihr herum. «Das ist toll! Wir sind Arbeitskollegen! Avi!»

«Na ja. Du wirst mein Chef. Hätte ich auch nicht gedacht, dass es mal so kommt.»

«Chef, Chef, interessiert doch keinen, außer die Frau Doktor vielleicht. Und die ist hier offiziell gar nicht dran beteiligt. Außerdem krieg ich sie zahm, Avi. Sie ist nicht verkehrt.»

«Das nehm ich an. Du hast sie geheiratet.»

Hartwig nimmt seine Hände von Avas Schultern und grinst.

«Ich sag doch, sie ist nicht verkehrt. Und das ist schon mal viel wert.»

«Und dass du sie auch liebst.»

«Nehme ich mal auch an, aber über so was berede ich mich nicht mit Leuten.»

«Tut mir leid, dass ich gefragt habe.»

«Ach Quatsch, das darfst du ja. Ich bin nur komisch. Ich bin gehemmt in solchen Sachen.»

«Du bist überhaupt nicht gehemmt. Ich bin bloß zu neugierig.»

«Wenn du dich fragst, warum ich sie geheiratet habe …»

«Frag ich nicht.»

«… das fragen sich alle.»

«Ich nicht.»

«Sie passt zu mir. Es sieht vielleicht nicht so aus. Aber sie passt wirklich zu mir. Das hast du nicht oft im Leben, ich hatte das noch nie.»

«Du musst es nicht erklären.»

«Doch. Ich bin gar nicht mehr so verbittert, hast du das bemerkt?»

Ava zuckt mit den Schultern. War Hartwig je verbittert? Vielleicht manchmal.

Hartwig beugt sich runter zu Martin, der jetzt mit blinzelnden Augen auf die redenden Erwachsenen über sich starrt.

«Ich weiß, sie ist älter als ich und sie hat eine ziemlich große Nase, und so ganz allgemein ist sie vielleicht nicht so ... Aber ich finde ... Ich finde sie richtig schön. Ich weiß, sie ist nicht schön, aber ich finde sie schön. Das ist verrückt, oder? Das hat doch was zu bedeuten.»
«Hm.»
«Was denn?» Hartwig fasst Ava unter das Kinn wie ein Vater und zieht ihr Gesicht hoch. «Heulst du? Avi, heulst du etwa?»
«Ich heul doch nicht.»
«Sonst warte noch mit dem Kleinen. Bring ihn noch nicht in die Krippe. Du brauchst vielleicht noch Zeit. Du kannst auch nächstes Jahr hier anfangen. Die Branche entwickelt sich. Die Alten werden mehr, das kommt alles.»
«Spinnst du! Ich will nicht warten, ich will arbeiten. Ich bin einfach nur gerade so.»
Sie ist jetzt zweiunddreißig, Hartwig siebenunddreißig. Manchmal kommt es ihr vor, als stünde etwas zwischen ihnen, eine Art Verlegenheit, weil sie sich schon kannten, kaum waren sie erwachsen geworden, als Ava als Auszubildende fragend hinter ihm hergelaufen war, weil er ihr besser und williger die Dinge erklärte als die Ärzte oder die für die Auszubildenden zuständige Schwester. Jetzt standen sie in diesem Raum in dieser Stadt und waren Erwachsene und wussten dies und spürten dennoch ein Überbleibsel von dem damaligen kindlich-freundlichem Verhältnis. Ava war nur mittlerweile ebenso erfahren und wissend wie Hartwig und durch ihre mittlerweile zweifache Mutterschaft ihm in gewisser Weise vorausgeeilt.

Hartwig und Frau Dr. Brackwerth haben nach ihrer Heirat ihre eigenen Namen behalten und sind auch nicht zusammengezogen. Geheiratet haben sie aus romantischen Gründen, aus Trotz, wie Beate meint. Beate ist immer noch in Lüneburg, will aber schon lange kündigen und zu Hartwigs Häuslicher Pflege wechseln. Hartwig ist dafür. Frau Dr. Brackwerth nicht so, weil sie weiß, dass Hartwig und Beate schon mal was laufen hatten. Hartwig ist sogar sehr dafür, weil Beate fleißig ist und alles kann, fast wie ein Arzt und manchmal besser. Außerdem mag er Beate, Beate mag ihn, und Beate mag auch Ava, und so sind sie dann alle zusammen in einer Firma, wenngleich sie sich kaum über den Weg laufen werden. Vorerst ist aber Beate immer noch in Lüneburg, vor allem wahrscheinlich wegen des verheirateten Barmanns, mit dem sie zugange ist und der sich angeblich seit langem scheiden lassen will. Seine Frau weiß es nur noch nicht. Beate sagt, sie liebt ihn eigentlich nicht. Aber anscheinend kann sie auch nicht weg von ihm. Obwohl er lügt. Obwohl er nie Zeit hat. Obwohl er ein bisschen dick ist. Unverständlich. Hartwig meinte zu Ava, er würde mal rüberfahren und ihr die Meinung sagen, wenn nicht Angela (Dr. Brackwerth) so absolut dagegen wäre. Ava kann sich vorstellen, welchen Verlauf das Gespräch zwischen Beate und Hartwig nehmen würde. Einen alkoholischen und sehr liebevollen auf jeden Fall. Aber Frau Dr. Brackwerth braucht sich keine Sorgen zu machen – Hartwig ist im Moment nicht liebesgefährdet.

Ava karrt Martin zum Kindergarten, wo sie Merve gleich mit Gewalt dem Spiel entreißen wird. Es gibt eine angeschlossene Krippe, in der Martin schon angemeldet ist. Sie hat so viel Vertrauen zu dem Laden entwickelt, dass sie gar keine Bedenken wegen Martin hat, obwohl er erst ein Jahr alt ist. Martin ist umgänglich und unkompliziert. Die meisten anderen kleinen Kinder mögen ihn wegen seiner sanften Tatenlosigkeit. Martin haut nicht und nimmt nicht weg. Martin sitzt und wartet darauf, dass ihm etwas gereicht wird. Die Taktik geht auf, auch wenn es keine ist. Die anderen Kinder verhalten sich großzügig. Jedes Tierchen bahnt sich seinen eigenen Weg durch den Dschungel. Manche liegen auch nur stumm da und krümmen sich ein wenig, und der Dschungel wölbt sich über sie hinweg. Wer weiß schon, was richtig ist? Ava will sich keine Gedanken machen oder nicht so viele. Sie muss Merve jetzt pädagogisch darauf vorbereiten, dass sie gleich abgeholt wird. Gleich heißt, sie bekommt noch fünf Minuten, sich darauf einzustellen. Obwohl es Blödsinn ist, denn nach fünf Minuten ist sie nicht williger, ihre Legoeisenbahn zu verlassen, als jetzt. Aber die fünf Minuten sind eine Regel, die von der Anke vorgeschlagen wurde. Die Anke ist die große, breite Erzieherin mit dem milchigen Gesicht und dem Lächeln darin, das alle Kinder lieben. Was die Anke sagt, das stimmt. Mehr als das, was Ava sagt oder Danilo. Die Anke macht heute Dienst mit der Praktikantin Jennifer. Jennifer ist auf dem Weg zur Erzieherin. Das Problem ist ihre Unlust zu reden und sich zu bewegen. Sie hängt am liebsten an einem der winzigen Tische auf einem der winzigen Stühlchen mit ihrer engen Jeans und dem rosa Unterhöschen, das den oberen Teil ihres Hinterns nur unzureichend bedeckt, und schneidet oder malt vor sich hin. Das kommt aber auch nicht schlecht an. Besonders die Mädchen sitzen gern neben ihr und schneiden und malen ihr alles nach. Die Jungen machen ein paar Vorschläge für Schwerter oder Kanonen, aber Jennifer kann besser Blumen und Schmetterlinge und so romantisches Zeug. Wenn es Ärger gibt, schreitet Anke ein, und dann ist gleich wieder zwar nicht Ruhe, aber Ordnung.

Ava zerrt Merve sanft am Arm. «Komm, Mervi, wir müssen nach Hause.»

«Glei-heich!» Merve reißt sich los und spielt unbeirrt weiter, mit ihrer Freundin Hannah mit den kurzen, braunen Jungshaaren und ihrer anderen Freundin, der dicken Josie. «Gleich» heißt gar nichts, außer, sie will weiterspielen. Dass «gleich» eine gewisse, kurze Zeitspanne darstellt, ist Merve nicht bewusst. Sie kommt nie gleich. Ava kniet sich hin.

«Merve, wir müssen jetzt wirklich gehen. ‹Gleich› ist schon vorbei. Wir müssen jetzt gehen, denn ich will nach Hause.»

Merve ignoriert Ava. Und Ava weiß, was sie jetzt tun muss, denn so ist es mit der Anke besprochen. Sie packt Merve unter den Armen, zack, und zieht sie von ihrem Platz zu dem Bänkchen mit den Schühchen und den Jäckchen. Merve stemmt sich dagegen und brüllt. Ava sieht aus dem Augenwinkel eine andere Mutter, die Patricia, die Mutter vom Jörg, hereinkommen. Der Jörg kommt strahlend angelaufen, denn seine Mutter, die Patricia, hat in ihrer Tasche immer Marsriegel. Die kriegt er draußen vor der Tür, während die anderen Kinder es vom Fenster aus beobachten können. Sie stand schon öfter dabei, als der blöde Jörg draußen seinen Marsriegel kaute, während Merve fragte: «Darf ich auch einen Mars?» – «Nein.» Geheule, Diskussionen und so fort. Was für eine blöde Erziehungsmethode. Aber diese hier ist auch nicht besonders. Ein Blick zur Anke. Sie nickt. Also ist es in Ordnung. Ava stellt Merve bei den Jacken auf und hält sie dabei hinten am Pullover fest, damit sie nicht abhaut. «Es ist wirklich blöd von dir, so rumzuschreien, wenn ich dich abhole. Freust du dich denn nicht, wenn die Mama kommt?»

«*Du* bist blöd», plärrt Merve.

«Ich freue mich, wenn ich dich sehe», lügt Ava.

«Ich freue mich nicht», plärrt Merve weiter.

«Ach, Mann.» Ava lässt Merves Jacke los. «Ich hasse es alles», murmelt sie. «Ich will nach Hause.» Sie reibt sich die müden Augen.

Merve beobachtet sie. Dann schlingt sie ihre Arme um Avas Beine. «Ich freue mich auch, Mama», heult sie jetzt auf diese andere Weise, die sie auch kann. Verrücktes Kind. «Du bist nicht blö-höd», schluchzt Merve weiter.

«Nein. Du bist auch nicht blöd», sagt Ava. Sie denkt, es ist ein guter Zeitpunkt, die Jacke vom Haken zu nehmen und sie Merve anzuziehen. Merve greift sich brav die Jacke, und Ava schaut sich nach Martin um. Martin sitzt auf dem Teppich neben dem Maltisch und greift nach dem Gesicht von Josie, die vor ihm hockt und mit ihm redet. Er lächelt. Er ist ein großer Lächler. Josie lächelt auch. Sie streicht ihm über den Kopf. Winzige Fusseln von Haaren richten sich elektrisch auf.

Zu Haus sitzt Danilo an seinem riesigen Schreibtisch, Fadil sitzt daneben im Freischwingersessel und schaukelt und trinkt Cola. Vor Danilo auf dem riesigen Esstisch, der ihm als Arbeitstisch dient, liegen Texte und Bilder. Sie sehen beide zufrieden aus und elegant. Danilo trägt einen hellen Anzug, Fadil eine dunkle Jeans und ein weißes Hemd.

Ava steht in der Tür, sich ihrer Haare bewusst, ihre Haare sind ungewaschen, sich ihrer verlatschten Turnschuhe und ihrer Augenringe bewusst. «Hi», sagt sie und hebt die Hand. An ihrem Bein hängt Martin. Merve ist im Flur noch mit ihren Schuhen beschäftigt und schimpft.

Fadil springt von seinem Freischwinger auf, läuft auf Ava zu und umarmt sie. Ava wünscht, sie hätte heute etwas mehr auf ihr Äußeres geachtet.

«Kleine», sagt Fadil. Er duftet nach Rauch und Parfüm. Er nimmt den kleinen Martin auf den Arm und läuft mit ihm in den Flur zu Merve. Merve schmeißt ihren Schuh gegen die Wand, Tränen in den Augen. Sie lässt sich aber nicht mehr helfen mit den Schuhen. Sie macht alles alleine. Als sie Fadil sieht, lächelt sie ihr schönstes Mädchenlächeln und stellt sich hin, die Arme hinter dem Rücken, als wäre sie schüchtern, die ausgekochte kleine Ziege.

«Mervilein», ruft Fadil. Mervilein ziert sich und schaut auf die Erde und rennt dann plötzlich los in ihr Kinderzimmer. Danilo kommt hinter Fadil in den Flur. Er würde das sonst nicht tun. Er würde sonst in seinem Zimmer sitzen bleiben und weiterarbeiten und höchstens hochgucken und hallo sagen. Aber nun veranstaltet Fadil eine fabelhafte Begrüßung, da kann er höflicherweise nicht sitzen bleiben. Er steht ratlos in der Gegend herum und wartet auf die weiteren Dinge, die da ihren Lauf nehmen. Fadil tänzelt mit Martin auf dem Arm, dem der Mund offen steht, in das Kinderzimmer zu Merve, die sich hinter dem Schrank versteckt hat. Er schaut sich um, er dreht sich und dreht sich, dann sagt er: «Schwester ist weg, Martinolein, da musst du wohl gleich zwei Geschenke kriegen.»

Rascheln und Kichern hinter dem Schrank. Fadil bleibt hart. Mit Martin auf dem Arm tänzelt er dümmlich grinsend in den Flur, setzt ihn dann auf den Boden und bückt sich zu seiner schwarzen Tasche aus Segeltuch. «Geschenke, Geschenke!», brüllt er. Merve kommt um die Ecke geflitzt. «Da bin ich!», sagt sie. «Da bist du ja, ich dachte, du bist weg», sagt Fadil. «Nein, bin ich nicht, ich bin da-ha», sagt Merve. «Bist du sicher?», fragt Fadil. «Siehst du doch, hier bin ich doch», sagt Merve. «Ach so, du bist das», sagt Fadil. «Merve etwa?» Merve nickt heftig. Fadil zieht zwei Schachteln aus seiner Tasche, bei Karstadt eingewickelt in Ritter-und-Drachen-Papier. Eines für Martin, eines für Merve. Immer wenn er kommt, hat er zwei Geschenke dabei. Er kann jetzt kaum damit aufhören. Er hat die Kinder dran gewöhnt, Merve jedenfalls, Martin ist noch nicht besonders an irgendwas gewöhnt, sein Gedächtnis reicht nur kurz. Merve bekommt ein buntes kleines Klavier mit bunten kleinen Noten, auf dem sie sofort rumhackt, und Martin einen blauen Elefanten, der Geräusche macht, wenn man auf Körperteile drückt. Bunt sind Fadils Geschenke immer, und meistens machen sie auch Geräusche. Er kichert und freut sich, als sie ihre Geschenke auspacken. Ava kann sich vorstellen, wie er bei Karstadt in der Spielwarenabteilung steht und Elefanten und Klaviere ausprobiert und kichert und die Verkäuferinnen erfreut. Er erfreut alle.

Danilo zieht Fadil wieder in sein arbeitsames Zimmer und

schließt die Tür. Ava muss das Essen vorbereiten und die Kinder zu Bett bringen. Sie wird Merve etwas vorlesen, hoffen, dass Martin freundlich neben Merve in seinem Gitterbett einschläft, ohne Geheule und Nuckelverliererei, dann duschen und ein wenig fernsehen oder vielleicht auch lesen. Sie ist so müde. Und Danilo redet und redet nebenan mit Fadil, das regt sie auf. Dieses Gerede! Mit ihr redet er nicht so viel. Kaum etwas eigentlich. Mit ihr kann er auch diese Sachen gar nicht bereden, weil sie keine Ahnung davon hat. Wovon sie Ahnung hat? Kinderkacke!

Danilo schreibt Texte für Zeitschriften, die sich mit aktuellen Entwicklungen in der Gesellschaft befassen. Ava liest die Texte meist erst, wenn sie veröffentlicht sind, oder auch gar nicht. Er arbeitet weiterhin für seinen Professor, der ein Buch schreibt. Er recherchiert und liest und korrigiert. Er hat eine Assistenz bei ihm bekommen und strebt eine Karriere an der Universität an. Geld kommt mal so und mal so. Aber es ist okay. Es ist mehr als früher, viel mehr. Die Zeitungssache hat sich durch den Professor entwickelt, weil der Sachen delegiert hat, die er selbst hätte schreiben sollen. Er hat Danilo die Sachen zugeschoben. Danilo schrieb gut und bekam dann weitere Aufträge. Er hat in den letzten drei Jahren immer mehr geschrieben. Er macht sich einen Namen. Es macht ihm Spaß und macht ihn glücklich. Er hat Freunde, und er hat Fadil. Fadil hat mit seinem Großvatererbe ein Feinkostgeschäft in Eppendorf eröffnet, ein großes und nobles Feinkostgeschäft, er hat sogar ein paar Leute eingestellt. Er liest viel und ist ein bisschen dicker geworden. Er hat keine Frau, kein Kind und lebt immer noch so, wie er als Student gelebt hat. Dass er ein Feinkostgeschäft aufgemacht hat, hat Ava und Danilo sehr verwundert. Aber einer aus der Familie musste vielleicht die Wissenschaftstradition durchbrechen, denkt Ava. Fadil ist viel zu zufrieden für die Wissenschaft. Er interessiert sich für vieles, aber was sollte ihn so antreiben, dass er sich reinkniet wie seine immer grauer und dünner werdende Mutter in ihren Hosenanzügen und mit ihrer buckeligen Nase, die immer noch in der Quantenphysik forscht und der oft die Forschungsgelder ausgehen? Ava hat sie einmal mit Fadil in der Innenstadt am Jungfernstieg getroffen. Die Mutter war rau und freundlich gewesen, aber an Ava nicht besonders interessiert. Was sollte ihn so antreiben, dass er sich nervlich kaputt macht wie sein Vater, der mit seiner Firma, die Dachkonstruktionen entwirft, von einer Katastrophe in die nächste schliddert, in seinem futuristischen Designwahn? Fadil ist ja zufrieden. Fadil scheint nichts zu fehlen. Nicht einmal eine Frau und ein Kind. Und das betrübt seine Familie schon, erzählt er oft. Seine Eltern hätten nichts gegen eine deutsche Frau. Überhaupt nicht. Wenn er nur Kinder bekommen und eine Familie gründen würde.

«Warum hat er niemanden? Ist er schwul?», fragt Ava Danilo.

«Nein. Er ist nicht schwul. Er hat schon Frauen, Ava.»

«Frau*en* hat er? Er hat Frau*en*?»

«Klar. Was denkst du denn?»

«Das wusste ich nicht. Man merkt es ja auch gar nicht.»

«Wie willst du das auch merken?»

Ava zuckt mit den Schultern und öffnet sich ein Bier. Die Kinder sind im Bett und schlafen. Es ist kurz nach neun. Es ist wunderbar, dass die Kinder schlafen. Es ist die beste Zeit des Tages.

«Fadil merkt ja auch, dass du mich hast», sagt Ava.

«Ja. Das merkt er.»

«Was soll das heißen?»

«Du hängst immer an ihm dran, wenn er da ist.»

Ava knallt das Bier auf den Tisch. «Er ist ein Freund von uns.»

«Er ist ein Freund von mir.»

«Er ist auch ein Freund von mir.»
«Du kannst es, glaube ich, nicht ertragen, dass ich einen Freund habe, Ava. Du hast doch auch deine Freunde. Beate und Sabine und Merve und Hartwig. Die will ich doch auch nicht haben. Also lass mir doch meine Freunde.»
«Aber ich mag Fadil.»
«Du magst alle. Es ist völlig gleichgültig. Jeden, den ich mitbrächte, würdest du mögen.»
Ava betrachtet Danilos im Deckenlicht leicht fettig glänzendes Gesicht. Er ist blass, hat tiefe Ringe unter den Augen, seine scharfe Nase ist von dunklen Poren übersät, und seine Lippen sind verächtlich herabgezogen. Sie steht langsam auf, verlässt sein Zimmer mit dem großen Tisch, mit seinen Büchern in den Regalen und seiner Musik auf der Kommode, sie knallt die Tür zu, obwohl die Kinder schlafen. Sie knallt die Tür mit voller Wucht zu, sodass sie sich selber erschrickt und an die Nachbarn denkt. Um diese Uhrzeit, Ava!

Merve, die Große, sitzt auf einem alten braunen Friseurstuhl und lässt sich von einer Frau namens Maike die Haare föhnen. Maike hat selbst kaum sichtbares Haar. Maike hat ihr Haar abrasiert. Sie trägt große strassbesetzte Kreuze baumelnd an den Ohren und ist stark geschminkt. Maike föhnt stumm Merves Haar. Merves rotes Haar ist stufig geschnitten und bläht sich fächerartig nach allen Seiten auf, während Maike immer wieder mit einer Rundbürste Strähnen nach innen föhnt.

Ava sitzt ein Stück weiter auf einem Wartestuhl und blättert in der Maxi. Neben ihr sitzt eine dicke Frau mit einem Gipsbein. Ihr Haar sieht glänzend gepflegt, kastanienbraun gefärbt und perfekt geföhnt aus, wie in einer Friseurzeitung. Das ist an sich für Ava zum Nachdenken, da vieles an der Frau unperfekt ist, das Gipsbein zum Beispiel, mit dem sie sich herschleppte, humpelnd und keuchend, und ihre Figur, die sich über anderthalb Sitzplätze ausbreitet. Gerade die Haare scheinen vollkommen in Ordnung und sogar perfekt zu sein. Aber es muss für sie etwas geben, das ihr sagt, dass sie trotzdem zum Friseur muss, oder sie entwickelt nur an der Stelle einen Ehrgeiz, wo die Perfektion ein für sie realistisches Ziel darstellt. In ihren Augen sind ihre Haare sicher nicht so perfekt wie in Avas Augen. Ava geht nie zum Friseur. Sie schneidet ab und zu ein Stück mit der Haushaltsschere ab. Es wird manchmal etwas schief. Aber sie bindet ihre Haare immer zusammen, da fällt es nicht auf. Letztens hat sie ihre Haare dunkelblond gefärbt, aber es fiel auch das nicht auf, weil ihre Haare ohnehin dunkelblond sind. Welche Farbe soll sie sonst nehmen? Rot? Und das, wo sie eine Freundin hat, die naturrotes Haar hat? Wenn Merve kein rotes Haar hätte, überlegt sie sich, dann würde sie ihr Haar vielleicht rot färben.

«Fertig», sagt Maike, die ein rundes Schild an ihrem Kittel trägt mit einem Frosch, darunter steht «Maike». Alle Frauen haben hier den Frosch auf ihrem Kittel. Es gibt keinen Zusammenhang zu Frisuren, denn Frösche haben keine Haare, denkt sich Ava. Und der Satz wird ihr unsinnigerweise den ganzen restlichen Tag durch den Kopf gehen: Frösche haben keine Haare.

Merve steht auf und schüttelt sich wie ein Tier mit langem nassen Fell. Rote Haarspitzen wirbeln durch die Luft. «Fein», sagt sie. Es sieht auch wirklich fein aus. Es hat nur ein bisschen länger gedauert. Ava war schon vor einer halben Stunde mit Merve verabredet gewesen. Und eine Stunde hat sie nur, weil Martin dann aus der Krippe abgeholt werden muss. Er hat zwei Probestunden. Sie war weggegangen, ohne sich zu verabschieden, er hatte auf dem Teppich gesessen und freundlich geguckt. Da war sie einfach gegangen.

«In welchem Zusammenhang stehen Frösche zu Haaren?»,

fragt Ava draußen, nachdem sie die duftende Merve an sich gedrückt hat. Draußen ist es düster und warm. Es ist Juni, und es wird gleich regnen.

«Frisuren Frösche», sagt Merve. «Die Chefin heißt Gabriele Frösche. Und der Laden heißt Frisuren Frösche.» Sie grinst. «Hast du meine Maike gesehen? Sie war eine ganze Weile weg. Sie war in Ochsenzoll. Sie wollte sich – zack – aufhängen.»

«Hat sie dir das beim Haaremachen erzählt?»

«Ja. Hat sie. Sie redet wenig, aber interessant.»

«Das ist doch nicht interessant.»

«Na was? Das ist doch interessant?»

«Das ist traurig, Merve. Du siehst aber wirklich schön aus.»

Merve dreht und wendet sich. Sie ist dürr. Ihr Haar flammt im Gewittersonnenlicht. Ihre Augen glänzen rund. Sie ist so unwirklich wie eine Puppe aus Porzellan.

«Manche Menschen sagen immer die Wahrheit», sagt Merve, «so wie Maike. Sie sagt nur ein paar Wörter, und das hast du bei Friseuren kaum mal, die meisten reden relativ viel Müll vor sich her, aber die sagt nur ganz wenig, und was sie sagt, ist wahr. Ich habe sie gefragt, wo sie so lange war, und sie hat gesagt, sie sei in Ochsenzoll gewesen, weil sie sich hätte umbringen wollen, und hätte es mit Aufhängen in ihrem Keller versucht. Mehr hat sie nicht gesagt.»

«Und dann steht sie jetzt wieder da und föhnt Haare?»

«Was denn sonst? Das ist doch ihr Beruf.»

«Ich hätte es nicht erzählt.»

«Ich auch nicht», sagt Merve.

«Nein. Du lügst immer wie gedruckt.»

«Ich bin so.» Merve zuckt mit den Schultern. «Ich kann auch nichts dafür. Aber manchen Leuten fällt nur die Wahrheit ein. Und soll ich dir was sagen? Es gefällt mir. Diese Maike gefällt mir wirklich. Auch wie sie aussieht. Ich mag sie richtig, richtig gern. Deshalb werde ich ihr etwas schenken, damit sie sich freut.»

«Was denn?»

«Ich weiß es nicht. Ich denke drüber nach. Es muss etwas Schönes sein. Sie schneidet auch am besten. Guck es dir doch an. Besser geht es gar nicht. Sie ist zum Frisieren geboren.»

Ava nickt. Sie läuft mit Merve die Straße in St. Georg entlang, eine scharfe, tiefe Sonne unter den schwarzen Wolken verteilt gelbes Licht an die Hauswände, Wind kommt auf, und es donnert leise und weit weg.

«Lass uns ganz schnell noch ein Bier. Oder lieber Sekt?», fragt Merve. «Sekt passt besser zu Friseur, nicht? Wir nehmen Sekt.»

Ava nickt, obwohl sie denkt, es kommt nicht gut, in der Kinderkrippe am Vormittag schon mit Sektfahne aufzukreuzen. Zumal sie nur zwei Stunden weg war.

«Ich habe Martin heute in der Krippe gelassen», sagt sie und stößt mit Merve an. «Das erste Mal, für zwei Stunden zur Probe. Ich muss gleich wieder hin.»

«Wieso?» Merve zupft ihr kurzes, seidiges Kleid über ihren knochigen Knien zurecht. «Ruf doch an und frag, wie es ihm geht. Hast du die Nummer?»

«Ich rufe nicht an. Ich habe gesagt, ich komme gleich wieder.»

«Ruf an! Wenn es ihm gut geht, dann kann er doch noch bleiben, so ein Quark. Ich hab jetzt frei, und wir sehen uns nie, also. Ruf einmal kurz an und frag nur nach. Sag, du bist beim Arzt und es dauert länger.»

«Ich lüge doch nicht mit solchen Sachen.»

«Lüge immer mit dem, was hilft.»

Ava zieht das Kinderkrippenfaltblatt heraus. Obwohl sie nicht will. Was sie will, ist schon wieder ganz unklar.

«Könnten wir bitte ganz kurz telefonieren? Es ist ein Ortsgespräch», fragt Merve die Frau an der Theke, die sich in eine

Zeitschrift vertieft hat, weil nichts los ist. Wortlos nickend schiebt sie das Telefon rüber.

Ava wählt die Nummer. Ihr ist nicht wohl dabei. «Ava Androsevich. Ich bin die Mutter von Martin. Und jetzt ... Ich wollte fragen ...»

«Er sitzt im Kuschelraum und spielt. Wenn sie noch zu tun haben. Er hat ja gar keine Probleme.»

«Das ist gut. Das dauert hier noch. Und ich würde gerne etwas später kommen, wenn es geht.»

«Das sagte ich ja. Es geht ihm gut. Kommen Sie ruhig später.»

Ava legt auf und hat ein schlechtes Gewissen. Sie dreht sich zu Merve um.

«Und ohne Lügen. Gut gemacht», sagt Merve, «noch zwei Sekt, please.»

Eines Tages beschließt Danilo, Ava und er müssten essen gehen. Damit sie zusammen etwas unternehmen. Sein Professor geht jede Woche einmal mit seiner Frau essen, weiß sie. Aber andere Leute gehen auch essen, deshalb wäre es wohl ungerecht von ihr, von dieser Tatsache etwas herzuleiten, wie zum Beispiel, dass Danilo seinen Professor nachahmt. Und wenn, es spielt ja überhaupt keine Rolle.

Ava betrachtet die Speisekarte mit den unklar zusammengestellten Gerichten. So kommt es ihr vor. Aber es ist nur, weil sie sich nicht konzentrieren kann. Im Hintergrund plätschert ein Brunnen, ob echt oder nur akustisch, kann sie nicht feststellen, nicht, bevor sie sich endlich zu einem Gericht durchgerungen hat. Danilo sitzt in seinem hellen Anzug vor ihr und strahlt sein Rasiertsein aus. Sein Rasierwasser und seine glänzenden Wangen, ein kleiner Schnitt unten am Hals, alles ist frisch und männlich. Danilo ist ein richtiger, ein echter Mann, denkt sie. Plötzlich und auf einmal ist er ein richtiger, echter Mann, ohne dass sie den Übergang bemerkt hätte. Es muss schon vor einiger Zeit passiert sein, vielleicht schon vor Jahren.

Am Tisch neben ihnen redet eine Frau leise und verhalten wütend auf eine andere Frau ein. Ava sieht von ihrer Karte zu ihnen rüber. Die stumme Frau trägt kurzes graues Haar. In der Hand hält sie eine kleine rosenverzierte Dose, vielleicht für Tabletten. Die zornige Frau ist jünger als die stumme Frau, aber auch nicht mehr jung. Sie lässt ihre Hand mehrmals scharf durch die Luft gleiten, zur Bekräftigung ihres Zornes in den Worten über ihre Mutter. Denn darüber redet sie, das ist das bittere Thema. «Mutter hat gedacht …!»

Ava schaut hinüber zu Danilo, der seine Karte auf den Tisch gelegt hat und Ava anblickt. Da sie sich nicht entscheiden kann, entscheidet sie sich dafür, blind zu tippen, und sie tippt «Variation vom Weidelamm in Zitronen-Thymian-Jus auf gerösteten Kartoffeln, Artischocken & Oliven».

«Was nimmst du?», fragt Danilo und lockert seine steifen Hemdsärmel. Er hat das gute weiße Hemd anziehen wollen. Er hat sogar eine Krawatte um. Sie ist fast erbost darüber. Nicht, dass Danilo ihr nicht gefällt. Aber dieses Ausgehen ist eine Farce. Die Kinder sind bei ihren Eltern. Sie wollten fernsehen und Pommes frites essen, jedenfalls die störrische Merve, Martin konnte noch nicht wissen, wie lange seine Eltern fort sein würden. Er ist noch zu klein und ist überrumpelt worden, in diesem Alter wird man immer überrumpelt, findet sie, aber es ist einem vermutlich egal.

Warum dieses Ausgehen eine Farce ist, weiß sie nicht so genau, sie weiß nicht einmal genau, was eine Farce ist, aber es hängt damit zusammen, dass sie fast nie ausgehen und auch jetzt nicht wissen, was es soll. In einem Raum mit Springbrunnengeräuschen und gut gekleideten Menschen, die sich, Mutter hin und Mutter her, jedenfalls dringend etwas zu sagen haben, kommt sich Ava falsch vor. Wie die Einzige, Danilo ausgenommen, die hier keinen rechtmäßigen Platz hat. Komm, Ava, sagt sie sich, du musst dich bemühen. Es ist gut für euch, auszugehen. Es belebt eure Ehe. Hat sie diesen Satz tatsächlich gedacht? Sie schüttelt den Kopf.

«Ist was?», fragt Danilo.

Sie schüttelt ein zweites Mal den Kopf.

Der Keller nimmt sehr gekonnt ihre Bestellung auf, er nickt und hält den Kopf leicht schräg, eine alte, eine sehr alte Geste, meint sie, wie aus einem französischen Gesellschaftsfilm. Das bessert ihre Stimmung. Sie geht nun wieder arbeiten und trägt zum Familieneinkommen bei, da kann sie wohl und vollkommen zu Recht in einem teuren Restaurant essen gehen und sich mit schräg geneigtem Kopf bedienen lassen. Und sie selbst, in einem dunkelblauen Kleid mit fast passenden dunkelblauen Schuhen, Absätze ganze zehn Zentimeter, so gut sieht sie aus. Sie hat es gerade auf der Toilette gesehen, im Ganzkörperspiegel neben den Waschbecken, mattes gelbes Licht von der Seite, sie sah gut aus. Danilo sieht auch gut aus. Sehr gut sogar. Manche Frauen betrachten ihn ganz scharf und gierig, als würde sie das nicht merken, aber sie merkt es, es ist nur kaum wichtig. Er ist nun tatsächlich ein Mann mit allem Zubehör, Haare, Bart, angenehme Falten an den richtigen Stellen. Zu einem Mann hat man ein anderes Gefühl als zu einem Jungen. Ein gemäßigteres vermutlich.

Sie bekommen hohe, bauchige, eigentlich gewaltige Gläser, mit aber nur wenig Wein drin. Sie lächelt Danilo an, und sie heben ihre Gläser, wie zur Bestätigung ihres Komplotts. Heute wird gelächelt. Danilo lächelt direkt in ihr Gesicht hinein. Hat er sie sonst, in den vergangenen Tagen, auf diese Art angelächelt? Und sie ihn? Sie ihn auch nicht. Das muss gerechterweise gedacht werden.

Mit einem derart lächelnden Mann könnte sie vögeln. Sie zieht es in Erwägung. Nun, mit dem Job in der Tasche, ist sie sexuell wieder etwas besser drauf. Nur Danilo nicht, bei ihm hat sich auch nichts verändert. Er ist jetzt mehr zu Hause als Ava. Er schreibt und hat sich das Rauchen angewöhnt. Er wechselt sparsam vernünftige Worte mit ihr. Wenn er betrunken ist, schläft er mit ihr, wenn sie will. Wenn sie auch betrunken ist, will sie.

«Ava?»

Sie blickt hoch. Nebenan schluchzt die Frau und blickt sich hektisch um. Die graue Frau legt ihr Rosendöschen vor sich auf den Tisch, direkt neben die Gabel.

«Ja?»

So laufen die Gespräche ab.

«Was denkst du?»

(Herrgott.)

«Nichts.»

«Ist was mit uns?»

«Wir wollen doch einen netten Abend haben. Und nicht Probleme besprechen, oder? Oder?»

Danilo lächelt immer noch. Worauf will er hinaus? Welche Strategie verfolgt er? Betrunken kann er noch nicht sein.

«Nein», sagt er, «du hast ja recht. Ich hab mich nur gefragt, was du denkst. Du hast ja tatsächlich so deine eigenen Gedanken hinter deiner kleinen Stirn, und ich habe keine Ahnung, wie die aussehen.»

Ava spürt eine Welle von altem Groll in sich aufsteigen, wegen der kleinen Stirn und wegen allem. Aber die grauhaarige Frau mit der Tablettendose ist ihr eine Mahnung. Sie hält die Hand der jüngeren Frau fest und sagt in ganz normal lautem Ton: «Reiß dich zusammen. Sie ist ja tot.»

Das hätte Ava allerdings nicht gedacht, weil sie sich so aufgeregt haben, und nun stellt es sich so heraus, dass sie schon tot ist. Und dann der ganze Luxus auf den Tischen. Das kostet ziemlich viel Geld, das empört sie in diesem Zusammenhang. Deshalb lächelt sie nun endlich und sagt: «Ich dachte nur, es wäre schön, wenn wir öfter etwas machen würden, nur wir beide, ohne die Kinder. Ich dachte dann auch noch, dass es vielleicht normal ist, dass es so wird wie bei uns.»

«Wie ist es denn bei uns?», fragt Danilo.

«Ach», sagt Ava. Jetzt reicht es ihr aber.

«Wir sind doch eine ganz normale Familie», sagt Danilo. «Wir sind doch nicht besonders ...», er zögert, «unglücklich, oder? Ich meine, wir streiten manchmal, aber wir schreien uns doch nicht an. Wir hassen uns doch nicht, oder?»

Hassen? Ava betrachtet Danilo, ihren Ehemann, ihren Bettgenossen, ein Hauptverdiener, ein Kindesvater und ein Freund. Hassen ist eine andere Sache. Aber wenn er das alles so empfindet, dann sollte sie sich fügen. «Das, Ava, ist der Alltag», hatte die Mummi gesagt. «Da kannst du nicht weg von.» Danilo kann besser damit umgehen als sie. Er beklagt sich nicht. Er arbeitet an seiner Karriere, er blüht auf seinem kargen Boden, er erfüllt seine Pflicht, als gäbe es keine andere Möglichkeit. Sicher, Ava erfüllt auch ihre Pflicht und hat es auch nicht leicht, niemand hat es leicht. Sie trinkt das ganze flache Pfützchen von Rotwein leer, bevor überhaupt das Lamm auf den Tisch kommt. Nur, sie ist so ausgedörrt dabei.

Zwischen Danilos großen Schneidezähnen hängt ein Fitzelchen Rucola. Er versucht, es unauffällig zu entfernen, und sieht dabei gewalttätig aus wie ein Gorilla und nicht unauffällig. Dann zuckt er resigniert mit den Schultern und verschwindet in Richtung Herrentoilette. Sie wirft einen Blick nach nebenan. Bei den Frauen, auf der schweren weißen Tischdecke, ist die Flasche leer. Rundherum hat sich der Rotwein tröpfchenweise in das Gewebe gesogen. Die Flasche ist die zweite, die leer ist. Das wird sich auf der Rechnung niederschlagen, denkt Ava und dass ihr das egal sein kann. Die Gedanken gehen eigene unsinnige Wege. Stumm sitzen die Frauen auf ihren Stühlen und denken jede für sich. Das Gerede hat irgendwann nachgelassen. Sie schwiegen eine Zeitlang, tranken, schwiegen und tranken, und plötzlich kichert die graue Kurzhaarige in ihre stummen Gedanken hinein. Kein einziges Wort fiel. Woher aus der Wildnis kommt dieses wilde Kichern gekrochen?

Danilo kehrt zurück, sein Blick kurz sorgenvoll auf die kichernde Frau gerichtet, dann schwenkt er zurück zu Ava und setzt wieder sein Lächeln auf. «Wollen wir zahlen?»

Sie nickt. Wollen wir zahlen. Müssen wir wohl. Auch wenn es nichts gebracht hat.

Sie ist einigermaßen angetrunken. Sie spürt den pelzigen Rotweingeschmack auf der Zunge und spürt auch den Wunsch, sich anzulehnen, in ihren Knochen und in ihrem schweren Kopf. Sie sieht Danilo an, er ist dafür da, das ist es auch, was er ist.

Im Taxi lässt sie den Gurt hängen und lehnt sich bei ihm an. Der Fahrer hört leise wimmernde Radiomusik, Lichter flitzen über ihr müdes Gesicht, sie spürt Danilos Atem, spürt ihn mit leicht geöffnetem Mund atmen, wie immer, wenn er trinkt, er wird schnaufen während seines Schlafes, die Arme wie ein Soldat auf der Decke, die Socken auf dem Boden zusammengerollt, und ganz mit sich zufrieden. Trotzig lehnt sie sich schwerer an ihn. Danilo streicht ihr gedankenverloren über den bemäntelten Arm. Für ihn ist das alles ausreichend.

Zu Hause schaltet sie das kalte Licht im Flur an. Die Stille, die Verantwortungslosigkeit in den Räumen. Niemanden muss sie ins Bett bringen. Dann im Kinderzimmer, süßer Geruch, sie starrt auf die leeren Betten.

«Was willst du denn hier?», fragt Danilo hinter ihr.

«Nichts. Ich weiß es auch nicht.»

Hartwig hilft dem stolpernden Erwin Bode in die Küche und schaltet unterwegs das holzverkleidete Küchenradio auf dem Kühlschrank ein. In der Küche ist es düster, die grüngemusterten Küchengardinen sind zugezogen, damit die Sonne nicht hereinscheint. Dennoch ist es warm, und es riecht säuerlich. In den Winkeln und Ecken bemerkt sie winzige Ränder festgewachsenen, fettigen Staubes. Um die Griffe der Einbauküchenschränke bemerkt sie dunkle Flecken. Oberflächlich ist es allerdings sauber. Oberflächlich ist es ausgefegt, und es steht kein Abwasch herum. Es ist die Sauberkeit, die bei alten Leuten herrscht, die sich die Mühe machen und die Reinigung der Wohnung in Angriff nehmen, aber nicht mehr die Augen und die Kraft haben, die Reinigung in den Winkeln durchzuführen. Ava seufzt, bei ihr selbst sieht es in den Winkeln auch nicht besonders aus. Es ist ihr auch egal, es riecht nur nicht so gut.

«Zum Essen hört er gern Klassik-Radio», sagt Hartwig zu Ava, damit sie es später alles weiß, und Herr Bode nickt dazu und lässt sich umständlich, mit Hilfe Hartwigs, Ava beobachtet jeden Handgriff, auf einem Küchenstuhl vor der braunen Styroporbox mit seinem Mittagessen nieder. Orchestrale Streichermusik überschwemmt die muffige Küche, ein Kegel Junisonne schleicht sich durch die in Bewegung gebrachten Gardinen auf den PVC-Boden, der sich im Bereich vor der Spüle nach oben wellt.

Erwin Bode, weiß sie von Hartwig, sonnt sich nackt vor der Scheibe seines Schlafzimmerfensters auf einem elektrisch verstellbaren Kunstledersessel, weil ihm die Sonne in gute Stimmung versetzt und für einen schönen Teint sorgt. Das Gesicht von Erwin Bode ist braun wie das eines alten Cowboys in der heißen Prärie. Das weiße, flaumige Haar umkränzte nach dem Föhnen elektrisch aufgeladen seinen Schädel wie ein Heiligenschein. Er drückte etwas Brisk auf seine zittrigen Hände und frisierte sich eine John-Wayne-Frisur. Das war vor dem Essen und nach dem Baden, in seinem Schlafzimmer, wo er die meiste Zeit seines Tages verlebt. Das dunkle Wohnzimmer zum Hof hin, mit der lackierten Schrankwand und den Porzellantänzerinnen und Porzellanengeln und Porzellanvögeln staubt aufgeräumt vor sich hin. Ein Korb mit grauem Strumpfstrickzeug steht neben dem Sofa, so als wäre seine Frau gerade erst von ihm gegangen. Es ist aber bereits neun Jahre her. Das hat er ihr auch erzählt, während seines Bades in seiner verkalkten Badewanne. Eine Dusche gibt es in dieser Wohnung leider nicht. Eine Dusche wäre für ihn besser.

Alles, was er tut, dauert lange. Hartwig nimmt das Essen aus dem knirschenden Wärmebehälter und stellt es vor Herrn Bode ab, der das alles mit zwinkernden Augen verfolgt. Es gibt Hähnchenbrustfilet mit kleinen Champignons, dazu geschliffene Karottenstückchen, hellbraune Soße und Salzkartoffeln. Hartwig schneidet das Fleisch in kleine Stückchen und vermanscht ihm die Kartoffeln mit der Sauce.

«Wohl bekomm's!», sagt Hartwig und setzt sich neben ihn an den Tisch, faltet die Hände wie zum Gebet und strahlt eine heftige Freundlichkeit aus. Herr Bode öffnet den Mund, er atmet schnell, schließt den Mund wieder und wischt sich zitternd die glasigen Augen. Ava kann jede einzelne Anstrengung in ihrem eigenen Körper nachfühlen, während sie ihren Kiefer zusammenbeißt, um es stellvertretend für ihn zu kontrollieren, und gleichzeitig eine Freundlichkeit wie Hartwig auszustrahlen versucht.

«Erisn Scherskiks», murmelt Herr Bode dann leise und viel zu schnell. Aber Ava hat ihn verstanden. «Ja, das ist er», sagt sie und lächelt Herrn Bode weiterhin freundlich an, der konzentriert die Gabel zum Mund führt. Dann steht sie auf, um sich ans Fenster zu stellen. Das Fenster scheint ihr ein höflicher Ausweg aus dem Krampf. Sie hält die grünen Gardinen mit einer Hand auf und blickt auf die sonnenüberflutete, mehrspurig befahrene Stresemannstraße. Das Rauschen von stetigem Straßenverkehr vereint sich mit dem Drama des Warschauer Symphonie-Orchesters auf dem Kühlschrank. Das Fenster ist angekippt, und eine vorbeieilende Polizeistreife überkreischt das Streichkonzert für einige Sekunden, bis das Sirenengeräusch leiser wird und die Geigen gleichzeitig an eine traurige und intime Stelle des Konzertes gelangt sind. Ava fummelt mit Fingern und Daumen an dem grob gewebten Gardinenstoff herum, sie glaubt, dass es Herrn Bode unangenehm sein muss, beim Essen beobachtet zu werden. Wie kann es sich anfühlen, wenn zwei Leute vor einem sitzen und beobachten, wie einem Stücke des mühsam Zerkauten wieder aus dem Mund fallen? Vielleicht hat er keine Scham mehr, alles geht irgendwann verloren, alles fällt von ihnen ab, das ist vernünftig und passt zu der Situation. Vielleicht. Man weiß es nicht.

Die Geigen schluchzen auf, und Ava dreht sich wieder zu Herrn Bode um, dem sie demnächst selbst das großkarierte Handtuch umbinden wird.

Von Hartwig weiß sie das meiste. Erwin Bode hat Parkinson. Er humpelt verkrampft durch seine Räume und widersetzt sich dem Gesundheitsplan seiner Tochter. Elisabeth Bode-Kallies, Mutter von vier Kindern und Hebamme von Beruf, ist Ansprechpartnerin für Hartwig und jetzt auch für Ava. Sie hat sich in die Krankheit bestens eingelesen. Sie weiß, was ihm guttut, aber Herr Bode widersetzt sich zum Beispiel dem Sportprogramm, das hauptsächlich aus Spazierengehen an der befahrenen Stresemannstraße besteht. Es gibt hinter Lidl einen Weg zu einem Grünstreifen, einem Minipark. Dorthin schaffen sie es nicht immer, hat ihr Hartwig gesagt. Aber er nimmt stets eine beschichtete Decke mit, für den Fall, dass sie es schaffen und sich Herr Bode dann auf den Bänken ausruhen möchte. Vor einem Haufen eingezäunten Sandes, in dem manchmal Kleinkinder graben, setzen sie sich dann auf eine Bank und schauen den Kindern zu oder den stumm wartenden Mütter neben sich, für zehn Minuten, nicht länger, denn es ist keine Zeit für Rumsitzen. Ava nimmt sich vor, es mit Herrn Bode bis zum Grünstreifen hinter Lidl zu schaffen. Sie baut immer gleich einen Ehrgeiz mit allem auf.

«So», sagt Hartwig und wischt Herrn Bode den Mund mit seinem Tuch ab, «Frau Androsevich wird ab heute für mich kommen.»

Herr Bode starrt Ava mit seinen entzündeten, zusammengekniffenen Augen an und öffnet seine Lippen, um hervorzustoßen: «Frau A-a-adre ...»

«Ava können Sie auch sagen», sagt Ava.

«Ava und ‹Sie›», fügt Hartwig drohend hinzu.

Herr Bode nickt. «Ich bin ... nicht enttäuscht», murmelt er und grinst.

«Das kann ich mir denken», sagt Hartwig und kratzt die Essensreste in den Müll. «Frau Androsevich ist aber streng wie ich, da brauchen Sie auf nichts zu hoffen. Sie ist Krankenschwester. Sie weiß, was gut für Sie ist.»

«Jaja», sagt Erwin Bode, «vonner Kranghheit hatmer nichs.»

Draußen sagt ihr Hartwig, dass sie sich beeilen muss. «Und das ist mit allen so. Am liebsten hätten die dich den ganzen Tag, wenn die dich erst mal kennen, die zeigen dir Fotos und Wellensittiche und reden was von ‹Wetten, dass ...?› und von Enkelchen. Ist ja alles schön, aber du musst weiter. Wie im Krankenhaus, nicht anders. Du hast keine Zeit. Es reißt dir das Herz raus, aber du hast keine Zeit.»

«Keine Zeit», wiederholt Ava.

«Auch Vorsicht mit Mitleid», sagt Hartwig und hebt seinen Zeigefinger, und Ava muss fast lachen. «Mitleid nur ganz in der hintersten Stelle in deinem Herzlein. Sonst halten die dich damit fest, und dann wieder», er wedelt mit der Hand, «keine Zeit. Aber du weißt es. Ich sag es dir nur, weil es anders ist als im Krankenhaus, wenn sie zu Hause sind. Zu Hause haben sie ihr ganzes Privates um sich rum, und damit befeuern die dich, weil sie den ganzen Tag drauf warten, dass du kommst. Die warten und warten, und wenn du kommst, dann schleudern die das auf dich rauf.»

«Ja, Hartwig», sagt Ava.

«Findest du, ich bin zu ernst mit allem?»

«Du bist relativ ernst, aber es macht mir nichts. Ich bemühe mich, sag ich dir.»

«Du wirst es erst mal falsch machen, aber dann lernst du es, und du hast ja auch die Termine bei den Leuten. Das musst du ja alles schaffen. Da kannst du nicht anders.»

«Sonst feuerst du mich.»

«Sonst feuer ich dich», sagt Hartwig und strahlt und steigt in sein Pflegedienstauto, einen roten Ford Fiesta mit einem riesigen Aufkleber auf der Tür, «Hartwig Endres Häusliche Pflege». Frau Dr. Brackwerth ist schon genervt von der ganzen Sache, weiß Ava. Frau Dr. Brackwerth muss sich als Ärztin unabhängiger verhalten, sagt sie auch. Soll sie. Dann hat Ava nur noch mit Hartwig zu tun, das ist ihr sowieso lieber.

Danilo ist böse auf Fadil. Fadil ist zu einer Abendverabredung in der Kneipe nicht gekommen, weil er die Verabredung vergessen hatte. Danilo saß alleine in der Kneipe, wartete, trank ein Bier, wartete weiter, trank ein zweites Bier, kam nach Hause und sagte Ava erst einmal nichts. Später wollte Fadil Danilo bei einem Artikel helfen, in dem Türken in Deutschland eine Rolle spielten, das war das Thema, und deshalb sollte Fadil helfen. Fadil sagte eine Stunde vorher ab, wegen Kopfschmerzen. Er hatte noch nie wegen Kopfschmerzen irgendetwas abgesagt, er hatte überhaupt nie irgendetwas abgesagt und nie Wörter wie Kopfschmerzen ausgesprochen. Deshalb wollten sie es nicht glauben.

Fadil war in letzter Zeit unzuverlässig gewesen. War er aber doch da, dann strahlte er noch mehr als früher und kicherte wie ein riesiges Kind mit seinem nun kurzrasierten schwarzen Schädel in seinen Anzügen und mit seinen albern glänzenden

Schuhen. Ava freute es heimlich immer noch sehr, wenn er kam, sie sah über alles hinweg, nicht so Danilo.

«Der hat doch kaum etwas am Hacken», schimpft Danilo am Abendbrottisch, während sich Merve ihre Scheibe Brot mit sehr viel Butter bestreicht. Auf die Butter tut sie Erdbeermarmelade, von der Mummi selbst gekocht und in kleine, verzierte Gläschen verpackt. Die Marmelade mischt sich mit der weichen Butter auf dem Brot zu einem cremigen gelbrosa Matsch.

«Das ess ich nüch», fängt sie an zu heulen.

«Marmelade ist auch kein Abendbrotessen», sagt Danilo.

«Dooooch. Mama, das ist dooch ein Abendbrotessen?»

Ava hat es Merve erlaubt, Marmelade zu essen, weil Merve den Tisch gedeckt und natürlich auch selbst die Marmelade auf den Tisch gestellt hat. Schlau eingefädelt von der schlauen Merve, und Ava wollte nicht so gemein sein, die Marmelade wieder in den Kühlschrank zu stellen. Genau genommen war sie auch zu müde, um das Geheul zu ertragen. Jetzt muss sie es trotzdem ertragen. «Das hast du doch gut geschmiert», sagt sie «und ganz alleine.»

«Aber wie das aussieht!», heult Merve weiter. «Schmierst du mir ein neues Bro-hot?»

«Und dieses hier?»

«Das werfst du weg», sagt Merve.

«Das können wir doch nicht wegwerfen. Das ist ein Einsa-Brot.»

Martin, in seinem Stühlchen, wischt mit seinen kleinen Fingern die Leberwurst von seinem kleingeschnittenen Brot und stopft sie sich in den Mund. Wenn er damit fertig ist, dann isst er am Ende die vermanschten Brotstücke. Das ist so sein Stil. Ava findet es nicht appetitlich, aber sie erträgt es. Sie nimmt Merves Brot und beißt ein winziges Stück Buttermansch ab. «Mh, lecker! Marmelade ist zum Abendbrot eigentlich gar nicht erlaubt, Merve, hast du die Marmelade auf den Tisch gestellt?» Trotziges Schweigen. «Willst du heute ... ausnahmsweise ... trotzdem dieses Marmeladenbrot essen?»

«Ja», sagt Merve, nimmt schnell das Brot und beißt hinein.

Im Kinderaustricksen ist Ava schon ziemlich gut. Danilo mischt sich glücklicherweise nicht ein. Wenn er sich einmischt, gibt es immer Geschrei, denn Danilo ist konsequent und hätte die Marmelade wieder in den Kühlschrank gestellt, Geschrei hin oder her. Haben sie deshalb mehr Respekt vor ihm? Wahrscheinlich haben sie mehr Respekt. Sie seufzt leise, sie fühlt ihre Fehler und ihre Unvollkommenheit in allen Dingen wie eine Strafe am Feierabend. Und wütend macht sie das auch, wütend auf Danilo. Sie muss ihm widersprechen.

«Fadil hat doch ein Geschäft, da kannst du doch nicht sagen, dass er nichts am Hacken hat, Danilo.»

«Herrgott! Kein Mensch kann sich einfach so ein Geschäft kaufen. Ein Geschäft baut man sich auf. Aber er kauft sich ein Geschäft, kauft sich die Einrichtung, kauft sich die Waren und stellt ein paar hübsche Frauen ein, fertig. Das Leben ist organisiert.»

«Anscheinend hat er es aber gut organisiert, denn das Geschäft läuft doch, soviel ich weiß?»

«Ein Feinkostladen in Eppendorf, in Eppendorf, warum soll der nicht laufen, Ava? Die Leute dort wissen gar nicht wohin mit ihrem Geld, die wissen gar nicht, was sie sich noch alles für Zeug in ihre verwöhnten Designerschnuten schieben sollen. Die essen doch nicht Brot mit abgepackter Lidl-Salami.»

Ava schaut auf Danilos Lidl-Salamibrot. Er hat sich Senf draufgeschmiert, weil er Senf gerne mag. Sie kauft mittelscharf, weil ihm der am besten schmeckt. Sie achtet auf alles, was ihm am besten schmeckt. «Bist du neidisch?»

«Ich bin nicht neidisch. Ich finde es nur unreell, wie Fadil lebt. Der macht alles, wie es ihm Spaß macht. Sein ganzes

Leben ist ihm ein einziger Spaß, Ava. Der weiß doch gar nicht, was es bedeutet, mal so ganz normal –», er schaut in die Runde, zu Merve mit ihrem marmeladeverschmierten Mund und Martin, der einzelne Brotstückchen mit Zeigefinger und Daumen zusammendrückt und dann in seinen Mund schiebt, während Spuckefäden an seinen Fingern hängenbleiben, «– im Alltag zu leben.»

Das, was er sagt, ist nicht schlimm, denkt Ava. Aber wie er es sagt. Warum macht ihn das Leben im Alltag so wütend? Ava macht es fertig, aber Danilo macht es wütend, als wäre er betrogen worden.

«Fadil hat auch einen Alltag», sagt sie darum. Sie mag es nicht so stehenlassen.

«Ja. Sein Alltag, das wäre für mich ... Urlaub ... im Fünfsternehotel. Ich würde gerne mal mit seinem Alltag tauschen.»

«Danilo! Das ist doch nicht schlimm hier!»

Merve starrt sie beide mit offenem Erdbeerbuttermund an. «Das doch nich schlimm», wiederholt sie Avas Worte.

«Nein, nein.» Danilo steht auf und geht in sein Arbeitszimmer.

Die große Merve arbeitet nachmittags und manchmal auch vormittags in dem esoterischen Buchladen Pranabuch in der Gertigstraße in Winterhude. Ava will sie zum Feierabend dort abholen, sie fährt lange herum, um einen Parkplatz zu finden, und schimpft vor sich hin. Die schöne Zeit! Am Ende findet sie einen Parkplatz am Goldbekufer und läuft zu Fuß am Mühlenkamp entlang und dann die Gertigstraße wieder hoch. Es ist warm, und die Leute hängen vor dem Café 42 herum und schlürfen Kaffee und Weißwein. Das bessert ihre Stimmung. Warum ist sie immer gleich so verkniffen? Wann fing das an? Sie denkt an Danilo und an die Kinder. Danilo muss heute alles alleine händeln. Er ist die letzten zwei Wochen fast ständig unterwegs gewesen. Er traf sich mit Leuten, die eine Wichtigkeit besitzen, und Ava musste alleine mit den warmen Abenden und den Kindern klarkommen. Eigentlich ist es ihr fast egal gewesen, aber gestern hatte sie ihm gesagt: «Morgen geh ich aus.»

«Soll das eine Drohung sein?», hatte er gefragt.

«Nein. Ich gehe nur aus. Ich drohe überhaupt nicht. Ich sage Bescheid.»

Sie hatte zehn Abende in der warmen Stube gesessen, während draußen die Vögel von Bier zwitscherten und die Welt und die Abende rosa vorbeizogen, und war dabei vor dem Fernseher, dem Buch, dem Kind eingeschlafen. Ein Leben wie ein Abend, ein sanftes Gleiten in den sauberen Schlaf.

Merve hat immer noch die nette Lehramtsstudentin Heike im Haus, Heike wohnt auch immer noch in der Wohnung zwei Stock über Merve, sie ist immer noch mannlos, ihre Abende verbringt sie meist still mit Klassenarbeitenkorrekturen und Bastelstundenvorbereitungen, denn sie ist eigentlich schon fast eine richtige Lehrerin mit einer eigenen fünften Klasse in einer Gesamtschule.

«Ich frag sie», hatte Merve am Telefon gesagt. Sie hatte gefragt, und Heike hatte Johnny aus dem Kindergarten abholen können.

Ava sieht Merve durch die Scheibe auf einem Höckerchen sitzen und ihr rotes Haar mit den Fingern zwirbeln. Um ihren Hals trägt sie einen gläsernen Tropfen und um ihren Körper ein rotes Tuch geknotet.

«Lange, lange ist es her ...», ruft sie und wirbelt um Ava herum und drückt sie an sich. Dann schließt sie den ohnehin seit einer Viertelstunde geschlossenen Laden ab und springt weiter um Ava herum, der die Müdigkeit plötzlich, da sie am Ziel ist, in den Knochen und in den Augen sitzt, während sie ziellos durch die Straßen ziehen.

Ava hat schwer gehoben und Tränen getrocknet. Sie hat

Frau Weise den Po abgewischt. Frau Weise hatte dabei geweint und sie selbst fast auch. Dabei sollte sie laut Hartwig kein Mitleid empfinden. Nur ganz tief in einer versteckten Stelle ihres Herzens. Nicht an der brüchigen Oberfläche. Ihre Hände sind heute zigmal desinfiziert worden und davon ganz rissig geworden, sie muss mehr eincremen, fällt ihr ein, sie muss Creme in ihrer Handtasche bei sich tragen, damit sie immer eincremen kann. Frau Weise ist wirklich komplett im Arsch, denkt sie, lange wird sie nicht mehr machen, und dann denkt sie plötzlich, in dieser warmen, lauen Luft, sie würde eigentlich am liebsten im Bett liegen, es hat alles gar keinen Sinn, überhaupt keinen.

«Ava, was ist denn? Bist du müde?»

Ava nickt.

«Blöde Kuh! Sei doch nicht müde! Du kannst doch später müde sein. Jetzt bist du gefälligst wach! Du kriegst einen kleinen Espresso und dann Sekt, und dann geht es wieder.»

«Ach ja. Es ist nur der ganze Tag. Und die Kinder. Und alles.»

«Ich weiß. Aber wer ist stärker, du oder die?»

«Welche die denn?»

«Du weißt schon. Die Dinge alle, die ganzen miesen Dinge. Oder steckst du schon so tief drin, Avi, dass du nicht mehr Bescheid weißt? Hier haben wir doch jetzt Freude, Avi, Freude und totale Wachheit.»

«Wenn du es sagst.»

Freude und totale Wachheit breiten sich in kleinen Dosen in ihr aus, es ist die Anwesenheit ihrer dürren Freundin mit dem Glastropfen um den Hals, die sich in Freude und totaler Wachheit materialisiert und sie belebt.

«Bist du nie müde?», fragt Ava.

«Pscht!!!»

Merve reißt sich die Träne vom Hals und wickelt das rote Tuch von ihrem Körper und stopft es in ihre geflochtene braune Handtasche. Sie sieht nun weniger esoterisch aus. Sie trägt ein weißes T-Shirt. Sie sieht immer noch aus wie ein Mädchen, mit wenigen, aber sehr klaren Falten im Gesicht. Sie bekommt nicht die kleinen Fältchen um die Augen und den Mund herum, dafür bekommt sie gleich klare Linien, alles sauber und glatt und klar modelliert.

Sie gehen italienisch essen. Sie essen Pizza, und während des Essens muss auch Merve gähnen. Sie muss morgens aufstehen, denkt Ava, sie muss ihr Kind in den Kindergarten bringen, in die Uni rasen, zum Buchladen rasen, ihr Kind wieder abholen, einkaufen, Essen machen und dann vielleicht noch lernen oder Aufgaben erledigen, für das nächste Seminar, die nächste Klausur. Merve ist ebenso erledigt, sie sträubt sich nur dagegen. Sie sträubt sich immer gegen alles, was stärker sein will als sie. Dieses kleine, dürre Gehopse.

Merve sagt: «Die Frau, der der Laden gehört, wo ich arbeite, die Frau heißt Barbara, das ist eine ganz nette Frau, Ava, wirklich, die hat mich gefragt, ob ich Theater spielen will. Ich weiß nicht, ob es was für mich wäre, ich hab ja eigentlich genug zu tun, aber wenn wir es zusammen machen würden, wir beide, dann hätten wir vielleicht Spaß. Theater wollte ich immer schon mal spielen, auch wenn ich keine Zeit habe, aber ich würde es trotzdem machen. Man hat nämlich Zeit, man weiß es nur nicht, verstehst du?»

Ava schluckt lang und durstig an ihrem Beck's. Gerade hat sie gedacht, dass es alles zu viel ist. Die Kinder, die Arbeit, der Haushalt, Danilo und ein Buch lesen, es passt nicht alles in den Tag. Der Tag ist zu kurz, der Körper ist zu schwer, und noch einen Termin dazunehmen, noch mehr Arbeit und Verpflichtung? «Nein, das schaffe ich nicht, Merve.»

«Sie ist eine echte Schauspielerin, vom Theater, vom echten Theater, nur jetzt nicht mehr, weil sie krank ist. Sie hat ein Stück geschrieben, und sie meint, ich wäre so ein Typ. Aber ich wette, du wärst auch so ein Typ. Sie sieht richtig hübsch aus. Sie hat schon graues Haar und alles, aber sie sieht schon hübsch aus, und sie ist auch lustig. Sie lacht immer mit mir über das Zeug im Laden, wir lachen so dermaßen, Ava, obwohl sie das selber kauft, und das ist ja auch ihr Laden, also lacht sie über sich selber. Und deshalb denke ich, es könnte gut mit ihr werden. Da hab ich so ein gutes Gefühl bei ihr. Es kostet auch kein Geld oder was, sie will nur was Schönes machen. Sie hat nämlich eine Krankheit, glaube ich, sie hat so was angedeutet.»

«Eine Krankheit? Was denn für eine Krankheit»?

«Ich weiß nicht, ich glaube, was Psychisches, glaube ich. Sie geht auch komisch, sie zieht den Fuß etwas hinterher, aber das ist ja dann nichts Psychisches, oder?»

«Ich soll mit dir und einer psychisch kranken Frau Theater spielen?», fragt Ava und muss schon währenddessen denken, dass sie das wahrscheinlich will.

«Ava, das ist doch nicht schlimm, dass sie psychisch krank ist. Sie ist doch ganz lustig, und außerdem ist doch jeder ein bisschen psychisch krank. Das macht doch nichts.»

«Es ist nicht jeder ein bisschen psychisch krank. Wir sind bloß fertig, aber nicht psychisch krank. Ich jedenfalls nicht. Ich kann auch nicht, ich schaffe das so schon alles nicht.»

«Das ist das Falsche, was du sagst, Ava. Wenn du sagen würdest, du willst nicht, dann wäre es gut, aber du sagst nicht, dass du nicht willst.»

Ich will ja auch nicht nicht, denkt Ava.

«Wo soll es überhaupt sein?»

«Das ist das Beste. Es soll in ihrem Haus sein. Sie hat ein großes, schönes Haus, fast direkt an der Alster, hat sie gesagt.»

«Hast du mal darüber nachgedacht, dass die Frau etwas von dir will?»

«Sexuell meinst du?»

«Vielleicht?»

«Könnte sein», murmelt Merve. «Aber wenn nicht, und wenn sie diese Theatersache in ihrem Haus machen will, dann können wir das doch machen, oder? Überleg dir das. Du kannst immer Zeit finden, wenn du willst.»

Ava schüttelt den Kopf. Sie kann keine Zeit finden, die Zeit ist einfach fort.

Die kleine Merve klebt schon wartend mit ihren roten Strumpfhosenbeinen und ihrem Unterhemd – Unterhemd, weil sie immer so schwitzt und sich alles auszieht – an der Scheibe im Gruppenraum zur Straße hin. Sie will Ava ein Bild zeigen, das sie gezeichnet hat. Ava schaut sich das Bild an. Sie selbst ist darauf abgebildet. Sie hat einen riesigen Kopf mit gelben Haaren, die sich fadenartig um ihren Kopf wellen. Sie hat große runde Augen, umkränzt von langen schwarzen Wimpern. Sie hat einen riesig lächelnden roten Mund und eine ganz kleine Nase. Sie trägt ein blaues Kleid mit weißen Blumen. Das Kleid hat Merve mit Buntstift ordentlich um die ausgesparten Blüten herum ausgemalt. Sie trägt schwarze Schuhe mit gewaltigen spitzen Absätzen. Über ihr scheint die Sonne, unter ihr blühen auf einem grünen Strichrasen viele bunte Blumen. Oben links an der Ecke steht MAMA AVA. Daneben ein kleines rotes Herz.

«Mervi!» Sie drückt Merve an sich, ihren warmen kleinen Körper, und wiegt sie dabei hin und her, Merve drückt ganz fest zurück, sie ist vor Freude und Stolz ganz außer sich.

«Mama, das mit dem Kleid habe ich gut ausgearbeitet», sagt Merve.

Ava nickt. «Besser kann man es nicht ausarbeiten.»

Fadil steht vor einem Regal, das die ganze Wand einnimmt. Alle Wände sind mit Regalen verkleidet, gefüllt mit Tee, Pralinen, Portwein und Whisky, eingelegten Gemüsen, eingelegten Fischen, Schweizer Schokoladen, kleinen italienischen

Kuchen, Marzipanfiguren, Kartons mit türkischen Süßigkeiten, französischem Käse, spanischer Wurst und spanischem Schinken, englischen Chips, Nachos, Nüssen und gerösteten Kernen in diversen Zusammenstellungen. Durch die riesigen Schaufenster im Erdgeschoss dringt nur wenig Licht. Über dem Verkaufstresen hängen dicht nebeneinander kleine, zylindrische weiße Lampen. Ein paar Leute kaufen ein, konzentriert sortieren sie die teuren Lebensmittel in winzige, geflochtene Körbe. Eine schmale, blonde Frau mit hellblauer feiner Baumwollschürze, «Feinkost Demir» auf dem Bauch, bedient lächelnd die Kunden. Ihr Lächeln wie ihre Nägel und ihr Make-up sind gepflegt und angemessen. Fadil steht daneben und starrt in die Mitte seines Ladens. Sein kurzrasiertes Haar ist in Stoppeln aus seinem riesigen Schädel gesprossen.

«Fadil», sagt Ava, sie ist in der Nähe gewesen, bei Frau Burckhardt mit Arthrose und frisch überlebtem Schlaganfall, sie ist rasch fertig gewesen und hat schon fast Feierabend. Sie hat die ganze Zeit daran gedacht, dass «Feinkost Demir» in dieser Straße ist, die eine Straße von den kleinen roten Häusern der Straße von Frau Burckhardt entfernt liegt. Sie hat gedacht, hereinzuschauen und gegebenenfalls etwas zu kaufen. Schokolade zum Beispiel. Etwas anderes war ihr nicht eingefallen. Sie hat an Fadil gedacht, der in Danilos Gunst gesunken ist. Danilo selbst glaubt, er sei in Fadils Gunst gesunken. Alles ist schwierig.

«Ava», sagt Fadil, und seine Gesichtszüge hellen sich auf. «Avilein, was machst du hier, mein Schatz?»

Ava betrachtet die hellblaue Schürze. So hat sie Fadil nie gesehen, so in Zusammenhängen des Verkaufens und nützlichen Verhaltens. So dienstbereit. Er eilt um den Tresen herum und schließt sie in seine Arme.

«Ich war in der Nähe», sagt sie. Die angestellte blonde Frau wirft einen winzigen, nicht dem Verkauf gewidmeten Blick auf sie, dann kassiert sie freundlich zwitschernd weiter die Kunden ab. Vielleicht hat sie mit ihm geschlafen. Vielleicht würde sie gerne mit ihm schlafen. Fadil duftet in dem blauen Schürzenkittel nach frischer Seife und Rasierwasser. Immer duftet er. Immer verwendet er viel männliche Kosmetika.

«Komm nach hinten», sagt Fadil, als er seinen Körper von ihrem gelöst hat, «ich mach dir Kaffee oder was du möchtest. Möchtest du vielleicht ein Stück Kuchen? Wir haben guten Kuchen, was sagst du?»

Ava schüttelt den Kopf, aber Fadil nimmt eine ganz kleine rosafarbene Torte hinter dem Glastresen hervor und trägt sie vor sich her, durch eine Tür hindurch in ein Büro hinein, wo Papier herumliegt, jede Menge Papier, es sieht unaufgeräumt aus, unordentlich, staubig und fast dreckig.

«Oh, es ist nicht aufgeräumt», sagt Fadil und schiebt den Berg von Papier mit seiner riesigen, behaarten Hand kurzerhand vom Schreibtisch auf den Boden, wo er ihn mit dem Fuß noch ein Stück weiter und unter den Schreibtisch kehrt. «So, Platz ist», sagt er und lacht fast wie früher und befüllt eine Kaffeemaschine auf einer kleinen Küchenzeile. «Wie geht es dir?», fragt er, während er mit dem Kaffee hantiert und sie auf seinen breiten Rücken starrt, an dem hinten die Schürze mit einer kleinen weißen Schleife festgebunden ist.

«Mir? Gut», sagt sie. «Ich war hier in der Nähe. Ich dachte, ich schau mal bei dir vorbei. Falls du da bist.»

«Ich bin immer da», sagt Fadil. Es stimmt nicht mit dem überein, was Danilo erzählt hat. Danilo hat erzählt, Fadil überlasse die Arbeit vollkommen seinen Angestellten und sei nur selten anwesend.

«So? Ich dachte, du arbeitest mehr von zu Hause?»

«Du dachtest, ich arbeite eigentlich gar nicht», sagt Fadil.

Sie schüttelt den Kopf. Hier, in der kleinen, muffigen Kammer, hinter den Geräuschen des Ladens, fern von der Straße, hier ist es wie Herbst. «Ich dachte gar nichts. Ich wollte einfach nur vorbeischauen. Danilo hat das gesagt, dass du nicht oft im Laden bist, aber ich dachte, ich versuch's einfach. Ich hätte mir sonst etwas Schokolade gekauft. Oder eine Wurst.»

«Ich bin jetzt immer hier. Ich muss hinter dem Ganzen stehen, verstehst du, und muss mich ernsthaft beschäftigen.»

Er verschließt das Paket Kaffee mit einer Wäscheklammer und stellt es in den Schrank. Dann wendet er sich um, stützt sich an einer Stuhllehne ab und reißt seine dunklen Augen auf. Seine Augen sind von langen, gebogenen Wimpern umkränzt, wie bei einem Mädchen, denkt sie, aber anders, nicht so fein, eher wie Pferdewimpern.

«Ich muss die Verantwortung übernehmen, das ist Feinkost Demir, Feinkost Demir, und nicht Feinkost Müller oder Feinkost Schmidt, verstehst du?»

Ava nickt. Obwohl sie nichts versteht.

«Ich muss sehen, dass ich hier eine bessere Struktur reinbringe. Der Laden läuft so nicht schlecht, aber es könnte viel besser sein. Ich muss mir mehr betriebswirtschaftliches Wissen aneignen. Und die Mitarbeiter ...», er fuchtelt mit seiner linken Hand über seinem Kopf herum, «brauchen die Präsenz eines Chefs, das ist besser für ihre Haltung zum Ganzen, das ist ein besonderes Geschäft, ich will jedenfalls, dass es ein besonderes Geschäft wird. Deshalb muss ich mich jetzt da reinknien, ich habe die Verantwortung, Ava, ich habe ganz allein die Verantwortung für dieses Geschäft, ich kann es nicht alles so sich selbst überlassen.»

Ava rührt in ihrem Kaffee. So hatte sie sich das nicht gedacht. Obwohl sie nicht viel gedacht hatte. Aber was redet Fadil da? Was interessiert sie das denn? Was interessiert ihn das denn? Und was ist mit dem Papier auf der Erde?

«Fadil, brauchst du vielleicht eine Bürokraft?»

«Warum?» Fadils Gesicht ist blass, obschon es nie wirklich blass ist, es ist von Natur aus hellbräunlich, es hat jetzt eine blasse Bräunlichkeit, bläuliche Ringe um die Augen und eine etwas trockene, schon leicht faltige Haut über den Wangenknochen.

«Wegen dem?» Sie deutet mit ihrem Blick auf den Stapel unter seinem Schreibtisch.

«Das? Nein. Ich mach das schon. Im Moment ist es nicht so das, was wichtig ist, Ava, im Moment muss ich alles neu organisieren und die Leute motivieren. Das große Ganze. Das ist wichtig.»

Ava denkt daran, wie Fadil stumm starrend hinter der Ladentheke gestanden hatte. Unnütz fast und abwesend. Sie denkt an den scharfen Blick der blonden Angestellten. Vielleicht hat sich Danilo in Fadil geirrt. Vielleicht hat sie sich in Fadil geirrt. Vielleicht ist er so. «Aber sonst geht es dir gut, ja?»

«Ja, klar.» Er nickt mit kleinen, müden Kopfbewegungen.

«Ich hatte so das Gefühl, dass vielleicht irgendetwas ist … mit dir … aber du bist wahrscheinlich nur im Stress.»

Er sieht an ihr vorbei in Richtung des winzigen, vergitterten Fensters. Flugzeuggeräusche dringen herein, ohrenbetäubende Flugzeuggeräusche vom unsichtbaren Himmel über der Stadt, die im betonierten Hinterhof aufprallen. Er wartet, bis es wieder leise ist, dann sagt er: «Was soll sein? Ich hab zu tun.»

«Ja, das dachte ich mir.» Sie steht auf und nimmt ihre Tasche. Sie schämt sich, dass sie hergekommen ist. Sie wird Danilo nichts davon erzählen. Er würde sich aufregen.

«Gehst du schon?», fragt Fadil.

«Ich muss die Kleinen abholen. Ich wollte nur kurz …»

Er nickt. Er steht auf und öffnet ihr die Tür.

«Die Schürze steht dir nicht besonders», sagt sie beim Rausgehen.

Er hält die Tür immer noch weit auf und lächelt, als wäre alles ganz wunderbar. «Ich weiß.»

Seit Ava ihn am Tag ihrer Hochzeit zur Feier geladen hatte, saß Josip Androsevich in ihrem Wohnzimmer in einer Ecke neben dem Fernseher. Nach dem Umzug in eine größere Wohnung hat er seinen Platz behalten. Er ist ein Witz, an dem Danilo Gefallen gefunden hat, jedenfalls präsentiert er ihn so vor Gästen. Er sagt dann: «Das ist mein Väterchen, der Josip. Und das, liebes Väterchen, ist der Johannes, mein Kollege.» Ava staubt den Josip manchmal ab, denn er macht immer einen staubigen, muffigen Eindruck. Sie staubt sonst kaum mal etwas ab, aber Josip Androsevich reizt sie, ihn abzustauben. Genau genommen stört er sie, und sie wischt und staubt an ihm herum, ohne dass er sauberer wird.

An einem heißen Tag Ende Juli stellt Danilo dem Josip Androsevich einen nahen Verwandten vor, den Sohn seiner Schwester, Danilos Cousin Branko aus der schönen alten Stadt Split an der Adria. Danilo hatte von der Existenz Brankos bis dahin kaum einen Schimmer gehabt, von gar keinem Verwandten hatte er einen Schimmer gehabt, aber nun steht er hier, in Danilos Wohnzimmer, und sieht Danilo sehr ähnlich, nur um einiges jünger. Brankos Mutter, Ivanas Schwägerin, die ihr jedes Jahr zum Weihnachtsfest eine Karte sendet, hat ihrem Sohn Ivanas Adresse gegeben, und Ivana hat ihm dann Danilos Adresse gegeben. Branko ist mit seinen Freunden David und Kruno auf der Durchreise nach Trondheim in Norwegen, wo Kruno eine Frau namens Ingfrieda zu treffen hofft. Alle drei studieren Elektrotechnik an der Universität Split. Sie haben riesige Rucksäcke mit Zelten und Schlafsäcken dabei, sie sind verschwitzt und schmutzig und jung und braun gebrannt. Sie stehen verlegen im Wohnzimmer und lächeln. Danilo spricht Kroatisch, Ava hat es noch nie gehört, seine Mutter spricht vor ihr ein brüchiges Deutsch mit ihm, aber er spricht offensichtlich Kroatisch, langsam und vorsichtig, es aus den Tiefen seiner vergangenen Kindheit hervorziehend. Es gefällt ihr. Es passt zu Danilo.

Branko lehnt seinen riesigen Rucksack gegen das Bücherregal und setzt sich auf das Sofa. Die anderen tun es ihm nach. Sie sitzen nebeneinander und lächeln freundlich, und Branko kichert. Danilo fragt etwas, sie antworten, und er nickt. Dann läuft er in die Küche, Ava hinterher.

«Danilo, du kannst Kroatisch sprechen?»

«Ja, was denkst du?», sagt Danilo und öffnet den Kühlschrank, starrt eine Weile hinein, dann schließt er ihn wieder.

«Müssen wir einkaufen?», fragt Ava und fragt sich gleichzeitig, ob *sie* einkaufen muss.

«Wir haben gar nichts», sagt Danilo.

«Brauchst du Bier?»

«Wir haben gar kein Bier mehr.»

«Ich wusste gar nicht, dass du Kroatisch kannst, Danilo.»

Danilo schüttelt den Kopf. «Ich kann schon immer Kroatisch. Ich bin kroatisch aufgewachsen. Meine Mutter ist Kroatin.»

«Nimm die Jungs doch mit und fahrt zusammen Bier kaufen», sagt Ava. Sie weiß schon, was Danilo überlegt. Wenn er sie einkaufen schickt, wird sie ihm die Kinder dalassen. Er kann schlecht verlangen, dass sie auch noch die Kinder zum Bierkaufen mitnimmt. Dann sitzt er hier und hat die Kroaten und die Kinder.

Er zuckt mit den Schultern. «Ava, die bleiben sicher heute Nacht hier.»

«Klar», sagt Ava, «das habe ich mir gedacht. Wo sollen sie sonst bleiben? Sie haben kein Geld. Das sind Studenten, sie haben kein Geld und sind außerdem deine Verwandten, Danilo, natürlich bleiben sie hier.»

«Einer ist mein Verwandter. Und die erwarten außerdem, dass wir die hier bewirten», sagt Danilo, «das ist so bei den Kroaten.»

«Bei den Deutschen ist das auch so, wenn Besuch kommt», sagt Ava, «bei mir jedenfalls.»

Und als Danilo sein Portemonnaie einsteckt und eine leere Kiste Bier aus der Kammer hebt, sagt sie: «Freu dich doch. Du hast jetzt einen Verwandten.»

Danilo seufzt und geht mit der Kiste Bier in der Hand über den Flur ins Wohnzimmer. Er spricht ein paar Worte, dann springen die Jungen auf, und alle verlassen die Wohnung.

Merve und Martin stehen im Kinderzimmer hinter der geschlossenen Tür, sie kann es durch die Milchglasscheibe sehen, sie öffnen sie, als sich die Wohnungstür schließt.

«Was sagen die?», fragt Merve.

«Ich weiß es nicht», sagt Ava.

«Sagen die ausländische Wörter?»

«Ja, sie reden Kroatisch.»

«Sagt Papa auch kroatische Wörter?»

«Ja.»

«Warum?»

«Weil Papa auch Kroate ist und weil seine Mama Kroatin ist und immer mit ihm Kroatisch gesprochen hat, als er klein war. Und der eine Mann ist sein Cousin. So wie Jonathan dein Cousin ist.»

Merve starrt und öffnet den Mund. Dann sagt sie: «Aber Papa kennt gar nicht seinen Cousin.»

Ava schüttelt den Kopf. «Er kennt ihn nicht. Er hat ihn noch nie gesehen.»

«Warum nicht?»

«Er kennt seine ganzen Verwandten nicht.»

«Warum nicht?»

«Sie sind weit weg, in Kroatien, in einem anderen Land, und da war Krieg, und dann haben sie sich aus den Augen verloren, glaube ich. Also eigentlich ist Papa da nie gewesen, in Kroatien. Es sind nur seine Verwandten eben. Und er ist von hier. Ich weiß es auch nicht so genau.»

Sie zieht Martin ins Badezimmer, wischt ihm seinen kleinen, schmutzigen Mund ab, wäscht ihm die vom Im-Sand-

Spielen schwarzen Händchen und stopft ihn in der Küche in sein zu klein gewordenes Stühlchen. Sie schneidet Brot ab und unterhält sich mit den Kindern, während sie ihnen ruhig eine Scheibe nach der anderen mit Wunschwurst und Wunschkäse belegt, zerschneidet und auf die Teller legt. Sie schmiert sich selbst ein Brot, kaut und denkt darüber nach, ob sie die Kinder heute baden soll oder nicht. Schmutzig sind sie. Schmutzig sind sie im Moment immer. Sie spielen jeden Tag draußen mit Wasser und Sand. Aber sie ist so müde und erschöpft. Gleich werden vier Männer in ihrem Wohnzimmer Bier trinken, sie wird selbst ein Glas trinken und kein Wort verstehen. Sie wird ins Bett gehen und schlecht schlafen, weil es laut sein wird. Sie seufzt und räumt den Tisch ab. Immer denkt sie schon so. Immer ist sie von vornherein so angeklatscht. Sie findet es selbst nicht schön. Aber die Anstrengung macht das. Sie lässt etwas Wasser in die Badewanne, als sich im Flur die Tür öffnet und Bierflaschen klirren.

Während sie Martin das T-Shirt über den Kopf zieht, ihn dann auf der Waschmaschine auf ein Handtuch legt, um ihm den Po zu reinigen, muss sie darüber nachdenken, dass Danilo keine Familie hatte außer seiner Mutter, und dass sich die Abwesenheit von Josip Androsevich als ein Mangel, als eine dauerhafte Wunde in sein und seiner Mutters Leben gefressen haben musste. Das, was er hier hat, in seinem Zuhause, wo seine Kinder wohnen und seine Frau sich kümmert, wo sogar die Familie sich jetzt plötzlich in neuen Teilen zusammenfügt, hier meint Danilo etwas in Ordnung bringen zu können. Hier denkt er sich etwas Gesundes, Unzerstörbares, eine von ihm selbst geschaffene Form von Heilung. Und ihr wird klar, warum Danilo sie nie verlassen wollte, warum er das alles nie in Frage gestellt hat.

Beate bestellt den zweiten Gin-Tonic und zieht den grauen Rock über ihren glitzerglänzenden Knien länger, aber der

Rock lässt sich nicht länger ziehen. Ava sitzt ihr gegenüber, Beates verheirateter Barmann steht hinter der Theke und putzt ein Glas und füllt es dann mit klirrendem Eis und Gin und Tonicwasser. Er heißt Fred. Er ist tatsächlich etwas dicklich, wie Hartwig sagte, aber vor allem ist er groß und kräftig, das Dickliche ist nur eine unwesentliche, nicht unpassende Ergänzung zu dem Berg von Mann. Er steht hinter der Bar wie ein Fels, in einem schwarzen Hemd, er hat dunkles, nach hinten gekämmtes Haar und ein großes Gesicht mit traurigen indianischen Augen.

Beate rechtfertigt sich nicht. Es gibt auch nichts zu rechtfertigen, nicht gegenüber Ava. Freds Frau arbeitet in der Sparkasse Lüneburg am Schalter, sie ist eine nette kleine Frau, und sie liebt ihn. Sie musste sich wegen gefährlicher Zysten die Eierstöcke entfernen lassen, obwohl sie so gern Kinder gehabt hätte. Aber sie ist eine, die nicht viel klagt. Alles weiß Beate über die Frau von Fred. Sie hat selbst schon Überweisungen bei der Frau abgegeben und sie sich dabei genau angesehen.

«Ganz nett ist die», sagt Beate und zieht den Rock zum hundertsten Mal runter, obwohl er nicht einen Millimeter runterzuziehen geht. «Wirklich eine nette Frau, sieht auch ganz hübsch aus.»

«Und wo ist das Problem?»

«Welches Problem denn?»

«Es wird doch ein Problem geben, wenn er mit dir rummacht?»

Sie flüstern, denn der Mann mit dem Problem steht dicht dabei. Er ist mit Bedienen beschäftigt. Es läuft laute Discomusik, und es murmelt eine Wolke von Gesprächen um sie herum, aber er steht dicht bei, und es ist nicht auszuschließen, dass er lauscht.

«Sex ist das Problem», flüstert Beate und strahlt dabei, als wäre das ein Hauptgewinn für sie. Und so sieht es wohl auch aus.

Ava nickt. Das hatte sie sich gedacht. Sex ist oft das Problem.

«Die Frau mag keinen Sex. Sie macht die Augen zu und liegt stumm und steif auf dem Bette, wenn er über sie kommt», sagt Beate.

«So genau hat er es dir erzählt?»

Beate zuckt mit den Schultern. «Wenn das sein Leid ist.»

«Das scheint ja eher ihr Leid zu sein.»

«An ihm liegt es nicht. Er weiß, was er tut, Ava. Wenn ich es dir sage. Und ohne Strapse und den ganzen Scheiß. Er liebt eine Frau, als wollte er sie aufessen. Ganz wunderbar. Ich bin abhängig, Ava, ich bin so abhängig. Ich könnte mich ständig nackig machen für den.» Beate zieht tief an ihrer Zigarette und stößt den Rauch aus. Sie kräuselt die Nase, dann sagt sie: «Aber es hat keinen Zweck. Ich sollte sehen, dass ich hier abhaue und Schluss mache.»

«Beate!» Ava legt ihren Arm um Beate, die immer noch an ihrem grauen Rock zieht und zerrt, der ein bisschen eng um die Hüften ist.

Beate atmet tief durch, strafft sich, drückt ihren Busen raus und sagt laut: «Mach mal noch einen, Fred!», und sortiert ein paar der neuen zweifarbigen Euromünzen auf den Tresen. Einen bezahlt sie, einen bezahlt sie nicht, so fällt es nicht auf, dass Fred das eine oder andere umsonst über den Tresen schummelt, für seine Liebste und ihre Begleitung. Fred grinst, immer noch traurig, für immer traurig, weil seine Augen so geformt sind.

«Warum verlässt er sie nicht?», fragt Ava später, und ihr fällt ein, warum immer keiner keinen verlässt oder nur ganz selten. Weil es viel schwieriger ist und viel gefährlicher, als es sich sagt, wenn man es sagt und es andere betrifft, von denen man die Schwierigkeiten ihrer Ehe nicht kennt.

«Er kann so nicht sein. Er liebt sie ja», sagt Beate.

«Und dich?»

Beate zuckt mit den Schultern. «Es ist schön mit ihm. Wenn ich eine andere Frau wäre, dann würde ich ihn heiraten. Ich würde es so einfädeln, dass er von ihr weggeht. Aber er geht nicht von ihr weg, weil ich es nicht will.»

«Was?» Ava ist betrunken. Sie ist müde. Sie ist früh aufgestanden. Sie hat lange gearbeitet, dann die Kinder zu ihren Eltern gebracht, gegessen, geduscht, dann ist sie nach Lüneburg gefahren. «Was willst du denn eigentlich überhaupt?»

«Avi, ich will ihn wahrscheinlich so jetzt, wie er ist. Vielleicht will ich sogar, dass er die Frau hat und alles. Kannst du dir das irgendwie vorstellen, wenn du dir mich vorstellst, wie ich so bin, und nicht von dir ausgehst, Avi? Du bist doch meistens so eine, die das kann. Ich will ihn jedenfalls nicht heiraten. Am Ende bin ich nämlich die Frau und liege da und warte, dass er fertig wird. Komm mir nicht damit. Ich kann das nicht, Ava. Ich bin im Herzen ein Flittchen. Sag, was du willst. Und so gesehen ist der bei der Sparkassenfrau besser aufgehoben. Die liebt den nämlich.»

«Und du?»

«Schon. Aber ich will ihn nicht haben.»

Auf Beates Schlafcouch, der Mond wirft blasses, weißes Licht durch die quadratischen Fenster auf den Teppichboden, draußen auf der Straße laute, betrunkene Teenager, wirft sich Ava hin und her und kann nicht schlafen. In ihr ist eine Unruhe, ein Kribbeln in den Beinen und ein Fließen und Strömen von Blut, verstärkt durch einige Gin-Tonics, dass ihr schwindlig wird.

Sie steht auf, um sich in der Küche ein Glas Wasser zu holen. Beate kommt aus ihrem Schlafzimmer, steht im Kücheneingang, einen karierten kurzen Schlafanzug am Körper, gerade, braune Beine, nackte Füße, rosa Zehen. An den Oberschenkeln dellt sich das Fleisch, aber nur leicht, ganz leicht.

«Kannst du nicht schlafen?»

«Nein», sagt Ava, «draußen ist es laut. Und der Mond so hell. Und ich bin besoffen, ich kann nicht schlafen, wenn ich besoffen bin.»

«Mach das Fenster zu, dann ist es leise.»

Beate folgt ihr ins Wohnzimmer und setzt sich auf den Rand des Sofas, auf das weiße Bettzeug. Ava kriecht unter die dünne, bezogene Decke. Es ist Sommer und warm, aber sie fröstelt.

«Fehlt dir Fred jetzt gerade?», fragt sie Beate.

Beate nickt. «Wenn ich so weitermache, dann ende ich irgendwann als alte Jungfer.»

«Als alte Jungfer wohl kaum», sagt Ava.

«Als alte Nutte dann.»

«Ja? Dann steigst du aber spät ins Geschäft ein. Das ist nicht gerade vorteilhaft.»

Beate schüttelt den Kopf. Sie lächelt nicht mal. Sie steht von der Bettdecke auf, lüftet sie ein wenig und kriecht dann unter eine Ecke. Ihre Zehen schauen heraus, wie eine Reihe rosa Perlen.

«Nichts ist vorteilhaft, wenn man älter wird», sagt sie. «Fehlt dir Danilo auch?»

Der Schlag sitzt. Dass Beate am späten Abend noch so gemein sein kann. Am frühen Morgen eigentlich. Draußen flötet schon ein verirrtes Vöglein, und erste feine Straßengeräusche von der großen Straße fädeln sich in den blassen Morgen.

«Danilo? Ja, mir fehlt vor allem, wie er schläft, mit offenem Mund, und röchelnd. So ...» Sie röchelt.

Beate kichert. Sie kriecht dichter an Ava ran, sie streckt sich lang aus und starrt an die Decke. Sie schweigt eine Weile. Dann sagt sie: «Weißt du noch, Ava, wie wir im Krankenhaus angefangen haben? Weißt du noch, wie klein wir waren und dumm und nichts wussten?»

Ava nickt stumm. Sie erinnert sich. An die langen, glänzenden Gänge des Krankenhauses, an Hartwig, wie er müde rauchend auf den Bänken am Eingang saß, an ihren Freund, den Assiarzt Andreas Balzer, an ihr grünes Zimmer bei den Schultetees und das dicke Fahrrad, auf dem sie an schönen Tagen frühmorgens ins Krankenhaus radelte.

«Und jetzt bin ich immer noch so», sagt Beate, «immer noch gleich dumm.»

Andreas Balzer war ein unreifer, feiger Mann gewesen, überlegt Ava. Sie hatte sich in eine Regung von ihm verliebt. Sehr wenig hatte damals ausgereicht, um sich in ihn zu verlieben, ein verlorener Blick aus seinem blassen, sommersprossigen Gesicht, eine Unentschlossenheit, eine Geste von Mitgefühl gegenüber einer kranken Frau, ein Moment der Ehrlichkeit ihr gegenüber, schon war ihr Herz weich geworden, schon hatte sie einen Seelenverwandten in ihm gesehen. Würde ihr das so noch einmal passieren? Wahrscheinlich, ja. Wahrscheinlich hat Beate recht.

«Das Schlimme ist, dass man es jetzt alles weiß, wie es ist, und macht es trotzdem», sagt Beate.

«Hartwig sagt, du sollst nach Hamburg kommen», sagt Ava, «Hartwig Endres Häusliche Pflege kann dich gut gebrauchen.»

Als wäre das die Antwort.

«Die Welt kann mich gebrauchen», sagt Beate in die Nacht, als ob sie singt. «Ich bin komplett am Ende. Ich kotze morgen, Ava. Ich wette, ich kotze.»

«Das ist sowieso besser», sagt Ava.

«Das sage ich auch.» Beate gähnt.

Ava schließt die Augen. Sie glaubt, dass sie sich keinen Millimeter mehr zu bewegen braucht. So wie sie liegt, wird sie einschlafen und aufwachen, das ist auch besser, da Beate neben ihr liegt und gar kein Platz mehr zum Bewegen ist, wenn sie nicht verschwindet.

Gegen Mittag, als sie erwacht, liegt das Zimmer im Schatten, draußen knallige Sonne, im Zimmer dumpfe, alte Luft. Sie steht vorsichtig auf und öffnet weit das Fenster. Straßenverkehr und Kinder, die sich Sachen zuschreien. Es ist bereits heiß, es ist draußen wärmer als drinnen und auch nicht frischer.

Beates verzottelte Haare, wie die einer ungekämmten Puppe, schieben sich unter der Decke hervor. Sie streckt sich. Sie gähnt. «Ich glaub, ich mach das», sagt sie.

«Was?»

«Ich komm nach Hamburg. Raus hier aus dem Dorf. Raus aus dem Krankenhaus. Raus aus Fredi.» Sie steht auf, streicht ihr wildes Haar glatt, eine unsinnige Geste, tapst in die Küche und setzt Kaffee auf. «Weißt du, wen ich gesehen habe?», ruft sie aus der Küche.

«Und?», ruft Ava aus dem Wohnzimmer. Sie hat sich wieder ausgestreckt. Sie lässt die Geräusche und die Sonne auf sich rieseln. Keine Kinder, kein Po-Abwischen, kein Stullenschmieren, keinen Streit schlichten, nur Ruhe und Faulheit und staubige Sonne, eine leichte Übelkeit im Magen, einen leichten Schmerz im Kopf und Zufriedenheit.

Beate trägt den Kaffee ins Wohnzimmer und stellt ihn vor dem Bett ab. «Stulle. Den Lkw-Fahrer. Weißt du noch?»

Ava setzt sich auf. «Den? Der fährt hier immer noch Lkw?»

«Was sonst? Ich hab ihn am Stint getroffen, beim Biertrinken.»

«Ich dachte, er wollte, hat er damals gesagt ... er wollte ... wenn er Geld hat, um die Welt segeln, wenn es geht.»

Beate schlürft ihren Kaffee und nickt. «Das hat er ja. Er hat sogar noch ein Boot, in Harburg ist das. Er ist damit eine ganze Weile rumgefahren, zehn Monate lang, da in der Nähe von Griechenland, Italien, Kroatien, keine Ahnung, hat er mir alles erzählt, am Stint, als wir da saßen und uns unterhalten haben.»

«Und jetzt ist er wieder hier?»

«Ja, klar. Jetzt ist er wieder hier und fährt wieder Lkw. Was sonst?»

«Was ist das denn für ein Traum?» Ava regt sich ein bisschen auf. «Da fährt man ein bisschen rum, und dann kommt man zurück und fährt wieder Lkw. Das ist doch kein Traum!»

Beate lächelt. «Warum denn nicht? Weil er vorbeigegangen ist? Alles geht doch vorbei. Und dann gehst du wieder arbeiten. Ganz normal. Das ändert doch nichts.»

Ava schüttelt den Kopf. «Das ist kein richtiger Traum, Beate. Das kannst du mir nicht erzählen, das ist kein richtiger Traum so.»

Beate zuckt mit den Schultern und geht in die Küche, um neuen schwarzen Kaffee zu kochen. Draußen schreien immer noch die Kinder. Es ist Sonntag, und es ist Sommer.

Ende August fahren sie in die Schweiz in ein kleines, dunkles Holzhaus in einem Bergbauerndorf im Kanton Graubünden, das den verstorbenen Eltern von Danilos ehemaligem Professor gehörte. Die Kinder schlafen viel, alle schlafen viel, als hätte das Leben sie alle gemeinsam zutiefst erschöpft. Zu den geplanten Wanderungen kommt es kaum, weil es heiß ist und niemand etwas wohin tragen oder ziehen will, wenn es dreißig Grad im Schatten sind. Also hängen sie vor dem Haus auf der Terrasse herum und betrachten die schöne Landschaft und empfinden gemeinsam eine große Müdigkeit.

Martin schlägt sich den Kopf an der Kante eines Steines auf, als er die Terrassentreppe hinunterstolpert, und sie müssen den örtlichen Arzt aufsuchen. Beim örtlichen Arzt sitzen sie zu viert im Wartezimmer, im ersten Schreck sind sie alle gemeinsam aufgebrochen, Ava, Danilo, Merve und der blutende, schreiende kleine Martin. Der nun bereits nicht mehr schreiende Martin will sich von seiner Mutter befreien, sie hält ihn umschlungen und drückt ihm ein Taschentuch gegen die blutende Stirn. Seine Tränen haben sich mit dem Blut und dem Schmutz vom Draußenspielen in seinem Gesicht vermischt und bilden eine langsam antrocknende Schicht, die sich über seinen ganzen zappelnden Körper verteilt. Martin hat für sich selbst bereits mit dem Missgeschick abgeschlossen. Er will sich im Wartezimmer umsehen, er will vor allem nicht mehr auf dem Schoß seiner Mutter fixiert sein, die Tränen tropfen nur noch spärlich, das Blut läuft kitzelnd über sein Gesicht, er streckt die Zunge heraus und leckt seinen blutigen Mund ab. Merve steht neben Ava und blickt sie fragend an. Darf Martin das? Aber was soll Ava tun? Das Geschrei hat endlich aufgehört. Deshalb lässt sie ihn. Sogar Danilo lässt ihn. Alle sind sie immer noch müde, trotz der Vormittagsschläfchen und Mittagsschläfchen und Frühabendschläfchen. Ava würde morgens am liebsten im Bett liegen bleiben. Aber Martin ist immer um kurz nach fünf wach. Wann wird er sich das abgewöhnen? Wann?

Der Schweizer Arzt ist jung und dünn und trägt ein grünes T-Shirt in seiner mit einem Gürtel festgezurrten weißen Arzthose. Er hat Zahnschmerzen, er hält eine Kühlkompresse an seine Wange und entschuldigt sich dafür. Er bemüht sich um ein verständliches Deutsch, er spricht langsam und deutlich und schweizerisch krächzend. «Es tut mir sehr leid, ich bin etwas lädiert, ich habe eine Wurzelentzündung, und ich nehme schon Schmerzmittel, aber es hilft bisher noch nichts.»

Der Schmerz steht in seinem jungen Gesicht wie eine Feder, die seine Gesichtsknochen gespannt hält, und nur seine Augen bemühen sich und schauen hell und mit anständigem Humor tapfer auf den Patienten.

Ava nickt, sie hält Martin an seiner kleinen Hand, Martin wischt sich mit der anderen Hand das verklebte Blut von der Backe, es juckt ihn, aus dem schmal klaffenden Riss an der angeschwollenen Stirn läuft immer noch still und stetig ein kleines Rinnsal dünnen, roten Blutes. Er hat sich damit abgefunden. Er ist noch dort, wo man sich mit allem abfindet, in der ganz frühen Kindheit, kaum angekommen im Jetzt, und schon Urlaub in der Schweiz. Was soll er in der Schweiz, was soll ein so kleiner Junge eigentlich in der fremden Schweiz?, denkt sie und beobachtet das Blut und weiß, wie unsinnig ihre Gedanken sind.

Danilo ist mit Merve bereits gegangen. Er wollte nicht mehr in dem vollen Wartezimmer sitzen. Es ist alles Danilos Idee gewesen, denkt sie weiter, als wäre Danilo deshalb schuld an dem Unfall, weil er in die Schweiz gewollt hatte. Danilo geht derweil schön zu Fuß zurück. Oder er fährt mit dem Bus. Merve ist nicht dafür gewesen, das Wartezimmer zu verlassen. Merve wollte sehen, wie der Arzt die Wunde «zunäht». Sie ist an allen Dingen interessiert, ob grausam, ob schmerzhaft, ob schön, sie ist im interessierten Alter und will alles wissen. Danilo hat ihr Eis versprochen, dann ist sie mitgegangen. Danilo konnte nicht mehr bleiben. Der Unsinn des Gemeinsamwartens hatte ihn mürbe gemacht.

Der Schweizer Arzt legt das Kühlkissen auf einem Unterteller ab. Die Schwester, dünn und blass, bringt es weg und kehrt mit einem neuen, eisig beperlten Kissen zurück. Der Arzt sieht sich Martin an. Die Schwester reinigt ihm sehr zärtlich sein Gesicht und die Haut um die Wunde herum, sie benutzt weichen, feuchten Zellstoff und lächelt dabei, Martin wartet stumm und weint nicht. Sie wischt sein Gesichtlein rein und klebt gemeinsam mit dem Arzt den Ritz zu. Sie haben ein elastisches, klebendes Band, sie halten den Ritz zusammen und kleben ihn dann damit fest zusammen. Martin sitzt auf einer Liege und rührt sich nicht. Seine kleinen Augen blicken irgendwoanders hin, in das Nichts, in seine Gedanken, was fast dasselbe ist. Er lächelt verlegen.

Die Schwester hebt ihn von der Liege. Er steht wackelig im Raum und greift einmal entschlossen mit seiner rechten Hand an die Stelle, auf der ein weiches Stück Zellstoff festgeklebt wurde. Er sieht Ava an, er sieht den Arzt an und sieht die Schwester an, dann federt er ein wenig in den Knien und lächelt, das ist seine Art, Scherze zu machen und Menschen für sich einzunehmen, in den Knien federn und lächeln. Ava nimmt ihn jetzt doch auf ihren Arm, sie muss es, sie muss ihn an sich drücken, und verabschiedet sich vom Arzt und von der Schwester, die ihr so sympathisch erscheinen, dass sie sie am liebsten in ihren Freundeskreis aufgenommen hätte. Das ist ihr Problem, ungenügende Abgrenzung, sie weiß es, sie weiß es, weil Danilo es öfter sagt, und sie weiß, wie er inhaltlich recht hat, aber welche Freundschaften schließt man schon, wenn man vorschnelle Entscheidungen in Herzensdingen vermeidet? Welche, Danilo?

Martins Kleidung klebt. Sie drückt seinen kleinen Körper an sich, während er sich schon wieder wehrt. Er will nicht getragen werden, er ist ein Mensch ganz für sich allein auf seinem eigenen Weg.

Sie steigt ins Auto und sieht bald zwei auf der Straße laufen, einen Großen und eine Kleine, in der harten Sonne, im brausenden Straßenverkehr. Danilo vorneweg, Merve hinterher. Merve in einer kurzen blauen Hose, ihre krummen Beine in weißen Söckchen und Turnschuhen. Merve, trödelnd, Gräser abrupfend, sich beklagend sicher, hinter ihrem großen Vater, der hält, um sich umzusehen und sie anzutreiben, sinnlos anzutreiben, weil sie störrisch ist wie ein Esel.

«Mama», ruft Merve. Sie reißt das Auto auf. Ava dreht sich um zu den beiden, Martin in seinem Sitz und mit seinem dicken Pflaster auf der Stirn lächelt breit, als er seine Schwester einsteigen sieht. Martin liebt seine Schwester, er liebt fast alle Menschen, er ist so unendlich großzügig.

Danilo setzt sich neben Ava und sieht weniger froh aus. «Ist es gut?», fragt er, ohne sich nach Martin umzudrehen.

«Ja, es war gar nicht schlimm. Sie haben das einfach zugeklebt.»

Danilo nickt. «Ich wollte nicht mehr warten.»

«Ja, klar», sagt sie.
Aber sie denkt, sie wäre nicht gegangen. Sie wäre keine Sekunde von Martin gewichen, sie muss immer alles wissen, seine Schmerzen, seine Verletzungen und was sie mit ihm tun, sie hätte nicht Danilo mit ihm allein gelassen. Sie wäre geblieben. Sie hätte auch nicht, an solch einer befahrenen Straße, Merve hinter sich gehen lassen. Sie hätte sie vor sich gehen lassen oder sie an die Hand genommen. Aber sie sagt nichts. Danilo ist nicht so abhängig von den Kindern. Er lebt sein eigenes Leben. Sie auch, aber da sind die Kinder drin enthalten. Die Leben der Kinder und ihres sind so dicht beieinander, dass es fast dieselben Leben sind. Wäre da nicht noch Merve, die Große, und Beate und Hartwig und Fadil. Fadil, denkt sie dann, was mit Fadil ist?

Sie fährt ruhig und in sich versunken, zufrieden, weil es alles gut ausgegangen ist mit dem Kleinen, zufrieden, weil er so ist, wie er ist, zufrieden auch, weil sie alle vier in einem Auto sitzen, gemeinsam auf den wunderschönen, riesigen Berg zufahren, an dessen Fuß ihre Urlaubshütte steht. Eine Hütte, schöner und größer als ihre Wohnung.

Sie weiß, sie merkt, Danilo fehlt sein Arbeitszimmer. Er will seinen schwarzen Tee und seine Arbeit. Er sitzt auf der Wiese oder läuft einen Spazierweg entlang, als wäre er verkehrt, er fährt mit ihnen zu einer Burg oder einem Kloster, sie stehen herum und essen Eis, aber es bringt nicht das Glück herbei, irgendwie nicht. Dennoch ist sie jetzt froh. Sie haben Urlaub, und morgen früh holen sie warme Brötchen und frühstücken, so wie jeden Morgen in ihrem Urlaub. Man muss es nur wissen und ganz genau darüber nachdenken, wie schön es ist, denkt sie, man muss ganz, ganz fest daran denken, damit man nicht böse wird und ungerecht. Danilo ist nichts vorzuwerfen, nichts.

«Morgen sollten wir besser nicht wandern, mit Martin», sagt sie später im Bett, im karierten Bettzeug, ein Buch in der

Hand, immer nur einen Absatz lesend, denkend, lesend, denkend, ohne weiterzukommen. Obwohl sie nie gewandert sind, allenfalls spazieren gegangen, mit einem hölzernen Handwagen, in dem Martin auf einem Kissen saß und manchmal einschlief, während sein dicker Kopf vornüberbaumelte.

«Ich gehe vielleicht mal alleine los», sagt Danilo. «Ich will hoch auf den Berg. Mit euch schaffe ich das nicht. Und wenn ihr sowieso nicht könnt morgen, dann gehe ich vielleicht mal alleine da rauf.»

Sie sagt nichts dazu. Sie sieht Danilo auf dem Berg stehen, groß, mit seinem kühnen Gesicht, seiner Brille, seinem langen Körper. Er kann ja auch nichts dafür, dass er so gewachsen ist und auf den Berg raufmuss, es ist sein Wesen, das so ist. Und der Arzt fällt ihr ein, mit seinem angewärmten Kühlkissen, mit seinem grünen T-Shirt, wie ungeheuer freundlich an so einem heißen Tag mit seinen eigenen Schmerzen.

Anfang September, es ist noch warm, die Wohnung dampft von der Hitze, von hartnäckigen Essensgerüchen, von Kinderbaden und Schlaftrunkenheit, Merve und Martin liegen wach in ihren Betten, und Ava stellt den letzten abgetrockneten Topf in den Schrank, als Fadil auftaucht. Er trägt einen neuen, weißen Sommeranzug, er lächelt über sein ganzes braun gebranntes, stoppeliges Gesicht, und er umklammert zwei größere Geschenkpakete für die Kleinen.

«Fadil!» Ava hält das Geschirrtuch noch in der Hand. Sie trägt dünne kurze Shorts, eigentlich eine längere Unterhose, und ein schmutziges weißes T-Shirt, wegen der Hitze und weil sie gleich duschen wollte. Sie ist verschwitzt, auf ihrer Stirn jucken Schweißperlen, und da steht Fadil, frisch, sauber und duftend, mit Geschenken.

Danilo kommt von hinten aus seinem Arbeitszimmer und starrt Fadil an. «Mensch», sagt er und lächelt verkrampft.

Fadil stapft durch ins Kinderzimmer. Merve ist schon aus

ihrem Bett gesprungen, um die zu erwartenden Geschenke in Empfang zu nehmen. Martin sitzt verschlafen auf seinem Kopfkissen, einen Nuckel im Mund, mit verschwitztem Haar, einen Zipfel der Bettdecke noch in der Hand. Eine «Bob der Baumeister»-Kassette dreht sich munter im farbigen Plastikrekorder auf dem Kindertisch. Die Stimmen erzählen leise vor sich hin, Martin ist hypnotisiert von den Stimmen, er schläft immer ganz schnell ein dabei. Ava weiß, dass sie besser vorlesen sollte, aber wann dann die Töpfe abwaschen? Und beim Vorlesen passiert immer Folgendes: Sie wird todmüde und schläft fast ein. Sie kann kaum noch aufstehen und Töpfe abwaschen oder duschen oder sich die Haare kämmen und die Zähne putzen. Im müden Kinderzimmer vorlesen ist eine ganz schwierige Sache, wenn danach der Abend noch nicht zu Ende ist. Manchmal liest Danilo vor. Manchmal, wenn er Lust hat. Er sucht die Bücher immer selber aus, weil er «Bob der Baumeister» zum Beispiel gar nicht leiden kann.

Martin sitzt vor seinem großen, quadratischen Karton und ist immer noch starr im Schlafmodus gefangen. In der Phase davor. Dann bewegt er seinen Kopf nach links, wo Merve das Papier von ihrem Karton reißt, und dann lächelt er. Der Nuckel fällt ihm aus dem Mund. Er beginnt, das Papier von seinem Karton zu entfernen. Er bekommt einen Brummkreisel mit einer Eisenbahn, die in dem Kreisel immer im Kreis fährt. Eine kleine Schranke hebt sich und senkt sich wieder, wenn die kleine Eisenbahn auf ihrem Weg im Kreis den Bahnübergang überquert, und das geschieht oft und immer schneller. Fadil hat den Kreisel gerade auf dem Fußboden ausprobiert.

Merve hält eine «Badepuppe Melanie» auf dem Arm. Eine kleine Badewanne, ein Läppchen und ein kleiner Bademantel gehören zur Ausstattung. Merve fragt, ob sie Wasser einfüllen und die Puppe ganz kurz nur einmal baden könnte.

«Nein», sagt Ava, «morgen kannst du die Puppe baden.»

«Aber sie ist noch neu», sagt Merve, und das ist ein schlaues

Argument und wird von Ava genau verstanden. Merve weiß, dass neue Sachen, wie zum Beispiel Obst oder auch ein neues T-Shirt immer erst einmal gewaschen werden müssen.

«Das macht nichts bei Puppen», sagt Ava.

Fadil hockt noch immer auf dem Fußboden und drückt, so kräftig es geht, den Stiel vom Brummkreisel herunter. Danilo steht daneben, seine nackten Füße in den Teppich gedrückt, und schweigt.

Fadil kichert und freut sich und macht ein richtig großes Fass auf, so wie immer.

«Die Kinder müssen jetzt schlafen», sagt sie.

Die Kinder wollen nicht schlafen, aber Ava dreht die «Bob der Baumeister»-Kassette um und legt jedem Kind das Spielzeug ins Bett, selbst der Brummkreisel muss in einer Ecke von Martins Bett schlafen, weil die Puppe ja auch in Merves Bett schlafen darf.

Im Wohnzimmer zieht Fadil sein Jackett aus, ein Jackett trotz der Hitze, darunter trägt er ein weißes Hemd, er sieht unglaublich gut aus, Ava betrachtet ihn ungläubig. Er setzt sich hin, zieht dabei die Hosenbeine etwas hoch, legt dann die Arme hinter seinen Kopf und lehnt sich gemütlich zurück. «Was gibt es Neues?», fragt er lächelnd, als wäre die Welt ein einziges Vergnügen.

Danilo beeilt sich, drei Bier zu holen. Sie stoßen an, Danilo öffnet weit die Fenster, warme Luft, von einem winzigen, matten Hauch getragen, erreicht ihr Gesicht. Unten auf der Straße, ganz fern nur, eine Sirene. Der Abend ist schön geworden.

«Ich geh mal duschen», sagt Ava dann und steht auf. Sie schämt sich. Ihr Haar klebt an ihrem Kopf, unter ihren mehrfach gesprayten Achseln juckt es.

Als sie wiederkommt, frisch und duftend und sogar ein wenig geschminkt, sitzen Danilo und Fadil im Arbeitszimmer. Sie reden laut und rauchen. Fadil lacht mehrmals. Sie trinken viel, Ava setzt sich für eine halbe Stunde dazu, dann geht sie ins Bett. Sie kommt nicht mehr in das Gespräch hinein. Danilo zeigt seine Sachen vor, erklärt seine Projekte, diskutiert kulturpolitische Entscheidungen. Sie starrt nur immer Fadil an, der zu unglaublicher Form aufgelaufen ist, wenn sie an den Besuch in seinem schmutzigen Bürozimmer denkt, an die Schürzenbänder hinten auf seinem Rücken. Und nun so, nun wieder Fadil, der lacht, wie ein Löwe brüllt. Laut und heftig und überschwänglich.

«Ava, mein Schatz», sagt er und zieht ihren frischen Körper an sich, während er mit der linken Hand seine Zigarette im Aschenbecher ausdrückt. «Schlafe gut.»

Danilo lächelt dazu. Danilo ist ein ebensolcher Prinz wie Fadil. Beide sind sie goldene Prinzen auf einem Thron aus Papier.

Im Bett kringelt sie sich ein. Das Lachen dringt durch die Wände. Wäre es jemand anderes als Fadil, der so laut durch ihre Wohnung dröhnt, sie hätte sich aufgeregt. Aber die Kinder schlafen still. Die Kinder sind durch Lachen nicht zu wecken.

Am nächsten Morgen, als sie leise aus dem Bett kriecht, Danilo bleibt liegen und bringt später die Kinder zum Kindergarten, während sie schon Spritzen verteilt und Beine verbindet, dreht Danilo sich im Bett um und murmelt: «Fadil, der geht mir langsam echt auf die Nerven.»

Sie denkt den ganzen Tag darüber nach, während ihrer Reise von einer Wohnungstür zur nächsten, von einem Treppenhausgeruch zum nächsten, von einer Sorge zur nächsten denkt sie den Satz, den Danilo gesagt hat: «Fadil, der geht mir langsam echt auf die Nerven.» Ihr geht Fadil auch langsam echt auf die Nerven. Das liegt daran, dass er unangemeldet in einem mühsam funktionierenden Haushalt auftaucht und den Alltag aus den Fugen kippt. Selbstherrlich, frisch duftend, Geschenke verteilend, als gäbe es nichts Schöneres für sie alle. Was bildet er sich ein? Wenn Danilo allerdings nicht diesen Satz gesagt hätte, dann wäre sie zufrieden gewesen, dann wäre alles wie früher gewesen, dann wäre Fadil Fadil, wie er es immer gewesen ist, und alles wäre in Ordnung. Aber das ist es nicht. Fadil lacht jetzt noch lauter, und sein Parfüm ist noch stärker, und seine Geschenke sind noch größer. Es ist, als wäre er noch mehr er selbst geworden und als wäre das jetzt unerträglich.

Das Haus liegt dicht an der Alster im Stadtteil Uhlenhorst. Es ist noch früh im Herbst, die sommerliche Spätabendsonne scheint schräg durch die alten Bäume und wirft lange Schatten von Stämmen und Häusern und Menschen. Der Himmel färbt sich langsam lilablau und an den Rändern tiefrot. Die Dächer sind in warmes Licht getaucht, in den ebenerdigen Räumen nistet sich der Abend ein, Tischlampen brennen vereinzelt in der verschwommenen Tiefe hinter den Fenstern. Zwischen den noblen Häusern liegt eine geordnete Stille. Ein großes, flaches Auto schiebt sich geräuschlos aus einer Tiefgarage auf den Gehweg. Eine winzige Frau mit einem weißen Hütchen geht aufrecht, mit durchgedrücktem Rücken und einem schwingenden Mäntelchen auf sehr langsame Art mit ihrem kleinen weißen Hund spazieren. Bleibt der Hund stehen, um zu schnüffeln, redet sie mit hoher Stimme auf ihn ein. Als sie näher kommt, sieht Ava, dass die Frau viel älter ist, als sie aufgrund der zarten Statur und der eleganten Kleidung vermutet hätte. Die Frau ist eine Greisin, ihre Gesichtszüge sind verrutscht, und ihre Haut ist wie dünnes, sommersprossiges Pergament über den spitzen Wangenknochen. Sie schließt, stetig vor sich hin lächelnd, sehr langsam ein Tor auf und tippelt mit dem Hund die Treppe zu einem weißen Haus empor.

An dem Tor steht auf einem weißen Emailleschild, auf dem ein kleiner, nackter Engel sitzt, «Buddeberg und Wenzel».

Es ist das Haus von Barbara Buddeberg, eine kleine Villa mit zwei strammen, etwas bröckelig gewordenen Säulen am Eingang und einem hohen, schmiedeeisernen Zaun, jede Strebe wie ein Speer geformt, Büschel von Moos sich über der kleinen Mauer ausbreitend, in der die Streben festzementiert sind, und unter dem Namensschild eine Klingel und eine Sprechanlage aus grauem Plastik. Sie klingelt, es rauscht, eine rauschende Stimme sagt wahrscheinlich «Hallo?», sie kann es überhaupt nicht verstehen.

«Hier ist Ava», sagt sie, «ich bin hier wegen des Theaterspielens.»

Es krächzt, und die Tür lässt sich nach außen öffnen. Eine grauhaarige Frau in einem langen weißen Kleid, in der Hand eine Flasche Wein, öffnet ihr die geschwungene Tür der Villa. Düfte wie von abgebrannten Räucherstäbchen umschweben sie, vielleicht handelt es sich aber auch um Parfüm, und Ava schämt sich am Eingang zur kariert getäfelten Eingangshalle ihrer an den Füßen ausgefransten Jeans. Wie hätte sie aber so etwas erwarten können?

Die Frau sagt: «Barbara, Schätzchen», um sich Ava vorzustellen, und reicht ihr die Hand, an deren Gelenk ein Schwung Reifen klirrt.

«Ava», sagt Ava ein zweites Mal und betritt einen ebenfalls karierten Boden und eine neue Welt.

Danilo ist komplett dagegen gewesen, auf eine wütende und tatsächlich unlogische Art. Wenn er nicht wütend gewesen wäre, dann wäre sie jetzt nicht hier. Sie ist aus einem Streit heraus, aus Trotz schließlich, zur Theaterprobe gegangen. Danilo ist deshalb wütend gewesen, weil sie sich auf eine in seinen Augen «wieder einmal» vollkommen unsinnige, von vornherein problembeladene Sache einließ. «Und unseriös», hatte er hinzugefügt. Sie hätte sich besser an die Volkshochschule wenden sollen, wenn sie unbedingt Theater spielen wolle. Ein genervter Unterton dabei. Er hatte ihr sogar eine Broschüre der Volkshochschule auf den Nachttisch gelegt. «Du willst gar nicht Theater spielen», hatte er gesagt, «du willst nur wieder auf Leute mit Problemen stoßen, damit du dich dann später um sie kümmern kannst.»

«Ganz genau», hatte sie gesagt. Und nun überschlägt sie rasch das Problempotential von «Barbara, Schätzchen». Barbara, Schätzchen eilt in ihrem weißen Kleid durch die schattigen Räume, bis sie einen hinteren Raum erreicht, den sie fast komplett ausgeräumt hat, falls er nicht immer so leer steht. Nur ein Schuhregal lehnt an der linken, rosa tapezierten Wand, und die Schuhe aller beteiligten Schauspieler stehen im Regal. Die beteiligten Schauspieler sind Merve und Barbara und nun Ava. Merve sitzt mangels Stuhl auf dem Boden, auf einem dicken weißen Teppich. Neben dem Teppich steht ein hohes, geschwungenes Glas mit Goldrand und eingeschliffenen tanzenden Engeln, das Glas gefüllt mit dunklem Rotwein. Der Raum ist von einer Seite mit hohen, verglasten Flügeltüren auf den Garten hinaus ausgestattet. Im Garten dunkellila Buchen hinter einer wild verwachsenen Rasenfläche, in deren Mitte ein Engel mit abgebrochenem Kopf auf einem Zeh steht, das andere Bein angezogen, wie zum Abflug bereit, nur ohne Kopf. Der Rasen und der ganze Garten sind von herabgefallenem Laub bedeckt, lila Laub, braunem, bereits verfaulendem Laub und frischem gelbem Laub vom Ahorn zur Linken. Am Ende des Gartens, an einem Stück roter Mauer, glüht noch ein letzter Rest Sonne. Am Rand der Terrasse, unter einem kleinen, verkrüppelten Baum, liegen verfaulende blaubraune Pflaumen, von Wespen umschwirrt. Auf der Terrasse stehen eiserne Gartenstühle und ein verstellbarer Fernsehsessel aus altem, aufgerissenem Leder neben einem weißen Plastiktisch. Im Garten ist es also nur mittelfein eingerichtet.

Barbara, Schätzchen stellt ein weiteres Glas auf den dicken Teppichboden und fragt: «Wein, meine Liebe?»

Ava nickt. Noch nie hat sie ein solches Glas in der Hand gehalten, vom Wein in ihrem Mund ganz zu schweigen, der Wein ist phantastisch.

«Dann fangen wir doch an», sagt Barbara.

«Und die anderen?», fragt Ava.

«Andere gibt es nicht», sagt Merve.

Ava kippt einen Schluck Wein, er rollt in ihrem Hals herunter wie Gold, ein anderer Vergleich fällt ihr nicht ein.

«Gut», sagt sie, «wenn es nur wenige Rollen sind, das ist auch nicht schlecht.»

«Es sind sieben Rollen», sagt Barbara und nickt dazu, ihre Reifen klirren, und sie lächelt mit ihren breiten, rot bemalten Lippen. Ihre roten, glatten Lippen, sie hat für ihr graues Alter sehr schöne, glatte Lippen, überlegt sich Ava, bilden einen schönen Kontrast zu ihrem grauen Haar. Man muss es alles nutzen, wie es ist.

«Sieben», wiederholt Ava und denkt über diese Zahl nach.

«Meint ihr, wir sind zu wenig?», fragt Barbara.

«Wir sind nicht sieben», sagt Merve. Merve trägt auch ein helles Kleid. Es ist nicht so lang wie das von Barbara, es ist ein halblanges Leinenkleid, durchgeknöpft und noch ganz dem Sommer verschrieben. Merves knochige braune Knie glänzen unter dem gespannten Stoff hervor.

«Jacqueline», schreit Barbara. Dann nach einer Weile wieder: «Jacqueline, kommst du mal?»

Jacqueline ist die weißhaarige Greisin mit dem winzigen weißen Hund. Der weiße Hund läuft langsam humpelnd hinter ihr her. Sie trägt eine klein geblümte Bluse aus schimmerndem Stoff, vielleicht Seide, über einem grauen Rock, die Bluse weit ausgeschnitten und ein sommersprossiges, knittriges Dekolleté freigebend, darin eine lange mattweiße Perlenkette, die fast zwischen den flachen Brüsten versinkt. Die Unmengen an Sommersprossen haben ihr Gesicht und ihre Schultern und Arme fast gänzlich in ein fleckiges Orangebraun getaucht, nur an den Schläfen gibt es beidseitig eine etwas hellere Stelle.

«Jacqueline, wir könnten noch jemanden gebrauchen. Hast du dir jetzt überlegt mitzumachen?», fragt Barbara. Barbara hat sich mit ihren kräftigen weißen Beinen seitlich auf dem Teppich niedergelassen und ihr leeres Weinglas auf einem gläsernen Tablett abgestellt. Auf dem gläsernen Tablett sind Rotkehlchen auf einem Tannenzweig abgebildet. Einige Tropfen Wein sind über das Glas gelaufen und haben eine sich verzweigende Spur hinterlassen.

Jacqueline wiegt den Kopf bedächtig und lächelt mit sich kräuselnden Lippen. «Ich bin eine alte Frau», sagt sie. Niemand widerspricht ihr. Sie wartet eine Zeitlang in den Raum lächelnd auf Ermunterung und Zuspruch, während ihr Hund sie ratlos anstarrt und im Sitzen mit seinem Schwanz über den Teppich schubbert. «Ich seh mir mal die Rollen an», sagt sie dann.

«Jacqueline war auch beim Theater», sagt Barbara und erhebt sich, um Jacqueline ein Glas zu holen. Sie kehrt zurück, schenkt ihr Wein ein und schenkt sich selbst auch ein zweites Glas Wein ein.

«1951 bis 52», sagt Jacqueline, während sie ihr Glas in die Runde hebt, «in Hannöver.» Jacqueline hat einen kleinen, vielleicht vorgetäuschten, vielleicht echten französischen Akzent.

«Ja, das löst aber nicht das Problem», sagt Merve, «weil, dann sind wir vier, und wir brauchen sieben, nicht wahr?»

Ava setzt sich endlich auch auf den Teppich, nur Jacqueline steht mit dem Hund und ihren knochigen Beinen, mit winzigen, runden, harten Waden in einer graubraunen Strumpfhose neben ihnen.

«Es geht gar nicht so sehr um die Anzahl der Schauspieler», sagt Barbara und nimmt einen großen Schluck von dem

Wein. Wenn sie so weitersäuft, dann ist sie bald voll, überlegt Ava sich.

«Nein. Das sage ich auch nicht», sagt Merve, «ich habe mich nur gefragt, wer die anderen drei Rollen spielt, das ist wohl eine berechtigte Frage, nicht wahr?»

«Vielleischt 'ätten die Damen gerne einen Tee?», fragt Jacqueline.

Ava nippt an ihrem Rotwein.

«Tee geht doch nicht zu Rotwein, meine Liebe, also wirklich», sagt Barbara.

Der weiße Hund streckt sich auf dem Teppich lang und leckt seine Vorderpfoten ab. Er hat eine winzige rosa Zunge, die sich um die Pfoten wickelt wie ein kleines Läppchen.

«Es gibt zwei Möglischkeiten, damit umzugehen», sagt Jacqueline und hebt den Zeigefinger, «bevor isch den Tee bereite, möchte ich sie Ihnen noch eben eröffnen. Zum einen ...», sie legt eine dramatische Pause ein, «... können wir noch drei weitere Personen in unseren Kreis aufnehmen.» Sie blickt in die Runde, als hätten die anderen darauf nie kommen können. Dann nickt sie mit kleinen, zackigen Bewegungen, sodass ihr weißes, dauergewelltes Haar zittert. «Zum anderen ... kann Barbara die überzähligen Personen aus dem Stück streichen.»

«Denkst du, Jacqueline, in meinem Stück gibt es ganze drei überzählige Personen? Nicht eine einzige Person ist überzählig. Nicht eine einzige.» Barbaras bereifte Hand greift nach dem Rotweinglas, und alles klirrt hübsch aneinander. Barbara ist ebenfalls etwas laut geworden.

«Worum geht es eigentlich in deinem Stück?», fragt Merve schnell, denn das Problem der sieben Rollen lässt sich anscheinend momentan nicht friedlich lösen.

«Ich gebe es euch mit, und ihr lest es zu Hause, in aller Ruhe. Und lasst es auf euch wirken.»

In aller Ruhe zu Hause, denkt Ava und lässt eine weitere Kugel puren Goldes durch ihre Gurgel laufen.

«Ich könnte noch ein paar Leute fragen», bietet Jacqueline an.

Barbara sagt nichts dazu. Barbara blickt durch die Flügeltüren in den Garten hinaus. Ein Vogel pickt an einer fauligen Pflaume herum.

«Vielleicht würde noch jemand aus meinem Freundes ... kreis mitmachen», wiederholt Jacqueline ihr Angebot.

«Das ist sehr nett von dir, Jacqueline, aber allzu viele Achtzigjährige verträgt dieses Stück nicht.»

Jacqueline steht mit ihren Beinchen, als Einzige stehend, vor ihnen, und stemmt die Hände in die Seiten. Sie setzt zu einem Protest an, lässt die Luft dann aber zu einem Seufzen herausströmen und schweigt.

«Hast du vorher schon mal ein Theaterstück geschrieben?», fragt Merve.

«Zwei, drei Stücke habe ich schon geschrieben. Sie sind allerdings nicht zur Aufführung gelangt. Was haltet ihr davon, wenn ich euch nun das Stück überreiche?»

«Vielleischt wollen sie dein Stück auch gar nischt», sagt Jacqueline, «vielleischt sind sie gar nischt begeistert, Barbara.»

«Du wolltest Tee machen, Jacqueline.»

«Schon, aber keiner wollte Tee. Willst du Tee, Barbara?»

«Du musst es ja nicht vorher schon verbreiten, das Nichtgefallen und deine ganze Ablehnung immer.»

«Ich lehne gar nichts ab. Ich wollte nur darauf hinweisen, dass das möglisch ist.»

«Du hast das Stück ja noch gar nicht gelesen.»

«Das werde ich auch nicht.»

«Du wirst es auch nicht? Du willst doch hier in diesem Stück mitspielen, soweit ich das verstanden habe.»

«Das überlege ich mir noch, das kommt ganz darauf an.»

«Worauf, liebe Jacqueline, kommt das an?»

«Darauf, ob mir das Stück gefällt.»

«Und wie willst du das herausfinden? Wie, Jacqueline, willst du das herausfinden, wenn du dieses Stück nicht einmal zu lesen gedenkst?»

«Ich kenne dieses Stück.»

«Du kennst dieses Stück?»

«Sicher, isch kenne disch, meine Liebe, deshalb kenne ich dieses Stück, besser, als du dir vorstellen kannst.»

Ava starrt Merve an, die fasziniert, mit offenem Mund, den Dialog verfolgt und dem Hund dabei den grauen zitzigen Bauch krault. Der Hund hat sich auf den Rücken gelegt, die Beine in die Luft gestreckt und schnappt zwischendurch schnaufend nach Luft. Er fiept ein bisschen leise, während Merve sich bemüht.

«Merve, ich glaube, ich gehe lieber, für mich ist das wohl doch nichts», sagt Ava. Die Frauen sehen jetzt alle besorgt Ava an, die bisher im Hintergrund geblieben war.

«Wieso nicht?», fragt Merve, die Hand immer noch im Hund vergraben. Es geht Ava auf, dass Merve eine ganz andere Grenze in merkwürdigen Streitereien hat als sie. Merve ist nicht unangenehm berührt von dem Streit, oder wenn doch, dann ist diese Berührung Teil dessen, was Merve am Leben alles so interessiert.

«Nein, nein, nein. Das Stück ist sicher großartig», setzt Jacqueline sich plötzlich ein, «Barbara ist sehr begabt, ihr werdet sehen. Barbara, hol doch mal die Kopien her.»

«Gibst du hier jetzt die Befehle, Jacqueline?»

Jacqueline nickt. «Schon immer tue ich das. Da solltest du dich langsam dran gewöhnt haben, meine Beste.»

Auf den Stapeln kopierten und gebundenen Papiers steht: «Das Schwein, das Schaf und die Lampe.»

«Sehr aussagekräftig», sagt Jacqueline, «und mit Tieren, alles dabei.»

«Sei ironisch», sagt Barbara und steht auf, «wenn es dir gefällt. Aber ich will euren ersten Eindruck nicht beflecken, meine Lieben. Lest, und wenn ihr beim nächsten Mal nicht mehr erscheint, dann weiß ich Bescheid.»

Ava und Merve nehmen ihre Jacken von der Garderobe und begeben sich zum karierten Ausgang.

«Ich werde erscheinen», sagt Jacqueline.

«Du wohnst hier.»

«Musst du immer witzig sein? Das hast du in deinem Alter doch nicht mehr nötig. Du kannst dich doch langsam auf andere Art profilieren.»

Der Hund humpelt zur Tür und tröpfelt dabei, bis er hinausgelassen wird, um, eine Tropfenspur auf der Treppe hinterlassend, auf den Kies zu pinkeln.

«Der Hund tropft», sagt Merve.

«Nicht nur der Hund», murmelt Barbara, zu leise, als dass die weiter hinten wartende Jacqueline es hätte hören können.

Draußen ist es dunkel. Ava hat ihren kleinen Firmenwagen um die Ecke geparkt, sie will Merve nach Hause fahren. «Denkst du, dass das was für uns ist?», fragt sie.

Merve zuckt mit den Schultern. «Warum nicht, es war doch wunderbar. Hast du die Weingläser gesehen?»

«Na, wie nicht. Natürlich habe ich sie gesehen, und vor allem, der Wein, Merve!»

«Sag ich doch. Ich lese das Stück, aber wie auch immer, ich will wieder hin, Ava, und du auch. Das ist doch sehr interessant. So ein Haus, solche Leute! Und das war erst der Anfang. Warte ab. Das muss ich auf jeden Fall noch eine Weile haben. Oder hast du abends was Besseres vor als das? Ich jedenfalls bin begeistert.»

Ava schweigt. Merve hat recht. Sie hat es nur aus Danilos Augen gesehen. Danilo hat es von Anfang an niedergemacht. Aber mit ihren eigenen Augen betrachtet? Sie wird «Das Schwein, das Schaf und die Lampe, ein Stück von Barbara Buddeberg» lesen und noch mindestens einmal mitgehen. Danilo wird sie es ein bisschen anders erzählen oder kaum erzählen, auf jeden Fall wird sie ein paar Leute dazulügen, sonst weiß sie schon, was er sagt.

Es geschieht an einem Montag gegen Mittag, es ist windig, und es regnet immer wieder, dazwischen reißt der Wind Wolkenfetzen auf, und die Sonne blitzt in allen Pfützen und Wassertropfen auf den parkenden Autos. Die kalte Nässe dringt in Avas dünnen Mantel, sie ist eben in Eppendorf mit Frau Burckhardt fertig geworden, sie will in ihr Auto steigen und die Heizung anstellen, als sie Fadil sieht. Er steht in seiner «Feinkost Demir»-Schürze im kalten, nassen Wind und hält sich an einem der hohen Fahrradständer fest, eine Hand ins Gesicht gedrückt, und weint.

Sie hat es gewusst. Die ganze Zeit hat sie gewusst, dass irgendetwas nicht stimmt. Sie schließt ihr Auto wieder ab und geht zu ihm hin. «Fadil.»

Fadil dreht sich zu ihr und grinst, während ihm die Tränen stetig aus den Augen laufen.

«Was ist denn?», fragt Ava.

Fadil schüttelt den Kopf. «Nichts ist, nichts.» Sein Hemd ist an den Schultern dunkel vor Nässe, das Wasser läuft von den Haaren über sein Gesicht und vermischt sich mit den Tränen zu einem Rinnsal.

«Du weinst doch», sagt Ava, und es kommt ihr blöde vor, etwas festzustellen, das so offensichtlich ist. Die Sonne blitzt in ihrem Gesichtsfeld auf. Der Wind weht heftig, und die alten Linden über ihnen werfen abgestorbene Zweige auf den Boden ab. «Ich parke hier, setz dich doch in mein Auto, da wird es ziemlich schnell warm.»

Fadil folgt ihr zu ihrem kleinen Opel von «Hartwig Endres Häusliche Pflege». Er setzt sich auf den Beifahrersitz, zieht dabei den Kopf ein und stellt ruckelnd den Sitz nach hinten. Ava hat Feierabend, wie immer, wenn sie am Abend bei Frau Burckhardt war. Frau Burckhardt ist nach dem Schlaganfall lebensunwillig. Sie redet kaum mit Ava und stellt sich kränker, als sie ist, wobei es sie auch wirklich schwer getroffen hat. Eine Nichte reinigt ihre Wohnung und bekommt dafür Geld. Ansonsten kümmert sich niemand um Frau Burckhardt. Ava wird mit ihr nicht recht warm, sie vermutet, dass Frau Burckhardt kein netter Mensch ist und noch nie war. Trotzdem muss sie versorgt werden.

«Wenn wir etwas fahren, kann ich die Heizung anstellen, und dann wird es warm», sagt Ava. «Soll ich fahren, Fadil?»

Fadil zuckt mit den breiten, nassen Schultern. Er hat keine Meinung.

Ava stellt den Motor an. Sie denkt daran, dass sie einkaufen muss und auch die Kinder abholen, weil Danilo in Berlin ist, einen schriftstellernden Physiker interviewen.

«Musst du wieder in den Laden, Fadil?», fragt sie. Fadil schüttelt stumm den Kopf, dabei fallen Tropfen auf seine Beine. Ava reicht ihm Taschentücher aus dem Türfach. Dann fährt sie durch die Stadt, dem Kindergarten entgegen. Sie muss zum Kindergarten, es gibt keine andere Möglichkeit. Das Auto erwärmt sich. Nasse Blätter kleben in Mengen an den Rändern der Straße, erste Lichter in den Stuben, Menschen mit Schirmen und Einkaufstaschen. Alle rennen nach Hause und wollen zu Hause bleiben und es warm haben und sich verkriechen.

Fadil sitzt still neben ihr. Er grinst, wenn sie ihn von der Seite kurz anschaut. Er schnaubt manchmal. Seine Tränen laufen immer noch, vielleicht schwächer, sie kann es nicht genau sehen, sie muss fahren. Sie sagt: «Ich hole jetzt die Kinder, Fadil. Du kannst hier im Auto bleiben, und dann fahren wir zu mir. Danilo ist in Berlin, deshalb muss ich mich drum kümmern. Du kannst bei uns essen, wenn du magst, und dann, wenn die Kinder im Bett sind, können wir reden.»

«Ich kann auch nach Hause gehen», sagt Fadil, mit willenloser Stimme und als könnte er überhaupt gar nichts mehr.

«Klar kannst du das. Aber es ist ja nun mal so, dass es dir nicht gut geht. Du bist mein Freund, Fadil, und es wäre mir lieber, wenn du mitkämst. Ich könnte es nicht gut ab, wenn du so weinend in den Regen rausspazierst. Also, bleib hier sitzen und warte, bis ich so weit bin. Die Kinder werden das schon aushalten, die sind nicht so sensibel, glaube mir.»

Fadil nickt stumm. Er hat kaum Gegenwehr in sich.

Ava steigt aus und knallt die Tür zu. Im Kindergarten überfällt sie eine muffige Wärme. Sie lehnt sich an die Wand. Sie ist müder, als sie gedacht hatte. Sie hat den ganzen Tag hart gearbeitet. Frau Burckhardt ist so schwer zu drehen gewesen und ihre Ablehnung für Ava so schlecht zu ertragen. Am liebsten hätte sie sie angeschrien: «Frau Burckhardt, ich gebe mir solche Mühe mit Ihnen. Ich bin nicht schuld an ihrem Schlaganfall. Niemand ist daran schuld. Ich tue hier nur meine Arbeit, also kommen Sie mir etwas entgegen, Sie bösartige Frau!» Denn bösartig ist Frau Burckhardt. Davon ist Ava überzeugt. Sie macht sich immer extra schwer. Sie legt sich im richtigen Moment falsch hin. Sie pinkelt sogar mit Absicht ein. Sie ist nicht inkontinent. Sie kann sehr wohl auf den Pinkelstuhl gehen. Ava seufzt. Merve kommt aus der Puppenecke angerannt. «Mama, ich will nur schnell noch was machen.»

Ava lächelt. Sie setzt sich auf die Anziehbänkchen und lehnt den Kopf an die kleinen Anoräckchen. Sie fühlt sich für einen Moment völlig kraftlos. Dann steht sie doch auf und holt Merve aus der Puppenecke. Sie ist freundlich und bestimmt. Sie kann das, wenn sie sich anstrengt. «Du kommst jetzt mit, Merve. Es wartet jemand im Auto.»

«Wer wartet im Auto?»

Ava zögert. Die Kinder werden sich freuen und Erwartungen aufbauen.

«Fadil. Aber er hat heute keine Geschenke dabei.»

«Warum nicht?»

«Ihm geht es nicht so gut. Er ist – krank.»

«Ach so.» Merve nimmt ihre blaue Jacke vom Haken und springt allein raus zum Auto, während Ava sich auf die Suche nach Martin macht. Martin sitzt in seiner Gruppe zwischen kleinen runden Holzautos und dicken Legosteinen. Ein anderes Kind mit sabbrigem Gesicht schleudert die runden Holzautos durch das Zimmer, eines nach dem anderen. Martin hält sein Auto fest in der Hand gegen seinen Bauch gedrückt und sieht ihm zu. Martin verfolgt sogar die Flugbahn mit seinen Augen. Ava nimmt ihn auf den Arm und drückt seinen warmen, kleinen Strumpfhosenkörper an sich. Sie riecht, dass er eingekackt hat. Sie trägt ihn zum Wickeltisch, und während sie ihn säubert, muss sie daran denken, dass Merve in das Auto zu dem weinenden Fadil gestiegen ist. Sie wischt und putzt an Martin herum, Martin ist lieb und strampelt nicht und weint nicht, er sieht sie nur an, mit seinen kleinen, klaren Augen, als würde er sie bei allem beobachten. Sie zieht ihn an, wechselt zwei Worte mit der Krippenfrau und eilt nach draußen.

Fadil hat sich in seinem Sitz zu Merve umgedreht, die sich bereits selbst auf ihrem grünen Kindersitz festgeschnallt hat und sehr gerade und interessiert zu Fadil schaut. Fadil lächelt Merve mit seinem feuchten Gesicht an und sagt: «Wenn du erst groß bist, dann ist es auch nicht viel anders.» Sein Lächeln ist zerdrückt. Was dann nicht anders ist, hat Ava nicht verstanden. Sie denkt darüber nach, während sie den immer noch ein wenig stinkenden Martin in seinen Sitz drückt, schnallt ihn an und fährt mit allen zusammen zum Supermarkt. Vielleicht das Traurigsein? Ist das Traurigsein bei Erwachsenen nicht anders als bei Kindern? Doch, denkt sie, doch, doch. Es gibt keinen Trost mehr für Erwachsene, keinen richtigen Trost. Deshalb ist es anders.

«Tut mir leid, einkaufen muss ich auch noch», sagt sie zu Fadil und hält. «Vielleicht können die Kinder im Auto bleiben, wenn du wartest? Dann geht es schneller. Ich pack schnell was ein und bin gleich wieder da?»

Fadil nickt stumm. Die Kinder schweigen. Normalerweise würden sie jetzt heulen. Normalerweise würden sie unbedingt mitwollen. Aber angesichts eines weinenden Erwachsenen ist alles anders.

Sie rast durch die Gänge und packt schnell ein paar Lebensmittel zusammen, Kartoffeln für Kartoffelbrei, Möhren, Kekse, Joghurt, Milch, ein Stück Schweinefleisch, das Stück Schweinefleisch legt sie wieder weg und holt Rindfleisch, weil sie denkt, dass Fadil kein Schweinefleisch isst. Sie wartet ungeduldig an der Kasse, ihr kommt es nicht besonders gut vor, ihre Kinder mit einem weinenden Mann im Auto zu lassen. Aber wenn sie die Kinder mitgenommen hätte und mit ihnen durch die Gänge gegangen wäre, dann hätten sie den Kindereinkaufswagen nehmen müssen und die eine oder andere Investition diskutieren, und es hätte alles sehr, sehr lange gedauert. Zu lange für Fadil und ihre Gastfreundschaft. Bisher musste er nur im Auto sitzen, und sie hat gar keine Zeit für ihn gehabt.

Zu Haus packt sie die Kinder und die Einkäufe aus. Sie setzt die Kinder im Kinderzimmer mit einer Kassette ab und macht sich an das Fleisch und schält die Kartoffeln. Danilo ruft an. Er ist weit, weit weg und hat schon Bier getrunken und pakistanisch gegessen, mit einem Freund aus Berlin, einem Studienkollegen von früher, der was mit Werbung macht und mit Musik.

«Fadil ist hier», sagt sie, während Fadil auf einem Stuhl hinter ihr sitzt, die großen Hände auf dem Tisch, und schweigt. Mehr kann sie nicht sagen. Sie kann nicht sagen, er weint übrigens.

«Schön, grüß ihn», sagt Danilo. Es interessiert ihn gar nicht von Berlin aus, was in ihrem kleinen Zuhause passiert, es ist ihm nicht wichtig.

«Ich soll dich grüßen», sagt Ava.

Fadil nickt. Er ist so still heute. Er weint nicht mehr, aber er ist still. Martin kommt in die Küche getaumelt, die Strumpfhose hängt an den Füßen lang über, immer zieht er die Füße lang, und bleibt vor Fadil stehen. Er sieht ihn eine Weile an, er sieht ihm direkt ins Gesicht, stumm und ernst, und geht dann wieder raus.

Sie essen zusammen, Ava badet Martin und bringt beide Kinder ins Bett. Als sie im matt beleuchteten Zimmer sitzt und den sich im Bett zurechtruckelnden Martin ansieht – er steckt einen Zipfel von der Bettdecke unter seinen dicken Kopf und hält diesen Zipfel ganz fest, seine Augen weit offen, aber sie weiß, immer wenn er die Augen so aufreißt, schläft er schon fast –, ist sie so müde, dass sie am liebsten neben ihn kriechen und seinen kleinen Körper unter der Elefantenbettwäsche an sich drücken und selbst einschlafen würde. Im Wohnzimmer aber sitzt Fadil. Die letzte und größte Verpflichtung des Tages.

Sie geht in die Küche und öffnet eine Flasche Rotwein. Sie trägt zwei Gläser und die Flasche ins Wohnzimmer und stellt sie auf den Sofatisch. Auf dem grünen Cordsofa sitzt Fadil, eingesunken, vorsichtig lächelnd und reglos. Ava gießt ein und sagt: «Was ist nun los?»

Fadil schüttelt den Kopf. Ava seufzt. Wenn er es nicht erzählen will, dann kann sie nichts machen, dann ist ihre Mission beendet.

«Ist jemand gestorben?», versucht sie es noch einmal.

Fadil schüttelt den Kopf.

«Ist es wegen einer Frau?»

Fadil schüttelt wieder den Kopf.

«Gut, dann ...», sie hebt ein wenig theatralisch ihre Hand, «du musst es auch nicht erzählen.» Sie leert ihr Glas in einem einzigen, langen Zug und gießt sich das nächste Glas ein. Der Wein ist nicht so golden wie der von Barbara, wenn man erst mal mit so einem Wein anfängt, dann versaut man sich den anderen, der zu Hause steht, und die Gläser sind von Ikea, und ihres ist angeschlagen.

«Ich will es ja sagen», sagt Fadil, «ich sage es ja. Es ist nur schwer – es ist sogar albern. Es gibt auch gar nichts Richtiges zu sagen. Es kommt mir nur alles manchmal so schlimm vor.» Er spricht langsam und bemüht sich, zu lächeln und nicht zu weinen.

«Was denn?», fragt Ava.

«Alles», sagt Fadil und greift nach seinem Glas und nimmt einen kleinen Schluck, «dass meine Angestellte eine Fehlgeburt hatte, ich wusste gar nicht, dass sie schwanger war, plötzlich hatte sie eine Fehlgeburt und erzählt mir das, und dass mein Vater auf einmal so alt aussieht und manchmal wirklich nicht mehr so kluge Sachen sagt, das macht mich auch fertig, dann die Nachrichten natürlich und auch das Wetter, dass es regnet sogar … lauter solche Sachen, ganz normale Sachen.»

«Dass es regnet?» Ava zieht ihre Beine unter ihren Po und lehnt sich im Sessel an, lehnt ihren Kopf an die weiche Lehne und denkt an den sanften, grauen Regen draußen, der über das Dach läuft, über das Auto, über die Bäume, aber auch über den Penner, der mit einer Isolierdecke zugedeckt heute Morgen auf einer Bank hinten am Kanal lag, zusammengerollt und steif. Der Regen ist hier drinnen gar nicht zu hören, weil die Fenster zu sind, dabei mag sie Regen, sogar im Herbst, vielleicht sogar ganz besonders im Herbst. Die Nachrichten sind eine andere Sache. Die Nachrichten scheinen bedrohlicher seit den Anschlägen am elften September letzten Jahres. Aber dennoch, Avas Leben ging weiter. Der Kaffee am Morgen, der Einkauf von Windeln und Butter, die Wäsche im Trockner, die Müdigkeit, alles ging weiter, und bis jetzt ist noch kein Krieg hier. Aber darum geht es nicht.

«Normale Sachen, die passieren, Ava», redet Fadil weiter,

«das normale Leben, das hat mir nie was ausgemacht. Keinem gesunden Menschen macht das was aus. Frau Tschierschke hatte eine Fehlgeburt, und? Was geht mich das an, ich kann die Frau nicht mal leiden, mit ihren hässlichen Fingernägeln.»

Ava zuckt mit den Schultern, denkt an den Regen und an Frau Tschierschke, die vielleicht die Frau hinter der Verkaufstheke war, mit den elend langen, eigentlich aber sehr hübsch manikürten rosa Fingernägeln.

Fadil holt tief Luft und bekommt einen bitteren Zug um die Mundwinkel. «Vielleicht tut sie mir auch gar nicht leid, vielleicht kommt es mir nur so vor, als ob sie mir leidtut, vielleicht weine ich aber eigentlich nicht wegen ihr, sondern wegen mir. Weil ich mir leidtue, weil ich selbst noch nicht mal irgendwie eine Frau mit einer Fehlgeburt habe und gar nichts, und weil ich selbst auch alt werde, so wie mein Vater alt wird, vielleicht noch nicht gleich, aber bald werde ich genauso alt wie er, und ich kann das alles wahrscheinlich nicht aushalten. So wie ihr.»

Ava starrt ihn an und sieht die Türme des World Trade Center einstürzen. Es tut ihr plötzlich leid, dass sie nicht ein bisschen mehr wegen der Sache gelitten hat. Danilo hat gelitten und diskutiert und ferngesehen ohne Ende. Sie hat es gesehen und sich erschrocken und es noch ein paarmal gesehen, zufällig, aber dann ist die Meldung nur eine von vielen Meldungen gewesen, die ihren Alltag nicht berührten. Sie ist erschrocken, weil sie nicht ebenso weint wie Fadil. Sie ist so abgebrüht, wegen des Haushalts und der Arbeit. Sie ist ein Roboter. Sie denkt, ich bin ein Roboter.

«Ich bin sonst aber nie so gewesen», sagt Fadil und verzweifelt ein wenig, «ich bin immer ganz normal gewesen, und nun», Tränen rinnen wieder über seine Wangen, «was nun aus mir geworden ist, Ava, ich bin so unentschieden, jeden Morgen, wenn ich aufstehe, wenn ich mich wasche und irgendwas anziehen muss, werde ich unentschiedener. Ich weiß nicht mal mehr, welche Hose ich anziehen soll. Ich stehe vor dem Schrank und verzweifle – wegen einer Hose! Ich verstehe es nicht, ich verstehe es alles nicht.»

Ava beugt sich vor und betrachtet konzentriert Fadils Gesicht. Sie denkt, dass sie immer so ist, wenn einer direkt vor Ort Hilfe benötigt, konzentriert und ruhig. Der schöne, laute Fadil schluchzt, geschüttelt von seinem unerklärlichen Unglück. Aber sie meint, dass jeder mit diesen Dingen, mit den Abscheulichkeiten und den Grausamkeiten des Lebens, fertig wird. Sie sind ja alle dafür gemacht, auch Fadil. Sie sagt: «Fadil, du bist jetzt aus der Bahn, das schon, aber ein paar Medikamente können es vielleicht wieder richten, und ein Therapeut möglicherweise? Du bist nicht der Erste, der in diesem Alter ein bisschen durchdreht.»

Fadil lächelt und reibt sich das Gesicht mit einem riesigen karierten Taschentuch trocken, während die Tränen immer noch laufen. «Ja», sagt er und mehr nicht und steht auf, als wollte er gehen, bleibt aber vor dem Sofa stehen und geht nicht.

Ava trinkt das zweite Glas leer und schüttet sich ein drittes ein, als wollte sie sich betrinken. Will sie sich betrinken? Sie ist selber anscheinend recht unentschlossen, nur tut sie die Sachen immer ganz schnell, bevor sie sich groß entscheiden muss. Vielleicht ist das ein Trick. Vielleicht ist alles schon entschieden, bevor man sich entscheidet, und die Entscheidung muss nur in sich selbst gefunden werden?

Merve ruft. Sie steht auf und geht ins Kinderzimmer. Martin liegt mit seinem Zipfel unter dem Kopf und schläft. Merve hockt auf ihrer Decke und murmelt: «Ich kann nicht einschlafen, Mama.»

«Ich könnte auch nicht einschlafen, wenn ich auf dem Bett hockte.»

«Ich will aber nicht liegen.»

«Wenn du nicht liegst, dann kannst du auch nicht schlafen. Leg dich einfach hin, deck dich zu und schließe die Augen. Ich komme in zehn Minuten wieder, und du darfst bis dahin nicht einschlafen, das ist das Spiel.»

«Das spielst du doch immer», sagt Merve und kriecht unter ihre Decke.

«Ja, und du solltest auch einmal gewinnen», sagt Ava und zieht die Decke über Merve glatt. Wenn sie in zehn Minuten zurückkehrt, wird Merve schlafen. Das ist sicher und in unzähligen Malen erprobt. Sie kehrt zurück ins Wohnzimmer, der Wein ist in ihrem Körper angelangt, sie fühlt sich warm und geschmeidig, alles, die Müdigkeit und der Wein verwirren gemeinsam ihre Gedanken, und ihre Bewegungen sind weich und langsam geworden.

Fadil steht am Bücherregal und betrachtet die Rücken der Bücher. Er dreht sich zu Ava, als sie den Raum betritt, sieht sie an und runzelt die Stirn. Er hat sich irgendwie gefangen und seine Tränen abgewischt und sieht fast wieder normal aus. Ava geht zu ihm hin und umarmt ihn, weil er so tapfer da steht und seine Stirn runzelt und einen humoristischen Gesichtsausdruck versucht. Umarmen ist üblich zwischen ihr und Fadil. Fadil legt seine Arme um sie und drückt sie fest an sich. Er streichelt ihren Kopf, er beugt sich zu ihr nieder und küsst sie zärtlich auf den Mund. Zärtlich-auf-den-Mund-Küssen ist nicht üblich zwischen ihnen. Aber sie ist so ausgeleert und so müde und auch angespannt wegen der Sache, ihre ganzen Gefühle waren in den letzten drei Stunden so auf Fadil gerichtet, es fühlt sich fast so an, als ob sie ihn liebt. Sie küsst ihn ein bisschen zurück und umarmt ihn und ist traurig und erleichtert zugleich, über den Trost, der tatsächlich einer zu sein scheint, dass sie gar nicht aufhören kann, ihn zu küssen, als sie erst einmal damit angefangen hat. Sie wusste gar nicht mehr, wie sich das anfühlt. Das ist es, was sie am allermeisten dabei denkt, dass sie kaum noch wusste, wie sich das anfühlt, so gut und so sexuell auch, wie es so wunderbar überschwingt, die Trauer in Erregung.

Sie sagt: «Ich muss kurz nach Merve sehen, ich habe es versprochen.» Sie schwebt durch den Flur, öffnet leise die Tür zum Kinderzimmer, da liegen sie und atmen tief und gleich, ihre allerliebsten, allerschönsten Kinder, die Liebe überrollt sie von allen Seiten, eine gewaltige Welle, und schlägt über ihr zusammen. Sie taumelt zurück zu Fadil, in seine Arme, in seinen Schmerz und seine Gefühle hinein.

«Vielleicht», sagt er, und küsst sie und streichelt sie, «wird es nun alles gut.»

Ja, denkt Ava, sagt es aber nicht, das denkst du dir und glaubst es auch noch.

Am ersten November beginnt Beate ihren ersten Tag bei «Hartwig Endres Häusliche Pflege» mit einer Platte Hackfleischbrötchen, einer Kanne Kaffee und einem Gläschen Sekt. Alle sind eine Stunde früher gekommen. Frau Dr. Brackwerth hat ein gelbwollenes Kostüm angezogen. Sonst trägt sie immer Hosen, aber nun muss sie höchstwahrscheinlich gegen Beate ankämpfen, kleidungsmäßig. Beate allerdings trägt einen sehr kurzen Rock, da kann sie ihr wollenes Kostüm vergessen. Vor den Fenstern, draußen in der Kieler Straße, regnet es still und eisig vor sich hin. Es ist noch dunkel. Die Lichter der Autos flitzen vorbei, Leute mit Schirmen und in Mänteln. Beate, in ihren dünnen Strumpfhosen mit ihren hohen Absätzen, kennt kein Wetter. Beate läuft immer so rum, ob Sommer, ob Winter.

Die Einmetervierzigfrau hebt ihr Glas, Hartwig hebt sein Glas, Frau Dr. Brackwerth hebt ihr Glas, Beate hebt ihr Glas, und Ava hebt ihr Glas. «Und das ist erst der Anfang», sagt Frau Dr. Brackwerth. «Im Januar fangen drei neue Leute an, zwei Männer und eine Frau. Haben alle gestern unterschrieben. Auf die Zukunft!»

«Auf Beate und dass sie es sich überlegt hat, aus dem Lünedorf wegzugehen, zu ihren Freunden und in ihre neue Zukunft», sagt Hartwig und ändert damit den Trinkspruch seiner Ehefrau eigenmächtig ab. Nun sagt keiner mehr etwas, alle stoßen miteinander an und trinken. Später essen sie Hackfleischbrötchen, frisch geschmiert, das Hackfleisch von Edeka, die Brötchen auch. Dazu heißen Kaffee aus der Maschine. Ava lehnt sich im lederbezogenen Stuhl unter einem schwarz-weißen Bernhardinerhund zurück und schließt die Augen. Das Rauschen des Verkehrs auf der nassen Straße, das Zischen der Kaffeemaschine und das Geschwätz von Hartwig und Beate und der Einsvierzigfrau, Frau Mille – sie lässt es alles durch sich hindurchsickern und denkt, sie ist irgendwie doch ganz zufrieden mit ihrer Arbeit und den Leuten hier.

Danach muss sie zu Herrn Bodenegg, der in einer Wohnung in einem dreistöckigen weißen Haus in Uhlenhorst wohnt, ganz in der Nähe von Barbara. Herr Bodenegg sitzt in seinem Bett und trägt ein gestreiftes Hemd. Er ist vierundsechzig Jahre alt und hat mit seinem Auto an einem dunklen Oktoberabend eine einundzwanzigjährige Radfahrerin in den Rollstuhl gefahren. Die Radfahrerin liegt immer noch im Krankenhaus, es ist bekannt, dass sie nicht mehr wird gehen können. Herr Bodenegg hat Rückenprobleme von der scharfen Bremsung beim Unfall, er trägt eine Halskrause, er hat ein verstauchtes Handgelenk und einen zerschrammten Bluterguss an der linken Stirnseite, aber ansonsten ist er unverletzt geblieben. Seine Tochter, eine in Spanien tätige Immobilienmaklerin, wollte, dass jemand nach ihm sieht und seine «Verletzungen» behandelt, obgleich seine Verletzungen mehr innerer Natur und nicht von Ava behandelbar sind.

«Wie sieht es aus?», sagt Ava, der eine asiatisch aussehende Reinigungsfrau die Tür geöffnet hat.

«Gehen Sie doch fort!», sagt Herr Bodenegg.

So eröffnet er jedes Treffen, deshalb ist sie nicht mehr sonderlich berührt davon.

«Zeigen Sie die Stirn, wie fühlt es sich an, pocht es noch?» Unter der Salbe ist die Haut etwas suppig und entzündet. Sie wechselt vorsichtig den Zellstoff. Dann betrachtet sie die verstauchte Hand. Sie kann mit der verstauchten Hand nichts machen. Ein Arzt wird sie sich zu gegebener Zeit ansehen. Sie lässt den Verband an der Hand und seufzt. Mit Herrn Bodenegg ist nicht wirklich was zu tun. Er ist nicht besonders pflegebedürftig. Die Tochter hatte von Spanien aus angerufen und zu Hartwig gesagt, sie sollen sich die Zeit nehmen und mit ihm reden, weil er im Kopf etwas durcheinander sei. Sie bezahlt eine Stunde. Eine Stunde muss Ava bei Herrn Bodenegg sitzen. Hartwig hätte das nicht machen wollen. «Mach du das, Ava», hatte er gesagt, «du kannst doch immer gut mit Leuten.»

«Du kannst auch gut mit Leuten», hatte sie gesagt. Aber sie hatte sich gefügt. Hartwig ist der Chef. Und körperlich ist es leicht. Körperlich muss sie nur anwesend sein, sonst nichts. Reden tut Herr Bodenegg auch nicht. Er sitzt in seinem gestreiften Hemd in einer Anzughose auf seinem Bett und schweigt.

«Ja», sagt Ava. «Was tun wir nun?»

«Gehen?», sagt Herr Bodenegg. Er ist ein schöner Mann. Er ist schlank. Seine Kleidung ist gewählt und sein graues Haar leicht gewellt und ordentlich zur Seite gekämmt. Trotz allem ist er frisch rasiert und gepflegt. Er verrichtet sein Tagwerk mit all seinem Trotz und mit der Resignation eines Menschen, der sich nie gehen lassen würde, weil auch sein Tagwerk Teil der Resignation und der selbst auferlegten Strafe ist, vermutet Ava.

«Ihre Tochter hat mich eine Stunde bezahlt», sagt Ava, «ich soll mit Ihnen plaudern, hat sie gesagt. Das haben wir sonst nie, ehrlich gesagt, es ist schon ungewöhnlich. Wir sind ja keine Psychologen.»

«Gehen Sie ruhig, ich petze nicht. Sie können eine Stunde aufschreiben.»

«Ich ... nein, das kann ich nicht. Das geht leider nicht. Aber wir sollten mit Ihrer Tochter reden, es hat wahrscheinlich keinen Sinn, Sie brauchen niemanden zu Ihrer Pflege.»

«So ist es.» Er nickt störrisch mit dem Kopf und sieht Ava nicht einmal an.

Ava bleibt dennoch sitzen. Sie weiß, dass Herr Bodenegg sehr wohl jemanden braucht. Sie ist nur keine Psychologin. Und wenn sie einfach sagt, was sie denkt? Ohne Rücksicht, nur als Mensch, der sich Gedanken macht? Du bist ein Mensch, der sich Gedanken macht, Ava Androsevich. «Ich schätze, Sie sind böse auf sich selbst, weil Sie diese Frau verletzt haben. Ich habe gehört, sie wird nicht mehr laufen können.»

Herr Bodenegg öffnet den Mund. Seine verletzte Hand schießt fast reflexhaft nach oben, und er verpasst ihr eine Ohrfeige. Es tut nicht besonders weh, weil er mit seiner Verletzung schwach gehauen hat, aber ihr Herz rast, weil er das gewagt hat.

Sie steht von ihrem Stuhl neben seinem Bett auf. Herr Bodenegg starrt sie an, es pfeift aus seiner Lunge, dann schließt er den Mund wieder und sinkt zurück auf seine aufgeschüttelten fünf Kissen. «Mich wundert gar nichts», sagt Ava. Sie steht ein Stück von seinem Bett entfernt. «So sind Sie nämlich. Sie sind ... ein gewalttätiger Mensch! Ein schlechter Mensch sind Sie! Wirklich. Mich wundert gar nichts.»

Herr Bodenegg starrt ins Leere. «Gehen Sie doch endlich», sagt er. «Zeigen Sie mich an, wenn Sie Lust dazu haben. Mir ist es egal.»

Ava geht die Treppe von seinem Schlafzimmer hinunter ins Esszimmer, wo die Putzfrau den reinen weißen Teppich saugt. Sie hat bestimmt gelauscht. Da ist sich Ava sicher.

Als sie draußen zwischen den kahlen schwarzen Bäumen steht, rast immer noch ihr Herz. Eine blasse, kalte Sonne scheint vom graublauen Himmel auf die stille Stadt an der Alster, denn still ist die Stadt hier. Der rauschende Verkehr scheint weit weg. Ein kleines Flugzeug zieht seinen Schaum hinter sich her, und ein nasses, dunkles Blatt segelt von einem Dach herunter. Hier gibt es keine Dosen, keine Scherben und nicht einmal Hundekacke. Hier ist alles sauber, und Putzfrauen saugen und wischen, und die Kühlschränke sind voller Lebensmittel von Feinkost Demir.

Während sie unentschlossen vor dem Apartmenthaus von Herrn Bodenegg steht, denkt sie, dass es überall gleich ist, wo man auch wohnt, es bleibt schwer. Herr Bodenegg hat eine Frau angefahren, vielleicht hat er bis dahin alles ganz richtig gemacht, vielleicht ist er bis dahin ein untadeliger Mensch gewesen, immer rasiert, und hat immer Geld gespendet, alles an der richtigen Stelle. Nun aber ist es vorbei mit richtig. Nun hat er einmal einen Fehler gemacht, der ihn befleckt, sein ganzes, sauberes Leben. Ist es das, was ihn so wütend macht? Ist es das? Ava spürt den Druck der knochigen, verbundenen Hand auf ihrer Wange. Ist es tatsächlich nur das, was ihn hauptsächlich beschäftigt, dass sein eigenes Leben jetzt besudelt ist?

Entschlossen klingelt sie noch einmal an der Tür von Herrn Bodenegg. Die asiatische Reinigungsfrau bindet sich gerade die Schürze ab, als Ava eintritt. «Ich habe etwas vergessen», sagt Ava. Sie trabt die ebenfalls mit Teppich ausgelegte Treppe hoch, sie ist sich sicher, dass sie Abdrücke auf dem Teppich hinterlässt, von schwarzer, nasser Erde. Herr Bodenegg sitzt noch so in seinem Bett, wie sie ihn verließ.

«Ich wollte Ihnen noch sagen», sagt Ava, und ihr Herz rast und rast, «Sie könnten sich auch um die Frau kümmern. Das hätte wenigstens einen Sinn.» Nun will sie wirklich gehen. Bevor wieder etwas geschieht.

«Halt!», ruft Herr Bodenegg drohend. Sie dreht sich um. Vorsichtig, steif wie ein Holzmännlein, erhebt er sich mit seiner Halskrause von seinem Bett. Kerzengerade seine Haltung, trotz des Rückens, geht er zu einem eleganten, sicherlich sehr wertvollen Sekretär. Er ist ein wirklich schöner älterer Mann, ein schöner und gerader Körper, immer noch sehr blaue Augen, die böse ins Leere starren. Er öffnet die Tischklappe und zieht einen Brief aus einem Schubfächlein heraus. «Bitte», sagt er drohend, «lesen Sie!», und reicht Ava den Brief. Es ist ein Brief, wird ihr schnell klar, den der Vater der angefahrenen Frau an ihn geschrieben hat. Ein Brief voll mit Beschimpfungen, Drohungen und Rechtschreibfehlern, am Ende der Satz: «Ich fahr dich zu Brei, du widerliches altes Schwein, wenn ich dich erwische, dann fahr ich dich zu Brei.»

Ava lässt den Brief in ihrer Hand sinken. «Und?», sagt sie. «Waren Sie bei der Polizei?»

Herr Bodenegg setzt sich wieder auf sein Bett. Er hält sich seine verletzte Hand.

«Tut weh, die Hand? Das tut mir nicht besonders leid.»

Er lächelt für einen winzigen Moment, aber dieser Moment genügt Ava, um ihm zu verzeihen. Sie denkt über sich selbst, dass sie so ist. Sie verzeiht immer allen, weil sie es eigentlich auch will.

«Der Mann hat recht», sagt Herr Bodenegg.

«Hat er nicht. Er hat nicht recht. So etwas darf er nicht schreiben.»

«Ich habe darüber nachgedacht, die Frau zu besuchen, aber sie glaubt, ich bin ein Schwein.» Das «Schwein» stößt er theatralisch hervor, wie ein Schauspieler, als würde er sich selbst beschimpfen. Überhaupt agiert er sehr wie ein Schauspieler aus einer alter Columbofolge. Wieso denkt sie immer solche Sachen, wieso immer diese Vergleiche?

Ava runzelt die Stirn. «Vielleicht glaubt sie das, vielleicht glaubt sie das auch nicht. Sie vermuten nur einfach und sind zu feige, oder was ... sich um das zu kümmern. Sie liegen im

Bett rum, Sie tun sich leid, und dann schlagen sie auch noch Leute, die sich um Sie kümmern. Sachen passieren manchmal. Aber dann kümmert man sich drum, dann sieht man zu, dass man sich entschuldigt, und nimmt Anteil und gibt Geld, auch wenn es alles sehr unangenehm ist.» Sie legt den Brief auf den Sekretär zurück. «Ich sage Ihnen nur, was ich denke. Das mit der Ohrfeige behalte ich für mich. Da können Sie sich beruhigen. Das hat Ihre Tochter ja alles schön bezahlt und die Lebensberatung auch, einen schönen Tag noch, Herr Bodenegg.»

Dann geht sie wirklich und lässt Herrn Bodenegg sitzen. Hartwig wird sich an die Stirn schlagen und ein paar bösartige Sätze loslassen und sich dann wieder beruhigen. Soll sie über alles immer schweigen?

Draußen schimmert die nebelige weiße Sonne durch die Wolken. Sie schlendert zu ihrem Auto, die Stunde ist noch nicht um, sie kann sich Zeit lassen. Als sie in die Nachbarstraße einbiegt, sieht sie eine ihr bekannte Frau die Straße hochlaufen, eine, die aussieht wie Barbara, nur dass sie ganz andere Haare hat, kurze, rote Haare. Vielleicht sehen hier alle Frauen gleich aus, denkt sie, vielleicht liegt das an der Gegend. Vielleicht aber hat sich Barbara auch das Haar umfrisiert.

«Ich liebe dich», sagt Fadil und drückt seinen großen Kopf an ihren Hals. Draußen wirbeln erste Flocken und tauen sofort auf dem Beton. Der Ausschnitt von Himmel an Fadils Fenster am Kaiser-Friedrich-Ufer ist wie dicke graue Watte. Es ist tagelang schon nicht mehr hell geworden. Merve will am liebsten immer nur fernsehen und jault rum, wenn Ava es ihr verbietet. Danilo sitzt in seinem Zimmer und schreibt oder recherchiert im Internet. Manchmal läuft er auch mit kleinen, harten Schritten durch das Zimmer und telefoniert stundenlang mit Kollegen. Ava fühlt sich ihm gegenüber jetzt besser, weniger aggressiv, weniger im Nachteil und vor allem attraktiver. Sie sieht auch tatsächlich besser aus. Das liegt daran, dass sie sich mehr Mühe gibt. Sie ist bei Maike gewesen, Merves nicht mehr selbstmordgefährdeter Friseurin, und hat sich die Haare schneiden lassen. Aber es ist nicht nur das. Es ist Fadil, der sie schön findet, der sie anruft und sie überrascht und sie mit allem überschüttet, vor allem mit seiner Liebe. Sie muss sich bemühen, nicht dauerhaft zu grinsen. Das Grinsen sitzt in ihrem Gesicht wie ein Krampf. Sie liebt Fadil aber nicht anders als vorher. Sie hat Fadil schon immer auf diese Weise geliebt. Doch es ist nicht das, was er braucht. Mit Danilo ist es damals ganz anders gewesen, mit allen ist es anders gewesen als mit Fadil. Fadil liebt sie auf eine sehr zärtliche und weiche Art. Aber es ist nicht das Richtige. Sie kann nicht Danilo verlassen und mit Sack und Pack zu Fadil gehen, weil es nicht das Richtige ist, das weiß sie.

Fadil steht auf und holt Kaffee aus der Küche. Sie hat bei ihm geschlafen. Danilo ist in Wolfsburg auf einer Vernissage, die Kinder sind bei ihren Eltern, weil Ava arbeiten musste, Wochenendschicht. Deshalb kann sie bei Fadil sein, die ganze Nacht und den ganzen Morgen. Zwischen ihnen hat es diese Fremdheit nicht gegeben, die es zwischen Menschen immer gibt, wenn sie sich das erste Mal lieben. Sie kannte ihn so gut, sie wusste, wie es sich in seinen Armen anfühlt.

«Wann kommt Danilo zurück?», fragt Fadil.

«Heute Abend.»

Fadil sitzt auf der Bettkante und trinkt Kaffee. Ava betrachtet, auf dem Bett liegend, seine Beine. Sie sind kräftig und dunkel behaart. Er ist insgesamt sehr behaart. Er redet weniger, als er es sonst bei ihnen zu Haus tat. Er lacht auch weniger laut. Das Lachen ist aber wieder da. Er rollt Ava im Bett hin und her, aus lauter Freude und Spaß, wie ein Stück Rollbraten, und kichert darüber. Er kneift sie und tröpfelt ihr Kaffee auf die Stirn. Er springt auf und hüpft durch die Wohnung, dann sieht er aus dem Fenster und legt sich wieder hin. Er ist wie eine Feder, immer aufgezogen, immer voller Ideen und zärtlich, zärtlich, wie noch nie ein Mann zu ihr gewesen ist. Nur leidenschaftlich ist er nicht. Vielleicht ist das sein Problem. Vielleicht ist das der Grund, warum er noch keine Frau gefunden hat. Ava ist in Fadils Gegenwart entspannt. Sie liegt gern auf dem Rücken, sieht ihm zu und lächelt.

«Fadil», sagt sie, «im Grunde müssen wir damit aufhören, bevor es schlimmer wird.»

«Schlimmer kann es nicht werden.»

«Doch, wenn Danilo es rausfindet. Und auch, wenn er es nicht rausfindet, dann wird es auch schlimmer.»

«Ich werde mit ihm reden», sagt Fadil, und sie weiß nicht, ob er es ernst meint, denn er lächelt dabei.

«Bist du des Wahnsinns?» Ava richtet sich auf. «Du wirst nicht mit ihm reden!»

«Ich kann Danilo nicht mehr ehrlich in die Augen schauen.»

«Sei nicht so theatralisch. Du bist ein richtiger Türke, bist du, so schwülstig, hach, ‹ehrlich in die Augen schauen›. In Wahrheit lügst du, ohne mit der Wimper zu zucken.»

«Nein», Fadil schüttelt den Kopf, «ich leide.»

Ava lacht. «Du leidest? Du leidest überhaupt nicht.»

«Wie kann ich auch leiden, mit dir?» Fadil zieht sie zu sich heran und küsst sie auf den Hals und auf die Augen.

«Fadil, ich kann nicht Danilo verlassen wegen dir.»

«Warum nicht?»

Ava sieht ihn an. Meint er es ernst? Sie kann es sich nicht vorstellen. «Weil wir das nicht können. Du und ich und Martin und Merve. Stell dir das mal vor. Das geht nicht. Dann wärst du plötzlich da, und Danilo kommt zu Besuch, so wie du sonst zu Besuch kommst. Das kann ich mir einfach nicht vorstellen. Da hast du gar nicht das Recht zu, Fadil, wir beide nicht.»

«Und bei einem anderen würde es gehen, ja?»
«Ich weiß es nicht. Einen anderen würde ich nicht kennen wie dich. Er wäre nie in meiner Familie gewesen, und er wäre fremd. Ich würde ihn ganz von vorne kennenlernen und erst später entscheiden, ob er nur mein Geliebter bleibt oder auch meine Kinder kennenlernt.»
«Rede nicht von anderen Geliebten, Ava!»
«Will ich auch nicht. Ich will überhaupt keinen Geliebten, ich wollte nicht einmal dich, Fadil, aber nun ist es so gekommen, und jetzt kann ich nicht damit aufhören, weil ich sonst ganz allein bin.»
«Du bist nicht allein. Du hast Danilo, und du hast die Kinder, du bist überhaupt nicht allein.»
«Ich weiß, aber manchmal kommt es mir so vor. Ich weiß es auch nicht.»
Die Gespräche zwischen ihnen drehen sich im Kreis, es geht um das Ende ihrer Affäre, die doch vor anderthalb Wochen erst begann. Aber in Fadils Bett ist es so weich und so warm. Sie schiebt es alles auf und legt sich noch einmal zurück.

Danilo zieht sein weißes Hemd aus und wirft es auf den Boden zu seinen zusammengerollten Socken. Er zieht seine Hose aus und wirft sie auf den Boden zu seinem Hemd und den zusammengerollten Socken. Ava hält die Seiten des Theaterstücks mit beiden Händen fest und beobachtet Danilo aus den Augenwinkeln. Sein Körper ist schlanker als der von Fadil und weniger behaart. Sie kennt Danilos Körper so gut wie den ihrer Kinder, wie ihren eigenen. Besser sogar. Sie kennt seinen Rücken, jeden einzelnen Leberfleck, die rauen Stellen an den Ellenbogen, die Grübchen über seinem Po. Die Grübchen haben sie immer gerührt. Jetzt rührt sie nichts mehr. Sie achtet darauf, Danilo während des Schlafs nicht zu nahe zu kommen, selbst während des Schlafs achtet sie auf Abstand. Danilo ist es recht. Er ist tief in sein eigenes Leben eingestiegen. Er redet weniger mit den Kindern. Er redet weniger mit ihr. Er sitzt in seinem Zimmer und denkt an anderes. An den Wahnsinn in der Kunst, an den kastrierten Mann in der Pose des einsam gebärenden Künstlers, an die Wut in der klaustrophobischen Einsamkeit der Massenbewegung, an die notorischen Diebinnen der Bastel- und Nähbewegung und ihre Sucht nach Sinn.

«Was liest du?», fragt Danilo und beugt sich rüber zu ihr. Sie riecht seinen Atem. Er hat seine Zähne noch nicht geputzt.

«Das Schwein, das Schaf und die Lampe», sagt Ava und liest.

Ein Hamburger Kaufmann, der hauptsächlich mit teuren Möbeln aus dem Orient handelte, heiratete eine junge Französin, die Tochter seines Geschäftspartners, der sich in Hamburg niedergelassen hatte, aber ebenso ein Haus in der Provence besaß, wo seine Familie wohnte. Die zwanzig Jahre junge und außergewöhnlich hübsche Französin war anfangs unwillig, einen um zwanzig Jahre älteren deutschen Mann zu heiraten. Da der Mann aber ein gut aussehender Mann war, der eine Frau umschwärmen, sie einladen, ausführen und ihr mit Kleidern und Schmuck den Hof machen konnte, da er der Geschäftspartner ihres Vaters und eine gute Partie war, gab sie schließlich nach und wurde seine Frau. Sie zog mit ihm in ein schönes weißes Haus in Alsternähe und gebar ihm im Jahr darauf eine Tochter.

Nach der Geburt des Kindes ließ er von ihr ab und richtete sich ein Schlafzimmer im Dach des Hauses ein. Dorthin zog er sich zurück, wenn er allein sein wollte. Später erweiterte er das Alleinsein auf ein Zuzweitsein. Er lud Frauen von der Straße und aus den Kneipen St. Paulis in seine Stube ein und entließ sie ausreichend belohnt am nächsten Morgen auf die Straße zurück. Seine immer noch junge und außerordentlich schöne Frau beschwerte sich anfangs bescheiden, aber er antwortete ihr: «Du, meine Liebe, bist nun Mutter, meine Huren sind jetzt andere. Du solltest dem lieben Gott danken, dass ich dich schone, und deine Anstrengungen dem Haushalt, dem Kinde und deinen Stickereien zuwenden.» Damit waren die Anweisungen gegeben und jeglicher Widerspruch eingedämmt. In der Tat hatte der Herr einen Hang zu ausgefallenen, derben Spielen, die seine Frau nicht mit ihm hätte spielen mögen, seine Frau war eher unerfahren und noch nicht erblüht, sie war reineweg prüde. Deshalb und des guten Rufes willen fügte sie sich.

Sein Zimmer konnte von der Haustür, über die erste Etage hoch zum Dach über eine schneckenförmig gedrehte Treppe erreicht werden. In mittiger Höhe befand sich auf einem kleinen Tischlein eine marokkanische Messinglampe, die der sanften Erhellung der Treppe diente. Brannte sie aber, dann war der Herr beschäftigt und sein Dach durfte weder vom Dienstpersonal noch von seiner Frau betreten werden. 1936 trat er in die NSDAP ein – seiner Frau erlaubte er keinerlei politische Betätigung – und ließ von einem Handwerker den altmodischen Ölteil aus der Lampe entfernen und eine moderne Glühlampenfassung einbauen. Dazu musste die Lampe auseinandergenommen und umständlich wieder zusammengesetzt werden.

Die Lampe verbrauchte fast hundert Glühbirnen und brannte einunddreißig Jahre lang. Sie überlebte Adolf Hitler und den Zweiten Weltkrieg, das jüdische Dienstmädchen Sophie und die alte Köchin Helene, die alle das Zeitliche segneten und nicht ersetzt wurden. Sie leuchtete tapfer die Adenauer-Ära ein, die Geburt der Bundesrepublik Deutschland und die Eröffnung des neuen, alten Handelsgeschäftes Orient-Möbel-Hamburg, auf ihre eigene, funzelig trübe Art und Weise.

Und erst am dritten Tag seines Todes, als ein übler Geruch

vom Dach herunterquoll, wagte sich seine mittlerweile einundfünfzig Jahre alte Ehefrau trotz der «Verboten!» leuchtenden marokkanischen Messinglampe in die wollüstige Stube, wo der nackte Ehemann mit verzerrtem Gesicht an einer Hundeleine angekettet auf dem persischen Teppich liegend einsam vor sich hin faulte. Sie ließ ihren Vater rufen, seinen toten Geschäftspartner zu beerdigen. Sie selbst nahm daran nicht teil, und sprach sie einmal doch von ihrem Ehemann, dann nannte sie ihn stets in ihrer Sprache «Le cochon». Sie verzichtete die nächsten Jahre, bis zu ihrem Tode im Sommer 1969, als Kiesinger noch Bundeskanzler war, auf jedweden Umgang mit einem Mann. Sie stickte in ihrer Stube an Bildern mit Schafen und deutschen Wäldern und empfand sich selbst als gut und rein.

Die marokkanische Messinglampe wurde 1981 von einer nicht näher bezeichneten Frau («Frau mittleren Alters, die in undeutlich geklärtem verwandtschaftlichem Verhältnis zum ehemaligem Eigentümer steht») an einen Fensterputzer verschenkt, der ein nettes Wort für sie übrighatte (für die Lampe).

«Der Schluss ist irgendwie schwach, oder?», sagt Ava.

Merve zuckt mit den Schultern.

«Wieso verschenkt irgendeine Frau die Lampe, und was soll das überhaupt dann für eine Bedeutung haben, mit dem Fensterputzer?»

«Das bedeutet nichts, das bedeutet, dass es gar nichts bedeutet. Es ist nur eine doofe Lampe und nichts weiter», sagt Merve.

Sie parken in der Einfahrt zu Barbaras Haus, sie hat das Tor elektrisch geöffnet, und fahren die kleine, kiesbestreute Auffahrt auf zwei betonierten Fahrspuren bis an die Wand neben das Haus. Dann schließt sich das Tor wieder.

«Wo ist denn Jacqueline?», fragt Ava, als sie zu dritt im rosa Zimmer auf dem Boden sitzen und Wein schlürfen, während ein schräger Strahl Sonne aus dem Garten ihre Gesichter wärmt. Der Garten ist matschig und dunkel geworden. Die verfaulten Blätter wurden nicht entfernt. Der Garten wird wohl kaum mal bearbeitet und scheint die Frauen nicht zu interessieren.

«Jacqueline ist nicht mehr dabei», eröffnet ihnen Barbara. Sie trägt ein schwingendes blaues Kleid mit Stickereien am Ausschnitt und an den Ärmeln.

«Warum denn nicht?», fragt Ava.

«Es ist wegen der Lampe.»

«Wegen der Lampe? Aus dem Stück die Lampe?»

Barbara zuckt mit den Schultern. «Ich hätte es ihr sagen sollen, aber sie hat sie nie vermisst und ich fand ihn einen netten Mann.»

«Wen?»

«Den Fensterputzer. Er war ein netter Mann. Gebildet und mit Manieren. Und darauf kommt es doch an im Leben, oder?»

«Der Fensterputzer? Ich dachte, es wäre ein Theaterstück, aber nun ist es auch noch echtes Leben. Heavy ist das», sagt Merve und setzt sich in den Schneidersitz.

«Vielleicht können wir sie umstimmen, denn wir sind ja schon so zu wenig. Und jetzt sind wir dann noch weniger», sagt Ava.

Barbara zuckt wieder mit den Schultern und scheint dieses Mal etwas unentschlossen und wenig überzeugt von der ganzen Sache zu sein. Vielleicht ist der Streit noch über den Fensterputzer hinausgegangen, und wenn Ava sich das alles in Erinnerung ruft, ist der Teil mit dem Fensterputzer noch der am wenigsten heikle, wenn es sich um eine Familiengeschichte handelt. Wenn es sich um eine echte Familiengeschichte handelt.

«Isch lasse misch nischt umstimmen», sagt Jacqueline, die plötzlich im Raum steht, als wäre sie hineingezaubert worden.
«Hast du gelauscht?», fragt Barbara.
«Sie stiehlt meine Lampe, sie zieht meinen eigenen Vater in den Dreck, was soll isch dazu sagen? Wie soll isch mit diesen Bos'aftichkeit umgehen?»
Ava und Merve starren Jacqueline an, und Ava denkt an Fadil und daran, wie es jetzt alles ist, so schwierig und gleichzeitig so normal, als wäre es schon immer so gewesen und sie hätte schon immer mit Fadil in seinem weichen Bett gelegen und an seinem silbernen Tisch unter dem schrägen Fenster in Hoheluft gefrühstückt. Als hätte sie immer schon mit Jacqueline und Barbara über das Stück ihres Lebens gestritten und goldenen Wein auf einem weißen Teppich getrunken, in einer weißen Villa, während draußen der wilde Garten verfault. Aber die Kinder bekommen täglich neue Schuhe und lernen täglich neue Worte, die Miete ist gestiegen, und ihr erster Patient, der stolpernde, stotternde Erwin Bode aus der Stresemannstraße, ist letzte Woche gestorben, trotz der Pflege und der Mühe, trotz ihrer guten Vorsätze und all der Anstrengung. Er muss nicht mehr von ihr beim Essen beobachtet und zum Park hinter Lidl geschleppt werden, er muss gar nichts mehr. Danilo arbeitet stumm und verreist viel. Er lebt in seinem eigenen Fleiß und trägt jetzt modischere Kleidung. Alles bleibt vertraut und ändert sich doch langsam und unaufhaltsam. Auf der Terrasse vor der Flügeltür liegt ein Vogel, wie ein Häufchen schwarzen, matschigen Laubs. Die matte Spätherbstsonne wärmt sinnlos seinen toten Bauch.

Ava kippt den Rotwein hinunter und lässt sich ein zweites Glas nachschenken. «Wir brauchen dringend einen Mann», sagt sie und hat das Gefühl, jetzt alles in ihre Hand nehmen zu müssen, «Jacqueline, es ist ein gutes Stück, und ich verstehe, dass es dich kränkt, aber falls du noch mitmachst, was ich sehr begrüßen würde, dann brauchen wir noch mindestens einen Mann.» Sie schweigt einen Moment und freut sich darüber, dass sie «was ich sehr begrüßen würde» gesagt hat, weil es gut klingt, weil sie langsam dazulernt in ihrem Leben. Dann sagt sie: «Ich kenne einen, er wohnt in der Nähe und sieht gut aus, er hat genau das richtige Alter, und ich werde ihn fragen.»

«Du bist nicht abbestellt, also musst du wieder hingehen», hat Hartwig gesagt. Sie hatte ihm von der Ohrfeige dann doch nichts erzählt. Was auch? Mit so etwas muss man selbst klarkommen. Was ist schon eine kleine Ohrfeige? Sie wird mit so etwas doch nicht ankommen? Wird sie nicht.

Herr Bodenegg sitzt angezogen auf seinem Bett und sagt: «Ach gehen Sie doch fort!»

Sie lächelt. In seinem Schlafzimmer sieht es aus wie in einem Studienzimmer. Dunkle Regale, in denen Leinenrücken, golden bedruckt, sich aneinanderreihen, hohe Sprossenfenster blicken auf die Straße hinaus, von langen dunkelgrünen Vorhängen umrahmt, dunkelrote, fein gemusterte Orientteppiche auf dem Boden in mehreren Schichten, sodass kein Tritt ihrer Füße ein Geräusch verursacht. Alles verhallt sanft und staubig im Alten.

«Was gibt es Neues?», fragt sie und zieht sich einen Stuhl an sein Bett.

«Ich war da», sagt Herr Bodenegg.

«Sie waren da? Sie waren bei der Frau?» Ava schreit fast. «Was hat sie gesagt?»

«Sie haben mich rausgeworfen.» Herr Bodenegg lehnt sich an die schwarzbraune Rückwand seines Bettes und lächelt zufrieden. Das erste Mal, seit sie ihn kennt, lächelt er zufrieden.

«Das tut mir leid», sagt Ava.

«Nein, nein. Ich war da, und der Vater war auch da und saß am Bett. Es war sehr ungünstig, und sie warfen mich raus. Mit Gebrüll warfen sie mich raus. Er warf mich mit Gebrüll raus.

Ich sagte ein paar Worte der Entschuldigung und dann ... ja. Dann ging ich.»

Ava schüttelt den Kopf. Es berührt sie kaum, aber sie fühlt sich verpflichtet. «Tja», sagt sie, «so kann es kommen.»

Herr Bodenegg schüttelt auch den Kopf und legt seine verbundene Hand auf dem Nachtschrank neben sich ab. «Draußen im Gang wartete die Mutter. Sie sagte, es täte ihr leid, mit ihrem Mann. Ich konnte ihr mein Geld anbieten, und sie sagte, es würde der Tochter helfen. Es war eine vernünftige Frau, und das Beste ist ...» Herr Bodenegg steht plötzlich von seinem Bett auf, Ava weicht zurück. Er steht in seinem grauen Anzug mit blitzenden blauen Augen auf den zwanzig Teppichen und wagt einige Schritte in Richtung Fenster. Dann dreht er sich um – theatralisch, denkt Ava, und wie dafür geschaffen – und sagt: «Möglicherweise ist die Frau nicht so stark verletzt worden wie anfangs angenommen. Möglicherweise, es besteht eine Chance, wird sie sogar wieder gehen können!»

Ava denkt, dass Herr Bodenegg bisher noch nie so enthusiastisch gewesen ist und noch nie so viel von seinem Bett herunter war, deshalb fragt sie schnell: «Hätten Sie eventuell Lust, eine Rolle in einem Theaterstück zu übernehmen?»

Fünfter Teil

Es ist windig und eisig kalt auf dem Ohlsdorfer Friedhof. Durch die nass glänzenden Äste einer der am Weg stehenden Rotbuchen scheint eine bläulich weiße Sonne und setzt kalte Glanzpunkte auf die stumpf starrenden Gesichter. Der gefrorene Erdboden ist sauber ausgehoben worden, wie ein Stück Eis aus einem Eiswürfelbehälter. Der helle, polierte Sarg mit den goldenen Beschlägen gleitet in die stille Tiefe, und Jacqueline sieht hinab ohne eine Regung, ohne eine einzige Träne. Erstarrt steht sie in ihrem schwarzen Mantel, der wie ein von der älteren Schwester vererbtes, noch immer zu großes Kleidungsstück um ihren für alle Mäntel der Welt zu kleinen Körper gewickelt ist, mit einem Knoten über dem wulstigen Stoff zusammengehalten, das weiße Haar unter eine braune Häkelmütze gestopft, die Hände in einem rötlichen Pelzmuff verschränkt, am Grab und wackelt kaum wahrnehmbar mit ihrem Köpfchen.

Vor einem Jahr hat sie ihren kleinen weißen Hund beerdigt, hinten im Garten, mit einer splittrigen Schaufel, die Barbara ihr schließlich aus der Hand nahm, weil Jacqueline mit ihren zittrigen Armen kein vernünftiges Loch in die Erde kriegte. Barbara hatte große und starke Arme gehabt. Barbara hatte einen großen und muskulösen Körper gehabt, aber da war er schon in sich hineingeschoben worden, als würden sich die Knochen zusammenschieben lassen wie der Griff eines Schirms. Die Haut war schärfer um ihr Gesicht gespannt gewesen, und der Kopf hatte sich zwischen die Schultern gesetzt, alles steifer und härter und dennoch im Ganzen aufgequollen und in den Konturen schwammiger und breiter. Dennoch war sie eine kräftige Frau geblieben, gegen Jacqueline, die wie Pergament im Garten herumgeflattert war und leise piepsend vor sich hin geweint hatte, während sie der Beerdigung eines Hundes beigewohnt hatten. Der kleine weiße Hund war an der gleichen Krankheit gestorben wie Barbara.

Barbara war viele Jahre mit dem Krebs herumgelaufen und hatte wechselnde Perücken getragen und Theater gespielt, als wäre der Krebs ihr egal. Zur Uraufführung von «Das Schwein, das Schaf und die Lampe» kamen neun Gäste. Zur nächsten Aufführung kamen über dreißig. Barbara hatte einen schmalen, langgestreckten dunklen Raum angemietet, Theaterräume müssen langgestreckt und dunkel sein, hatte sie ihnen erklärt, sie müssen riechen (das «riechen» hatte sie hineingegrölt in den Raum wie eine alte Diva, und Ava hatte mit Merve genervt geguckt und sich lustig gemacht), nach Holz und nach Schweiß. Sie hatte Leute für das Theaterspielen begeistert, Leute, die mehr Talent als Ava und Merve hatten. Barbara ist als Schauspielerin anders gewesen, als sie als Mensch war, als Schauspielerin ist sie so, im besten Sinne, normal und wenig exzentrisch gewesen, dass Ava klargeworden war, dass Schauspielerinsein ihr eigentliches Menschsein war. Es spielte gar keine Rolle, ob Barbara tatsächlich eine so gute Schauspielerin gewesen war, früher, im Theater. Merve und sie und eigentlich alle waren von ihr als Schauspielerin hingerissen gewesen. Selbst Jacqueline war von ihr hingerissen gewesen, von Barbara, auf die sie ständig wütend war. Außer ihr hatte niemand gewusst, dass es alles nur noch eine gewisse Zeit andauern und dann vorbei sein würde. Ava hatte immer von sich geglaubt, gut in Menschen hineinblicken zu können, sie hatte gedacht, sie würde ahnen und wissen, wie es um sie stünde, weil sie so viel mit Menschen zu tun hatte und mit Krankheiten, aber Ava hatte nichts gewusst und nichts gemerkt. Sie hatte Barbara mit kurzen roten Haaren die Straße entlanggehen sehen, damals, als sie aus dem Haus von Konstantin gekommen war, und sie hatte sich nichts dabei gedacht, als Barbara beim nächsten Mal wieder langes graues Haar hatte. Sie hatte gemeint, eine andere Barbara gesehen zu haben, obwohl es eine andere Barbara nicht hätte geben können. Ava hat sich im Nachhinein gefragt, ob sie es da nicht schon gewusst, aber dieses Wissen nicht in ihr frisches, neues Schauspielerinnenleben hatte hineinlassen wollen.

Barbara hatte sich lange gewehrt. Bestrahlungen und Chemo und Heilpraktiker und Handaufleger, alles hatte sie probiert. Am Ende hatte sie nur noch Jacqueline gehabt, die bis zum Schluss wütend auf Barbara gewesen ist, vor allem aber, weil Barbara starb.

Ava steht neben Merve. Merve trägt einen dunkelroten Wollmantel, der ein wenig zu weit ist, und Merves schwarze Strumpfhosenbeinchen hängen aus dem Mantel heraus wie die Glieder einer Marionette. Merve verfolgt mit glänzenden Augen über der scharfen Nase die Bewegung des Sarges. Ihr dünnes Gesicht ist weiß wie Milch, unter den Augen hat sie feine lilagrüne Mulden. Ihr Mund steht leicht offen und atmet Wölkchen in die Kälte. Eine Menge Leute sind noch da, die Ava nicht kennt. Verwandte in teuren Kleidern. Viele ältere Leute. Leute von der Theatergruppe. Sie sagten immer «Gruppe». Sie hatten keinen Namen. Oder der Name war «Gruppe». Links bei den Blumen steht Konstantin Bodenegg in einem halblangen schwarzen Mantel, die Schultern hochgezogen, einen Kranz in den Händen, und runzelt die Stirn. Konstantin mag solche Abläufe nicht, denkt Ava. Er ist ungeduldig, und er mag keine künstlichen Abläufe. Er will alles selber steuern und entscheiden. Und dennoch hat er sich sein Leben lang solchen Abläufen unterworfen. Er ist Anwalt gewesen, wie sein Vater und dessen Vater schon vor ihm. Er hat sein Leben lang in einer Kanzlei auf einem Stuhl gesessen und überlegt gehandelt und geredet, so wie es die äußeren Umstände erforderten.

Der Sarg ist in der Tiefe verschwunden. Die Grube wird

zugeschaufelt. Die Arbeiter klopfen die gefrorenen Erdbrocken mit dem Spaten klein und schieben sie auf die Grube zu, auf Barbara zu. Aber Barbara ist schon lange tot und merkt nichts von Erde und Kälte und Dunkelheit. Die Sonne hat sich hinter der Rotbuche hervorgeschoben und beleuchtet jetzt strahlend hell den Vormittag, als würde es bald warm werden und als würde es bald Frühling werden. Als würde alles von vorne beginnen. Die Sehnsucht und die Freude. Die Möglichkeiten.

Ava stolpert hinter Merve den Friedhofsweg zurück. Der Friedhof ist so gigantisch groß und schön, denkt sie, in seiner eisigen, blattlosen Würde, reifglänzend und wohlgeordnet. Merve weht wie eine Tulpe mit ihrem roten Mantel den geraden Weg zurück, mit riesigen Schritten in ihren schwarzen Halbschuhen. Dann dreht sie sich um. «Es war eine schöne Beerdigung, was denkst du?»

Ava zuckt mit den Schultern. «Schön, ja.»

«Nur was?», fragt Merve.

«Ich weiß nicht, was.»

«Es wäre natürlich besser gewesen, wenn sie nicht gewesen wäre, meinst du, wenn Barbara nicht gestorben und die Beerdigung nicht gewesen wäre. Die Beerdigung an sich war aber doch schön.»

«Dass du es immer alles so hindrehen musst.»

«Sie hat es ganz gut gemacht, Ava.»

«Was meinst du?»

«Sie hat es gut gemacht, dass sie diese paar Jahre noch so gestaltet hat. Stell dir vor, du hättest Krebs. Ich weiß nicht, ob ich mich nicht zusammenrollen würde, in meinem Bett zusammenrollen, und das war's. Die Decke über mich rüber, und das war's, Ava. Und nie wieder auftauchen. Aber sie hat es anders gemacht, so lebendig, und das ist cool von ihr gewesen.»

«Ich weiß. Ich weiß auch, dass du mir erst gesagt hast, sie sei psychisch krank.»

Merve sieht sich im Gehen zu ihr um, als wollte sie Ava kurz beobachten, um sie genau einschätzen zu können, für diesen einen Moment.
«Hast du Angst, Ava?»
«Wovor?»
«Vor allem, was kommt. Man weiß nicht, was es ist, aber es wird vieles sein, und einiges wird nicht schön sein, und einiges wird schrecklich sein.»
Ava läuft die ganze Zeit hinter Merve her, die fast rennt, mit ihren schwarzen Männerschuhen, viel zu dünn angezogen, sie beeilt sich, neben Merve zu kommen, und fragt dann: «Und du?», ohne eine eigene Antwort zu geben.

«Ja», sagt Merve leise und rennt weiter, starr und ein wenig wütend, wegen ihrer eigenen Angst, wie es aussieht.

Ava glaubt es ihr. Ihr selbst ist dieser Blick verstellt. Sie will keine Angst haben. Sie hat so viel geweint wegen Barbara. Danilo hat geschwiegen und sie nie getröstet. Dass er sich nicht aufgeregt hat, ist seine ihm größtmögliche Großzügigkeit gewesen. Sie hat so viel geweint wegen Barbara, durch die Tage hindurch immer wieder, und hat es dann wieder vergessen und ganz normal gelebt, normal ihre Arbeit getan. Die Kranken sterben, Ava. So ist es hundertmal gewesen. Hundertmal hat sie Kranke gesehen, und immer wieder sind die Kranken gestorben. Die Krebskranken sind oft gestorben. Dass die Krebskranken sterben, ist so ungewöhnlich nicht. Barbara ist letztlich eine Patientin gewesen, weil sie Krebs gehabt hat, so hat sie es versucht zu sehen, weil sie auf Patienten einen anderen Blick hat, und hat versucht, dadurch Vernunft in alles zu bringen.

Dann ist es aber immer wieder durchgebrochen, unerwartet, als sie auf der Toilette saß und sich in Ruhe Gedanken machen konnte, als sie im Keller die Wäsche sortierte, während der Wartezeit beim Kinderarzt, sehr plötzlich ist es immer durchgebrochen, und sie wusste, Barbara ist tot. Es war gar nicht unbedingt der Tod, der sie so traurig gemacht hatte, der Tod war ihr ein so leerer, gesichtsloser Tatbestand. Die Erinnerung an die Fröhlichkeit von Barbara war es, die sie so fertig gemacht hatte. Barbara hatte irgendwann, so ziemlich zum Schluss, bevor sie nur noch lag, in der Küche gestanden und ein Omelett in einer Riesenpfanne für sie alle gemacht und gelächelt. Die Perücke saß seltsam schief auf ihrem Kopf, das orangelila Batikkleid in seinem farbigen Wahnsinn hing wie ein Witz an ihr, und sie hatte gelächelt, die riesigen gelblichen Zähne in ihrem zurückgehenden Zahnfleisch entblößt, und hatte gesagt: «Eier, Jacqueline, bringen uns alle wieder hoch.»

Aber wie sollten die Eier sie noch hochbringen? Das ist der Satz, den Ava in seiner Unsinnigkeit so oft, so oft gedacht hatte, bis sie ihn verflucht hat. Wie – sollten die Eier – sie noch hochbringen?

«Merve», sagt Ava. «Ich bin so froh, dass ich dich habe.»
«Und dass ich nicht tot bin?», sagt Merve.
Ava nickt und lächelt und legt ihren Arm um Merve, dass sich ihr Mantel zusammenrollt und um ihren Körper faltet.
«Ich kriege immer solche Angst bei so was wie Beerdigungen», sagt Merve wieder.
«Ich weiß», sagt Ava.
Als sie beim Auto ankommen, sehen sie weiter hinten Konstantin in seinen Wagen steigen. Er hebt die Hand. Er steigt nicht ein.
«Konstantin», sagt Merve und klopft ihren Schuh am Auto ab, um einen Batzen angeklebter schwarzer, alter Blätter zu lösen.
Ava nickt.
«Willst du nicht rübergehen?»
Ava zuckt mit den Schultern.
«Geh. Er wartet doch.»
Ava zieht die Schultern hoch, schlägt die Arme um ihren

fröstelnden Körper und geht zu Konstantin. Konstantin fährt einen fetten, alten Daimler, beige mit hellen Ledersitzen, Ava ist öfter mitgefahren und hat den Geruch nach altem Leder und Zigaretten eingesogen, sein lächerlich altmodisches Aftershave, die Musik von Buddy Holly, alles alt und verbraucht und rührend elegant in seiner Überholtheit. Er hat leuchtende Augen. Bei alten Leuten verblasst sonst alles, denkt sie, aber bei Konstantin leuchten die Augen heute blauer denn je. Es kann der blaue Himmel mit der blassen Wintersonne sein, der sich spiegelt und alles einfärbt und die Intensität seiner Augen verdoppelt.

Sie schweigt eine Weile, und Konstantin schweigt auch. Konstantin kann gut schweigen, ihn treibt nie etwas an zu reden, er übt Druck eher durch Schweigen aus. Seit Barbara zu krank zum Theaterspielen geworden war, sahen sie sich nicht mehr. Die anderen, die Jüngeren aus der Gruppe haben wieder angefangen zu spielen, aber Ava nicht mehr, und Merve nicht mehr, und Konstantin auch nicht mehr. Das Theaterspielen fand ein Ende, weil ihnen klar geworden war, dass Barbara der Mittelpunkt und der Kern ihres Theaterspielens gewesen ist.

«Ava», sagt Konstantin dann schließlich und drückt Ava, für sie ganz unerwartet, weil unüblich zwischen ihnen, an sich. Wegen dieser unerwarteten warmen Umarmung muss Ava dann doch noch weinen, wegen seines Mitleids und wegen seiner Umarmung.

Merve liegt auf dem Bauch auf ihrem Bett und sagt: «Ich hasse Sophie. Ich hasse so Sophie.» Sie trägt immer noch ihren roten Anorak, dazu ihre schmutzbespritzte Jeans, und ihre Stricksocken hängen von den Zehenspitzen herunter. Im Zimmer verteilt liegen Hefte wie Bravo und Mickymaus, Schulbücher, Stifte, T-Shirts, Unterwäsche, iPod, jede Menge Kabel und Krümel von Keksen, ein rosa Hase, bekleidet mit einer winzigen Jeanshose, die Merve einst selber genäht hat, eine nackte Babypuppe, ein zerschrammtes Skateboard, Perlen und Schnüre, Wolle, ein Häkelhaken, eine offen stehende Dose mit angebissenen Salamibroten und andere farbenfrohe Gegenstände aller Größen und Beschaffenheit. Die Heizung ist aufgedreht, das Fenster geschlossen, und im Zimmer steht ein feucht-muffiger Geruch.

Merve schlenkert mit den Beinen hoch und runter, rollt sich dann auf die Seite und starrt Ava an, die seufzend vom Türrahmen aus das Zimmer betrachtet. Die rosa Wanduhr, die keine gültige Uhrzeit mehr anzeigt, tickt langsam auf der Stelle, der Zeiger zittert in einer menschlich anmutenden Anstrengung und schafft es doch nicht zur nächsten Ziffer. Es klackt, und der Zeiger steht wieder auf zwei Uhr, wie schon seit Tagen. Die Batterie muss ausgewechselt werden. Wie viel Energie dann aber doch noch in einer schwachen Batterie drin ist, überlegt sich Ava, denn tot ist die Uhr noch nicht, nur schwach und tickt immer auf zwei Uhr.

«Merve, räum endlich dein Zimmer auf!», sagt Ava in strengem Ton und überdenkt, ob sie es richtig ausgedrückt hat. «Würdest du bitte aufräumen?», hat sich nicht bewährt, weil Merve dann ziemlich sicher mit «Nein» antwortet. Wer kann es ihr verdenken? Auf eine Frage folgt die passende Antwort. Und die Frage ist ja eigentlich als Frage auch gar nicht gedacht gewesen, sondern stellt eine hinterhältige, weil höflich verkleidete Form von Befehl dar. Wenn es aber so ist, hat Ava erkannt, dann kann sie auch gleich den Befehl auf den Tisch knallen. Merve allerdings liegt immer noch zusammengerollt auf ihrem Bett, wie ein rundes, rotes Tier, und schleudert ihren Missmut in das Zimmer und auf Ava rauf. Die autoritäre Ansage ignoriert sie.

«Sophie, die ist so fies, ich hasse sie», sagt sie wieder und zieht sich den schlabbrigen Stricksocken vom Fuß und juckt sich an den Fußsohlen.

«Was hat sie denn gemacht?», fühlt sich Ava verpflichtet zu fragen, obwohl sie diese Frage von dem Aufräumbefehl fortträgt an andere, mitleidigere Gestade, sie weiß es schon.

Merve schweigt wieder. Sie weiß, wie sie ihre Launigkeit präsentieren und ausleben kann, sie runzelt ihre kleine glatte Stirn und pult jetzt auch am anderen nackten Fuß, den sie zu diesem Zweck an ihren Körper heranzieht, sie sammelt die Wollfusseln von den Zehen und wirft sie auf den Fußboden zu all dem anderen Kram.

«Mir ist es eigentlich auch egal. Hauptsache, du räumst endlich diesen Dreckstall auf!», sagt Ava etwas lauter und bereut das Wort Dreckstall sofort, das schon ihre Mutter benutzt hatte und das sie eigentlich nicht selber benutzen wollte, weil es ein demütigendes, abwertendes Wort für Merves Zimmer ist.

«Immer schreist du rum», fängt Merve jetzt an, in einem jammernden, hohen Ton, den sie immer einsetzt, wenn sie unwillig und unzufrieden ist. «Und nie hörst du mir zu. Wenn ich mal Probleme habe, dann interessiert es dich nicht. Nur bei Martin. Bei dem hörst du immer zu. Obwohl der gar keine richtigen Probleme hat.»

«Das stimmt überhaupt nicht. Ich höre zu. Ich wollte zuhören, aber du hast ja nichts gesagt.»

«Ja, weil ...» Merve fängt an zu schluchzen.

Sie ist erst neun, und sie ist schon so. Wie wird sie sein, wenn sie fünfzehn ist? Ava setzt sich zu Merve auf das Bett und zieht an ihrem Anorak herum. «Zieh mal aus. Das ist doch höllenwarm hier drin.»

Merve richtet sich auf und schnieft und lässt sich bereitwillig den Anorak ausziehen. Ihr kleiner, schmaler Mädchenkörper mit dem bekleckerten weißen Blüschen über dem Rolli duftet unter der dicken Jacke ein wenig schwitzig und süß nach ihr. Ava ist immer noch überwältigt von dem Geruch. Sie legt sich neben Merve auf das Bett und drückt sie an sich wie ein Duftkissen, drückt ihre Nase in Merves Brustkorb. Merve wehrt sich und kichert.

«Mama, lass das», sagt sie, lächelt aber und wischt sich die Tränen ab.

«Hat dich die Sophie geschlagen?», fragt Ava, wohl wissend, dass es um solche Dinge nicht geht. «Hat sie mein kleines Mädchen geschlagen, die bösartige, hinterhältige Sophie?»

«Nein doch», sagt Merve. «Aber sie hat Josefine zu ihrem Geburtstag eingeladen.»

«Nein, so was Böses auch!», sagt Ava.

«Mama, du bist doof!», sagt Merve. «Ich erzähle dir gar nichts mehr.»

«Ach, erzähl es bitte, ich schwöre dir, ich höre jetzt auch zu.»

«Du darfst nichts sagen.»

«Ich sage nichts. Ich bin stumm.» Ava legt den Kopf an Merves Kopf und ihren Arm um Merves Körper und könnte vor Wärme und Wohlbehagen summen wie eine Biene. Aber Merve summt selbst wie eine Biene, sie summt Mädchengeschichten, kleine, biestige, wunderhübsche Mädchengeschichten, die die Welt im Großen schon vorwegnehmen, die die Sorgen im Kleinen schon proben und ein bisschen aufplustern und aufblasen und die für Merve schwer genug wiegen.

«Sophie hat zu mir gesagt, als wir beim Eisladen waren, wir sollten Josefine nicht zu unserem Geburtstag einladen, weil Josefine immer mit den Jungen bei dem Tischtennis steht und sagt, dass wir Streber sind bei Frau Haake. Das stimmt aber gar nicht, sie sagt es nur, weil Sophie und ich und Veronique Frau Haake beim Abräumen geholfen haben, weil sie keine Zeit hatte, weil sie zur Pausenaufsicht musste. Justin hat dann aber gesagt, wir machen es nur, weil Frau Haake uns dann Einsen gibt für die Collargenbilder.»

«Collagen meinst du», sagt Ava.

«Collagen, ja. Josefine stellt sich immer zu den Jungen beim Tischtennis, weil Mark da auch steht, und sie sagt immer alles, was der sagt, und deshalb wollten wir sie nicht zu unserem Geburtstag einladen. Sophie hat es mir beim Eisladen geschworen, dass sie Josefine nicht zum Geburtstag einlädt, wenn ich das auch nicht mache. Und jetzt habe ich sie nicht zu meinem Geburtstag eingeladen gehabt. Und jetzt ...» Merve schluchzt. «Jetzt hat Sophie Josefine aber zu ihrem Geburtstag eingeladen. Sie hat es mir erst gar nicht gesagt. Sie hat gelo-gen, die ganze Zeit! Und jetzt ist Josefine doch wieder ihre Freundin und nicht mehr meine. Ich hasse sie, alle beide!»

Die Trauer und die Wut bahnen sich ihren Weg durch Merves süßen kleinen Körper. Ava hat auch keine Idee, wie nun zu verfahren ist. Sie streicht Merve über das feuchte Köpfchen und sagt: «Hast du mit Sophie darüber geredet?»

Merve schüttelt den Kopf. «Nein.»

«Dann weiß Sophie also gar nicht, dass du mit ihr sauer bist?»

Merve zuckt mit den Schultern.

«Ich würde sie mal richtig anschreien. Mal richtig die Meinung ins Gesicht schreien. Und ich würde nicht zu ihrem Geburtstag gehen. Kann sie doch mit der Josefine alleine feiern.»

Merve runzelt wieder ihre glatte Kinderstirn. «Da kommen ja noch andere», sagt sie müde und überlegen und leicht abwinkend. «Denkst du, da sind nur wir?»

«Nein. Gar nichts denke ich. Ich meine nur. Ich würde sie mal richtig anschreien.»

«Mama!» Merve lächelt mit verträntem Gesicht und schaut ihre dumme Mutter wieder überlegen an. «Was redest du immer für Quatsch?»

«Aber du kannst es dir doch nicht von ihr gefallen lassen. Von dieser gemeinen – Kuh.»

«Aber sie hat es auch deswegen gemacht, weil Josefine jetzt gar nicht mehr mit den Jungen an den Tischtennisplatten steht, und Josefine hat sich heute auch mit uns wieder angefreundet, als wir beim Mittagstisch waren, weil sie mit uns den Weg gegangen ist.»

«Ach so. Und was willst du jetzt machen?»

Merve überlegt. Dann richtet sie sich in ihrem Bett auf, indem sie sich auf Avas Bauch stützt. «Au!», schreit Ava.

«Ich setze mich morgen bei der neuen Sitzordnung nicht mehr neben Sophie, sondern neben Martha. Martha wollte sowieso neben mir sitzen.»

«Ah. Und wenn sich dann Josefine neben Sophie setzt?», überlegt Ava und findet, dass sie tief in die Probleme ihrer Tochter eingestiegen ist.

«Dann ist es mir auch egal», sagt Merve und klatscht in die Hände.

Ava klatscht auch in die Hände und sagt: «Du bist so klug, Mervi. Du brauchst gar keine Ratschläge von mir. Und jetzt kannst du richtig schön aufräumen.»

«Neiiiin. Neinneinneinneinnein», sagt Merve und lässt sich rückwärts wieder auf ihr Bett fallen. «Ich bin sooo kaputt.»

«Das glaube ich. Aber ich auch. Denkst du, ich soll dein Zimmer aufräumen?»

«Nein. Sollst du nicht. Ich kann es doch morgen aufräumen.»

«Weißt du, wann morgen ist? Nie. Und deshalb sage ich dir, wann Aufräumtag ist. Heute.»

«Du bist fies!»

«Ja. Ich kann sogar noch viel fieser werden.»

Ava geht in die Küche, wo alles schon lange wartet, der Einkauf, der ausgepackt werden muss, das Geschirr im Spüler, das Kochen vor allem, nur Merve braucht auch Zeit, alles braucht Zeit, sie selbst braucht Zeit.

Die Tür geht, und Danilo kommt. Sie hört, wie er mit Merve spricht. Merve beschwert sich wegen des Aufräumens. Sie hört, wie er sagt: «Ach, das schaffst du schon. Sonst mach einen Teil, und den anderen Teil machst du morgen.»
«Das erlaubt Mama nicht», sagt Merve.
«Ach, ich glaube schon», sagt Danilo und kommt in die Küche, um nach dem Essen zu schauen. «Hallo», sagt er zu Ava und legt einen neuen, sehr teuer aussehenden blauen Koffer auf den Küchenstuhl, «was gibt's?»
Ava dreht sich zu ihm, sie trocknet sich die Hände am Küchentuch ab und sagt: «Nichts. Und bei dir?»
«Ich fahre im Oktober nach Rabac, um einen Künstler zu interviewen, Alen Floričić, er macht Videokunst.»
«Ah», sagt Ava, «und wo ist das, Rabac?»
«In Kroatien.»

Merve drückt ihre Zigarette aus und gähnt. Ihr blasses Gesicht ist mit einem rosapudrigen Hauch bestäubt, und die dünne Haut über ihren Augen glänzt grünbläulich. Sie trägt eine weiße Bluse und eine dünne schwarze Krawatte aus Leder. Ihr Haar ist aufgesteckt, und während sie den Kopf schüttelt, rutscht eine der silbrigen Spangen ein Stück dem Hals entgegen, an dem winzige, hauchfeine Härchen wie Strahlen den Haaransatz abschließen.
Ava nimmt den schmalen Stiel ihres Glases mit cranberryrotem Cosmopolitan in die Hand und stellt es dann wieder hin, ohne zu trinken. Ihr fällt ein, dass sie sich vorgenommen hat, den Cocktail langsamer zu trinken und nicht wie Bier. Wenn sie den Cocktail so schnell trinkt wie Bier, dann ist er ruck, zuck alle und sie bestellt den nächsten, und innerhalb kürzester Zeit ist sie betrunken und jede Menge Geld los. Immer passiert ihr das mit Cocktails. Obwohl sie schon gerne Cocktails trinkt und das hübsche Glas und den feinen Geschmack schätzt. Aber das langsame Trinken, während des

Redens, das ist ein Problem. Sie trinkt immer sehr viel, wenn sie viel redet, als müsste das Trinken dem Reden in derselben Geschwindigkeit folgen. Cocktails werden aber nicht getrunken, an ihnen wird genippt. Das hatte ihr Merve gesagt. Merve selbst, wenn sie redet, vergisst das Trinken, vergisst auch das Essen. Wenn das Leben schnell wird, vergisst sie Essen und Trinken und vergisst sie, Luft zu holen. Deshalb hat sie diesen Körper, der immer noch zart ist, wenn auch die Zartheit an einigen Stellen übergeht in eine knochige Kantigkeit. Wenn sie alt ist, dann wird sie nur noch aus Knochen bestehen, umweht von letzten rötlichen Haarsträhnen in einem Gewirr von weißem Haar, rosa Haar vielleicht, wenn sich weißes und rötliches Haar mischen, und wird wie eine Wahnsinnige wirken, wie ein Wesen aus einem Fantasyfilm, ein Faun oder ein Troll.

«Warum, Merve, hast du das gemacht?», fragt Ava und nimmt nun doch einen Schluck von ihrem Glas, das gleich auch schon fast alle ist, von dem einen Schluck.

Merve klappt ihre glänzend bemalten Augenlider nach unten und streift unsichtbare Krümel von ihrer weiten, schwingenden Hose ab. «Was meinst du?», sagt sie dann und sieht Ava von schräg unten her an, bevor sie den Kopf wieder stolz aufrichtet, auf ihrem langen, schmalen Hals.

Ava antwortet nicht. Sie sieht im Hintergrund Männer reden, eine Wolke von ernsthafter Diskussion über ihren Köpfen, die angenehme Dunkelheit im Raum erfüllt von Gerede und Gekicher. Die vielen kleinen, runden Lampenschirme auf den Kronleuchtern verstreuen Licht nur direkt um sich selbst und kaum in den Raum mit seinen moosgrünen Wänden hinein. Irgendwo, versteckt in den Winkeln der spiegelglänzenden Wände hinter der Theke, zwischen farbigen Flaschen und blitzenden Gläsern, plätschert Musik, kaum noch wahrnehmbar und dennoch stetig sich durch die Lautstärke schlängelnd, eine Melodie, die sie gefangen nimmt und in eine Richtung treibt, eine auf Leichtigkeit getrimmte Melodie, eine Melodie, wie sie an einem sonnigen Morgen auf einer Terrasse am Meer erklingen könnte – und die von daher falsch klingt. Sie macht den Raum in seiner dunkel waldigen Stimmung verkehrt und verärgert Ava. Können die Dinge nicht zueinander passen? Kann nicht Merve ein bisschen perfekter in ihren Lebensentscheidungen sein? Kann sie nicht. Und ist es das, was Ava tatsächlich verärgert?

«Du meinst wegen Maik?», sagt Merve.

«Warum lässt du ihn immer wieder in dein Leben rein? In euer Leben? Warum? Du könntest Männer haben ohne Ende. Da muss doch mal einer bei sein, der besser ist als der Assi.»

Merve *hat* Männer ohne Ende gehabt, weiß Ava. Aber sie hat sie nie richtig gehabt, immer nur als Affäre, immer ein wenig zu kühl und zu objektiv in ihrer nur kurz andauernden Zuneigung, immer fern von Johnny und ihrem Familienleben. Das hatte Ava nie verurteilt, das schien ihr immer vernünftig und angebracht. Aber in all ihrer Vernunft hatte Merve nur einen einzigen Mann immer wieder in ihr doch an seinem tiefsten Grunde unvernünftiges Herz gelassen, den Assi. Ausgerechnet den Assi.

Merve nickt langsam, und die silberne Spange löst sich vollends aus ihrem Haar und fällt zu Boden, während sich eine lange, rote Strähne ihres Haares mit befreit und sich sanft auf ihrer Schulter niederlässt. Merve bückt sich, hebt die Haarspange auf und steckt sie resignierend in ihre Hosentasche.

«Ava, ich weiß es ja. Ich kann überhaupt nicht gegen dich anreden. Ich weiß es alles. Aber es ist nun mal so, dass ich nur *ihn* wirklich liebe. Die Frage ist, ob es daran liegt, dass er so ist, wie er ist, oder ob ich einen Schaden habe», sie tippt sich an den Kopf, «einen Beziehungsschaden, rein psychisch.»

«Du hast einen Schaden. Wenn du den liebst.»

Nach diesem Satz sinkt sie innerlich zusammen, weil sie nicht mehr weiß, ob das so ist, und ob Lieben an sich verurteilenswert ist. Vor allem kann sie sich plötzlich vorstellen, wie es ist, jemanden zu lieben, der nicht immer verfügbar ist, der seine eigenen Wege geht und nicht verlangt, dass man für ihn da ist, der manchmal da ist und manchmal weg. All das, was ihr als Argument dienen sollte – er sorgt nicht für Merve, er sorgt nicht einmal für Johnny, er kümmert sich nicht, er ist nicht da, er ist egoistisch und unzuverlässig höchsten Grades, sprunghaft und rücksichtslos –, all das verblasst angesichts der Tatsache, dass Merve ihn liebt oder zu lieben glaubt. Danilo ist da, er ist zuverlässig, und er kümmert sich, er sorgt für seine Familie, aber könnte Ava mit solcher tief in sich drin schuldbewussten, aber deswegen gerade umso schmerzhaft heftigeren Bestimmtheit sagen, dass sie Danilo liebt? Liebt sie Danilo überhaupt noch? Und ist das der Grund, weshalb sie so böse auf Merve ist?

«Ich kann nichts dafür», sagt Merve, «vielleicht, wenn du ihn einmal kennenlernen würdest ...»

Dass gerade Merve, die Starke, Unabhängige, die störrische und unangepasste Merve ihr Herz hier so schwach und ängstlich zitternd auf ein Tablett legt und um Vergebung fleht, das verbittert Ava. «Mach doch, was du willst. Ich sage nur meine Meinung.»

«Du hast ja auch recht. Aber ich kann nicht anders. Ava, wenn ich Maik bei mir habe, und auch, wenn es nur für eine gewisse Zeit ist, dann bin ich einfach glücklich. Ich weiß ja, dass er wieder geht. Ich weiß es ja. Und für Johnny ist es natürlich nicht so gut. Dieses Hin und Her. Ich weiß es ja.»

«Für Johnny ist es nicht gut, für dich ist es nicht gut, was ist dann überhaupt gut?», fragt Ava.

«Das kannst du nicht wissen, weil du nicht ich bist. Ich liebe ihn einfach. Ich liebe ihn immer wieder von vorne, immer wenn er kommt, bin ich neu verliebt. Du kannst dich vielleicht nicht erinnern, wie das ist, wenn man verliebt ist. Denk mal daran. Wenn man verliebt ist, dann blendet man fast alles aus, das ganze Schlechte. Dann ist man einfach nur froh. Und das bin ich nur richtig so mit Maiki. Ehrlich, Ava, ich tauge nicht für eine Familie, so wie du, ich kann das nicht. So habe ich eben manchmal meine Traurigkeit, aber dann habe ich auch wieder das Glück. Das ist mir recht so.»

Ava trinkt den Rest von ihrem Glas aus. «Meinst du, ich tauge für eine Familie, Merve?»

Merve nickt. «Tust du doch.»

Ava schüttelt langsam den Kopf. «Ich weiß es nicht, ich bin so neidisch auf dich, gerade. Ganz ehrlich. Ich hasse den Typen, weil er dich so verrückt macht, aber gleichzeitig bin ich auch neidisch.»

«Weshalb?»

«Ich weiß es nicht. Ich kann es nicht genau sagen, aber wenn das so weitergeht, mit meiner Einsamkeit, dann werde ich noch verrückt.»

«Du bist doch nicht einsam.»

«Doch. Ich bin sehr einsam», sagt Ava und bestellt den nächsten Cocktail und wird langsam richtig schön betrunken. Alles, was dieses Gespräch bringen sollte, war gekippt, war in eine andere Richtung gekippt und hatte ihr eigenes Denken woanders hingeführt und sie traurig gemacht. Am Ende machte nicht Merve alles verkehrt, sondern sie. Denn wenn sie nicht selbst alles verkehrt machte, wieso war dann Merve jetzt glücklich und großzügig und Ava so unglücklich und missgünstig? Menschen, die anderen Menschen sagen, dass sie alles verkehrt machen, und selber dabei keinen Plan für ihr Glücklichsein haben, was sind das für Menschen? Klugscheißer?

Die Mummi sitzt auf einem Schaukelstuhl, der so breit ist wie ihr Hintern. Irgendwann, denkt Ava, hat sie aufgehört, dicker zu werden. Wäre sie von Anfang an schlank gewesen, dann wäre sie jetzt immer noch schlank. Der Schaukelstuhl ächzt unter ihrem Gewicht, sie hat ihre Pantoletten von den Füßen fallen lassen, und ihre rosa lackierten Nägel glänzen in der Sonne an ihren braunen, von bläulichen Adern durchzogenen Beinen wie Plastikperlen an der Hand eines kleinen Mädchens. Das Rosa in dem wulstigen Braun ihrer ledernen Füße, ihrer breitgetretenen Füße, deren Elefantenhaut sich am Übergang zum Bein in kleine, dunkle Falten legt, zerreißt Ava das Herz. «Mummi, seit wann lackierst du deine Nägel?», fragt sie. Die Mummi hat immer Mühe gehabt, an ihre Nägel überhaupt heranzukommen. Sie hatte gestöhnt und gekeucht, wenn sie sich zu ihren von der Gartenarbeit verschmutzten Füßen bückte, um die Nägel mit der kleinen lila Handbürste zu scheuern.

«Ich gehe zur Fußpflege», sagt die Mummi stolz und lächelt. «Wir haben jetzt eine Fußpflege, hinten bei Riethmüllers, hinter der Werkstatt vom Jochen, da hat sich die kleine Elvi ein Nagelstudio aufgebaut. Es ist ganz hübsch da. Und sie macht es günstig.»

Die Nägel der Mummi sind perfekt gefeilt und lackiert. Die Mummi sieht im Ganzen gesehen ordentlich und frisch aus. Auch ihr Haar ist gefärbt, die Ansätze nachgefärbt, die Haut ihres Gesichtes schimmert frisch eingecremt, und nur wenige, grobe Falten durchkreuzen ihre lieben Gesichtszüge. Die Mummi ist nicht der Typ, dem ein Netz feinverästelter Fältchen im Gesicht erwächst, die Mummi ist ein Typ derber, sauberer Haut, gut durchblutet und straff vor allem.

«Ich glaube, ich habe ein wenig abgenommen», sagt sie und wischt sich mit einem feuchten Lappen über die Stirn, die in der Sonne glänzt wie gewachst.

«Geh doch endlich aus der Sonne», sagt Ava, die selbst unter einem gelb-blau gestreiften, stark verblichenen Sonnenschirm auf einem Plastikstuhl sitzt, und starrt verstohlen auf den Bauchspeck der Mummi, um herauszufinden, ob sie das verlorene Gewicht übersehen hat.

«Warum soll ich aus der Sonne gehen?», sagt die Mummi und legt den weißen Frotteelappen auf den Rand ihres Schaukelstuhls. Tropfen fallen auf den gefliesten Terrassenboden und trocknen fast sofort auf dem heißen Stein.

«Wie kommt das?», fragt Ava, als hätte sie die Frage jetzt erst verstanden.

Aber die Mummi winkt ab, leicht verärgert über Avas spätes Begreifen oder ihre Ignoranz oder weil sie sich wahrscheinlich schämt wegen ihrer Eitelkeit. Es ist nicht ihre Art, sich selbst wichtig zu nehmen.

«Hast du Sport getrieben?» Die Frage kommt ihr vollkommen verrückt vor. Die Mummi treibt keinen Sport. Sport ist eine Art Luxus, den die Mummi für sich nicht in Anspruch nimmt, weil sie dafür keine Zeit hat.

Aber die Mummi antwortet auch nicht auf die Frage. Sie denkt an anderes. «Ich werde mal den Tee für deinen Vater machen», sagt sie und erhebt sich mühsam aus dem Schaukelstuhl. Der Lappen rutscht von der Lehne und fällt auf die Fliesen. Die Mummi starrt ihn an, überlegt kurz und lässt ihn dann liegen. Eine kleine, dumpfe Angst wellt in Avas Herz. Sie weiß ganz genau, was die Mummi gedacht hat, als sie überlegte und dann beschloss, sich nicht zu bücken und den Lappen für den Moment auf den Fliesen liegenzulassen. Die Mummi hatte die Anstrengung gescheut und das Bücken auf später verschoben. Das ist neu, das hätte sie früher nie gemacht. Früher hätte sie keuchend und stöhnend jede Arbeit sofort erledigt. Einen weißen Waschlappen hätte sie nie auf den staubigen Terrassenfliesen liegengelassen. Was ist mit der Mummi geschehen, und wie wird es weitergehen? Die rosa Nägel bekommen eine neue Bedeutung. Die rosa Nägel, wie die Plastikperlen eines kleinen Mädchens, künstlich und ein wenig albern, sind die ersten Anzeichen einer noch fernen, kindhaften Vergreisung. Ava kennt kindhafte alte Leute von ihrer Arbeit bei «Hartwig Endres Häusliche Pflege». Ava weiß, wie es werden kann, und es sollte ihr keine Angst machen, weil es so schlimm nicht ist. Sie seufzt und hebt den Lappen wie ein kleines, nasses Tier von den Fliesen und legt ihn auf den Terrassentisch. Dann steht sie auf, um der Mutter in die düstere Stube zu folgen, wo der Vater stur zwischen unzähligen Zeitschriften und Büchern und Kissen auf dem Sofa sitzt und sich weigert, der sonnigen Welt unter die Augen zu treten.

Im Wohnzimmer ist es trotz der breiten und tiefen Fenster dunkel. Es riecht aber kühl und angenehm nach Holzpolitur und Bügeleisen, das zum Auskühlen auf seinem Ständer neben dem aus braunen Feldsteinen albern zusammengefügten Kamin der Eltern, einer relativ neuen Anschaffung, auf seinem Ständer steht und noch leise zischt. Der Vater hat hier im Schatten des Zimmers die Wäsche gebügelt. Er bügelt immer die Wäsche, während der Tee nie von ihm bereitet wird. Den Tee muss die Mummi ihm bereiten. Die Mummi trinkt selbst keinen Tee, sondern stets Kaffee, und früher hat der Vater auch Kaffee getrunken, aber seit einigen Jahren trinkt er Tee, wie ein Engländer, als der er sich in gewisser Weise fühlt, auch wenn er keinen Unterricht an der Volkshochschule mehr gibt.

Der Vater sitzt blass auf dem Sofa, seine Haut ist zwischen seinen Knochen eingesunken, als wäre das Fleisch aus seinem Körper verschwunden, und starrt auf das breite Fenster, das den Blick auf den glattgemähten Rasen freigibt, auf ein Grün, das fast schmerzhaft in seiner sonnig glühenden, neonfarbenen Intensität ins Auge brennt.

«Was sitzt du nur immer hier im Dunkeln?», sagt Ava, aber der Satz scheint ihr selber so überflüssig und unsinnig, denn der Vater sitzt fast ausschließlich im Dunkeln und starrt und denkt. Er geht nirgendwo mehr hin, er redet kaum und fast nur mit der Mummi. Wie die Mummi das erträgt, ist Ava ein Rätsel.

«Ach, ich sitz hier nur so», sagt der Vater um Verzeihung bittend, mit einem Lächeln, das seine Augen ganz klein macht und Ava ein schlechtes Gewissen. Ava hat mit Petra lange und oft über die Ehe ihrer Eltern geredet, als sich alles immer ein kleines Stück weiter in diese Richtung entwickelte und bevor es angekommen war, wo es jetzt ist. Und das ist noch nicht der Endpunkt, denkt sie. Es wird noch schwerer zu ertragen sein. Irgendwann. Petra hatte die Sache ein wenig anders gesehen. Petra hatte gesagt: «Ava, das ist nicht so schlimm, sie verstehen sich doch. Sie zanken sich nicht. Oder hast du sie zanken gehört? Früher haben sie sich doch viel mehr gezankt als jetzt.»

«Ja», hatte Ava gesagt, «aber siehst du denn nicht, wie verrückt das alles ist? Und meinst du denn, dass die Mummi glücklich ist?»

«Nicht alle sind so anspruchsvoll wie du», hatte Petra gesagt. «Sieh doch mal, wie freundlich sie miteinander sind.» Vielleicht hatte Petra recht. Vielleicht aber war es ganz anders. Vielleicht hatte der Groll des Vaters darüber, keinen intellektuellen Partner für sich gefunden zu haben, sich insgeheim verstärkt, als er erkennen musste, dass sich sein Leben jetzt zu einer Endgültigkeit verhärtete, die keine anderen Aussichten mehr bereithielt. Vielleicht war er aus dieser Enttäuschung heraus in sich selbst zurückgekrochen wie seine blasse Haut zwischen die Knochen, in sein dunkles Zimmer, in seine Bücher, die ihm das boten, was die Mutter ihm nicht bieten konnte. Vielleicht war die freundliche Dienstfertigkeit der Mummi nur eine Maske für die Verbitterung darüber, einen immer ängstlicher werdenden Schlappschwanz als Mann zu haben. Vielleicht. Vielleicht aber auch nicht.

Die Mummi tritt mit dem Tee herein, sie balanciert vorsichtig ein Kännchen und eine Tasse auf einem kleinen japanischen Tablett und stellt beides vorsichtig auf dem mit Rissen durchzogenen Wohnzimmertisch mit den höhenverstellbaren, goldlackierten Eisenbeinen ab.

«Danke, mein Liebling», sagt der Vater. «Siehst du, Ava, wie hübsch sie ihre Füße hat machen lassen. Ich bin immer noch sehr empfänglich für solche Sachen. Wenn Frauen sich hübsch machen, dann fühlt der Ehemann sich geschmeichelt.»

Die Mummi strahlt über das ganze Gesicht, und Ava schüttelt den Kopf über ihre lieben, dummen, alten Eltern.

«Ich bin jetzt fünfundachtzig, da – gibt es nichts zu feiern», sagt Jacqueline. Ihr weißes Haar zittert im Windhauch zwischen der geöffneten Tür und einem geöffnetem Fenster, irgendwo, tief in den Gängen des dunkel getäfelten Hauses, wie ein großes Stück loser Watte. Im Laufe der Jahre ist ihr Haar immer mehr zu einem fein in sich verhakelten, mehr geknickten als gekräuselten Gespinst geworden. Sie trägt ein eierschalfarbenes, leicht glänzendes Kleid und eine dicke Perlenkette an ihrem vogelartig gefleckten, braun gebrannten Hals, was darauf schließen lässt, dass sie auf Besuch vorbereitet war, auch wenn sie es nicht zugibt. Vielleicht hat sie es gehofft, vielleicht hat sie auch nur Vorsorge getroffen. Seit Barbara tot ist, lässt sie sich ein wenig gehen. Manchmal zieht sie ihr Nachthemd nicht mehr aus, manchmal läuft sie den ganzen Tag in ihrem rosa Nachthemd herum, in großen, wolligen Hausschuhen, und trinkt Milch aus einer Steintasse und isst gar nichts mehr. Merve hat ab und zu nach ihr gesehen, nachdem Barbara gestorben war, und gelegentlich auch Ava. Im September wird sie einen «Seniorensitz» an der Elbe beziehen, dann wird sie ärztlich besser betreut und braucht sich weniger um sich selbst zu kümmern als hier, in dem riesigen Haus, wo zwar sauber gemacht wird, wo sie aber vollkommen allein ist.

«Alles Gute, liebe Jacqueline», sagt Konstantin und drückt Jacqueline mit dem rechten Arm vorsichtig an sich. Im linken trägt er einen großen Strauß Flieder, den er selbst in seinem Garten geschnitten hat, wie er Ava und Merve auf dem Weg erzählt hat. Es ist seine Idee gewesen, Jacqueline an ihrem Geburtstag zu besuchen, an ihrem letzten Geburtstag im eigenen Haus, bevor es verkauft wird. In den letzten Jahren hatte es Barbara stets so eingerichtet, dass sie alle zu Jacquelines Geburtstag erschienen. Dazu zwei dickliche alte Frauen, Bekannte von Jacqueline aus dem Evangelischen Kirchenkreis. Sie sind nur anfangs dabei gewesen, eine ist inzwischen verstorben, die andere liegt seit einiger Zeit im Bett und will nicht mehr aufstehen. Angehörige von Jacqueline gab es offenbar keine. Barbara hatte jedes Jahr eine Friesentorte gekauft, von der sie gemeint hatte, es sei Jacquelines Lieblingstorte, und sie hatte Eierlikör aufgemacht und schwarzen Espresso gekocht. Sie hatte feines Kaffeeservice mit einer zarten, von einer tiefen Abendsonne beleuchteten Wiesenlandschaft im Inneren der zarten Tässchen aufgedeckt und eine Flasche Champagner entkorkt. Geschenke gab es nie, da Barbara befahl: «Keine Geschenke. Sie mag nichts, es gibt nur Ärger mit Geschenken.»

Jetzt hält Ava einen großen Karton mit einer teuren Friesentorte in beiden Armen, weil sie davon ausgeht, dass Jacqueline Wert auf die Tradition legt, aber nicht selbst eine Torte besorgt haben wird. Ava hat es sich den ganzen Tag überlegt mit der Friesentorte, sie hatte Konditoreien gegoogelt und herausgefunden, welcher Konditor eine gute Friesentorte backen konnte, und es hatte nichts gegen dieses Geschenk gesprochen, bis auf Barbaras Verbot. Barbaras Verbot wirkt noch über ihren Tod hinaus und jetzt sogar stärker als vorher. Jetzt ist es fast schon Verrat, Jacqueline etwas zu schenken, und Ava ärgert sich über Barbara, wie man sich nur über Tote ärgern kann, die ihre eigenen Ansagen nicht mehr korrigieren oder zurücknehmen können und sie dadurch auf eine alle anderen übervorteilende Art endgültig machen.

Im dunklen, nach bitterem Möbelöl riechenden Esszimmer liegt ein Haufen ungebügelter Wäsche auf einem Stuhl, und Jacqueline, deren kleiner, harter Kopf rosig leuchtet unter ihrem weiß flaumigen Haar und die in einem fort redet, schlägt mit ihrer runzeligen Hand empört auf den Haufen. Die ihr Folgenden, Merve mit einer Flasche Champagner in der Hand, Ava mit der Tortenschachtel und Konstantin mit dem Flieder, halten hinter ihr an wie das Gefolge hinter seiner Königin.

«Karen», ruft Jacqueline mit einer zu hohen und sehr dünnen Stimme, als würden, sobald sie ihre Stimme erhebt, die Stimmbänder zum Zerreißen gespannt werden und nur dieses hohe Piepsen hervorbringen.

Karen lässt sich nicht blicken, und Jacqueline hebt die geöffnete Handfläche zu ihnen allen, wie sie dort stehen, neben dem Tisch, in dem getäfelten Esszimmer, dem Zimmer, das nur durch eine Schiebetür von dem Zimmer getrennt ist, in dem sie früher, bevor Barbara den langgezogenen, hohen Raum anmietete, gemeinsam «Das Schwein, das Schaf und die Lampe» probten. Jacqueline eilt, die Hand immer noch erhoben, damit sie warten, durch eine kleine Tür in einen Flur und taucht dann wieder auf, hinter sich Karen an einer unsichtbaren Schnur mit sich führend. Karen, eine Frau um die fünfzig, einen hellen Kittel umgebunden, lächelt spöttisch, als sie sie alle am dunklen Eichentisch stehen sieht, als wäre sie ihnen, wie sie dort unter Jacquelines Befehlen warten, mit ihren Blumen und ihrem Kuchen, auf eine sehr handfeste Art überlegen.

«Die Wäsche muss weg, bitte, Karen», sagt Jacqueline und deutet auf den Stuhl. Karen packt den Haufen mit beiden Armen und schreitet sehr gerade in weichen, gelöcherten

Gummischuhen, wie sie jetzt modern sind, durch die kleine Tür.

Jacqueline klatscht geräuschlos mit ihren gekrümmten Händen und sagt: «Ja, was habt ihr euch gedacht?»

Ava stellt den Karton auf den Tisch. Sie tritt auf Jacqueline zu und umarmt sie. Es ist Juli, und es ist fast unerträglich heiß. Die Hitze hatte sich schon so durch die Tage und Nächte gefressen, dass keiner mehr an Kälte glauben konnte. Hier drinnen ist es nicht kalt, aber die Dunkelheit und das Holz machen die Wärme bitterer und angenehmer.

«Wir haben uns nicht viel gedacht. Wir wollten nur vorbeikommen und kurz gratulieren», sagt Merve und kaut auf ihrem Daumen.

«Und da – bringt ihr – Geschenke mit, ja?», sagt Jacqueline.

«Keine Geschenke, nur Kuchen und was zum Anstoßen, weil du ja wahrscheinlich nichts hier hast, Jacqueline.»

«Ja», sagt Jacqueline, und es klingt wie ein trockenes Husten. «Ich bin wohl be-mitleidigt, was?»

Ava würde ihr aus einem Grund, aus einem kleinen Ärger heraus, gerne sagen, dass es «bemitleidenswert» heißt, aber sie setzt sich nur auf einen der dunklen Stühle. Es scheint ihr auch, dass Jacqueline recht hat.

«Stell dich mal nicht so an, liebe Jacqueline», sagt Konstantin und nimmt eine Vase von der Anrichte. «Was willst du erwarten, in unserem Alter?»

«Ha», quietscht Jacqueline, «mein Alter ist nischt – dein Alter, mein lieber Konstantin.»

In diesem Moment entkorkt Merve die Flasche, und der Knall erschüttert die Wände und den Staub und die Wärme, und Ava atmet auf, während Jacqueline nach Gläsern läuft.

Später sitzen sie im Garten auf den Stühlen aus dem Esszimmer. Jacqueline hat eine zweite Flasche entkorkt. Sie essen die matschige Friesentorte mit Löffeln, trinken und schwitzen und reden leise. Zwischen den Bäumen rauscht es. Die oberen Blätter der roten Buche erzeugen ein gleichmäßiges, lauter werdendes Summen, wie ein Sog, eine Ankündigung von noch sehr ferner, kühler Nacht.

Jacqueline sitzt neben dem weißen Plastiktisch, der bedeckt ist von angeklebten Blättern, überzogen von schleimigen Schneckenspuren und winzigen, leicht gekrümmten Vogelkotwürstchen. Sie hat ihr Kleid ein wenig hochgezogen, ihre Beinchen im lila Licht wie Kleinmädchenbeine, und kichert leise. In der Luft liegt ein Flirren, Millionen kleiner Tiere fallen durch die Luft, ein fernes Grummeln über der unsichtbaren, ausgesperrten Stadt. Barbara, die Tote, irrt um sie herum, ihre Worte, ihre herbe Fürsorglichkeit, ihre weiten Kleider streifen über den Boden des ehemaligen Proberaumes, ihre Stimme tadelt stumm die Armseligkeit der Feier, den kalten Kaffee, die leeren Gläser.

«Wusstet ihr, dass ihre Mutter eine Hure war?», fragt Jacqueline, und ihr Gesicht verzieht sich vor Anstrengung über diesen Gedanken zu einer Fratze.

«Barbaras Mutter meinst du?», fragt Merve.

«Sie war eine von den Teuren», redet Jacqueline weiter, ohne auf Merve zu achten. «Sie hatte sich ein gutes Geschäft aufgebaut. Sie war eine von den ganz Teuren.»

Alle schweigen und starren Jacqueline an, die, geschmeichelt ob der gesammelten Aufmerksamkeit, ihr Kleid wieder glatt über das Knie zieht. In die Stille hinein baut sich ein stärkeres Grummeln auf, und die Wärme liegt zwischen den Mauern und der Hauswand unter den Bäumen wie ein Stein. Wellen dieser Wärme steigen an Avas Körper auf, und der Alkohol verwandelt sich in ihrem Gehirn zu einem leise kichernden Wahnsinn.

«Was hast du denn dann mit ihr zu tun gehabt? Ich dachte eigentlich, ihr wärt irgendwie verwandt?», fragt Merve und kaut wieder auf dem Fetzchen Haut an ihrem Daumen.

«Barbara ist meine Schwester», sagt Jacqueline. Dann fügt sie hinzu: «Väterlicherseits.»

«Verstehe», sagt Merve. «Das war ja auch dann euer Vater in dem Stück.»

«Das Schwein», sagt Jacqueline.

«Genau», sagt Merve. «Irre Geschichte. Ihr seid irre alte Frauen, also wirklich.»

«Isch lernte sie auf der Be-erdigung kennen. Wir 'ielten Kon-takt, und als meine Mutter starb, schlug ich ihr vor, bei mir einzuziehen. Wir 'atten beide keinen Mann. Merkwürdig.»

«Merkwürdig, ja», sagt Merve.

«Ich konnte sie eigent-lisch nicht leiden. Sie war grob und un-gebildet. Sie stank nach Hurenfleisch, wie ihre Mutter, so stank sie nach Hurenfleisch.»

Ava und Merve und Konstantin starren Jacqueline an. Konstantin, in seiner dünnen grauen Hose, mit seinen polierten Schuhen und seinem hochgekrempelten weißen Hemd, ihm stehen die Schweißperlen auf der Stirn, aber seine Augen lächeln, und er scheint am wenigsten verwundert. Konstantins Gesicht ist länglich und über den geraden, hellen Augen befindet sich eine ovale, braune Stirn, durchzogen von drei parallel übereinanderliegenden, sich kräuselnden Falten. Sein graues Haar kämmt er nach hinten, es ist mittellang geschnitten und wellt sich elegant, seine Erscheinung ist die eines alten, eleganten Fernsehgauners. Konstantin Bodenegg trägt seit seinem Unfall vor fünf Jahren seine Schuld wie eine stille Last vor sich her. Er ist bereit, fast allen Menschen fast alles zu verzeihen, weil er sich selbst nicht verzeihen kann. Er hätte vielleicht nie mit ihnen Theater gespielt, wenn er nicht die junge Frau auf dem Fahrrad angefahren hätte. Still, böse und elegant hat er die Rolle des Schweins gespielt. Er war gut gewesen. Zu gut, die neun Zuschauer mochten ihn, und das hatten sie nicht gesollt.

Merve steht auf. «Wenn du so etwas über Barbara sagst, dann gehe ich besser», sagt sie.

«Barbara ist doch euer – Engel gewesen», redet Jacqueline störrisch auf ihrem Stuhl, ihren gebeugten, kleinen Rücken mit Gewalt gerade haltend, «aber was ihr nicht wisst, das ist, wie 'inter-'ältig sie war. Sie 'at misch belogen und betrogen. Sie ist sooo ... bööööse.» Dann steht sie auf und geht durch die Terrassentür und verschwindet in der Dunkelheit des Hauses. Der erste laute Donner entfaltet sich über dem Viereck von Himmel, das sich grau gefärbt hat, eine Stille in den Wipfeln jetzt und eine Angespanntheit.

«Tja», sagt Konstantin, steht auf und hebt seinen Esszimmerstuhl hoch. «Die Jacqueline.»

Merve und Ava nehmen ihre Stühle ebenso und tragen sie ins Haus. Im Flur lauschen sie nach Schritten von Jacqueline, aber aus den Tiefen des dunklen Hauses tönt nur das Quietschen der gelöcherten Plastikschuhe von Karen, der Frau, die Jacquelines Haus sauber hält. Sie erscheint fast triumphierend im Flur, gerade und aufrecht, faltet die Hände vor dem Bauch zuckt mit den Schultern, während sich ihr vorgewölbter Bauch unter der blassen Schürze bewegt und sie sagt: «Sie vermisst sie so sehr.»

Ava sieht Merve an, die ihren Mund öffnet, um etwas zu sagen, ihn aber dann wieder schließt, weil sie begreift. Draußen donnert es dumpf.

«Wir sind ihr nicht böse oder so», sagt Ava, weil sie meint, dass es ganz schlecht wäre, wenn sie so gehen würde und wenn das alles hier so in diesem Flur stehen bleiben würde.

«Ich werde es ihr sagen», sagt Karen, «das ist alles nicht so einfach für sie.»

Ava versteht langsam, woher Karen ihre Überlegenheit nahm.

Draußen ist es dunkel geworden, und der Wind treibt heiße Luft über die staubigen Gehwege. Vögel zwitschern, wie auf einer künstlichen Bühne, zu laut und zu deutlich, und ein noch ferner Blitz erhellt für kurze Zeit den grauen Himmel, als wäre ein fernes, kaltes Licht angestellt worden.

Merve geht neben Ava her und sagt: «Ich weiß nicht mehr ... Meinst du, sie wird verrückt?»

«Nein. Sie ist nur traurig. Sie ist allein, und sie muss in ein Rentnerheim. Das gefällt ihr nicht. Alles gefällt ihr nicht, und sie ist wütend.»

Ava selbst ist so traurig und so matt. Sie würde sich gerne an Konstantins Arm hängen. Ihr Kreislauf ist ziemlich schwach, und ihr ist schwindlig. Es donnert näher.

Merve sagt: «Ich fahr zum Laden. Ich muss noch die Abrechnungen machen.» Sie steigt auf ihr Fahrrad. Es ist ihr Laden. Barbara hat ihr den Laden vererbt. Aber sie muss mehr arbeiten als früher, als der Laden nicht unbedingt viel Gewinn abwerfen musste. Jetzt muss er das, damit Merve und Johnny davon leben können. Der Assi hat selten Geld und ist selten da.

Als sie weg ist, hängt sich Ava an Konstantins Arm, wie sie es vorgehabt hat. Konstantin schweigt. Sein Schweigen macht sie unruhig. Sie befürchtet, dass Konstantin mit ihr weiterschweigen wird, wie er es immer tut. Er schweigt sie meistens an, wenn sie allein sind, und das tut ihr weh. Sie denkt, sie muss sich von ihm verabschieden, richtig verabschieden, da es keinen vernünftigen Grund mehr für sie gibt, ihn zu sehen. Sie und Konstantin sind keine Freunde. Sie reden nicht einmal miteinander. Sie hängt in seinem Arm, und sie spürt den Schweiß in ihrer Armbeuge. Sie denkt daran, dass er an seinem Arm ebenfalls Schweiß haben muss, und kann den Gedanken seines feuchten Unterarmes nicht loswerden. Schweigend läuft sie neben ihm her, während das Gewitter sich gewaltig breitmacht. Über den Häusern blitzt rechts von ihnen noch ganz schief die Sonne, aber links steht groß und dunkel ein Turm dunkler Wolken. Sie muss Konstantins Arm loslassen, um in die kleine Straße zu ihrem geparkten Auto zu gehen. Sie bleibt stehen und hält seinen Arm fest.

Konstantin bleibt ebenso stehen, er runzelt die Stirn und schaut sie an, belustigt fast. «Was ist?»

«Ich muss zu meinem Auto», sagt Ava. Danilo und ihr Zuhause fallen ihr ein. Danilo wird in seinem Zimmer sitzen und am Computer arbeiten. Er wird seine Hosen ausgezogen haben, wie er es in der Hitze in den letzten Tagen immer gemacht hat, und sein fester, runder Hintern in seinen hellblauen Shorts wird auf den blauen Bürostuhl gedrückt sein, das Muster von dem geriffelten Bezugsstoff auf den oberen Ansätzen der weißen Oberschenkel rosa eingeprägt, wenn er sich aus dem Stuhl erhebt, um durch die Wohnung zu laufen. Er wird erleichtert sein, nicht froh, erleichtert, dass sie kommt und sich kümmert. Die Kinder werden sich in Unordnung wälzen, unverschämt, wie sie sind, in ihrem Alter und weil es ihnen zusteht. Sie denkt an Jacqueline, wie sie Barbara beschimpft hat, in ihrer ganzen fehlgerichteten Hilflosigkeit. Die ganze Veranstaltung hindurch war Ava wie ein Stückchen angehoben gewesen, weil sie neben Konstantin saß und sprach und war. Sie löst endlich und sehr langsam ihre Hand aus seinem Arm. Sie denkt, sie hasst Danilo dafür, dass sie ihre Hand aus Konstantins Arm nehmen muss. Sie hasst ihn.

«Was ist», sagt Konstantin, «willst du etwa mitkommen?» Mehr sagt er nicht.

Sie nickt stumm, trotz seiner vorgeschobenen Belustigung, und er nimmt ihre Hand sehr vorsichtig in seine und zieht sie sanft mit sich. Sie spürt, wie die Angst in ihren Magen kriecht, wie sich ihr Magen zusammenkrampft in dieser Angst, denn Konstantin braucht sie nicht. Sie kann sich nicht herausreden. Sie ist es, die ihn will. Sie will, dass er sich auszieht, und sie will seine schwitzenden Unterarme sehen und anfassen. Sie ist es, die endgültig böse und betrügerisch geworden ist. Aber immerhin weiß sie, dass sie das will. Immerhin krampft sich ihr Magen zusammen und rast ihr Herz in Angst und Hoffnung und Begierde. Immerhin. Und das nimmt etwas von dem Hass von ihr. Während sie an Konstantin Bodeneggs Hand zu seinem Haus läuft, einem fast siebzigjährigen Anwalt aus guter Familie, zwischen weißen Häusern mit hohen Fenstern und beschürzten Karens, sieht sie Danilo in einem milderen Licht, in einem liebevollen fast, weil er zu Haus sein und sich kümmern muss, während sie mit einem fremden alten Mann vögeln wird. Sie glüht.

Konstantin steht auf den dunkelroten Teppichen seines Schlafzimmers und schaut aus dem geöffneten Fenster in die dunkle Bläue des gereinigten Abends. Feuchte, satte Luft schwelt in die Schichten alter Wärme über den Decken seines Bettes. Ava hockt unter der Decke, still und innerlich leer und nicht mehr aufgewühlt. Sie beobachtet Konstantin, der nackt ist, schamlos ist. Sein Körper ist eine gräulich weiße Silhouette gegen das blaue Licht des Abends, sehnig und an manchen Stellen zu knochig, die Haut zu fest um die Rippen gespannt, an den weicheren Stellen zu matt, in allen Details alt.

Ava hatte es gewusst, sie hatte Konstantin oft angesehen, seine Haut, den Hals, wie er sich fältelte, wenn er den Kopf drehte, seine Figur unter den Hemden und Hosen, wenn er sich aufstellte und gestikulierte und redete oder schimpfte während ihrer Proben. Sie hatte sein, wenn auch kaum wahrnehmbares, andere auf Distanz haltendes Lächeln in den Augen bemerkt. Sie hatte die steifer werdenden Bewegungen seines alterndes Körper bemerkt. Sie hatte Zeit gehabt, sich alles sehr genau auszumalen, im Schlechten wie im Guten. Schließlich hat sie Konstantin nackt gesehen, still, stumm und nackt. Sie hat ihn angefasst und die Augen geschlossen, und alles ist ganz anders gewesen als das, was sie vorher zu einem Körper und Sein von Konstantin Bodenegg geformt hatte. Seine fast jungfräuliche Zurückhaltung, die im Gegensatz zu seiner zuvor kompromisslosen Entschlossenheit stand, hat Ava zornig gemacht.

Sie war doch jung, und sie war der Preis.

Aber er saß da und wartete, und sie fühlte sich einsam in dem dunklen, alten Zimmer, einsam in ihrer Verdorbenheit und Schuldhaftigkeit. Sie zog ihm das Hemd aus und griff nach ihm, als wollte sie ihn bestrafen. Sie hatte doch nicht umsonst diesen Schritt getan? Sie griff in ihrem Zorn – sie war doch der Preis – nach seiner harten Brust, sie streifte sein Alter von sich, sie rief ihm übermütig zu: «Nicht dass du denkst, ich liebe dich.»

«Nein», hat er gesagt, «das denke ich nicht.»

Sie mühte sich, sie verfiel fast in Raserei in ihrer Mühe, er war wie ein Stein, ein alter, herzloser, über einem kalten Grab ruhender Stein. Dann hat sie in sein Gesicht gesehen, wie ein Lüstling, der spät in das Gesicht der jungfräulichen Geliebten schaut und sieht, wie sie es alles hinnimmt und sich nicht wehrt, weil sie liebt. Und dann ist sie zusammengebrochen, in eine Weichheit hinein, die es alles möglich machte. Seine und ihre Liebe. Für fünfzehn Minuten wie für immer. Konstantin war ein zärtlicher und großzügiger Liebhaber, für seine Erfahrungen und für die Umgebung, die Teppiche und die alten Möbel und das, was ihm offenstand, war er alles, was er sein konnte. Anschließend überfiel sie sehr schnell und heftig die Müdigkeit und Ruhe, in der sie sich nun befindet.

Das Gewitter ist weggezogen. Der Regen tropft träge vom Fensterrahmen. Konstantin öffnet, seinen kleinen, alten Arsch rausgestreckt, eine Hand tuntig an die Hüfte gestützt und gähnend mit einem Daumendruck eine silberne Schachtel und nimmt eine Zigarette heraus.

«Du rauchst?», fragt Ava und grinst willenlos über seine Haltung und ihre eigene Haltung und die feuchte Luft über sich.

Konstantin nickt. Er zündet sich eine Zigarette an und hält ihr die Schachtel hin.

«Ich rauche nicht», sagt Ava.

Er schüttelt wie zur Bestätigung den Kopf. Sein feines, gewelltes Haar vor dem ins Schwärzliche neigenden Blau des Himmels. Der dunkle Zigarettenrauch, der von den Bewegungen der Luft ins Zimmer getragen wird. Die Gesäßknochen, über denen sich das alte Fleisch mühsam hält, die tapferen Beine, lang, mager, von zittrigen Haaren bedeckt. Als er sich umwendet dann das Gebaumel seiner Eier, längliche ovale Säcke, sein schmaler, geäderter Penis, darüber die Falte seines Bauches, eines dünnen, nur leicht angedeuteten und dennoch eine kleine Falte werfenden Bauches, feingeschliffen. Wie armselig die Schlankheit eines alten Menschen ist, denkt Ava. Und dennoch. Konstantin Bodenegg in seiner sich selbst bewussten schlaffen Nacktheit, in seiner fast schon arrogant zu nennenden Pose am Fenster, als würde es ihm nichts ausmachen, wenn ihn jemand sähe – und vielleicht macht es ihm nichts aus –, er ist attraktiv. Er ist vielleicht, auf eine sehr spezielle Art, sogar schön.

Ava dreht sich wohlig unter ihrer Decke in der Stille des leise atmenden Zimmers. Sie weiß, sie muss gleich gehen. Ihre Ruhe ist längst zu ihren Kindern und ihrem Leben geeilt. Danilo wird sie erwarten. Eine Feier bei einer Fünfundachtzigjährigen dauert für gewöhnlich nicht bis in die Nacht. Das Handy in ihrer Tasche ist kein Feind. Der Akku ist alle. Vielleicht hatte sie es absichtlich nicht aufgeladen. Vielleicht hat sie von der Absicht nicht einmal gewusst?

Konstantin drückt seine Zigarette aus und lächelt sie an.

«Du musst jetzt gehen», sagt er.

«Ich muss», sagt Ava und rollt sich aus den Decken und glaubt an einen Scherz.

«Es war nett», sagt er kalt.

Ava zieht ihre Sachen an, Stück für Stück. Es kommt ihr

alles lange und umständlich vor. Sie sieht dabei Konstantin starr im Zimmer stehen. Sie glaubt ihm nicht. Aber die Empörung steigt wieder in ihr auf. Sie ist doch jung, gegen ihn, und sie ist der Preis.

Sie steht auf und verlässt das Zimmer ohne ein Wort und ohne eine Berührung. Wie sich alles so verwandeln kann. Was ist wahr? Wie fühlt sich Liebe an?

Sie verlässt Konstantin Bodenegg nur für kurze Zeit. Sie tritt auf die dampfende Straße hinaus und kehrt sofort um. Wie sie schon einmal umkehrte, damals. Sie läutet an seiner Tür. Sie sagt: «Ich bins. Ich habe was vergessen.» Sie fliegt zu ihm hin, voller Hast und sich ihrer Sache nicht vollkommen sicher. Aber sie bekommt recht. Sie trifft ihn in seiner Schwäche nach ihrem Weggang. Er reißt sie in seine Arme, heftig und warm, wiegt sie traurig, wie ein totes Kind, und dort, in seinen Armen, in seiner Sicherheit, verlässt sie das schmerzhafte Gefühl der Liebe. Sie lächelt und befreit sich von ihm. «Konstantin», sagt sie, «du Lügner.» Er steht da, klein und alt und geschlagen. Sie geht.

Sie ist jung, und sie ist der Preis.

Die Tage sind regnerisch gewesen, die Wärme auf dem Beton war plötzlich verschwunden, der Staub hatte sich in den Abflüssen versenkt. Eine verfrühte herbstliche Nässe und Ruhe hatte sich auf die gleichmäßig sanft ausgeleuchteten Tage gelegt, und es war wie eine Pause, ein kurzer Schlaf in der heißen Mitte des Sommers. Dann kehrte die Sonne zurück, weißglühend an einem fast farblosen Himmel, und mit ihr kehrte der Sommer zurück in seiner dumpfen, schon am frühen Morgen erbarmungslosen Klarheit.

Ava ist auf dem Heimweg von den Eltern, wohin sie die Kinder gebracht hatte, für eine Woche Ferien, mit denen sie sonst nichts anzufangen gewusst hätten. «Wie lange dürfen wir fernsehen? Bis zwölf? Josefine darf immer bis zwölf fernsehen, wenn Ferien sind.» – «Nimm doch noch Kuchen. Sonst nimm ein paar Stücke mit für Danilo.» – «Ich muss immer arbeiten, jeden Tag, Mummi, muss ich arbeiten, das weißt du doch.» – «Misch dich nicht in alles ein. Glaubst du, ich komme nicht klar, mit meinen eigenen Enkeln? Euch haben wir auch erzogen, ohne moderne Pädagogik, das war nicht das Schlechteste.» – «Wie das brennt, da in Griechenland, Ava, hast du das gesehen? Und kriegen das nicht gelöscht. Das brennt immer noch weiter, eine Schande ist das.» – «Ava, ich fühle mich wohl so. Ich bin vollkommen zufrieden. Ich brauche nur meinen Tee und meine Zeitung, und ich bin ein glücklicher Mensch, nicht jeder Mensch ist so leicht glücklich zu machen, was meinst du ...?» – «Merve nimmt iiiiiimmmmer die Fernbedienung und gibt sie nicht mehr her. Die ganze Zeit. Sie hält sie in ihrer Hand fest und gibt sie nicht mehr her, stundenlang, siehst du?» – «Hör auf, lass meine Hand los, sonst kriegst du Ärger, sag ich dir! Willst du Ärger, du kleiner Penner?» – «Ich sagte, es wird nicht am Tage ferngesehen.» «Ach lass sie doch. Es ist hier nicht wie zu Hause. Hier gelten nicht deine Regeln, hier gelten unsere Regeln.» – «Ruft ihr an? Ihr könnt gerne abends anrufen, wenn irgendwas ist.» (Aber was soll schon sein?)

Wie ein in strahlender Helligkeit sich einbrennendes Bild der Wirklichkeit sich auf der Netzhaut hinter den geschlossenen Lidern nur langsam verflüchtigt, so verflüchtigen sich nur langsam die Sätze des Abends in der Stille des Fahrens. «Ich möchte nicht mit dir tauschen», hatte der Vater zum Abschied gesagt, «immer unterwegs zu kranken Leuten, immer im Unglück zu Hause, nein, ich möchte nicht mit dir tauschen.»

Ava fährt Danilo entgegen wie einer unbekannten Größe. Danilo lag auf dem Bett, als sie fuhr, auf dem Bauch ausgestreckt, den Kopf zur Seite gelegt, ohne Hosen. Die Hosen lagen auf dem Boden in sich zusammengesunken, als wären sie ihm vom Leib gerutscht und in sich gefaltet auf ihren Beinen hocken geblieben. Er hatte nicht mitgewollt, und es hatte ja auch keinen Grund gegeben. Sie hatte nur die Kinder wegbringen wollen, wie es verabredet gewesen war. Aber sie hatte ihn beneidet, weil er auf dem Bett liegen konnte, weil er in seiner Unterhose ausgestreckt auf dem Bett liegen konnte und dösen, während sie sich der Anstrengung des Verkehrs, der Kinder und der eigenen Eltern ausliefern musste, am Ende des Tages.

Sie stellt das Auto vor einem türkischen Laden mit einem Angebot an Zeitschriften und Getränken, an abgepackten Lebensmitteln, Obst und Gemüse vor dem Schaufenster, ab. Die Kisten stehen bereits leer vor dem mit farbiger Schrift beklebten Schaufenster. Im Laden wird geräumt und diskutiert, die Tür steht leicht angelehnt, eine hohe Frauenstimme ist auf Türkisch am Schimpfen. Ein alter Mann tritt auf die Schwelle, in einer knittrigen weißen Hose, an einer Pfeife ziehend, ihr freundlich zunickend – sie hat ihm ab und zu ein paar Tomaten oder einen Liter Milch abgekauft – und in den schattigen Abend starrend. Das Schimpfen drinnen wird zu einem glucksenden Lachen. Dann fällt eine Männerstimme ein. Ava schließt den Kofferraum auf und entnimmt den Karton, gefüllt mit gelben Kirschen von dem krüppeligen, schief gewachsenen Baum hinter dem Haus, an dessen schiefen Ästen lange eine verfaulende Schaukel hing, auf der Ava früher ungern saß, weil sie fürchtete, den Baum in seiner Schiefheit vollends aus dem Gleichgewicht zu bringen, weiterhin gefüllt mit grünem Salat, mit erdigen, rotbraunen Kartoffeln und duftenden Tomaten. Alles in Tüten verpackt und in einen großen, braunen Karton gesteckt. Um den Karton ist eine Paketschnur mehrfach herumgebunden, sodass sie das reichlich schwere Paket gut tragen kann. «Alles gut?», fragt der Mann mit seiner Pfeife, sie beobachtend und in seinen Feierabend hineinpaffend.

Sie kennt ihn kaum, sie hätte gar nicht erwartet, dass er sie kennt. Aber wie sie ihn dort stehen sieht, kann sie sich vorstellen, dass er über eine übersinnliche Wahrnehmung verfügt, dass er weiß, wie es ihr geht und welch stete süße Traurigkeit sie begleitet, von der sie nicht weiß, ob sie ein gewöhnlicher Begleiter des Erwachsenseins ist oder ein Fehler ihres eigenen speziellen Lebens.

Danilo kratzt letzte Reste angebrannter Bratkartoffeln aus der zerschabten, alten Pfanne. Ein Berg von Bratkartoffeln liegt auf seinem Teller. «Hast du Hunger?», fragt er, und ehe sie antwortet, fügt er hinzu: «Ich dachte, du hast bei deinen Eltern gegessen.»

«Habe ich.»

Ava setzt sich mit einem Glas Wasser ihm gegenüber an den Küchentisch, aus Höflichkeit und aus Gewohnheit. Sie will über ihre Eltern reden. Es kommt ihr vor, als bewegten sich momentan alle Dinge immer schneller in eine Richtung, einem Gefälle gleich, wo ihr nichts bleibt, als ihnen aufrecht und freundlich lächelnd, durch die Beschleunigung hindurch, ins Auge zu schauen. Den Kindern ist es egal, denkt sie zornig, die Kinder kennen nur das, was ist, die Kinder sehen die Dinge nur an, wie sie den jeweiligen Tag ansehen. Die Großeltern sind nicht ihre Eltern, und ihre eigenen Eltern sind noch sehr im Gesunden verhaftet, und deren Traurigkeit interessiert sie nicht, weil sie in ihrer störrischen Art ihr Recht auf egoistischen Frohsinn verteidigen. Ava seufzt.

«Ist alles in Ordnung?», fragt Danilo, wie der alte Mann mit der Pfeife fragte, der Gewohnheit halber und keine wirkliche Antwort erwartend. Denn die wirkliche Antwort stand schon so oft im Raum und wird mittlerweile ängstlich vermieden. Der Tag war so schön. Die Wärme wellt noch durch die Räume. Das Fenster steht offen. Verkehrsgeräusche.

«Was soll man zu meinen Eltern sagen?», fragt Ava. Das Thema ist meistens ungefährlich.

Danilo zuckt mit den Schultern und häuft schwarze Kartoffelstücke auf seine Gabel. «Das weiß ich nicht. Es sind deine Eltern.»

«Ich hätte nie gedacht, dass sie auch mal so komisch werden.»

Danilo sieht sie über seiner Gabel hinweg an, er lächelt. «Das waren sie doch schon immer.»

«Das stimmt doch gar nicht!»

«Ava, sei mal ehrlich. Dein Vater ...»

«Na ja, mein Vater ... Aber trotzdem ist er doch normal gewesen, im Vergleich zu jetzt. Und wie sie reden. Immer in denselben Sätzen, als wenn sie immer nur dieselben Sätze hätten, in ihrem Dorf.»

Danilo kratzt den Rest seiner Kartoffeln sorgfältig zusammen. Er kaut ebenso sorgfältig. Immer kaut er sorgfältig, als wäre Essen eine Arbeit. Hat ihm jemand geraten, seine Speisen stets sorgfältig zu zerkauen, der Gesundheit halber? Er lebt so vernünftig, isst sogar vernünftig. Ekel wallt in ihr auf vor so viel Pragmatismus. Sie mag ihn nicht ansehen, während er kaut.

«Deine Mutter auch. Als ich sie das erste Mal sah, ich weiß noch, wie ich alle beide doch – recht merkwürdig fand. Wirklich. Das ist nichts Neues, Ava. Da wundere dich jetzt mal nicht. Es ist nur, weil du mehr Abstand hast, mit deinen eigenen Kindern. Jetzt siehst du deine Eltern mal, wie sie wirklich sind. Jetzt hast du endlich ein unverkrampftes Verhältnis zu ihnen.»

«Was? Ich hatte immer ein unverkrampftes Verhältnis zu meinen Eltern. Wie kommst du darauf, dass ich ein verkrampftes Verhältnis zu meinen Eltern hatte?»

Danilo zieht seine Augenbrauen hoch, sodass sich die Stirn oben zusammenrunzelt, sie kennt diesen Blick, er atmet einmal tief durch, dann sagt er, wie dozierend: «Im Grunde gierst du immer noch nach Anerkennung von deinem Vater, im Grunde glaubst du doch, du hast ihn enttäuscht, weil du keine Künstlerin geworden bist und nichts Besonderes, sondern nur eine Krankenschwester, die alte Leute pflegt. Das tut mir leid, Avi, aber es ist nun mal so. Und leider konntest du es deiner Mutter auch nicht recht machen, denn du hast es zu keinem eigenen Haus gebracht, du hast keinen netten Mann, der ihre Regenrinne repariert oder ihr die Bäume beschneidet, so wie Petras Mann. Du ziehst immer noch mit deinen komischen Freundinnen rum, die Angst haben vorm Älterwerden, und schaffst es nicht, eine verantwortungsvolle, erwachsene Frau zu werden. Das sieht man schon an deiner Figur, kein Gramm mehr in den letzten zwanzig Jahren. Wie soll das deine Mutter nicht enttäuschen.»

Ava starrt Danilo an. Danilo hat fertig gekaut. Er fühlt sich wohl, und er fühlt sich sicher. Sie denkt daran, dass manche Menschen ihre Lebensgefährten umbringen. Sie denkt aber gleichzeitig, dass es sie trifft, weil es wahr ist, teilweise und wenn man alle Umstände sehr dunkel gefärbt betrachtet. Der Kühlschrank springt an, das Summen und der schwächer werdende Verkehr erinnern sie daran, dass es spät ist und daran, dass sie nun weiß, was ihre Antwort auf Danilos Anschlag ist. Sie stellt das leere Glas in den Geschirrspüler, sie läuft ins Wohnzimmer und kehrt zurück mit Josip Androsevich. Sie setzt ihn auf den Stuhl, auf dem sie eben saß und sagt: «Du meinst also, ich hätte ein verkrampftes Verhältnis zu meinen Eltern, ja?»

Dann geht sie einfach, denn mehr muss sie nun nicht dazu sagen. Ihre Bosheit hängt ihr nach, ihr Vergehen scheint ihr schwerer als seines, er ist um Wahrheit bemüht gewesen, sie nur auf Rache aus gewesen. Aber dennoch fühlt sie sich im Recht.

«Du hast es also getan?», fragt Beate fast vergnügt.
Ava nickt.
«Iiieh!», sagt Beate.
Ava lächelt, weil es Beate ist, die das sagt. «Das ist nicht Iiieh, du Dumme.»
«Iiieh, so ein alter Sack!», wiederholt Beate ihre Ansicht.
Beates Ekel kränkt Ava nicht. Wäre es jemand anderes und hätte auch weniger deutlich geäußert, wie er es findet, dass Ava mit einem Siebzigjährigen geschlafen hat, dann wäre sie gekränkt gewesen. «Das Alter an sich spielt doch gar keine Rolle, wenn man jemanden gut findet», sagt Ava.
Beate grinst. «Und wie er aussieht, spielt auch keine Rolle, was?»
«Er *sieht* gut aus! Merve findet auch, dass er gut aussieht.»
«Von außen vielleicht, aber wenn er sich auszieht, ganz ehrlich, wenn er sich auszieht, dann sieht er aus wie siebzig, oder?»
Beates glattes, sonnengebräuntes Gesicht öffnet sich in eine kindlich dumme Erwartung, in ein freudiges Leuchten hinein, sie hält ein in dem rostigen, kleinen Brötchengrill aufgebackenes Brötchen mit Kirschmarmelade in der Hand, die dicke Butter tropft vom Rand des heißen Brötchens auf ihren geöffneten Handteller, und alles an ihr ist arglos. Beate ist in ein rosa Leinenkleid gewickelt, rosa Bänder drücken sich geknotet in die weiche linke Seite ihrer Hüften. An ihren braunen Armen hängen glitzernde, billige Armreifen, die leise funkelnde, silbrige Klänge erzeugen, die Ava immer milde stimmen, wie der ganze glimmende Schmuck an Beate sie milde stimmt und immer wieder aufs Neue den Wunsch in ihr erweckt, sie an sich zu drücken wie ein armes, billiges Püppchen. Aber Beate ist nicht arm. Beate schlürft ihren Kaffee und beißt in ihr Brötchen, immer noch wartend auf die Argumente, die für den siebzigjährigen Körper von Konstantin Bodenegg sprechen.

«Das ist eigentlich nicht der Punkt», sagt Hartwig, der auf seinem Brötchen zwei Scheiben Bierschinken liegen hat, darüber eine Scheibe Käse und zwei Gurkenscheiben. Hartwig bastelt jeden Morgen an seinen Brötchen, bis sie aussehen wie die, die es in den Stehcafés und Bäckereiketten am Bahnhof zu kaufen gibt. Er sagt dann stolz: «Das sieht doch aus wie gekauft?», als würde das Gekauftsein eine Qualität darstellen. Es ist Beates Idee gewesen, hier, in ihrem Büro, gemeinsam zu frühstücken. Es klappt nicht immer, aber vor allem Beate ist, auch mangels Familie, morgens meistens eher da, sie stellt Kaffee an und backt die Brötchen in dem kleinen Brötchengrill auf, den Frau Mille von sich zu Hause mitgebracht hat, weil sie selbst keine Brötchen mehr isst. Nur dunkles Brot wegen ihrer Gesundheit, die immer mehr Raum in ihrem Denken einnimmt. Alle sorgen sich bereits um sie, ohne dass es einen ernsthaften Grund dafür gäbe, abgesehen von dem, dass sie sich selbst sorgt.

«Und was ist der Punkt?», fragt Ava. Obwohl sie ganz genau weiß, was der Punkt ist, aber sie will Hartwig in die Verlegenheit bringen, genauer zu werden.

Hartwig starrt auf den Boden, als müsste er noch darüber nachdenken, dann sieht er Ava an und sagt: «Warum machst du das? Was bringt dir das denn?»

«Was fragst du so was Dummes?», sagt Beate und springt ihr zumindest in dieser Hinsicht bei. «Das könntest du mich dann ja auch fragen. Oder willst du hier moralisch werden? Du weißt doch, wie das ist. Du hast doch auch schon mal fremdgepoppt, oder was?»

Hartwig lässt sich nicht beirren. Er isst sorgfältig sein Brötchen auf. Er kaut sorgfältig, wie Danilo, denkt Ava, er kaut wie Danilo, aber das stört sie gar nicht. «Warum machst du denn so was, Ava?», wiederholt er seine Frage, und jetzt schweigt Beate, weil sie ihren Teil bereits gesagt hat.

Ava betrachtet die kleinen Fältchen um Hartwigs müde,

kleine Augen. Sie hat keine Scheu, nie gehabt, ihn direkt anzublicken, so wie man keine Scheu hat, seine Eltern anzublicken oder seine Geschwister, weil einem keine Fremdheit droht, weil keine Grenze überschritten werden kann, weil es zwischen Hartwig und ihr nur Alltag und Müdigkeit gibt und weil die Art von Fremdheit, die zwischen ihnen tatsächlich besteht, unüberwindlich ist und von daher milde und versöhnlich. «Aus Liebe», sagt sie schließlich, weil das die einzig richtige Antwort ist und die Antwort, die ihm seine Fragen abschneidet.

Tatsächlich schweigt jetzt auch Hartwig. Die Tür öffnet sich, Straßenverkehrsgeräusche ziehen in den Raum, der jetzt, am frühen Morgen, im Schatten liegt, während draußen sich die gewaltige Augustsonne golden auf den Spitzen der hohen Dächer und Baumspitzen niederlässt. Wenn es nach Ava ginge, könnte es immer Ende August bleiben, es könnte immer Morgen sein und der dünne Stadtverkehr könnte sich lustlos und träge über die staubig knirschenden Straßen fädeln. Der Sommer endet wie ein langgezogener Tropfen an einem Hahn, sich endlos dehnend und alles in ein Gähnen tauchend, taumelnd von der langen Wärme, sich behaglich ein letztes Mal streckend, bevor es dunkler wird und kälter und der herbstlich geschäftige Alltag klare Entscheidungen fordert, die Vorsorge einsetzt und die Verantwortung für die Zeit.

«Wenn du jetzt wieder hingehst ...», beendet Beate nicht ihren Satz, denn Frau Mille ist zu ihnen hingetreten. Sie reckt sich, ihr weicher Bauch unter einer lila geblümten Bluse aus dünnem, fliegendem Synthetikmaterial stößt an den Tisch, wie etwas, das in seiner Weichheit und in seinem Fließen nicht aufzuhalten gewesen ist.

«Morgen», sagt sie und nimmt einen ebenso dünnen und fließenden lila Schal von ihrem dicken, kleinen Hals. «Der Tag wird schön», sagt sie weiter und betrachtet sie alle, als wüsste sie ganz genau, wie sie alle einzuschätzen wären, und als hätte sie sich damit abgefunden, liebevoll und ein wenig spöttisch.

«Ich gehe nicht wieder hin», beantwortet Ava Beates Frage, obwohl ihr schon klar ist, dass Frau Mille am Tisch steht und lange Ohren macht. Rena Mille, die Einmetervierzigfrau, die stundenweise die Buchhaltung übernimmt, gehört zwar dazu, sie ist aber nicht in die intimen Details von Hartwigs, Beates und Avas Leben eingeweiht. Sie kommt auch gewöhnlich nicht zum Frühstücken, ebenso wenig die anderen Angestellten, zwei Frauen und ein Mann, die ihre Arbeit pünktlich beginnen und nicht den Drang verspüren, sich schon eher als nötig im Büro einzufinden.

Beate scheut sich, Frau Milles wegen, auf diese Feststellung zu antworten, obwohl, wie Ava sehen kann, sich ihre Wangen wölben und die Luft schließlich enttäuscht aus ihrer Nase zischt, wie eine sich materialisierende Botschaft von unausgesprochenen Worten.

«Warum lassen Sie sich nicht endlich scheiden?», sagt Frau Mille und starrt Ava aus ihren wässrigen, etwas vorstehenden Augen an. Rena Mille ist eine Person, die aufgrund ihrer Größe von den meisten Menschen unterschätzt wird. Sie hat eine fast mädchenhafte, nicht zu ihrem Alter passende Stimme, die oft, wenn sie fröhlich ist zum Beispiel, zu vibrieren beginnt und einen etwas dümmlichen Eindruck erweckt. Der Eindruck wird verstärkt durch ihren runden, plumpen Körper, den sie unter weiten Blusen versteckt, die alle im Schnitt gleich aussehen und sich nur in ihrer heftigen Farbigkeit voneinander unterscheiden. Sie lebt mit ihrer ebenfalls sehr kleinen Mutter zusammen in einer Erdgeschosswohnung am Eppendorfer Weg, wo sie sich regelmäßig mit einigen anderen älteren Herrschaften zum Pokern treffen. Rena Mille ist aber keineswegs dumm, weiß Ava und wissen auch Beate und Hartwig. Rena Mille ist vielmehr ein ausgekochtes Aas, wenn es darum geht, an Informationen über andere Leute heranzukommen und sich aus winzigen Details, aus Wortfetzen, aus Stimmungslagen, aus der Haltung und dem Tonfall eines Satzes, ganze Lebensgeschichten zusammenzureimen. Auch deshalb wird in ihrer Gegenwart eher über Belangloses geredet. Ihr Wissen ist ihnen unheimlich. Frau Mille aber ist unempfindlich gegen Ablehnung. Sie geht damit um wie andere mit einem Muttermal am Arm. Es juckt sie kaum.

«Warum soll sie sich scheiden lassen, Frau Mille?», fragt Hartwig und fühlt sich noch überlegen. Er ist der Chef, er lächelt großzügig, als würden hier kleine Scherze gemacht.

Aber Frau Mille zuckt mit ihren runden Schultern, sodass ihr Busen unter der lila Bluse bebt. «Muss sie nicht. Wäre nur ein Vorschlag», sagt sie schlau.

«Aber da müssen Sie doch irgendwie drauf gekommen sein, das sagt man doch nicht einfach so», sagt Hartwig, die Schlauheit von Frau Mille verkennend, die sich von niemandem und schon gar nicht vom geraden, ehrlichen Hartwig in die Enge treiben ließe.

«Ich sage das eben *doch* so, wenn mir das in den Sinn kommt», sagt sie und tappt in ihren Mokassins rüber an ihren Schreibtisch. Die Mokassins sind von ihren dicken Füßchen ausgelatscht und kleben wie eine Pelle um ihr weißes Fußfleisch. Dann lässt sie sich auf ihren Bürostuhl plumpsen, der ihren Körper sanft vibrieren lässt.

Hartwig seufzt. Er würde Ava gerne von diesem Satz befreien, aber Frau Mille ist stur wie ein Bock in solchen Dingen. Das Schlimme daran ist aber, dass sie meistens recht hat mit dem, was sie an Unverschämtheiten auf die Leute schleudert.

«Ich verstehe immer noch nicht, wie Sie dazu kommen, so etwas zu sagen …», versucht es Hartwig ein letztes Mal.

«Herrgott», sagt Frau Mille und lächelt süß und spitzt ihren rot bemalten Mund, «stellen Sie sich doch nicht so an. Sie muss sich doch nicht scheiden lassen, nur weil ich das sage. Es war ja nur ein Vorschlag. Ich, mit meinem bescheidenen Wissen ... bitte! Aber so eine Ehe ist ja kein Kerker, da herrscht schließlich immer noch das Prinzip Freiwilligkeit. Und kommen Sie mir nicht mit Kindern. Die Kinder halten sie sich alle vor die Schürze, wenn es ernst wird, aber das ist nur Getue, glauben Sie mir, die Kinder leben so oder so weiter, nicht wahr? Und was besser ist, weiß nur der liebe Gott und der eigentlich auch nicht.» Sie stellt den Computer an und wischt mit einem kleinen blauen Tuch über den Bildschirm. «Das Leben ist ja jedem seine eigene Angelegenheit, nur am Ende soll man sich nicht beschweren, wenn es nicht so ist, wie man es gerne hätte», fügt sie dem hinzu. Dann sucht sie Belege aus dem Ablagekorb.

«Ja», sagt Beate und räumt den Tisch ab, «manchmal ist es aber auch gar nicht schlecht, und dann lässt man es so.» Sie stellt das Geschirr in die Spüle im winzigen Küchenraum, direkt hinter Hartwigs Schreibtisch neben dem Bücherregal, das gefüllt ist mit Büchern über die richtige Pflege, und lässt Wasser in das Spülbecken laufen. Ava legt einen Teller und ein Glas in das schaumige Wasser dazu.

«Warum willst du nicht mehr hingehen, wenn du ihn liebst?», flüstert Beate.

«Wohin?», fragt Ava und weiß für einen Moment gar nicht, wen Beate meint, denn ihre Gedanken sind bei Danilo und bei dem, was Frau Mille vorschlug.

«Zu dem Alten, Mann», zischt Beate und wischt den Teller ab und stellt ihn zum Abtropfen in ein weiß beschichtetes Abtropfgestell.

«Ach, es ist vorbei», sagt Ava. Scheiden, hallt es in ihr nach, warum lässt sie sich nicht scheiden? Wie kann es sein, dass andere, Frau Mille, es so klar finden, dass sie sich scheiden lassen sollte? Wie kann diese nur diffus in ihren Gedanken herumschwirrende, kaum jemals gedachte Sache solche Ausmaße annehmen, dass sie sich auf Frau Mille, auf Hartwig und Beate, auf den ganzen Raum um sie her und vor allem auf ihre wirklichen, klaren Gedanken ausbreitete, in anwachsenden Wellen, die das Wort – Scheidung – mächtig werden lassen und es in ihr, in ihrer eigenen Ehe an einem Punkt positionieren, den sie nicht selbst festgelegt hat, sondern die dicke, kleine Frau Mille? Wie ein Orakel, wie eine Hexe oder eine Fee. Von der man nie weiß, ob sie böse oder gut oder einfach nur von hellerem Blick ist.

«Hast du …», Beate gluckst, «hast du … mit ihm …», sie gluckst lauter, «Schluss gemacht? Nach *einem* Tag?»

Ava schüttelt den Kopf. Sie nimmt Beates gebräunten Kopf mit den winzigen Sommersprossen und den leicht abstehenden Ohren zwischen ihre Hände. «Bist du so dumm, Beate? Ich musste nicht mit ihm Schluss machen, weil ich gar nicht mit ihm zusammen war. Wir hatten nur einmal Sex, und das ist alles.»

«Du hast aber Liebe gesagt», sagt Beate, entwindet sich Avas Händen, zieht den Stöpsel aus dem Becken und trocknet sich am Küchentuch ab.

«Ja», sagt Ava.

«Du meinst es also ernst damit? Du spinnst doch.»

«Es hat sich so angefühlt.»

«Wie denn?», sagt Beate.

«Es war einfach – sehr dringend.»

Beate nickt. «Das verstehe ich schon. Du musstest sehr dringend mit ihm vögeln.»

Ava zuckt mit den Schultern. Es ist genau das, was Beate gesagt hat, wahr, auch wahr. Also, was soll sie sich dagegen wehren? Sie schwimmt in einem Strom von verschiedenen Wahrheiten, und die Sätze kreisen sie ein. Hat sie Konstantin tatsächlich geliebt, für einen einzigen Abend? Sie ist sich ganz sicher, gerade weil sie jetzt nicht mehr mit ihm zusammen ist, sie hat Konstantin geliebt, das ist die einzige Sicherheit, die einzige tatsächliche Sicherheit der letzten Tage und

Wochen und Monate gewesen – sogar der ganzen Jahre etwa? Das Schwierige dieses Gefühls ist allerdings, dass es sich vermischt, von Anfang an vermischt hat, mit der Liebe zu allem, was um sie lebt und sich als etwas Fühlbares an sie herangemacht hatte. Die Grundlage dieses Gefühls ist die Trauer gewesen, die egoistische Trauer um sich selbst.

Draußen Türenklappern, Stimmen, die anderen sind eingetroffen. Ava hängt das Geschirrtuch an den Nagel. Sie geht raus in das Büro, begrüßt die Kollegen und verabschiedet sich von Frau Mille. «Ich lasse mich nicht scheiden, Frau Mille, damit Sie es wissen.»

Gerade weil sie das gesagt hat, begleitet sie der entgegengesetzte Gedanke wie ein Pendant, das erst auftaucht, wenn das Gleichgewicht gestört ist. Warum nicht?, muss sie denken, kann sie den ganzen Arbeitstag nicht aufhören zu denken. Warum, Ava, lässt du dich nicht scheiden?

Die Hitze hat sich verändert. Sie ist matter geworden, sie erreicht schneller ihren Höhepunkt, gegen Mittag, wo es immer noch Sommer zu sein scheint, staubiges Funkeln auf den Straßen, Trockenheit, Erschöpfung in schwitzenden Gesichtern, Überdruss. Gegen Nachmittag geht die Hitze eilig, es wird schneller kühl, eine helle Gräue liegt über der Stadt, frühmorgens dann spinnennetzartige Feuchtigkeit, ein feuchter, dunkler Hauch in den blauen Tag, Boten der Verwesung und des Verfalls. Die Straßen sind wieder voller geworden, die Menschen ernüchtert, sie wenden sich ängstlich dem Alltag zu und die Kinder ihrem neuen Schuljahr, mürrisch und dennoch aufgedreht.

Ava spaziert in den Herbst wie betäubt. Sie will das Gefühl abschütteln, das sie jeden Morgen nach dem Erwachen erwartet, aber es sitzt auf ihr wie ein Tier, das sich festgekrallt hat und das ihr unentwegt Dinge ins Ohr flüstert, die keine Vernunft besitzen.

Aber alles geht weiter. Martin braucht neue Schuhe, Merve hat zunehmend Schwierigkeiten mit der Rechtschreibung, Danilo fährt seine Mutter ins Krankenhaus, wo ihr die Gebärmutter entfernt wird, Petra wird arbeitslos, die große Merve leidet unter Haarausfall, Ava verrenkt sich das erste Mal bei ihrer Arbeit den Rücken und denkt darüber nach, zur Rückenschule zu gehen, aber ihr fehlt die Zeit. Allen fehlt die Zeit.

Ende September, am Ende ihres Arbeitstages, besucht sie Fadil im Laden. Sie besucht ihn öfter. Fadil steht im Gang zwischen den dunklen Regalen und sortiert Tee um. Er trägt immer noch den Kittel, sein dunkles Haar ist an den Spitzen angegraut und oben an der Stirn ein ganzes Stück nach hinten gewichen.

«Ava, mein Schatz.» Er breitet die Arme aus, und Ava wirft sich hinein wie in ein Bett. Sie hat sich an Fadils Wärme gewöhnt. Sie ist verlässlich und freundschaftlich, aber es fehlt das Glühende. Seine Sexualität ist ähnlich gewesen. Fadils Herz ist wie eine Scheune, weit und leer, und manchmal verliert er sich selbst darin und fühlt sich einsam. Seit ein paar Jahren nimmt er ein Medikament ein, ein Antidepressivum, das ihm hilft, seinen traurigen Frohsinn zu zügeln.

Heilke Tschierschke, die Angestellte von Fadil, kommt auf Ava zu und klopft ihr mit der flachen Hand auf den Arm und lächelt sie mit ihren großen Schneidezähnen an, die eine grobe Gesundheit ausstrahlen. «Ava», sagt sie, «ich seh dich kaum noch, du kommst kaum noch vorbei.»

Das stimmt nicht, denn Ava kommt regelmäßig vorbei, während sich Fadil, seit er mit Heilke eine stille und fast heimliche Beziehung eingegangen ist, kaum noch bei ihnen blicken lässt. Ava weiß, dass er fürchtet, Danilo könnte Heilke ablehnen, und die Befürchtung kann Ava nicht entkräften, Danilo würde Heilke, wenn Fadil sie mit zu ihnen brächte, vermutlich wirklich ablehnen. Heilke streicht sich mit einer Hand über die andere, über ihre langen, glänzenden, aufgeklebten Fingernägel, als wollte sie etwas abwischen. Die Ladenklingel zeigt einen Kunden an, und sie eilt an den Tresen, in ihrem engen grauen Rock, in ihren silber Ballerinaschühchen. Heilke gehört zu der Sorte Frauen, die eilfertig sind und fast ein wenig unterwürfig und sich der Welt nur gepflegt und gekämmt und lackiert zu zeigen wagen. Heilke hat sich treu in Fadils Leben gearbeitet. Sie ist jeden Tag da gewesen, sei es auch nur, weil sie einen Arbeitsvertrag hatte, sie hat jeden Tag gemacht, was er gesagt hat, und hat nie, nie Unmut oder Kritik geäußert. Sie besitzt keine politische Meinung, sie lächelt immer, und wenn es Streit gibt oder Menschen diskutieren, dann schweigt sie und wird ganz runzlig vor lauter Unbehagen.

«Heilke», ruft Fadil ihr hinterher, «ich mach für dich mit.» Dann zieht er Ava in sein Bürokämmerchen und drückt sie auf den Stuhl. Er liebt sie. Die Liebe strömt aus seinem Gesicht und seinen Gesten und jedem ungesagten Wort. Nur kann Ava damit nicht viel anfangen. Sie langweilt sich dabei. Heilke sollte eifersüchtig auf sie sein. Was Heilke ist, weiß aber keiner, weil sie es niemandem zumutet. Wenn Ava darüber nachdenkt und an Danilos vermutliche Abscheu angesichts solchen Menschenschlages, wallt eine große Herzlichkeit in ihr auf. Sie glaubt, sie mag Heilke sehr gern, vor allem auch, weil sie Ava alles lässt, sogar ihren Fadil.

Fadil stellt Kaffee an und sagt mit dem Rücken zu ihr: «Ava, du gefällst mir nicht.»

«Du mir auch nicht», sagt Ava, es soll ein Scherz sein, aber sie könnte weinen, im Moment, denn im Moment weiß sie schon wieder gar nicht, was sie wirklich denkt und fühlt, und weiß nicht, warum alles so schwankt und sich nicht fassen lässt.

«Ich meine es ernst», sagt Fadil. «Ist was mit dir? Du kommst mir nicht froh vor.»

«Nichts ist», sagt Ava. «Ich bin nur müde.»

«Wie geht es Danilo?», fragt Fadil, und die Frage passt ihr nicht. Der Kaffee zischt, im Hof hinter dem kleinen, vergitterten Fenster wird mit Fahrrädern hantiert, und Stimmen hallen, vom Zement gebremst und reflektiert, hell hin und her («Das kannst du doch später ... gut, gut ... die Stange bei euch oben vorbei, die Stange doch ... von dem Schirm ... Nein, ich bin in London.»)

Ava empfindet für einen Moment Neid auf das Leben der Fremden im Hof, die in London sein werden und so ungebremst und schnell Informationen im Hof austauschen, weil sie, so scheint es ihr, ein junges, unbeschwertes und buntes Leben führen. Dann fällt ihr wieder Fadils Frage ein. Aber Fadil gießt Kaffee in einen Becher und stellt den Becher auf einen Teller und will eben in den Geschäftsraum rübergehen, als sich die Tür öffnet und Heilke strahlend mit einem kleinen gelben Käsekuchen hereinkommt. «Der ist ganz lecker», sagt sie, stellt ihn auf den Tisch, verliert dabei Ava nicht aus den glänzenden Augen und fügt hinzu: «Ich mag diesen hier am allerliebsten.» Dann wirft sie einen ebenso liebevollen Blick auf Fadil und huscht, mit ihrem eigenen Becher Kaffee in der Hand, wieder hinaus.

«Heilke ist wirklich nett», sagt Ava und fragt sich im selben Moment, wie oft sie diesen dummen Satz schon gesagt hat.

«Ja», seufzt Fadil und schneidet den Kuchen an.

«Danilo geht es wie immer», sagt Ava. «Er macht so seine Sachen.»

Fadil nickt. «Und mit euch?»

Ava zuckt mit den Schultern. Mehr weiß sie nicht. Mehr weiß sie dazu wirklich nicht mehr. «Ich schlafe jetzt im Gästezimmer, weil Danilo so schnarcht.» Die Wahrheit ist, dass sie das Schnarchen von Danilo kaum hört, weil Danilo nur selten und sehr sanft schnarcht. Die Wahrheit ist, dass sie es nicht mehr erträgt, wie er seine Socken zusammendreht und auf den Boden wirft, dass sie es nicht mehr erträgt, wie er die Decke um seinen Körper schlingt und wie er dann die Seiten seiner Zeitschriften umblättert, wie er leise Sätze als Kommentar durch die Nase pfeift, als würde sie das interessieren und als würde es ihn selbst nicht die Bohne interessieren, ob sie das interessiert, wie er dann, wenn er am Einschlafen ist, erst noch schnauft und sich hin und her wirft und manchmal leise furzt, und wie sie am Ende nicht einmal seinen leise und gleichmäßig summenden Atem erträgt und Hass sogar auf seinen Schlaf empfindet.

Aber das kann sie nicht sagen, das ist, alles in allem, bösartig.

Fadil zuckt mit den Schultern. «Das ist ja egal», sagt er. «Meine Eltern hatten auch immer getrennte Schlafzimmer. Das Zusammenschlafen ist doch eine altmodische Sache. Das ist doch praktisch ein Zwang, zusammen zu sein, wenn man gar nichts davon hat, weil man ja schläft.»

Ava nickt. «Aber eigentlich ist es auch viel komplizierter, und ich weiß gar nicht mehr genau, was mit mir los ist und was ich machen soll.»

«Hast du eine Krise?», fragt Fadil, und die Kuchenstücke warten immer noch unberührt auf ihren Tellern.

Ava nickt, muss aber auch wider Willen ein wenig kichern. «Gib mir doch von deinen Pillen, Fadil.»

Fadil schweigt und starrt auf seinen Kuchen. Dann gibt er sich einen Ruck, nimmt den Löffel in die Hand und schaufelt sich konzentriert das Stück glänzend gelben Käsekuchens in den Mund. Als er aufgegessen hat, schneidet er sich ein zweites Stück ab und gießt zwischendurch den dunklen Kaffee in seinen Mund. Ava fängt schließlich auch ihr Stück an und ist überrascht. Der Kuchen schmeckt saftig und etwas vanillig und trotzdem würzig und als wäre eine Spur Salz in ihm. Sie trinkt ihren Kaffee dazu, dann nimmt sie wieder vom Kuchen und der Zauber wiederholt sich. Der Boden ist leicht geröstet und knusprig. Es ist ein einfacher und ehrlicher und perfekt komponierter Käsekuchen.

«Ihr habt ja auch die Kinder», sagt Fadil schließlich, als hätte sie etwas von Trennung gesagt. Und da steht es wieder im Raum, wie es an jeder Stelle dieses Raums zu stehen scheint, wenn sie ihn betritt, als würde es um sie herumschwirren und sich ausbreiten und alle in diese sumpfige Mischung von Unentschlossenheit und Verletztheit und Angst hineinziehen.

An einem fahlen Tag Anfang Oktober, die Sonne schimmert weiß durch die dünnen Wolken wie eine ferne, kalte Lampe durch eine flusige graue Decke, fährt Ava Danilo zum Flughafen. Danilo hat seinen glänzenden, dunkelblauen Koffer gepackt und einen Aufkleber von Sonic Youth auf den Koffer geklebt, weil der Koffer nach was aussehen soll und nicht nur nach neu. Es hätte sie nicht gewundert, wenn er den Koffer auf den Gehwegplatten draußen vorm Haus zerschrammt hätte. Danilos Art, sich Dinge anzueignen, sie zu einem Teil von sich zu machen, indem er ihnen noch eine andere Bedeutung gibt, eine über die bloße Funktion hinausgehende, auf sich selbst weisende, von den entsprechenden Leuten zu entziffernde Art und Weise, macht sie aggressiv. Sie selbst freut sich immer auf eine kindliche Art über die Neuheit von Gegenständen, sie hätte versucht, die glänzende Oberfläche ihres Koffers lange zu erhalten, und sie hätte ihn selbst dann, wenn erste Abnutzungserscheinungen an ihm zum Vorschein gekommen wären, noch einige Zeit als neu und losgelöst von den Spuren auf seinem Körper angesehen, als könnte seine Unberührtheit durch diese liebevolle Sicht erhalten bleiben. Dennoch wäre er bald sehr viel benutzter und zerschrammter, als Danilos Koffer das in gleicher Zeit wäre, denn ihre Dinge zerschrammen stets und zerknittern und verknicken und verschleißen, wie es Danilos Dinge nie tun. Danilo sagt immer: «Das liegt daran, dass du nicht ordentlich damit umgehst.» Das stimmt aber nicht. Sie geht damit nur *mehr* um als er. Sie schafft es einfach nicht, die Dinge in Ruhe zu lassen und zu vergessen. Sie benutzt sie viel mehr, so kommt es ihr vor. In ihrem eigenen Koffer bewahrt sie auf dem Dachboden ihre Winterpullover und die Stiefel auf. Danilo vergisst seine Dinge, er rührt sie nur so oft an, wie er unbedingt muss, und auf diese Weise bleiben sie neu und bekommen den etwas ranzigen Geruch des lange wartenden und nie abgeholten Gepäckstücks.

«Ist dir das nicht peinlich?», fragt sie ihn, als sie am Flughafen auf dem Kurzzeitstellplatz zusieht, wie er den Koffer auslädt und sich eine Zigarette anzündet, bevor er sich von ihr verabschiedet.

«Was?», fragt Danilo und grinst, weil ihm von vornherein klar ist, dass nichts ihm peinlich sein würde, jedenfalls nichts, von dem Ava wissen könnte. Diese Sicherheit macht sie noch wütender.

«Der Aufkleber auf deinem neuen Koffer.»

«Sonic Youth. Warum soll mir das peinlich sein, Ava?»

«Weil es ein Aufkleber ist, den du auf deinen Koffer geklebt hast, Danilo.» Wie ein Teenager, würde sie gerne hinzufügen, verkneift es sich aber.

Danilo zieht tief an seiner Zigarette, die Hand auf die Heckklappe gestützt, den Blick in den grauen, weiß markierten Beton gebohrt. Dann wirft er den Stummel auf die Erde, wo er leise vor sich hin glimmt. «Weißt du überhaupt, wer Sonic Youth ist?»

Ava starrt ihn an. «Sonic Youth?»

«Du kannst ruhig sagen, wenn du es nicht weißt. Du musst nicht alles wissen, das ist keine Schande, wenn man nicht alles weiß. Du kannst dich mit anderen Dingen beschäftigen, die dich interessieren, mir wäre das völlig egal.»

Auf dem Koffer nur der Schriftzug. Sie kennt dieses Wort,

und sie denkt, es ist eine Band, sie denkt, sie hat die Musik schon gehört, aber sie ist sich nicht sicher. Sie überlegt. Wenn es keine Band ist? Der Parkplatz ist mit einem Euro fünfzig für fünfzehn Minuten bezahlt.

Danilo sagt: «Ich gehe dann.»
«Ich weiß, was Sonic Youth ist.»
«Was? Oder wer?»
«Eine Band.» Sie wartet.

Danilo nickt friedlich und plötzlich fast liebevoll. «Eine Band, eine ganz phantastische Band, hör sie dir mal an. Zu Haus liegen Platten rum, hör sie dir einfach mal an, wenn du Zeit hast. Ich hätte gedacht, du hast sie schon gehört, ich habe sie gehört. Hör dir ‹Dirty› an oder ‹Daydream Nation›. Ganz toll. Wo warst du, wenn ich sie gehört habe?»

Ava zuckt mit den Schultern. Wo war sie, wenn er sie gehört hat? Wo? «Es interessiert mich eigentlich nicht», sagt sie, um ihn zu verletzen.

Danilo nimmt seinen Koffer. «Grüß die Kinder!» Er haucht ihr einen Kuss auf die Lippen, und sie spitzt die ihren wie in einem Reflex und küsst ihn zurück.

Dann geht er hinüber zum Flughafen, ein großer Mann mit einem runden, wuscheligen Kopf, elegant und mit einem glänzenden blauen Koffer mit einem Sonic-Youth-Aufkleber. Er geht mit geraden, weit ausholenden Schritten, leicht federnd, selbstsicher, ertragend, dass sie ihn nicht mehr so liebt wie irgendwann einmal. Er weiß es, denkt sie. Er weiß alles, aber es ist ihm egal. Er will nur, dass alles so bleibt, weil es ihm egal ist, ob sie glücklich ist. Er ist glücklich. Seine Voraussetzungen für sein Glücklichsein sind erfüllt. Seine Arbeit, seine Kinder, sein Haushalt, in dem es alles so wunderbar läuft, seine Reisen, seine Kollegen, sein glänzender Koffer und Sonic Youth, es ist so vieles für einen einzigen Menschen, und es fügt sich zusammen, zu einem erfüllenden, auf eine sehr präzise Art ausgeklügeltem Daniloglück. So scheint es ihr, während sie den warmen Motor startet und im Dunst des Innenraumes ihres Wagens, der auch Danilos Teilchen und seinen Geruch, seine nachhallende Stimme und seine Gedanken sogar enthält, ihrem Zuhause entgegenfährt.

Danilo fährt nach Kroatien, nach Split, zu seinem Cousin, und später nach Rabac, Alen Floričić interviewen, das erste Mal in seinem Leben fährt er nach Kroatien, hätte sie auf diese Tatsache mehr Rücksicht nehmen und ihn nicht wegen des winzigen Aufklebers kritisieren sollen?

Am ersten Tag seiner Abwesenheit, Ava blickt auf eine ganze Woche seiner Abwesenheit, bestellt sie am Abend Salamipizza für sich und die Kinder. Sie fühlt sich matt und frei von Verpflichtungen, weil Danilo nicht da ist, obwohl es eher die Kinder sind, die die Verpflichtungen des Haushaltes erzeugen. Sie sitzen auf dem Sofa vor dem Fernseher, essen Pizza und sehen die Simpsonsfolge, in der Bart für fünf Dollar seine Seele an Milhouse verkauft.

«Ich würde meine Seele nicht verkaufen», sagt Merve, die sich in einen hellblauen Bademantel gewickelt hat, weil sie vorher geduscht hat. Jeden Tag ist sie jetzt am Duschen mit einem Vanilleduschbad, das sie sich selbst von ihrem Taschengeld bei Budnikowski gekauft hat. Dazu sprüht sie sich ein pinkfarbenes Rexona-Deo an ihren kleinen Körper, dass es Ava fast das Herz zerreißt, weil sie sich von ihrem eigenen süßen Duft entfernt und diesen sexuellen, klebrigen Kram auf sich schmiert. Aber sie hat nicht die Kraft, es ihr zu verbieten, weil Merve so freudig und so unschuldig in die Welt des Teenagerseins eintaucht, mit allem, was diese Welt an Verlockungen mit sich bringt. Auch weil sie weiß, dass sie selbst ganz genauso gewesen ist und ihre eigene Mutter sich nicht darum geschert hat. Ein Deo galt in Avas Kindheit als ein harmloses Konsumgut, anders als jetzt, wo es schädliche, Allergien auslösende Chemie darstellt. Aber sie sagt nichts. Sie hat recht, aber sie sagt nichts.

«Ich ja», sagt Martin, der alles tun würde, was Bart Simpson tun würde. Martin ist am Waschen weniger interessiert. Er hockt in seiner verschmutzten Jeans und in einem hellblauen Unterhemd auf dem Teppich und isst dort, auf seinen langgestreckten Beinen die Pizzaschachtel liegend, seine Pizza, wobei ihm Stücke davon wieder aus dem Mund fallen, während er antwortet.

«Es ist ja nicht wirklich seine Seele, es ist nur ein Stück Papier», sagt Ava. «Er will ihn ja nur reinlegen.»

«Und wenn es seine wirkliche Seele wäre?», fragt Martin.

Merve tippt sich an die Stirn. «Seine wirkliche Seele gibt es gar nicht.»

«Doch, gibt es doch. Das kenne ich ganz genau, das Wort. Sonst würde es das Wort doch nicht geben, oder?»

«Ja? Was ist das denn?», sagt Merve.

Martin schweigt und verfolgt mit leicht offen stehendem Mund die Sendung. Die Geschichte entwickelt sich nicht gut für Bart Simpson, erkennt Ava.

«Das sagt man nur so, seine Seele verkaufen, wenn man meint, dass jemand, für Geld zum Beispiel, etwas macht, das er eigentlich, in seinem Herzen, nicht gut findet. Weil die Seele ja so etwas ähnliches wie das Herz bedeutet. Wo die Gefühle herkommen.»

«Also das Gehirn», sagt Merve.

«Genau genommen ja.»

«Also das Gehirn», beharrt Merve auf ihrer Feststellung. Sie hasst es, wenn Ava über Gefühle oder das Herz oder solche Dinge redet, die ihr sentimental erscheinen, obwohl sie selbst sehr an solchen Dingen interessiert ist. Nur eben nicht in Verbindung mit ihrer Mutter. Da wird sie schnell spöttisch und fast zynisch.

«Wenn er sein Gehirn verkauft, kann er ja nicht mehr

denken», sagt Martin. «Mein Gehirn würde ich nicht verkaufen.»

«An deiner Stelle würde ich es machen, das ist bei dir ja egal», sagt Merve.

Martin erhebt sich abrupt, wobei die Pizzaschachtel von seinen Oberschenkeln springt und die angekauten Pizzaränder auf den Teppich rutschen. Er schlägt, noch in der Bewegung, Merve gegen die Oberschenkel, und Merve brüllt, zu laut: «Du kriegst es gleich wieder, du Arsch!»

Ava hält sie fest und drückt sie auf das Sofa zurück. «Sag so was nicht, immer ärgerst du ihn!», sagt sie, und zu Martin: «Du kannst gleich draußen weiteressen, letzte Warnung! Hier wird nicht geschlagen.»

Sie hört sich dabei, die Modulation ihrer Stimme, ihre Bewegung, und spürt den robusten Griff an Merves Bademantelarm, als wäre sie ihre eigene Mutter, dieselben Sätze, dieselben Drohungen, mechanisch ausgesprochen, kühl durchdacht, rational handelnd, weil sie solche Streitigkeiten nicht berühren und sie weiß, was sie tun muss, wenn es nicht nervig ausarten soll. Die Kinder wissen es auch und wissen es zu schätzen. Sie setzen sich grummelnd und zufrieden zurecht. Sie zählen auf sie und ihr Eingreifen, sie benutzen ihre Mutter als Puffer; wären sie tatsächlich sich selbst überlassen, auf einer Insel oder wenn die Eltern abends nicht da sein sollten, fänden diese Streitigkeiten nicht statt, weiß Ava. Der Streitschlichter produziert den Streit wie der Arzt die Krankheit und der Schirm den Regen.

Sie verwirft den Gedanken. Als Lisa Barts Seele auf dem Zettel mit Geld aus einem ihm unbekannten Sparschwein zurückgekauft hat, ist Bart glücklich, wie er es ohne Seele nicht hätte sein können, und die Folge endet.

«Ein Zettel ist doch keine Seele, einen Zettel kann man einfach verbrennen», sagt Martin in seiner glücklichen Kindlichkeit, die Ava und Danilo manchmal ein wenig beschränkt vorkommt. Sie hatten vor seiner Einschulung im August Angst gehabt, wie auch als sie ihn in den Kindergarten gegeben hatten. Sie hatten Angst gehabt, dass er zurückbleiben könnte, dass er geärgert werden und keine Freunde finden würde. Es ist anders gekommen. Sie mögen ihn, so wie Ava und Danilo ihn mögen, wie eigentlich jeder, der ihn kennt, ihn mögen muss, weil er ein so großes und freundliches Herz hat. Seine Güte ist keine Schwäche, mussten sie feststellen, seine Güte zieht die anderen Kinder an, sie kümmern sich um ihn, sie laden ihn zu ihrem Geburtstag ein, und sie wollen seine Freundlichkeit um sich haben. Er ist beschränkt in seiner Fähigkeit, um die Ecke zu denken und das Böse zu filtern, aber das Böse scheint ihn zu meiden wie der Teufel das Weihwasser.

«Ein Zettel ist keine Seele», antwortet sie ihm. «Eine Seele ist eigentlich auch nur so ein Begriff, und man wird sie gar nicht so schnell los, wie das immer in den Märchen erzählt wird.»

«Seele ist doch kitschig», sagt Merve und steht auf und schaltet von selbst den Fernseher aus.

«Was machst du?», jammert Martin.

«Ausschalten», sagt Merve. «Du musst ins Bett, du Baby.»

«Du auch», sagt Martin und steht auf, wobei ihm wieder Teile seiner angekauten Pizzaränder auf die Erde fallen.

«Mann», sagt Ava, «pass doch mal auf mit der Pizza», aber sie bückt sich schneller, als es Martin in seiner Schwerfälligkeit möglich ist, und sammelt die klebrigen Stücke auf.

Die Kinder putzen sich im Bad die Zähne, Ava sieht ihnen vom Flur aus zu. Sie riecht den Minzgeschmack, und sie betrachtet sie, wie sie vor dem Spiegel stehen und sich gegenseitig vor dem Waschbecken, das dringend geputzt werden muss, zur Seite drängeln. Martin trägt einen kurzen Schlafanzug. Seine stämmigen, kurzen Beine passen weder zu Danilos dürrer Länge noch zu ihren eigenen schlanken Beinen. Martins Beine kommen von woandersher, aus einer fernen, unbekannten Linie ihrer Familien, in der ein Vorverwandter über einen festen, blassen Körper von gedrungener Ruhe verfügt haben musste. Sie stehen wie im Fliesenboden verankert, und es gelingt der hüpfenden, in allem sehr wankelmütigen und experimentierfreudigen Merve nicht, ihn vom Waschbecken zu verdrängen.

Als die Kinder im Bett liegen, setzt sie sich selbst auf das Sofa zwischen die Pizzakrümel und zögert, den Fernseher anzustellen. Danilo hat eine SMS geschickt: «Irrsinnige Hitze, wir fahren gleich ans Meer. Grüße an die Kleinen, Kuss, Danni.» Die SMS verwirrt sie, und sie liest sie immer wieder auf ihrem Handy, als könne sie sie nicht glauben. Danilo schickt ihr keine Küsse mehr, lange schon nicht mehr, und er nennt sich selbst auch nicht mehr Danni, wie früher, als sie beide füreinander noch Spitznamen, Kosenamen benötigten, um ihre Intimität voreinander zu bekunden und eine Weichheit in ihre Worte zu fügen. Wo, in welcher Welt, ist Danilo gelandet, dass er, von dort aus, von der Entfernung aus, glaubt, ihr Küsse schicken zu können? Der Kuss am Flughafen fällt ihr ein, ihre gespitzten Lippen, die Fremdheit der Geste, die Bitte um Vergebung, die darin lag, aber auch die Heuchelei und die Lüge. Küsse werden nicht gegeben, weil einer wohin geht und man verheiratet ist.

Sie geht ihre SMSen durch, geht ihre Nummern durch. Sie schickt Gedanken an jede einzelne ihrer Verbindungen. Sie bleibt bei Konstantin hängen. Sie ruft ihn an, aus Langeweile erst, und dann weil er der Einzige ist, bei dem ihr Herz sich ein wenig aufregt und Gefahr wittert und etwas Lebendiges in sie eindringt.

«Ava», sagt Konstantins Stimme. «Du rufst mich an?»

«Ja. Ich weiß gar nicht, warum.»

Schweigen.

«Komm doch her», sagt Konstantin schließlich.

«Nein», sagt sie schnell, «nein, ich komme nicht. Ich kann

auch nicht, wegen der Kinder, aber ich komme sowieso auch nicht.»

«Warum hast du angerufen?»

«Ich saß hier rum, und ich habe dich eben angerufen. Ich weiß es wirklich nicht.»

«Für mich ist das eigentlich keine so große Freude, wie du denkst. Sicher, es ist schön, dich zu hören, und ich freue mich auch, dass du an mich denkst. Aber die Art, wie du das alles immer tust, ist sehr unerwachsen und fast ein bisschen rücksichtslos.»

«Unerwachsen? Warum?» Sie kriecht in sich zusammen, auf ihrem Sofa, drückt sich in eine Ecke und betrachtet den schwarzen Himmel hinter den Scheiben, über den ein Hauch oranger Wolkenwatte zieht, angestrahlt von der gnadenlos hellen Stadt, die die ganze Nacht in Betrieb ist und keine Ruhe bekommt.

Konstantin seufzt. «Ich will dir ja eigentlich gar nichts Böses sagen, ich fühle mich auch zu müde dafür. Das ist eben der Nachteil, wenn man alt ist. Man kann die Fehler der Jüngeren nicht ertragen, man wird ungeduldig und intolerant. Tut mir leid, es ist wohl doch mein eigener Fehler. Ich bin ein mürrischer alter Mann.»

«Meinst du, ich hätte dich schon früher mal anrufen sollen? Bist du böse, weil ich mich nicht gemeldet habe? Aber du hast dich auch nicht gemeldet.»

«Ava, ich bin zu alt und zu eingebildet, um mich zum Narren zu machen.»

«Ja, sicher. Ich wollte auch nur …» Sie schnieft. Sie weiß selber nicht mehr, was sie wollte und weshalb Konstantin jetzt plötzlich der Gewinner ist.

«Nun weine nicht», sagt Konstantin und klingt belustigt. «Im Großen und Ganzen machst du es alles sehr gut. Wirklich. Du musst nur sehen, dass du nicht in dieser Sache hängen bleibst.»

«In welcher Sache, Konstantin?», schluchzt sie jetzt, als wäre sie in den Armen des Weihnachtsmannes, der alles weiß und ihr in allem helfen und zur Seite stehen wird.

«Sieh zu, dass du glücklich wirst, Liebes, sonst bist du irgendwann alt wie ich, und dann kriegst du nur noch Bröckchen davon.»

«Bin ich ein Bröckchen gewesen?», fragt sie und kichert mit ihrem nassen Gesicht wie ein dankbares Kind.

«Du bist ein Brocken gewesen, ein großer Brocken. Aber noch einmal kann ich so etwas nicht. Das bringt mich, ganz ehrlich, das bringt mich um, Ava.»

Sie nickt, unsichtbar für ihn, vor sich hin und wischt sich ihre Tränen ab. Konstantin hat aufgelegt. Er ist weg von ihr, er hat sich schon längst für sich verabschiedet und hat die Sache durchgestanden, sie aber hatte keinen Gedanken daran verschwendet, dass es für ihn eine so schwere, quälende Erfahrung gewesen sein könnte.

Ava schaltet den Fernseher an, breitet sich auf dem Sofa aus, zieht die karierte Wolldecke über ihren Körper und lässt die Töne, das Gerede und die Bilder an sich vorbeischwimmen, als läge sie in einem kleinen Boot, als bräuchte sie nichts tun, als still dazuliegen, und die Landschaft zöge an ihr vorbei wie ihr Leben.

Herbert Glaubacker öffnet ihr die Tür und lächelt, als er sie erkennt. Seine Wangen sind gerötet, sein weißes Haar ist nass über den viereckigen Schädel nach hinten gekämmt, und er ist ordentlich gekleidet, in eine neu aussehende blassbraune Cordhose und ein weißes Hemd unter einem wolligen, schwarzen Pullunder.

«Immer herein in die warme Stube», sagt er. Und die warme Stube empfängt Ava mit ihrem ganz eigenen Glaubackergeruch, der sich scharf in ihre Nüstern bohrt. Der Geruch ist scharf, aber nicht unangenehm, wie sie das leider auch oft kennt, aus den Wohnungen von alten Leuten, die sich nicht mehr pflegen. Eher erinnert der Geruch an sehr altes, aus der Mode gekommenes Eau de Toilette, an feuchtes Papier, getrocknete Blumensträuße und Tabakkrümel, es riecht nett, findet sie, wirklich nett. Herbert Glaubacker nutzt Avas Besuch immer, um einkaufen zu gehen. Er zieht sich ordentlich an, er kämmt sein Haar und ordnet seine Pfandflaschen in sein kariertes Einkaufswägelchen und schreibt einen Einkaufszettel. Wenn Ava kommt, steht alles bereit, der Zettel liegt auf dem Küchentisch, das karierte Einkaufswägelchen steht neben dem Schrank, und Herr Glaubacker eilt, kaum ist sie da, zur Tür hinaus.

Antonia Glaubacker sitzt zusammengekrümmt in einem Sessel und lächelt nicht. Antonia Glaubacker redet mit Ava kein Wort. Sie kann es nicht ertragen, dass ihr Mann sie, und sei es zum Einkaufen, im Stich lässt. Antonia Glaubacker leidet an Osteoporose zum einen und an Angst zum anderen. Ava hat bereits mit ihrer Ärztin darüber gesprochen, und sie sind sich darin einig, dass das fürsorgliche Verhalten von Herbert Glaubacker gegenüber seiner Frau ihrer Zurückgezogenheit und ihren Ängsten förderlich gewesen ist. Wenn er sie nicht rundherum versorgt hätte, wenn er nicht für jede Anwandlung von Ängstlichkeit Verständnis gezeigt hätte, wenn er sie gezwungen hätte, auf die Straße zu gehen, ein Stück auf den Sandwegen des Ohlsdorfer Friedhofes spazieren zu gehen oder zum Einkaufen beim Lädchen gegenüber, wo die Scheiben verblasst und zerkratzt sind und es eben nur ein paar süße Getränke, Zeitschriften und Zigaretten gibt, dann hätte Antonia Glaubacker vielleicht nicht den Glauben an sich selbst gegen die Angst vor der Welt eingetauscht. Aber kann man ihm seine Güte vorwerfen? Oder handelt es sich hier nicht um Güte, sondern um Eigensinn? Was ist, wenn Antonia Glaubacker in ihrer Jugend eine unstete, unzuverlässige Person war, die ihm ständig entflutschte und der er es nie recht machen konnte? Was ist, wenn es ihm gefällt, dass sie nun, brüchig und traurig, an ihn, an seine Fürsorge und Gnade gebunden ist?

Antonia Glaubacker sitzt, schief verbogen von der Osteoporose, in dem braun geblümten Ohrensessel und sieht fern. Sie sieht kaum hoch, als Ava sie nach ihrem Befinden befragt. Ava weiß, dass sie keine Antwort erhalten wird, denn Antonia Glaubacker antwortet ihr nicht. Sie antwortet, wenn überhaupt, nur ihrem Mann. Ava stellt den Fernseher aus. Sie muss einen Kontakt herstellen. Sie muss mit Frau Glaubacker reden. Sie muss sie untersuchen und muss sie waschen und ihr Medikamente geben. «Wie geht es Ihnen, Frau Glaubacker?», fragt sie.

Frau Glaubacker schweigt. Nur ihr Kopf nickt ein wenig vor und zurück. Vielleicht soll das eine Antwort sein.

«Schönes Wetter haben wir, nicht wahr?» Das Wetter ist eigentlich weder schön noch sonst was. Es ist normales Wetter für Anfang Oktober. Es ist kalt geworden. Der Himmel ist bewölkt, und manchmal reißt die Wolkendecke kurz auf und lässt eine blasse Sonne hindurch. Die Tage sind kürzer und kälter geworden. Die Morgen müder. Die Abende müder. Ava sagt: «Wir gehen jetzt ins Bad zum Waschen, Frau Glaubacker, ja?» Es ist eine Frage, aber nicht so gemeint. Sie *muss* Frau Glaubacker waschen, so oder so. Sie hat den Verdacht, dass Herr Glaubacker dem Gewasche ganz gerne durch Einkaufen entflieht. Wenn Frau Glaubacker dann ausgezogen ist, kann Ava ihren Körper vorsichtig nach Brüchen absuchen. «Haben Sie Schmerzen?», fragt sie, bevor sie ihr hochhilft, vor ihren Rollator, mit dem sie ins Bad trippeln kann.

Frau Glaubacker sieht für einen Moment hoch, verächtlich, und versucht dann, sich mit Hilfe ihrer Hände aus dem Sessel hochzustützen. Ava greift flink unter ihre Achseln, seitlich, und hilft ihr, sich aufzurichten, so weit es geht, es geht nicht besonders gut. Ava spürt selbst einen Schmerz im Rücken, so oft hat sie sich vorgenommen, zur Gymnastik zu gehen. Langsam kann sie die Alten verstehen, die es verabscheuen, vernünftig zu sein und sich gegen ihre Krankheit sportlich zu wappnen. Die es vorziehen, liegen zu bleiben und sich gehen zu lassen. Ist es nicht einfacher? Ist es nicht am Ende auch friedlicher als ein Kampf, der ohnehin nur verloren werden kann? «Es ist ja aber kein Kampf gegen etwas, sondern ein Kampf für sich selbst», hört sie Hartwig reden. Sicher, denkt sie, aber was ist das «Selbst» dann noch, in solch einer Situation, wo alle Wirbel ineinanderbrechen und die Tage in den braunen Sesseln vergären wie saure Suppe? Wie das Selbst da noch hervorziehen, unter dem Berg an Müdigkeit und Resignation?

Frau Glaubacker tappt langsam, Schritt für Schritt, wie einen Pfad einen Berg hinauf, durch den Flur zu ihrem braun gekacheltem Bad hin. Sie bewegt sich in ihrer eigenen Wohnung wie in einem Spiegelkabinett, als wüsste sie nicht, wo Wände und wo Türen sind, als wären diese ihr gegenüber feindlich eingestellt. Sie bleibt jeden Moment stehen, um sich neu zu orientieren, und weicht dabei vor und zurück, um dann schließlich doch den nächsten Schritt zu tun, den Schritt, der unausweichlich zu ihrem Bad und ihrer Nacktheit führt.

Im Bad dann gibt es eine Dusche und einen Duschstuhl, der das alles ganz wunderbar einfach macht. Ava zieht ihr die Sachen über den knochigen, fleckigen Körper. Sie hakt ihr den beigefarbenen BH auf, und ihre Brüste quellen immer noch recht voll und erstaunlich wenig schrumpelig, im Gegensatz zum Rest ihres Körpers, auf ihren hervorstehenden spitzen Bauch. Ob Herbert Glaubacker noch immer erfreute Blicke auf den Busen seiner kranken Frau wirft? Ava schüttelt den Kopf, um den Gedanken abzuschütteln, aber er bleibt hartnäckig auf ihr sitzen, und es erschreckt sie, dass sie sich in Bezug auf Sex sogar fast alles vorstellen kann, auch wenn sie weiß, dass eine vierundachtzig Jahre alte Frau mit Osteoporose keinen Sex mehr hat, und schon gar nicht die lebensmüde

Frau Glaubacker. Ava hilft Frau Glaubacker auf den Duschstuhl und stellt die Dusche an, während sie selbst mit der anderen Hand das Wasser prüft. Sie weiß, wie warm es Frau Glaubacker mag, sie mag es nur lauwarm. Sie hat Angst vor richtig warmem Wasser, wie vor allem, was intensiv und heftig in ihr Leben brennen könnte. Während sie Frau Glaubacker vorsichtig duscht und ihr beim Waschen hilft, sagt sie plötzlich: «Wissen Sie, wir werden ja auch alle alt, wenn Sie das tröstet.»

Sie kann nicht erkennen, inwieweit sich Frau Glaubacker auf diese Bemerkung hin regt, wahrscheinlich ist ihr auch das ziemlich egal. Darum wagt sie sich weiter vor. «Wir sitzen auch irgendwann auf so einem Duschstuhl, und eine Frau vom Pflegedienst kommt und duscht uns ab. Und wir können dann auch nichts dagegen tun, und wir fühlen uns dann auch beleidigt, weil sie uns nackig auszieht und alles.»

Keine Regung von Frau Glaubacker. Das Wasser läuft über ihren krummen, von braunen Flecken überzogenen Rücken. Die Haut auf ihrem Rücken ist glatt und nicht so runzelig wie vornerum. Die Haut hat sich von hinten herum nach vorne gezogen und ergibt eine Glätte auf dem gespannten hinteren Teil. «Aber wir reden dann vielleicht mit der Frau vom Pflegedienst und sagen ihr, was uns nicht passt.»

Schweigen.

«Wir haben alle unsere Probleme.»

Wasser. Haut. Schweigen.

«Aber wir – reißen uns zusammen. Jeden Tag reißen wir uns zusammen.»

–

«Sind wir fertig? Wir sind fertig, denke ich. Sollen wir ein neues Handtuch nehmen? Wir nehmen hier das mit den Rosen.»

–

«Sie könnten auch mal fröhlich sein, trotzdem. Wenn Sie

einfach mal ein Lachen rausquetschen? Das Gefühl kommt dann schon hinterher. Glauben Sie nicht? Ich auch nicht. Aber ich probiere es wenigstens!»

–

«In die Unterbüx rein. In die saubere. Diese nicht. Die tun wir in die Wäsche, denke ich.»

–

«Ich würde eher vielleicht vor Wut alles kaputtschlagen ... oder jemanden umbringen ... ehe ich so eine stumme Leiche in einem Sessel werde.»
(Das war zu viel, Ava. Das ist unprofessionell.)
«Tut mir leid, Frau Glaubacker. Das war Blödsinn.»

Sie schiebt Frau Glaubacker fast etwas drängelig, sie am Oberarm fest packend, mit ihrem Rollator zurück ins Wohnzimmer. Sie hilft ihr in ihren Sessel und spürt immer noch die in ihr selbst hochsteigende kalte Wut wie einen Pfahl in ihren eigenen Wirbeln, Wut über die stumme, traurige Duldsamkeit der verbogenen alten Frau. Sie denkt, dass sie doch ihrem fürsorglichen Mann die Stirn bieten könnte, die Möglichkeit, glaubt sie, hat doch jeder, der denken und der sprechen kann, theoretisch wenigstens und von den Möglichkeiten her.

Dann, als Herbert Glaubacker mit seinem karierten Wägelchen das Wohnzimmer betritt und seine Frau, mit seinem vom Wind noch rötlicher als vorher eingefärbten, vor Gesundheit fast platzenden breiten Gesicht anlächelt, weiß sie nicht mehr, weswegen Antonia Glaubacker ihrem Mann böse sein sollte. Es ist nicht seine Bewegung auf sie zu, gegen die sie anzukämpfen hätte, es ist ihr eigener Blick, der aufgrund ihrer ganz eigenen Erfahrungen, die zu teilen nicht wirklich jemand in der Lage ist, und sei es auch, er lebte hundert Jahre mit jemandem zusammen, einen Punkt fixiert, der ihm unsichtbar bleibt und den sie ein winziges Stück zu verschieben hätte. Das eine hat mit dem anderen nichts zu tun. Antonia

Glaubacker hat eine schwere Krankheit, die sie zu tragen hat, sie kann damit freundlich und demütig umgehen, oder sie kann es nicht. Es ist ihre Entscheidung, und es *ist* eine Entscheidung, kein Schicksal, die Krankheit ist das Schicksal, das alles hundertmal besprochen in der Ausbildung und mit den psychologischen Betreuern im Krankenhaus. «Geht es gut?», fragt Herbert Glaubacker, in der Hand eine große, braune Ananas schwenkend und ein bisschen keuchend von der Anstrengung auf der Treppe, die er das Wägelchen hochgezogen hat.

Ava zuckt mit den Schultern. Sie kommt sich schlecht vor. Sie hat sich von einer ihr anvertrauten, kranken alten Frau aus der Ruhe bringen lassen, sie hat, wie ihr Vater immer sagte, die Contenance verloren. Wegen nichts, wegen ihres Schweigens. Wegen sich selbst und ihrem eigenen Fixpunkt und ihren eigenen Entscheidungen.

Sie packt die Einkäufe in den Schrank, die Kinder streiten in ihrem Zimmer wegen einer Zeitschrift, ein herrenloser gelber Hund, sie sieht ihn von oben, durch den Basilikumtopf hindurch, bellt an der Straße in hohen, ängstlichen Tönen, als Danilo nach Hause kommt. Es war abgemacht gewesen, dass sie ihn nicht abholt, da seine Ankunft mit dem Feierabend von Ava, mit dem Abholen der Kinder und dem Einkaufen zusammenfiel, sodass es alles durcheinandergebracht und verspätet hätte. Dennoch, als sie die Lebensmittel in den Kühlschrank sortiert und dem Streit der Kinder lauscht, denkt sie für einen Moment, kurz bevor Danilo die Tür öffnet, dass es richtiger gewesen wäre, ihn abzuholen. Sie denkt daran, wie sie ihn mit den Kindern am Flughafen erwartet hätte, wie sich der Sog der eilenden Menschen im aufgeregten Geplapper der Kinder niedergeschlagen hätte, wie sie, angesteckt von der Vorfreude und berührt von der Einsamkeit fremder Reisender, in eine eigene Freude auf Danilo, ihren Ehemann, versetzt worden wäre. Sie sieht schon Danilo, wie er auf sie zueilt, sieht sich selbst in einer neuen, merkwürdig fremden Freude erzittern, und sie empfindet ihre Entscheidung, ihn nicht vom Flughafen abzuholen, die ihrer beider vernünftige Entscheidung gewesen war, als einen schweren, nicht wiedergutzumachenden Fehler.

Nun steht Danilo in der Küche, braun im Gesicht, mit einer Röte auf der Stirn und einem Lächeln, das ihr vollkommen fremd ist. Durch die Tür im Flur sieht sie eine Ecke seines blauen Koffers, und stille Wut steigt wieder in ihr auf, unsinnige Wut, auf sein Wegfahren und sein Ankommen. Mit welchem Recht fährt er weg und kommt er an, wie es ihm gefällt? Aber die Unsinnigkeit und Ungerechtigkeit ihrer Wut wird ihr im selben Moment bewusst, und sie beherrscht sich. So vieles treibt still weg und unterläuft ihre Taten und unterläuft ihre Worte und bohrt sich dennoch seinen Weg an ganz andere Stellen und schafft scheinbare Ungerechtigkeiten.

«Ava», sagt Danilo in seiner fremden Fröhlichkeit. Sie weiß gleich, dass er es jetzt ist, der etwas Schuldhaftes mit sich trägt. Sie denkt, wie dumm er ist, dass er nicht in der Lage ist, es zu verstecken. Sie lächelt fast darüber, und sie ist auch fast bereit, es ihm, wenn es eine wirkliche Ungerechtigkeit sein sollte, zu verzeihen, weil es ihre eigenen Ungerechtigkeiten ihm gegenüber, ihren eigenen Verrat, weniger schlimm machen würde.

Sie sieht, etwas verzögert, vom Kühlschrank hoch. «Danilo, da bist du ja», sagt sie überflüssigerweise und freundlich, immer gleich um Herzlichkeit bemüht, und spürt, dass sie sich an einer sehr fernen Stelle tatsächlich freut, dass er nun wieder zu Hause ist. Sie wundert sich selbst über ihre Freude. Hatte sie sich doch mit der Woche Alleinsein angefreundet und sich befreit gefühlt.

Zögernd steht sie auf und macht einen Schritt auf ihn zu,

als würde sie erwarten, dass er sie wieder küsst, wie am Flughafen, als sie ihn verabschiedete. Danilo lächelt immer noch, umarmt sie dann vorsichtig und fast freundschaftlich, gibt ihr aber keinen Kuss, ignoriert ihr schüchtern vorgerecktes Gesicht. Sie weiß nicht genau, ob sie ihr Gesicht nur zur Probe vorgereckt hat. Sie glaubt es. Sie reckt ihr Gesicht nie vor. Sie küssen sich kaum jemals. Es ist vorbei mit der Küsserei. Aber diese offensichtliche Abwendung?

«Kinder», ruft sie deshalb. Immer noch Gestreite im Kinderzimmer, ruhiger jetzt, nur noch nölend und eigentlich schon ausgestanden. Sie kann es alles deuten, ohne den Sinn der Worte zu verstehen, sie kennt die Muster in ihren Sätzen und Tonfällen. «Papa ist da», ruft sie.

Und sie kommen herbeigerannt und umschlingen ihn, und er drückt sie an sich und presst ihnen je einen Kuss auf ihre schwitzigen Köpfe. Diese Zuwendung ist echt, und Danilo wirkt erleichtert.

Dann essen sie zu Abend. Es gibt Nudeln, und Danilo redet mit den Kindern. Er redet schnell und in einem zu hohen Tonfall. Die Kinder gehen darauf ein und reden ebenfalls schnell und viel von ihren eigenen, ihnen wichtig erscheinenden Dingen aus der Schule und von ihren Freunden. Ava isst und lächelt über Sätze, die Martin sagt, er sagt in seiner Güte oft Dinge, die ein wenig schief klingen, die aber durchdacht und voller Schwere sind, auch wenn sie aus seinem Mund nur sehr krumm herausstolpern. Sprachlich ist er nicht besonders gewandt, aber die Aufrichtigkeit seiner Gedanken gleicht diesen Mangel wieder aus und machen ihn manchmal fast zu einem Weisen, was Merve wahnsinnig macht. Sie kann nicht aufhören, ihn dafür aufzuziehen. Sie leidet unter der Merkwürdigkeit ihres Bruders, sie hätte ihn gerne angepasst, weil sie ständig in Scham und Furcht um ihn lebt, unnötigerweise. Während Ava das durch den Kopf geht, erbost sie Danilos Geplapper über seine Reise plötzlich. Es kommt ihr vor, als wenn er die Kinder belügt, weil ihn andere, wichtigere Dinge beschäftigen. Weil er die Kinder benutzt, um nicht mit ihr reden zu müssen. Darin täuscht sie sich aber.

Als die Kinder im Bett liegen, ändert sich Danilos Gesichtsausdruck, und er wird ernst. Er öffnet sich eine Flasche Bier und setzt sich im Wohnzimmer auf einen Stuhl. «Ava, ich will ein paar Dinge besprechen.» Unter den Augen und um die Nase herum haben sich rote Flecken gebildet, wie sie bei Danilo sonst nur zu sehen sind, wenn er stark betrunken ist, was sehr selten vorkommt. Ava setzt sich nicht auf den Stuhl ihm gegenüber. Sie setzt sich auf das Sofa. Sie will das Spiel der Wichtigkeit und Ernsthaftigkeit ihm gegenüber nicht mitspielen. Wenn er auf dem harten Stuhl am Tisch sitzen will, dann soll er das tun. Sie macht es sich im Sofa gemütlich. Sie hört nach den Kindern. Die Kinder schlafen nicht. Die Kinder werden immer später müde.

Danilo nimmt einen langen Schluck aus seiner Bierflasche und stellt das Bier dann etwas zu laut auf den Tisch. Dann schwenkt sein Blick rüber zu Josip Androsevich neben dem Fernseher, und er sagt, indem er sich vom Stuhl erhebt: «Als Erstes verschwindet der.» Und er nimmt den Josip in die Arme und geht mit ihm aus der Wohnung. Unten hört Ava den Deckel von der Mülltonne. Zeitgleich bellt ein Hund in derselben hohen, ängstlichen Tonlage wie vorhin, als sie die Einkäufe in den Kühlschrank räumte. Sie will aufstehen und nachsehen, ob es sich tatsächlich um den selben gelben Hund handelt oder ob sie sich nur in diesen unwichtigen Gedanken verbeißt, um sich von anderen Gedanken abzulenken, die gefährlicher in ihr Leben greifen. Aber sie steht nicht auf, sie sieht nicht nach dem Hund, sie sieht auch nicht nach Danilo, der offensichtlich seinen Vater im Mülleimer entsorgt, nachdem er die Heimat seines Vaters bereist hat. Sie ist für diesen Moment erstarrt.

Oben setzt sich Danilo wieder auf den Stuhl an den Tisch

und sagt: «Mein Vater ist vor sieben Jahren gestorben. Er ist 1981 nach Kroatien gefahren, um seine Mutter zu beerdigen, und ist davon nicht zurückgekommen. Soweit ist die Geschichte bekannt. Was ich nicht wusste, mein Vater hatte sich in Kroatien eine neue Frau genommen, eine Frau aus seinem alten Dorf, die er von früher, von der Schule her noch kannte. Er hat sie bei der Beerdigung wiedergetroffen und ist dageblieben. Er hat zwei Kinder mit ihr bekommen, zwei Mädchen, und ist dann schön, vor sieben Jahren ungefähr, am Alkoholismus gestorben. Ich habe gedacht, na das hätte er wohl auch hier haben können, sich totsaufen. Aber gut, der Schnaps in Kroatien hat ihm wohl besser geschmeckt, und die Frau wohl auch.»

«Danilo», Ava schaut vom Sofa hoch, auf die dunkler werdende Gestalt Danilos, die sich gegen das Fenster abzeichnet – sie müssten das Licht anschalten, aber keiner tut es –, «das tut mir sehr leid für dich. Wirst du es deiner Mutter erzählen?»

Danilo lacht. «Alle wussten es, die Verwandten wussten es, alle, außer dem kleinen Danilo. Ivana hätte sich gar nicht verheiraten können, wenn sie nicht längst geschieden worden wäre. Schönes Lügenarschloch von Mutter und schönes Arschlocharschloch von Vater. Schöne Arschlochfamilie.»

«Wer hat es dir erzählt?», fragt Ava, sie ist die Stichwortgeberin, sie ist sonst gerade gar nichts. Die Stichwortgeberin für Danilo.

«Branko. Der lässt sich nicht vorschreiben, was er wem erzählt. Wir waren zusammen unterwegs, als ich in Split war, und Branko hat mir alles erzählt. Er wusste gar nicht, dass ich es nicht wusste. Tja. Und wenn, hätte er es mir erst recht erzählt. Er ist in Ordnung.» Das Letzte schnoddert Danilo hervor, als wollte er weinen. Aber er weint noch nicht. Er schnaubt in ein Taschentuch. Die roten Flecken in seinem Gesicht haben sich verstärkt. Er lächelt vorsichtig.

Merve schiebt sich ins Wohnzimmer. «Ist hier was los?», fragt sie.

«Ja, Mervi, wir unterhalten uns, und es geht um Papas Vergangenheit mit seinem Vater. Aber es wäre uns lieb, wenn du verschwindest. Du wirst es alles schon noch erzählt kriegen. Aber gerade gehst du uns nur auf die Nerven, also verkrümel dich in dein Bett, Liebes.»

Danilo, dessen Liebste Merve sonst ist, sieht sie nur an, als wollte er mit seinem Schweigen Avas Worte unterstützen.

«Dann streitet euch nicht», sagt Merve.

«Das tun wir nicht. Wir streiten nicht», sagt Ava und schiebt Merve schließlich zur Tür hinaus. Dann schließt sie die Tür, setzt sich aufrecht im Sofa zurecht und fragt: «Und was noch, Danilo?»

Danilo kneift die Lippen zusammen, und Tränen schießen aus seinen Augen. Er schnaubt noch einmal in sein Taschentuch, sieht sie schließlich direkt an und sagt: «Ava, ich habe etwas Schlimmes getan.»

«Was?», fragt Ava, und Dinge gehen ihr durch den Kopf, so viele Dinge, schlimme Dinge, unglaublich schlimme Dinge, aber nichts erscheint ihr schlimm genug, um derart aus der Fassung zu geraten, wie Danilo es jetzt tut.

«Ich habe eine Frau geküsst», schluchzt Danilo auf, «ich dachte, ich hätte mich in sie verliebt – und dann habe ich sie plötzlich geküsst.»

Ava starrt ihn an. Sie muss an Konstantin denken und an seinen zittrigen alten Arsch. Sie denkt an ihre Lust und an ihren Schmerz, an ihre eigene Gier, und sie sieht Danilo an, wie man ein Kind ansieht, das eine Unartigkeit begangen hat und um Vergebung winselt, mit beschmutztem Mund und ein wenig feige.

«Mehr nicht?», fragt sie schließlich, als er eine Weile vor sich hin geschluchzt hat.

Er reißt die Augen auf, empört, fassungslos, sie grinst böse wie eine Hexe, so kommt es ihr selber vor, sie sieht Danilo in seiner Jämmerlichkeit, in seiner peinlichen Mühe, ehrlich zu sein, anständig zu sein, Rechenschaft abzulegen und sich damit rein zu machen, ihr gegenüber oder vielleicht vielmehr der Welt gegenüber, die sein Leben, sein eigenes Leben bedeutet, aber was ist ihr das alles schon noch?

«Du hast also eine Frau geküsst und bist nun deshalb hier am Heulen, Danilo?», wiederholt sie ihre Frage und fühlt sich kalt und will in seiner albernen Wunde bohren und seine Heiligkeit töten, weil sie selbst keine Heilige ist, weil sie die Schnauze voll hat von seiner beschissenen Heiligkeit. «So sieht also deine Liebe aus, Danilo?», redet sie weiter, weil sie schön dabei wird und frei und weil sie eine Chance in seiner lächerlichen Küsserei sieht, eine Chance auf Reinheit, geschliffen von glasklarer Bosheit. Sie will alles abtragen, die Schicht von Scham, die Schicht von Lüge und die Schicht von Güte, die er auf sie legte und die sie zwang, gut zu sein und Mutter zu sein und ihm eine Frau. Sie grinst immer noch und meint es trotzdem vollkommen ernst, als sie sagt: «Danilo, ich lasse mich von dir scheiden, denn jetzt kann ich dir nicht mehr vertrauen.»

Epilog

Für April ist es eine ungewöhnlich warme Nacht. Die Erde duftet wie Sommer, obwohl es vor wenigen Tagen noch Frost gegeben hatte, der bis weit in den dunklen Vormittag reichte und später eine feuchte, neblige Schicht über die Tage verteilte. Aber den ganzen Tag heute hatte die Sonne geschienen, die Kinder waren im T-Shirt herumgelaufen, und selbst der Vater hatte seinen Stuhl für ein Stündchen auf die Terrasse gestellt, um die Zeitung zu lesen. Der Vater mit seiner weißen Haut, mit seinen nach unten gesackten Augen, die leicht tränen, wie er oft vor sich hin murmelte, zwischenzeitlich wieder lebendig wurde und seine alten Filme ansah, ins Schwärmen geriet und die gute alte Ava Gardner kommentierte. «Sie wendet sich um wie ein Schwan, es ist vollkommen übertrieben, diese Frau kann überhaupt nicht schauspielen, aber diese Drehung, mein Gott, sie ist eine Königin!» Er gibt dem zwölfjährigen, etwas kleingewachsenen Sohn vom Kneipenwirt Nachhilfe in Englisch. Der Kneipenwirt hat ihn gefragt, der Vater bekommt etwas Geld dafür, und es macht ihm Freude. Die Mummi sagt, der Junge stelle sich ziemlich an, aber der Vater sei sehr geduldig mit ihm und entwerfe lustbetonte Lehrpläne für den Jungen. Es sei im Ganzen gesehen eine unterbezahlte Sache, aber alles, was den Vater aus seiner Lethargie reiße, sei ihr recht. Als Volkshochschullehrer arbeitet er länger schon nicht mehr, und das Geld in der Familie ist knapp. Ava weiß, dass Petra, die wieder einen Job bei der Gemeindeverwaltung gefunden hat, der Mutter manchmal die Einkäufe bezahlt, wenn sie sie ihr mit dem Auto rüberbringt. Ava hat ein schlechtes Gewissen, weil sie der Mutter nicht mit Geld und auch sonst kaum dienlich ist, aber sie hat kein Geld über. Sie muss sehen, wie sie ihr eigenes Leben mit den Kindern bezahlt.

Die Leute um das Feuer herum sind ihr nur noch zum Teil bekannt. Von ihren ehemaligen Schulkameraden ist außer Jörg mit seiner schwangeren Frau und seinen drei Jungen keiner zu sehen. Die Mummi steht in einen Mantel gehüllt, mit einem belegten Brötchen und einer Wurst in der Hand, neben ihrer Freundin, Frau Schrull. Frau Schrull und die Mummi kichern, weil sie ein Fläschchen Wein dabeihaben, aus dem sie abwechselnd nippen. Der Vater ist nicht mitgekommen. Der Vater kommt lange schon nicht mehr mit. Ava weiß nicht, warum sie selbst gekommen ist. Die Kinder wären auch mit der Mummi gegangen, ohne sie. Die Kinder sind alt genug. Merve ist zwölf und Martin neun.

Das Feuer kommt ihr kleiner vor als in ihrer Kindheit. Vielleicht ist es tatsächlich kleiner, vielleicht ist der Ehrgeiz auf ein riesiges Feuer in diesem Dorf erloschen, vielleicht sind jetzt andere Feuer in der Nähe, wo sie alle hinfahren. Die Dinge ändern und verschieben sich mit den Jahren. Am Rande des Feuers hat jemand, ein rötlich blonder hagerer Junge, einen großen Schwenkgrill aufgebaut und schiebt mit seiner hölzernen Zange Würste hin und her. Daher auch die Wurst von der Mummi.

Merve steht dicht am Feuer neben Petra und ihren Kindern und redet auf Petra ein. Merve ist im Vergleich zu Petras gelassenen und bescheidenen Kindern unruhig und unduldsam. Martin steht vor Merve und bewegt sich nicht und spricht nicht. Er steht da wie ein Stein und starrt, umfangen von dem Schein des nach oben knatternden, hoch in den lilaschwarzen Himmel ausschlagenden Feuers.

Jörg kommt herangeschlendert und stellt sich breitbeinig vor Ava auf, ein Bier in der Hand und sagt: «Hallo, Ava, bist du auch mal wieder hier?»

Ava zuckt mit den Schultern. «Willst du ein Bier?», fragt er sie, «wir haben drüben eine Kiste stehen.» Ava schüttelt den Kopf. Sie will nicht zu Jörgs Familie gehen und dankbar sein und mit seiner Frau reden müssen wegen eines Biers. So berechnend ist sie schon, fällt ihr selber auf.

«Sieht so aus, als ob ihr ein Baby kriegt. Ihr könnt wohl nicht genug bekommen?», sagt sie.

«Jackie wünscht sich 'ne Muschi», sagt Jörg und zuckt mit den Schultern.

«Und?», fragt Ava, «wird es eine?»

«Sieht gut aus», sagt Jörg, «bis jetzt, wenn es nicht noch ne Überraschung gibt.»

«Na, schön für euch», sagt Ava. Es kommt ihr etwas boshaft vor. Deshalb fügt sie hinzu: «Und der Hof läuft gut?»

«Der Hof? Der Hof ist 'n Dreckshof», sagt Jörg. Und zum ersten Mal hat sie ihn plötzlich gern. Ihn, mit seinem praller gewordenen Jungengesicht, wenn die Haut sich auch an den Augen stark fältelt, von der Arbeit im Sonnenlicht und in der Winterkälte, und von kleinen geplatzten Äderchen durchzogen ist.

«Du bist geschieden von Danilo, nicht?», fragt Jörg. Er weiß es, alle im Dorf wissen es. Ava nickt.

«Hast du schon was Neues?» Seine Augen blitzen fröhlich, er meint es nicht hinterhältig. Es scheint ehrliche Anteilnahme zu sein.

Ava zuckt mit den Schultern. «Ich … ach, weißt du, nicht so richtig. Ich will vielleicht gar nicht unbedingt.»

«Verstehe», sagt er. «Ich weiß, was du meinst. Aber eine Frau wie du, mit deinem Aussehen und allem, du hast es auch nicht schwer. Du wirst ja immer bei irgendwem landen. Du bist ja irgendwie ne Besondere.» Er lächelt sie an und sieht dann rüber zu Jackie, seiner Frau, und seinen drei Kindern, die alle zu Ava und ihm sehen. Ava hebt die Hand und winkt, obwohl sie Jörgs Frau nicht kennt. Sie will nett sein zu Jackie, die sich ein Mädchen wünscht, nach drei Jungen. Sie will es auch Jörg danken, dass er sie für gut aussehend hält und für besonders.

Am Rande, hinter Jackie und dem Bürgermeister, der mit seiner dünnen, schwarzhaarigen Indianerfrau, so sagen alle im Dorf, aber sie ist keine Indianerfrau, sie sieht nur so aus, taucht Danilo mit seiner Freundin auf. Ava weiß, dass er im Dorf ist. Er wollte die Kinder für einen Tag zu seiner Mutter holen. Er kommt mit dem Holzmann relativ gut klar jetzt. Sie hätte sich auch denken können, dass er zum Osterfeuer kommt. Seine neue Freundin scheint nett zu sein. Ava hat sie ein paarmal gesehen und von den Kindern einiges erfahren. Sie ist groß und etwas jünger als Ava, aber immer noch älter als Danilo. Sie hat ein blasses, etwas langgezogenes Gesicht, mit einer kleinen, runden Stirn, von wo ihr das braune Haar glatt und mittig gescheitelt bis auf die Schultern fällt. Sie ist Lehrerin in einer Schule in St. Pauli und leistet viel soziale Arbeit, auch in ihrer Freizeit. Sie hat einen Hang zu Röcken und Blusen und trägt eine frische, herbe Entschlossenheit vor sich her. Ihre Stimme ist relativ tief, und sie scheint ein zutiefst positiver Mensch zu sein. Die Kinder mögen sie. Ava ist froh, dass Danilo eine so vernünftige und sympathische Frau gefunden hat. Ava selbst mäandert in ihren kinderfreien Wochen immer zwischen verschiedenen Männern hin und her. Sie ist auf der Reise durch die Tage ohne Gebundenheit, durch Schmerz und Verlust und Liebe und Ausgelassenheit und langsam abnehmende Aufregung. Das Neu-Kennenlernen und das Sich-neu-Erfinden in neuen Liebeleien verliert langsam an Würze, denn sie ertappt sich dabei, dieselben witzigen Sätze über sich selbst mehrmals benutzt zu haben.

Beständig ist sie mit den Kindern. Die Kinder sind ihre Haftung und ihr Alltag, ebenso die Arbeit und die Kollegen, Hartwig, Merve und Beate, Fadil und ab und zu doch wieder Konstantin mit seiner Silberdose voller einzelner Zigaretten, seinem matten Arsch und dem Zorn auf sein eigenes Alter, das ihn ab und zu in absurde und komische Anfälle von leidenschaftlicher Unvernunft treibt.

Die Kinder laufen auf Danilo zu. Sie sieht seinen riesigen, wuscheligen Kopf, sein rosig vom Feuer beleuchtetes Gesicht, wie er sich den Kindern zuwendet, aber dann nach ihr Ausschau hält, sich den Hals nach ihr verrenkt, weil es ihm wichtig ist, weil er unbedingt wissen muss, wo sie ist. Dann entdeckt er sie, sein Gesicht wird weich und groß und weit. Er hebt kurz die Hand. Sie hebt kurz die Hand. Sie gehen nicht aufeinander zu, denn da ist die Frau mit dem gescheitelten Haar, und die würde schnell merken, dass sie Danilo immer noch nicht egal ist. Wenn sie es nicht längst bemerkt hat. Aber Danilo ist ein guter Mann, auch ihr. Er bleibt an ihrer Seite und umsorgt sie mit Würsten und Wein. Er wirft nur selten, wenn sie unaufmerksam ist, einen Blick zu Ava, und Ava sieht seinen großen, knochigen Körper, seine scharfe Nase, erkennt den guten Geschmack in seiner Kleidung, und sie kann sich wieder vorstellen, wie es ist, wenn man ihn will.

Das für dieses Buch verwendete FSC®-zertifizierte Papier
Schleipen Werkdruck liefert Cordier, Deutschland.